Depredador oscuro

books4pocket

Christine Feehan

Depredador oscuro

Traducción de Norma Olivetti Fuentes

URANO
Argentina - Chile - Colombia - España
Estados Unidos - México - Perú - Uruguay - Venezuela

Título original: *Dark Predator*
Editor original: Berkley Books, The Berkley Publishing Group, Penguin Group (USA) Inc., New York
Traducción: Norma Olivetti Fuentes

Copyright © 2011 *by* Christine Feehan
This edition published by arrangement with The Berkley Publishing Group.
All Rights Reserved.
© de la traducción, 2012 *by* Norma Olivetti Fuentes
© 2012 *by* Ediciones Urano, S.A.U.
      Aribau, 142, pral. – 08036 Barcelona
      www.titania.org
      www.books4pocket.com

1ª edición en **books4pocket** marzo 2016

      Impreso por Novoprint, S.A.
      Energía 53
      Sant Andreu de la Barca (Barcelona)

Fotocomposición: Ediciones Urano, S.A.U.

ISBN: 978-84-15870-87-6
E-ISBN: 978-84-9944-264-8
Depósito legal: B-976-2016

Código Bic: FRD
Código Bisac: FIC027030

Impreso en España – *Printed in Spain*

Para Brandy Jones,
un pequeño detalle para compensar la amarga decepción
¡de tener un jefe tan mezquino!
Aún no puedo creer que no te dejara
venir a verme cuando estuve de visita en tu ciudad.
No te preocupes, me he vengado y
ha recibido una merecida recompensa.
¡Sigue leyendo!
(¡Pero recuerda que todos los personajes
son completamente ficticios!)

Agradecimientos

Muchas gracias a Renee Martinez y Denise Tucker por viajar al Amazonas y traerme la documentación necesaria, incluidas filmaciones y fotos de la región. Agradezco mucho sus indicaciones: gracias por responder a todas mis preguntas y por continuar haciéndolo mientras escribía este libro. Mi agradecimiento especial a su guía Victor Ramirez por responder a todas las preguntas relacionadas con la construcción de canoas, nombres de árboles, flores y fauna. Tu ayuda fue extraordinaria. Gracias al doctor Chris Tong por toda su ayuda, ¡usted es un verdadero encanto! Y a Brian Feehan, por tu maravillosa imaginación y dedicación inquebrantable, procurando siempre que todo salga bien. Gracias a Cheryl Wilson y Kathie Firzlaff por animarme cuando flaqueaban las fuerzas, ¡y por supuesto a Domini! Mi agradecimiento especial a Lea Eldridge por su aportación a la subasta a favor de la diabetes juvenil, con la que ganó su aparición como personaje en este libro. Muchísimas gracias, Lea, por tu generosidad.

LOS CARPATIANOS

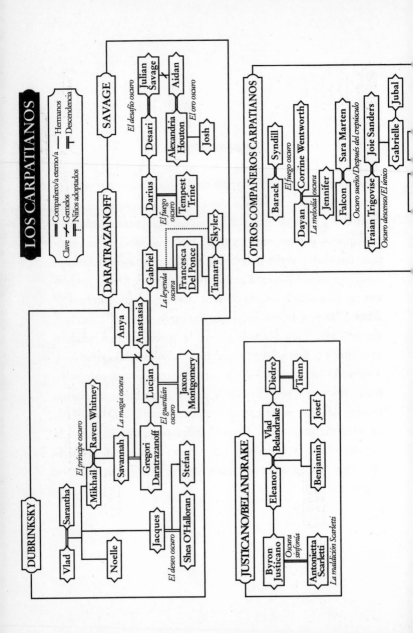

Clave
- ━━ Compañero/a eterno/a — Hermanos
- ∿ Gemelos
- ⊤ Descendencia
- ≠ Niños adoptados

SAVAGE

El desafío oscuro
- Julian Savage — Desari
- Aidan — Alexandria Houton — *El oro oscuro*
- Josh

DARATRAZANOFF

- Darius
- *El fuego oscuro* — Tempest Trine
- Gabriel — Francesca Del Ponce — *La leyenda oscura*
- Tamara
- Skyler

OTROS COMPAÑEROS CARPATIANOS

- Barack — Syndill
- Dayan — Corrine Wentworth — *El fuego oscuro*
- *La melodía oscura*
- Jennifer
- Falcon — Sara Marten
- Traian Trigovise — Joie Sanders — *Oscuro sueño/Después del crepúsculo*
- *Oscuro descenso/El vínculo*
- Gabrielle
- Jubal

DUBRINKSKY

- Anya
- Anastasia
- Lucian — *El guardián oscuro*
- Jaxon Montgomery
- Mikhail — Raven Whitney — *El príncipe oscuro*
- Savannah — *La magia oscura* — Gregori Daratrazanoff
- Stefan
- Vlad — Sarantha
- Noelle
- Jacques — Shea O'Halloran — *El deseo oscuro*

JUSTICANO/BELANDRAKE

- Byron Justicano — *Oscura sinfonía*
- Antonietta Scarletti — *La maldición Scarletti*
- Eleanor — Vlad Belandrake
- Diedre
- Tienn
- Benjamin
- Josef

10

LOS CARPATIANOS

Clave
- ══ Compañero/a eterno/a
- ⋏ Hermanos
- ─ Padres no compañeros eternos
- ⋏ Gemelos
- ⋎ Trillizos
- Y Primos

CAZADORES DE DRAGONES

Solange Sangria
Peligro oscuro

Dominic — Rhiannon — Soren — Tatiana — Branislava

VON SHRIEDER

Vikirnoff — Nicolae — Destiny
Destino oscuro

Ivory Malinov — Razvan
Cazadora oscura

Virginia Jansen — Gary Jansen

Natalya Shonski
El demonio oscuro

Lara Calladine
Maldición oscura

Colby Jansen — Paul — Ginny
Secreto oscuro

DE LA CRUZ

Zacarias — Manolito — Nicolas — Rafael — Riordan
Posesión oscura

MaryAnn Delaney

Juliette Sangria — Jasmine
Hambre oscura / Hot blooded

Solange

Capítulo 1

El humo le quemaba los pulmones, se elevaba a su alrededor en oleadas arrolladoras, alimentado por los numerosos incendios de la selva tropical circundante. Había sido un batalla larga y muy reñida, pero ya había terminado, y estaba destrozado. Aunque la casa principal había quedado destruida en su mayor parte, habían logrado salvar los hogares de la gente que trabajaba para ellos. Se habían perdido unas pocas vidas, cada una de ellas muy lamentada, por supuesto; aunque no por él. Contempló las llamas con ojos hundidos. No sentía nada. Miró los rostros de los muertos, hombres honorables que habían servido a su familia con dedicación, vio a sus viudas afligidas, los niños llorosos, de nuevo sin sentir... nada.

Zacarías De La Cruz se detuvo tan sólo un momento para inspeccionar el campo de batalla. Donde antes se extendía exuberante la selva tropical, con los árboles alzándose hasta las nubes, hábitat de flora y fauna, ahora las llamas ascendían a los cielos y el humo negro manchaba el cielo. El olor a sangre era abrumador; los cuerpos muertos, destrozados, miraban con ojos sin vida el cielo oscuro. La visión no le conmovió. Lo inspeccionó todo con mirada despiadada, como observando desde la distancia.

No importaba dónde, ni en qué siglo, la escena siempre era la misma. Durante los largos y oscuros años, había visto tantos campos de batalla que había perdido la cuenta. Tanta muerte. Tanta brutalidad. Tanta matanza. Tanta destrucción. Y él siempre en medio, un oscuro depredador despiadado, rondando cruel e implacable.

Llevaba la sangre y la muerte grabadas en sus propios huesos. Había ejecutado a tantísimos enemigos de su pueblo a lo largo de cientos de siglos que ya no sabía existir sin cazar... o sin matar. Para él no había otra forma de vida. Era un depredador puro, había reconocido este hecho mucho tiempo atrás; igual que lo reconocía cualquiera que se le acercara.

Era un legendario cazador carpatiano de una estirpe casi exterminada, viviendo en un mundo moderno pero aferrado a las costumbres antiguas de honor y deber. Su especie dominaba la noche y dormía durante el día, y necesitaba sangre para sobrevivir. Casi inmortales, llevaban existencias largas y solitarias de las que se desvanecían el color y la emoción, hasta contar sólo con el honor para mantenerse en el camino elegido: la búsqueda de la única mujer que podría completarles y devolverles tanto el color como la emoción. Muchos se rendían y acababan matando a las personas de cuya sangre se alimentaban, sólo por sentir el ardor, sólo por sentir algo. Y como consecuencia se convertían en la criatura conocida más vil y peligrosa: el vampiro. Zacarías De La Cruz, igual de brutal y violento que los no muertos, era un maestro en darles caza.

La sangre manaba constante de sus numerosas heridas y el ácido venenoso del vampiro penetraba hasta sus huesos, pero notó la calma invadiéndole en el momento en que se dio la vuelta y se alejó andando tranquilo. Los incendios seguían ardiendo con furia, pero sus hermanos podrían apagarlos. La sangre ácida del ataque de los vampiros empapaba la tierra gimiente y agraviada, pero también en este caso sus hermanos extraerían el veneno repugnante para erradicarlo.

Su brutal y severa existencia llegaba a su término. Por fin. Tras más de mil años de vivir en un mundo vacío y gris, había logrado todo lo que se había propuesto hacer. Sus hermanos estaban salvaguardados. Cada uno tenía una mujer que le completaba. Vivían felices y sanos, él les había librado de su peor amenaza. Cuando sus enemigos aumentaran en número otra vez, sus hermanos les superarían incluso. Ya no necesitaban su protección o liderazgo. Era libre.

—¡Zacarías! Necesitas curarte. Necesitas sangre.

Era una voz femenina. Solange, la compañera de vida de Dominic, su más viejo amigo, cambiaría las vidas de los carpatianos para siempre con su sangre real pura. Él era demasiado viejo, maldición, demasiado apegado a sus costumbres y, oh, estaba demasiado cansado como para emprender la clase de cambios necesarios para seguir viviendo en este siglo. Se había vuelto tan obsoleto como los guerreros medievales de tiempo atrás. El sabor de la libertad era metálico, cobrizo, la sangre manando, la esencia misma de la vida.

—Zacarías, por favor. —Había un temblor en la voz de Solange que debería haberle afectado, pero no sucedió. No sentía como los demás. No le influía la piedad, el amor ni la dulzura. No tenía un lado más bondadoso, más amable. Era un asesino. Y se le acababa el tiempo.

La sangre de Solange era un regalo increíble para su gente; lo reconoció pese a su rechazo en ese momento. Beberla brindaba a su pueblo la habilidad de caminar bajo la luz del sol, a la que los carpatianos eran vulnerables durante las horas del día, sobre todo él. Cuanto más depredador, cuanto más asesino, más hostil resultaba la luz del sol. La mayoría de su gente le consideraba el guerrero carpatiano que caminaba al borde de la oscuridad, y sabía que era cierto. La sangre de Solange le había dado ese motivo final para liberarse de su oscura existencia.

Zacarías inspiró otra bocanada de aire humeante y siguió alejándose de ellos sin dirigir una mirada atrás ni reconocer el ofrecimiento de Solange. Oyó a sus hermanos llamarle alarmados, pero continuó caminando, sin detener la marcha. La libertad se hallaba lejos y tenía que llegar allí. Lo había sabido mientras arrancaba el corazón del último atacante vampiro que intentaba destruir a su familia. Sólo había un lugar al cual quería ir. No tenía sentido, pero eso no importaba. Iría.

—Zacarías, detente.

Alzó la vista mientras sus hermanos se dejaban caer del cielo y formaban un muro sólido ante él. Los cuatro. Riordan, el más joven. Manolito, Nicolás y Rafael. Eran buenos hombres, casi percibía su amor por ellos —tan elusivo— fuera de su alcance. Le bloquearon el paso para impedirle llegar a su objetivo; y nadie ni nada podía interponerse —nunca— entre él y lo que quería. Un gruñido retumbó en su pecho, la tierra tembló bajo sus pies. Ellos intercambiaron una mirada inquieta, con el miedo relumbrante en sus ojos.

Esa mirada de miedo tan intenso en sus propios hermanos debería haberle dado que pensar, pero no sentía... nada. Había enseñado a estos cuatro hombres sus habilidades combativas y técnicas de supervivencia. Había luchado durante siglos a su lado y les había cuidado. Les había guiado. En algún momento incluso tuvo recuerdos de amor por ellos. Ahora que se había desprendido del manto de la responsabilidad, no quedaba nada. Ni siquiera esos débiles recuerdos para mantenerle. No podía recordar el amor ni la risa. Sólo la muerte y la matanza.

—Apartaos. —Una palabra. Una orden. Esperaba que obedecieran como todo el mundo le obedecía. Aunque había acumulado riqueza más allá de lo imaginable en sus largos años de vida, en los últimos siglos ni una sola vez había tenido que recurrir al dinero para salir de un apuro o abrirle una puerta. Una palabra era todo lo que necesitaba para que el mundo temblara y sus deseos se cumplieran.

Se apartaron a su pesar, demasiado despacio para su gusto, y le dejaron pasar.

—No lo hagas, Zacarías —dijo Nicolás—. No te vayas.

—Al menos cúrate las heridas —añadió Rafael.

—Y aliméntate —le instó Manolito—. Necesitas sangre.

Se giró en redondo y todos retrocedieron con el miedo transformándose en terror en sus ojos. Él sabía que tenían motivos para estar asustados; los siglos le habían modelado, le habían puesto a punto hasta hacer de él un depredador violento y brutal, una máquina asesina. Tenía pocos rivales en el mundo. Y andaba al borde de la locura. Sus hermanos eran grandes cazadores, pero matarle requeriría las destrezas de todos ellos y ninguna vacilación. Todos tenían parejas eternas. Todos tenían emociones. Todos le querían. Él no sentía nada, contaba con esa ventaja.

Había dejado ya de contar con ellos, abandonó su mundo desde el momento en que les dio la espalda y se concedió la libertad de abandonar sus responsabilidades. No obstante, sus rostros, tallados con profundas líneas de pesar, le detuvieron por un momento.

¿Cómo sería sentir una pena tan profunda? ¿Sentir amor? *Sentir*. Tiempo atrás habría contactado con sus mentes para compartir vivencias con ellos, pero desde que tenían parejas eternas, no se atrevía a correr el riesgo de mancillarles con su oscuridad interior. Su alma no sólo estaba destrozada; Zacarías había matado con demasiada frecuencia, se había distanciado de todo lo que apreciaba para proteger mejor a quienes quería. ¿Cuándo había llegado al punto de no poder tocar sus mentes con seguridad y compartir recuerdos? Hacía tanto que ni recordaba.

—Zacarías, no lo hagas —rogó Riodan, con el rostro crispado por el mismo profundo dolor visible en las facciones de cada uno de sus hermanos.

Habían sido su responsabilidad durante demasiado tiempo, no podía alejarse así, sin darles algo. Se quedó ahí un momento, solo por completo, con la cabeza alta, los ojos llameantes y el largo pelo ondeando en torno a él mientras la sangre goteaba constante por su pecho y muslos.

—Os doy mi palabra de que no tendréis que cazarme.

Era lo único que tenía para ellos. Su palabra de no convertirse en vampiro. Podía descansar, y buscaba ese descanso final a su manera. Se apartó de ellos, de la comprensión y alivio en sus rostros, y una vez más inició su viaje. Tenía que irse lejos si quería llegar a su destino antes del amanecer.

—Zacarías —llamó Nicolás—. ¿Adónde vas?

La pregunta le dio que pensar. ¿Adónde iba? La compulsión era fuerte, imposible ignorarla. De hecho, aminoró el paso. ¿Adónde se dirigía? ¿Por qué la necesidad era tan fuerte en él, pese a no sentir nada? Pero había algo, una fuerza oscura le conducía.

—*Susu*... a casa. —Susurró aquella palabra. Su voz viajaba con el viento, el tono grave resonaba en la misma tierra bajo sus pies—. Voy a casa.

—Tu casa está aquí —manifestó Nicolás con firmeza—. Si buscas descanso, respetaremos tu decisión, pero quédate con nosotros, con tu familia. Éste es tu hogar —reiteró.

Zacarías negó con la cabeza. Se sentía empujado a dejar Brasil. Necesitaba trasladarse a algún otro lugar y tenía que irse ahora, mientras aún hubiera tiempo. Con los ojos rojos como llamas y el alma tan negra como el humo, se transformó para adoptar la forma del gran águila arpía.

¿*Vas a los Cárpatos?* Quiso saber Nicolás mediante su vínculo telepático. *Viajaré contigo.*

No. Voy a mi lugar... solo. Tengo que hacer esto solo.

Nicolás le envió todo su cariño, le envolvió de afecto.

Kolasz arwa-arvoval. Que mueras con honor. Había pesar en su voz, en su corazón. Pero Zacarías, aunque lo reconocía, no podía reproducir ese sentimiento, ni siquiera una pequeña punzada.

Rafael habló mentalmente con apego. *Arwa-arvo olen isäntä, ekäm.* Que el honor te acompañe, hermano mío.

Kullesz arwa-arvoval, ekäm. Camina con honor, hermano mío, añadió Manolito.

Arwa-arvo olen gæidnod susu, ekäm. Que el honor te guíe hasta casa, hermano mío, dijo Riordan.

Hacía mucho que no oía la lengua materna de su pueblo. Hablaban los idiomas y dialectos de los lugares donde se encontraban, fuera donde fuese. Asimismo, adoptaban nombres según cambiasen de un país a otro, incluso el apellido, pese a que los carpatianos nunca lo habían usado. Su mundo se había alterado enormemente con el tiempo. Siglos de transformación, siempre adaptándose para amoldarse, y no obstante nunca cambiaba de verdad, ya que el mundo de Zacarías sólo tenía que ver con la muerte. Por fin iba a regresar a casa.

Esa frase sencilla no significaba nada... y todo. No había tenido un hogar en más de mil años. Él era uno de los más viejos, desde luego uno de los más mortíferos. Los hombres así no tenían hogar. Poca gente les invitaba a sentarse junto a su fuego, qué decir en su hogar. Por lo tanto, ¿qué era volver a *casa*? ¿Por qué había usado esa palabra?

Su familia había establecido ranchos en los países donde patrullaban, en todo el Amazonas y sus afluentes. Su área era muy extensa, cubría miles de kilómetros, lo cual dificultaba la vigilancia, pero tras haber establecido relaciones con varias familias humanas, las distintas casas estaban siempre preparadas cuando ellos llegaban. Iba hacia una de esas casas, por lo tanto tenía que recorrer el largo trayecto antes del amanecer.

Su rancho peruano estaba situado en el extremo del bosque ecuatorial, a pocos kilómetros de la i griega que formaban los ríos antes de verterse en el Amazonas. Incluso esa zona estaba cambiando poco a poco con los años. Su familia había aparentado introducirse en ella con los españoles, con nombres inventados, indiferentes a como sonaban, pues a los carpatianos les importaba poco cómo les llamaban los demás. No sabían que iban a pasar siglos en la zona y que, de hecho, se familiarizarían con ella más que con su patria originaria.

Zacarías bajó la vista y observó la bóveda de selva tropical mientras volaba. También estaba desapareciendo, un cercenamiento constante que no entendía. Había tantas cosas del mundo moderno que no entendía, y la verdad, ¿qué importaba? Ya no era su mundo ni su problema. La compulsión del momento le tenía más perplejo que las respuestas a la desaparición del ecosistema. Pocas cosas despertaban su curiosidad, aun así este impulso abrumador de regresar a un lugar en el que había estado apenas un par de veces era inquietante en sumo grado. Porque el impulso era una necesidad, y él no tenía necesidades. Era abrumador, y a él nada le abrumaba.

Pequeñas gotas de sudor cayeron sobre las nubes brumosas que rodeaban los árboles emergentes, elevándose aquí y allá por encima de la propia bóveda verde. Podía notar el miedo de los animales a su paso. Más abajo, un grupo de douroucoulis, monos nocturnos muy pequeños, daba brincos y realizaba acrobacias asombrosas en las capas intermedias de las ramas, mientras él pasaba por encima. Algunos se alimentaban de frutos e insectos mientras otros permanecían atentos por si aparecían depredadores. Por lo general chillaban para dar la alarma en cuanto detectaban un águila arpía, no obstante, mientras sobrevolaba la familia de monos, se hizo un silencio completo y misterioso.

Sabía que no era la amenaza de un ave de gran tamaño volando sobre ellos lo que dejaba el bosque tan paralizado. El águila arpía permanecía a menudo quieta en las ramas durante largas horas, a la espera de que apareciera la comida idónea. Descendía a velocidad pasmosa para atrapar un perezoso o un mono de los árboles, pero por regla general no cazaba volando. Los mamíferos se escondieron, pero las serpientes alzaron la cabeza a su paso. Cientos de arañas del tamaño de un plato se arrastraron por las ramas, migrando en la dirección de su vuelo. Los insectos se levantaron a millares a su paso.

Zacarías estaba acostumbrado a las señales que marcaban la oscuridad que existía en él. Ya se había sentido diferente cuando era un joven carpatiano. Su habilidad para la lucha era natural, innata, la llevaba marcada casi antes de nacer. Su reflejos eran veloces, su cerebro trabajaba muy rápido. Tenía la facultad de evaluar una situación a la velocidad de la luz y daba con un plan de batalla al instante. Mataba sin vacilación, incluso a edad temprana, y era casi imposible detectar las ilusiones que proyectaba.

La oscuridad se había intensificado con el tiempo, pero ya ensombrecía su alma mucho antes de perder las emociones y el color; y ambas cosas las había perdido antes que otros de su edad. Lo cuestionaba todo, y a todo el mundo. Pero su lealtad a su príncipe y a su pueblo era inquebrantable, algo que le había ganado el odio eterno de su mejor amigo.

Volaba con fuertes alas, rápido a través de la noche, ignorando las heridas y su necesidad de sangre. Mientras cruzaba la frontera y descendía un poco sobre el dosel verde, notó cómo aumentaba su compulsión. Necesitaba estar en su rancho peruano. Lo necesitaba, así de sencillo. La selva se extendía bajo él, una oscura maraña de árboles y flores, con el aire cargado de humedad. Musgos y enredaderas formaban largas barbas fluidas, que casi llegaban a las lagunas acuosas, los arroyos y los riachuelos. Los helechos enredados pugnaban también por hacerse espacio, trepando sobre largas raíces expuestas en el oscuro suelo inferior.

El águila se dejó caer a través de las ramas cubiertas de flores, lianas y todo tipo de insectos ocultos en la mezcolanza exuberante de vegetación. Mucho más abajo oyó la suave llamada de una rana de San Antonio a su pareja, y luego se añadió al coro un sonido áspero mucho más chirriante. Una vibración casi electrónica se sumó a la sinfonía cuando cientos de voces diferentes se elevaron en un *crescendo*, y luego, de repente, se quedaron en silencio con un desasosiego escalofriante, poco natural, mientras el depredador se aproximaba y pasaba por encima.

El oscuro cielo nocturno se convirtió en un gris perla más suave cuando el amanecer empezó a colarse, tomando posesión del reino poderoso de la noche. El águila se dejó caer desde la bóveda verde describiendo una espiral sobre el claro donde estaba situado el rancho. Con su aguda visión alcanzaba a ver el río discurriendo como una gruesa cinta que dividía la tierra. Las suaves laderas daban paso a riscos empinados, profundos barrancos que cortaban el bosque. Los árboles y la vegetación serpenteaban por el terreno rocoso, como una oscura maraña de espesura decidida a reclamar lo que le habían arrebatado.

Unas pulcras vallas dividían las laderas, con cientos de reses salpicando sus pastos, mientras el ave sobrevolaba las quebradas y el valle. Cuando la sombra pasó sobre ellas, alzaron las cabezas, agitadas, temblando y chocándose mientras se volvían a un lado y a otro en un intento de identificar el peligro que olían.

El águila voló sobre varios campos y casi media hectárea de huertas, todas bien atendidas, como era de esperar, por el clan familiar que servía a los De la Cruz. Todo estaba limpio, reparado con meticulosidad, cada tarea realizada con sumo esmero. Los pastos y los campos dieron paso a grandes corrales donde los caballos daban vueltas y sacudían la cabeza inquietos mientras los sobrevolaba. El rancho se extendía por debajo de él como un cuadro perfecto que no era capaz de apreciar.

Mientras se acercaba al establo, una oleada de calor recorrió sus venas. En lo más hondo del cuerpo del ave, donde no debería sentir nada en absoluto, su corazón dio un leve brinco al que no estaba acostumbrado. La extraña palpitación casi hace que se caiga del cielo. Cauteloso por naturaleza, no se fiaba de lo que no entendía. ¿Qué podía precipitar aquel calor por sus venas? Estaba agotado de la larga batalla, el largo vuelo, y la pérdida de sangre. Pero su ansia palpitaba con cada latido de su corazón, le clavaba sus garras intentando imponer la supremacía. El dolor de las heridas que no se había molestado en curar le estaba destrozando como un martillo neumático omnipresente, perforando sus huesos.

Semanas atrás había estado a punto de convertirse en vampiro, pues era tan fuerte el deseo de aliviar aquel vacío, de aliviar la negrura de su alma, que ahora su reacción no tenía sentido. Estaba en baja forma, necesitaba sangre. Nuevas muertes mancillaban su alma. No obstante, notaba esa extraña reacción en las inmediaciones de su corazón, ese calor que pulsaba por sus venas con expectación. ¿Algún truco? ¿Un reclamo dispuesto por un vampiro? Algo se le escapaba.

El águila arpía plegó lentamente toda la envergadura de sus alas, de más de dos metros, y clavó las zarpas, grandes como las garras de un oso pardo, en el techo del establo mientras las plumas de la cabeza formaban una cresta enorme. El gran depredador se quedó quieto por completo, con su aguda vista desplazándose sobre el terreno inferior. La visión era asombrosa desde dentro del cuerpo del ave, y su oído se potenciaba aún más con la concentración de ondas de sonido gracias a las plumas más pequeñas que formaban su disco facial.

Los caballos del corral situado a escasa distancia reacciona-ron a su presencia, moviéndose inquietos y echando la cabeza hacia atrás mientras se amontonaban en un grupo más compac-to. Varios relinchaban con inquietud. Una mujer salió entonces del establo, con un gran caballo siguiéndola. Zacarías fijó de in-mediato la atención en ella. Tenía el pelo largo hasta la cintura, recogido en una trenza tan gruesa como su propia muñeca. El largo cordón de cabello atrajo su mirada. Mientras se movía, los mechones entrelazados relucían como seda hilada.

Hacía siglos que Zacarías sólo veía colores sombríos, grises y blancos apagados. La trenza era fascinante porque era de un negro verdadero. Casi estaba hipnotizado por el largo y oscuro cabello, por los mechones relucientes pese a que aún no había salido el sol. En algún lugar en las inmediaciones de su tripa, creyó que su estómago daba una lenta voltereta. En un mundo donde todo era igual y nada le conmovía, esa pequeña sensación suponía el estallido de una bomba. Por un momento se quedó sin aliento, estremecido por aquel extraño fenómeno.

El caballo que seguía a la mujer no llevaba silla ni bridas, y en cuanto salió del edificio empezó a danzar con inquietud des-asosegada, agitando la cabeza y entornando los ojos, alrededor de ella. Los caballos eran Pasos Peruanos purasangres, una raza reconocida no sólo por su andar natural sino por su tempera-mento. La mujer dirigió la mirada a los animales que corrían en círculo en el corral —no era usual que estuvieran nerviosos— y luego alzó una mano tranquilizadora al caballo parado sobre dos patas, tan cerca de ella. Le puso la mano en el cuello y a conti-nuación alzó la mirada hacia el águila posada tan quieta sobre el techo.

Esos oscuros ojos chocolate penetraron justo a través de las plumas y los huesos del águila, directos a Zacarías. Notó el im-pacto como una flecha perforando su corazón. *Margarita.* Incluso desde esta distancia alcanzaba a ver las cicatrices en su garganta, donde el vampiro había desgarrado sus cuerdas vocales cuando ella se negó a desvelar al no muerto el lugar donde él descansaba. En otro tiempo había sido una joven despreocupada, o él así lo imaginaba, pero ahora alguien la estaba utilizando para atraparle.

Todo tenía sentido ahora. La compulsión de venir a este lugar, de pensar que era su hogar. ¿Estaba ella poseída por un vampiro? Sólo un maestro sería capaz de crear un hechizo así y mantenerlo activo, sólo un maestro como sus viejos enemigos, los hermanos Malinov. Los cinco hermanos habían crecido con Zacarías. Habían luchado juntos durante casi quinientos años. Pero sus amigos habían decidido hacerse vampiros, entregar sus almas en su ansia de poder. Y optaron por reunir a los no muertos en una conspiración contra el príncipe y el pueblo carpatiano.

Dominic había descubierto su último complot y se había quedado para defender las propiedades de los De la Cruz en Brasil. Consciente de que los vampiros pondrían a prueba su plan de ataque en el rancho antes de caer sobre el príncipe, Zacarías les había esperado. Ningún vampiro escapó con vida, ninguno pudo regresar para contar a los Malinov que su plan había fallado.

Zacarías era consciente de la ira de los Malinov y su odio amargo y constante hacia él y sus hermanos. Sí, bien podría ser la revancha por la derrota del ejército Malinov, pero ¿cómo habrían llegado hasta aquí antes que él? Eso tampoco tenía sentido.

El águila arpía sacudió la cabeza como si la despejara de pensamientos perturbadores. No, era imposible que se reagruparan tan deprisa para otro ataque. En cualquier caso, los caballos, que apenas toleraban su presencia, nunca permitirían que les tocara el maligno, y sin embargo Margarita estaba acariciando el poderoso cuello de ese animal. Por lo tanto, no estaba poseída.

A Zacarías le intrigaba la extraña sensación en su pecho. Casi alivio. No quería tener que matarla, no después de estar a punto de sacrificar su vida por él en una ocasión. No obstante, si era incapaz de sentir emoción alguna, de ninguna clase, ¿por qué entonces notaba aquella agitación en cuerpo y mente desde su regreso a este lugar? Nada de esto tenía sentido. Dobló su vigilancia, pues no confiaba en lo que no le era familiar.

Un calor se filtró en el cerebro del ave, la impresión sosegadora de un saludo amistoso. El águila reaccionó, ladeó la cabeza y miró fijamente a los ojos de la mujer. Zacarías notó que el ave intentaba una aproximación a ella. La mujer era sutil en su contacto, tan leve que apenas estaba ahí, pero su don era poderoso. Incluso la gran ave de presa de la selva tropical caía bajo su hechizo. Notó cómo su propia mente y cuerpo reaccionaban, se relajaban y la tensión se esfumaba. Ella había ido más allá del ave y encontrado la naturaleza más salvaje y menos domesticada de Zacarías.

Sorprendido, retrocedió, se replegó aún más en el interior del cuerpo del águila, sin dejar de observarla de cerca cuando ella se concentró de nuevo en calmar a los caballos. No le llevó demasiado sosegarles hasta el punto de lograr permanecer en pie calmados, pero sin dejar de observar al águila, consciente de que un depredador aún peor estaba enterrado dentro del animal.

Margarita rodeó el cuello del animal y luego dio un brinco. Fue un movimiento fácil, ejercitado; ella pareció fluir por el aire, toda gracia, hasta colocarse sobre el lomo del animal, que retrocedió de inmediato unos pasos debido a la presencia del depredador —de eso estaba seguro— más que al hecho de haber sido montado por la muchacha. A Zacarías se le cortó la respiración y su corazón se aceleró con un redoble estruendoso; otro fenómeno peculiar. El gran águila extendió las alas casi antes de que Zacarías diera la orden. El movimiento fue más instintivo que meditado, una necesidad inmediata de mantener segura a la muchacha. Margarita se inclinó sobre el cuello del caballo con una orden silenciosa, y corcel y amazona corrieron con fluidez sobre el terreno en perfecta simbiosis.

Una vez convencido de que no corría peligro, Zacarías plegó las alas y observó, clavando aún más las garras en el tejado mientras el caballo volaba por encima de la valla y alargaba el paso. Ella se mantenía erguida mientras el trote elegante del animal seguía un repiqueteo armonioso y rítmico, tan amable que su centro de gravedad, donde iba sentada Margarita, se mantenía casi estacionario.

Intrigado, Zacarías entró en contacto con la mente del animal. Ella controlaba a la montura... y sin embargo no lo hacía. El caballo la aceptaba, quería complacerla, disfrutaba con la fusión de ambos espíritus. Margarita desplegaba su hechizo sin esfuerzo, retenía al caballo unido a ella mediante su don: una conexión profunda con los animales. No parecía ser consciente de hacer nada especial, tan sólo estaba disfrutando de esta cabalgata al amanecer... igual que el caballo.

Por lo tanto, éste era el motivo de aquella extraña agitación en mente y cuerpo. Su don. Ella tocaba todo lo salvaje, y él no estaba domesticado para el caso. No había ninguna amenaza del no muerto, sólo estaba esta mujer con su inocencia y su luz. Debía de haber dado otra orden al caballo, porque el animal cambió el paso y adoptó un movimiento fluido y gracioso que hacía rodar las patas delanteras desde el hombro hacia el exterior mientras avanzaba. Llevaba la cabeza alta, con orgullo, la crin ondeante, los ojos brillantes, y exaltación en cada movimiento.

Era un momento perfecto, el momento perfecto para poner fin a su vida. Ella era... hermosa. Libre. Avanzaba con fluidez sobre el terreno, como agua fresca. Todo por lo que él había luchado... todo lo que nunca había sido. El águila extendió las alas y voló en espiral, observando desde la altura a caballo y jinete mientras atravesaban el terreno a toda prisa pero con una facilidad increíble.

Durante toda su vida, incluso en su juventud, cuando los soldados luchaban a lomos de sus monturas, había en él demasiado de depredador como para que un caballo pudiera llevarle. En esos días había intentado cualquier cosa —excluido el control mental— que le permitiera cabalgar, pero ningún caballo podía soportarlo. Se estremecían y temblaban bajo su figura, incluso cuando procuraba calmarlos.

Margarita volaba sin esfuerzo sobre vallas, sin silla ni bridas, jinete y caballo exudando dicha. Los siguió mientras se apresuraban sobre el terreno irregular, aunque por el suave paso del caballo parecía que flotasen. Margarita echó ambas manos al aire mientras salvaban una valla, aferrándose al caballo con las rodillas y guiándolo con la mente.

El caballo cambió el paso con fluidez para trotar sobre el prado y volvió a describir un amplio círculo para regresar. Margarita lanzó al águila una oleada amistosa y, una vez más, el calor y la dicha invadieron a Zacarías. Él le había donado su sangre en aquella otra ocasión; pero no había tomado la sangre de la muchacha. La boca se le hizo agua. Sus dientes se alargaron y la llenaron, y el hambre estalló en su interior irradiando necesidad a cada célula. Hizo ladearse al ave de súbito y se dirigió otra vez hacia el establo. Se negaba a correr riesgos con su autocontrol.

En una ocasión había estado a punto de renunciar a lo poco que quedaba en su alma. Haría honor a la palabra dada a sus hermanos. Ningún carpatiano tendría que jugarse la vida por dar caza a Zacarías De La Cruz. Él elegía su destino, y había optado por salvar su honor. Se entregaría al amanecer, sin bajar la cabeza, aceptando la muerte. Su última visión sería el regreso de la mujer: la joven Margarita y su luz difundiéndose desde su interior, mientras volaba con fluidez sobre el terreno a lomos de un hermoso corcel. Retendría hasta encontrar la muerte la visión de la joven haciendo justo lo que soñaba de muchacho: cabalgar con el animal como un solo ser.

El águila aterrizó con gracia sobre el terreno situado al lado del establo. Haciendo caso omiso de los caballos aterrorizados en el corral adyacente a la estructura, retomó su forma humana. Era un hombre grande, todo músculo, con el pelo largo y suelto. Líneas profundas tallaban su rostro con lo que algunos describían como una belleza brutal. Algunos decían que su boca era sensual y cruel. La mayoría coincidía en que era aterrador. Justo en ese momento, se sentía absolutamente cansado: tan agotado que incluso le costó buscar a su alrededor un lugar donde sentarse. Quiso dejarse caer ahí mismo sobre la hierba fresca.

Se obligó a moverse mientras buscaba un lugar adecuado para sentarse y observar el sol al elevarse sobre el bosque. Se hundió con lentitud en el blando suelo, sin importarle que el agua empapara sus ropas con el rocío matinal. Tampoco se molestó ya en regular su temperatura ni en curar sus heridas. Tomar aquella decisión le produjo cierta satisfacción, por primera vez en su existencia no notaba la carga de la responsabilidad. Encogió las rodillas, dobló las manos y apoyó la barbilla en la pequeña plataforma que preparó para poder ver al caballo y su jinete, mientras el Paso seguía con fluidez con el andar natural por el que era tan famoso.

Notó el picor del sol en su piel, pero no era la sensación terrible que había sufrido toda su vida. Solange le había donado sangre en dos ocasiones para impedir que se convirtiera en vampiro. Zacarías había puesto mucho cuidado en evitar la sangre de Solange una vez que se percató de que podía pasar las horas del amanecer al aire libre sin repercusiones. Otros miembros de su especie podían aguantar el amanecer, y había quienes de hecho podían caminar por la calle durante la mañana sin la ayuda de Solange. Pero en su caso, al tener un alma tan oscura, hacía tiempo que compartía con los vampiros la necesidad de retirarse y protegerse incluso del sol matinal.

Absorbió la visión de Margarita, lo más cercano a la felicidad que un hombre sin emociones podía estar. Había recompensado la lealtad de la muchacha salvándole la vida, y además había dado instrucciones de proporcionarle todo lo que quisiera en el rancho. No adornaba con joyas sus dedos o su cuello. Vestía ropas sencillas. Pero vivía para los caballos, incluso él se daba cuenta de eso. Él le había dado... vida. Y por extraño que pareciera, ella le había dado... libertad.

No fue consciente de cómo pasaba el tiempo. Los insectos seguían en silencio, los caballos habían dejado de dar vueltas y se amontonaban cuan lejos podían en un rincón del corral, agrupados muy juntos, moviéndose y piafando inquietos, apenas capaces de tolerar su presencia. Poco a poco su cuerpo reaccionó a la salida del sol, con el extraño y pesado mal de su estirpe.

Zacarías se estiró boca arriba en el suelo, con la cabeza vuelta hacia la visión de Margarita que se aproximaba hacia él. Ahora la luz del sol penetraba su ropa y tocaba su piel como un millón de diminutas agujas perforando su carne. Pequeñas volutas de humo empezaban a elevarse desde su cuerpo al iniciarse la combustión. No podía moverse, pero tampoco trataba de hacerlo. Ella era hermosa. Fresca. Inocente. Una satisfacción se asentó en lo más profundo pese al dolor creciente. Mantuvo los ojos abiertos deseando —no, necesitando— que la visión de Margarita cabalgando permaneciera en su corazón cuando pasara a su siguiente vida.

Tal vez observarla con demasiada atención, atrajera la mirada de la joven, o quizá la conducta extraña de los animales e insectos la puso en alerta, pero ella volvió la cabeza y su mirada encontró la de Zacarías. El carpatiano vio su jadeo y la forma repentina en que apretó las rodillas en torno al caballo, instándole a avanzar.

¡No! Atrás. No te acerques a mí. Aleja al caballo y márchate.

Zacarías no captó ni una pequeña vacilación que indicara que sus palabras habían llegado a su mente. El caballo pasó volando sobre la valla y, cuando empezó a agitarse de temor, ella detuvo al animal y descendió de un brinco. El Paso pateó el terreno y Margarita le dirigió un ceño contrariado, luego hizo un ademán en dirección al corral. Al instante el Paso Peruano corrió hacia la valla, la salvó y se unió a los otros animales en el extremo más alejado.

Margarita se aproximó a Zacarías con cautela, como se acercaría a un animal salvaje, con una mano estirada y la palma hacia él, moviendo los labios en silencio como si no se hubiera acostumbrado del todo al hecho de no poder hablar. El calor inundó su mente como un bálsamo calmante que le comunicaba que ella no iba a hacerle daño.

Zacarías hizo un esfuerzo para moverse, pero la maldición del sol había caído sobre él. Ella se acercó un poco más, haciendo sombra, tapando con su cuerpo la salida del sol. Tenía unos ojos oscuros e intensos, que le miraban con una mezcla de miedo palpable y preocupación por él.

Déjame. Vete ahora. Transmitió la orden a su cabeza directamente, junto con la impresión de un gruñido, de una orden absoluta.

Margarita se agachó a su lado y le tocó el brazo humeante con gesto de preocupación, pero retiró la mano de golpe para soplarse las puntas de los dedos.

Es mi decisión. Déjame morir. No sabía si sus órdenes penetraban en ella. No pestañeaba ni le miraba como para confirmar que le oía.

Desde el nacimiento, habían educado a Margarita para obedecer a los miembros de su familia. Sin duda no iba a desafiarle. Ella sabía lo fácil que era que un cazador carpatiano al borde de la locura se convirtiera en vampiro. El no muerto ya le había despedazado la garganta. Notó cómo le temblaba la mano al percibir el calor de su brazo. Se había quemado los dedos al tocar su piel. Se concentró en ella e insistió en imponer a su mente la compulsión de dejarlo en paz. Había demasiada compasión en ella y demasiada audacia hasta para desobedecer a alguien tan poderoso como él.

Su compulsión dio con una mente que le costaba entender. No porque encontrara barreras, más bien parecía que sus técnicas se disiparan como el humo, así de simple.

Margarita se quitó la cazadora corta y flexible y la arrojó sobre la cabeza de Zacarías para cubrirle la cara y los ojos. Él notó que le cogía por la muñeca y empezaba a arrastrarlo por el húmedo pasto. A su paso, las briznas de hierba se volvían marrones. Oyó el siseo de los pulmones de la muchacha y supo que se estaba quemando la mano, pero ella no se detuvo.

Por primera vez en largos siglos, una ira asentada en lo más profundo se arremolinó en su vientre y bulló ahí, por el hecho de que alguien osara desafiar su orden directa. Ella no tenía derecho, y sabía que no debía hacer esto. *Nadie me desafía jamás.* Desde luego ningún ser humano, y sin duda ninguna mujer. Menos aún una de sus sirvientas, de una familia que había recibido protección y riquezas de todo tipo, más de lo que hubieran imaginado nunca.

Había elegido la muerte. Estaba preparado y tranquilo con su decisión, aceptaba su compromiso. Ésta era la peor clase de traición.

Lamentarás tu desobediencia, juró.

Margarita no le hacía caso o no le oía. Para ser sincero, él no sabía qué le pasaba, ni le importaba. Ella iba a pagar. Se le clavaron piedras en la espalda, luego un trozo de madera, mientras ella se las apañaba para meterle dentro del establo. El sol dejó de quemarle vivo, aunque el pinchazo de las agujas continuaba penetrando su piel.

Lo enrolló diestramente con una lona, sin retirarle la chaqueta del rostro. Incluso le dobló los brazos sobre el pecho antes de hacerlo. Se sentía una criatura indefensa. Aquellas acciones eran tan indignas y erradas que despertaban algo monstruoso en él. Se retiró como el animal salvaje que era, esperando su momento; habría un momento. Ella ya conocía el terror de un vampiro despedazándole el cuello, pero eso no sería nada en comparación con el terror a Zacarías De La Cruz buscando venganza por sus pecados.

Margarita intentó enganchar la lona a uno de los caballos, lo supo por el aroma y por el golpeteo de los cascos del animal protestando al estar tan cerca de él. Podía haber dicho a la muchacha que ningún caballo toleraría su presencia, pero se mantuvo quieto, esperando el resultado del error de la joven. La falta de fuerza del caballo no la detuvo. Oyó el sonido de sus pasos y cómo empezaba a tirar ella misma de la lona con la ayuda del arnés. Sabía que estaba sola por el sonido de su respiración, la manera en que escapaba de sus pulmones con varios jadeos repetidos.

Le pareció significativo que no pidiera ayuda. Un grito... de acuerdo, ella no podía gritar. Pero debía de tener alguna manera de atraer la atención. Los hombres que trabajaban en el rancho acudirían en su ayuda si mandaba una señal, pero debía de saber que Zacarías les ordenaría que le dejaran morir; y ellos sí obedecerían. La feroz quemadura en sus entrañas era cada vez más ardiente, tanto que por unos momentos pensó si tal vez se habrían quemado también sus órganos internos a través de la piel.

No veía nada en absoluto, pero notó cada golpe de las piedras y la fiera llama del sol mientras le arrastró desde el establo hasta la casa del rancho. El calor abrasador tenía un efecto asombroso, expulsaba todo pensamiento cuerdo hasta dejar sólo el deseo de gritar de sufrimiento. Le invadía de forma gradual, una lenta calcinación que se filtraba a través de la piel y el tejido hasta el hueso.

Intentó desactivar el dolor como había hecho durante siglos, pero la quemadura incesante del sol era algo que no podía compartimentar, como había hecho con tantas otras heridas. Incluso con la lona envolviéndole, notaba las llamaradas que perforaban su cuerpo como flechas ardientes. El calor hervía su sangre y las llamas alcanzaban sus entrañas. No podía gritar ni protestar, ni hacer nada aparte de ser arrastrado por el patio hasta lo que suponía era la casa del rancho.

Margarita resopló con fuerza mientras subía todo su peso por las dos escaleras que llevaban al interior. Así que se encontró dentro de los muros gruesos y frescos, dejó caer el arnés y cruzó la habitación a toda prisa. Pudo oírla correr las gruesas cortinas para tapar todas las ventanas.

Sufrirás por tu desobediencia como nadie ha sufrido jamás, prometió, lanzando las palabras a su cerebro.

Tuvo de nuevo la impresión de que las palabras se escurrían por alguna rendija, como si ella no pudiera entender lo que le decía, pero no importaba. Esperó mientras desenrollaba con cuidado la lona y, cuando los bordes se separaron, abrió de golpe sus ojos oscuros, encontrando la mirada de la joven. Se le escapó un largo y lento siseo, una promesa de venganza brutal, en esta ocasión sin dar lugar a malentendidos en su significado.

Capítulo 2

A Margarita Fernández se le cortó la respiración y retrocedió hacia atrás hundiéndose sobre los talones. ¿Qué estaba haciendo? Podía visualizarse gritándose a sí misma que parara, en lo más profundo de su ser, donde nadie más podía oírla; pero por mucho repetirse que le dejara morir, tal y como él pedía, era incapaz. Ya no había vuelta atrás, y con toda certeza él la mataría. Se había atrevido a desobedecer a un De la Cruz. Y no cualquier De la Cruz. Había desobedecido a aquel del que tanto rumoreaban los hombres. Se trataba de Zacarías, al que nadie mencionaba a menos que fuera en términos de gran respeto, y aún mayor temor.

Él se lo había comunicado ya; su voz grabó las palabras con cincel en su corazón para siempre. *Vas a sufrir por tu desobediencia como nadie ha sufrido nunca.* Le había advertido repetidas veces que le dejara en paz. Ella sencillamente... no podía. No había forma de explicárselo a él; ella misma no sabía el motivo. Y no tenía voz. No había otra manera de sosegarlo que tratándolo como ella hacía con las criaturas salvajes que la rodeaban.

Precisó gran coraje y esfuerzo físico apartar la mirada de la prisión de aquellos ojos. Apretando los labios, pasó por alto el latido atronador de su corazón y tiró de la ropa de Zacarías para arrancar de su piel aquellas prendas chamuscadas. Soltó un jadeo y casi da un respingo hacia atrás al ver las heridas. La sangre coagulada, espesa y fea, estaba pegada a las quemaduras veteadas. Había tomado parte en una batalla terrible, le habían herido repetidas veces, y no se había molestado en curar las laceraciones ni, a juzgar por su palidez, en alimentarse.

No había tiempo para formalidades. Lo más probable es que le persiguieran. Los no muertos se irían bajo tierra una vez que saliera el sol, pero tenían todo tipo de sirvientes apestosos. Desde su nacimiento la habían adiestrado para estar preparada contra los asaltos de los vampiros a su casa. Corrió por toda la hacienda cerrando todas las ventanas y puertas y distribuyó armas para tenerlas accesibles. Luego se fue a toda prisa a la cocina para preparar una solución que calmara la piel quemada de su señor.

Llevó el jarro de nuevo junto al hombre tendido en el suelo. Su mirada la seguía, pero no hacía esfuerzos para inculcar más miedo en su mente. Tal vez porque ya estaba tan llena de terror que no quedaba sitio. Aun así, sus ojos fieros lanzaban llamaradas rojas y una promesa de revancha. Ella evitaba mirar esos ojos, un poco temerosa de que la controlaran, pero ella no iba a retirarse —no podía— para permitirle morir. Cada célula de su cuerpo le exigía salvar esa vida, aunque el coste fuera la suya.

Le temblaba la mano cuando empezó a pasar la esponja sobre su cuerpo con la solución refrescante. Sabía que le escocerían las laceraciones abiertas, pero tenía que tratar las quemaduras antes de pasar a otras heridas. Intentó con esfuerzo no fijarse en sus músculos bien definidos y en sus impresionantes partes nobles. Margarita lo hizo como si fuera un animal salvaje, y tal vez lo fuera de verdad, pero era difícil considerarle así mientras pasaba el suave paño sobre su cuerpo tan masculino.

Estaba habituada a la compañía de hombres. Había trabajado en el rancho desde siempre, por lo que ella recordaba, pero ninguno tenía un cuerpo como éste. Zacarías era todo músculo duro, amplios hombros y caderas estrechas. Tenía una reputación temible. Pocos le habían visto en persona, pero los rumores eran terribles. Cesaro Santos, el capataz del rancho, le había explicado que cuando fue atacada por el vampiro, Zacarías le había salvado la vida. Pero ella nunca había coincidido con él, ni habían hablado, ni siquiera le había visto antes. No obstante, sabía con absoluta certeza que este hombre era el mayor de los hermanos De la Cruz y el amo de todos los ranchos.

Limpió las heridas con sumo cuidado, calmándole en todo momento como haría con uno de sus animales salvajes, sin saber si serviría de algo o no. Tenía el cuerpo totalmente exánime, aunque sus ojos continuaban abiertos del todo y fijos en su cara. Necesitaba sangre. Estaba demasiado pálido y era evidente por sus heridas que había perdido demasiada sangre. Pudo oír cómo se le aceleraba su propio corazón, pero ya había llegado hasta aquí, ¿qué podía importar seguir un poco más? De La Cruz ya la había condenado por sus acciones.

Tras tomar aliento, sacó el cuchillo de la funda en su cintura y, antes de poder pensar demasiado bien lo que estaba haciendo, se cortó la muñeca. Si hubiera podido gritar a viva voz, lo habría hecho, pero aunque abriera mucho la boca, no surgiría sonido alguno. Colocó la muñeca sobre la boca del señor y permitió que su propia sangre goteara de forma constante. Le pidió en silencio que tragara. Eso lo podía hacer, estaba segura. Al ver que no había movimiento alguno, observó con atención y se percató de que su boca parecía absorber la sangre, como si estuviera tan famélico que su cuerpo tomara cualquier sustancia que consiguiera. Tenía sentido. Era casi inmortal. Su cuerpo estaba concebido para continuar viviendo a pesar de las heridas.

Le dio cuanta sangre se atrevió a donar, tal vez demasiada, porque se notó un poco mareada cuando finalmente apartó la muñeca y se fue tambaleante al cuarto de baño para vendarse la herida. Ahora ya había superado el miedo y el terror, tenía puesto el piloto automático. Nadie venía ya a esta casa ahora que su padre había fallecido. Había muerto intentando impedir que el vampiro la matara, justo antes de que llegara Zacarías. Los trabajadores reconocerían la señal —las puertas y ventanas cerradas, los pesados cortinajes corridos— de que un De la Cruz se había instalado aquí y necesitaba protección, pero sin molestarle. Cesaro velaría por el ganado y prepararía el rancho para la batalla.

Margarita abrió todas las puertas entre el lugar donde estaba tendido Zacarías y el dormitorio principal en el que se ubicaba la cámara subterránea, como bien sabía ella. Desplazó con esfuerzo la enorme cama para apartarla, pues cubría la pesada trampilla que conducía a la cámara sumida en la oscuridad bajo la casa. Estaba sudando cuando volvió a toda prisa junto a Zacarías. La muñeca le palpitaba y ardía, y sus piernas parecían de goma.

Fue un infierno arrastrarle con la lona a través de la casa. Por suerte, tenía los ojos por fin cerrados y había dejado de respirar. Su apariencia era la de un muerto, frío como un témpano. Aunque conocía los principios básicos de la existencia de los carpatianos, aún le resultaba desconcertante verle tumbado como si estuviera muerto, cuando ella había arriesgado tanto para salvarle. Por un momento estuvo a punto de sufrir un soponcio; todavía se despertaba a menudo durante la noche con hiperventilación a causa de las pesadillas provocadas por el ataque del no muerto. Al reconocer el pánico, se obligó a respirar despacio y con regularidad mientras tiraba de la lona, recorriendo el suelo centímetro a centímetro hasta llegar a la trampilla.

Se mordió el labio inferior con tal fuerza que provocó una gota de sangre. ¿Cómo diablos iba a conseguir bajarlo por las escaleras? Sólo había pensado en meterlo en la rica tierra oscura que los hermanos De la Cruz habían traído de su patria para llenar sus numerosos espacios de descanso, sin considerar cómo lo conseguiría. Si llamaba a Cesaro para que le echara una mano haría preguntas para las que no tenía respuesta.

Encogiéndose de hombros, continuó tirando de la lona escaleras abajo, delante de él. Le protegía la cabeza para que no se diera con cada escalón, pero su cuerpo sufrió los golpes durante todo el recorrido. Aunque tenía los ojos cerrados y al parecer había dejado de respirar, estaba segura de que era consciente de lo que le sucedía, porque cuando tocaba su mente con su calor le parecía conectar con esa parte salvaje de él, igual que con sus animales. No era como si ella le hablara, porque no tenía voz, pero le comunicaba una impresión de pena, de lamentarlo. De tener miedo. Ella sabía que no sería suficiente para aplacar su ira, pero era lo único que tenía.

Cuando consiguió bajarlo hasta la tierra de descanso, empezó a cavar. Quería un agujero lo bastante profundo para cubrirle y que la tierra le curara. Podría haber ido al cobertizo de las herramientas por una pala, pero no se atrevía a correr el riesgo de toparse con alguien. No sabía mentir, ni siquiera con su lenguaje de signos. No lo dominaba aún bien y poca gente la entendía, por lo tanto escribía sobre todo en papel. Le temblarían las manos y Cesaro sabría que pasaba algo.

Cavó con sus manos. La tierra era rica y fértil, una arcilla negra con abundantes minerales y nutrientes. Lo sabía sólo con tocarla. Le llevó la mayor parte de la mañana y, para cuando quedó satisfecha con la profundidad del agujero, estaba sudando y cubierta de porquería. Hacía falta rodear el cuerpo y cubrirlo por completo de tierra si quería que sanara bien.

Margarita tiró de la lona hasta el mismo extremo del agujero, con el estómago un poco revuelto. Era como si intentara ocultar un asesinato. Podría añadir esta jornada a sus pesadillas, desde luego. Agachada, apoyó las manos con firmeza en el hombro y la cadera del carpatiano y empujó. Por suerte tenía fuerza, por su manejo de los caballos desde niña, pero de todos modos fue una tarea difícil hacerlo rodar hasta el lugar de descanso.

Zacarías aterrizó de costado, en una postura poco elegante, como un muñeco de trapo... o un cuerpo muerto. Margarita se llevó una mano sucia y temblorosa a la boca, notándose ella también sin fuerzas. Descansó unos minutos antes de empezar a cubrirle con la tierra oscura. Cuando estuvo enterrado del todo, se hundió de rodillas a su lado, permitiéndose unos pocos minutos para tener un ataque de pánico.

¿Qué había hecho? La familia De la Cruz hacía pocas peticiones a su gente. Muy pocas. Todos los que trabajaban para ellos eran ricos desde cualquier punto de vista. Todos poseían sus propias tierras contiguas a las tierras de los De la Cruz, siempre porque un miembro de la familia las había comprado para ellos. Primos, tíos, tías... cuidaban de todos aquellos con quienes estaban relacionados. Los padres pasaban el legado a sus hijos. Las madres a sus hijas. Todos habían obedecido, hasta Margarita. Ella había deshonrado el nombre de la familia con su desobediencia y no tenía dudas de que lo pagaría con creces.

Alzó la barbilla y se obligó a levantarse. Era una Fernández, la hija de su padre. No rehuiría su crimen, sino que se quedaría y haría frente a lo que Zacarías de la Cruz considerara apropiado como castigo. Sintió un escalofrío y unos dedos helados descendieron por su columna. Apenas parecía humano. O carpatiano. Era aterrador.

No podía cambiar lo que había hecho. No lo entendía, y lo achacó a la compasión por todas las cosas lastimadas, pero eso no explicaba por qué le había desafiado después de decirle con claridad que le permitiera morir. ¿Por qué habría decidido arder al sol? Era una muerte horrible, y ¿cómo podía pensar que ella iba a quedarse quieta y verle arder?

De la Cruz le había salvado la vida. Se tocó el cuello destrozado, pasando sus dedos manchados de tierra por las cicatrices. A veces, de noche, cuando se despertaba empapada en sudor intentando gritar sin que nada surgiera de su boca, pensaba que le llamaba a él para que acudiera en su ayuda. Oía el eco de su nombre débilmente en su cabeza, como si hubiera conseguido pronunciarlo. Ahora él estaba aquí y no era en absoluto la figura de fantasía que evocaba en su mente.

Zacarías la asustaba de una forma elemental, en lo más profundo, en su sangre y huesos. En su alma. Se apretó con el puño el corazón frenético y fuera de control. Era guapo, tenía un cuerpo duro como la piedra, aparentemente todo con lo que una mujer podía soñar, pero sus ojos... su rostro. Era aterrador. Toda fantasía adolescente que hubiera abrigado en secreto se desvanecía al encontrarse con él.

Margarita subió lentamente hacia la salida de la cámara, limpiando cada grano de polvo de su ropa y cuerpo. No podía dejar pistas. Si el títere de un vampiro penetraba las defensas del rancho, no podía haber rastros que condujeran hasta el lugar de descanso de Zacarías. Bajó la trampilla y barrió otra vez el suelo, e incluso lo fregó, temerosa de que pudiera detectarse el aroma de la sangre de Zacarías. Fue extremadamente difícil empujar la cama para volver a dejarla en su sitio, pero lo logró, alisando luego la colcha con cuidado.

Se negó a pensar demasiado en su comportamiento o en el miedo que crecía de forma insidiosa en su mente. Tenía trabajo que hacer, iba a eliminar toda evidencia de que Zacarías había estado fuera o dentro. Se preparó una taza de mate de coca, un té elaborado con hojas de coca, porque la necesitaba con desesperación. Se tomó su tiempo y saboreó el té para estimularse y seguir con las tareas.

Margarita limpió la casa entera, cada habitación, pasando

la fregona y quitando el polvo, e impregnando el lugar de un fuerte aroma a canela. Salió armada al exterior y siguió el rastro de la lona hasta los establos, eliminando con cuidado cualquier signo de que algo pesado había sido arrastrado sobre la hierba húmeda. Cerca del establo donde Zacarías había permanecido sentado y luego echado, preparándose para la muerte, encontró briznas de hierba chamuscada. Las retiró con esmero.

Agotada, tomó otra taza de té y luego se duchó y volvió a cambiarse de ropa, empleando jabones perfumados para eliminar y tapar cualquier resto de olor. Cuando se quedó del todo satisfecha y consideró que ya no podía hacer más, salió a ayudar con el ganado.

Cesaro la avistó saliendo del establo montada sobre su yegua favorita, *Centella*. Le saludó con la mano, con el rostro marcado por líneas serias.

—Ha venido el mayor, ¿cierto? —saludó mientras la alcanzaba con su caballo.

Margarita no vio motivos para negarlo. Ella había dejado la señal —los pesados cortinajes cerrados— y uno de los hombres le había dado el mensaje a Cesaro de que un De la Cruz estaba instalado en el rancho. Era la única vez que las cortinas se corrían. Asintió con la cabeza.

—Lo sabía. El ganado y los caballos están inquietos por su presencia. Tal vez deberías ir a visitar a tu tía en Brasil.

La joven frunció el ceño con expresión inquisitiva.

Cesaro vaciló; estaba claro que no quería parecer desleal:

—Es difícil, Margarita. Muy diferente a los demás.

Ella describió un signo de interrogación entre ellos.

Cesaro suspiró.

—No sé con exactitud qué decirte. Le conocí muchos años atrás cuando yo era niño. Era el único hombre que asustaba a mi padre...; asustaba a todos los hombres del rancho, de hecho. Y más recientemente, cuando perdimos a tu padre, cuando esto... —indicó el cuello de ella— me pareció incluso peor.

Margarita volvió a hacer una interrogación.

Cesaro se encogió de hombros; era obvio que el tema le incomodaba. Incluso dirigió una mirada hacia la hacienda como si Zacarías pudiera oírles. Y tal vez pudiera hacerlo, por lo que Margarita sabía.

—Si el ganado y los caballos criados aquí están aterrorizados cuando está presente, tal vez sea por algo, Margarita. La última vez que vino te salvó la vida, pero estuvo a punto de acabar conmigo. —Se sentó en silencio un momento, y luego volvió a encogerse de hombros—. Yo habría dado la vida por salvarle, pero de todos modos había algo enigmático en él. Incluso su amigo estaba preocupado. Es mejor que te vayas.

Margarita consideró la advertencia una y otra vez en su mente. ¿Había intentado Zacarías quemarse al sol porque estaba a punto de convertirse en algo que no quería ser? Bajó la cabeza, incapaz de mirar a Cesaro a los ojos. La idea de huir a casa de su tía en Brasil era tentadora, pero sabía que no podía. Irguió los hombros e indicó a los animales.

Cesaro suspiró de forma audible.

—Eres una jovencita muy cabezota, Margarita, pero no soy tu padre y no puedo ordenarte que te vayas.

La joven indicó los caballos con otro gesto, pasando por alto el hecho de que él intentaba que se sintiera culpable. No necesitaba más culpabilidad. En cualquier caso, se percataba de que debido al hecho de no poder hablar, algunos de los hombres empezaban a tratarla casi como si también fuera sorda. Y aunque era algo molesto, también le proporcionaba cierta ventaja en un mundo tan centrado en los hombres.

—Sí, nos iría bien tu ayuda para calmar a los caballos. Tenemos tres yeguas a punto de parir y no quiero que nada salga mal. Entra en el establo, a ver si consigues que se calmen.

Era muy inusual que un Paso peruano se mostrara asustadizo con algo. Se criaban por su temperamento calmado. Cualquier caballo que diera muestras de naturaleza nerviosa era excluido. Los caballos de la Hacienda De la Cruz eran considerados entre los mejores del mundo, y aún así Zacarías los había espantado a todos, incluso a los caballos de carga.

Margarita hizo un gesto de asentimiento, pero temía haber cometido un gran error. Envió de todos modos una oleada tranquilizadora a los animales inquietos agrupados en el extremo más alejado del pasto. Hizo una indicación hacia el cielo y soltó un suspiro, señalando su dentadura, para indicar un posible ataque de vampiros.

Cesaro entendió. Era quien interpretaba mejor sus gestos extraños en todo el rancho.

—Somos conscientes del riesgo de un asalto a la hacienda cuando alguno de los señores está instalado. Todo el mundo va armado, y las mujeres y niños a cubierto, a excepción de ti. En cuanto los caballos se calmen, entra en la casa y ciérrala bien.

Indicó que ya lo había hecho, y tocó el rifle, la pistola y el puñal que llevaba. Estaba tan preparada para un ataque como podía, aunque la idea era casi tan aterradora como saber que había desobedecido a Zacarías.

Cesaro asintió con aprobación. Margarita, igual que cualquiera en el rancho, había aprendido a disparar a edad muy temprana. Pero de pronto se puso rígido e indicó algo por encima del hombro, con preocupación en el rostro.

—Tu hombre ha venido otra vez a cortejarte.

Margarita sacó lápiz y papel de su bolsillo. **Desde luego que no es mi hombre. ¿Por qué no te cae bien?**, escribió.

—Es el elegido de tu padre, no el mío. Un señoritingo de

ciudad. —Había desdén en su tono—. Aunque parece desenvuelto, no sabe nada de la vida en un rancho. Estarías mejor con Ricco o con mi hijo, Julio. —Se inclinó por encima del cuello del caballo, elevándose un poco sobre los estribos—. No me suena sincero; nos mira por encima del hombre, incluso a ti. Ricco o Julio te pegan más.

Quería a Ricco, uno de los hombres que se ocupaba del ganado, le conocía desde hacía años. Y ella había crecido con Julio. Era imposible no pensar en él como en un hermano. Le gustaría satisfacer a Cesaro casi tanto como a su padre.

No me hace la corte en serio. Desde la muerte de mi padre, sólo ha sido amable conmigo.

Cesaro se encogió de hombros todavía con un ceño en el rostro.

—No puedes dejarle entrar en la hacienda. Deshazte de él.

Miró contrariada a Cesaro. Conocía sus obligaciones. Se llevó la yegua de nuevo hacia los establos, mientras saludaba con el brazo a Esteban Eldridge, quien se acercaba a los corrales en su camioneta. No tenía ni idea de cómo podía seguir tan limpio aquel vehículo. Esteban sabía hacer ostentación de su riqueza. Tenía una figura poderosa, muy atractiva... al menos eso le parecía, hasta que había visto a Zacarías. Incluso herido y quemado, Zacarías exudaba una hermosura dura, casi brutal, aunque la descripción resultaba insípida. Zacarías dominaba cada habitación en la que se encontraba. Pero Esteban no la asustaba, ni la amenazaba de forma elemental y profunda como el mayor de los De la Cruz. Y sabía cuándo un hombre se interesaba en serio por ella: Esteban, no. Pero tenía que admitir que disfrutaba mucho con la compañía de su hermana.

Cesaro permaneció sentado sobre el caballo, observándola. Ella notaba sus ojos quemándola, y le molestó que pudiera pensar que fuera a traicionar su código de honor con un extraño.

Agachó un poco la cabeza. Ya había traicionado ese código, pero no de la forma que él pensaba, y sin duda el capataz se enteraría pronto de sus pecados.

Hizo girar a la yegua, observando a Esteban acercándose a buen paso hacia ella. Recorría el terreno a zancadas largas y decididas con figura imponente. Su padre les había presentado, y estaba claro que Esteban Eldridge era el hombre elegido por su padre para ella. Antes del ataque del vampiro, había actuado como si le hiciera la corte, pero ella sabía que nunca había ido en serio. A Esteban le gustaba divertirse, era obvio, era un chico de ciudad. Cesaro tenía razón al decir que miraba a los trabajadores del rancho por encima del hombro, sin hacerles apenas caso. ¿Cómo podía enamorarse ella de un hombre así?

Después de la muerte de su padre, Esteban se había mostrado amable; a menudo se presentaba con su hermana Lea. Aunque tras el «accidente» que la dejó sin voz, la trataba como muchos otros, como si tampoco fuera capaz de oír, ni tan siquiera de ver. Lea, por otro lado, era muy sincera.

Ella sonrió y le saludó con el brazo por segunda vez.

—Margarita. —Esteban pronunció su nombre, haciéndolo rodar en la lengua con facilidad, le cogió la mano y se la llevó brevemente a los labios—. Como siempre, estás encantadora.

La joven sacó papel y boli del bolsillo y escribió:

No te esperaba hoy.

—Al final he decidido comprar algunos caballos y he pensado que tal vez quieras venir conmigo a echarles un vistazo.

Ella frunció el ceño. Esteban vivía en una casa elegante en las afueras de la mayor ciudad próxima al rancho. Montaba, pero no era un gran aficionado. Ni siquiera tenía espacio para mantener animales. Antes de poder escribir la pregunta sobre qué planeaba hacer con los caballos, él miró a su alrededor y se percató de la presencia de los hombres reunidos, todos armados.

—¿Va algo mal? —preguntó.

Margarita se encogió de hombros y entró en el establo donde las tres yeguas a punto de parir daban coces inquietas en sus compartimientos. Era muy consciente de que Esteban la seguía de cerca. Podía oírle, sentirle, pues el reconocimiento intensificado de la presencia vulnerable de Zacarías bajo tierra la ponía tensa. Por lo general acogía con ganas las visitas de la familia Eldridge, sobre todo las de Lea. Esteban era caballeroso, pero a veces sus coqueteos, demasiado exagerados, llegaban a resultar molestos, pues ella sabía que no eran sinceros. Los hombres con quienes había crecido reconocían que sabía montar y disparar tan bien o mejor que ellos. Esteban le hacía sentirse muy femenina, la trataba como una mujer frágil y hacía caso omiso de lo capaz que era. Pero en este instante, en lo único en lo que podía pensar era en el ataque inminente al rancho por el peor enemigo posible, el más horrible, y no quería tener a Esteban por las proximidades de la hacienda.

—Tus caballos nunca han actuado de esta manera —observó—. ¿Andaba cerca un jaguar esta mañana?

Notó la preocupación en su voz y aquello la reconfortó, pese a la tensa situación. Él creía que había sobrevivido al ataque de un jaguar, y que su padre había muerto intentando salvarla, pero que ella había perdido las cuerdas vocales cuando el animal le destrozó la garganta. En verdad, había sido un vampiro el atacante, que buscaba el lugar de descanso de Zacarías. Volvió a encogerse de hombros, pues no quería mentirle. Escribir una mentira era peor que decirla.

—Lea te manda saludos y dice que espera verte pronto.

Margarita le dedicó una sonrisa y abrió la puerta del establo para entrar a ocuparse de la yegua a punto de parir un potro. Le puso la mano en el cuello estirado y transmitió sus oleadas tranquilizadoras hasta que el animal se calmó. Esteban no dijo nada, se limitó a observar mientras ella iba de un compartimiento a otro calmando a los animales. La presencia del joven la estaba poniendo poco a poco nerviosa. Notó una especie de terror empezando a crecer en las inmediaciones de la boca de su estómago. Requirió un gran esfuerzo no transmitir su nerviosismo a los animales.

Esteban permanecía silencioso en el exterior de cada cajón, con mirada vigilante. El escozor de inquietud fue a más, hasta sentirse como si un millar de alfileres y agujas pincharan su piel. Se frotó los brazos mientras salía del último compartimiento. Los caballos comían calmados y ella ya no podía hacer nada más. Se volvió hacia él, respiró a fondo y forzó una sonrisa.

Esteban le cogió la mano y la acercó a él. Por extraño que resultara, el escozor en la piel se convirtió en una quemadura bajo la punta de sus dedos. Le soltó la mano y se pasó las palmas por los muslos para intentar librarse de aquella sensación.

—Siempre me asombra lo que consigues con los caballos. Confían en ti.

Normalmente disfrutaba de sus cumplidos, pero justo ahora, con el patrón tan cerca y vulnerable, quería que Esteban se fuera. Nunca había experimentado una inquietud así, y empezaba a sudar. Notaba la humedad creciente entre sus senos. El ardor en la mano se desvaneció, pero no paró del todo. Se humedeció los labios y sacó su papel y boli.

Siempre he tenido una afinidad con los animales. Sí, vendré a echar un vistazo a tus animales dentro de un par de días. ¿Por qué has pensado en comprarlos? Nunca antes te habían interesado. Desde luego no le querría vender uno de sus queridos Pasos Peruanos. Nunca les daba ni siquiera una palmadita.

La amplia sonrisa de Esteban dejó ver su dentadura perfecta.

—He descubierto mi afición por el polo. He estado pidiendo caballos prestados a los amigos y ahora quiero tener el mío.

Sonaba muy excitado, como un jovencito. Ella quiso mostrarse alegre por él, compartir su ilusión, pero lo cierto era que a Esteban los caballos no le importaban como a ella. Y ésta era la razón principal para mostrarse reacia a aceptarle en serio como pretendiente, tal y como quería su padre. Ricco y Julio montaban cada día. Se preocupaban por los caballos, los entendían y apreciaban el amor y la necesidad de Margarita de estar entre animales de una manera que Esteban nunca apreciaría. Esteban Eldridge parecía un hombre afable y simpático, pero no le consideraba sincero. Le sorprendía que su padre no se hubiera percatado de eso.

¿Dónde tienes planeado mantener los caballos?

—Mi amigo, Simon Vargos, dijo que podía tenerlos en su hacienda.

Intentó no dar un respingo al oír eso. Simon Vargos viajaba por varios países jugando a polo. Pasaba mucho tiempo viéndose a sí mismo en vídeos, bebiendo en bares y ligando con mujeres, pero poquísimo dedicado a su ganado. Empleaba a mozos, por supuesto, pero poco le importaba si hacían su trabajo o no.

—Vayamos a la hacienda y tomemos algo caliente mientras buscamos una buena fecha —sugirió Esteban—. No sé en qué piensan todos dejándote aquí fuera mientras un jaguar está rondando por la zona. —Le puso la mano en la espalda a la altura de la cintura.

A Margarita se le cortó la respiración cuando un dolor sacudió todo su cuerpo. Se apartó de él fingiendo ir a acariciar el cuello de la yegua antes de volver a sacar su papel y boli. Se lo tendió.

Lo siento. Demasiado trabajo. Cesaro me necesita. Nos vemos en otro rato.

Él frunció el ceño, con la misma expresión que cuando le incordiaba su hermana pequeña, Lea. Siempre le había parecido un gesto simpático, pero ahora le cargaba. Nada parecía ir bien. Tenía la piel demasiado sensible, y Esteban era una persona susceptible.

—Tu padre nunca habría permitido que te quedaras fuera con una amenaza poniéndote en peligro. Tengo que hablar con tu hombre, Santos.

Su tono dominante la molestó. Sabía que Esteban era un mandón con su hermana y que tenía tendencia a mostrarse igual de autoritario con ella. Normalmente entornaba los ojos y no le hacía caso, pero ahora le preocupaba demasiado que alguien descubriera que Zacarías estaba en la casa... y lo que había hecho ella. Esteban no tenía idea de que la estaba animando a entrar en el lugar preciso donde dormía el depredador más peligroso.

Todos trabajamos para ganarnos la vida, Esteban. Es un detalle que te preocupes por mí, pero me criaron para hacer esto.

—Te criaron para vivir al lado de un hombre, Margarita, no para trabajar hasta deslomarte. —Haciendo caso omiso de que ella estuviera garabateando a toda velocidad, Esteban continuó—: Háblame de este truco que haces con los caballos. ¿Les influyes con tu mente? ¿Físicamente? Lea me ha contado que puedes montar sin silla ni bridas y que el caballo hace todo lo que le pides.

No estaba preparada para esa pregunta y tuvo que tachar todo lo que había estado escribiendo, algo que detestaba. En una conversación, el diálogo se alternaba, pero en su situación poca gente tenía la cortesía de esperar a que escribiera sus respuestas. Era muy frustrante. Intentaba aprender el lenguaje de signos, pero lo hacía con un libro, y sólo Cesaro, Julio y Ricco intentaban al menos entender.

Mi presencia calma a los animales por algún motivo.

Era algo más que su presencia, pero no sabía cómo describir la comunicación con un animal. Siempre había sido capaz de calmar a un animal, de compartir sus emociones, y ellos respondían del mismo modo, así de sencillo.

—¿Puedes influir en un ser humano igual que haces con los caballos?

Margarita le dirigió de súbito una mirada. Estudió su rostro con atención. Tenía el ceño fruncido mientras anotaba la respuesta.

¿Cómo podría influir en las mentes humanas?

No le gustaba el giro de la conversación. Siempre le incomodaba hablar de su don. Su familia nunca hablaba de su habilidad, así de sencillo. Les gustaba que se ocupara de los animales en el rancho, pero «hablar» con los animales no era aceptable en un mundo donde muchas cosas inexplicables podían considerarse malignas. Su padre se había interesado en los últimos tiempos por su don, si podía calificarse como habilidad paranormal, pero tras su muerte no le importó mucho cómo calificarlo.

—No te pongas a la defensiva —le tranquilizó Esteban—. Lea y yo hemos discutido un poco sobre esto. Ella decía que te comunicabas con los caballos. Yo opinaba que tal vez se tratara de un encuentro de mentes: tú de algún modo influías en ellos y hacían lo que querías, y quizá podrías hacer lo mismo con la gente.

Ella se mordió con fuerza el labio inferior. Se acercaba demasiado a la diana.

—¿Acaso he dado con un secreto familiar? —Había diversión en su voz.

Tenía muchos secretos de familia y esto era minúsculo en comparación con los demás. Se percató de que estaba de un humor de perros, y de que no quería tratar con Esteban y su molesto encanto cuando cabía la posibilidad de un ataque inminente de vampiros o de sus títeres.

Lo lamento, Esteban. No tengo tiempo para esta conversación, en serio. Tengo que volver al trabajo. Confío en que lo entiendas. Podemos quedar para ir a ver tus caballos en otro momento. Se guardó el boli y el papel en el bolsillo después de que él leyera la nota para asegurarse de que lo entendía: no había más que hablar.

Esteban la miró frunciendo el ceño.

—No creo que éste sea el comportamiento adecuado, Margarita. Tu accidente no te da derecho a ser maleducada.

De repente, le pareció que él estaba demasiado cerca. Podía notar el estallido de rabia que llegaba de Esteban. El establo le pareció demasiado pequeño y demasiado alejado de todo el mundo. Él la arrinconó hasta que ella tuvo que ceder y retroceder sin poder evitarlo.

—Margarita. —Una dura voz masculina hizo que ambos se volvieran de golpe hacia la entrada.

La joven dio un suspiro de alivio.

Julio Santos estaba sentado a lomos de su caballo, perforando a Esteban con sus ojos oscuros mientras tendía la mano a Margarita.

—Te necesitan. Ven conmigo ahora.

Margarita no vaciló, rodeó a Esteban y se agarró a la muñeca de Julio. El hombre la levantó para colocarla tras él. Ella pensaba que partiría de inmediato, pero se quedó quieto, mirando a Esteban desde debajo del ala del sombrero. Los dos hombres se observaron durante un largo momento de tensión.

—¿Vas bien, Margarita? —preguntó Julio.

Ella le rodeó la cintura con los brazos, apoyó la cabeza en su espalda y asintió para que pudiera notar el movimiento. Tuvo otra vez aquella extraña reacción, como si su piel ardiera cuando entró en contacto con Julio. Apartó la mejilla con una sacudida, alzó una mano hacia Esteban como si no pasara nada y, sin pensar, instó en silencio al caballo a salir del establo. Julio no estaba preparado para el movimiento repentino del caballo, pero era un jinete excelente y se movió con el animal.

—La próxima vez avísame.

Ella estrechó los brazos un poco más para decirle que lo lamentaba.

—Me ha mandado mi padre. No le gusta ver a Esteban en la propiedad. Aún me insiste con la idea de nosotros dos. Vaya sermón más terrible me ha soltado: que cómo permito que se me escape un tesoro así, lo de siempre. —Le dio unas palmaditas en las manos con los dedos enguantados—. ¿Ha hecho lo mismo contigo? —Había comprensión en su voz.

Ella asintió con la cabeza contra su espalda, igual que había hecho antes. Aquel escozor horrible resultó mucho más intenso esta vez, empezaba a extenderse por sus brazos, pese a llevar la piel cubierta por el tejido de la blusa. Incómoda, aflojó el abrazo, usando sólo las rodillas para aguantarse. La montura de Julio era tan dócil que no hacía falta tomar tal precaución.

Julio siempre le hacía reír. Margarita le quería, y no dudaba que él también lo hacía de la misma forma incondicional y protectora. Pero les habían criado juntos desde que nacieron, y cada vez que alguien sugería su emparejamiento, se reían juntos como histéricos. Aunque recientemente, justo desde la aparición en escena de Esteban, Cesaro les presionaba tanto que resultaba incómodo.

—He intentado explicarme, pero se preocupa, ahora que tu padre nos ha dejado. Esteban no encaja en nuestro mundo.

La muchacha sacó papel y boli. Por suerte cabalgaban con fluidez y escribir resultaba fácil.

Es incapaz de guardar secretos, y menos aún uno tan serio como la familia De la Cruz y lo que son.

Si ella se casaba con alguien que no viviera en el rancho,

tendría que irse, y nunca podría desvelar a su esposo los secretos de su familia. La asociación con los carpatianos debía ocultarse a toda costa. Sabía que ella no recordaría a los hermanos de La Cruz, porque le borrarían todos los recuerdos antes de dejar la finca.

—No encaja en este mundo. ¿Por qué ha venido a nuestra pequeña localidad, Margarita? La gente que viene aquí busca con desesperación otro tipo de vida. Por lo habitual no tienen nada. Él tiene dinero y para mí eso significa que se oculta de algo.

Pensó en ello un momento y luego garabateó otro mensaje.

Me ha preguntado si puedo influir en la gente igual que en los caballos. ¿Por qué iba a preguntar eso?

—No sé. No me gusta. Los hermanos de La Cruz pueden influir en la gente y han usado esas habilidades para acumular patrimonio, para ellos y también para nosotros, más de lo que consigue la mayoría por aquí. Es posible que se pregunte cómo hemos sido capaces de lograr aumentar nuestras tierras de este modo.

Ella confiaba en las apreciaciones de Julio, como siempre. Él no era para nada una persona complicada, nunca tenía segundas intenciones. Si llamaba a su ventana en medio de la noche para ir a cabalgar, era realmente para eso. Si le decía que quería enseñarle algo, era siempre algo especial, normalmente algo que había descubierto en la naturaleza. En más de una ocasión se habían adentrado en la selva para seguir algún animal.

—Te llevaré de vuelta a la casa en cuanto vea que se marcha —dijo Julio—. Lo tenemos todo preparado, pero estaré más tranquilo si estás en la casa. Podrían atacarnos esta noche.

La posibilidad de que un vampiro les atacara era mucho más alta cuando un De la Cruz se encontraba allí instalado.

—¿Le has visto? —preguntó Julio—. Ha tenido que ser el mayor o los caballos y el ganado no habrían reaccionado así. Yo, de hecho, nunca he hablado con él.

No quería mentir, de modo que se limitó a asentir con la cabeza. Julio le echó una ojeada por encima del hombro y alzó una ceja. Observó con atención su palidez. Margarita no consiguió aguantar su mirada, sus ojos se escabulleron.

—¿Tanto miedo da?

Asintió.

Julio suspiró.

—¿Estarás bien?

Ella apretó los labios con fuerza y escribió una respuesta corta.

No reparará en mi presencia. Espero.

Consideró contarle a Julio la verdad, pero se haría el machito con ella e insistiría en protegerla de la cólera de Zacarías. Por asustada que estuviera —había desobedecido una orden directa—, no podía permitir que otra persona fuera castigada por sus pecados. Se enfrentaría sola a Zacarías e intentaría explicarse. Por fortuna tenía hasta la puesta de sol para encontrar las palabras adecuadas y escribirlas. No esperaba que el carpatiano lo entendiera —no lo entendía ni ella—, pero haría lo posible por dejarle ver que no era su intención desafiarle.

Hizo una indicación con la cabeza y Julio volvió la atención a la montura para cruzar por los patios: tenía que hacer cambiar de paso al caballo, y demostrar que podía controlar al animal con las manos y las rodillas. Margarita echaba de menos reír. Abrió la boca, pero no surgió ningún sonido, y eso le privaba de parte de la alegría que podía compartir con Julio.

Sólo cuando el vehículo de Esteban desapareció por la carretera, Julio la llevó de vuelta a la casa. Estiró los brazos para que ella pudiera desmontar con facilidad, pero retuvo su mano cuando quiso volverse. La misma sensación ardiente serpenteó por su brazo. Miró al muchacho —no, al hombre— que había sido su confidente y compañero desde su nacimiento. Él la observó fijamente, sin apartar la mirada de sus ojos.

—¿Qué sucede, hermanita? Te conozco demasiado bien como para que finjas conmigo. ¿Ha dicho algo Esteban que te haya asustado? ¿O es De la Cruz?

Margarita tragó saliva con fuerza. Quería a Julio. Se negaba a mentirle descaradamente. Negó con la cabeza despacio mientras intentaba apartar su mano.

Julio la estrechó un poco, y la sensación abrasadora se hizo más dolorosa. Tuvo que luchar para no echarse a llorar y soltar la mano con brusquedad.

—Cuéntame.

Ella apretó los labios y tiró poco a poco hasta que Julio permitió que se soltara. Sacó su papel y boli y garabateó, sin saber si decía la verdad o no.

Voy a estar bien. Te quiero mucho, pero te preocupas demasiado.

Siguió mirándole la cara un rato y luego se tocó el sombrero.

—Te quiero, también, hermanita. Si me necesitas, toca la campana y vendré corriendo.

Margarita le sonrió, y el calor se coló en sus fríos huesos. Por supuesto que él vendría si tocaba la alarma que habían instalado. Julio era alguien con quien ella siempre contaba, sabía lo que le estaba diciendo: por protegerla, iría en contra del código de sus familias si hacía falta. La joven se llevó la mano al corazón y le observó alejarse a caballo. El profundo afecto que sentía por él hizo que le escocieran los ojos y las lágrimas la atragantaran.

Poco a poco, entró en la casa, con el corazón latiendo tan fuerte que temió sufrir un infarto. Las habitaciones vacías estaban en silencio, acusadoras, y ella vagó por ahí, sintiéndose perdida en su propia casa. El sabor del miedo remitió por fin, se preparó algo para comer y pasó el resto del día escribiendo largas cartas a Zacarías, explicándole como mejor podía por qué le había salvado en contra de sus deseos, para luego desecharlas.

El sol se hundió y se hizo de noche. Los insectos se entregaron a sus llamadas. Las ranas se sumaron a la sintonía. Los caballos daban alguna coz ocasional y el ganado se acomodó para pasar la noche. Nubes de tormenta se formaron sobre sus cabezas, masas cargadas de lluvia que avanzaban oscuras y amenazadoras, emborronando la tajada de luna y las estrellas. Cayeron las primeras gotas, un augurio de lo que estaba por venir. Las luces se encendían en las ventanas, una a una, mientras los trabajadores se recogían con sus familias.

Margarita se dio un baño y volvió a sentarse al escritorio, intentando redactar una carta que pudiera salvarla. La papelera estaba llena de papeles arrugados y ella se sentía cada vez más frustrada. Se levantó un fuerte viento que batió contra su ventana, y al final se metió en la cama y se tapó bien, con el boli aún en su mano.

Capítulo 3

Un rayo atravesó el cielo, sus haces rebotaron en zigzag de la tierra al cielo. El suelo retumbó y una grieta de casi siete centímetros se abrió del prado hasta el establo. Debajo del dormitorio principal, en la tierra negra y opulenta, un corazón empezó a latir. Luego se movió una mano, los dedos se doblaron cerrando el puño con potencia para romper la superficie. Una explosión de tierra acompañó a Zacarías De La Cruz cuando se levantó. El hambre le quemaba como un soplete feroz, consumiendo su piel y huesos hasta llegar a las entrañas. Le desgarraba implacable e insaciable, un hambre brutal e insistente más terrible que cualquier otra cosa experimentada en todos estos siglos de existencia. La necesidad recorría sus venas y palpitaba con cada latido de su corazón.

Era ella quien le había hecho esto. Podía saborear la esencia de su vida en su boca, esa hermosa inocencia explotando contra su lengua, goteando por su garganta y creando una adicción, un terrible anhelo que nunca cesaría mientras él existiera. Le temblaron las manos y sus dientes se alargaron con la saliva aglutinándose en las puntas afiladas.

¡Cómo te has atrevido!

La tierra volvió a retumbar bajo la casa. Las paredes se agitaron con una lenta ondulación que amenazó con combar toda la estructura. Su visión se tiñó de rojo. Zacarías irrumpió en el piso superior haciendo saltar la trampilla y arrojando la cama de cuatro postes contra la pared más alejada. Las grietas se extendieron formando telarañas por los ladrillos de arcilla hasta la altura de la ventana.

Has puesto en peligro a todos los hombres, mujeres y niños a mi cargo.

Podía oír el sonido del corazón latiendo, ese ritmo distintivo que le llamaba y provocaba un hambre frenética, percibía cada latido aislado pulsando por sus propias venas. Sabía con exactitud dónde estaba: Margarita, así se llamaba. Esa mocosa traicionera que se atrevía a desafiar una orden directa de su señor. Le había avisado que pagaría por su desobediencia, por su desafío intencionado. Había pensado que saldría huyendo como una pequeña cobarde, pero la muy necia le esperaba en la misma casa —su casa— y a solas.

Su sabor perduraba de tal manera que creyó enloquecer de anhelo. Cruzó la estancia en dos zancadas y propulsaron tanto aire contra la puerta que explotó ante él para permitirle pasar y cruzar con rapidez infalible el alargado salón, hasta la parte posterior de la casa donde estaba el dormitorio. Si no hubiera sabido con anterioridad dónde se ubicaba la habitación, la habría encontrado de igual modo. El corazón de Margarita latía con miedo, retumbaba en sus oídos. No se molestó en bajar el volumen pues quería oír el terror, incluso lo necesitaba.

Ella se lo merecía. Si él se hubiera despertado convertido en vampiro, habría roto la promesa hecha a sus hermanos. Después de siglos de honor, de una vida de vacío, toda su lucha por proteger a su familia y a su gente no habría servido para nada. Y aún podía suceder. Estaba cerca, demasiado cerca de la conversión. Necesitaba... algo. Cualquier cosa. La tensión con que esperaba beber la sangre de la muchacha no le agradaba, era indicio de encontrarse en la fina línea que separaba el honor del fracaso final.

Se moría de ganas de rodear con sus dedos aquel cuello delgado. Esta gente que trabajaba en su rancho había jurado lealtad a la familia De la Cruz; hacía siglos que el puesto se traspasaba de padre a hijo, de madre a hija, y ella había arriesgado las vidas de todos con su indiferencia. Golpeó la puerta con la palma, y la madera saltó en astillas sin necesidad de abrirla.

Margarita no hizo ningún esfuerzo por huir, tenía los ojos aterrorizados y muy abiertos, fijos en su rostro mientras él apartaba de una patada la madera rota. Se acurrucó en el rincón del cuarto tapándose la boca con la mano, su cara palideciendo bajo la suave piel dorada. Mientras él se aproximaba, la muchacha alzó una mano apaciguadora, con un pedazo de papel sujeto entre los dedos; una pobre defensa teniendo en cuenta la terrible necesidad que dominaba al carpatiano.

La puso en pie con una sacudida, consciente de lo ligera que era. Qué suave y cálida. Qué viva. Era muy consciente de la manera en que el corazón de Margarita llamaba al suyo: ese pulso rítmico determinaba su hambre atroz, su deseo. A través de la neblina roja de locura, tomó nota de la suavidad de la piel. Su fragancia fresca y limpia le recordaba a la bruma de la selva tropical y las heliconias únicas y hermosas que crecían en los troncos de los árboles y atraían con su dulzura a los colibríes. Esa fragancia le envolvió mientras la atrapaba en sus brazos de acero e inclinaba la cabeza hacia el delgado cuello.

La joven forcejeó como una loca, y él la sujetó con un brazo mientras agarraba su gruesa trenza con la mano libre, estrujando los mechones de seda en su puño y tirando de su cabeza hacia atrás. Bajó la boca hacia ese punto vulnerable y dulce donde la arteria palpitaba con frenesí. No intentó calmar su mente, ni controlarla de ningún modo para que no fuera consciente de lo que estaba sucediendo. Quería que supiera. Quería su miedo. Su intención era hacerle daño para que no olvidara nunca su obligación de obedecer.

La lluvia golpeaba las ventanas, el viento azotaba la hacienda. Los rayos atravesaban el cielo e iluminaban las voluminosas nubes negras. Los truenos retumbaban y sacudían la tierra bajo sus pies, alimentando su temperamento negro.

Zacarías hundió los dientes a fondo en la carne blanda e indefensa. Mordió con fuerza, sin agente anestesiante alguno, perforando el cuello a conciencia cerca de la garganta. Debería haber recordado el ataque del vampiro, no tendría que haber sido tan desobediente e inconsciente. Necesitaba que le dieran otra lección sobre lo que una criatura vil, peligrosa e indiferente era capaz de hacer.

Su piel era cálido satén, suave y fascinante, la sensación era impactante, su fragancia natural seductora. Pero fue su sangre lo que de verdad le asombró. Suculenta, inocente, fresca. El sabor era exquisito. Creaba tanta adicción como aquella primera cata cuando estuvo a punto de morir. Ella se resistió, le empujó para intentar soltar sus brazos con desesperación, pero Zacarías era muy fuerte y nada iba a interponerse entre él y su presa; y que no se equivocara: esta joven mujer cuya sangre era una droga le pertenecía. Se percató de que estaba gruñendo, lanzando un aviso siniestro. Ella no tenía posibilidades de escapar, y nadie podría entrar en la casa —su casa— sin su consentimiento o conocimiento. Estaba a su merced por completo, pero él carecía de compasión.

Cada órgano de Zacarías se empapó de aquella sangre maravillosa, cada célula cobró vida de golpe. No había experimentado nada que se aproximara a la riqueza perfecta de su sangre. El calor se precipitó por él como una bola de fuego, hasta su entrepierna vibró, llenándose del sabor deslumbrante y el calor de su sangre. La estrechó un poco más, como un animal más que como un hombre, rodeándola con sus brazos como bandas de acero hiriente, extrayendo con su boca más néctar dulce para su cuerpo famélico.

Las heridas del cuerpo, abiertas durante la batalla, empezaron a cerrarse. El terrible ardor omnipresente en su interior disminuyó, y el dolor que arañaba y destrozaba sus entrañas se transformó en un fuego abrasador de necesidad desesperada. Disminuyó incluso el estruendo en su cabeza y la neblina roja que ribeteaba su visión. A ella le cedieron las piernas, y él sostuvo todo su peso deslizando una mano bajo las rodillas, mientras absorbía la esencia vital de Margarita hasta el interior de su cuerpo.

La cabeza de la muchacha se apoltronó contra su hombro. Parecía ligera. Insustancial. Sacudió las pestañas, dos medias lunas espesas, más negras que el gris que veía por regla general, luego las alzó y sus ojos oscuros, casi negros, miraron fijamente los suyos con miedo y asco al mismo tiempo. Sólo entonces él percibió el terror absoluto que ella experimentaba. El horror llenó la mente de Zacarías, sacudió su cuerpo y descendió como unos dedos helados por su columna. Y no era su horror sino el de ella. Margarita creía que él era un vampiro y que la estaba matando.

Pasó la lengua por las heridas de los pinchazos y levantó la cabeza sin dejar de mirarla. La sangre goteó desde el cuello hasta su pecho y, sin pensar, él siguió con la lengua la preciosa lágrima rubí, hasta la suave prominencia de su cuerpo tan femenino.

Pareció más conmocionada todavía y se estremeció aterrorizada.

—Vas a beber lo que te ofrezco. —Era un decreto, le pedía que obedeciera sin discutir.

Él se acomodó en la cama, sin dejar de acunarla contra él, y con un movimiento de mano se desabrochó la camisa. Describió una delgada línea en su pecho, sobre su corazón. Margarita abrió los ojos hasta que parecieron unos enormes pozos sin fondo que observaron a Zacarías con puro horror. Sacudía la cabeza intentando apartarle con debilidad. Pero él le obligó a acercar la cabeza a su pecho y ella le mordió, aún resistiéndose.

¡*Wäke-sarna!* Zacarías pronunció estas palabras poderosas, una maldición y una bendición: una promesa de que ella no iba a desobedecerle. El carpatiano ocupó su mente, se la arrebató con rudeza, le obligó a entregar lo que no quería. Margarita pasó la boca por su pecho, con labios cálidos y tiernos que provocaron una descarga que sacudió todo el cuerpo del guerrero. Notó la corriente viva que electrificaba cada terminación nerviosa y daba vida a su cuerpo mientras ella empezaba a chupar, a absorber su sangre hacia el interior de su cuerpo donde empaparía cada órgano y lo remodelaría con sutileza, quedando ambos conectados para siempre.

La atrajo un poco más, acariciando su cabeza con la mano, con su mente en la de ella. Sólo entonces, cuando la maravilla del extraño fenómeno de su sangre se aplacó un poco, Zacarías supo que ella estaba gritando. Le había ordenado beber, sin darle otra opción, pero era del todo consciente de lo que pasaba. La mente de Margarita estaba conectada con la suya a un nivel inesperado. Él era sobre todo un depredador. Un animal. Astuto y cruel, incluso brutal. La vida y la muerte eran su mundo, su lucha. La mente de la joven se precipitaba por esa parte suya, expandiéndose y fundiéndose con el carpatiano.

Aunque Zacarías no oía sonido alguno, percibía no obstante los gritos de la muchacha, su absoluto horror y rechazo, el miedo paralizante que no cesaba ni siquiera cuando él lo ordenaba.

Mantén la calma. Dio la orden, pero al no ver resultados, introdujo la orden a la fuerza en su mente. Ella forcejeó aún más, intentando apartarse.

Margarita era sin duda un enigma intrigante. El hermano de Zacarías había fortalecido la barrera mental que impediría que el no muerto y otros carpatianos leyeran sus pensamientos. Sin embargo, tenía sus propios secretos. Había nacido con esa barrera, después de generaciones de De la Cruz forjándola en las familias, y ahora era más fuerte de lo esperado.

Era humana por completo, eso no lo dudaba. Vulnerable. Frágil. No obstante, su mente tenía una protección natural que no permitía manipularla con facilidad. El intercambio de sangre abriría la línea de comunicación telepática entre ellos. No oiría su voz, más bien vería sus palabras y conocería sus pensamientos. La comunicación con esta criada en concreto era necesaria, así lo decidió, pues no tenía inculcado el concepto de obediencia. Dentro de su territorio, él era el soberano absoluto, y sus súbditos obedecían de una manera u otra.

Cuanto más estrechaba sus curvas contra él, más consciente era de su forma femenina. Nunca le importaba si se trataba de un hombre o una mujer y, sinceramente, ya no recordaba si le había importado en otro tiempo. No tenía necesidades sexuales, ni emociones, nada podía incumbirle. No obstante, en el espacio de una milésima de segundo, ella había despertado en él cosas que era mejor que siguieran ahí. Ella no debería haber atraído su atención, no debería haberle rociado la boca con gotas de esa sangre que creaba adicción, iniciando este ansia insaciable.

La lluvia golpeaba el techo y azotaba las ventanas, buscando entrar. La fuerte tormenta reflejaba su naturaleza violenta. La casa se estremeció bajo el viento feroz. Por un momento un relámpago iluminó la habitación y él pudo ver la desesperación en sus ojos, justo lo que quería. Se oyó un trueno y la habitación volvió a quedarse a oscuras. Siguió mirando sus ojos fijamente.

La muchacha continuó introduciendo la sangre de Zacarías en su cuerpo porque no tenía otra opción, pero rechazaba su gran regalo. Le rechazaba. Ella le despreciaba de verdad, y le temía. El carpatiano dio una profunda inspiración. Sólo necesitaba calmarla para que razonara. Necesitaba comprender la enormidad de su pecado y la posición de extrema gravedad en la que le había puesto. Eso era todo. Pero no estaba seguro de por qué el horror de ella le alteraba tanto. Parecía molestarle a un nivel primitivo, aunque intelectualmente Zacarías estaba seguro de que ella necesitaba tener miedo. Había criaturas terribles y despreciables en su mundo, y ella vivía ahí. Margarita estaba a su servicio, era importante que le hiciera caso.

Te estoy salvando la vida, como hice la otra vez. Tal vez fuera de ayuda recordarle que la había salvado del vampiro.

El cuerpo de la joven se estremeció, se apartó sutilmente de él, como si tocarle fuera repugnante. Volvió a retumbar un trueno, que se hacía eco de la turbulencia mental de Zacarías. Había decidido perdonarle la vida, y ella debería estar agradecida, después de lo desobediente que había sido. No iba a olvidar pronto esta lección y, tal vez, sólo tal vez, aprendiera así a no meterse en asuntos que no le concernían. Y obedecería sus órdenes, que a menudo significaban vida o muerte.

La única respuesta era la lluvia que daba en el techo. El latir descontrolado del corazón de Margarita, su respiración entrecortada. Suspiró. Su miedo rayaba en terror. No, era terror auténtico y, con franqueza, aquello no le gustaba. No cesaba, ni siquiera ahora que la trataba con más cuidado.

Ya has bebido suficiente.

Iba a insertar la mano entre su pecho y la boca de Margarita para apartarla con cuidado, como era lo esperado, pero ella se retiró con tal brusquedad que casi se le cae de los brazos. La sujetó mejor, clavando los dedos en su blanda carne. Su sangre le había dado fuerza, y ahora que él estaba conectado con ella, sabía que su intención era intentar vomitar y librarse de aquella substancia.

Zacarías le sonrió; sacudió la cabeza despacio.

—Mi sangre ya fluye por tus venas, mujer tonta. Tu cuerpo la absorbe. No pasará por tu estómago como sucede con tu asquerosa comida.

Zacarías estaba preparado para que opusiera resistencia; no le iba a permitir incorporarse hasta haber acabado. Margarita permaneció perfectamente quieta, con la mirada fija en su rostro, ahora sin apenas respirar, tan quieta como cualquier presa oculta en los árboles o entre la maleza. Un pequeño escalofrío de inquietud descendió por la espalda del carpatiano. Ella mostraba las mismas señales que manifestaban los animales de la selva tropical cuando él andaba cerca. Nada de avisos de advertencia, ningún chillido de los que daban a menudo los monos y pájaros al descubrir un depredador. En su caso, hasta los insectos permanecían inmóviles cuando estaba cerca.

De ella quería obediencia, no aquel miedo puro y descarnado. Bueno... sí había querido asustarla... para que aprendiera la lección. El miedo no era más que un instrumento para él, esgrimido con facilidad. Tal vez ella fuera más sensible de lo pensado, tal vez debiera haber rebajado el tono de su mensaje.

Notó el primer movimiento leve en el cuerpo de Margarita, tan sólo un rumor en el espacio entre ellos, aunque sabía que se escabullía de él. Por instinto la sujetó con más firmeza, respiró por los dos, marcando con sus pulmones el ritmo de inspiración y exhalación. El corazón de Zacarías latía despacio y constante, en un esfuerzo por aminorar la aceleración en ella. Apenas reconocía esa necesidad que tenía de calmarla, ni siquiera el motivo, pero la necesidad existía, así de simple.

Desde un lugar olvidado tiempo atrás, surgió el recuerdo de un niño, un joven que, al tardar demasiado en cambiar de forma, se empotró contra un árbol. Zacarías recordó a su hermano pequeño, quien aprendía rápido pero intentaba cosas para las que no estaba preparado, sólo porque veía hacerlas a sus hermanos mayores. Meció a Margarita igual que había hecho con Riordan, para consolarla, murmurando en carpatiano palabras dulces que no querían decir nada: ruido en realidad. El recuerdo le impactó casi tanto como los sucesos de toda la noche. No había pensado en esos días en cientos de años.

No era un hombre que sintiera compasión, pero el miedo de la muchacha le alteraba. No tenía sentido y desconfiaba de lo que no sabía explicar. La dejó en el suelo. Justo cuando sus manos la soltaron, ella se arrastró poco a poco para alejarse de él y acurrucarse en el rincón, desde donde le observó con sus ojos enormes y asustados.

Los temblores dominaban su cuerpo sin parar. Retorcía los dedos, y en dos ocasiones alargó la mano como si quisiera tocarse la magulladura oscura del cuello, aunque se detenía antes de rozar la piel dañada. Ahora Margarita llevaba su marca, el color señalaba su piel con dos pinchazos centrados casi a la perfección. Pero no se tocaba el punto, y él se encontró frunciendo el ceño desconcertado.

Por regla general era más fácil recurrir a una mujer para alimentarse. Sus hermanos menores se movían en círculos políticos para conseguir las cosas que necesitaban, como, por ejemplo, sus grandes fincas. Tener mujeres florero colgadas del brazo era siempre un plus. Daban fácil acceso a una fuente de alimentación y protección en todo momento. Era bastante fácil implantar recuerdos de noches de fiesta y sexo desenfrenado. Pero la mente de Margarita no aceptaba recuerdos implantados, ni Zacarías tenía especial deseo en borrar el recuerdo del momento con él.

Suspiró y se levantó. Ella se estremeció con los ojos inundados de lágrimas. Se formaron gotas en sus pestañas de longitud imposible, que atrajeron su atención y le provocaron un nudo en la boca del estómago. Los hermanos De la Cruz a menudo fortalecían la barrera mental natural en aquellos que les servían. Ella había aceptado el fortalecimiento de las protecciones establecido por su hermano, pero rechazaba cada parte de Zacarías. Sabía que era algo personal. Había estado en su mente y ella no le veía bajo la misma luz que a sus hermanos. Él era *hän ku piwtä*: un depredador.

—Escucha, pequeña. Nunca volverás a desobedecer una orden directa.

Ella apretó los labios y se los tapó con los dedos.

Zacarías dio un paso amenazador hacia ella.

—¿Tienes claro quién manda aquí? ¿Quién es tu señor?

Ella tragó saliva con dificultad y negó vigorosamente con la cabeza.

Al ver su miedo, resultado directo de sus actos, algo se retorció en las proximidades de su pecho. Zacarías se llevó ahí la mano para detener el extraño dolor.

—Durante unos días tu oído será mucho más fino de lo normal. Tal vez te moleste. Tu vista también será más aguda, pero aprenderás a controlarla. No salgas de la casa, quiero tenerte disponible cuando lo desee.

La sangre de Margarita era un preparado asombroso, sabía que la ansiaría siempre. De hecho, la saboreaba en la boca y anhelaba lamer ese pulso que latía de con tal frenesí en su cuello, pasar la lengua justo sobre su propia marca. Zacarías necesitaba dilucidar qué estaba sucediendo, qué significaba su reacción. Ella transmitía miedo con tal fuerza que le impedía pensar con claridad. Debía discernir qué estaba sucediendo, el significado de su propia reacción a ella. No sabía por qué esta conexión era tan fuerte, pero sentía las emociones de la muchacha como si fueran suyas.

El carpatiano sacudió la cabeza con el ceño fruncido y se acercó un poco más. Ella se encogió contra el rincón, recogiéndose las rodillas, intentando empequeñecerse. Volvió la cara y cerró los ojos con fuerza para bloquear la visión de Zacarías que estiraba la mano hacia ella. Él tomó la precaución de ir despacio, como podría acercarse a un animal salvaje, pero ella se encogió como si esperara un ataque. La idea era ridícula. Él nunca le pegaría.

Notó un nudo en las entrañas, una reacción física incontrolable. Tocó su rostro surcado de lágrimas, recogiendo la humedad en la punta de los dedos. Su piel absorbió las lágrimas saladas, introdujo en el cuerpo las gotas relucientes como diamantes, y su estómago volvió a sacudirse de forma poco familiar.

Se apartó de súbito de Margarita y salió a zancadas de la habitación, incapaz de soportar ni un momento más la visión de su figura desamparada y asustada. Necesitaba poner distancia. La selva tropical. Cualquier lugar antes de estar cerca de esa mujer desobediente hasta lo absurdo.

Zacarías fue mucho más cuidadoso esta vez con la puerta principal. Quería dejar encerrada a esta mujer desconcertante, incomprensible e incordiante, dentro de un lugar donde no pudiera meterse en líos mientras él pensaba qué hacer. Podría intentar ir al encuentro del amanecer cuando volviera a salir el sol, pero aquel final dramático para su vida ya no parecía soportable. *O jelä peje emnimet*; que el sol la abrasara a ella, pues había puesto su mundo del revés. Todo volvería a ir bien cuando dejara de oler su fragancia y oír sus latidos. La conexión con la parte primaria de su mente se desvanecería al poner distancia, y sería capaz de respirar... y pensar.

Salió a la lluvia e hizo un ademán con la mano para calmar la tormenta que había fraguado con su intento de castigar a la mujer mortal. Sus pulmones dejaron ir el aliento con un siseo. No quería dar ese siguiente paso, no le apetecía estirar los brazos e invocar al águila arpía para volar. Fluctuó hasta volverse casi transparente, y la bruma y la lluvia formaron un solo ser con él, algo que normalmente sosegaba su alma oscura, pero ahí seguía su mala disposición. *O ainaak jelä peje emnimet ŋamaŋ*: que el sol abrase a esa mujer para siempre. Le había hecho algo.

¿Podría ser maga de nacimiento? ¿Le habría hechizado para hacerle caer en una trampa? ¿Él? ¿Zacarías De La Cruz? Imposible. Era demasiado viejo, demasiado astuto. Ella no tenía posibilidad alguna contra él, contra siglos de poder y experiencia. Medio pensó en regresar a la hacienda y permitirse saciar su ansia otra vez.

La idea hizo que el sabor de ella estallara en la boca y el calor se precipitara por su cuerpo. Las cosas con las que no estaba familiarizado le molestaban. Su reacción a Margarita Fernández era inaudita. Nadie, nada, despertaba su interés desde hacía siglos, y ahora que decidía poner fin a su vida, ella se atrevía a molestarle. No regresaría a su trampa, ya no iba a atraparle en el aquel hechizo, fuera cual fuera. Seguiría sus métodos, su propia lógica, y ella tendría que esperar hasta que a él le fuera bien.

Zacarías se lanzó al aire. El viento se precipitó por su interior, por la bruma que constituía su cuerpo, hasta que el aire y él sólo fueron uno —éste era su sitio—, parte de la propia tierra. Había desarrollado este truco hacía muchísimos años, cuando estaba tan solo y tan necesitado de un pequeño consuelo. Los animales y el hombre ya habían dejado de acogerle con beneplácito; ni siquiera los de su familia. Le temían, igual que ella le temía. Pero cuando se convertía en bruma, con el viento moviéndose por su cuerpo, mandándole volando a través de los árboles, de hecho llegaba a encontrarse aceptado. Los animales y el hombre le rechazaban, pero la tierra era una compañera constante, estable.

Margarita Fernández era un misterio que no se sacaba de la cabeza. El ataque del vampiro la había trastornado de alguna manera. No había otra explicación para una desobediencia tan descarada, un desprecio tan directo a su orden directa. Nadie se atrevería a algo así, y mucho menos una chiquilla. Tenía que estar un poco enferma, y si ése fuera el caso, tal vez se había sobrepasado un poco con ella. Satisfecho con la única conclusión lógica a aquella conducta extraña e indefendible, Zacarías se echó al aire otra vez para dejar las cosas claras con ella antes de buscar descanso.

Margarita permanecía cuan quieta podía, congelando cada músculo para no moverlo, aterrada sólo de pensar en su regreso. Él andaba tan silenciosamente que era imposible saber dónde se encontraba en la casa, pero su presencia era tan poderosa, tan fuerte, que supo el momento en que se marchó. Sólo entonces se tapó la cara con las manos y se entregó a un llanto histérico.

Nunca en la vida había pasado tanto miedo, ni siquiera cuando el vampiro había exigido conocer la ubicación del lugar donde descansaba Zacarías. Ella había aceptado la muerte y sabía que moriría con honor. Todo esto... era un embrollo terrible que ella misma había creado. Ahora todo el mundo corría peligro, todos a quienes quería. Todos a quienes conocía. Por no haber dejado morir a De la Cruz.

Ahora sabía la verdad. Zacarías había venido a la hacienda a morir con honor porque estaba muy cerca de convertirse en vampiro. No conocía el proceso, pero sabía que la pérdida del honor era lo que más temía un carpatiano. Él se había vuelto vampiro, y ella era la causante.

Separó los dedos y atisbó entre ellos la papelera donde cientos de páginas arrugadas de su libreta daban evidencia del hecho: no había explicación. Ninguna. No sabía por qué había cometido un pecado tan grave, pero no había sido capaz de detenerse y ahora había creado al monstruo que precisamente Zacarías intentaba eludir.

Con mano temblorosa, se tocó el cuello palpitante, ese punto que ardía bajo la piel y que marcaba sus huesos. Tragó saliva con dificultad y poco a poco se incorporó hasta ponerse en pie. Sus piernas parecían de goma, no podía detener los temblores que dominaban su cuerpo. ¿Qué iba a hacer? ¿Qué podía hacer? Nunca podría enfrentarse otra vez a ese monstruo. Jamás. Pero aún peor, no podía permitir que matara o se aprovechara de nadie en la hacienda. Ella había provocado esto, era responsable y tenía que garantizar la seguridad de todo el mundo.

Sabía que los vampiros creaban títeres: humanos que cumplían sus deseos durante las horas del día, cuando ellos dormían. Los títeres ansiaban la sangre del vampiro y se daban festines de carne. Era una medio vida horrible, al final se pudrían desde dentro hacia fuera. Ella no iba a ser la títere de Zacarías, todo y ser la causante de que él perdiera el honor. No había sido intencionado, estaba claro.

Margarita se humedeció los labios y se obligó a controlar el cuerpo. No podía acudir a Cesaro o a Julio porque intentarían defenderla y sin duda acabarían asesinados. Nadie podía plantar cara a Zacarías De La Cruz. Si se iba a ver a una de sus tías, él lo sabría. Toda su familia trabajaba para los De la Cruz en una tarea u otra. Mientras intentaba encontrar sentido a la situación, empezó a abrir cajones y llenó una mochila con lo mínimo indispensable de ropa.

Tenía que formular un plan. Los vampiros eran astutos, pero tenían puntos flacos. No podía llamar a los cazadores hasta que Zacarías estuviera bien lejos de todos sus seres queridos. Eso lo tenía claro. Los vampiros asesinaban por placer, no podía poner en peligro a nadie en el rancho. Si activaba la señal para los cazadores, Cesaro intentaría enfrentarse a Zacarías. Todos los trabajadores lo harían. Tenía la certeza de que ella podía alejarle de su familia, pues Zacarías la perseguiría.

Por suerte, conocía la selva tropical y no la temía como la mayoría de la gente. Desaparecería... y él la seguiría. Desconocía por qué sabía eso, pero lo sabía. Al final la encontraría —y probablemente la mataría—, pero no tenía otra opción real, no si quería hacer algo por su familia. Partiría río abajo hasta la siguiente propiedad De la Cruz, un conjunto de cabañas empleadas en los traslados de ganado de un pasto a otro, y llamaría a los cazadores desde ahí. Si llegaban antes de dar el vampiro con ella, estaría a salvo; si no, al menos habría salvado a su familia.

Se puso las botas y corrió por la casa para buscar su equipo de supervivencia. Tenía un sistema para filtrar agua y pastillas para purificarla, aunque sabía en qué lugares abundaban las cascadas. Era una cazadora excelente, por lo tanto la comida no iba a ser un gran problema, pero ¿cómo iba a impedir que Julio o Cesaro intentaran buscarla?

Margarita se mordió el labio e intentó parar aquel frenesí de pensamientos. Tenía que pensar bien su escapada. Zacarías no había mostrado interés por leer su nota, de modo que tal vez fuera seguro dejar algo escrito para Cesaro. Tendría que redactarla de una manera que tranquilizara a todo el mundo, pero sin mentir. No quería que cometieran la insensatez de preguntar a Zacarías. Todos tenían que mantenerse lo más lejos posible de él. Con suerte, sacaría una buena ventaja antes de que él la siguiera.

Se obligó a llenar sus pulmones de aire y escribió una breve nota:

He seguido tu consejo, Cesaro, y me he ido unos días. Volveré pronto. Besos a ti y a Julio.

No era mentira. Y no delataba nada. Cesaro se sentiría frustrado con ella, pero pensaría que habría ido a ver a una de sus tías. Julio... Bien, ésa era otra cuestión bien diferente. Julio la conocía mucho mejor que Cesaro y podría considerar que algo iba mal, pero una vez que su padre le tranquilizara contándole que él le había sugerido ir a ver a su tía en Brasil, se quedaría tranquilo y esperaría unos pocos días hasta tener noticias de ella.

Convencida de haber hecho todo lo posible para mantener a salvo a todo el mundo, Margarita salió por la ventana de su dormitorio. No se fiaba de las puertas ni del hecho de que Zacarías hubiera salido por la entrada principal. Ella no iba a darse de bruces con él por error. Permaneció en cuclillas bajo la ventana, estudiando el cielo oscuro llena de desconfianza. Zacarías podía estar en cualquier sitio. La idea era perturbadora y aterradora, por un momento su corazón se aceleró, notó la sangre atronadora en sus oídos. Se obligó a respirar con normalidad, temiendo que él oyera los latidos estruendosos.

Antes de partir, contactó con los animales de las inmediaciones. Desde el momento en que había corrido las cortinas de la casa, el rancho estaba en alerta. Se había reunido al ganado y los caballos para protegerlos mejor. Todo el mundo iba armado y se habían doblado las patrullas, pero los animales sabían mejor que los seres humanos si el mal andaba cerca. Los caballos estaban preparados para pasar la noche. No oyó patadas, que la habrían alertado de la proximidad de Zacarías.

La lluvia no era más que una llovizna constante y el viento feroz se había calmado cuando Margarita se abrió paso por los cercados y pastos hasta el mismo extremo del bosque pluvial. Siempre le había gustado la manera en que el crecimiento natural continuaba regresando para reclamar lo que le habían arrebatado. Las raíces reptaban por el terreno con largos tentáculos. La enredaderas se deslizaban sobre piedras y trepaban por vallas, incluso envolvían rocas en un esfuerzo de retomar la tierra.

Se introdujo en los extremos exteriores del bosque y se apresuró a correr por un sendero estrecho con el que estaba familiarizada. Los insectos formaban una alfombra en movimiento sobre la espesa vegetación, siglos de plantas caídas y árboles. Grandes arañas se pegaban a las ramas y los lagartos salían pitando para ponerse a cubierto bajo grandes hojas. Tres ranas se asomaron para verla pasar a toda prisa.

Margarita caminó con seguridad: sabía exactamente a dónde iba. Era fácil perderse en el bosque ecuatorial. Casi todos los recorridos se hacían por los ríos, pero ella y Julio habían explorado la zona más próxima al rancho casi desde sus primeros pasos y habían marcado sus trayectos con señales que ambos podían reconocer con facilidad. Había una cueva maravillosa y pequeña justo tras una de las numerosas cascadas, una pequeña gruta difícil de encontrar, donde ella y Julio habían acampado varias veces. Había sido su lugar secreto siempre que se escapaban de casa. Julio se metía en líos a menudo en aquellos días. Desde muy joven realizaba las tareas de un hombre, y perderse por la selva tropical era algo que estaba mal visto, sobre todo si se hacía con una mujer.

La cueva estaba ubicada junto a un amplio y profundo arroyo que vertía sus aguas en el gran río. Julio había hecho una canoa con su machete a partir de un cedro. La madera era lo bastante ligera como para que la embarcación flotara, pero tampoco era tan frágil como para no aguantar en el río. Habían escondido la canoa tras la cascada. Podría llegar ahí, coger la embarcación y tomar uno de los riachuelos que vertían agua en el Amazonas. El campamento de los De la Cruz no estaba lejos de ahí.

Margarita aceptaba su papel en la casa y disfrutaba con el reconocimiento de su don con los animales. No obstante, le encantaba la selva tropical y la sensación de libertad que le producía. Sabía que Julio compartía estos sentimientos y juntos se animaban el uno al otro para salir a explorar cuando surgía la ocasión. Julio se había buscado más problemas que ella, aunque Margarita había soportado innumerables sermones sobre las obligaciones de una mujer. Ahora, estaba agradecida de cada excursión que habían hecho.

Las luciérnagas emitían diminutas chispas desde diversos árboles, proporcionándole cierto consuelo. En el bosque, la noche era impenetrable, aunque la selva tropical no quedaba del todo a oscuras. Los hongos fosforescentes producían un destello misterioso. Los monos nocturnos sacaban sus cabezas de los agujeros en los árboles para mirarle con ojos enormes, y su presencia era una garantía de que no la seguían. Todavía.

Zacarías podría adoptar cualquier forma para perseguirla, y era rápido. Podía viajar por el cielo para cubrir en minutos distancias para las que ella necesitaría horas. Tenía que correr y llegar hasta la canoa, algo extremadamente arriesgado de noche en la selva, pero no tenía otra opción. Debía sacarle ventaja antes del amanecer. Una vez que saliera el sol, podría continuar hasta las cabañas de los De la Cruz y pedir ayuda, eso esperaba. Zacarías ya estaría lejos de la hacienda, y todos los demás se encontrarían a salvo. Todo tenía sentido, pero debía llegar allí rápido, y eso significaba correr.

Aceleró el paso y corrió más deprisa, pues necesitaba buscar cobijo. No quería estar a la intemperie, ni siquiera bajo la bóveda de vegetación. Cuando los árboles eran densos, había poca luz y tenía que utilizar su linterna frontal, pero también significaba que había poca vegetación en el suelo. Si la luz no penetraba la bóveda, era difícil que algo creciera ahí. Los árboles jóvenes debían esperar a que cayera un árbol viejo y dejara un hueco por el que penetrara la luz del sol.

Lanzó una oleada de energía precediéndola en un intento de advertir a los insectos del suelo del bosque de que pasaba por ahí. Con suerte, despejarían el camino. Diminutas y coloridas ranas saltaron de las ramas a los troncos, adhiriéndose con sus pies pegajosos a las superficies mientras la seguían en su precario viaje.

Intentó no correr demasiado rápido, pues era consciente de que no lo aguantaría. Tuvo que marcar un ritmo penoso, pero posible de mantener durante horas. Faltaba mucho para la salida del sol. Mandó una llamada de ayuda, con un ruego lo bastante fuerte como para despertar a los animales que descansaban en la bóveda sobre ella. Las respuestas llegaron de inmediato. Los monos se pusieron alerta y bandadas de pájaros se llamaron unos a otros, todos buscando un enemigo común.

Siglos de hojas y ramas ocultas retorcieron las raíces con las que ella podía tropezar fácilmente, y su linterna captó animales que salían a rastras de sus madrigueras para aposentarse sobre ellas. De este modo, mientras ella corría, podía escoger el camino con los mínimos obstáculos. Tomó un giro, bordeando un grueso tronco de árbol, y una capibara se la quedó mirando, agazapada justo en medio de su trayectoria. Viró bruscamente a la derecha, la única dirección que le permitía tomar el animal, y entonces se percató, mientras pasaba veloz, que el mamífero la había apartado de un laberinto de trepadoras que sin duda la habrían hecho caer y acabar despatarrada por el suelo.

Corrió entonces con más seguridad, dependiendo de los animales, reconfortada por su presencia, pues sabía que darían la alarma en el momento en que Zacarías se acercara. Sabrían cuándo estaba cerca. Tenían que ser tan sensibles a su presencia como los caballos y el ganado del rancho. Debería haber sabido que el maligno caminaba con Zacarías De La Cruz cuando todos los animales del rancho actuaron con tal inquietud.

Margarita corría con el ceño fruncido. Sus pulmones empezaban a arder y le dolían las piernas. Fintó para evitar una serie de montículos de termitas que su linterna apenas iluminó antes de darse de bruces con ellas. ¿Por qué había sentido aquel impulso de salvar al carpatiano? No había podido evitarlo. Incluso cuando le exigió que obedeciera, ella no había sido capaz de abandonarle bajo el sol. No era remilgada, había crecido en un rancho de trabajo y hacía lo que le tocaba, por muy difícil que fuera.

Paso por alto una punzada en el costado y saltó sobre uno de los muchos riachuelos que corrían colina abajo para verter agua al sistema fluvial. La tierra estaba enlodada; Margarita se resbalaba y caía mientras intentaba subir por las cuestas, y a veces tenía que agarrarse al barro para continuar. En todo momento su mente continuaba desconcertada por su extraña conducta. Desde pequeña la habían programado para obedecer a un De la Cruz. En su mundo se la jugaban a vida o muerte, y un paso en falso podía desatar una catástrofe para todos aquellos que vivían en los distintos ranchos. Todos conocían el peligro de los vampiros. Los monstruos eran muy reales en su mundo.

Se le escapó un pequeño sollozo. Los carpatianos se alimentaban de sangre humana, no obstante no mataban. Los vampiros mataban. No entendía del todo la delgada línea que los separaba, pero sabía que era delgada y que de algún modo ella había empujado a Zacarías al otro lado. ¿Y qué le había hecho a ella la sangre de Zacarías?

Se había despertado del ataque del vampiro con la garganta destrozada, incapaz de hablar y con su mundo patas arriba, pero con la sangre que Zacarías le había donado para salvarle la vida todos sus sentidos se habían agudizado. Tenía mucho mejor vista. Podía distinguir de hecho insectos en la hierba y ver pájaros en las ramas más tupidas de los árboles. Había descubierto pequeñas ranas y lagartos ocultos en las hojas y vides trepadoras. Su oído era aún más fino. Incluso pensaba que podía oír a los hombres hablar en los campos mientras trabajaban. Desde luego, podía oír a los caballos en el establo.

Con esa primera sangre que le había donado para salvarle la vida, sabía que había cambiado algo en ella. El pelo, de siempre abundante, ahora le crecía más rápido y más lustroso. Su piel tenía brillo, casi resplandecía. Tenía las pestañas más largas y espesas, todo en ella era «más». Se había percatado de que Julio permanecía cerca de ella en la hacienda cada vez que había otros hombres en las proximidades, y era consciente de ellos como hombres, en vez de verlos sencillamente como gente con la que había crecido. Notaba cómo la miraban, y en ocasiones le resultaba incómodo; temía estar leyendo sus pensamientos lascivos. Nada de eso le había sucedido antes. Y los cambios no eran sólo físicos.

No debería ser capaz de correr tan rápido durante tanto rato, aunque los animales la guiaran en su camino. Cada vez usaba menos la linterna y se dejaba llevar por el puro instinto. Podía oír su corazón latir, pues ahora se había convertido en un ritmo constante y lento. Aunque antes le ardían los pulmones, cuanto más corría más eficientemente funcionaban.

Notaba un picor en la piel cuando algún obstáculo aparecía ante ella: era casi como un radar que le advertía de la dirección en que debía girar, donde poner los pies, cómo moverse y meterse entre los árboles sin dar un mal paso. Tal vez no pudiera hablar, pero sin duda había adquirido otras habilidades y sentidos mucho más agudos.

Llevaba un rato oyendo el arroyo. La lluvia había alimentado la tierra de agua, que corría colina abajo sin encontrar la menor resistencia hasta descubrir su camino en el estrecho cauce, aumentando el caudal oscuro, alimentando luego la franja de agua hasta casi desbordar las orillas. La cascada más alejada sonaba como un trueno constante, y un alivio la inundó. Eso significaba que la ruta fluvial estaba abierta y era lo bastante profunda como para descender rápido corriente abajo. Si las condiciones eran favorables, podría completar el recorrido hasta el Amazonas. Eso aumentaba sus opciones de llegar a los pastos de los De la Cruz antes de que Zacarías la descubriera. Margarita corrió aún más rápido, lanzándose a tumba abierta hacia las cascadas.

Capítulo 4

El águila arpía se abatió a través de la bóveda selvática sin hacer caso de los perezosos, su comida favorita, y voló en círculos para regresar a la hacienda, impulsada por alguna compulsión interior que no podía pasar por alto. En lo más profundo del cuerpo del ave gigante, Zacarías dio un suspiro. Estaba tan cerca de la verdad como cuando había salido. Los hilos que le ligaban a la mujer se habían fortalecido, no debilitado; no se la podía sacar de la cabeza.

Podría pensar en la posibilidad de que fuera su pareja eterna, pero él sabía que no. Por descontado había tenido en cuenta esa idea, pero la descartó de inmediato. Si hubiera sido la única mujer capaz de completar su alma, vería colores y sentiría emociones. Si lo que estaba experimentando era una emoción, entonces no sabía lo suficiente de sentimientos como para identificarlos. Lo que le pasaba, fuera lo que fuese, era un misterio a resolver antes de regresar a su plan original: ir al encuentro del amanecer. Margarita Fernández esgrimía un gran poder, era una amenaza en potencia para los carpatianos y, por lo tanto, había que eliminarla. Así de sencillo.

Un dolor penetrante en las inmediaciones del corazón le obligó a detenerse. De hecho, bajó la mirada al pecho del ave para ver si le había alcanzado una flecha. Se le revolvió el estómago con la idea de matarla. *O jelä peje emnimet*; que el sol abrasara a esa mujer que le había hechizado de alguna manera. No había otra explicación para la respuesta física a la idea de su muerte. Ella les había vinculado. O tal vez su sangre. La sangre era la esencia misma de la vida y la de ella era... extraordinaria.

Quería —no, necesitaba— tocar su mente. Todo en él le instaba a entrar en contacto con ella, saber dónde estaba, qué estaba haciendo. Pero se negaba a actuar como respuesta a esa necesidad. No se fiaba, igual que no se fiaba de su necesidad de verla, tocarla, de saber que existía. Fuera cual fuera el hechizo creado, era poderoso y tenía que ser una trampa.

Zacarías tenía control y disciplina, había contado con varias vidas para desarrollar ambas cosas, y ninguna mujer, y menos aún una mujer humana, podía destruir esas cualidades. Se tomaría su tiempo y demostraría, a sí mismo y a la muchacha, que era demasiado fuerte como para caer en un hechizo. Antes de matarla desvelaría sus secretos, hasta el último de ellos. Y ella sabría lo que significaba traicionar a un De la Cruz e intentar tender un trampa a uno de ellos.

Había luchado con vampiros y los había destruido, las criaturas más apestosas, más repugnantes imaginables; una chiquilla no tenía ninguna oportunidad contra él. Pasó por alto la manera en que su mente la buscaba sin cesar, la manera en que su sangre se calentaba sólo con pensar en ella. No era tanto el hechizo como el hecho de que en realidad ella le intrigaba; algo que no había sucedido en un millar de años o más. Eso era todo. Interés. Curiosidad. Quién podía culparle si nada era una sorpresa para él..., hasta que había aparecido ella. La mujer. Margarita.

Se estremeció. En el momento en que pensó su nombre, fue como darle vida, pudo saborear a Margarita en su lengua otra vez. Su corazón dio un extraño vuelco y, por un momento, en el interior del ave, pensó que su cuerpo también cobraba vida. Se quedó muy quieto, un cazador cazado. Notó la respiración entrecortada, el aliento atrapado en los pulmones. Eso era imposible. Un truco, una ilusión. Era mucho más poderosa de lo que había imaginado al principio.

Pero este truco en concreto iba a concederle tiempo a ella. No había sido un hombre desde tiempos inmemoriales. Era una máquina de matar, nada más. Sólo eso. No sentía los deseos de la carne, era incapaz de sentir. Las cosas extrañas que tenían lugar en su cuerpo y mente no eran reales, por muy buena que fuera la ilusión, pero cerró los ojos y saboreó el impacto de la necesidad que recorría sus venas. Abrió igual de rápido los párpados y miró con recelo a su alrededor. ¿Era esta ilusión la manera de precipitarle al abismo? ¿Dejarle sentir sólo un momento y luego arrebatárselo para que anhelara eternamente aquella excitación?

El águila arpía salió de la bóveda y voló muy alta por encima de la hacienda. No quería ceder a la urgencia omnipresente de tocar la mente de Margarita. Ahora, más que nunca, tenía que demostrar su fuerza, y tenía que averiguar cuanto pudiera sobre Margarita Fernández.

Avistó la casa que buscaba, alojada en la ladera de la montaña. Había varias casas esparcidas por la propiedad, pero Cesaro Santos era el capataz y esa condición se hacía visible en la casa. El águila descendió flotando hasta el suelo, y en el último momento tomó forma humana. Zacarías se fue directo al porche, y a continuación su cuerpo tituló hasta convertirse en un rastro de vapor que se filtró bajo la rendija de la puerta.

La casa estaba inmaculada, como la mayoría de viviendas de los humanos que coexistían con su familia. Sabía que Cesaro era leal sin reservas. Había ofrecido su sangre, incluso su vida, para salvarle a él. Era un hombre irreprochable, y, por lo tanto, no pudo detectar trazas de maldad en ningún lugar del rancho. Cesaro nunca robaría a la familia De la Cruz ni les traicionaría de forma alguna, y si descubría a alguno de los trabajadores haciéndolo, Zacarías no dudaba que ese hombre —o mujer— sería enterrado en lo profundo del bosque ecuatorial por el propio Cesaro.

Ven a mí. La sangre llamaba a la sangre, y a todos los empleados de confianza se les había dado sangre carpatiana, la cantidad suficiente para que cada uno de los De la Cruz pudieran leer sus pensamientos, proteger sus mentes y extraer información cuando hiciera falta.

Zacarías supo el instante preciso en que Cesaro se despertó y alargó el brazo para coger su arma. Le dio satisfacción saber que había sabido escoger la familia. La lealtad era el rasgo más destacable en las familias Chévez y Santos, ambas conectadas por sangre. Adoptó su forma sólida cuando, en cuestión de minutos, el capataz de la hacienda salió ya vestido y bien armado.

Cesaro hizo una leve inclinación y permaneció en pie, casi rígido. Zacarías sabía que ningún humano o animal se relajaba ante su presencia. No podía ocultar al asesino que había en él; era la imagen que daba y, por consiguiente, no le importaba. Le indicó que se sentara en el sofá, colocado en una ubicación estratégica desde la cual el ocupante podría ver con facilidad cualquier cosa que se acercara a la casa.

—¿Cómo puedo ayudarle, señor?

—Quiero saber todo lo que puedas contarme de la mujer. —Zacarías mantuvo la mirada en el rostro del otro hombre, observando su expresión con atención, manteniendo una parte de sí mismo en la mente de Cesaro para asegurarse de obtener la verdad. Leyó perplejidad y confusión. Su pregunta era lo último que esperaba el capataz.

—¿Se refiere a Margarita Fernández? —Tras el asentimiento silencioso de Zacarías, Cesaro frunció el ceño—. La conozco desde el día en que nació. Su padre era primo mío. Su madre murió cuando la chica aún era pequeña, así que fue criada aquí en el rancho junto con mi hijo, Julio.

Un escalofrío de algo muy letal se deslizó por sus venas, una sombra oscura que desaprobaba la proximidad de otro hombre creciendo con Margarita. ¿Hasta dónde llegaba esa amistad? Algo muy feo subió hasta la boca de su estómago con el pensamiento de Julio a solas con la mujer. Sus dientes se alargaron y cerró los puños. Las uñas se clavaron como garras en sus palmas.

Cesaro agarró con más firmeza el rifle que tenía en el regazo, con el rostro palideciendo visiblemente.

—¿He dicho algo que le haya molestado?

Zacarías, sin apartar la mirada de Cesaro, se lamió la sangre que le goteaba por la palma de la mano.

—Continúa.

Cesaro se estremeció.

—Es una buena chica. Leal.

Zacarías desestimó con un ademán aquella opinión, no le interesaba oír lo que pensaba Cesaro.

—Háblame de ella. —De si había algún hombre en su vida. Cualquier cosa que necesitara saber, las cosas importantes.

—Se ocupa de la hacienda y representa a la familia atendiendo a todos los trabajadores. Organiza los pedidos, y es insuperable con los caballos y el ganado. —Estaba claro que Cesaro no entendía qué estaba buscando Zacarías—. ¿Le ha pasado algo? —Medio se levantó.

Zacarías levantó la palma de la mano hacia el hombre con un movimiento abrupto. No quería empujarlo con tanta dureza, pero aun así el aire echó a Cesaro hacia atrás sobre los cojines.

—Está bien. Dime lo que quiero saber. ¿Está con algún hombre? ¿Se ausenta del rancho a menudo?

Cesaro frunció aún más el ceño.

—Tiene muchos pretendientes esperanzados, algunos fuera del rancho y otros justo aquí. No sale con ellos, sobre todo desde que sufrió el ataque. No se aleja mucho de la casa, aunque sí representa a la familia en actos benéficos; también acude a bailes y otros actos locales.

Zacarías mantuvo el rostro vacío de expresión. No le gustó cómo sonaba eso de «muchos pretendientes esperanzados», en realidad, nada de aquello le sonaba bien. ¿Tendría el hechizo un efecto más amplio? Pondría fin a eso de inmediato.

—¿Le permites salir sin compañía? ¿A una chica joven?

—No, por supuesto que no. Cuidamos de Margarita con esmero. Siempre va con ella alguien del rancho.

Zacarías siguió observando al hombre con una mirada fija e indagadora que transmitía desaprobación.

—Mi hijo la acompaña a menudo —admitió Cesaro—. Siempre he confiado en que los dos acaben juntos. Los dos sirven a su familia y saben lo que hay que hacer para mantener la alianza segura. Sería una buena boda, pero ninguno de los dos parece interesado.

El suelo se balanceó. Las paredes inspiraron y espiraron. Por un momento, la presión en la habitación fue dolorosa, como si la hubieran dejado sin aire. Cesaro respiró con esfuerzo, pero se atragantó, los pulmones le ardían. La sensación se desvaneció igual de rápido, casi como si no hubiera pasado. Tosió un par de veces, se llevó una mano a la garganta y abrió los ojos con expresión de miedo.

—Háblame de su don con los animales.

Cesaro se encogió de hombros.

—Nadie sabe cómo lo hace. No creo que Margarita lo sepa tampoco, pero todos los animales, incluso las aves del cielo, responden a ella. Cuando era pequeña, le decía a su padre que a tal caballo le dolía la pata, y le indicaba dónde. Inevitablemente, pocas horas después, el caballo venía cojeando. Siempre sabía cuándo una yegua iba a parir y cuándo habría un problema en un parto. Los caballos confían en ella y, cuando está presente, las yeguas se calman, sea cual sea la situación.

Zacarías absorbió la información. De modo que hacía esas cosas desde niña. Podría ser una medium de nacimiento, pero lo más probable era que se hubiera formado como maga, en vista de los hechizos poderosos que hacía para atraparle a él.

—Continúa.

Cesaro pareció aún más perplejo.

—Cuando tenía quince años, un jaguar espantó al ganado y la manada salió atropelladamente a través de una valla, justo hacia donde los niños jugaban al fútbol. Margarita se plantó delante de los animales y, de algún modo, la manada viró y se alejó de los chavales. Luego aminoró la marcha y se detuvo sin dirección clara. —Sus ojos volvieron a encontrar los de Zacarías—. Ella se fue andando hacia el jaguar mientras me hacía un ademán para que no disparara. Tras un par de minutos observándose los dos, el felino volvió a entrar en la selva tropical y nunca volvimos a verlo por aquí. Ni una huella.

—¿Qué sabes de su madre? —Si el padre era primo de Cesaro, tal vez la madre fuera la maga. Tenía que haber una explicación.

—Su madre era una Chévez de la hacienda de Brasil. Ya conoce a la familia.

Conocía a la familia Chévez mejor que a cualquier otra. Era obvio que no tenían cualidades innatas de magos; ninguno de ellos estaba preparado para realizar hechizos. Las mujeres Chévez llevaban protecciones implantadas en sus mentes desde su nacimiento. Era imposible que un vampiro las dominara o manipulara, no sin matarlas.

Zacarías cerró el puño con fuerza otra vez y su mente buscó a Margarita. Había requerido de una gran disciplina para contenerse y no tocar su mente. Su sangre llamó a la sangre de la joven. ¿O era al revés? La llamada era fuerte de verdad. Una compulsión. Juró en voz baja en su lengua materna. Esa mujer era una amenaza.

—Si ella le molesta, podemos trasladarla durante su estancia en la hacienda —ofreció Cesaro; era obvio que confiando en que a Zacarías le pareciera bien su propuesta—. Tiene muchas tías a las que les encantaría recibir su visita.

Otro temblor agitó el suelo. Zacarías no movió un músculo. Deslizó la lengua sobre las puntas afiladas de su dentadura. Notó su cuerpo doliente. Eran muchos los pecados por los que tenía que pagar, no obstante no se atrevía a ir por ella —no con aquella necesidad de verla— y tocarla. Se negó a permitir que su mente vagabundeara, inspeccionara, tocara. Era demasiado fuerte, ella no podía derrotarlo.

Cesaro se estremeció.

—Señor... —empezó a decir con inquietud.

—Deja a la mujer en mis manos.

—Perdone, no le entiendo. Margarita es una buena chica, aquí la quiere todo el mundo. El vampiro le destrozó las cuerdas vocales, por eso no puede hablar. Si eso le causa consternación...

—No me causa consternación.

El concepto en sí era extraño para él. Pero le perturbaba aquella necesidad de tocarla, de estar cerca de ella. Tocar toda esa piel cálida y suave, y aliviar el terrible anhelo que había provocado aquel sabor exquisito de su sangre.

Cesaro se apresuró a levantarse cuando el cuerpo de Zacarías empezó a relumbrar hasta volverse transparente.

—Espere, por favor, señor. Necesito saber que no va a hacerle daño.

Zacarías volvió unos ojos glaciales al hombre.

—No te atrevas a pensar que puedes ponerme en duda. Esta

tierra es mía. Ella me pertenece y puedo hacer lo que quiera. No voy a tolerar tu interferencia en este asunto. Lo que ella ha hecho queda entre nosotros. ¿Lo he dejado claro?

Cesaro agarró el cañón del rifle con fuerza hasta que los nudillos se le quedaron blancos. Tragó saliva con dificultad un par de veces antes de asentir muy a su pesar.

Zacarías no quería perder más tiempo con ese hombre. ¿Qué le pasaba a todo el mundo que se creía con derecho a cuestionar su opinión? Estaba claro que hacía mucho que un De la Cruz no residía en la casa. Su gente había olvidado sus votos de servidumbre y obediencia. Por cosas así sabía que no pintaba nada en este mundo. Sus métodos estaban obsoletos desde hacía tiempo. Mata o muere, era algo que no se comprendía del todo. El mundo seguía adelante bajo la falsa ilusión de que la raza humana estaba a salvo, que los monstruos como los vampiros no existían y el mal no era real. Él sabía bien cuál era la realidad, pero su época era cosa del pasado.

Se disolvió y salió de la casa mezclándose con las gotas de lluvia en forma de lágrimas para regresar poco a poco a la hacienda. Incluso con esta forma, en la que era casi indetectable, los animales de los establos pateaban nerviosos. Pese a su necesidad de encontrar a Margarita, se obligó a describir un lento círculo en torno a la propiedad, buscando algún indicio de que el vampiro le hubiera seguido hasta su refugio. Necesitaba demostrar, no sólo a ella sino a sí mismo, que era él quien tenía el control de la situación.

No había duda de que uno de los hermanos Malinov buscaría represalias después de haber perdido tantos de sus soldados prescindibles en su ataque al rancho de Brasil. Si había alguien a quien despreciasen aún más que al príncipe del pueblo carpatiano, ése era él. Los Malinov siempre pensarían que los hermanos De la Cruz les habían traicionado. En vez de volverse contra el príncipe y ayudar a asesinarle, la familia De la Cruz le había jurado lealtad.

Zacarías sabía que matar a Mikhail Dubrinsky era provocar directamente la extinción de su pueblo. Se encontraban al límite, su especie rozaba ya esa fina línea, a punto de precipitarse al otro lado, donde la recuperación sería imposible. Con Mikhail vivo, con la sangre de Solange y con los descubrimientos recientes sobre por qué sus mujeres sufrían tantos abortos, Zacarías estaba convencido de que ahora tenían una oportunidad. Era el momento perfecto para librarse de su responsabilidad. Y eso era lo que pensaba hacer... hasta que Margarita Fernández se inmiscuyó.

Satisfecho al comprobar que Ruslan Malinov, el maestro de los no muertos, no había tenido tiempo de descubrir el motivo por el cual sus soldados no habían regresado, se dirigió a la casa principal. Su corazón se aceleró de modo extraño, lo cual sólo sirvió para ponerle más nervioso. Dio vueltas a la estructura, sin permitir ni una vez que su mente tocara la de Margarita. Se aproximó muy despacio a la puerta principal, relumbrando de nuevo hasta adoptar la forma humana para entrar andando.

No iba a ceder al frenesí de la excitación; aquella necesidad le estaba dominando con más dureza de la que hubiera imaginado posible. Él no necesitaba. Él no anhelaba. Había estado en la montaña más alta, había viajado hasta los rincones más remotos de la Tierra, buscando... algo. Había recorrido la Tierra durante siglos, mucho más tiempo que la mayoría de los miembros de su especie; había matado más no muertos de los imaginables. Había visto las peores traiciones y la grandeza más valerosa. No quedaban sorpresas para él que pudieran cambiar el ritmo de su corazón de este modo ni que pudieran colmarle de una necesidad tan ardiente que simplemente no necesitaba.

O jelä peje emnimet; que el sol abrase a esa mujer. Habría una respuesta y él la encontraría. Nadie le controlaba. No iba a tocarle la mente ni iba a ir en su busca. Pero se encontró recorriendo la oscura casa, directo a su habitación. El umbral estaba hecho añicos, la puerta colgaba de las bisagras, partida por la mitad. Frunció el ceño, estudiando el daño que había hecho. Los trozos de madera que colgaban tenían fragmentos puntiagudos, hasta el punto de ser peligrosos.

Hizo un ademán para arreglar el destrozo, no por protegerla, ni por permitir ver el interior de su dormitorio, o por motivos parecidos, sino porque la visión era antiestética. Justo al entrar en la habitación se percató de que perduraba algo de su aroma aunque ella estuviera en otra parte del edificio, era de esperar que recordando sus deberes como sirvienta en su casa.

Miró por la habitación. Parecía muy femenina, olía a hembra. Pero el baño de miedo seguía presente. Aunque el dormitorio estaba ordenado y limpio, la papelera estaba desbordada de papeles arrugados. Tuvo un repentino recuerdo de ella acurrucada en el rincón de la habitación, con la mano estirada y un trozo de papel agitándose en ella. Miró a su alrededor. Estaba casi seguro de que lo había tirado a un lado cuando la obligó a ponerse en pie.

Debajo de la cama había una sola hoja de papel. La cogió y estudió la misiva. En ella había intentado explicarle qué había sucedido, por qué era incapaz de dejarle morir bajo el sol. Sus entrañas se asentaron. No podía oír su tono de voz ni juzgar si decía la verdad o no, pero la carta desde luego abogaba en su favor. Al igual que él, había sentido una obligación a la que no pudo negarse.

¿Qué quería decir eso? ¿Les estaba manipulando alguien —algo— a los dos? Tal vez debería volver a evaluar los motivos de Margarita. Si la estaban manipulando, al igual que alguien intentaba hacer con él, la joven era mucho más débil y sucumbiría mucho más deprisa que un curtido guerrero carpatiano.

Tiró el contenido de la papelera sobre la cama y alisó una a una cada hoja para inspeccionar los contenidos. Los intentos anteriores de redacción se habían quedado cortos, faltos de seguridad, pero había seguido intentándolo, lo cual le decía que era testaruda y decidida; y valiente. No había ido corriendo en busca de la ayuda de Cesaro, que podría ser tan necio como para intentar protegerla, estaba claro. Había aceptado su falta y le había esperado para plantarle cara, con la esperanza de explicar las cosas.

Suspiró. Su desobediencia no era del todo culpa suya. Las compulsiones eran peligrosas y casi imposibles de controlar; como bien sabía él. Zacarías había llegado al rancho sin motivo aparente —la necesidad le había traído— y tenía experiencia en los peligros de la magia. Ella carecía de las habilidades necesarias para salvarse.

Se metió la hoja en el bolsillo e hizo un ademán para que los demás papeles regresaran a la papelera antes de coger la almohada e inspirar su fragancia. La inhaló hasta lo hondo de sus pulmones y se dejó llevar por el anhelo. Aquel aroma femenino le embargó. En verdad, le estremeció. Alisó la colcha, resiguió con la mano la imagen de ella en la cama. La fuente de poder tenía que estar cerca. Casi podía notar el calor de su piel y, una vez más, pudo saborear la sangre exquisita en su lengua, superior al mejor de los vinos.

Debería haber visitado todas las viviendas de la extensa propiedad para poner a prueba a todos sus moradores. Todos sabían que estaba instalado en la hacienda, por el mero hecho de que los pesados cortinajes estaban corridos. Nadie se acercaría a la casa sin invitación, o al menos no debería hacerlo. Por lo tanto, ¿cómo era que el hechizo se mantenía tan poderoso si él era consciente del mismo?

Inhaló otra vez la fragancia de la mujer, la absorbió hasta lo profundo de los pulmones. Su cuerpo respondió con un extraño hormigueo, una corriente eléctrica que corrió por sus venas y despertó respuestas en su cuerpo que era preferible no tener en cuenta. Suspiró y se fue en busca de Margarita. Había combatido la compulsión y se había demostrado a sí mismo que tenía el control total y absoluto.

Margarita empujó la canoa tallada a mano hasta el arroyo y se montó con cuidado. En ocasiones anteriores, era Julio quien manejaba siempre los remos, pero ella había aprendido con mirada atenta y sabía remar. Pensaba que se sentiría aterrorizada en la oscuridad, pero por extraño que pareciera podía ver sobre el agua, igual que antes le pasó en la selva tropical. Sabía que el arroyo era lo bastante profundo como para llevarle hasta el Amazonas. La franja de agua se anchaba, la corriente se volvía más fuerte a medida que se aproximaba al río principal, e iba a notar la diferencia. Era emocionante cuando Julio estaba a su lado, la manera en que la canoa se deslizaba sobre las ondulaciones de agua blanca mientras se acercaba al Amazonas rugiente, pero sola, con un vampiro siguiéndole posiblemente la pista, lo único que sentía era la urgencia terrible de ir más rápido.

En las orillas, los caimanes se agazapaban como viejos dinosaurios a su paso, con ojos vidriosos y párpados caídos. Tragó saliva y metió el remo en el agua. La canoa se deslizó en silencio. Bajo las nubes oscuras y voluminosas, el agua relumbraba como una tira de ébano avanzando entre ramas colgantes y raíces que formaban jaulas gigantes. Hundió el remo y empujó con fuerza, con la mente buscando en todo momento las aves, con la esperanza de que hicieran sonar la alarma si percibían a un depredador ante ella.

Mientras navegaba río abajo, la invadió una extraña inquietud. No era miedo ni terror, dos cosas que asociaba a Zacarías De La Cruz, sino, más bien, pocos deseos de continuar. Estaba poniendo distancia entre ellos y con cada metro que avanzaba la invadía un pavor. Le dolía el corazón, y era un dolor real. Aunque su intelecto le decía que hacía lo correcto —más bien era lo único que podía hacer—, su mente se negaba no obstante a creerlo. En una ocasión se encontró remando hacia la orilla como si su intención fuera dar la vuelta.

Tenía suerte de que el caudal hubiera crecido gracias a las lluvias, la corriente era fuerte y la transportaba pese a sus brazos, que se negaban a cooperar y alejarla así más deprisa de Zacarías. El terror fue en aumento, el dolor se extendió desde su corazón a todo su cuerpo. Le temblaban las piernas, sus brazos parecían de plomo y tenía la boca seca.

Estaba muerto. Zacarías De La Cruz estaba muerto, y, de algún modo, ella era la responsable por haberse marchado. El pensamiento se introdujo de modo espontáneo en su mente y, una vez ahí, fue imposible desalojarlo. La pena se abrió camino a través de ella y se manifestó físicamente. Se le encogió tanto el pecho que apenas podía respirar. Las lágrimas inundaron sus ojos, impidiéndole ver bien. Había un terrible grito en sus oídos, su propia protesta silenciosa contra su muerte.

No obstante, él era un vampiro, ¿no? Ella intentaba con desesperación llegar antes que él a la propiedad de los De la Cruz, para alertar a los cazadores, para llamarles, en efecto, y que le mataran. Si estaba muerto, ¿no debería alegrarse en vez de llorar? Confundida, metió el remo en el bote y se concentró en respirar. Zacarías le había dado sangre varias veces. Cesaro le había contado que Zacarías había actuado con rapidez y le había salvado la vida cuando el vampiro le destrozó la garganta. ¿Había algo en su sangre que les unía en la muerte? Él incluso la había obligado a beber su sangre esta última vez.

Margarita apretó los labios. Era una chica fuerte, y no iba ceder a imaginaciones descontroladas. Tenía una misión. Fueran lo que fuesen esos sentimientos extraños, tenían que ser falsos. Lo único que podía importarle era salvar a la gente que quería en la hacienda. La lluvia cobró fuerza otra vez, la llovizna constante se convirtió en un chaparrón incesante. Tenía que llegar al río y cruzar hasta la propiedad de los De la Cruz para llamar a los cazadores. El arroyo se movía muy rápido, la llevaba deprisa por el bosque pluvial para arrojarla al amplio e hinchado Amazonas.

Su corazón empezó a latir con fuerza. Tenía que prestar atención si quería sobrevivir. El sonido del río era estruendoso y ahogaba casi todo lo demás. La canoa dobló un recodo y el agua se volvió más rápida y agitada. No podía pensar en Zacarías ni en vampiros, lo único que importaba era meter el remo en el agua para impedir que la arrojara contra la serie de rocas que se asomaban más adelante.

Había observado a Julio maniobrar un centenar de veces entre esa serie traicionera de desniveles y rocas que llevaban al río, y se había reído con la emoción y el peligro del momento. Pero contaba con la habilidad de su amigo y tenía confianza absoluta en que conocía la posición de cada roca que tenía por delante. No estaba tan segura de sí misma. Aunque Julio le había permitido intentarlo en varias ocasiones, el agua no fluía tan deprisa como ahora, ni estaba tan oscuro.

Agarró con firmeza el remo y se concentró en sus nuevos reflejos. Los ojos le escocían por la tensión de acercarse a la serie de pedruscos que se elevaban en medio del rápido arroyo. Expulsando aire en un intento de relajarse para continuar con la salvaje navegación, notó el primer salto de la canoa al entrar en el jardín de rocas. Recordó cada una de las maniobras complicadas que Julio le había enseñado y ejecutó los movimientos con cuidado, como si él estuviera con ella en la embarcación indicándole los pasos. Echó el peso hacia atrás y rodeó la primera roca para entrar en el pasadizo perfectamente alineada para el siguiente desnivel.

El agua bullía a su alrededor, un blanco espumoso en medio de la inhóspita oscuridad. La lluvia batía ahora el arroyo, y sin su visión reforzada no habría sido capaz de pasar por la estrecha rampa que viraba casi por completo y evitar así una roca especialmente brutal. La emoción de cabalgar sobre las blancas aguas se coló en sus venas heladas, aliviando su terror a los vampiros. Siempre le habían encantado las excursiones con Julio por la selva tropical, habían tenido aventuras espléndidas, y deseó que ahora estuviera con ella.

La siguiente serie de obstáculos era la más delicada; la canoa tenía que entrar con el ángulo perfecto para coger el giro de la corriente sin que la embarcación volcara a causa de la velocidad. Podía oír la voz de Julio en sus oídos, dando instrucciones sobre cómo mantener el remo en el agua para detener la canoa durante las décimas de segundo que llevaba virar marcadamente y luego dar ese brusco impulso que la enviara volando hacia delante. Se metió por la estrecha sima entre las dos rocas exactamente como hacía Julio, eludiendo las aguas traicioneras y turbulentas por centímetros.

La canoa entró disparada en aguas abiertas, y se encontró en el Amazonas. La corriente la atrapó y tuvo que emplear toda su fuerza para orientarse hacia la orilla. El río venía crecido y corría veloz. Necesitó toda su energía para remar hasta el extremo. De hecho, había ido río abajo más allá de lo que quería cuando por fin consiguió sujetar una rama colgante y arrastrar la canoa a la orilla.

La ladera estaba muy enlodada y resbaladiza, y ella estaba agotada y empapada, helada y hecha un asco. Intentó subir por la inclinación, pero no dejaba de resbalar una y otra vez. Se levantó un viento de una fuerza atroz, que arremetía contra ella una y otra vez, con tal potencia que tiraba de su espesa trenza y le soltaba mechones, hasta el punto de provocarle dolor de cabeza. Renunció a intentar trepar y en vez de ello se arrastró, intentando agarrarse con las manos para subir, resbalando una y otra vez hasta que le dolió la espalda y los brazos y temió no volver a ser capaz de levantarlos otra vez. La lluvia, impulsada por el viento, acribillaba su cuerpo cuando llegó a lo alto y se echó un momento para intentar recuperar el aliento.

Margarita no se molestó en ponerse en pie, sino que se arrastró a cuatro patas por el suelo irregular hasta la protección de un gran capoc para ponerse a cubierto de la lluvia. Se hundió hacia atrás contra los densos alerones que componían el armazón de raíces e intentó recuperar el aliento. El recuerdo del vampiro volvió a dominarla. No acertaba a ver la diferencia entre su atacante y Zacarías, pero sabía que era importante.

Había representado a la familia De la Cruz durante años. La mayoría de familias a las que el rancho daba trabajo nunca habían llegado a ver a ninguno de los hermanos. Ella era la encargada de llevar alimentos y medicinas cuando hacía falta, de pagar deudas o permitir a las familias pedir préstamos en épocas de dificultades, con lo cual se ganaban su lealtad y benevolencia. Había convertido a la familia De la Cruz en una de las más queridas de la región. Eran generosos... de acuerdo; el dinero era de ellos, pero era ella quien realizaba el esfuerzo.

Se levantó con cuidado, obligando a sus débiles piernas a funcionar. Sin previa advertencia, el terreno se balanceó y la arrojó al suelo de rodillas. Al instante, montones de hormigas se aglomeraron sobre sus botas y manos. Contuvo un grito, pues supo que Zacarías no estaba muerto al fin y al cabo. ¿Por qué había sido tan tonta? Él había regresado a la hacienda y había descubierto su marcha. Se puso en pie y empezó a correr sin rumbo, un error estúpido y descuidado.

A su alrededor revoloteaban mariposas gigantes, atraídas por su luz mientras corría. Los murciélagos daban vueltas y descendían para atrapar los insectos que su linterna revelaba. A escasos metros de ella, unos grandes ojos la observaron durante un momento, luego el animal se metió de un brinco en el tronco de un árbol y subió corriendo a las ramas más altas. Una serpiente se enrolló por encima de ella y alzó la cabeza.

El suelo volvió a oscilar y se oyó un trueno. Por un momento no pudo casi respirar; una vez más se vio como una presa paralizada, arrinconada por un monstruo. El viento soplaba entre los árboles, doblando los más pequeños como arcos. Margarita se refugió en la estructura de raíces de un gran capoc en un intento de obligarse a pensar y no entrar en pánico. Agarrada a las raíces, lanzó miradas hacia el bosque.

Tenía razón al tomarle por un vampiro. Los insectos bullían sobre la tierra y descendían por los troncos siguiendo sus deseos. Serpientes venenosas se deslizaban por la húmeda vegetación y sanguijuelas reptaban sobre las hojas en un esfuerzo por acercarse a ella. De repente recordó todo lo que sabía sobre vampiros... junto con el recuerdo de su atacante.

Se estremeció, lo único que quería era hacerse un ovillo y ocultarse, era una necesidad casi abrumadora. Aún podía oler su fétido aliento, ver su carne putrefacta, y las garras feas y retorcidas que tenía en vez de uñas. La observaba con ojos completamente rojos, intentando sonsacar a su mente información sobre el paradero de Zacarías. Margarita se había concentrado en mantener la mente en blanco, con los fuertes escudos levantados, negándose a delatar al mayor de la familia De la Cruz.

El vampiro ya había asesinado a su padre y la mataría también a ella —eso lo sabía con certeza—, pero también sabía que Zacarías o alguno de sus hermanos darían caza al vampiro y lo destruirían. Nunca volvería a asesinar. Aguantó incluso cuando la horrible criatura le mostró sus dientes afilados como hojas y amenazó con despedazar su carne y comerla delante de ella. Se estremeció al recordar los ojos rojos y su aliento. El olor horrible de la carne en descomposición.

Margarita se sentó más erguida. A pesar del miedo que le provocó Zacarías, no había sido igual. No sintió ningún olor terrible a podrido. ¿No decían que los vampiros se pudrían desde dentro? La había asustado; no, la había aterrorizado. Se tocó la marca que le había dejado el vampiro, la frotó con la punta del dedo. El ataque no había sido lo mismo. Zacarías no parecía maligno, ni vampiro. Parecía más bien un depredador pavoroso, pero no maligno.

Aquella revelación le sorprendió. Zacarías era un animal salvaje, una criatura bestial que cazaba y mataba para sobrevivir, no un vampiro. Pero qué más daba: ella no iba a volver a la hacienda. No mientras él estuviera por allí. Había pocos animales que le dieran miedo, pero Zacarías era otro cantar. La marca que le había dejado palpitaba, incluso le quemaba un poco, recordándole que ningún animal del bosque ecuatorial era tan impredecible ni tan violento.

La forma en que la había increpado, tan intencionada, con el rostro como una máscara inexpresiva, la boca una línea cruel e implacable, los ojos fríos e indiferentes, inmisericordes. Notó la boca seca, su corazón empezó a latir con fuerza otra vez. Aunque hubiera querido, no habría podido moverse, pues estaba paralizada como una presa acorralada. Así era exactamente como se sentía: su presa. Sabía que la había asustado a propósito. Había intentado conectar con él tal y como hacía con la naturaleza, y por un momento pensó que había respondido, pero luego le pareció peor. Era peligroso, pero no era un vampiro.

Tenía que buscar cobijo y determinar el siguiente paso, y eso significaba encontrar las marcas que había tallado Julio en los árboles para mostrar el camino. Tenía que regresar y llegar al punto donde normalmente sacaban la canoa del agua.

Esperó a que el feroz viento amainara un poco y se incorporó para salir con cautela de la protección del árbol. Las ramas gemían y crujían sobre su cabeza, y alzó la vista. Los murciélagos colgaban de cada rama, y rodeaban veloces el árbol disputándose el espacio. Al principio pensó que se encontraban ahí para comer el fruto, pero no estaban comiendo. Cada vez se aposentaban más murciélagos en las ramas, colgados boca abajo con las alas plegadas y sus diminutos ojos brillantes... observándola.

Un escalofrío la recorrió. ¿Había huido de Zacarías para ir a parar a la guarida de un vampiro? Sabía que en ocasiones los no muertos empleaban murciélagos e insectos como títeres. Retrocedió del árbol y casi tropezó con un tronco podrido. Las termitas surgían de la madera. Apretó los dientes, pues se negaba a entrar en pánico. Tenía que pensar, tomar una decisión, y no podía hacerlo si se permitía desmoronarse allí mismo.

Alzó la vista hacia los murciélagos. Con delicadeza, expandió su mente hacia ellos, enviándoles una oleada cálida de bienvenida, con cuidado de no presionar demasiado. Su contacto era comedido, pero conectó con ellos. Tendría que haber sentido maldad si recibieran órdenes de un vampiro, pero parecían murciélagos ordinarios, ansiosos por dedicarse a sus cosas. Tenían hambre, necesitaban alimentarse, pero algo los había detenido, algo los utilizaba y les daba órdenes.

Estaba empleando los insectos y murciélagos para vigilarla. Zacarías quería saber en qué andaba y había enviado espías. La idea fue tomando forma, y entonces Margarita evaluó la situación, intentando pensar con lógica. Tal vez los murciélagos no fueran los espías más adecuados para ella. Tenía su propio don con los animales y los insectos, y era muy posible que pudiera ponerlos a todos de su parte.

Alzó la vista de nuevo y mandó hacia los murciélagos otra oleada de cálida bienvenida, instándoles a seguir comiendo. Decidió ir más despacio para que los animales pudieran hacer las dos cosas: seguirla y al mismo tiempo comer. Algunos daban la impresión de alimentarse de fruta, mientras otros se centraban en los insectos. Zacarías había mezclado especies incluso. Sonrió a las pequeñas criaturas; notaba la afinidad que provocaba cada vez que tocaba un animal con su mente. Estaban conectados al carpatiano a través del miedo, a través de sus órdenes, pero ella de hecho creaba un vínculo con ellos, una especie de empatía que era mutua. La mayoría de animales e incluso algunos insectos reforzaban la relación, sintiendo el profundo vínculo entre ellos. Quería crear esa atracción también en los murciélagos que Zacarías había escogido para espiarla.

Margarita mantuvo la onda cálida y la invitación a comer. Un murciélago aceptó la propuesta, tal vez más hambriento que los otros. Voló hasta el fruto más próximo y se puso a comer. De inmediato los otros llenaron el aire, muchos instalándose sobre los frutos para darse un festín, mientras algunos iban tras los insectos. No cometió el error de alejarse apresuradamente, eso desataría la necesidad de seguir cualquier orden que Zacarías les hubiera dado. Se sintió eufórica cuando descubrió el punto donde Julio y ella hacían varar la canoa.

Por todas partes había agua, goteaba de las hojas y descendía por pendientes y laderas creando cientos de pequeñas cascadas y saltos de agua. Ésta formaba pozas, permanecía en el suelo del bosque hasta que al final encontraba la manera de filtrarse y desaguar en el Amazonas. El sonido del agua corriendo era omnipresente, igual que el zumbido continuo de los insectos. Se orientó hacia el interior para alejarse del ruidoso fluir del agua.

Julio había marcado algunas ramas —de niños lo habían hecho—, pero al final las plantas se agarraban a todo: tallos, ramas, troncos e incluso hojas de otras plantas envolvían los árboles. La vegetación era tan densa que la corteza quedaba oculta en la mayoría de los casos, por lo que no tenía sentido marcar los árboles, pues las señales no tardaban mucho en acabar tapadas. Por los árboles trepaban además lianas leñosas, que usaban los troncos como huida hacia la luz situada por encima de la bóveda verde. Los helechos se sumaban a la mezcla y se incorporaban también a la corteza, trepando hacia la luz del sol.

Por el suelo del bosque reptaban gruesas raíces que sujetaban los grandes árboles a la tierra mientras las copas se alzaban muchísimo más arriba, hacia las nubes. Las grandes raíces estabilizaban y alimentaban los enormes árboles, algunas retorcidas en formas intrincadas mientras otras creaban grandes alerones de madera. Independientemente de su aspecto, las raíces dominaban el suelo, reivindicaban grandes espacios y acogían murciélagos, animales y cientos de especies de insectos.

Julio y Margarita habían tallado algunas marcas en la profundidad de las raíces; ambos sabían dónde buscar, incluso en el caso de que las trepadoras y los helechos lograran entrelazarse entre los alerones con ramales. Apartó los brillantes helechos verdes y, en efecto, allí estaba la raíz quebrada, una señal desgastada.

Se movió despacio pero sin dejar de comunicarse con los murciélagos. Aprecio. Consideración. Afinidad. Ninguna orden. Ninguna exigencia. Zacarías tendría que regresar a la oscuridad de la tierra antes de la salida del sol, y sólo faltaban unas pocas horas. Podría seguir engañándole un rato más. Los murciélagos parecían muy receptivos y no darían la alarma mientras ella no echara a correr o intentara ocultarse de ellos.

Conectó con los murciélagos para disponer de su propio sistema de alarma, con la esperanza de reconocer su inquietud cuando un depredador anduviera cerca. El tronco enorme de un árbol emergente que había caído, con muchos años de antigüedad, se hallaba en el paso y los árboles jóvenes ya llenaban el vacío dejado por él. El tronco putrefacto estaba cubierto de insectos, hongos y trepadoras. Lo estudió con cuidado, consciente de las serpientes peligrosas y ranas venenosas que podría tocar fácilmente si trepaba por él.

Pero no podía hacer otra cosa, no sin salirse de su camino, algo que no quería, de noche en la selva tropical. Se adelantó y se estiró decidida a trepar, apartando los insectos venenosos y los sapos con la mente, con la esperanza de que se retiraran.

Unas manos la cogieron por la cintura y la echaron hacia atrás, contra un cuerpo duro.

—¿Estás tonta, mujer, o sólo es que disfrutas poniéndote en peligro? —La voz de Zacarías ronroneó en su oído con una suave amenaza que la heló por completo.

Capítulo 5

Margarita se quedó muy quieta. ¿Y si se había equivocado? ¿Y si era de verdad un vampiro? La marca que le había dejado a un lado del cuello palpitaba ardiente. El aliento de Zacarías le erizó el vello de la nuca... Se puso rígida al notar sus dedos ronzándole la piel y apartando a un lado la pesada trenza de pelo. Notaba el cuerpo del guerrero pegado a ella; percibía cada respiración. Olía igual que una criatura salvaje, feroz y peligrosa, que la tenía atrapada, aislada de toda ayuda. Cada uno de sus músculos quedó grabado en ella, cada latido de su corazón.

Entonces reparó en su pregunta. *¿Estás tonta?* ¿De verdad acababa de preguntarle si estaba tonta? La indignación, mezclada con el miedo, acabó de crisparla.

La mente de Margarita se inundó de un calor que anunciaba la presencia de Zacarías ahí. En su ataque anterior, se había introducido a fondo, invadiendo y conquistando su mente. Esto era diferente. Esta vez empleó un asalto lento, con un calor que se difundía como la melaza, llenando su mente de... él. Se quedó sin respiración y se mordió el labio inferior con fuerza. El calor no permanecía sólo en su mente, sino que se extendía por todo su cuerpo, como una espesa lava dominando sus venas centímetro a centímetro, para seguir luego descendiendo poco a poco. Le pesaban los pechos, doloridos. Los pezones se le pusieron duros y notó su núcleo cada vez más caliente.

La reacción física a esa invasión era perturbadora. No, más que eso, era igual de aterradora que el mordisco en el cuello. Todos sus instintos gritaban que saliera corriendo, pero ni siquiera hizo el esfuerzo, pues el horror y la furia la tenían ahí paralizada. Zacarías la enjauló con sus manos, apoyadas en su cintura, unas grandes manos que dieron forma a sus caderas con ademanes demasiado posesivos. Allí donde la tocaba, unas llamaradas lamían su piel y traspasaban la ropa.

Nunca en la vida había mostrado esta reacción femenina a un hombre. Había oído decir que el peligro podía disfrazarse de seducción, y ahora era testigo de esos rumores. Zacarías era tan sensual como podía ser un miembro del sexo opuesto, y encendía un fuego lento en su interior. Margarita se estremeció, temiendo ya por su propia alma. Se hizo la señal de la cruz en un intento silencioso de salvarse.

—Sé que puedes oírme, tanto si hablo en voz alta como si lo hago dentro de tu mente. Tu sangre llama a la mía, que te responde. No finjas que no puedes oírme.

Ella se humedeció los labios.

No estoy tonta. Tal vez un poco pasmada, pero le entendía. Aunque no se entendía a sí misma, ni lo que le sucedía a su cuerpo.

Temblaba, quería librarse de su mano, pero ardía en deseos por él. Oía los latidos de su corazón, y el sonido reverberaba en sus propias venas.

Zacarías se inclinó un poco más hasta pegar los labios a su oído.

—Si no estás tonta... —Deslizó una mano de la cadera a la parte posterior de la cintura, quemándola a través de las ropas con el movimiento, hasta dejar su piel marcada por la huella de la mano. Muy despacio, le rodeó el cuello con la otra, moviendo un dedo cada vez. Tiró de su cabeza hacia atrás para dejarla apoyada en su pecho, hasta que Margarita no tuvo otra opción que quedarse mirando sus ojos oscuros y crueles. Se contemplaron, aguantaron la mirada en un combate extraño que ella no entendía.

—Entonces, ¿lo que quieres es morir?

Su voz le susurraba no sólo al oído, sino sobre su piel, tocaba cada terminación nerviosa mientras las caricias delicadas de sus dedos moldeaban su cuerpo. La sensación era tan real que ella se estremeció, se atragantó de miedo. Tragó con dificultad, pegada a su mano. Su mirada era persuasiva, tan oscura e insondable, con los ojos llenos de calor y fuego donde antes sólo había habido frío e indiferencia. Había algo real en su interior, lo veía en sus ojos. No era sólo una máquina de matar, ni el no muerto que había creído en un principio; esos ojos estaban demasiado vivos. Su cuerpo estaba demasiado caliente, demasiado enardecido.

Margarita buscó la parte animal en él, que era su parte principal. Hacía mucho que había perdido toda urbanidad, o tal vez ya había nacido como era ahora, astuto, salvaje y extremadamente territorial. Ella entendía a los animales, incluso los depredadores más peligrosos. Dejando de lado su miedo al carpatiano, se concentró en el animal, en un intento de encontrar la manera de sosegarlo. No esperaba que se hicieran amigos, como no lo esperaría de un jaguar, pero con otros felinos de gran tamaño había llegado a tolerarse sin animosidad. Confiaba en lograr lo mismo con Zacarías.

El problema era que él la confundía mucho más que un gran animal o un ave de presa. Percibió el calor fluido que siempre precedía a la conexión. Era más fácil de lo que había pensado, como si ya conociera el camino, como si estuviera muy trillado. Le sosegó como haría con una fiera salvaje, con un acercamiento suave, tocándole con delicadeza, acariciándole con la mente para calmarlo.

Zacarías retrocedió de súbito y bajó las manos, con ojos ahora más helados y más espeluznantes que nunca.

—Tienes dotes para la magia.

Era una acusación, una maldición, una promesa de oscuras represalias. Margarita negó con la cabeza, rechazando la imputación con vigor. No tenía ni idea de por qué la acusaba de ser una maga, un ser que hechizaba a la gente. Eso lo sería él en todo caso, pues era quien la estaba hechizando. A juzgar por los ojos del carpatiano, ningún mago querría hacer un encantamiento a Zacarías De La Cruz, y ella menos que nadie, desde luego.

—Entonces, ¿qué eres? —exigió saber.

Ella frunció el ceño. La respuesta tendría que ser obvia, pero, claro, si ella pensaba en él como un animal indómito y salvaje, tal vez no anduviera tan desencaminada.

Sólo soy una mujer.

Zacarías estudió el rostro perfecto que tenía delante durante un largo rato. Estaba manchado de barro. Agotado. Esa cara con forma de corazón era todo ojos, enormes y asustados.

Sólo soy una mujer.

Cuatro palabras sencillas, no obstante, ¿qué significaban? Conocía a bastantes mujeres, pero ninguna como ella. Era mucho más que *sólo una mujer*. Rebuscó entre sus numerosos recuerdos, acumulados a lo largo de siglos, pero ninguna mujer había captado su interés, no como esta mujer.

Se observaron durante un largo rato.

—Vas a regresar a la hacienda conmigo. —Lo anunció como un mandato. Dio la orden y esperó a ver su reacción habitual: desobediencia. Tal vez tuviera algún trastorno que la obligaba a hacer justo lo contrario de la orden directa que recibía.

Zacarías observó el movimiento de su garganta tragando con delicadeza y percibió otra oleada de miedo, aunque suprimida con premura; no había que mostrar miedo a un depredador.

Sabía que seguían muy conectados; estaba sintiendo las emociones de Margarita. Era interesante ver a través de sus ojos. Sabía, como una información estrictamente intelectual, que otros animales, incluidos los hombres, le consideraban un asesino, pero no tenía una reacción visceral a ese conocimiento. Conectado como estaba a ella a un nivel tan primitivo, sintió sus emociones como si fueran propias, algo que resultaba... incómodo.

Margarita se lamió con su pequeña lengua el arco perfecto del labio inferior. Retrocedía muy despacio, buscando con la bota suelo firme. Él sacudió la cabeza y ella se detuvo al instante.

A Zacarías no le costaba leer en su rostro lo que estaba pensando. Quería salir corriendo, y ya no le importaba que alguien —incluido él— considerara el acto una cobardía. Su instinto de conservación era fuerte ahora. Ya se había sacrificado en una ocasión. En lo que a ella concernía, eso era suficiente. Y había recibido su castigo.

—No he acabado contigo, mujer. Regresarás a la hacienda conmigo mientras discierno qué está sucediendo. Y no volverás a irte sin mi permiso.

Eso hizo efecto. Zacarías vio las nubes de tormenta formándose en los ojos oscuros de Margarita. No podía apartar la mirada aunque quisiera. Aquellos ojos no eran del mismo gris apagado que el mundo a su alrededor. Tampoco su pelo. Ambos eran de un ébano intenso, un negro noche profundo, la verdadera ausencia de color. Su boca le tenía fascinado. Los labios deberían haber sido grises o tal vez de un blanco incoloro, pero juraría que estaban teñidos de un rosa más oscuro. Pestañeó varias veces para intentar librarse de la impresión, pero el extraño color persistió, provocándole cierto mareo. Ella le fascinó como nadie podría hacerlo.

Margarita alzó la barbilla.

Si vas a matarme, hazlo ya. Aquí mismo.

Él arqueó una ceja.

—Si voy a matarte, elegiré yo el momento y el sitio, no me lo dictará ninguna mujer que desconoce lo que significa obediencia.

Margarita sacó una libreta y un boli del bolsillo y empezó a escribir. Zacarías le quitó ambos objetos de la mano y se los guardó.

Usa tu vínculo sanguíneo.

Ella negó con la cabeza en silencio y alargó la mano hacia su bolsillo.

Zacarías sacudió la cabeza con la misma decisión, aunque ya no le sorprendía su desobediencia. Estaba seguro de que tenía un trastorno, algún desarreglo mental de nacimiento, raro y peculiar, que la llevaba a hacer lo contrario de lo que le mandaba cualquier figura autoritaria.

—He leído las cuarenta y siete misivas esta noche. Y no quiero leer ninguna más.

¿Las cuarenta y siete? ¿Has entrado en mi dormitorio? Estaban en una papelera, las había tirado. Es obvio que no estaban ahí para que alguien las leyera.

De modo que Margarita podía optar por emplear el vínculo sanguíneo si así lo decidía. Algo próximo a la satisfacción brotó en él. El miedo se había desvanecido lo suficiente como para permitir esta respuesta mucho más natural.

—Por supuesto que estaban ahí para que yo las leyera, *kislány kuŋenak minan*, locuela mía. Está claro que iban dirigidas al señor Zacarías de la Cruz. —Hizo una leve inclinación—. Muy formal y propio de ti. Uno pensaría que serías capaz de cumplir instrucciones sencillas.

Devuélveme el papel y el boli.

—Emplearás el vínculo sanguíneo entre nosotros. —Sabía que le resultaba incómodo porque era una forma de comunicación mucho más íntima, pero también se percató de cómo anhelaba él esa intimidad del vínculo.

Los ojos de Margarita se oscurecieron todavía más, hasta convertirse en obsidianas, llameando como piritas. Apretó los dientes con un chasquido, y su blancura también llamó la atención del carpatiano. La agarró sin pensar del brazo superior y la acercó aún más, volviéndole la cabeza para poder ver el color intenso: un blanco relumbrante, como pequeñas perlas. Ni gris, ni el blanco amarronado y sucio al que estaba acostumbrado. Por un momento, no hubo nada más en el mundo salvo esos pequeños dientes blancos y los increíbles ojos casi negros de la joven.

Algo sacudió su pecho, no con fuerza, apenas se dio cuenta, pero el gritito de Margarita le obligó a bajar la mirada. Le había dado con las palmas en el pecho y era obvio que se había hecho daño. Zacarías la miró con el ceño fruncido.

—¿Y ahora qué estás haciendo?

Te pego, bruto. ¿Qué se siente?

Tenía carácter. Reconoció el fuego en plena ebullición. De todas formas ella se había hecho daño, y él, la verdad, apenas había notado nada.

—¿Así lo llamas? Estás realmente un poco loca. No es de extrañar que Cesaro intentara que te fueras de la casa; temía que me molestaras con tu demencia.

¿Demencia?

Margarita cerró el puño y le lanzó un puñetazo. A juzgar por la manera de hacerlo, alguien le había enseñado a pelear. Se agachó a un lado antes de que le alcanzara el golpe y la agarró; luego le dio la vuelta y le cruzó los brazos sobre los pechos, sujetándola contra su cuerpo con fuerza. Exhaló con un resoplido sonoro que le asombró, y se quedó muy quieto al oírse a sí mismo, con la boca apoyada en el cuello de Margarita, en esa pulsación cálida que latía con tal frenesí y le llamaba con tal fuerza. ¿Risa? ¿Se había reído él?

¿De verdad? Eso era imposible. Él no se había reído en la vida. Al menos no lo recordaba. Tal vez de niño, cuando no era más que un crío, pero lo dudaba. ¿De dónde había surgido ese sonido? ¿Era posible que esta mujer loca y tonta, fuera su pareja eterna? Pero eso eran cuestiones sagradas, no podía ser. De ningún modo podía estar emparejado con alguien incapaz de seguir la instrucción más simple. Y sus emociones y colores deberían haber regresado al instante, aunque, para ser sincero, se sentía más vivo en este momento que en mil años.

Igual que él, Margarita se había quedado otra vez quieta por completo en sus brazos, como un conejillo asustado. Tiritaba, las ropas húmedas y enlodadas se pegaban a su tierna forma femenina. En el momento en que Zacarías se percató de que ella tenía frío, eliminó el barro y la lluvia de la ropa y calentó con su cuerpo el de ella. Cosas así eran naturales entre su estirpe; tendría que recordar las costumbres mundanas con ella.

—Te excusaré ya que no tuviste una madre que te enseñara el protocolo acostumbrado, pero mi paciencia tiene un límite. —Susurró las palabras contra su oído, decidido a que ella se enterara de quién mandaba ahí. Desde luego no una chiquilla como ésta, tan tonta como para salir de noche por la selva tropical sin compañía—. Tienes ciertas obligaciones.

Sé cuáles son mis obligaciones. ¿Qué hora es?

Aturdido, alzó la vista al cielo cargado:

—Sobre las cuatro de la mañana.

Exacto. Mi horario ya ha acabado. Estas horas son mías.

Zacarías sintió la tentación de morder aquel dulce punto entre el cuello y el hombro como castigo por ese continuo desafío.

—Cuando un De la Cruz está en la casa, tu horario va de la puesta de sol al amanecer. O lo que yo te diga. *O jelä peje teräd, emni* ; que el sol te abrase, mujer. No discutas conmigo. ¿No has aprendido nada en las últimas horas? No irás sola a ningún lado. Eres una mujer, una mujer soltera. Y tendrás una acompañante a todas horas.

Ella no profirió sonido alguno, pero él notó el rechazo absoluto a su decreto. Desde lo más hondo le llegó otra vez ese extraño sonido que empezaba en su vientre y surgía como burbujas de champán. Pero todo eso eran cuestiones sagradas; ella le hacía reír. Sentía diversión. Esta mujer menuda traía la risa a su vida. Hasta que descubriera por qué tenía tal poder sobre él, no estaba dispuesto a apartarse de su lado. Podía negar su autoridad cuanto quisiera, pero ella estaba a punto de aprender qué y quién dominaba su vida.

Inhaló su fragancia y se encontró combatiendo la llamada de la sangre. La saboreó en su boca. Ese sabor exquisito y peculiar, más que cualquier otra cosa, estallaba en su boca, goteaba por su garganta para filtrarse en sus venas y verterse por su cuerpo como oro fundido. Tenía una piel tan cálida y blanda, y su pulso le llamaba. Cerró los ojos y escuchó el ritmo de su corazón, nada más. No tenía hambre y aún así se moría por ella, como una adicción; quería morder, notar la blanda carne...

Deslizó las manos sobre sus muñecas, acariciándola, luego le frotó los pechos con las palmas. Tenía los pezones tiesos por el frío... o la excitación; no conseguía que su mente se detuviera lo bastante como para discernir el qué. Todos sus sentidos, su ser completo, estaba concentrado en aquel cuerpo, su forma, su contacto. El tiempo transcurrió más lento, formando un túnel. Sólo estaban sus manos deslizándose sobre ella, tomando sus pechos, rozando esos pezones duros con los pulgares. Su corazón latía con fuerza y el de ella respondía.

Le invadió un repentino calor, que llenó todo su ser. La sangre pulsaba con fuerza en su centro y se precipitaba hasta su miembro, provocándole una erección, dura y gruesa, que resultaba dolorosa... y le tenía a él pasmado. Todo su cuerpo ardía desde el interior, y un extraño rugido resonaba en su cabeza. Se sentía ardiendo, las llamas abrasaban su piel y corrían por sus venas. Su mente se llenó de imágenes eróticas de aquel cuerpo retorciéndose bajo el suyo, un millón de cosas que había visto durante su existencia, un millón de maneras de hacerla suya. Había visto todas esas cosas, pero nunca pensaba en ellas. Ni una vez en toda su existencia había contemplado la idea de poseer a una mujer sin su consentimiento. Nunca había considerado la posibilidad de enterrar su cuerpo en lo hondo de una mujer y hacer con ella lo que le viniera en gana, hasta ese momento. Las imágenes le abrumaban, junto con aquella necesidad terrible y brutal. Pequeñas gotas de sangre salpicaban su piel, un sudor que no recordaba. Tenía los nervios a flor de piel, se sentía fuera de control, enloquecido por el terrible anhelo que había pasado de ser una necesidad de sangre a la necesidad corporal de ella.

Zacarías la apartó, respiró hondo y tomó grandes bocanadas de aire para detener la locura que bullía en él. Era consciente de que su alma estaba hecha pedazos, como un colador sujeto sólo por hilos diminutos y frágiles, pero esto... esto iba a destruirle, iba a acabar con su honor. Limpió el sudor de su rostro y se quedó mirando las manchas de sangre en sus manos.

—¿Qué eres, mujer? Me has hechizado.

Ella negó en silencio con la cabeza, tan pálida que casi relucía ahí en medio de la oscuridad.

No. Juro que no. No sé por qué te sucede esto.

Margarita lo había sentido también, toda la exigencia en el miembro presionado contra su cuerpo con demandas urgentes.

—No vas a controlarme.

Ni lo intento.

Se apartó dos pasos de él, observando fijamente el gran bulto en la parte delantera de sus pantalones. Él se percató del momento exacto en que el miedo pudo con Margarita, que se dio media vuelta y echó a correr.

Zacarías respiró hondo una vez más y extendió los brazos para cambiar de forma, en esta ocasión de buen grado, pues necesitaba alivio para su forma humana masculina. Las plumas estallaron por toda su piel mientras se transformaba; esta vez el águila arpía era enorme. Se echó al vuelo, sin encumbrarse demasiado para realizar la persecución. El águila viraba y cambiaba de dirección abriéndose paso entre los árboles, a la caza de su presa, a la que no tardó en sobrevolar. Margarita miró por encima del hombro, con ojos aterrorizados mientras el ave caía sobre ella buscándola con las garras, enganchándola mientras corría y levantándola por los aires, gracias a la fuerza enorme de Zacarías que ayudaba al gran águila arpía.

Margarita forcejeó, pero mientras la alzaba cada vez más, ganando altura con su envergadura gigante y dejando el suelo muy abajo, se quedó quieta del todo y rodeó con las manos las patas del ave. Una vez que cogieron altitud, él aceleró por la selva tropical de regreso a la hacienda. Las águilas arpías volaban a cincuenta millas por hora con toda facilidad si querían, y con el fuerte viento a su favor, el ave recorrió la distancia a toda prisa, llegando al rancho en tiempo récord.

Zacarías dejó caer a Margarita sobre la hierba justo delante de la puerta principal. Cambió de forma mientras tocaban el suelo con los pies al lado de ella. La chica no intentó correr otra vez, sino que se quedó tumbada en silencio, cogiéndose con las manos la cintura por donde la habían sujetado con fuerza las garras. Zacarías se inclinó para cogerla en brazos, acunándola contra su pecho.

Sus ojos enormes ocupaban la mitad de su cara, el miedo había vuelto ahí y todo rastro de coraje había desaparecido. No podía gritar y por lo tanto abría la boca para pedir ayuda, y eso le molestó más de lo que hubiera pensado.

—No me mires de ese modo —soltó—. Si hubieras venido conmigo sin rechistar, no te habría arrastrado de vuelta de esta manera. ¿Nadie te ha enseñado a pensar en las consecuencias de tus actos?

Ella apartó la mirada, la desplazó a algún punto por encima del hombro de Zacarías, pero no pudo contener el estremecimiento que la dominó. Tal vez le había hablado en tono demasiado duro. No tenía que olvidar su trastorno mental. Con certeza su padre debería haberse ocupado de esa propensión a desacatar la autoridad, pero ahí estaba él ahora para encargarse de eso. Y sin duda podría hacerlo.

Hizo un ademán en dirección a la puerta y la abrió para entrar. Cruzó el umbral con Margarita en brazos y la dejó en el sofá mientras regresaba para ocuparse de las protecciones. Urdió salvaguardas intrincadas y fuertes alrededor de toda la estructura del edificio. Se tomó su tiempo, decidido a que nadie entrara o saliera mientras él dormía. Los trabajadores de sus propiedades sabían que, cuando un De la Cruz se encontraba en la casa, no había que molestarlos durante las horas del día. Cuando estuvo convencido de que nadie —ni siquiera alguno de sus hermanos— lograría atravesar su trama, se volvió a estudiar aquella mujer que encarnaba la palabra *misterio*.

Margarita se sentó poco a poco. Él vio cómo contenía la respiración y el sufrimiento crispando su rostro. Zacarías frunció el ceño y se acercó. El olor a sangre le alcanzó con violencia. Puso a la muchacha en pie. Ella mantenía las manos en torno a su cintura con fuerza, y vio las pequeñas gotas de sangre goteando por los dedos. Los seres humanos no se curaban solos de las heridas. Hacía años que no se relacionaba con humanos; se alimentaba de ellos y luego se largaba, como un fantasma en la noche que nadie veía ni recordaba.

—Veamos. —Suavizó la voz cuando la mirada de Margarita saltó a la suya—. Aparta las manos, mujer, necesito ver los daños.

Por lo visto sonaba igual de amenazador aunque bajara el tono porque ella se estremeció, pero parecía no poder moverse.

Le cogió las muñecas con gran delicadeza y movió las manos. Tenía por todas partes heridas causadas por los pinchazos de las garras del águila, dignas más bien de un oso, por delante y por detrás, y a ambos lados. Debería haber pensado en lo que esas garras hacían a la carne humana antes que en el desafío de la muchacha. Al observar el rostro de Margarita, se escupió en las manos. La saliva no sólo iba a ayudar a curar los pinchazos, sino que tenía un agente anestésico que calmaría el dolor mientras sanaba. Colocó las palmas sobre las marcas con pericia, y apretó casi cubriendo con ellas el tórax.

—Sentirás calor, pero no te dolerá —le aseguró.

Temblaba tanto que no estaba seguro de que pudiera continuar en pie. Le miraba fijamente a los ojos con esa mirada que había visto en las presas de las cobras. Parecía hipnotizada y aterrorizada, incapaz de apartar la mirada.

—Deja de tenerme tanto miedo. —Había deseado verla asustada, pero ahora querría retroceder y rectificar. Parecía tan frágil, tan vulnerable y sola—. No voy a permitir que te suceda nada. Mi deber es cuidar de ti. —Estaba diciéndole la verdad: nada le arrebataría a esta mujer y menos aún la muerte. Por algún milagro o algún truco diabólico, él estaba por fin cobrando vida: su cuerpo renacía, su mente volvía a tener interés.

Miró alrededor de la habitación; todo continuaba del mismo gris apagado. Cuando volvió a mirarla a ella, consiguió ver un color emergente, débil, pero ahí estaba. Sus pestañas eran del mismo negro asombroso que la trenza de pelo. Enormes ojos de un color chocolate oscuro y profundo le devolvían la mirada. Las cejas eran negras, sus labios eran sin duda rosas. Los colores sólo los podía devolver una pareja eterna. Las emociones —y estaba experimentando reacciones poco familiares con Margarita— sólo podía devolverlas una compañera de vida. El hecho de que su cuerpo hubiera reaccionado físicamente era asombroso; problemático pero jubiloso, si él podía sentir júbilo. Pero una pareja eterna habría recuperado esas cosas desde el primer instante.

Tan sólo unos meses atrás, unos magos se habían infiltrado y ocupado el rancho vecino, con vanas esperanzas de destruir a la familia De la Cruz. Dominic y Zacarías les habían detenido, pero cabía una posibilidad mínima de que los maestros vampiros y los magos se hubieran aliado, y que éstos hubieran encontrado la manera de regresar para otra intentona. Pero si Margarita estaba ensombrecida por un hechizo, él lo sabría. Por más vueltas que le diera a esa explicación, un temor aumentaba en él, pues creía conocer la explicación real.

Si Margarita era de verdad su pareja eterna, entonces algo había ido mal, y temía saber la respuesta a eso también. No la había encontrado a tiempo. Y a esas alturas sul alma ya estaba destrozada, sin reparación posible. Su otra mitad no podía acoplarse a ella, ni podía traer luz a la oscuridad absoluta de su interior. Era una causa perdida; aquello no debería sorprenderle. Con toda probabilidad había nacido así, pero de todos modos, hubo un tiempo en el que soñó con este momento, en que se imaginó a su pareja eterna e incluso la buscó de forma activa.

Se le calentaron las palmas mientras transmitía calor al cuerpo de ella. Los pulmones de Margarita buscaban aire desesperadamente, y él respiraba intencionadamente por ella, calmándola. El aire fluía con naturalidad a través de él hasta lograr que el cuerpo de Margarita siguiera el mismo ritmo regular. El corazón de la muchacha latía con tal fuerza que temió que le diera un ataque cardiaco.

—Tú sólo respira, *mića emni kuŋenak minan*, mi preciosa locuela. —Había un anhelo involuntario en su voz, una pena por lo que había perdido mucho antes de haberlo encontrado.

Margarita alzó la vista hacia el rostro fuerte de Zacarías De La Cruz. Era una cara tallada en las mismísimas montañas. Cincelada por las batallas y la edad, y aun así de una extraña belleza. Este hombre nunca había sido un muchacho, era sólo guerrero. Por primera vez, en lo profundo de aquellos ojos, vio pena. La emoción era profunda y real, y cuando tocó su mente, le entraron ganas de llorar. Zacarías no parecía percatarse de la profundidad de su angustia, o tal vez simplemente no reconocía tal emoción, pero ella quiso llorar por él.

Era muy independiente, no necesitaba de nadie, poderoso en extremo. Y tan absolutamente solo. Zacarías le provocaba dolor, sin duda la había aterrorizado, pero luego había curado sus heridas con muchísima delicadeza. Tal vez estuviera un poco loco tras tanto tiempo a solas. Cada vez que le decía algo en su lengua, su voz se convertía casi en una caricia, sus palabras la rodeaban como unos brazos fuertes. Lamentablemente, esa faceta solitaria y salvaje le provocaba compasión. Su mente ya se expandía hacia él y le sosegaba de modo automático, comunicándole calor y comprensión.

Sin pensar, levantó la mano para tocar esas líneas profundas talladas en su rostro. Él le agarró la muñeca, asustándola. Margarita no se había dado cuenta de que, de hecho, estaba pensando en tocarle. Notó un dolor en la muñeca por la fuerza con que la palma tiraba de su piel. Zacarías era duro como un capoc, su carne no cedía en absoluto. Le rodeaba la muñeca con los dedos, como si tal cosa, sujetándola como un torno. Imposible de eludir. El corazón de Margarita latía con fuerza en su pecho mientras miraba pestañeante al carpatiano. El aire salió de sus pulmones con un resoplido. Había conseguido despertar al tigre otra vez, sin pensarlo siquiera.

Lo siento. De verdad.

La desconfianza en los ojos de Zacarías era tan propia de un animal salvaje cauteloso que ella no pudo detener el flujo de compasión y calor que salía de su mente hacia él. Era como si necesitara calmarlo. Su lugar no se encontraba en el interior de una casa. Era imposible que cuatro muros contuvieran su poder o su naturaleza salvaje. No podía imaginar a nadie ni nada tranquilo cerca de él. Era demasiado dominante, ocupaba demasiado la habitación, sus modales aristocráticos y su autoridad firme se sumaban al aura aterrador que le envolvía.

—¿Planeabas acariciarme como si fuera un animal?

No había sarcasmo en su tono, pero la pregunta le dolió. Ella se lamió los labios de pronto secos y negó con la cabeza. Margarita no sabía qué estaba haciendo. Si tuviera papel y boli, tal vez podría intentar expresarse, pero se sentía aislada del mundo casi todo el rato, como en este momento. ¿Cómo iba a intentar trasmitir con meras impresiones la manera en que se manifestaba su extraño don?

Ni siquiera estaba segura de cómo funcionaba tal don. Sólo sabía que todo en ella se volcaba en lo salvaje del carpatiano, en su alma torturada, severa, solitaria y necesitada. Él ni siquiera sabía qué necesitaba. ¿Cómo podía explicarlo ella, que se había quedado sin voz?

Lo siento, repitió, incapaz de pensar qué otra cosa hacer.

Zacarías mantuvo la expresión petrificada mientras acercaba las puntas de los dedos de Margarita a su rostro y las retenía ahí.

—No lo lamentes, yo no lo lamento.

El estómago de la joven realizó una acrobacia de lo más extraña al entrar en contacto con su piel bajo los dedos.

—Si deseas tocarme, tienes mi permiso.

Por primera vez desde que el vampiro la había atacado, estaba contenta de no poder hablar. No tenía palabras. Nada. Debería haberse irritado con esta condescendencia aristocrática, pero en cambio le entraron ganas de sonreír.

No tenía excusas. Fuera cual fuese la compulsión que a él parecía preocuparle tanto, también operaba en ella. Y sin su papel y su boli se sentía vulnerable, desnuda del todo, incapaz de comunicarse. Tragó saliva y asintió, preguntándose con cierta histeria si él pensaba que debería darle las gracias por dar su consentimiento.

El carpatiano bajó la mano y dejó la de ella apoyada en su mandíbula ensombrecida. Margarita extendió la palma sobre el mentón oscuro y notó que su corazón volvía a tenderse hacia él. La sensación fue tan fuerte que la asustó. Dejó caer la mano de repente y retrocedió un paso, confundida por su propia reacción. Aún teniéndole mucho miedo, la tristeza del guerrero era tan abrumadora que no podía dejar de sentir compasión.

Ella le había causado esto. Era culpable y tenía que asumirlo. Zacarías había venido aquí para poner fin a su vida con honor, y ella le había detenido, dejándolo otra vez en la soledad de su mundo lúgubre. Si de verdad había un hombre que fuera una isla contenida en sí mismo, ése era Zacarías De La Cruz. No conseguía ver la totalidad de su mundo solitario, pero percibía la punta y eso era suficiente para sentir ganas de llorar eternamente. Estaba en deuda con él, y una Fernández siempre pagaba sus deudas.

No sabía lo que estaba haciendo cuando impedí que pusieras fin a tu carga. Si pudiera dar marcha atrás y enmendar... ¿Lo haría? ¿Podría hacerse a un lado y dejarle morir? Hundió los hombros. No podía mentirle, jamás podría quedarse mirando mientras él ardía bajo el sol. No era capaz de eso. Alzó sus ojos infelices hacia él. *Lo lamento.* ¿Podía decirle alguna otra cosa?

Zacarías estudió su rostro durante tanto rato que ella empezó a pensar que ya no volvería a hablar. Luego bajó la mirada y la desplazó sobre su cuerpo estudiando su forma femenina de un modo muy similar a como uno de los rancheros evaluaría el ganado. Margarita se mordió el labio con fuerza para contenerse y no apartarle de un empujón. No era un caballo. Estaba en deuda con él, sí, pero ya se había disculpado suficientes veces. Él no tenía derecho a observarla como si fuera un microbio.

Zacarías desplazó la mirada otra vez a su rostro y la mantuvo ahí fija.

—Leo tus pensamientos. —Bajó su mano a la de Margarita. Le levantó el puño cerrado y abrió los dedos uno a uno—. Eres una fierecilla, ¿a que sí? Y estás muy confundida. Hay momentos en que tienes remordimientos y piensas en ofrecerme tus servicios y otros en que piensas en pegarme. Ya estás a mi servicio. Sólo tengo que dar una orden y me traerás lo que precise. En cuanto a pegarme, no es aconsejable, ni está permitido.

Hablar con él era irritante, decidió. Poco importaba que todo lo que dijera fuera cierto. Había estado a punto de hacer las paces con él y ofrecerle sus servicios de manera voluntaria, no a regañadientes. Ese hombre era tan arrogante que no parecía saber la diferencia. Y en cuanto a pegarle... si seguía hablándole de ese modo, quizá no importara si estaba permitido o no.

Una sonrisa lenta, trabada, muy débil pero real, ablandó la línea dura de la boca de Zacarías. Fue breve, ella apenas ni la captó, pero fue una sonrisa... increíble.

—Sigo leyendo tus pensamientos.

Margarita le frunció el ceño.

Eso es de mala educación. No puedo evitar mis pensamientos. Tal vez ella había provocado esa sonrisa, pero había desaparecido demasiado rápido, como el hielo al resquebrajarse.

—Por supuesto que puedes. Dormirás durante las horas del día, como yo. Bajo ninguna circunstancia saldrás de la hacienda sin mi permiso. Te ocuparás de atender mis necesidades, hasta que me marche. Y, sobre todo, obedecerás al instante, sin excepción.

Lo que necesitaba era un robot, no una mujer. Se esforzó por no entornar los ojos.

¿Cuánto tiempo vas a quedarte? Que Dios la asistiera si se quedaba más de una noche.

Él arqueó una ceja.

—No necesitas esa información. Me servirás encantada mientras yo decida estar en la casa.

Hablaba en serio; se percató de que hablaba totalmente en serio. Y esperaba que ella estuviera encantada de servirle —incluso agradecida—, el muy arrogante e insufrible mandón. Vaya aires despóticos que gastaba.

¿Le hago una reverencia, Su Majestad?

Zacarías juntó las cejas. Se hizo un silencio que creció hasta que los mismos muros parecieron expandirse de la tensión. No le quitó la vista de encima, amenazante y sin pestañear. Ella luchó por no apartar la mirada, por no quedarse del todo acobardada ante él. Parecía enorme. Dominaba toda la habitación, sus hombros lo tapaban todo tras él, y aquello hizo que Margarita tomara conciencia del poder del carpatiano... y de su vulnerabilidad.

—Tal vez la alianza entre nuestras familias haya llegado a su fin. Si así lo deseas, sólo tienes que decir que no vas a cumplir con nuestro acuerdo.

Se le cortó la respiración. Él no iba a permitir que se marchara. Percibía la necesidad en él, y no podía dejarla ir. No reconocía que tenía emociones y que bullían muy hondas bajo la superficie. Les dio unos golpecitos mediante su primitiva conexión animal, pero no sólo no reconocía sus propios sentimientos, sino que no tenía idea de que estaban ahí. Aunque ella permitiera que el miedo que le tenía arruinara las alianzas entre la familia De la Cruz y su gran familia ampliada, eso no la salvaría.

Margarita juntó los labios y negó con la cabeza.

Mi deseo es servirte.

—Sin excepción.

Ella apretó los dientes. Quería hacerle pagar por sus pecados. O tal vez no interpretara bien la mente del carpatiano. No parecía tener la menor idea de cómo tratar con los humanos. Con toda probabilidad no había estado entre gente educada en cientos de años.

—Ni me he molestado —dijo; era obvio que seguía leyendo su mente.

Ella consideró darse el placer de coserle la boca mientras dormía en su cámara para que no volviera a abrirla. En el momento en que empezó a pensar que había una posibilidad remota de que su conducta imperiosa y de mal gusto tuviera alguna justificación, él abría la boca y lo echaba todo a perder.

Le dirigió una rápida mirada y vio que sus labios se curvaban con esa débil y breve sonrisa tan ridículamente increíble. Su estómago reaccionó con el mismo salto mortal a cámara lenta de antes.

—Me llega la impresión clara de alguien, con aspecto sospechosamente parecido a ti, que me cose la boca con aguja e hilo. ¿Podría estar interpretando tus pensamientos de manera incorrecta?

Margarita hizo todo lo posible para parecer inocente.

Tal vez pudiéramos comunicarnos con más precisión si me devolvieras el papel y el boli. De esa manera no tendríamos estos pequeños malentendidos. Seguro que no era mentira. Y al menos podría ahorrarle muchos problemas.

—Dudo que un boli y un papel tengan tanto poder —comentó.

Ella deseó de verdad sacárselo de su cabeza.

Necesito sentarme, señor De la Cruz.

La muchacha no se había percatado de que se estaba tambaleando. Tal vez fuera la conmoción, pero de pronto la habitación empezó a girar.

Él la cogió por el brazo y la dejó en el sofá.

—¿Te apetece un vaso de agua?

Cualquier cosa para darse un respiro de su presencia abrumadora. Asintió intentando parecer el tipo de chica que se marea con frecuencia. Era bastante resistente, de modo que tal vez él no se tragara el anzuelo, pero por otro lado era tan feudal que quizá colara.

Percibió en su boca ese leve tirón curvado que indicaba una débil sonrisa. Zacarías sacudió la cabeza y le tendió un vaso de agua.

—No eres muy ducha en censurar tus pensamientos. Explícame cómo es un día normal en tu vida.

Ella se encogió de hombros y dio un repaso a sus días en su mente. Baño. Cepillarse el pelo. Limpiar la habitación. Desayuno. Limpiar la casa. Pedidos para las casas del rancho. Inspeccionar caballos y ganado por si había enfermedades o lesiones. Preparar el almuerzo. Llevar café y bocadillos a Julio. Cabalgar con él mientras charlaban...

El aire de la habitación se volvió pesado, las paredes se dilataron y el suelo se balanceó. Ella le miró contrariada y se agarró al sofá.

¿Qué pasa? Me has pedido que te explique una jornada típica. Tengo tiempo libre para el almuerzo y para cabalgar.

—¿Quién es ese hombre con quien te ríes?

Margarita frunció el ceño.

¿No conoces al hijo de Cesaro?

Siguió mirándola hasta que ella casi juró haber sentido una sensación ardiente en la región de la frente. La joven dio un suspiro.

Necesito papel y boli. No puedo mandar impresiones correctas.

—Creo que entiendo tus impresiones muy bien. No volverás a montar con ese hombre otra vez. Continúa.

Margarita se frotó la cabeza. Empezaba a tener dolor de cabeza. Estaba agotada y demasiado confundida como para seguir asustada. En un momento se sentía furiosa con Zacarías y en el siguiente divertida. No tenía la menor idea de cómo tratarle. La conexión entre ellos parecía tomar fuerza cuanto más entraba ella en su mente. Pero no quería al carpatiano en su cabeza, y cuanto más se comunicaba con él mediante la telepatía, más fácil le resultaba a él colarse en su mente sin ella darse cuenta. La sensación se había vuelto tan natural en un espacio tan breve de tiempo que ahora ella no podía evitar sentir cierta calidez.

Visito cada uno de los ranchos que necesita ayuda, me ocupo de cualquier problema médico que surja cuando los hombres trabajan, preparo la cena, me la como...

—No distingo si cenas sola.

Sonaba tan serio que ella alzó la mirada para ver su rostro. Parecía de piedra. Se apretó la cabeza con los dedos.

Casi siempre. Recojo la cocina, a veces preparo algo de repostería en el horno, me baño y leo antes de meterme a la cama... sola.

Zacarías se agachó y le puso los dedos en las sienes.

—Cierra los ojos. Creo que ya has tenido bastante por esta noche. Necesitas descansar. Seguiremos con esta conversación mañana cuando se ponga el sol. Por hoy nos daremos una tregua. Esta noche podrás dormir, no tengas miedo. He colocado protecciones fuertes. Si se acercara algún sirviente del vampiro, no sería capaz de entrar en mi casa.

El corazón de Margarita dio un vuelco. Había dicho «mi casa». Nunca había oído a ningún miembro de la familia De la Cruz referirse a un lugar como su casa. La idea se esfumó sin tiempo de retenerla, pero el calor que reemplazó el dolor de cabeza la dejó un poco atontada.

Zacarías se inclinó y la levantó en brazos, para llevarla por la casa hasta su habitación. La puerta del dormitorio estaba intacta. Su habitación inmaculada, advirtió ella al entrar. Sentía los párpados pesados, el cuerpo no quería moverse. Tras dejarla sobre la cama, Zacarías le alisó el pelo hacia atrás, casi como si le hiciera una caricia.

No podía recordar por qué le había parecido autoritario, arrogante y feudal. La tapó y la tranquilizó para que se sintiera segura. Y así fue. Margarita incluso le sonrió antes de pestañear y cerrar los ojos. Le gustaba la idea de una tregua. Podría aceptar encantada una tregua.

Capítulo 6

En el interior de la oscura hacienda, bajo la pesada cama de cuatro postes, enterrado en la tierra opulenta y nutritiva, Zacarías abrió de golpe los ojos conjuntamente con el primer latido de su corazón. Una sombra pasó sobre la casa, apenas apreciable, pero él aún era un guerrero ancestral, capaz de notar la sutil perturbación. El sol se había hundido por el horizonte y la noche había caído como una cortina pesada sobre el rancho. La noche había traído espías con ella.

Por regla general acogía con ganas una cacería. Era su actividad, lo único que sabía hacer. Se sentía cómodo en ese papel, era un solitario. No tenía ni idea de cómo vivían o trabajaban los seres humanos, y nunca lo había querido saber. Estaba claro que eran criaturas frágiles. Ahora él tenía a aquella preciosa locuela que se había metido en su vida —su locuela—, y no sabía cómo protegerse de las garras del águila.

Ya sabía que sólo era cuestión de tiempo que sus enemigos buscaran venganza. Por lo rápido que habían salido en su busca, supo que un maestro vampiro les dirigía a cada una de las haciendas De la Cruz. Hacía demasiado que existía como para pensar que pudiera tratarse de una simple coincidencia. Le perseguían. En circunstancias normales les habría hecho saber con exactitud dónde se encontraba y habría acogido la batalla con ganas; pero esta vez había demasiado en juego. Esperó hasta que la bandada ensombrecida de aves pasara sobre su cabeza y diera varias vueltas sobre el rancho antes de continuar.

Y luego se expandió para entrar en contacto con ella. La mujer. Margarita Fernández. La buscó sin siquiera pensarlo, sin poder detener su mente. Quería... la quería a ella. Debería de estar durmiendo tranquilamente en su cama esperando a que él la despertara, pero por supuesto, no estaba. Suspiró, pues ya no le sorprendía nada de lo que hiciera.

Abrió el suelo con un ademán de la mano, vistiéndose al mismo tiempo que se levantaba, con cuidado de no alterar ni tan sólo el aire, para que ella no supiera que se había levantado. *Emni kuŋenak ku aššatotello*, locuela desobediente. ¿No se percataba de que él mataría por ella? No parecía capaz de aprender, por dura que fuera la lección. Sus enemigos ya estaban inspeccionando la zona y, si la encontraban, si sabían de ella o si llegaban a sospechar... Cerró la mente para no visualizar lo que podría suceder, y tampoco prestó atención a esa necesidad peculiar y poco familiar de sonreír al pensar en su constante negativa a satisfacer sus deseos. Tenía que estar tarada, de veras, no había otra explicación.

Qué extraño que esta mujer pudiera despertarle el menor interés incluso. Su reacción a ella reforzaba la idea persistente de que tal vez fuera su compañera de vida. Antes de detener su corazón, al amanecer, había revisado con interés los detalles que cada uno de sus hermanos había compartido con él sobre el momento en que habían reconocido a su pareja eterna. Lo supieron al instante, con el primer contacto, sin lugar a dudas. Las emociones habían regresado a su interior, los colores les cegaban.

Incluso después de siglos de existencia, Zacarías no había dado con la clave que desentrañara el misterio de las parejas eternas, pero si Margarita Fernández era de hecho la suya, el universo le estaba jugando una mala pasada. Una mujer de lo más exasperante, así era.

Salió del dormitorio principal al pasillo. La fragancia de la joven llenaba la casa, un aroma intensamente femenino. Se percató de que había ocupado esta casa durante años, incluso de niña, pues su padre había vivido aquí, en la casa principal. La vivienda no era austera, como la mayoría de sus guaridas, que apenas tenían muebles. Margarita estaba presente en cada rincón. Había hecho de esta vivienda su hogar. Se percibía calor aquí, el calor de una mujer preocupada por su casa, que la cuidaba con amor y atención al detalle.

Veía las habitaciones grises y sombrías, no obstante percibía la suntuosidad de cada una de las alfombras y gruesas mantas de los sofás, era obvio que tejidas a mano. Se detuvo junto a un pesado sillón y se pasó el tejido de la manta entre los dedos. Percibió a Margarita en cada una de las diminutas puntadas. Hacía mucho más que mantener la casa. La quería.

A la joven le gustaban las velas, que también parecían artesanas. Tenían electricidad y un generador de refuerzo, pero estaba convencido de que, con las feroces tormentas que asolaban esta zona a menudo, los árboles caídos les dejaban sin electricidad y que a los generadores podían sucederle todo tipo de cosas. A él nunca le preocupaban mucho esas cuestiones, pero estaba claro que Margarita sí las tenía en cuenta y se preparaba para ellas.

No sólo preparaba su hogar para las emergencias, el carpatiano vio también sobre la mesita auxiliar la lista que había estado elaborando, con el nombre de cada familia alojada en las tierras de los De la Cruz, y lo que éstas necesitaban. Nunca había pensado mucho en cómo vivían y trabajaban estas personas, pero se percató de que Margarita se ocupaba de ellas en su nombre.

La puerta del baño estaba abierta y un vaho mezclado con perfume llegaba flotando hasta el salón. Inspiró profundamente para meterse a Margarita en los pulmones. Tembló de expecta-

ción. Esperó unos cuantos instantes, saboreando aquella pequeña habilidad de esperar con ansiedad a verla. No había duda,
ahora estaba *sintiendo*, aunque no sabría decir si era algo como
lo descrito por sus hermanos.

Sus dedos rodearon la manta y se llevó al rostro el suave
tejido; también había un rastro leve de su fragancia intrigante
en el material. Su cuerpo se contrajo. No era la reacción salvaje
de la noche anterior, pero de todos modos, era una reacción.
Respiró para superar la impresión. Su pequeña locuela casi seguro que era su pareja eterna y, que el sol abrasara a esa mujer,
había aparecido demasiado tarde. Típico de ella. El destino le había jugado una mala pasada con su elección y sincronización.

Zacarías suspiró mientras volvía a inspirar aquella profunda fragancia para guardarla en sus pulmones. No importaba
cuál fuera el motivo, lo cierto era que no podía condenarla a una
medio vida con él. Él no era un premio codiciado, no con su fiereza y oscuridad propagada por su mismísima alma. Desde su
nacimiento estaba maldito y tenía que aceptarlo. Éste era un
golpe terrible, inesperado por completo. Recibir una pareja de
vida que siempre fuera a permanecer justo fuera de su alcance
era la peor tortura que uno podía concebir.

Algo suave y femenino le hizo cosquillas en la mente. Diversión. Ningún sonido, sólo la impresión de felicidad; un cálido
relumbre. Absorbió a Margarita hasta su corazón; se permitió a
sí mismo el capricho por un breve instante. Su mente, era obvio
que en sintonía con la de ella, se negaba a obedecer en lo refe-
rente a ella. Necesitaba el contacto, ese calor que impregnaba
todo su cuerpo.

El hambre le dominó, una necesidad lacerante latía en sus
venas, le atormentaba y consumía deprisa. Distinguió a Margarita en su boca, ese sabor único, exclusivo. Reconoció que ya estaba obsesionado con ella, pero después de siglos de existencia

estéril, el precio a pagar por la capacidad de sentir algo era demasiado alto.

Zacarías se introdujo un poco más en su mente, anhelando su calor. Una risa profunda estalló en sus propios pensamientos, una explosión de sonido, todo masculino, distintivo, pero familiar para Margarita. Notó la fácil aceptación, una docilidad que no encontraba cuando estaba con él. A ella le divertía la compañía mental de Zacarías, le aceptaba.

El carpatiano se movió tan deprisa por la casa que apenas fue una mancha que irrumpió en su dormitorio literalmente como una explosión. La puerta se hizo astillas con el choque y la madera salió volando en todas direcciones partiéndose en pedazos. Margarita estaba sentada en el suelo junto a la ventana abierta, y había un hombre de pie al otro lado, que metía la cabeza por la abertura, con la mano apoyada en el brazo de la muchacha. Los dos se volvieron a la vez hacia él con el sonido de la puerta desintegrándose. Zacarías se plantó junto al hombre en una milésima de segundo, con un movimiento explosivo y violento. A continuación le metió en el interior del dormitorio, a través de la ventana, con una fuerza tan brutal que le empotró en la pared. Le sostuvo con una mano sin esfuerzo, con las piernas colgando por encima del suelo, para clavarle los dientes a fondo en la vena palpitante de su cuello.

¡No! ¡Alto! ¡Tienes que detenerte!

El hombre no se resistió tras una primera y torpe refriega. Zacarías no hizo ninguna intentona de calmarle, la ofensa era demasiado grande. Oyó el terrible rugido y le llevó un momento percatarse de que el sonido surgía de su propia garganta. Engulló la sangre nutritiva pese al ruego frenético de Margarita que estallaba en su mente.

Ella le agarraba del brazo y estiraba, intentando interponer su mano entre Zacarías y su presa. El carpatiano podía verla, a través de la bruma roja en su mente, a través de la necesidad de matar, a través del extraño rugido animal que retumbaba en su cabeza, pero nada le importaba aparte de destruir a ese hombre que se atrevía a poner las manos encima a Margarita.

Zacarías notó el espíritu cálido de ella moviéndose por el hielo de su mente y al instante se vio a través de los ojos de la mujer. Casi la dominaba el pánico. Había estallado con violencia excesiva, como un gran gato salvaje derribando una presa; en ese momento era por completo un absoluto asesino. Con cierta vaguedad, Margarita se percató de que ella era la causa, y se aterrorizó al leer sus verdaderas intenciones en la mente del carpatiano, y al saber que actuaba por instinto más que con el intelecto.

Entonces ella le llenó la mente de impresiones frenéticas de una manada de lobos, y luego con decenas de bebés, como si él estuviera mal de la cabeza y no pudiera entender el concepto de la familia. Al final volvió a imponer la imagen de Cesaro en su mente en un intento frenético de explicarle que este joven era Julio, el hijo de Cesaro. Como si no lo supiera. Esta mujer era una amenaza para ella misma y para todos sus conocidos. Pasó la lengua sobre las heridas de los pinchazos para cerrarlos, sosteniéndole sin esfuerzo con la mente, y dejó caer al hombre al suelo.

Se volvió poco a poco hacia aquel delirio de mujer. Ella dio dos pasos hacia atrás y luego se obligó a parar. Parecía pequeña y vulnerable, y muy, muy asustada cuando dirigió una mirada a Julio.

¿Está muerto? Dio un paso hacia el hombre inconsciente.

—No te atrevas a tocarle.

Ella se detuvo de inmediato, con el rostro blanco por completo.

—No, los carpatianos no matamos para alimentarnos. Deberías saber eso. ¿Eres inculta aparte de desobediente?

Ella negó con la cabeza y miró a su alrededor, deteniendo la mirada en el boli y el papel que había empleado para comunicarse con su amigo. Cuando dio un paso hacia allí, él le cogió la mano y ambos objetos salieron volando hacia él. Se los metió en el bolsillo para inspeccionarlos mejor después.

—Me has vuelto a desobedecer. ¿Acaso obedeces a alguien más? ¿O sólo haces lo que te da la gana cuando te da la gana? —Habló muy bajo, por temor a que ella se desmayara o se fuera al suelo. Estaba tan nerviosa que podía ver cómo temblaba.

No he desobedecido. Sonó categórica, negó con fuerza en su mente. *Me he quedado en casa como ordenaste. No he hecho nada malo.*

¿Era posible que no entendiera la enormidad de su error? ¿Cómo era posible?

—Recibir a un hombre en tu habitación es algo prohibido por completo. ¿Cómo podías no saber eso? ¿Quieres que te tomen por una puta?

Margarita agitó sus enormes pestañas con aire perplejo, con el cuerpo de repente calmado. Un lento sonrojo dio color a la blancura de su piel. Él vio claramente cómo ascendía el rubor por su cuello hasta la cara, su belleza atrapó su atención de tal modo que casi no se da cuenta de cómo se aproximaba a él para soltarle un bofetón.

Le cogió la muñeca a pocos centímetros de la cabeza sólo por su velocidad prodigiosa. Permanecieron observándose como iguales, sin apartar la mirada. Ella estaba furiosa, podía percibir la rabia en su interior, pero aún era más consciente de sus diminutos huesos, de la suavidad de su piel y de sus curvas exuberantes. Iba vestida con una falda y una blusa, y la larga falda le cubría sus delgadas piernas y realzaba las caderas redondeadas y su cintura delgada. La encontró atractiva con sus ropas femeninas.

Los ojos le echaban chispas, relucían como diamantes champán, Dejó de parecer gris o ensombrecida, todos los rasgos empezaron a emerger en color y con detalle. Nunca había visto nada más hermoso en todos sus siglos de existencia.

—Creo que ya comentamos la cuestión de tocarme sin permiso.

No te atrevas a llamarme puta.

Nunca había visto un auténtico diamante champán chispeante tan deslumbrante, con un color chocolate tan puro, que resultaba asombroso, sobre todo con aquel brillo que tenía ahora en los ojos.

—He preguntado si deseabas que te tomaran por una puta, no te he llamado eso.

Habló muy despacio y con claridad por si ella no captaba la diferencia. También advirtió que al ponerse furiosa ella dominaba mucho mejor la comunicación telepática. Él podía ver las palabras e impresiones que enviaba, y entonces se percató de lo que debía de ser no tener de hecho voz para expresarse.

Deslizó el pulgar sobre el pulso de Margarita con una pequeña caricia y percibió un estremecimiento por respuesta.

—Estás encantadora con tu ropa femenina. La llevarás siempre.

Ella frunció el ceño. Él había pensado que le gustaría aquel cumplido, pero esta mujer era difícil de verdad. Sus ojos centelleaban con un fuego resplandeciente, era espectacular, y a él le hubiera gustado deleitarla. Las mujeres era difíciles de entender.

Pues no lo voy a hacer, ¿sabes? Prefiero las faldas cuando estoy dentro de la casa, pero no cuando monto a caballo. Y me encanta montar, por lo tanto nada de faldas. Levantó la barbilla y sus ojos relucieron más que nunca.

Él estudió su carita desafiante durante un largo rato. Ella no apartó la mirada en ningún momento. Nunca en su vida le había desafiado nadie de la manera en que ella lo hacía. Empezaba a pensar que no tenía nada de tonta al fin y al cabo.

—Eres de verdad *emni kuŋenak ku aššatotello minan.* —No pudo disimular la suave caricia de su voz.

¿Qué significa eso? Te he oído llamarme eso y cosas similares.

—Mi locuela desobediente —respondió con sinceridad, esperando unos fuegos artificiales. Incluso le agarró la muñeca con más fuerza.

Los labios de ella se curvaron con una sonrisa y por un momento sus dientes blancos centellearon al mirarle. Zacarías tuvo una impresión de diversión en su mente y esa sensación le reconfortó.

—Veo que se te da muy bien la comunicación a través de nuestro vínculo de sangre. Tendrá más fuerza cuando intercambiemos sangre otra vez.

Una sombra cruzó el rostro de Margarita. Tragó saliva e hizo un gesto de asentimiento, negándose a apartar la mirada. Estaba muy asustada, pero le miraba con coraje.

—No te dolerá, Margarita —aseguró—. Disfrutarás de la experiencia.

No parecía convencida, pero asintió y luego dirigió una mirada a Julio. Un rugido de protesta surgió del cuerpo de Zacarías; él notó que sus dientes se alargaban y explotaban en su boca antes de poder detener la reacción. Ella soltó un jadeo y él le miró la muñeca, aún atrapada en su mano. Sus uñas se habían alargado hasta formar garras mortíferas.

Podía oler a Julio, su peste casi superaba la sutil fragancia de Margarita. No quería a ningún hombre cerca de ella, y menos en su habitación. Reconoció que había mostrado su faceta más mortal.

—No es seguro para tu amigo estar aquí —admitió. Era

evidente que algunas emociones estaban regresando: ira, la necesidad de matar, celos. Cosas que no había experimentado antes y por lo tanto no tenía manera de anticipar ni de entender lo que estaba sintiendo, por no hablar del conocimiento necesario para abordar cosas así.

Margarita asintió despacio.

¿Debo pedir a Cesaro que venga?

El cuerpo de Zacarías se rebeló, sus sentidos reforzados ya se encontraban en modo de batalla.

—Eso no es una buena idea. Le llevaré yo mismo a su casa y le dejaré descansar. —No quería otro hombre cerca de Margarita mientras se ajustaba a las emociones nuevas, primarias e incómodas. Se consideraba afortunado de no haber tenido la misma reacción que sus hermanos a su pareja eterna.

Ella asintió con la cabeza, mordiéndose el labio inferior con cierta ansiedad.

—¿La palabra de un De la Cruz ya no es suficiente aquí? He dicho que le dejaré descansar, y aun así sigues ansiosa. ¿Es este hombre importante para ti?

Zacarías notó el esfuerzo de ella por hacerle entender. Buscó papel y boli a su alrededor, pero él sacudió la cabeza. Era su pareja eterna y tenían que aprender a comunicarse. Ella le dirigió una mirada cargada de emoción, luego envió la imagen de Riordan, su hermano menor, a su cabeza. Indicó a Julio y a continuación a ella misma.

—¿Este hombre es hermano tuyo? ¿El hijo de Cesaro?

Ella asintió sin dejar de fruncir el ceño.

No de sangre.

No quería al hombre cerca de ella, para nada.

—No es seguro para él. ¿Me entiendes?

Margarita asintió con la cabeza. Zacarías no podía soportar la presencia del otro varón cerca de ella ni la mirada preocupada en sus ojos. Recogió a Julio del suelo y se lo echó sobre el hombro. Dio un paso para apartarse.

¿Señor de La Cruz?

Esa suave nota acariciadora en su voz le provocó una ráfaga de calor que corrió acelerada por sus venas. La miró por encima del hombro.

Tal vez tendría la amabilidad de arreglar la puerta al salir.

Ahí estaba, esa necesidad ahora familiar de sonreír. La diversión reventaba su necesidad de destruir a cualquier hombre que se hubiera acercado alguna vez a ella. Pero necesitaba que ella empleara su nombre de pila, más íntimo.

—Zacarías —corrigió—. Por supuesto.

Salió antes de sentirse tentado de hacer saltar al ofensivo hombre por la ventana y así poder atraer a Margarita hacia sí y saborear el exquisito y único aroma que le embriagaba.

Margarita observó cómo se detenía un momento para hacer un ademán con la mano, como si tal cosa, dando de nuevo forma sólida a la puerta astillada antes de salir. Entonces dio un profundo suspiro y se dejó hundir sobre la cama. Le temblaba la mano mientras se pasaba los dedos por la boca temblorosa. Nunca había visto nada —ni siquiera los depredadores de la selva tropical— que estallara con tal violencia y tan deprisa.

Estar en la misma habitación que Zacarías De La Cruz era abrumador, tanto como estar con un tigre. Ocupaba todo el espacio, absorbía todo el aire con su poder y energía. Siempre daba la impresión, con su mirada concentrada, de estar alerta y listo para atacar, en cualquier instante. Cuando pasaba a la acción, lo hacía demasiado rápido como para enterarse, y los actos resultaban tan violentos que aturdían los sentidos.

Esto lo había provocado ella, con su terrible error. Zacarías, consciente de que se había vuelto demasiado peligroso para seguir en compañía de los demás, había tomado una decisión para protegerles a todos. Una decisión honorable, pero ella se había inmiscuido sin darse cuenta, y les había puesto en peligro a todos ellos, incluida el alma eterna del carpatiano.

Las heridas de los pinchazos en su cintura se habían curado, pero nunca olvidaría ese trayecto doloroso y aterrador por el aire cuando el águila se la llevó a través del cielo, batiendo sus enormes alas a tal volumen como para que ella oyera el *pum, pum* cortando el aire. Se había mareado sólo de contemplar el suelo por debajo mientras él ponía distancia. Ni siquiera tenía la posibilidad de desfogarse gritando. Por triste que fuera, y extraño, el único consuelo era tocar la mente de Zacarías, la mente de un ser más salvaje que humano.

Se tocó la marca en el cuello y, por un momento, no pudo respirar al recordar la manera en que sus dientes la quemaban al perforar su piel. Le había hecho tanto daño, y la había aterrorizado tanto la idea de que acabara el trabajo empezado por el vampiro, o peor todavía, que no fuera a matarla y que la convirtiera en su títere viviente, la misma encarnación del mal. Acarició la marca palpitante con la punta de los dedos. Ya se había hecho a la idea de servirle todo el tiempo necesario, y ella sabía que eso incluía permitirle tomar su sangre para alimentarse.

Esta noche no habían cambiado las cosas; de hecho, sólo se había reafirmado en la idea de que le debía a Zacarías su ayuda, no importaba lo aterrador que resultara. Se tapó la cara por un momento, balanceándose hacia delante y hacia atrás para darse valor. Tenía que encontrar la manera de mantenerle apartado de los trabajadores del rancho, sobre todo de Julio. Cuando éste despertara y recordara lo que había sucedido, intentaría con desesperación asegurarse de que ella estaba bien, y eso era un problema en potencia.

Se pasó la mano por la cara con gesto decidido, se sacudió el miedo y alzó los hombros. Este lío lo había montado ella. Percibía la intensa tristeza, el pesar abrumador que aguantaban los hombros de Zacarías. Notaba sus emociones —tan fuertes que resultaban abrumadoras—, pero sabía que él no las percibía del mismo modo.

Zacarías quería que ella siguiera con su rutina diaria, de modo que eso iba a hacer, como si él no estuviera en la casa. Cuando llegara la hora de ofrecerle su sangre, buscaría un lugar agradable en su mente e iría allí. El deber de toda su familia era facilitar a De la Cruz lo que necesitara o quisiera; y ella no iba a dejar en mal lugar a su familia, ni a sí misma.

Permaneció mirándose en el espejo. Llevaba el pelo recogido en la gruesa trenza de siempre, pero su cuello quedaba bien expuesto. Su corazón volvió a acelerarse con descontrol. Tal vez era demasiado tentador. Aflojó el peinado y permitió que el cabello le cayera hasta la cintura. Lo sujetó con una cinta más abajo, sin apretar, lo justo para mantenerlo apartado de la cara, para poder trabajar sin la enorme masa de pelo en medio. Se alisó la falda de vuelo con las manos e inspiró una vez más antes de dirigirse hacia la cocina.

Tras llenar la tetera, se dio media vuelta y casi la tira al descubrirle ahí de pie, tan cerca de ella, alargando la mano hacia la abundancia de su pelo, contemplándolo casi fascinado. Zacarías bajó la mano de inmediato y retrocedió un paso para permitirle ir hasta el fuego. Margarita, sin hacer caso de los fuertes latidos de su corazón, fingió que él no se encontraba en la habitación. Si quería observar lo que hacía, tanto daba. Ella iba a prepararse el desayuno aunque fuera temprano.

Zacarías apoyó una cadera en el fregadero y la observó con esa mirada totalmente concentrada, sin pestañear, que sin duda era la de un gran felino cazador. Ella le dirigió una rápida ojeada desde debajo de las pestañas, incapaz de contenerse.

¿Te apetece un té?

El carpatiano frunció el ceño.

—De hecho, nunca he probado comida humana. Mis hermanos, sí. Para parecer humanos llenan la casa de alimentos y de hecho han tenido que acudir a actos de beneficencia y otros grandes encuentros sociales donde era necesario aparentar que comían.

Pero tú, no.

Zacarías alzó una ceja.

—Ni me molesto en intentarlo. Inquieto mucho a los humanos; siempre ha sido mejor enviar a Nicolás o Riordan.

¿Ni siquiera una sola vez? En todos estos años de existencia, ni una vez quisiste saborear lo prohibido?

—No siento nada, *kislány kuŋenak minan*, mi locuela. La curiosidad nunca ha sido un problema para mí. Existo. Cazo. Mato. Mi vida es muy simple.

Ella apretó los labios. No podía imaginarse una vida así. Sin sosiego. Sin necesidad de consuelo.

¿Nunca has tenido miedo? ¿Nunca has experimentado un terror absoluto?

—¿Qué iba a temer en la vida? No tengo nada que perder, ni siquiera la propia vida. Sólo tengo la responsabilidad de proteger a mi pueblo lo mejor que pueda. Y lo hago con honor.

¿Nunca has sentido alegría? ¿O amor?

—Hubo un tiempo en mi vida, cuando era pequeño, en que quería a mis hermanos. Durante un tiempo pude contactar con sus recuerdos y recordar el afecto que tenía por ellos. Pero incluso eso se ha acabado para mí.

A Margarita le entraron ganas de llorar. Hablaba con total naturalidad, como si no tener a nadie —ni nada que aligerara su vida— fuera normal. No había nadie que le consolara, nadie con quien comentar las cosas, nadie que le abrazara... o le quisiera. Mientras luchaba para proteger a los demás, nadie hacía nada por él.

Se percató también de que, pese a todo su conocimiento, había enormes lagunas en su educación. Los carpatianos podían regular la temperatura corporal, curar sus heridas y minimizar casi todos los dolores. Pero Zacarías no había tenido en cuenta que ella no podía hacer esas cosas, lo cual explicaba que se mostrara tan consternado por las heridas provocadas con las garras del águila en su piel. O bien no lo sabía o en realidad no había pensado mucho en los seres humanos.

No interactuaba con nadie aparte de los vampiros. Sus hermanos visitaban sus distintas propiedades y hablaban con los gobiernos locales. Zacarías sólo salía cuando estaba herido y necesitaba una curación rápida. Los trabajadores desconfiaban de él. Puesto que las tías, tíos y primos de Margarita trabajaban en las distintas propiedades de los De la Cruz repartidas por Sudamérica, ella estaba al tanto de todas las murmuraciones sobre la familia, y sabía que pocos habían conseguido ver alguna vez a Zacarías. Llevaba siglos totalmente solo.

Margarita siguió dándole la espalda, asustada de que entreviera la compasión en su cara. Tal vez le diera miedo, pero eso no significaba que no sintiera nada por él. Nunca envidiaría una vida como ésa y, no obstante, él llevaba miles de años aguantándola. Con toda probabilidad, Zacarías estaba preparado para aceptar deseoso la muerte, y ella le había privado incluso de ese alivio. Tenía que encontrar la manera de conectar de un modo más firme con él para no dar un brinco cada vez que se le acercara. Decidió que la mejor manera de hacerlo era conocerle mejor, intercambiar un poco de información para poder estar a gusto a su lado.

¿Cómo es que puedo sentir tus emociones, y tú no?

Se hizo un pequeño silencio. Margarita cobró valor antes de volverse. Las batallas de muchos siglos persiguiendo no muertos por distintos países en un intento incesante de proteger a los habitantes estaban grabadas muy hondas en las líneas de su rostro. Ahí estaba él, con la cabeza bien alta, observándola con esos ojos que contenían un dolor que él ni siquiera reconocía ni comprendía.

No había ningún lugar al que pudiera ir y sentirse vulnerable. No había lugar donde fuera amado o protegido o estuviera a salvo. De pronto, ella sintió la urgencia de rodearle con sus brazos y estrecharle, pero tendría que pedir permiso primero, no iba a cometer otra vez el mismo error.

El silencio creció entre ellos, de pronto invadido por el pitido del agua hirviendo. Margarita vertió el agua en la pequeña tetera de arcilla intrincada de su madre. De forma rectangular, estaba pintada a mano con caballos Pasos Peruanos que corrían libres con las colas y crines al viento. Le encantaba esa tetera hecha por su madre tantos años atrás, y siempre la cuidaba mucho. Utilizarla la acercaba a su madre y, justo en ese momento, la reconfortaba. No podía imaginar a Zacarías sin nada así en su vida.

—No era consciente de que pudieras sentir mis emociones —admitió él al final, casi a su pesar.

La joven se volvió para mirarle otra vez, estudiando su rostro apoyada en el mostrador. Le pareció asombroso que pudiera mostrarse tan severo y duro, y aún así tener esa belleza tan brutal. Llevaba el pelo largo, incluso para un carpatiano, casi tan largo como el de ella. Unos pocos mechones canos realzaban el color azabache intenso. La masa de cabello era ondulada, lo bastante como para enrollarse en varios largos tirabuzones desde el cordón de cuero que lo sujetaba. Las ondas que caían en espiral no suavizaban su aspecto, pero le hacían mucho más atractivo.

No parecía estar relajado ni sentirse a gusto. Parecía exactamente lo que era: una máquina de matar. Nadie le tomaría nunca por otra cosa, pero tal vez ella se estaba acostumbrando a su presencia porque los temores internos habían cesado al fin.

Yo puedo.

—Explícamelo.

Parecía perplejo de verdad, pero ¿cómo podía explicárselo? Intentó visualizar un volcán con masas de magma agitándose.

Puedo sentir qué hay dentro de ti. Ira. Pena. Es muy turbulento e intenso, pero sé que no sientes igual que yo.

Los ojos de Zacarías no se apartaban de su rostro. Ella no pudo evitar un sonrojo repentino. Se sentía pequeña como un insecto bajo un microscopio. Estaba claro que estaba estudiándola: el espécimen humano.

—Háblame de tu amigo Julio.

A ella se le hizo un nudo en el estómago. Por ahí iban directos al desastre. Su expresión no había cambiado, pero sus ojos sí. Había sólo una diferencia sutil en ellos, pero podía sentir la emoción volcánica que rondaba su interior. Ella volvió a concentrarse en el desayuno sin asustarse.

Hizo lo que pudo para mostrarle su relación con Julio.

Crecimos juntos. Sólo me lleva unos meses, de modo que nos criaron como hermano y hermana.

Le resultaba difícil proyectar el concepto pero, al mirar por encima del hombro a su rostro sombrío, ella insistió.

No había más niños en la zona. Es un rancho de trabajo y desde pequeños, por supuesto, esperan que echemos también una mano.

Intentó mandar otra vez las impresiones de los dos trabajando en los establos y en los campos con el ganado.

Podría explicarlo mejor con papel y boli.

—Lo estás haciendo bien.

Se arriesgó a echar otra mirada rápida a su rostro. No lo estaba haciendo bien, no. Él seguía con aquella mirada mortífera. Se esforzó por controlar el pánico; se sentía como si fallara a Julio.

Mi madre murió cuando yo era muy pequeña y no sabían cómo consolarme. Me entregué a los animales. Y a la selva tropical.

Zacarías se agitó como si la idea de imaginársela a ella sola en la selva tropical le molestara, pero no podía saber si era capaz de concebir su dolor de niña por la pérdida de su padre. O que pudiera preocuparse por una niña humana insignificante para él. Pero a Julio le había preocupado. Era un crío pequeño entonces, pero desafió a sus padres y la siguió para cuidar de ella.

Y luego la madre de Julio cogió unas fiebres y murió un año después que la mía. Eso creó un vínculo entre nosotros. Me preocupé por permanecer a su lado, igual que él había hecho conmigo. Intentó transmitir el profundo pesar que los dos habían experimentado y la conexión que se había establecido de por vida.

Margarita se volvió entonces y estudió su rostro, la turbulencia profunda en sus ojos. Respiró hondo; quería hacerle entender con desesperación.

¿Puedes ver mis recuerdos de nosotros dos? Si podía entrar en su mente y ver por sí mismo, tal vez fuera capaz de sentir su afecto por Julio y comprender que era fraternal, no el de una mujer que ama a un hombre.

—Por supuesto, nuestro vínculo sanguíneo es fuerte, pero tendría que adentrarme más en tu mente. Me tienes miedo.

El corazón de Margarita latía con fuerza. Podían oírlo los dos. Ella tomó aliento mientras cortaba dos rebanadas de pan y rompía los huevos para batirlos con un poco de jamón.

¿Duele?

—No tiene por qué doler. Parecerá... íntimo.

La última palabra la susurró sobre su piel como una suave caricia. Margarita se estremeció. Estaba cerca de ella. Podía sentir el calor de su cuerpo ahí a su lado mientras la observaba cocinar.

Parecía peligroso andar por la cocina realizando tareas cotidianas con él tan cerca, observando cada uno de sus movimientos. Respirando cuando ella respiraba. Juraría que sus corazones mantenían el mismo ritmo.

Tragó saliva con dificultad y se concentró en colocar el revoltillo entre las rodajas de pan. Puso el desayuno en el plato, sin prestar atención a sus manos temblorosas. Tenía miedo a Zacarías, pero cuando hablaba con cierto tono de voz, su cuerpo reaccionaba. ¿Se atrevería ella a correr el riesgo de aumentar esa extraña atracción física consistiendo —no— incluso invitándole a adentrarse más en su mente?

Estiró el brazo hasta el asa de la tetera al mismo tiempo que él también intentaba cogerla desde detrás de ella. La aprisionó con el brazo y apoyó los dedos en los de Margarita. Mil mariposas alzaron el vuelo en su estómago.

—Permíteme —dijo él.

En su voz persistía la misma nota grave acariciadora. Ella cerró los ojos un breve instante para contener el repentino asalto a sus sentidos, luego soltó su mano. Zacarías no se movió, manteniéndola aprisionada entre él y el mostrador mientras servía el té. Margarita sabía que había un espacio entre ellos, tal vez del grosor de una hoja de papel, pero podía sentir el calor que irradiaba del carpatiano. La llama prendió y el fuego danzó sobre la piel de Margarita, precipitándose por su riego sanguíneo para marcar su núcleo más femenino con una necesidad ardorosa.

Se quedó sin respiración cuando él se desplazó esa escasa distancia, delgada como un papel, para dejar la tetera, y se quedó pegado a ella, con su cálido aliento en su cuello. La inspiró, y absorbió el aire cargado de su aroma para retenerlo en el fondo de los pulmones. Un gruñido suave, ronroneante, retumbó en la garganta de Zacarías. El sonido parecía el de un animal salvaje, pero había algo terriblemente sexy en aquello. Ella se quedó helada, paralizada de miedo, pues no estaba segura de si era miedo a él o a ella misma. El gruñido vibró a través de su cuerpo, hasta que todos sus sentidos quedaron del todo consumidos por Zacarías.

Zacarías De La Cruz era un peligroso barril de pólvora. Margarita tenía un miedo terrible a moverse y que, si le permitía adentrarse todavía más en su mente, ella le ofreciera la chispa detonante. La manera en que ella reaccionaba no era culpa de Zacarías. Nunca había reaccionado así ante ningún otro hombre, pero ya le había pasado otra vez antes con Zacarías en el bosque. No tenía sentido, pero no podía contener la respiración. Esperaba... esperaba... El qué, no lo sabía.

Zacarías movió los labios junto a su oreja, el aliento le agitó el pelo y provocó un hormigueo eléctrico que chisporroteó por sus venas.

—Puedo oír tus latidos.

Margarita cerró los ojos y pronunció un rezo para que su aroma no fuera el de una mujer desesperada por un hombre, porque si notaba la humedad en sus bragas, lo más probable fuera que oliera su llamada femenina. Un hombre tan parecido a un animal tendría un sentido del olfato agudísimo.

Estoy segura de que puedes.

Por supuesto que oía su corazón retumbando también. No podía negar su miedo... o su atracción.

Él movió los dedos sobre la masa de pelo que ella había dejado con cuidado tapando el cuello. Sólo con el roce de las yemas de los dedos se contrajo su matriz, vertiendo un líquido caliente. Él movió la boca sobre su piel, le pasó su lengua de terciopelo, dejando su marca sobre su pulso con necesidad frenética. Margarita se agarró al borde del mostrador, pues su corazón latía con un terror —o excitación— desconocido para ella.

Agárrate bien, mića emni kuŋenak minan... mi hermosa locuela, tengo que saborearte. No sería buena idea luchar conmigo. En este momento, me siento al borde mismo del autocontrol.

La mente de Zacarías se introdujo sin contención en la de ella, no podía decir Margarita que no lo deseara. Su contacto era sensual y provocó un escalofrío de placer en su columna, pese a que la advertencia la asustó. La idea de sus dientes hundiéndose en su cuello era tan aterradora que podría desmayarse, no obstante se encontró de pronto viva, cada terminación nerviosa prendiendo en llamas.

Estoy asustada. Ya estaba, lo había admitido.

No hay necesidad. Eres la persona del mundo que más segura está a mi lado. No luches contra mí, mujer. Entrégate a mí.

No estaba segura de qué quería decir él con que era la persona del mundo que más segura estaba a su lado. No se sentía segura; se sentía amenazada en cada nivel imaginable. Se obligó a contenerse y a no resistirse cuando la volvió de cara a él y la colocó inexorablemente contra su pecho. Su fuerza era enorme, sus brazos parecían troncos de capoc, duros e inflexibles, una jaula de la que no había escapatoria.

Zacarías la atrajo con fuerza, la ajustó a su cuerpo como si fuera el lugar donde le correspondía estar, pegando su cuerpo al de ella. Margarita inclinó la cabeza hacia atrás para mirarle. Era una talla tan hermosa, como una estatua realizada en la mejor piedra, la sensualidad personificada. Los ojos del carpatiano se oscurecieron de hambre, sus dientes relucieron al mirarla, blancos, mostrándose poco a poco, incisivos más que caninos, aunque los colmillos también parecían muy afilados. La distinción entre vampiro y carpatiano estaba ahí, pero era escasa.

El corazón de Margarita se aceleró, latió con tal estruendo que temió que saliera de su pecho. Él bajó la cabeza poco a poco y depositó el más leve beso en el extremo de un ojo. El cuerpo de ella casi se funde. No había manera de detener la reacción puramente sexual a ese contacto leve como una pluma. Luego los labios descendieron desde el ojo a la barbilla, suaves, apenas unos besitos, una exploración placentera.

El cuerpo de Margarita se volvió tierno y maleable, y al fundirse con él le subió la temperatura y su núcleo empezó a arder, quemándola desde el interior hacia fuera. Toda la tensión cesó, las pestañas descendieron poco a poco mientras los labios de Zacarías continuaban bajado por el cuello y luego el hombro. Ella se dejó ir por aquel río de pura sensación, todo su ser flotaba hacia él. Su corazón y quizá también su alma le buscaban.

Él rozó repetidamente el punto palpitante con sus dientes, y todo el cuerpo de Margarita reaccionó. La temperatura se elevó todavía más. Le dolían los pechos y los pezones se comprimían contra el delgado encaje del sujetador. A cierto nivel, sabía que se estaba entregando a él, y que si sucumbía ya nunca volvería a ser igual, pero el carpatiano había entretejido una tela sensual y ella estaba atrapada ahí... de forma voluntaria.

Zacarías hundió a fondo los dientes y el dolor la atravesó estrepitosamente, dejándola conmocionada.

Capítulo 7

Zacarías se perdió en las llamas abrasadoras que surcaban sus venas y la bola de fuego que rugía en su vientre. El fuego alcanzó también su entrepierna, la excitación en él era total... por ella. Por Margarita. Una sensación abrumadora, completa, incluso desconcertante. Nada en su vida le había preparado para este asalto a sus sentidos, para la necesidad primitiva y el hambre atroz que bramaba no sólo en su mente sino en su cuerpo.

Esta mujer le había cambiado para siempre, había cambiado su mundo. Donde antes no había sentimientos, que él recordara, ahora todo su enfoque, todo su ser, se centraba en el cuerpo blando de Margarita, la sangre que pulsaba en sus venas y la fragancia femenina que llamaba al macho en él.

Se dio cuenta de que era incapaz de resistirse a la tentación de saborearla; olía tan bien que era un señuelo arrollador. El cuerpo de Margarita se volvió flexible y se amoldó al suyo, y de inmediato los sentidos de Zacarías se agudizaron, se encontraron perdidos, casi ahogados, en las señales bioquímicas de una hembra que llamaba a su pareja. La atrajo un poco más y le apartó el pelo del cuello. Dobló la cabeza y lamió la marca de fresa que decía al mundo entero que ella le pertenecía.

Era tal su expectación que se estremeció. Por increíble que pareciera, su cuerpo se había estremecido. Se sentía como si el mundo se hubiera detenido y él contuviera el aliento, esperando un instante, saboreando la proximidad, el aroma y la belleza incandescente de su color, porque —oh estrellas y luna en los cielos— veía su color. Un color hermoso e increíble.

Superado por una necesidad poco familiar, Zacarías hundió los dientes en su carne y les conectó a ambos. La esencia pura de Margarita fluyó por su boca como el néctar más dulce. Su sabor era exótico, exquisito... tenía sabor. Nunca había saboreado nada, se alimentaba porque necesitaba vida y la vida era sangre. En aquel preciso momento, la vida era Margarita.

Todo su cuerpo se alborotó y sus venas cantaron de alegría. Ella era un instrumento musical que tocaba una canción escrita expresamente para él. Sabía que era el único hombre que oía sus hermosas notas. También sabía que no podía retenerla; estaba atrapado en una media vida y no podía condenarla a tal cosa. Pero nunca había conocido la vida verdadera, de modo que en este instante, en este lugar y momento, era suficiente, lo era todo para él.

Margarita era una droga en su sistema, tan fluida como el fuego, corriendo por sus venas y llenándole con un estallido radiante y primigenio. El mundo a su alrededor era gris, sin vida, en marcado contraste con sus ojos relucientes como joyas y el resplandeciente pelo azul tan oscuro. Era color y vida, la razón por la que todos los guerreros luchaban contra la plaga que era el vampiro. Ella era su razón. Lo vio en un instante y saboreó la verdad en su boca. Percibió cómo vibraba en su cuerpo.

A partir de ahora siempre sabría con exactitud dónde estaba en todo momento, en qué parte de la casa, y qué estaba haciendo, incluso lo que estaba pensando. Sabría cuántas veces fruncía el ceño o alzaba la barbilla con obstinación, se mordía el delicioso labio inferior o sonreía. Era muy consciente de ella como mujer, de su fragancia femenina, y siempre sería consciente del momento exacto en que volviera la cabeza y le mirara, y cuando pensara en alguien más; porque él nunca volvería a salir del todo de su mente cuando estuviera cerca de ella, no hasta el final de su existencia.

Perdido como estaba en una abrumadora emoción real por primera vez en su vida, no captó el momento exacto en que todo cambió para ella. En un instante estaba con él, ardiendo en el fuego erótico, y al siguiente, estaba forcejeando. Se atrevía a luchar con él, a rechazarle con contundencia. Margarita desató todos sus instintos de cazador, que en su caso llevaban miles de años puliéndose. Llevaba la caza inculcada en el alma, en los huesos. Oyó el gruñido de advertencia retumbando en su propia garganta, notó cómo agarraba el cuerpo de ella, ahora tenso, de forma inquebrantable.

Ella no profería sonido alguno, pero era innegable que estaba aterrorizada y que se resistía con furia. Él la pegó con rudeza a su cuerpo agresivo. Hacía más de un millar de años que nadie ni nada le desafiaba. En verdad no recordaba ninguna ocasión, y ella despertó toda su necesidad de conquistar y controlar.

Una vez más, su reacción fue más animal que humana, absolutamente la reacción de un macho. Había absorbido la exuberante fragancia de esta mujer, había sentido su cuerpo blando y flexible fundiéndose con el suyo, y su mundo había cambiado. No quería que esa sensación terminara nunca, no obstante ya lo había hecho y de forma abrupta. Le envolvía el olor de Margarita, pero esta vez no había seducción femenina, ella le tenía terror. Despreció aquel olor de inmediato.

No te opongas a mí. El depredador en él le dominaba demasiado, no había manera de hacer caso omiso de los fuertes instintos que exigían dominar a su presa.

La nutriente sangre de la muchacha entró en su sistema, una carga eléctrica que crepitó en sus venas y bombeó más sangre caliente hasta su entrepierna, provocando una fuerte erección, dura incluso dolorosa. Estaba experimentando el máximo placer que había sentido en su vida, mientras Margarita estaba por completo aterrorizada. Su cuerpo se había puesto rígido, tenso, y su mente aullaba una protesta. Le ardían los pulmones, buscando aire. Zacarías era consciente de que su miedo casi la bloqueaba por completo... su miedo a él.

Ayúdame, Margarita. Tienes que dejar de oponer resistencia o no seré capaz de recuperar el control.

Sus brazos parecían barras de hierro, la retenían pegada a él. Su grito sordo llenaba la mente del carpatiano. Volvió a comunicarse con ella.

Embε karmasz... por favor.

No recordaba haber rogado algo jamás, pero era esencial que ella dejara de resistirse, y más esencial incluso que ella volviera a sentir las cosas que él estaba sintiendo. Zacarías sabía cómo superar las barreras levantadas en la mente de Margarita desde su nacimiento, barreras fortalecidas, era obvio, con cada generación. Pero estos poderes los empleaba sólo para calmar a sus presas, y ella no lo era. No le parecía bien dominar su mente e implantar sensaciones y recuerdos que no eran reales.

Debió de ser el tono de voz empleado —ese leve ruego en su lengua materna— lo que penetró la barrera de su terror, porque notó una repentina determinación en ella, la manera en que tomaba aliento, lo retenía en sus pulmones y obligaba a su cuerpo a quedarse quieto. Al instante, él fue capaz de alzar la cabeza, pasar la lengua sobre los pinchazos del cuello y cerrar las heridas. La estrechó en sus brazos oyendo el latido de su corazón, la rápida palpitación contra su pecho. Enterró el rostro en su espesa cabellera sedosa y se limitó a abrazarla, respirando por los dos.

Le susurró en su lengua natal, sin saber apenas qué le decía, pero notaba las palabras en lo más profundo, en un lugar que él nunca había tocado, donde nunca había estado y del cual ni siquiera sabía su existencia. Ella había encontrado un filón de ternura, desconocido para él, tan desconocido que no tenía verdadera idea de qué podía hacer con aquello. Era un carpatiano anciano, uno de los mayores, uno de los que más sabía, y no tenía ni idea de eso.

—*Te avio päläfertiilam*; eres mi pareja eterna, una mujer por encima de todas las demás. En tus manos tienes lo que queda de mi alma. Mataría a cualquiera por ti. Mi intención es morir protegiéndote y mantenerte a salvo. No tengas miedo de mí, Margarita. Tan sólo deseo disfrutar de unas pocas noches contigo. No vuelvas a tener miedo.

Consternado por lo que le estaba comunicando, incluso sin entender del todo lo que intentaba transmitir, mantuvo el rostro enterrado en el pelo fragante, la sostuvo pegada a él intentando descubrir la manera de consolarse ambos. Estaba preparado para librar cualquier batalla, pero ésta del corazón... No tenía ni idea, en absoluto, por primera vez en toda su vida.

El corazón de Margarita se adaptó al ritmo más lento del carpatiano y sus pulmones siguieron su guía. Se movió contra él, ladeando la cabeza para alzar la vista y mirarle. El corazón de Zacarías iba a trompicones y entonces le cayó el alma a los pies: ella tenía los ojos inundados de lágrimas.

Las lágrimas nunca le habían conmovido. En verdad, nunca había pensado en qué significaban y por qué lloraba la gente. El pesar estaba extirpado de su existencia, pero de repente, esas lágrimas fueron un puñal atravesando su corazón, mucho peor que cualquier vampiro desgarrando su carne.

Lo lamento, no estaba preparada para sentir eso. No volveré a oponer resistencia.

Ella dejó caer la cabeza igual de rápido, pero no lo bastante como para que él no captara ese destello de recelo.

Zacarías frunció el ceño.

—¿Por qué te asusta que beba tu sangre? Es natural.

Notó el corazón acelerado de Margarita pegado a él, y la retuvo en la jaula de sus brazos porque necesitaba la tranquilidad que le daban esos latidos, su calor y suavidad. Quería su rendición, pero no de este modo. Encontró su barbilla con los dedos y le volvió la cara hacia arriba una vez más, obligándola a encontrar su mirada. Ella le estudió, buscando algo en sus ojos que le garantizara tal vez que no iba a enfadarse si ella decía la verdad.

—Cuéntame —insistió con calma—. No tengas miedo a la verdad. —Porque tenía que saber, entenderla era tan necesario como respirar. Era una sensación extraña: aquella necesidad de entender por qué se enfrentaba a él.

Le llevó unos momentos reunir el coraje para responderle.

No es natural para mí dar mi sangre de esta manera. El vampiro me atacó en el cuello cerca del punto donde ahora tú chupas mi sangre. Me entra pánico. Y luego tú...

Captó la impresión de una bestia salvaje atacándola. No había considerado que el acto de beber sangre fuera interpretado como un ataque. Toda la familia de Margarita sabía que los carpatianos se alimentaban de sangre. Juraban servirles y facilitarles lo que necesitaran, él, sus hermanos y sus parejas.

—Nunca te haría daño.

Ella alzó poco a poco la mano para cubrirse el punto en el cuello donde él había dejado su marca, del color de una fresa brillante con dos señales claras de pinchazos.

Lo sé.

La impresión que Margarita le envió era ambigua. No sabía, no entendía del todo eso de ser la persona más segura del planeta. Él era su guardián, su protector, se encargaría de mantenerla siempre a salvo. Incluso a salvo de ella misma, lo que parecía ser el principal problema. Pero primero tenía que superar su miedo a dar sangre.

—No, no sabes. Me tienes miedo. —No podían tolerarse mentiras entre ellos, y mentirse a sí misma era todavía peor.

Margarita tragó saliva con dificultad y asintió a su pesar, presionando aún más la palma contra el mordisco, como si doliera. Zacarías estaba todavía más desconcertado. ¿Le había hecho daño? Su saliva tenía un agente anestesiante natural, ¿no debería impedir eso que cualquier ser humano sintiera dolor durante el proceso? Nunca había interactuado como sus hermanos con los humanos más allá de beber de su sangre, o si lo había hecho, no recordaba nada. Tal vez hacía tanto que no sentía nada que le fallaba la memoria. Le evitaban incluso los hombres y mujeres que estaban al servicio de su familia por voluntad propia, generación tras generación; y él les evitaba a ellos.

—¿Te duele?

La primera reacción de Margarita fue asentir, pero Zacarías vio cómo cambiaba su expresión: ahora le tocaba a ella fruncir el ceño como si le costara decidirse.

—Enséñame qué sientes.

Ella volvió la cara contra el pecho del carpatiano y le mordió… con fuerza. El dolor relampagueó a través de él, pero lo interrumpió automáticamente. Le conmocionó que se atreviera a hacerle algo así. Nadie le ponía las manos encima —ni los dientes—. Eso no se hacía, así de sencillo.

—¿Qué estás haciendo, *kislány kuŋenak*, pequeña locuela? *Me has dicho que te lo enseñe. Y eso he hecho.*

Margarita irradiaba una gran satisfacción, y Zacarías notó aquella extraña sensación de felicidad —y risa— que parecía surgir de la nada cuando estaba con ella. Le había mordido y él lo encontraba un poco divertido.

—No te he dado permiso para morderme. Quiero decir, en tu cabeza. Enséñame la sensación de dolor.

Sientes dolor cuando te muerdo.

Le pasó la mano por la larga cabellera sedosa de cabello negro azabache. Era un negro verdadero, aún más que antes, tan brillante que apenas podía apartar la mirada de él.

—No siento dolor.

Sí. Sólo que no te permites reconocerlo. He estado conectada a ti y lo he sentido.

La agarró con más fuerza. ¿Qué estaba haciendo, poniéndose en una posición en la que no sólo sentía su dolor sino también el de Zacarías?

—No te entiendo, Margarita. No tiene sentido lo que dices. Te asusta que yo pueda hacerte daño y luego te conectas a posta con mi mente para sentir el dolor que puedas hacerme. ¿Hay algo razonable en eso?

Margarita aguantó su mirada un largo rato. Una lenta sonrisa atrajo la atención de Zacarías a esa boca perfecta y sexy. Su cuerpo respondió con agresividad otra vez, con una oleada de sangre caliente que se precipitó por su sistema para concentrarse en el mismo lugar. Los ojos de la muchacha se suavizaron, el champán se fundió convirtiéndose en chocolate oscuro, un mar de diamantes relucientes en los que él temía desear hundirse. Era algo prohibido para él, lo sabía y aceptaba. Zacarías era tan oscuro como la bandada de aves que sobrevolaba el rancho en su busca, enviada por la más maligna de las criaturas que caminaba sobre la Tierra.

Nunca había conocido el afecto ni la ternura. No hacía concesiones, no había espacios blandos en él, nunca los había habido. De hecho, había nacido sin esos atributos. Como contrapartida, era todo supremacía. Había crecido en una época de guerra e incertidumbre y se había convertido en un cazador solitario indiferente al dolor ajeno siempre que lograra su objetivo último: la protección de su especie. Su fe en sí mismo era absoluta, y aquellos bajo su tutela creían aún más en él.

Que un hombre protegiera a su mujer por encima de todo era una ley sagrada, y que ésta siguiera sus normas sin hacer preguntas era la única vida que conocía. No obstante, en el mundo moderno las cosas ya no eran así, tal vez nunca lo habían sido. No tenía modales, ni toda la urbanidad del mundo suavizaría lo que era: un asesino. No se excusaba por su conducta ni lo haría nunca. Tal vez en otra época, muy anterior a ésta, habría intentado conciliar ambas facetas: qué era él y quién necesitaría ser por ella; pero esa época había pasado ya, mucho tiempo atrás. Era imposible.

Margarita mantenía la mirada fija en él. Zacarías encontró consuelo en su belleza. Y en su coraje. Le miraba a la cara a pesar de sus miedos. Ella le había salvado, pero cuando a él le llegara la hora de irse, encararía su partida con igual valor. Zacarías se lo pondría tan fácil como fuera posible, aunque ella nunca sabría el coste. Buscaba con la mirada algo en él, algo que sabía que no estaba ahí. El carpatiano no podía darle garantías ni promesas de conducta amable y cortés. Ni siquiera conocía esas reglas. Le tomó el rostro entre las manos y sostuvo su mirada.

—Hazme entender.

Ella se lamió el labio inferior. Zacarías tuvo el impulso repentino de inclinarse y meterle la lengua en la boca, de saborearla otra vez, ese gusto indescriptible que ahora anhelaba de un modo nuevo y diferente. Sonó autoritario porque estaba al mando, pero quería que ella quisiera ayudarle a entender.

Me ayudas. Me asustas. La primera vez. Como el vampiro.

La miró contrariado y sacudió la cabeza con una negación absoluta: le disgustaba que pensara algo así.

—Ha sido una lección, y la necesitabas con urgencia. El vampiro era repugnante y te destrozó la garganta. Te habría matado sólo por placer. Si no fueras tan... —*tonta*. La palabra vibró entre ellos, revoloteó justo ahí entre sus mentes. Él se aclaró la garganta mientras una tormenta bullía en los ojos de Margarita—, tan... cabezota, verías las diferencias entre nosotros sin esfuerzo, y no haría falta recordarte tantas veces que la obediencia debe ser instantánea, sin preguntas. Esta lección debería ser suficiente de por vida. Mejor no contrariarme.

¿Una lección? ¿Llamas a eso enseñarme algo? Me diste un susto de muerte.

—El miedo es necesario. Cuando un cazador exige algo de ti, es por algún motivo. Normalmente es cuestión de vida o muerte. Mejor recordarlo siempre que vacilar alguna vez.

¿Y Julio? Parecía que tuvieras intención de matarle.

Margarita le miraba con sus enormes ojos oscuros muy abiertos, esas pestañas livianas se agitaban con nerviosismo. Pero no apartó la mirada. El cuerpo del carpatiano reaccionó a su pregunta; tenía los músculos en tensión y algo mortal cruzó su alma. La mente de la mujer se enternecía al pensar en Julio, la invadía el afecto y una completa confianza. Cosas que debería reservar tan sólo a un hombre —su pareja—, no a un amigo de la infancia.

La miró fijamente. Sólo podía decir la verdad a su mujer.

—No es razonable que un hombre permita que otros machos se acerquen a su mujer. Los animales de la jungla no toleran esas cosas.

La observó con atención mientras Margarita contenía la respiración. No era ninguna imbécil, en absoluto. Le estaba diciendo que le pertenecía, y ella mostró entendimiento con aquella rápida expresión disimulada. Se quedó callada un rato, sus ojos estudiaron los de su compañero en busca de aquello tan elusivo que él no sabía dar... que nunca sabría dar.

No somos animales selváticos.

Él no quería equívocos entre ellos. Ni malentendidos.

—Yo sí lo soy.

Margarita negó con la cabeza en silencio, pero reconocía al asesino en él.

—Sabes qué soy, Margarita. No puedo ser otra cosa que lo que soy.

La joven pestañeó. Tragó saliva. Se humedeció los labios.

Me alegro de no ser tu mujer.

Zacarías pasó la mano por la cascada de seda oscura de su cabello y se sorprendió de la delicadeza con que la tocaba; y de aquella manera extraña de enternecerse por dentro.

—Sabes que no es verdad.

Margarita tomó aliento, y de nuevo él olió el miedo, pero esta vez estaba teñido de algo más: interés tal vez. No era del todo inmune a él, y eso la molestaba.

Soy una criada que ha jurado servirle, señor.

—Entre nosotros hay algo más que el vínculo de sirviente y amo, por mucho que quieras negarlo. Pero por el momento, eso valdrá. No quiero que sientas miedo cuando beba tu sangre. Seré más cuidadoso con tu fragilidad.

Ella pestañeó varias veces y se habría apartado, pero él se acercó un poco más, aparentemente sin moverse, bloqueando su escapada. Los ojos de la muchacha le tenían hipnotizado, pasaban del champán chispeante a un cálido chocolate oscuro. La diferencia le llenaba de asombro.

—Creo que estabas a punto de tomarte una taza de té y comer algo para desayunar.

Ella dirigió una rápida mirada a la comida en el mostrador y negó con la cabeza. Él tuvo una impresión inmediata de frío. Agitó la mano y el vapor ascendió de la taza de té así como del plato. La sonrisa de Margarita era vacilante, casi tímida, pero él encontró hermoso el contraste de aquellos labios sin duda rosas y los dientes blancos. Ahora los ojos eran marrones del todo, el color intenso y fundido. Ahora incluso veía unas motas doradas de lo más intrigantes. Ese oro podría ser el de las estrellas del cielo nocturno que antes había visto en sus ojos, relucientes como diamantes, cuando aún no podía discernir colores verdaderos.

Ella cogió la taza y el plato y Zacarías retrocedió para dejarla pasar, no sin tener que rozar su cuerpo para llegar hasta la mesa. Margarita se movió con cuidado, le temblaba la mano sólo un poco mientras dejaba las piezas de cerámica de gres sobre la mesa. El carpatiano sabía que siempre se fijaría en cualquier matiz, el menor detalle, siempre concentrado y consciente de cada movimiento de ella, hasta el menor pestañeo.

La joven se sentó y le observó un momento, aún nerviosa, como si estuviera encerrada con un gran gato montés en la misma jaula. Zacarías se aproximó un poco más, incapaz de contener un gruñido estruendoso, a sabiendas de que ella iba a abrir mucho los ojos, pero luego ella le sonrió. Ahí estaba, esa lenta sonrisa enternecedora que parecía zarandear todo su cuerpo, suave al principio, luego cobrando fuerza, hasta que el calor y el fuego se catapultaron directos a su entrepierna.

Margarita dio un sorbo al té.

Deja de hacer eso. Lo haces para asustarme.

Por primera vez, la impresión de risa llenó con fuerza la mente del carpatiano. No era sólo diversión vacilante. Él se había burlado a posta de ella, y ella había contestado. Le produjo una enorme satisfacción saber que ella era consciente de que él le había estado tomando el pelo. Era uno de los millones de conceptos que nunca antes había comprendido, pero quería su sonrisa y tenía que hacer algo para que ella superara el miedo.

—No pareces tenerme tanto miedo ahora —declaró, y continuó recorriendo la habitación.

Aunque la cocina era muy espaciosa, él rara vez permanecía dentro de un recinto; más bien nunca. Vivía en la montaña y las paredes le cohibían. En un espacio cerrado no podía oler el aire, no podía recoger información en todo momento.

¿Qué es lo que te tiene tan nervioso? ¿La bandada oscurecida de aves?

De repente él dejó de moverse. Le resultaba interesante que ella supiera que las aves estaban contaminadas por el mal, y que hubieran cruzado su mente justo después de que él mismo hubiera pensado en la bandada en conjunción con las sombras que impregnaban su propia mente y cuerpo.

—No estoy acostumbrado a estar encerrado. ¿Te molesta que no pare quieto?

Margarita dio un mordisco al huevo, sin dejar de observarle con atención, hasta que finalmente sacudió la cabeza.

Pareces muy poderoso y tiendes a dominar el lugar. Creo que me estoy acostumbrando un poco a ti y a tu forma fluida de moverte, como un cazador.

—Soy un cazador. —Quería acostumbrarse a los gestos de Margarita. Había cierta gracia en los movimientos de su mano. En la inclinación de cabeza y la manera en que se sentaba. Le gustaba el rumor tranquilo de las faldas y el modo en que su cabello espeso caía en una cascada sedosa por su espalda hasta la cintura. Aquel cabello le fascinaba. Parecía tan vivo, siempre en movimiento, resplandeciente, con colores cada vez más intensos a medida que pasaba más rato con ella.

¿Vamos a sufrir un ataque? Esas aves te buscaban, ¿no es cierto?

Zacarías captó el miedo que sentía por los demás. Podía ver que ella se negaba a pensar en lo que iba a sucederle; más bien captaba miedo por él. Ella sentía miedo por él, y eso no tenía sentido. En vez de desear que él se llevara a los vampiros lejos, de ella y de la hacienda, la veía reacia a que le encontraran. Incluso captó la impresión de él bajo la tierra, como si pensara que tenía que ir a refugiarse.

Se obligó a cruzar la habitación y a colocar una silla enfrente de Margarita.

—¿Realmente quieres saber la verdad sobre las aves? ¿Sobre la familia De la Cruz? Si me preguntas, te diré la verdad, por lo tanto ten cuidado sobre qué deseas.

Margarita dio otro sorbo al té, estudiando su rostro pensativamente por encima del borde de la taza. Su mirada se había quedado muy seria mientras sopesaba en su mente las palabras de Zacarías. Asintió con gesto lento pero firme.

—Después del ataque que sufriste, se descubrió que los cerebros tras el complot para asesinar al príncipe del pueblo carpatiano habían reunido un ejército y que querían poner a prueba sus planes en una de las propiedades de mi familia antes de llevar a cabo su plan de ataque contra el príncipe. Estábamos convencidos y no nos equivocamos al pensar que sucedería en nuestra mayor propiedad en Brasil. La mayoría de mi familia y sus parejas eternas se congregan ahí, y era el lugar lógico para intentar atraparnos a todos a la vez. —Mostró sus dientes—. No esperaban que yo estuviera presente.

Margarita se humedeció los labios, luego los separó. Él perdió el hilo. Ella pestañeó varias veces. Sus pestañas eran una cortina espesa, larga y liviana, y él se encontró admirándolas. Zacarías nunca había advertido de verdad detalles de este tipo en otro ser. Ella le miró con el ceño fruncido, sus cejas aladas se juntaron y unas líneas pequeñas aparecieron por un instante, pero se disolvieron igual que pasaba con la hendidura en su mejilla derecha cuando su sonrisa se desvanecía.

¿Lo lograron? ¿Os cogieron a todos juntos?

—Pensaban que lo habían hecho. No habían contado conmigo ni con otro guerrero, Dominic. No habían considerado que las mujeres fueran a luchar, ni los humanos. —Era mucho más consciente de la fragilidad humana desde que había visto las heridas de Margarita después de que él, como águila arpía, la llevara a través del cielo, desgarrando la carne con sus espolones. Y, no obstante, su gente en Brasil había entrado en combate por propia voluntad para defender sus tierras.

¿Sabían a qué se enfrentaban?

Él alzó la cabeza de pronto.

—¿Estás leyendo mis pensamientos?

Tus sentimientos. Sientes pena por quienes cayeron. Les admiras.

Zacarías sacudió la cabeza para negar aquella acusación. No sentía nada. Su mente trataba cualquier nuevo concepto como un hecho, y lo archivaba con todos los demás conjuntos de información que había recogido en su larga vida. Pero no había sitio para las emociones en su mundo.

¿Sabían a lo que se enfrentaban? Le apremió a darle una respuesta.

Él asintió.

—Nicolás les explicó la situación y les dio la opción de irse. Les recomendó que trasladaran a las mujeres y a los niños. Se negaron. Se quedaron pese a que mi hermano dejó claro que sufriríamos bajas y que cualquiera que decidiera marcharse no perdería los derechos de continuar trabajando para nosotros. Nunca se había planeado un ataque tan completo de vampiros, y nosotros sabíamos que la batalla sería brutal.

Enséñamelo.

—No voy a hacerlo —le contestó con calma.

Un lento rubor apareció bajo la piel de Margarita. Clavó la mirada de repente en Zacarías, y él notó su pregunta con una punzada de dolor añadida.

—La guerra no es para ti. Ya tuviste un encuentro con un vampiro y eso es más que suficiente. Nunca volverán a acercarse a ti mientras yo siga con vida.

Margarita bajó el tenedor y estudió su rostro.

Trabajo para tu familia. Mi familia juró proteger al señor, y así lo haré yo, igual que los demás que trabajan aquí. Somos tan valientes y leales como vuestra gente en Brasil.

Le llevó un momento asimilar el montón de impresiones que enviaba. Se sentía ofendida.

—Me has entendido mal. Soy muy consciente de tu lealtad y coraje. Sé que tu intención sin duda es protegerme... —Pensaba que la idea le resultaría ridícula y también ingenua, una fantasía infantil. Pero descubrió que sus opiniones habían cambiado al conocer a Margarita. No pudo evitar que le complaciera en secreto que, aunque ella le tuviera miedo, sólo pensar que pudiera atacarle un vampiro la apresurara a llamar a los cazadores para destruir al no muerto. Le satisfizo que sus pensamientos fueran tan protectores y fieros. Los sentimientos eran cosas extrañas y difíciles de aceptar, tanto en él como en los demás. Estaba claro que las emociones lo complicaban todo.

Margarita dibujó un interrogante en el aire entre ellos. Él sacudió la cabeza y se negó a responder. Quería la mente de la joven instalada con firmeza en la suya. No iba a pedirle menos. Su capacidad para comunicarse aumentaba cada vez que formaba imágenes e impresiones con las palabras que quería decir. Zacarías iba a ser diferente de los compañeros humanos que ella tenía. Con él podía «hablar» sin su voz. La intimidad que había en aquello le complacía.

—Vas a obedecerme en esto, Margarita, sin hacer preguntas.

Mantuvo su mirada por un momento para que ella pudiera ver que habría represalias inmediatas si se atrevía a desafiar su orden con tal descaro. Y conociendo aquel extraño trastorno que le llevaba a hacer lo opuesto de cualquier cosa que sonara a una orden, tendría que vigilarla muy de cerca contando con algún desafío. Esperó a que ella apartara la mirada primero y entonces continuó:

—Matamos a todos los vampiros que mandaron tras nosotros, así como los títeres que crearon. Los cerebros no tienen tiempo de preparar otro ejército para lanzarlo contra mí. Mas bien, supongo, desgastarán mis flancos para debilitarme y luego vendrá alguno a intentar destruirme. Ya habrán aprendido la lección.

Esta vez el signo de interrogación quedó dibujado de forma meticulosa en su mente. Encontró aquella burbuja cálida de risa ascendiendo otra vez en su interior. Era obvio que a Margarita le había molestado la palabra obedecer. La manera en que se retorció un poco en la silla e intentó ocultar su irritación era de verdad graciosa. A lo mejor tenía que introducir esa palabra en la conversación de vez en cuando para ver qué sucedía finalmente. Si alguien se atrevería a sorprenderle, ésa sin duda sería Margarita.

¿Qué significa eso? ¿Su lección? ¿Qué aprendieron ellos con enviar un ejército a por ti y tus hermanos?

—Les gusta ponerse a salvo y sacrificar a sus peones. Dos de los cinco maestros fueron asesinados. Quedan tres. Si quieren verme muerto, sólo hay un maestro que tiene posibilidades de derrotarme. Y no sólo tiene que ser un maestro, sino uno de los hermanos Malinov.

Margarita sintió un escalofrío, y sus cálidos ojos marrones se oscurecieron. El carpatiano se inclinó hacia delante para escudriñar esos ojos enormes y comprensivos.

—No hace falta que tengas miedo. Espero con ganas su llegada. Y si me derrotara, temería demasiado a mis hermanos como para acercarse.

La muchacha apartó hacia atrás la silla de repente, se levantó y llevó la taza y el plato con la comida inacabada al fregadero, donde los lavó y secó con meticulosidad, de espaldas a él. Era un gesto humano tonto dar la espalda, como si eso pudiera sacarle a él de su mente. No había manera de escapar ahora que la había descubierto y que compartían la mente y esa sangre exquisita suya.

—Sólo te estoy diciendo la verdad.

Margarita se giró en redondo, de espaldas al fregadero, con rostro tan expresivo que a Zacarías el corazón se le encogió por un momento. Esta vez, cuando el dolor provocó aquella descarga eléctrica en todo su cuerpo, hizo el esfuerzo consciente de sentirlo, de permitir que llegara a su mente. Los ojos de la muchacha estaban llenos de lágrimas, convirtiendo toda esa belleza oscura en un pozo insondable. Era imposible entender del todo el embrollo de impresiones en la mente caótica de la joven, pero era evidente que estaba molesta y que, otra vez, había sido él quien la había molestado.

Zacarías suspiró. Las mujeres eran difíciles en el mejor de los casos; uno nunca sabía qué iban a hacer un instante después. No había ni lógica ni razón en ellas. Al menos en ésta. No había estado entre mujeres el tiempo suficiente, y quizás otras tal vez fueran diferentes, pero esta mujer no había por donde cogerla.

—Detén eso —ordenó de forma abrupta y se apretó el corazón con fuerza con la palma de la mano como si pudiera curar el dolor que le provocaban las lágrimas.

¿Que detenga el qué? Parecía confundida.

El cazador observó fascinado y horrorizado al mismo tiempo una lágrima que caía desde el extremo de las ligeras pestañas inferiores y corría por su rostro. El corazón le dio un vuelco.

—Eso —ladró.

Se acercó un poco más, hostigándola un poco. De ella brotaban oleadas de aflicción, sin sonido alguno ni el menor ruido, pero él era consciente de cualquier detalle en ella, y en su interior, donde nadie más podía ver, Margarita estaba llorando.

El veneno ácido de la sangre de un vampiro no podía matarlo. Tortura. Heridas mortales. Había soportado todo aquello y había sobrevivido, pero esto... el llanto silencioso de esta mujer por él —que Dios les ayudara, era por él— suponía demasiado. Podría disolverse formando un charco a sus pies en aquel instante. Era inaceptable y del todo perturbador que ella pudiera esgrimir una espada tan poderosa en su contra.

La acercó hacia él, pero el cuerpo de Zacarías estaba rígido, sus aristas intactas. A Margarita se le cortó la respiración y tuvo que agarrarse a sus brazos para aguantarse. Zacarías necesitaba sostenerla; no tenía idea clara de por qué, pero no podía mirar esos ojos inundados de lágrimas más rato. Pasó una mano por ese rostro y limpió toda evidencia, y luego se llevó la palma a la boca para saborear las lágrimas.

No puedes ordenarme que no llore.

—Por supuesto que puedo. Y, por todo lo sagrado, esta vez me vas a obedecer. —Sosteniéndole la cabeza con la palma de la mano, apretó su rostro contra su pecho.

Al principio estaba tensa y rígida, pero en cuestión de momentos, en cuanto el calor de Zacarías se filtró en su frialdad, se quedó flexible y blanda en sus brazos. Debería haberle permitido retroceder, pero era más fácil mantener cierta apariencia de control sobre ella si la abrazaba. En verdad, sus brazos se habían convertido en barrotes de hierro, no estaba del todo seguro si la abrazaba consciente o inconscientemente, pero encontraba que no podía bajar los brazos. Le pasó la mano por el pelo.

Pocas mujeres modernas llevaban todavía el pelo largo. Un recuerdo antiguo afloró mientras enterraba el rostro en esos mechones sedosos. Mujeres caminando con vestidos largos, charlando, con jarros de agua en las manos mientras regresaban al campamento. Se había fijado en ellas porque parecían muy contentas. Tres días después, cuando volvió sobre sus pasos para buscar dónde había perdido el rastro del vampiro, las mismas mujeres yacían en una montaña ensangrentada y embarrada, con los ojos abiertos en dirección a la luna roja, los rostros de cera, y el cabello formando sucios nudos.

No sigas.

Margarita de repente le arrojó los brazos al cuello y le estrechó.

El gesto fue tan inesperado y sorprendente que él casi se aparta. La había mantenido cautiva, pero ahora, aunque ella era mucho más débil que un carpatiano, parecía tenerle dominado.

Por favor, no recuerdes. Te hace daño. Sé que dices que no sientes, pero sí lo haces. Te inunda y se queda en lo más profundo de ti. No recuerdes más, ahora no, detén eso.

Zacarías frotó su cabeza con la barbilla. Los mechones de pelo se enredaron en la oscura sombra de su mentón, casi como si su cabello pudiera enlazarles a los dos.

—¿Por qué te alteras tanto?

Aceptas tu propia muerte con toda facilidad. Esperas con ilusión pelear con un maestro vampiro. Estabas dispuesto a arder bajo el sol. Actúas como si nada te afectara, pero te está destruyendo de dentro afuera. Todas esas muertes. Crees que no te afecta, pero lo hacen. Ves tu propia muerte, no porque temas convertirte en vampiro, sino porque ya no puedes vivir con el dolor de quién eres, de lo que eres. Y no eres como te ves a ti mismo, en realidad no.

Margarita cerró el puño y le dio en el pecho con un ligero golpeteo rítmico. Él dudaba que supiera siquiera lo que estaba haciendo o no se atrevería a pegarle. Apenas eran golpecitos, por lo tanto decidió no hacer caso de su indiscreción, pues estaba perplejo por las cosas que le había dicho. Tomó su puño con la palma y lo apretó hasta que ella paró.

—No siento, Margarita, por mucho que quiera. He perdido

incluso los recuerdos. Estas cosas de las que hablas tal vez existieran en otra vida, hace mucho, pero ya no tengo recuerdos de ellas.

No es verdad, Zacarías. Te lo juro, no es la verdad. Estoy dentro de ti y veo las batallas, los recuerdos, y siento el dolor. La pena es muy intensa y abrumadora, diferente a cualquier otra cosa que haya experimentado antes; y eso que he perdido a mis padres y sé lo que es sentir pena. No puedo inventar algo así, sería incapaz.

¿Cómo podía percibir ella su dolor si él no lo sentía? ¿Estaba proyectando sus sentimientos en él? La conexión entre ambos crecía cada vez que la usaban, pero de todos modos, sería imposible que ella percibiera lo que él no sentía.

—Enséñame —le susurró al oído—. Enséñame qué ves en mí.

En un instante era Zacarías De La Cruz. Guerrero carpatiano. Cazador. Estaba solo. Era de hielo por dentro. Era frío y duro. Los glaciares se movían por sus venas. Y a continuación ella se había introducido en él como una espesa miel caliente, llenando cada espacio vacío dentro de su ser. Encontrando cada rincón oscuro, cada lágrima secreta y cada desgarrón en su interior. La miel caliente se esparció entre el hielo, encontró cada conexión rota, construyó puentes, llenó agujeros y restauró conexiones.

La electricidad crepitó formando arcos y alcanzó su cabeza de golpe. Sentía cada respiración de Margarita. Inhaló con ella. Su corazón le latía dentro del pecho, y ella estaba en su interior, todo lo que él era, todo lo que hacía, se llenó de ella, se colmó de todo ese calor. De su luz cegadora. El calor fundió el hielo que le revestía; lo fundía deprisa sin darle tiempo a levantar cualquier barricada que pudiera detenerlo.

Pestañeó desconcertado mientras la sentía abrazándole con fuerza, llenando más y más espacios, hasta que por primera vez él se sintió completo. No estaba solo. Las estrellas estallaron en su cabeza, se abrieron como una mezcla primigenia y se precipitaron sobre él con tal velocidad que al principio no pudo asimilar lo que estaba viendo.

Capítulo 8

Los hermanos de Zacarías permanecían en cuclillas entre las rocas, con rostros conmocionados. Riordan era poco más que un recién nacido, pero no había nada joven en su conciencia o intelecto. Observaba con la misma conmoción y horror que sus hermanos mayores al vampiro que se aproximaba. Por encima de ellos, en el cielo, se arremolinaban nubes oscuras de tormenta, borrando casi las estrellas, pero la luna llena brillaba teñida de rojo, justo a través de las imponentes nubes turbulentas.

Desplegaos tras él. Cuando os diga que corráis, salid de aquí y no miréis atrás. La orden de Zacarías era categórica. *Eres responsable de Riordan, Manolito. Retrocede con él. Nicolás y Rafael, protegedles. Tenéis que largaros todos de aquí.*

Te ayudaremos, dijo Rafael con voz temblorosa.

Corre, Zacarías. Corre con nosotros, rogó Manolito.

Zacarías oyó sus protestas, pero sabían que tenían que obedecer cuando él daba una orden. Su madre yacía muerta. Su cuerpo destrozado y ensangrentado estaba aplastado contra las rocas. No había tiempo para llorar su pérdida o pensar en ella tal y como era en vida. Su padre había llegado demasiado tarde para salvarla, pero ahora el vampiro que la había matado estaba hecho trizas, con el cuerpo literalmente despedazado, al lado del cadáver de su madre. Aunque la brutalidad extrema con que había liquidado al vampiro debería haber puesto sobre aviso a

Zacarías, cuando su padre se volvió hacia ellos, la visión de esos dientes irregulares y ojos rojos, de loco, le provocó una fuerte impresión.

Su progenitor tenía las manos alzadas hacia las montañas, donde las rocas se sostenían con inestabilidad. La tierra tembló. Zacarías no había previsto que atacara a sus hermanos y tardó un segundo en contraatacar. Arrojó una protección en torno a los chicos para resguardarles de la avalancha mientras se lanzaba al ataque a toda prisa. Sabía que su padre no esperaba esta agresión, por lo tanto era el único recurso que le quedaba. Su padre era mucho más viejo, fuerte y experimentado, pero acababa de convertirse en vampiro, y aún no estaría acostumbrado al arrebato que provocaba la matanza.

Su padre tenía gran experiencia en la batalla, era un cazador legendario cuyo nombre se susurraba con sobrecogimiento, pero había enseñado esas mismas destrezas a su hijo mayor. Zacarías era aún joven, para ser carpatiano, pero ya había peleado con varios vampiros y librado batallas con frecuencia. Había empezado también a perder las emociones. Los colores hacía tiempo que se debilitaron en su visión, pese a que ni siquiera se acercaba a la edad en que eso debería suceder.

Cayó sobre la forma insustancial de su padre con un encontronazo. El golpe le hizo caer de espaldas con fuerza y le mandó volando hasta los charcos de la sangre derramada por su madre. Derrapó sobre la sangre boca abajo y casi aterriza sobre la cabeza del cadáver. Los ojos sin vida le observaban con mirada acusadora. Al apoyar las manos para levantarse, descubrió que las tenía hundidas hasta las muñecas en su sangre. Se le revolvió el estómago y casi se le detiene el corazón.

¡Zacarías!

Con la advertencia de Nicolás en su mente, se dio media vuelta, disolviéndose en el último momento, al recordar que podía hacerlo, y el puño de su padre se clavó en el suelo, justo junto al cuerpo sin vida de su madre.

Zacarías estaba sobrecogido por completo, pero tenía que recuperarse si quería sobrevivir. Si no sobrevivía él, ninguno de sus hermanos lo haría. La sangre de su madre cubriendo su cuerpo era algo repulsivo, como la visión de sus ojos observándole, acusándole de intentar matar a su propio padre. No se trataba de su padre. El vampiro. El no muerto. Una criatura maligna, repugnante, que destruía cuanto se cruzaba en su camino. En ese preciso instante, hasta la hierba se marchitaba bajo sus pies. Vampiro. No padre. No el hombre que quería y respetaba por encima de todos los demás.

Zacarías notó la frialdad familiar corriendo por sus venas, el frío ya advertido con anterioridad, incluso de joven, pero ahora se trataba de un glaciar que le consumía, que circulaba por su cuerpo y helaba sus venas. Mientras los demás muchachos se mostraban despreocupados, corrían y jugaban, él había estado estudiando con tranquilidad las maneras de matar, de pelear, de burlar. Tenía los sentidos agudos y los reflejos más rápidos. Había absorbido mucha información y aprendía a ocultarse para cazar, incluso de sus padres. Había practicado una y otra vez esa habilidad de seguir y observar a los demás durante horas sin ser visto. Ya entonces había sabido que era diferente, que el frío que se filtraba en sus venas le proporcionaba una ventaja que los otros no tenían, de eso era consciente, pero había rechazado la idea.

Esta vez buscó ese frío, en vez de esforzarse por librarse de él. Abrazó las sombras en su interior e intentó, por primera vez, que la oscuridad le dominara. Le envolvió y luego entró en él, adaptándose como un guante al puro ser depredador. Siempre había sabido que estaba ahí esperando a poseerle. Había rechazado ese camino, desesperado por mantenerse íntegro, pero sabía que no había otra opción si quería sobrevivir, y la supervivencia era necesaria si quería proteger a sus hermanos. Escogió ese camino con el objetivo de elegir la vida para todos ellos.

Se movió con el viento turbulento, deslizándose tras el vampiro en silencio, recuperando sus fuerzas, tan sigiloso como el cazador más experimentado. El no muerto miró a su alrededor sin ver ni oír ninguna amenaza, escupió en el suelo y volvió la atención a los cuatro chicos atrapados en la jaula que formaban las rocas. Mostró sus dientes con una mueca maligna.

—Vuestro hermano os ha dejado para mí. Voy a arrancarle la cabeza al más pequeño y tendréis que coméroslo, miembro a miembro, antes de que os devore vivos.

Nicolás y Rafael, dos carpatianos jóvenes, se colocaron hombro con hombro delante de sus hermanos pequeños.

Zacarías hizo rodar a posta una piedra por detrás del padre. El vampiro se volvió hacia el sonido y quedó expuesto como una diana perfecta.

No miréis, advirtió Zacarías a sus hermanos. *Os lo digo a todos, no miréis. ¡No se os ocurra mirar esto! Nicolás, tapa los ojos a Riordan. No presenciéis esto.*

Con un nudo en el corazón y las lágrimas abriendo un agujero en su alma, se transformó y asumió otra vez su forma física a tal velocidad que quedó borroso, luego clavó el puño en el pecho de su padre, aplicando cada gramo de fuerza que poseía. Se mantuvo a la altura de sus ojos, mirándole fijamente mientras machacaba hueso y músculo y agarraba su órgano palpitante. Su padre entretanto le desgarraba la carne, llevándose pedazos de piel y músculo, pero Zacarías bloqueó toda sensación de dolor y toda emoción para poder salvar a sus hermanos, así como el honor de su familia.

El sonido fue horrendo, una terrible succión se mezcló con el grito de pura agonía de su padre. El vampiro siseaba promesas, rogaba y suplicaba para salvar la vida, gruñía y ladraba juramentos de venganza y muerte para sus hijos, prometía arrancarles la cabeza para luego comérsela. Sus espumarajos y el ácido quemaron la piel de Zacarías mientras sacaba el corazón del pecho y lo arrojaba a cierta distancia.

Su padre le cogió por los antebrazos y le observó con conmoción y los ojos inyectados en sangre.

—Hijo —susurró—. Mi hijo.

Profirió un grito silencioso. Zacarías necesitó todo el coraje que poseía para no rodear con los brazos aquel cuerpo despedazado, para no abrazar a su padre. Observó al hombre que más quería en el mundo tambalearse y caer, primero de rodillas delante de él y luego boca abajo sobre el barro. Dio un paso atrás e invocó un rayo del cielo.

Estaba más sobrecogido de lo que pensaba. La primera descarga de electricidad crepitante no alcanzó el órgano pulsante. El corazón rodó y fue a parar al charco de sangre de su madre. La visión era tan repugnante que tuvo que tomar aliento para calmarse antes de mandar el siguiente rayo, que lo golpeó directamente y lo incineró.

Zacarías se dobló por la mitad, incapaz de seguir bloqueando el dolor insoportable; ya no podía controlar la reacción puramente física. Un gritó de negación se desató, ascendió desde su vientre revuelto y atravesó el corazón hecho trizas, hasta romper los vasos sanguíneos de su garganta. No sentía las heridas, algunas profundas hasta los huesos, ni el ácido de la sangre del vampiro que quemaba su piel; sólo sentía el tormento de la muerte de sus padres, de la matanza impuesta por el destino, su sino. De la pérdida de la inocencia, de verse empujado a un papel para el que había nacido pero que no deseaba. No quería enfrentarse otra vez al conocimiento de que toda esa oscuridad le consumía... seguía en su interior.

—Zacarías. —Nicolás estaba ahí, le rodeaba con el brazo e intentaba apartarle de la escena de la muerte.

Zacarías le rechazó, por miedo de manchar a su hermano con las sombras que ahora conformaban una parte sólida en él. Con abatimiento, inceneró los cadáveres de su madre y su padre, el vampiro, antes de ocuparse del ácido sobre su piel.

Se volvió para estudiar las caras pálidas de sus hermanos.

—Ninguno de vosotros volverá a pensar en esto. No deshonraréis a nuestro padre, ni a mí mismo, con este recuerdo, ¿entendéis? Jamás. No pensaréis en ello ni volveréis a hablar de ello. Llorad ahora, porque cuando nos alejemos de aquí, no habrá más lágrimas. Se acabó. Decidme que lo entendéis. Todos. Decidlo. Juradlo por la vida de nuestra madre.

Sus hermanos le juraron uno a uno que obedecerían sus deseos y reafirmaron su lealtad. Sólo entonces les dejó para lamentar la pérdida de sus progenitores mientras él se alejaba a cierta distancia y se hundía en la tierra para llorar por última vez en más de mil años.

Zacarías se tocó el rostro y, cuando apartó los dedos, estaban manchados de sangre. Sentía a Margarita en sus brazos, la percibió dentro de él, alrededor de él. Estaba llorando, con respiración entrecortada y el corazón acelerado. Él notó su dolor como propio. Sorprendido, bajó la vista a su hombro. El tejido de la blusa de Margarita estaba manchado por gotitas de color carmesí. Se notó la garganta obstruida y dolorida. Conmocionado, la apartó de él, la sacó de su mente, rechazándola y rechazando sus recuerdos, rechazando el tormento de tales cosas.

La adrenalina y frustración absoluta del recuerdo —de las emociones— hicieron que la empujara con mucha más fuerza de la que pretendía, y Margarita salió volando, dando un traspié hacia atrás hasta aterrizar a varios metros, hecha un lío en el suelo. Dirigió al carpatiano una mirada de resignación, sin hacer intentos de levantarse.

Zacarías respiró hondo y expulsó el terrible sabor que tenía en la boca, en su mente. Era Zacarías De La Cruz y... estaba solo. Por completo, absolutamente solo. Sin ella en su mente llenando esos lugares ensombrecidos, desgarrados, se sentía más solo que nunca. Ahora lo percibía, el vacío que se abría como un agujero interminable, amenazando con tragarle entero. Retrocedió un poco más, se apartó de esa bruja que había puesto su vida patas arriba.

El tormento del recuerdo era insoportable, los temblores sacudían su cuerpo. Necesitó apartarse otro paso de ella, poner distancia entre ambos en la habitación. Notó un desgarro terrible en su interior, como si forzara a su cuerpo a separarse de ella. No podía permitirse estar con Margarita. Era un depredador puro, había nacido así, oscurecido desde el nacimiento, enfundado en hielo. Ella estaba fundiendo cada una de sus protecciones y destruyendo su capacidad de operar de forma adecuada.

Profirió un lento siseo de aviso. El miedo volvió a aparecer en la expresión de la joven y, en vez de provocarle satisfacción, el estómago se le fue a los pies, mientras algo despiadado le estrujaba el corazón.

Tú me has pedido que te lo enseñe.

Notó el ruego, aunque esta vez no estaba seguro de que ella implorara. Margarita le tendió una mano inestable. Zacarías la estudió con ojos fríos e indiferentes, con expresión intencionadamente distante.

—¿Y de qué me sirve esto? Es un recuerdo que no tendría que haber salido nunca a la superficie, y no obstante me traes algo que estaba enterrado desde hace miles de años. ¿Con qué propósito?

Pero el recuerdo sigue ahí dentro de ti, igual que el dolor. Lo encerraste en vez de soltarlo.

—Yo no lo siento, o sea, que no está.

Ella negó con la cabeza y apartó la mano.

Si hubiera desaparecido, yo no lo habría encontrado ni habría sentido el tormento.

Él despreció su lógica. Había desenterrado un secreto oculto que nadie conocía en el mundo carpatiano, y qué decir del mundo humano. Dio un paso hacia ella y chasqueó los dientes como señal feroz de advertencia.

—Tendría que romperte el cuello por tu indiscreción. Eres demasiado atrevida. —De hecho, se retorció las manos como si tuviera su cuello cogido entre las palmas.

Ella le miró ladeando la cabeza.

Estoy cansada de tenerte miedo. Hazlo entonces. Acaba con esto.

Zacarías se lanzó sobre ella con tal velocidad que no le dio tiempo a otra cosa que mirarle pestañeando. Le rodeó el cuello con las manos y la puso de pie. Notó su pulso con la palma de la mano. Supo que estaba perdido en el mismo momento en que la tocó. No iba a matar a esta mujer, no iba a hacerle daño de ninguna manera. Ella le estaba perdiendo el miedo bastante deprisa, pese a los muchos motivos que tenía para estar asustada. Cada vez que se acercaba a ella y la olía, la miraba, el cuerpo de Zacarías reaccionaba, se inflamaba y endurecía, y la necesidad resultaba tan dolorosa que rivalizaba con el hambre que palpitaba en sus venas por ella.

—Que el sol te abrase, mujer —susurró mientras bajaba las manos—. Nadie me controla, nadie. —Le dio la espalda y salió a buen paso de la habitación.

Zacarías se disolvió antes de llegar a la puerta de entrada. Necesitaba salir al exterior para poder respirar, le costaba estar en recintos cerrados. Hacía mucho que el mundo vivía sin él. Era un depredador que había sobrevivido demasiado tiempo, no entendía nada del mundo moderno, ni tampoco lo pretendía. Las casas modernas y todas sus comodidades significaban poco para él. Tenía la selva tropical y las cuevas, la propia tierra era su hogar. Lo suyo era estar solo, había nacido para llevar una vida diferente y no tenía sitio en un mundo con casas pobladas de humanos.

Margarita suponía un misterio absoluto. Era como un hermoso reclamo al que no podía resistirse, le atraía más y más con su hechizo, le absorbía cada vez más... Cerró su mente de golpe, se negaba a sacarla de la vivienda con él. Se quedaría ahí, donde la había dejado, y regresaría cuando le conviniera. Entretanto, tenía problemas mucho más acuciantes que una mujer negándose a dejar reposar cosas que nunca deberían salir a la luz: como Zacarías De La Cruz.

Se deslizó por la rendija inferior de la puerta y salió a la noche, fluyendo por el mundo que entendía, donde la regla era matar o que te maten. Adoptó forma de águila arpía y se elevó por el cielo, describiendo círculos sobre el rancho varias veces, antes de retirarse al bosque. Su mente no albergaba dudas de que el maligno andaba por ahí, recorría el gran bosque, el sinuoso Amazonas y todos sus afluentes, en su busca.

Ruslan Malinov, el mayor de los hermanos Malinov y líder reconocido del clan, no iba a aceptar la derrota como si tal cosa. Necesitaría vengarse personalmente, no sería capaz de encargar a otro la tarea, ni siquiera a uno de sus hermanos. Los vampiros inferiores estarían atentos, esperando a ver si exigía venganza. Tendría que ir por él o perdería el control de todo lo que había construido. Vendría, pero lo haría furtivamente.

El águila arpía se encumbró hasta el punto más elevado sobre el rancho y se posó en las ramas de un alto capoc. Tenía una vista extraordinaria, era capaz de ver cualquier cosa diminuta, incluso inferior a una pulgada, desde doscientos metros. Por regla general, la visión nocturna del águila arpía no era buena, pero Zacarías había nacido para vivir de noche y reforzaba con su visión nocturna la del águila hasta hacerla excelente. Ruslan había enviado aquellas aves manchadas, pero no iba a ser lo único que enviara en busca de pruebas de su paso.

Cuando el carpatiano dejó el campo de batalla en Brasil, estaba gravemente herido, había dejado un rastro de sangre que llevaba directo a este rancho. Los espías de Ruslan no tendrían problemas para seguir la pista. No le había importado porque su intención era poner fin a su existencia, y por otro lado Ruslan habría trasladado la lucha lejos de sus hermanos. El maestro vampiro se hubiera sentido satisfecho de saber que él por fin había muerto. Pero ahora, dado que estaba vivo, Ruslan no tardaría en venir y conjurar lo más repugnante que imaginara. En lo profundo del águila arpía, Zacarías sonrió con una sonrisa grave de bienvenida.

Destruir al no muerto era una labor familiar para él, un terreno en el que se hallaba cómodo. Se percató de que recibía con beneplácito las noches venideras. Una guerra de ingenio. Ruslan siempre había sido inteligente y arrogante, algo que había provocado su inevitable caída. Se había considerado muy por encima del linaje Dubrinsky, creía que asesinando al príncipe, se convertiría en líder del pueblo carpatiano.

Hubo una época tiempo atrás en la que Ruslan y Zacarías habían sido buenos amigos. Luchaban juntos, hombro con hombro, se vigilaban la espalda el uno al otro como hermanos de sangre, pero Ruslan había cruzado una línea de la que era imposible retroceder. Ruslan nunca admitía error alguno, su arrogancia había aumentado con los siglos. Hasta ahora, había evitado la confrontación directa con él, pero seguro que vendría.

El carpatiano echó una ojeada en dirección a la casa. La atracción por aquella mujer aumentaba por momentos, se colaba en sus pensamientos y se negaba a marchar. No iba a escapar de ella, ni siquiera dentro del cuerpo de este águila. Estaba ahí en su mente y le envolvía con su telaraña sedosa. Quería verla, saber que estaba a salvo, su mente no dejaba de intentar conectar con ella.

Margarita Fernández tenía que ser su verdadera compañera de vida. Ahora ya no podía negar el hecho. La había encontrado y el peligro se había multiplicado por mil. Su progenitor había nacido con esa misma mancha de sombra, tan extendida en él. Su padre había encontrado a su pareja eterna, había vivido muchos siglos, pero al final nada de eso había importado. Con su pareja despedazada y ensangrentada ante él, se había convertido en...

Cerró la mente de golpe ante esa atrocidad. Que el sol abrasara a Margarita Fernández. Había abierto la caja de Pandora y nadie podría cerrarla ahora. Estaba perdido, pasara lo que pasara, tanto si la reclamaba como suya como si no, ¿y cómo no iba a hacerlo? Estaba vinculado a ella de un modo irrevocable, y la fuerza de esos vínculos crecía con cada hora que pasaba. Tenía que protegerla a toda costa, porque en el momento en que Ruslan supiera de su existencia, usaría cada arma de su arsenal para llegar hasta ella. Sabría el peligro que corría su alma, tan cerca de convertirse en vampiro, y sabría que la pérdida de Margarita le arrojaría por el precipicio igual que le había sucedido a su padre. Ruslan haría cuanto estuviera en su poder para hacerle caer usando a su pareja eterna.

La luna empezaba a desvanecerse, pero aún derramaba su luz y bañaba el suelo de rayos plateados. Las estrellas relucían brillantes y unas pocas nubes flotaban lentas por el cielo, como volutas casi irreales. Le llevó un momento, mientras miraba sobre el rancho, percatarse que el gris apagado de la hierba y las verjas se había intensificado con otros matices. Las águilas, como la mayoría de aves, veían en color, y la arpía no era una excepción, pero incluso dentro de la rapaz, Zacarías nunca había sido capaz de distinguir ningún color. Casi se cae de la rama del árbol al escudriñar la hierba abajo en el campo. El gris había adoptado tintes verdes y también amarillos. Con la reluciente luz de la luna, todo aquello le hizo sentirse un poco aturdido por la visión. Los corrales y vallas parecían de un anodino marrón madera, pero sin duda era marrón, en contraste con el gris al que estaba acostumbrado. Antes había empezado a ver a Margarita en color, sólo a ella. Ahora el mundo en el que vivía su pareja también estaba cobrando vida.

Se obligó a apartar la mirada de la hacienda y volvió a inspeccionar los campos. Los espías llegaban en todas las formas, era indispensable estar preparado. Sólo Cesaro, Julio y Margarita le habían visto en persona, pero todos sabían que tendrían que realizar sus rutinas diarias con vigilancia añadida. Cada trabajador individual del rancho estaba provisto desde su nacimiento con protecciones mentales. Ningún vampiro podía penetrar ese escudo. También estaban entrenados desde niños para pelear contra el no muerto. A los niños se les enseñaban juegos que en realidad eran habilidades necesarias para matar vampiros.

Cada hombre y cada mujer que trabajaba en alguno de los ranchos sabía que si un De la Cruz se hallaba instalado en la casa, el peligro era elevado. Había que tomar precauciones, como trasladar los animales a áreas protegidas, y los jinetes debían llevar armas, tanto modernas como antiguas, ocultas por lo general para que ningún espía se percatara de que iban armados con algo más que las herramientas habituales del rancho.

El bosque pluvial era imparable en su avance continuo para reclamar de nuevo el territorio arrebatado y, a pesar del esfuerzo de los trabajadores del rancho por contener el crecimiento, las enredaderas volvían a conquistar el terreno, se colaban por las vallas y arraigaban en los campos. Algunas de las trepadoras más leñosas ascendían por los postes y se enredaban a las vallas. En el extremo del campo más alejado, donde deambulaba el ganado, varias plantas tupidas irrumpían en algunos puntos del terreno. El águila arpía se lanzó al aire y describió círculos por encima del campo, con la mirada aguda fija en las plantas.

Se trataba de enredaderas retorcidas, densas trenzas de madera oscura con una savia espesa. Parecían crecer a un ritmo rápido, se comían todo en su camino. Mientras el águila observaba, un ratón curioso se escurrió por la hierba y se aventuró demasiado cerca. La savia cubría de gotas la enredadera y se filtraba hasta el suelo. El ratón olisqueó la sustancia con curiosidad. La savia pareció buscar al roedor inquisitivo, salpicó y rodeó al pequeño ratón, revistiéndolo de aquella sustancia oscura y oleosa.

El ratón chilló y alzó la cabeza buscando aire mientras la savia lo recubría, se comía la desventurada criatura viva atravesando el pelaje, la piel y los tejidos, hasta devorar los pequeños huesos. La savia podría devorar un novillo, un caballo o a un ser humano con la misma facilidad. Zacarías tomó nota de cada lugar en el que habían crecido las trepadoras y se encaminó hacia la vivienda de Cesaro y su familia. Era necesario que todos los humanos reconocieran aquella planta y la marcaran para no acercarse a ella, así como para asegurarse de que los animales permanecían también alejados.

Cesaro respondió a la llamada de inmediato y salió al porche abrochándose todavía la camisa, apresurándose a cerrar la puerta ante el perro que gruñía encogido tras él.

—¿Pasa algo, señor?

Parecía tan inquieto como su perro. Zacarías salió del porche para poner cierta distancia entre él y el animal que ahora miraba por la ventana, casi echando espuma por la boca. No cabía duda que los animales se inquietaban con su presencia.

—Por desgracia he encontrado evidencia del maligno adentrándose en el rancho. Quiero que vengas conmigo para que identifiques la planta y se la muestres a todos quienes trabajan a tus órdenes antes de que yo la destruya. Matará no sólo la vida vegetal y animal, sino también la humana.

Cesaro asintió de inmediato.

—¿Necesita a mi hijo?

Zacarías pensó primero en negar con la cabeza. Por norma evitaba el contacto con los trabajadores, pues sabía que les inquietaba tanto como al ganado, pero tal vez, fuera bien pasar un rato con Julio. Zacarías sabía que, como depredador, no permitía que su mujer estuviera con un hombre por quien ella sintiera afecto genuino. Por la seguridad del hijo de Cesaro, era mejor cerciorarse de sus intenciones hacia Margarita.

—Sí. Debemos asegurarnos de que no queda ningún lugar en el rancho donde crezca esta planta. Su hijo pasa muchos ratos montando a caballo y cubrirá una buena cantidad de territorio.

—Será un momento. —Cesaro desapareció en el interior de la casa.

El perro era un fastidio. Zacarías aguantó el irritante gruñido un par de minutos, luego hizo un ademán con la mano y el ruido acabó de forma abrupta. El perro continuó mirando por la ventana, pero cuando abrió la boca para ladrar o gruñir, ningún sonido surgió de él.

Cesaro salió a toda prisa seguido de Julio. El chico parecía más joven de lo que recordaba Zacarías. La verdad, apenas le había echado un vistazo cuando le metió por la ventana en el cuarto de Margarita, con la intención de matarle por atreverse a ponerle las manos encima. Julio se tocó el cuello y luego enderezó los hombros.

—No vamos a llevarnos los caballos —le dijo Cesaro a su hijo, luego dirigió una rápida mirada a Zacarías—. No hasta que hayamos visto lo que el señor De la Cruz tiene que enseñarnos.

Zacarías abrió la marcha en dirección al campo de la parte trasera. Las trepadoras ya habían rodeado la valla y crecido aún más tupidas a lo largo de la esquina posterior. Hizo una ademán con la mano para indicar la planta.

—Es mortal para cualquier ser viviente que se aproxime. La voy a incinerar, pero tendréis que manteneros muy alertas. Todos vosotros. Continuará regresando mientras yo esté instalado aquí.

—¿Cuánto tiempo planea quedarse? —preguntó Cesaro.

Zacarías le perforó con una mirada fría.

—Indefinidamente. —El hombre se quedó pálido bajo su piel bronceada, tanto que Zacarías sintió pena por él. Finalmente, tuvo que añadir—: Ha surgido una complicación imprevista.

Cesaro dirigió una ojeada a su hijo.

Zacarías suspiró.

—A mí no me gusta más que a vosotros. Igual que os perturba mi presencia, a mí me perturba la vuestra.

—No nos interprete mal, señor. Ésta es su casa y, desde luego, debería quedarse cuánto tiempo desee —se apresuró a justificar Cesaro—. Sólo es que necesitamos a Margarita con los animales, es importante mantener nuestra rutina habitual. Tenemos un par de yeguas a punto de parir cualquier día de éstos y con su presencia hay que vigilar al ganado en todo momento. A Margarita se le da bien calmar a los animales.

—Me temo que tendréis que arreglároslas sin ella.

Julio le dirigió una mirada observadora. Se bajó un poco más el sombrero sobre los ojos.

—¿Se encuentra ella bien?

—¿Por qué no iba a encontrarse bien? —cuestionó Zacarías.

—Siempre sale con los caballos —explicó Cesaro—. Es preocupante que no haya ido al establo, al menos para ver cómo están las yeguas.

—Se encuentra bien. —No era del todo verdad. La había empujado por la habitación y ni siquiera había examinado su estado. Siempre se le olvidaba lo frágiles que eran los humanos.

—Me gustaría verla —dijo Julio.

Zacarías se paró en seco. Notó ese frío familiar atravesando su cuerpo. Concentró la mirada en el hombre joven, con observación directa, depredadora. Notó cómo crecía la necesidad de matar, ese deseo crudo de eliminar cualquier obstáculo en el camino.

—¿Por qué?

Cesaro se aproximó un poco a su hijo, pero Zacarías le lanzó una mirada para que se detuviera. La tensión iba en aumento. Julio se negaba a ser intimidado, ni siquiera hizo caso de la mano de su padre intentando refrenarle.

—Margarita es como una hermana para mí. La quiero y necesito saber si está segura, bien y feliz. Ella nunca evitaría examinar a los caballos de forma voluntaria. Son su pasión, y el hecho de que no haya venido a los establos no es buen indicio.

—Margarita es mi pareja eterna.

Cesaro inspiró mientras negaba con la cabeza, claramente impresionado. Julio frunció el ceño y miró a su padre en busca de una explicación.

—Eso no es posible, señor —protestó Cesaro—. Es de los nuestros, no es carpatiana. Tiene que haber algún error.

—¿Qué significa eso? —quiso saber Julio—. No entiendo qué quiere decir.

—Significa que me pertenece. Es mi mujer. Mi esposa. Y eso la coloca en una situación de peligro que no podéis imaginar. Si se divulga que es mi pareja, todos los vampiros del mundo y sus títeres la buscarán para matarla. Es más seguro para ella permanecer dentro de la casa hasta que pueda eliminar el peligro inmediato.

Julio negó con la cabeza.

—No puede venir aquí por las buenas y decidir que Margarita es su mujer. Tal vez trabaje para usted, pero tiene sus derechos. ¿Qué opina ella de todo esto?

—Julio —dijo Cesaro entre dientes.

—No tiene nada que decir al respecto —respondió Zacarías, con voz más grave ahora, una advertencia aterciopelada—. En nuestro mundo, el hombre reclama a su mujer y ella queda unida a él. No hay marcha atrás para ninguno de los dos.

—Es un error.

—Es imposible equivocarse en esto —dijo Zacarías—. Es mía.

—No suena demasiado contento, señor —se apresuró a decir Cesaro para interrumpir a su hijo antes de que hablara más—. En tal caso, tal vez pueda hacerse algo para liberarla. Sin duda no querrá cargar con una mujer humana, señor, que además no puede hablar.

Se hizo un breve silencio mientras Zacarías daba vueltas a la idea en su mente. En todo momento había tenido ese mismo pensamiento: no quería cargar con una mujer humana —ninguna mujer—, pero menos aún con una que no sabía qué significaba obedecer. Había considerado alejarse de ella, dejarla ahí sin dar ninguna explicación. Había pensado en quedarse aquí unos días, sólo para ver en color y sentir un poco, antes de poner fin a su existencia. Oír a Cesaro dando voz a sus propios pensamientos lo cambió todo.

Notó la contracción en sus tripas, la reacción física de su cuerpo a la idea de perderla. La boca se le quedó seca, y algo similar a unas tenazas le estrujó el corazón en el pecho. Todo en él se rebeló contra la idea de romper su vínculo. Margarita era su mujer. No estaba dispuesto a buscar una manera de librarse de ella. No creía que existiera ninguna manera, pero aunque la hubiera, ella le pertenecía, nunca renunciaría a su pareja voluntariamente. Ni para entregársela a los humanos, ni a los vampiros ni, desde luego, a otro hombre.

Así estaban las cosas. Tenía una pareja eterna, y por muy loca que estuviera, ella le pertenecía y estaba a su cargo. Enseñó los dientes un instante a Cesaro y permitió que una llamarada absolutamente depredadora apareciera en sus ojos como advertencia.

—No voy a renunciar a ella. NO hay discusión. Si a los dos os preocupa tanto como decís, esto debe quedar entre nosotros, nadie más puede saberlo, ni siquiera otro miembro de la familia. Es la única manera de mantenerla a salvo.

—¿Está prisionera? —se atrevió a preguntar Julio.

Zacarías le tocó la mente. Su barrera mental seguía intacta, pero como había bebido de su sangre, pudo empujar hasta lograr entrar. Julio se apretó las sienes con los dedos y sacudió la cabeza.

—Dígame qué quiere saber exactamente.

Zacarías ya estaba obteniendo las impresiones que necesitaba. Sí, Julio quería a Margarita como a una hermana. Fue un alivio saber que no tenía que matar al hijo de Cesaro.

—¿Quién es ese hombre al que no te gusta ver por aquí y que viene a visitar a Margarita?

Julio se mostró sorprendido.

—¿Estaba pensando en él?

—No te gusta la idea de que Margarita sea mi compañera, pero aún te gusta menos la idea de que esté con ese extraño —dijo Zacarías—. Háblame de él.

Como se estaban acercando a la trepadora, Zacarías mandó detenerse a ambos hombres, pues no quería que se acercaran demasiado a la savia traicionera.

—En este breve rato que he estado con vosotros, las trepadoras han estado ocupadas.

—Nunca había visto nada igual —comentó Cesaro—. La planta parece viva, se come todo lo que encuentra en su camino.

Zacarías hizo un gesto de asentimiento.

—El vampiro lo somete todo a sus propósitos malignos. Sabe que estoy aquí instalado y no parará de incordiarme con la esperanza de debilitarme antes de mostrarse. No intentéis matar esta planta vosotros mismos. Si alguien vuelve a detectarla, hacédmelo saber de inmediato.

Ambos hombres retrocedieron cuando Zacarías les mandó apartarse de las plantas destructivas. Las nubes se arremolinaron por encima de sus cabezas, dando vueltas con venas plateadas parpadeantes dentro de su masa turbulenta. Saltaron relámpagos hasta el suelo con lenguas de energía candente que siguieron la ruta de las gruesas trepadoras, incinerando la madera, las hojas y la espesa savia allí donde las tocaban. El aire se impregnó de un olor repugnante, como a huevos podridos.

—No lo respiréis —advirtió Zacarías.

El rastro de ceniza quemada se alargó y ensanchó, recorriendo veloz el terreno, luego continuó hacia abajo siguiendo las plantas hasta su punto de origen: el extremo de la selva tropical. Al observar la ceniza ennegrecida, resultaba evidente que la enredadera se había desplazado hacia la hacienda en busca del lugar donde descansaba Zacarías.

—Háblame de este hombre que te cae tan mal, el que crees que corteja a mi mujer —ordenó mientras daba media vuelta para regresar a la casa.

La luz del alba empezaba a iluminar el cielo nocturno, atenuando las estrellas y la luna. Zacarías aceleró el paso. Ahora harían falta protecciones en todo el rancho.

—Esteban y su hermana, Lea, se trasladaron hace unos meses a esta zona —dijo Cesaro, mirando a su hijo en busca de su confirmación. Julio asintió con un leve gesto ceñudo—. Muy rico y muy arrogante. No es el tipo de hombre que se instala en esta zona, no tiene un verdadero interés en la producción ganadera ni la cría de caballos. Me pregunto por qué un tipo así iba a venir aquí a esta parte remota del país, cuando está tan claro que es un hombre de ciudad.

—Es una buen pregunta —afirmó Zacarías—. ¿Tenéis alguna respuesta?

Julio suspiró y negó con la cabeza.

—Lo hemos comentado varias veces. O están aquí para ocultarse o huyen de algo o... —Su voz se apagó y miró a su padre.

—O confían en atrapar a un De la Cruz —admitió Cesaro—. No es ningún secreto a quién pertenece esta tierra. Supera en superficie a cualquier otra propiedad de esta zona del país, y aunque sobre el papel consta que cada uno de sus hermanos ha comprado su propia tierra, es inusual que una familia posea tantos acres juntos. Su familia tiene cierta reputación, y a muchos hombres les gustaría encontrarse entre sus amistades. Y ese hombre, Esteban, saca a menudo el nombre De la Cruz, para hacer preguntas a las que no queremos responder.

—Es posible que sepan algo que no deberían saber —añadió Julio a su pesar.

—¿Habéis expresado vuestra preocupación a Margarita? —preguntó Zacarías.

—Margarita es del todo leal a la familia De la Cruz —soltó Julio—. Nunca les traicionaría, desde luego no con un desconocido.

—No es eso lo que he preguntado —insistió.

Julio bajó la cabeza cuando su padre le miró con gesto de preocupación.

—No. Ella considera a Esteban y a su hermana sus amigos, sólo eso —explicó Cesaro—. Margarita sabía que Esteban estaba coqueteando con ella, pero como hacen tantos hombres. No mostró ningún interés serio, por lo tanto creímos adecuado comentarle que tuviera en cuenta que era un extraño, que éste no es su sitio, así de sencillo. La cosa no ha pasado de ahí.

Zacarías asintió.

—¿La necesitáis de verdad con los animales... para atender a los caballos?

Cesaro asintió.

—Sobre todo ahora. Están... alterados.

Zacarías se apartó de los dos hombres para encaminarse de regreso a la casa principal del rancho.

—Entonces os ayudará mañana por la noche.

No esperó a su respuesta. Poco le importaba lo que tuvieran que decir. Margarita era su mujer y, mientras decidiera permanecer bajo tierra, nadie más le daría órdenes aparte de él. Protegió la casa con salvaguardas, prestando especial atención a los cimientos y al suelo situado bajo el edificio antes de añadir protecciones a puertas y ventanas. Sólo cuando estuvo seguro del todo de que los espías de Ruslan no podrían penetrar sus dispositivos de seguridad, permitió que su mente buscara la de Margarita.

No se había movido del suelo de la cocina. La encontró sentada con las rodillas dobladas y la barbilla apoyada encima. Parecía pequeña y desamparada. El corazón le dio un vuelco cuando sus miradas se encontraron. No había condena en su expresión ni en su mente. Se limitó a mirarle con sus ojos de color chocolate oscuro, con la mirada perdida por el rostro de Zacarías como si intentara adivinar su estado de ánimo.

¿Estás bien?

Él percibió el calor llenando su mente. No se introdujo en él como había hecho antes, pero fue deslizándose mientras su mirada se desplazaba despacio por su cara. El corazón de Zacarías encontró el ritmo palpitante de ella, y aminoró aquel latir frenético para que ambos estuvieran sincronizados. Había señales de lágrimas en su rostro, su visión le turbó. Cruzó la habitación hasta su lado y se agachó para levantarla en sus brazos, acunándola contra su pecho. Ella no protestó, más bien se acurrucó contra él, apoyando la cabeza en su hombro. El pelo le cayó sobre el rostro, ocultando su expresión, pero no pudo esconder su mente.

Lo lamento. No debería haberme metido en cosas que no entiendo. De verdad, Zacarías. Lo siento mucho.

Estaba preocupada por él. No pensaba en sí misma ni en cómo iba a reaccionar, ni en las cosas que él le había dicho y le había hecho; estaba preocupada por los efectos que le habían provocado todos esos recuerdos.

—La gente no se preocupa por mí, Margarita.

Alguien debería hacerlo.

Lo dijo con un atisbo de sonrisa en su voz y eso reconfortó al carpatiano. Dio vueltas en la cabeza a aquella respuesta.

—¿Si te meto en la cama te quedarás ahí?

Esta vez la risa era inequívoca.

Es probable que no, pero lo intentaré.

La dejó encima de la cama y permaneció observándola un largo rato. El pelo negro estaba derramado sobre la almohada como una cascada de madejas de seda. Tenía las pestañas más espesas y oscuras que nunca. Cuánto aportaba al mundo el color, incluso aquellos colores atenuados que él estaba viendo. Quiso tumbarse y saborear esos labios perfectos, pero sabía que no se detendría ahí. La llamada de la sangre latía en sus venas, y ya la había asustado demasiado por aquel día. No podía ser, con lo preocupada que estaba por él.

—Duerme bien, Margarita.

Casi echo de menos esos nombres raros que usas para lla-marme.

Zacarías le tocó el pelo una sola vez, y notó un movimiento en su corazón que temió iba a cambiarle la vida. Se apartó sin decir más palabras, incapaz de decidir qué iba a hacer con ella. No recordaba ningún momento en la vida en el cual no hubiera sabido con exactitud lo que iba a hacer. Salió de la habitación de repente, se alejó del aroma perfumado y de la terrible necesidad de abrirse las venas. Todavía controlaba la situación, pero nadie podía saber cuánto más iba a ser así.

Capítulo 9

Margarita dio media vuelta sobre el colchón y miró hacia la ventana. Los pesados cortinajes estaban echados, pero un hilo de luz le decía que ya era mediodía. Una lluvia de piedrecitas dio en el cristal, ella suspiró y se incorporó. Notaba el cuerpo pesado, como si no quisiera cooperar, pero salió con decisión de la cama y llegó a duras penas a la ventana para apartar las cortinas en el momento en que Julio lanzaba otra pequeña lluvia de pequeñas rocas que golpetearon el vidrio.

Intentando no reírse, Margarita subió la ventana de golpe. La luz del día entró a raudales en la habitación y le quemó los ojos. Se apresuró a tapárselos, consternada por cómo iba acostumbrándose ya a estar toda la noche levantada. Cogió boli y papel de la mesilla.

¿Estás loco? Podría matarte si te encuentra aquí otra vez.

Se protegió los ojos del sol y le miró con atención. Una pequeña venda ensangrentada le envolvía el antebrazo, y parecía alterado.

¿Qué te ha pasado?

—El perro se volvió loco hace una hora. Mi perro. De repente empezó a ladrar y a gruñir. No había abierto la boca desde que...

Trazó una interrogación entre ellos.

—Desde que De la Cruz llegó a nuestra casa anoche. *Max*

se volvió loco. Les pasa a todos los animales cuando él anda cerca, eso ya lo sabes. Ladraba y gruñía a la ventana y luego de golpe se quedó callado. Ni rechistar, hasta hace un ratito, y entonces ha sido como si se volviera loco. Empezó a morder los cascos de los caballos hasta que uno le ha soltado una coz. He desmontado para calmarlo y me ha atacado.

Margarita se subió al alféizar de la ventana, se sentó con las piernas colgando, e indicó a Julio que se acercara más para poder inspeccionar las laceraciones.

Julio se sacó la camisa para mostrar a Margarita los arañazos del pecho. El perro había ido a por su garganta, pero él le había frenado con toda su fuerza. Se quedó apesadumbrada. Julio había metido el antebrazo en la boca del perro, sacrificando el brazo para evitar el ataque a su garganta.

¿Has tenido que dispararle? Sabía la respuesta antes de oírla. Julio adoraba a su perro.

—Ricco le disparó. No le quedó otra opción, Margarita. Creo que De la Cruz le hizo algo a mi perro.

Ella negó con la cabeza, pues quería rechazar la idea, mientras escribía en la libreta.

No ha podido hacerlo, Julio. Todo en este rancho está bajo su protección, incluidos los animales.

—Los animales le tienen pavor, eso ya lo sabes. Cuanto más tiempo esté aquí, peor irán las cosas. Hasta los caballos están alterados, Margarita. Cuesta controlarlos durante las patrullas. Creo que él está aquí por ti, pero tiene que irse.

Ella le miró indignada.

Ésta es su casa, Julio. Es mezquino lo que dices.

Julio negó con la cabeza, y arrugó la nota.

—Es nuestro hogar. Ellos nunca están aquí, y menos él. Es el peor de todos. No puede venir aquí y decirnos a todos que le perteneces. Trabajamos para él, pero tú no eres su esclava. Tiene que marcharse y tú tienes que salir de aquí. Ahora. Antes de que haga algo que impida que escapes de él.

Me necesita, Julio.

El joven le miró con el ceño fruncido.

—No es uno de tus animales desvalidos al que rescatar, Margarita. Es peligroso para ti. No puedes tratarle como si fuera un animal salvaje.

Eso es exactamente lo que es. Está solo, y me necesita. No voy a abandonarle igual que ha hecho todo el mundo. Él espanta a todas las personas a su alrededor, y se van. Yo voy a quedarme.

—¿Y si quiere algo más de lo que estás dispuesta a dar? —quiso saber Julio—. Porque él cree que eres su mujer. ¿Tienes idea de las cosas que podría exigirte? Estás jugando con fuego, Margarita. Si es un animal salvaje, entonces es el más peligroso que hayas conocido y no vas a domarlo. Escapa mientras puedas. Te ayudaré. Todos te echaremos una mano. No es tu dueño, ninguno de nosotros le pertenece. Podemos decidir, y tú también.

Mi decisión es apoyarle en esto. No tienes ni idea de la vida que ha llevado, Julio. Vino al rancho para poner fin a su vida con honor y yo estropeé sus planes. Ahora está perdido, y yo tengo que ayudarle. Quiero ayudarle, sé que puedo hacerlo.

Julio maldijo en voz baja.

—Siempre has sido así, Margarita, tan testaruda que nadie consigue hacerte entrar en razón. —Empezó a ponerse otra vez la camisa, pero se detuvo al ver que ella sacudía la cabeza.

Margarita volvió a meterse en la habitación y rebuscó entre sus cosas hasta que dio con el botiquín de primeros auxilios que había preparado hace años para los trabajadores. Con el tiempo se había convertido en una especie de enfermera, dadas las laceraciones y accidentes que sucedían en el rancho. Aplicó una crema antibiótica a los rasguños más profundos y le dio unas pastillas.

Julio las tomó obediente y volvió a ponerse la camisa por la cabeza, alisándosela luego sobre el pecho.

—Te lo digo, cielo, De la Cruz no es un hombre normal y corriente. No te impliques así.

Retiró el trapo ensangrentado y soltó un jadeo al ver la herida en el brazo. Simuló mediante mímica el movimiento de coser, reprendiéndole con la mirada. Julio se encogió de hombros y negó con la cabeza.

—Ya se curará. Haz lo que sea para que no se infecte.

Margarita tuvo que pestañear varias veces. El sol parecía más intenso de lo normal y sus ojos no paraban de llorar. Negó con la cabeza e indicó que era preciso poner al menos una sutura adhesiva para intentar cerrar la herida.

—Pues hazlo, entonces. Tengo que regresar al trabajo. Tienes que volver al establo esta noche y tranquilizar a los animales; alguien va a acabar malherido si no vienes, Margarita.

Ella hizo un gesto de asentimiento mientras aplicaba con cuidado la crema antibiótica y luego empezaba a cerrar la herida con meticulosidad.

—No te puede retener —insistió Julio—. No le debes la vida, cielo. En serio, piensa bien en lo de largarte de aquí.

Me encontraría. Y de todos modos quiero quedarme, Julio. Sé que puedo ayudarle.

Casi escribe «salvarle». Zacarías necesitaba salvarse de sí mismo. Tal vez fuera posible. No estaba segura de que quisiera salvarse, pero alguien tenía que preocuparse por aquel hombre, ya que él no parecía hacerlo. Era arrogante y tenía plena seguridad en sí mismo, pero también creía que estaba marcado por el mal.

Lamento lo de tu perro, Julio, pero sea lo que fuere, Zacarías no tiene nada que ver. Ten mucho cuidado hoy. Esta noche saldré para ir al establo.

Confiaba en que Zacarías cooperara. Él sabía que debía seguir con las labores del rancho. Si tenía que acudir a los establos para calmar los animales, estaba segura de que Zacarías se mostraría conforme. Se despidió de Julio, cerró la ventana con decisión y corrió las cortinas. Estaba cansada, pero le atraía la idea de tener unas horas para sí misma, por lo tanto decidió seguir levantada.

Más tarde, en la bañera, permaneció sumergida con los ojos cerrados y se permitió pensar en Zacarías. Era un completo misterio: un hombre que no tenía ni idea en realidad de quién era. Su corazón sintió la atracción por un hombre tan completamente solo. Él desconocía del todo sus propios sentimientos, había enterrado sus recuerdos a gran profundidad, nunca se perdonaba y se negaba a reconocer incluso que recordaba esa tragedia terrible en su vida.

Margarita suspiró y se hundió en el agua caliente y fragante, empapando la larga y espesa trenza de pelo. Se sentía agotada, y era difícil mantener su mente alejada de Zacarías. En el breve tiempo que había estado con él, se había sentido sobre todo asustada, por lo tanto no tenía sentido que ahora se sintiera tan decidida a ayudarle. Detestaba que estuviera tan solo. Nadie debería estarlo, no como él, distanciado de cualquier cosa amable y tierna. Quedaba tan poca humanidad en él, que ya no se creía capaz de superar al depredador que llevaba en su interior.

Veía dentro del carpatiano, pero cada vez que intentaba demostrarle que era diferente por dentro, la rechazaba. Era casi como si tuviera miedo a esa parte más agradable en él. Le hacía vulnerable, y Zacarías De la Cruz nunca lo había sido, o si lo había sido desde luego no lo recordaba. Ni quería recordarlo.

Zacarías había vivido tanto tiempo la vida de un cazador peligroso, siempre solo y siempre alejado, que no encontraba la manera de encajar en la sociedad moderna, ni con los seres humanos ni siquiera con su propia gente. Tenía una seguridad demoledora en sí mismo como cazador —como asesino—, pero no como hombre. Y se equivocaba. Por muy arrogante y peligroso que fuera, había algo amable y cariñoso en lo más profundo de su ser. Su lealtad profunda y su sentido del deber eran admirables, pero él no lo veía de ese modo, todo lo veía en blanco y negro.

Se secó despacio, tomándose su tiempo, disfrutando de la sensación de tener un hogar, de poder sentir que pertenecía a un lugar. Hacía tiempo que era la señora de la hacienda y, ahora, con Zacarías en la casa dictando qué podía hacer y qué no, a dónde podía ir y qué podía ponerse, se había olvidado de la tranquilidad que encontraba en su hogar. El lugar era su dominio exclusivo, lo mantenía limpio y decorado a su gusto. También era responsable por completo de su vida. Tenía pretendientes que le hacían la corte, lo cual era estimulante para su ego, pero sabía que no quería a ninguno como esposo.

Zacarías. Pensar en él le hacía sentirse viva. Le encantaba montar a caballo, la libertad de volar sobre el suelo, unida como un solo ser a sus caballos. Zacarías le proporcionaba la misma emoción, incluso aumentada. No era pacífico, en absoluto, pero estar en su compañía le provocaba regocijo. Se sentó ante el tocador y se cepilló la larga melena, en un intento de darle un aspecto domable, sin dejar de pensar en él.

Era apuesto a su modo rudo y brutal. Estaba en buena forma, su cuerpo era digno de un guerrero. No tenía duda de que sentía atracción física por él, pero había algo más. Imaginó que la mayoría de mujeres serían incapaces de resistirse a su físico. Era cautivador, y tenía también cierta atracción animal, pero de todos modos... había mucho más en él, justo ahí bajo la superficie y, con toda franqueza, eso le intrigaba.

Se puso sus prendas habituales de andar por casa, una blusa y una falda larga, frunciendo el ceño al darse cuenta de que estaba satisfaciendo los gustos de Zacarías. Habría sido infantil ponerse vaqueros sólo porque él había manifestado su obligación de ponerse ropas femeninas. A ella le gustaba llevar faldas. No iba a cambiar eso por él, ni de una manera ni de otra. Nadie le había dado órdenes nunca, ni siquiera su padre, y tener a Zacarías hablando en un tono tan autoritario resultaba un poco cómico.

Alguien se acercó andando al porche y llamó a la puerta de entrada. Fue una llamada tímida, para nada al estilo de Julio ni de los demás chicos.

Notó un retortijón en el estómago y echó una rápida mirada hacia el dormitorio principal. Cogió una pistola cargada del baúl sito en el vestíbulo y se la metió en el bolsillo de la falda. No tenían muchas visitas, y con Zacarías tan vulnerable durante las horas del día, estaba decidida a protegerle.

Se asomó y se quedó un poco conmocionada al ver a Lea Eldridge esperándola a solas en el porche. Lea no había venido nunca al rancho sin su hermano. Era una mujer alta y morena, muy chic. Nunca iba despeinada, llevaba un maquillaje perfecto y ropas obviamente de marca. Mientras Esteban hablaba con aire altivo a los trabajadores, Lea se mostraba siempre abierta y amistosa. Era un mujer hermosa, y a Margarita le caía mejor que las demás mujeres con las que había crecido. Lea parecía una persona auténtica y generosa. Siempre encontraba tiempo para hablar con los trabajadores de más edad y con los niños, no sólo con los solteros del rancho. Eso a Margarita le gustaba.

Abrió la ventana y frunció el ceño al ver la cara de Lea. Tenía una leve contusión en el pómulo y señales evidentes de haber llorado. La piel de Lea era perfecta, tenía un cutis de seda, y a pesar de la cuidadosa aplicación del maquillaje, le había resultado imposible ocultar el moratón. Dio un paso atrás para dejarla entrar.

La chica echó una mirada tras ella y dio un repaso disimulado a la zona circundante y las carreteras antes de meterse en el interior de la vivienda y cerrar la puerta a toda prisa.

—Mi hermano no sabe que estoy aquí. Nadie lo sabe.

Prepararé té. Me alegra que vengas a visitarme.

Margarita le pasó la nota y abrió la marcha hasta la cocina, indicando a Lea con un gesto que se sentara a la mesa mientras preparaba el té. Era obvio que estaba alterada. En momentos como éstos, a Margarita le resultaba especialmente frustrante no poder hablar. Escribir cosas llevaba una eternidad. Mientras se calentaba el agua, se dejó caer en la silla en frente de Lea, le tocó la mano y le pasó un papel.

¿Qué ha pasado? Aquí estás a salvo, Lea.

La chica pestañeó en un intentó de contener las lágrimas y sacudió la cabeza.

—No lo entiendes. El amigo de mi hermano, Dan, le llamamos DS, nos ha encontrado. Es alguien... horrible. Allí donde vamos, nos encuentra, y Esteban hace todo lo que él dice. Yo pensaba que si veníamos aquí no nos encontraría, pero ha aparecido y va a hacer algo terrible. Siempre lo hace.

¿Quién te ha pegado?

Lea agachó la cabeza mientras se tocaba la mejilla con los dedos.

—La verdad es que Esteban hace todo lo que DS le dice. Pensaba que nos habíamos trasladado aquí para escapar de él, pero ahora resulta que Esteban recibió instrucciones de venir aquí y hacer migas con la gente de este rancho. —Alzó sus ojos pesarosos hacia Margarita—. Juro que no lo sabía. Pensaba de veras que aquí tendríamos la oportunidad de escapar de él. Es un demonio, Margarita; cuando está él Esteban hace cosas terribles. Si tiene planeado hacer algo con este rancho, no será nada bueno ni legal —confesó—. Lo lamento.

Margarita dio otra vez unos golpecitos en la última nota y trazó un signo de interrogación en el aire entre ellas.

Lea se frotó las sienes.

—DS me pegó porque me negué a hacer lo que quería. —Se le escapó un sollozo—. Esteban se quedó ahí de pie mientras DS me empujaba de un lado a otro.

¿Qué quiere DS de ti y de Esteban?

—Quiere conocer a algún miembro de la familia De la Cruz. Está obsesionado con esa idea. Quiere que yo seduzca a alguno de ellos. Dice que si no lo hago, matará a mi hermano. He intentando hablar con Esteban, pero él sólo se ríe y me exige que haga lo que se me pide. —Lea se limpió las lágrimas y negó con la cabeza—. No tengo a dónde ir y nadie con quien hablar. No confío en nadie. No quería traicionar nuestra amistad, pero no sé qué hacer.

El agua hervía ya, Margarita se levantó para echarla en la tetera. Garabateó una nota mientras lo hacía y se la puso delante a Lea.

La familia De la Cruz rara vez visita este rancho. ¿Por qué piensa este hombre que podrías seducir a uno de ellos si nunca pasan más de un día o dos y están años sin venir por aquí? No tiene sentido. ¿Qué cree que le reportará seducir a uno de ellos?

Lea se pasó ambas manos por el pelo y encogió los hombros.

—Riqueza, tal vez. Emociones. No lo sé. Pero DS comercia con drogas y armas. Tiene a Esteban enredado en todo eso; a mi hermano le gusta la idea de formar parte de alguna organización clandestina de tipo mafioso. DS habla de una sociedad secreta a la que pertenece, de asuntos de los que sólo están enterados sus miembros, y ese tipo de cosas a él le fascinan.

¿Tus padres?

—Los dos murieron. Tenemos un fondo fiduciario, que controla nuestro tío. Esteban nunca está satisfecho. Intento pensar que algún día madurará, pero no para de buscar emociones nuevas. Desde que conoció a DS, nuestras vidas han sido una locura. DS sale con gente aterradora de verdad.

¿Por qué creen que un De la Cruz va a venir aquí?

—Por ti. —Lea aceptó la taza de té y un pequeño plato con galletas—. Por tu accidente. Algo tan terrible requeriría la presencia de uno de los propietarios en el rancho para inspeccionar las cosas. Lo más probable es que Esteban avisara a DS. —Dio un sorbo al té y contempló a Margarita por encima del borde de la taza humeante—. Pensaba que tendría ocasión de encontrar una vida verdadera aquí. Me gusta esto. Y está... Julio. —Observó el rostro de Margarita con atención—. ¿Tenéis alguna relación vosotros dos? Te protege mucho.

Nos criamos como hermano y hermana.

—No le caemos bien, ¿verdad? —preguntó—. Ni siquiera me mira.

Su voz sonaba tan triste que le rompió el corazón a Margarita. Julio tenía razón respecto a ella: se enternecía ante cualquiera que estuviera sufriendo, humano o animal. Suspiró y encogió un poco los hombros mientras escribía:

Julio me dijo que era raro que tú y Esteban hubierais venido aquí. Tenéis dinero y estáis acostumbrados a la vida en la ciudad. No parecéis encajar aquí. Pero te mira, Lea. Eres guapísima. ¿Cómo no iba a mirarte?

—Quiero quedarme. Aunque Esteban se vaya a otra ciudad, yo quiero quedarme aquí. Me gusta nuestra casa y estoy aprendiendo a querer a los caballos. Sé que podría organizar mi vida aquí. Y Esteban se irá a otro lugar, se aburre enseguida. He hecho todo lo posible para intentar salvarle de sí mismo, pero sé que no es posible, ya no me escucha. Si no aparece pronto algún De la Cruz, DS querrá ir a otro de los ranchos, donde haya más oportunidades de conocer a alguno, y Esteban hará lo que él le diga.

Los hermanos son muy reservados. Incluso cuando llegan a uno de los ranchos, rara vez hablan con alguien aparte de Cesaro. Pasan una o dos noches y vuelven a irse.

—¿Tú les conoces?

A un par de ellos los he visto una o dos veces, pero en realidad no les conozco. Lea, este tal DS no va a encontrar aquí lo que quiere de la familia De la Cruz, sea lo que sea. ¿Pretende hacer algún tipo de negocio con ellos?

Lea mordisqueó la galleta frunciendo un poco el ceño.

—La verdad, no lo sé. Esteban no me habla de eso. Sólo me dice qué haga lo que dice DS.

Margarita tragó el té poco a poco. Estaba caliente y dulce, y su estómago se rebeló un poco, pero tras un momento se calmó. Le costaba comer últimamente, nada le sabía bien y, en muchos casos, creía que iba a vomitar cuando se metía algo sólido en el estómago. En concreto el olor de la carne le sentaba fatal. Le asustaba que tuviera algo que ver con el ataque del vampiro y su cuello despedazado. Por supuesto, Lea pensaba que la había atacado un gran gato montés, como la mayoría de la gente. Se tocó la garganta y sintió de inmediato la palpitación de la marca que le había dejado Zacarías. Sin pensar, se acarició con los dedos ese punto.

—¿Duele? —preguntó Lea—. ¿La garganta?

Margarita negó con la cabeza. Ya no le dolía, pero todavía le costaba aceptar el hecho de no poder hablar. Lea había seguido siendo su amiga tras el accidente. Sin embargo, Esteban, quien siempre se había comportado como si le hiciera la corte, seguía viniendo por aquí, pero tenía cuidado de no coquetear más con ella. Era consciente de que él no quería que hubiera malentendidos. Sin voz, ella no estaba a la altura. Tal vez le estuviera juzgando con dureza, pero siempre había sabido que él no tenía pretensiones serias en cuanto a ella.

Como por impulso, Lea se inclinó sobre la mesa y cubrió la mano de Margarita.

—Vaya par hacemos. Yo sin un lugar a donde ir y tú con la garganta destrozada.

Margarita le sonrió. Levantó la taza y dio otro sorbo.

—¿Supongo que Julio no querrá tomar el té con nosotras? —se atrevió a preguntar Lea en un intento de alegrar los ánimos—. Tal vez puedas encontrar un filtro de amor para ponérselo sin que se dé cuenta.

Margarita sonrió y negó con la cabeza.

Pídele que te enseñe los caballos. Hazle hablar de los animales, le encantan. Nunca te he visto a caballo, ¿sabes montar?

—Contraté a un hombre para que me enseñara, pero nunca aparece. Me encanta verte montar. Cuando me subo al caballo me siento libre, me encanta sentir el viento en el rostro y la manera de moverse de los caballos, tan fluida sobre el terreno. Sé que podría vivir aquí, incluso sin mi hermano. No gasto mucho de mi fondo, Esteban en cambio liquida su parte cada mes, pero yo podría comprar una propiedad y ser feliz.

No hay vida urbana aquí, Lea. Una mujer puede sentirse sola.

La joven suspiró y se pasó el dedo por la mejilla contusionada.

—Puedes sentirte muy sola en medio de una multitud, Margarita. Me siento como si no encajara en ningún sitio. Hasta que llegué aquí. Sé que te parezco más bien remilgada, pero sé trabajar duro. Y puedo aprender. Sólo quiero vivir en paz.

¿Por qué viajas con Esteban si sabes que está implicado en actividades ilegales?

—Es todo lo que tengo. Tenemos el negocio familiar, podría volver a trabajar allí, pero mi tío es el único miembro de la familia que sigue con vida aparte de Esteban. No le conocí hasta que mis padres murieron en un accidente de avioneta. Es viejo y muy estricto. Esteban no le soporta y, por desgracia, mi tío le hace saber siempre que puede que es un niñato malcriado. Eso le pone malo. Y yo confiaba en que si me quedaba con él, dejaría de hacer cosas tan peligrosas.

¿Está enganchado a las drogas?

Lea se mordió el labio inferior.

—Consume cocaína. Al principio fue para divertirse, y yo intentaba no preocuparme por ello. En realidad toda la gente que conocíamos lo hacía. Pero ahora no puede pasar sin ella. He intentado hablar con él del tema, pero dice que yo no sé divertirme, piensa que soy una adicta al trabajo. Yo trabajaba duro en la empresa familiar. En cambio, papá tenía muy malcriado a Esteban, le animaba a ser un playboy.

La muerte de vuestros padres habrá sido un duro golpe para él.

Lea hizo un gesto afirmativo.

—Creo que eso es lo que le ha hecho tan vulnerable a DS. Empezó a tomar más drogas y a salir de fiesta todavía más. Salta en paracaídas, esquía por montañas muy peligrosas; a cualquier cosa arriesgada, él se apunta. No importa lo que le diga, no puedo detenerle. —Se frotó las sienes como si tuviera dolor de cabeza—. Pero ya no puedo continuar siguiéndole por el mundo, intentando salvarle la vida, ya no me escucha.

Lo lamento, Lea. Ojalá hubiera algo que yo pudiera hacer para ayudar.

Lea le dedicó una sonrisa.

—Te agradezco que me escuches. Hace una eternidad que no sentía que tenía una amiga en quien confiar. No tengo la menor idea de qué voy hacer para sacarnos a mí y a Esteban de este lío, pero haces que me encuentre mejor.

¿Estás segura de que puedes volver a casa?

Margarita quería invitarla a quedarse, pero con Zacarías en la casa, y ahora que sabía que Esteban y DS querían conocer a un De la Cruz, creyó conveniente proteger a Zacarías. De todos modos, temía por Lea.

La joven se encogió de hombros.

—Esteban me quiere. No cree que DS vaya a hacernos daño en realidad, pero si sucediera, creo que él me protegería. Y mi plan es evitar a DS. Sólo quería que supieras que no debes fiarte de ellos cuando vengan aquí. Y vendrán. Aunque no sé qué buscan. Cuando vuelva a casa puedo intentar sonsacar a Esteban.

Margarita sacudió la cabeza deprisa.

No hace falta, Lea, te lo digo en serio. Aunque vinieran aquí, ¿qué van a ver? A los muchachos trabajando. A mí. No ves a un De la Cruz por ningún lado, ¿verdad? Ellos tampoco. Echarán un vistazo y se marcharán.

Lea asintió.

—Supongo que no debería preocuparme. Y la familia De la Cruz es muy poderosa, lo más probable es que estén acostumbrados a que gente como DS vaya detrás de ellos todo el tiempo.

De pronto sonó la sirena de alarma, alertando a Margarita de que algo había sucedido en el rancho. Se levantó de un brinco y se acercó a toda prisa hasta la puerta de entrada. Oyó un estruendo de cascos de caballos mientras unos jinetes se acercaban hacia la casa a galope tendido. Margarita abrió la puerta de par en par. Julio apareció con el puño alzado y el rostro blanco pese a su piel morena, con las ropas llenas de sangre.

—Necesitamos al piloto del helicóptero, Margarita. Ricco se está desangrando. Le ha arrojado el caballo y el ganado ha salido en estampida. Está mal. En serio.

Se fue a toda prisa hasta el baño y cogió el botiquín de primeros auxilios mientras Julio llamaba al piloto por teléfono.

Estaba maldiciendo cuando Margarita volvió junto a él. Ella trazó el signo de interrogación.

—Charlie vuelve a beber y ha desaparecido justo cuando más le necesitamos. —Julio se pasó la mano por el pelo—. No va a salvarse si no le llevamos al hospital cuanto antes.

—Sé pilotar un helicóptero —dijo Lea—. Tengo el título. Puedo pilotar avionetas también. Mi padre era propietario de una empresa de vuelos chárter y todos aprendimos a volar.

Julio se dio media vuelta con el ceño fruncido para mirar a la mujer cómo si tuviera dos cabezas.

—Mejor que sepas de lo que hablas. Ricco se va a morir si no conseguimos que le atienda pronto un médico.

Un rubor ascendió por el rostro de Lea.

—Puedo llevarle al hospital. Cuento con cientos de horas de vuelo en helicóptero y aún más en avionetas pequeñas. Puedo pilotar cualquier aparato. A eso se dedicaba mi familia.

—Entonces vas a pilotar nuestro helicóptero —declaró Julio—. En marcha. Vamos, Margarita, tendrás que intentar mantenerle con vida hasta que consigamos ayuda.

Se fueron corriendo hacia el gran hangar que alojaba el aparato. Margarita siempre había estado agradecida a la familia De la Cruz por el material de primera que les proporcionaban. El rancho estaba tan alejado que precisaban transporte aéreo para la asistencia médica, así como para controlar al ganado y los caballos en las colinas y los campos.

—¿Está en buen estado vuestro helicóptero? —preguntó Lea, corriendo al lado de Julio para seguir sus largas zancadas.

—Sí. Se hacen revisiones después de cada vuelo. Pero mejor que hagamos alguna comprobación. No tengo ni idea de cuánto tiempo lleva Charlie bebiendo esta vez —contestó Julio con expresión adusta.

Varios hombres se apresuraban hacia el hangar con Ricco en una camilla. Margarita corrió para interceptarlos e intentar examinar la herida mientras le llevaban hasta el helicóptero. La cornada había sido en el abdomen, tenía mal aspecto. Muy malo. Pensó que, aunque tuvieran allí mismo un cirujano, sus posibilidades de salvarle eran escasas. Miró el cielo y luego desplazó la mirada a Julio, al otro lado de la camilla, con una pregunta en los ojos.

El joven era tan poco optimista como ella. No era estúpido. Había visto antes lo que podía hacer un novillo enloquecido. El sol todavía era una bola en el cielo, pero se ponía poco a poco. El cielo estaba despejado, con tan sólo unas pocas nubes, así que disponían de una hora larga antes de la puesta de sol. Ricco no tenía tanto tiempo. Ella había visto lo que el sol le había hecho a Zacarías. Sacudió la cabeza, y Julio le dirigió una ojeada mientras los hombres metían a Ricco con cuidado en el helicóptero. Margarita subió a su lado y le desgarró la camisa.

La muchacha soltó un resuello y apretó la herida. Era imposible que se salvara, por muy rápido que partiera el helicóptero.

Zacarías. No quería obligarle a decir que no podía ayudar, pero la herida era espantosa, era imposible que Ricco llegara con vida al hospital. *Te necesito*. No tenía idea de si iba a responder a su llamada, si ni siquiera iba a molestarse en contestar, pero tenía que intentarlo.

Notó una agitación instantánea en su mente, como si en todo momento hubiera sido consciente de que estaba despierta y había salido de casa.

¿Estás herida? Su voz sonaba llena de preocupación por ella y, para su sorpresa, muy cálida.

No se trata de mí. Ricco, uno de los trabajadores. Vamos a llevarle al hospital, pero no llegará con vida a no ser que nos ayudes.

¿Quieres que lo haga por ti?

El corazón le dio un vuelco, latió irregular y luego con fuerza al oír que él respondía con tal naturalidad. La verdad, ella no estaba del todo segura de lo que le estaba pidiendo; pero él había logrado salvarla, cuando estaba claro que tampoco habría sobrevivido.

¿Qué riesgo corres tú? Necesitaba saberlo. Se mordió el labio inferior, aterrorizada de pronto por lo que le estaba preguntado. *No quiero que te pase nada.*

Enséñame la herida. Mírala directamente.

Margarita se ubicó. El cuerno había penetrado con profundidad; estaba segura de que había dejado a Ricco medio muerto. Se obligó a mirar su estómago destrozado en un intento de enviar sus impresiones a Zacarías.

Pon las manos en la herida y aplica cierta presión. Profundiza, Margarita.

Había atendido laceraciones con anterioridad, pero nunca algo así. No era enfermera, pero Ricco no contaba con nadie más. Cerró los ojos y siguió las instrucciones de Zacarías. Sus manos se hundieron en la herida sanguinolenta con un sonido horrible.

Una risa suave jugueteó en su mente.

Tengo que ver, kislány kuŋenak minan, mi pequeña locuela. No cierres los ojos.

Tragó saliva e hizo lo que le decía. Notó el calor moviéndose por su cuerpo y un hormigueo en las manos, que cada vez estaban más calientes. Sus dedos se movían por iniciativa propia y, de algún modo, por un momento, dejó de estar en su propio cuerpo y se encontró unida a Zacarías, avanzando por el cuerpo de Ricco. Fue una sensación peculiar y desgarradora, dejar atrás el cuerpo físico y circular por otro ser humano. Se le revolvió el estómago, pero se esforzó mucho por mantener el control y respirar hondo.

En el mismo instante en que regresó de repente a su cuerpo, empezó a sentirse mareada y débil. Fue consciente también de que Zacarías estaba más débil incluso que ella.

Eso debería ayudarle a aguantar hasta que le atienda un cirujano, pero ha perdido demasiada sangre, Margarita. Tendré que donarle la mía o todo esto no servirá para nada.

¿Quieres que lo metamos en la casa? ¿Puedes levantarte a estas horas del día?

No te arriesgues a moverle otra vez. Vendré yo.

Pero, no puedes. No podía. El sol le quemaría. ¿Por qué se lo habría pedido? *Por favor, no sacrifiques tu vida.*

Margarita volvió a sentir aquella caricia abrasadora, como si él le pasara las puntas de los dedos por el interior de su cráneo.

Lea ya estaba en el asiento del piloto realizando las comprobaciones necesarias y preparándose para el vuelo. Margarita alzó la mano para atraer la atención de Julio. Se limpió las manos con angustia y escribió una nota.

Dile que tengo que estabilizarle antes de despegar de aquí. Zacarías ha hecho todo lo posible a través de mí, pero dice que Ricco necesitará su sangre para sobrevivir al vuelo. Va a venir desde la casa, pero Lea no puede verle. No puede saber que está aquí. Te lo explicaré en cuanto pueda.

Julio hizo un gesto afirmativo. Margarita se sintió agradecida de que entendiera la gravedad de la situación y no malgastaran tiempo en discutir. En el exterior, el cielo se oscureció y se formaron unos nubarrones amenazadores que giraban como si estuvieran furiosos.

—Tenemos que irnos —gritó Lea.

—Aún no —protestó Julio—. Margarita tiene que estabilizarle o no aguantará.

—El tiempo se está poniendo feo —dijo Lea—. Si no nos ponemos en marcha, no llegaremos al hospital.

—Esta tormenta pasará enseguida —la tranquilizó Julio—. Confía en mí, sé lo que me digo.

Saldré en un par de minutos. La voz de Zacarías entró en la cabeza de Margarita.

Te diré cuándo es seguro. Hay alguien aquí que no debería verte. No es de los nuestros, y pienso que su hermano es un peligro para ti.

No va a verme.

Margarita casi entra en pánico. Tal vez Lea no quisiera traicionar su amistad, pero ella no la conocía lo bastante como para confiar en que guardara silencio si su hermano insistía en que al final le contara la verdad.

Tendió la nota a Julio.

Llévate a Lea a algún sitio durante unos minutos.

Julio se inclinó para decir algo al oído de la aviadora. Ella asintió, dejó a un lado los auriculares y salió del helicóptero. Los dos corrieron hacia la casa. El cielo estaba cada vez más oscuro, las nubes turbulentas creaban unas sombras marcadas sobre el suelo. Los caballos empezaron a alterarse y a intentar retroceder, piafando en el aire y danzando con las cabezas hacia atrás. Margarita hizo un ademán a los hombres para que se apartaran y envió una vibración sosegadora a los caballos.

En medio de los nubarrones tormentosos, distinguió un flujo de vapor moviéndose entre las sombras, que permanecía bajo las copas de los árboles y los contornos de los diversos tejados. Zacarías consiguió avanzar por el patio hasta el gran hangar.

Realizó la entrada en el gran edificio a gran velocidad y se quedó en las esquinas más oscuras antes de acercarse al helicóptero. Margarita se apartó para dejarle pasar. No había mucho sitio con Ricco tendido tan quieto ahí, ocupando un montón de espacio.

Casi no respira, indicó.

Zacarías adoptó su forma humana, su ancho corpachón desplazó a Margarita cuando se inclinó sobre el hombre herido.

—Los pulmones están dañados también. —Empleando los dientes, se abrió la vena de la muñeca y la pegó a la boca de Ricco—. Beberás lo que te ofrezco y aguantarás con vida. ¿Me oyes?

La boca de Ricco se movió contra la muñeca de Zacarías. Margarita no pudo apartar la vista, era repelente y fascinante al mismo tiempo. Sabía que la sangre de Zacarías fluía por sus venas; sólo gracias al carpatiano había sobrevivido al ataque del vampiro. Si Ricco vivía, también le debería la vida a Zacarías.

No, emnim; esposa mía, te deberá a ti la vida. He hecho esto porque tú me lo has pedido. No me meto en los asuntos de los humanos.

Gracias. Él es importante para mí. Ricco ha trabajado para tu familia desde que era niño, siempre ha sido leal.

—Es suficiente que tú me lo pidas, Margarita. —Volvió a susurrar algo a Ricco y apartó la muñeca de la boca del hombre para cerrar la laceración. Luego pasó la mano por la melena larga de Margarita—. Regresa a casa y deja que ellos lo lleven al hospital. Si Ricco no se rinde y el cirujano es bueno, vivirá.

No pueden verte aquí. Entraré en casa en cuanto regrese Julio. Estaba ansiosa por que desapareciera.

Zacarías le dedicó un sonrisa despreocupada, y a ella casi le da un síncope. Parecía tan viril, tan fuerte, era difícil concebir que fuera vulnerable y débil a luz del día.

—¿Crees que no puedo ocuparme de un mortal? ¿Y además mujer?

Margarita hizo una mueca. Su ego iba a darle problemas. La puerta de la casa se cerró de golpe, y supo que era la señal de Julio para avisarles de que regresaba con Lea.

Ya vuelven. Vete ahora, deprisa. Desaparece. Estaba desesperada. No confiaba en que Lea, ni nadie en realidad, no explicara que le había visto. Era demasiado cautivador, diferente. Y demasiado peligroso. *Tienes que irte.*

La sonrisa apareció en la mirada de Zacarías esta vez. Enrolló una parte de la trenza en la mano.

—Me gusta verte con el pelo revuelto. Parece que hayamos pasado horas jugando en el dormitorio.

Nunca le había dicho nada parecido, nadie se lo había dicho. Notó el sonrojo descendiendo hasta la punta de sus pies, la ansiedad del momento la desbordó. Le dio un empujón al carpatiano en el muro de su pecho.

Tienes que irte. No estoy de broma.

Zacarías le cogió las manos y se las apretó contra el torso. El corazón de Margarita se aceleró, temió sufrir un colapso ahí mismo. Él se rió un poco:

—Ya estás otra vez, tocándome sin permiso. ¿Cómo puedo castigarte? Me pregunto...

Ella miró por encima del hombro del carpatiano a Julio y Lea acercándose. Su amiga traía un montón de mantas.

Por favor. Vete ya. Por favor, date prisa. Puedes hacer lo que quieras una vez que te hayas puesto a salvo.

—¿Puedo hacer lo que quiera? —Alzó una ceja—. Eso me da mucho margen.

Julio le hizo un gesto desesperado con la mirada.

¡Zacarías!

Se disolvió justo delante de ella. En un momento era una forma sólida de fuertes músculos bajo las palmas de las manos, y al siguiente había desaparecido dejándola sola. Ella se apresuró a salir también del helicóptero y dejar sitio a Julio para que entrara y se colocara al lado de Ricco.

—Entonces, ¿nos ha ayudado? —susurró Julio.

Lea les pasó las mantas y subió al asiento del piloto. Las nubes se disipaban ya tan deprisa como se habían formado.

Margarita hizo un gesto de asentimiento y regresó hacia la casa a toda prisa mientras el helicóptero se elevaba por el cielo.

Capítulo 10

Zacarías se hallaba en el cuarto de baño de Margarita, inhalando la fragancia única de su pareja eterna. La bañera antigua con patas era profunda y el delicioso aroma ascendía desde la porcelana. Le había despertado el ruido de las piedrecitas golpeteando en la ventana; ahora la sintonía entre ellos era tan intensa, estaba tan integrado en la mente de su compañera, que incluso mientras dormía era consciente de ella.

Le aturdía un poco aquella excitación que le embargaba, la forma en que las terminaciones nerviosas cobraban vida y crepitaban con expectación por estar en su compañía. Esperaba con excitación discutir otra vez con ella. Incluso le había tomado el pelo sobre tocarle sin su permiso y, para su asombro, descubrió que le divertía.

Había recorrido todo el mundo en tantos siglos de vida, ascendiendo a las montañas más altas y descendiendo a las cuevas más profundas. Había vivido en selvas tropicales, deambulando en libertad, y en todo ese tiempo ni una sola vez se había sentido vivo, hasta ahora. De pie en un pequeño cuarto de baño, al inhalar la fragancia de Margarita y retenerla en lo más hondo de sus pulmones, sentía más cosas de las que había experimentado en toda la vida... o podía recordar.

Esperaba ilusionado el momento de verla, tocarla. El hambre sacudía sus venas, una necesidad cruda y frenética que reverberaba en cada célula de su organismo. Su cuerpo físico recibía la llamada, una exigencia urgente de tocarla y saborearla. Margarita, su preciosa locuela. Su mujer. Permitió que el pensamiento penetrara en sus huesos y se instalara en su alma. No podía recordar que hubiera calificado algo como suyo en ningún otro tiempo. Los guerreros no tenían apego a nada ni a nadie. Pero Margarita había encontrado la manera de entrar, se había convertido en parte de él. Ni siquiera sabía cómo había pasado. Estaba ahí, así de sencillo, en su mente, llenando todos esos rincones ensombrecidos, conectando los hilos rotos que ni siquiera sabía de su existencia o que no se preocupaba en detectar.

Supo en qué momento preciso ella entró en casa. Margarita se lavó las manos en la cocina y luego vino a su dormitorio. Al oír el rumor de las ropas, se movió en silencio para entrar también en la habitación y situarse tras ella, limitándose a observar. Margarita se encontraba delante del gran espejo de cuerpo entero, y cuando él se colocó detrás se aseguró de que su reflejo no apareciera en el cristal.

Había algo hermoso en una mujer realizando la simple tarea de desvestirse. Cuando la falda cayó a sus pies, levantó los pies para librarse del tejido, dejando al descubierto las piernas delgadas y curvilíneas, y el trasero redondeado enfundado en una fina prenda de bordados y calados. Se le cortó la respiración mientras ella se desabrochaba los botones de la blusa y, muy despacio, revelaba la prominencia cremosa de sus pechos, modelados por otra prenda interior de encajes transparentes.

Tenía una piel perfecta, tan suave que le supuso un esfuerzo no estirar el brazo para recorrer su espalda con la mano. Le gustaba su melena salvaje, una nube de seda negra que descendía en cascadas hasta debajo de su cintura. Zacarías dio un paso para acercarse y la rodeó con las manos para unirlas justo debajo de sus pechos. Ella inspiró con cierto deleite no exento de asombro, mientras sus ojos saltaban al espejo. Zacarías permitió que su forma se materializara tras ella. Le sacaba una buena cabeza y sus hombros eran mucho más anchos. Tomó en sus palmas el blando peso de sus pechos y se inclinó para enterrar su rostro en la nube de cabello.

—Me encanta cómo hueles —susurró contra toda esa seda. Le encantaba su contacto, notar el cabello contra su piel, la imagen de ambos juntos, aquel cuerpo tan femenino rodeado por el suyo tan masculino. Cosas sencillas. Pero placenteras, cuando nunca antes lo habían sido.

Margarita no se puso tensa, tampoco le rechazó como esperaba. La habría dejado en paz, pero ella se echó hacia atrás para pegarse a él y cerró los ojos, relajándose ahí. Algo tan pequeño y tan intenso para él.

Acercó el rostro al cuello de la muchacha y movió los dedos sobre sus pechos. La sensación era asombrosa, notaba la blandura bajo las puntas de los dedos, el contacto alimentaba el calor en su cuerpo, elevando la temperatura más y más. No hizo nada para controlar la fogosidad, y permitió que se propagara por todo el cuerpo, maravillándose de aquel milagro de mujer. Siguió con las caricias sobre esa piel suave, y su verga se inflamó, dura y pesada. Se pegó un poco más al blando cuerpo femenino.

—Quiero intercambiar sangre contigo. Esta vez no dolerá, me aseguraré de que lo disfrutas. ¿Vas a confiar en mí? —Lo preguntó susurrando las palabras con seducción no disimulada. Quería que ella diera su conformidad, que se entregara. Quería que formara parte de él por voluntad propia.

Margarita se quedó quieta, no había rechazo, no en su cuerpo, tampoco en su mente. Deslizó el brazo sobre el hombro de Zacarías y le rodeó el cuello con la mano mientras echaba la cabeza hacia atrás. La acción elevó esos pechos plenos, con los pezones duros contra el fino encaje.

Bésame. Una leve voluta de calor se enroscó en la mente del carpatiano. Pura tentación.

Su pene dio un brinco. Palpitante. Ella era sensual sin tan siquiera saberlo y le tentaba pese a que él ya no deseaba resistirse. Zacarías ya sabía que, al contestar a su llamada, estaba adquiriendo un compromiso con ella. Pero no había considerado que acabaría haciéndola suya por completo. Margarita nunca había corrido un peligro tan enorme pero, no obstante, ella no parecía tener instinto de conservación.

—Si te beso, *kislány kuŋenak minan*, mi pequeña locuela, no sé si podré detenerme ahí. —El ansia era patente. La necesidad. El hambre, más honda y agresiva que nunca.

Ella se acercó al cuello del cazador.

Te detendrás cuando yo te lo diga.

Había confianza completa en su voz. Debería estar asustada, él le había dado motivos para temerle —y lo había hecho a propósito—, no obstante, percibía seguridad en ella. Se estaba entregando a su custodia y él no entendía por qué. Si él no confiaba tanto en su reacción, ¿cómo podía ella? Estaba claro que era una locuela, tal y como le decía, pero en este momento sólo era una apelación cariñosa. Ahora la veía hermosa y valiente, y la consideraba... suya.

Bésame, susurró de nuevo en su mente. Tentadora. Pura seducción.

Margarita siguió el contorno de su lóbulo con los dedos, y el cuerpo de Zacarías entró en tensión con un jadeo. No podía resistirse a la suave atracción. Volvió la cabeza y encontró su boca. La rozó con sus labios con delicadeza, casi con reverencia. Percibió el impacto hasta en la punta de sus pies y la electricidad crepitó en sus terminaciones nerviosas.

Se tomó su tiempo, siguiendo el contorno de los labios para memorizar su forma y tacto. Se había negado durante mucho tiempo a retener en su memoria cualquier cosa que no sirviera para mejorar sus habilidades combativas. Ahora, en cambio, aprenderlo todo sobre ella era tan necesario como respirar. No quería hacerle daño. No otra vez. Había pasado mucho tiempo pensando en cómo conseguía ella sentir sus emociones si él no podía, cómo podía ver en su interior si él era incapaz.

Margarita desplazó los dedos por la curva superior de sus orejas. Volvió la cabeza un poco más y encontró el lóbulo con su boca, mordiéndole con suavidad y luego lamiéndolo. Su lengua raspaba con sedosidad la oreja, provocaba una espiral de calor que atravesó su cuerpo como un fuego incontrolado. El carpatiano no había sentido nada durante tantos siglos, y ahora ella había dotado a ese cuerpo gélido de una actividad volcánica feroz. Y ella sabía lo que estaba haciendo, quería que él sintiera.

No te hará daño sentir. Su voz se deslizaba seductora por su mente, demostrando que estaba alojada en la profundidad de su ser y que conocía también sus pensamientos.

Siénteme, Zacarías. Siente lo que estoy sintiendo cuando me tocas.

—Es peligroso —susurró, pero sabía que ya estaba perdido.

Las manos de Zacarías, por iniciativa propia, apartaron la finísima prenda de encaje que cubría el peso blando de sus pechos. Tiró de los pezones, con la mente ya firmemente atrincherada en la de su compañera. Podía sentir con exactitud lo que provocaba cada tirón y cada frotamiento en ella, las descargas crepitantes de fuego que corrían por su núcleo. Podría volverse tan adicto a sentir el placer de Margarita como a descubrir el suyo propio.

—Eres peligrosa.

No voy a hacerte daño.

Las palabras rozaron la mente del carpatiano como si fueran seda contra su piel. Percibía su sonrisa, esa sonrisa tierna, atrevida, que era un regalo asombroso.

—Me da miedo hacerte daño. No tienes idea de lo que soy capaz. —Se esforzaba, pero no podía parar de mover las manos y explorar toda esa carne cremosa. Era blanda, cálida y hermosa. Se sintió envuelto por la fragancia excesiva de la excitación de la muchacha, alimentando las llamas que ya ardían y arañaban su vientre.

Los dedos de Margarita retomaron el mensaje lento y erótico por su cuero cabelludo. Sus labios susurraban sobre su oreja y cuello, y la lengua saboreaba su pulso. Era pura tentación, y él era demasiado débil para resistirse.

Te veo. Estoy dentro de tu mente igual que tú estás dentro de la mía. Veo tu interior, Zacarías. Nunca podrás hacerme daño. Nunca. No eres capaz.

Te hice daño. Varias veces.

La suave risa de su pareja vibró en su entrepierna, y sintió la inflamación creciente, notó las primeras lágrimas de necesidad, llorando por ella.

Te atacabas a ti mismo, no a mí. Sabes que digo la verdad.

Zacarías confió en que ella estuviera en lo cierto, porque ya no podía dejar de saborear el paraíso. No ahora. No con el blando cuerpo moviéndose contra él y el pelo salvaje rozando como madejas de seda su piel. No mientras sostuviera aquellos pechos en sus manos, jugueteando y estirando con los dedos, haciendo girar sus pezones sensibles. Cada estremecimiento que recorría el cuerpo de Margarita, cada chispa eléctrica, la percibía en el suyo. Se oyó gemir mientras ella le mordía el cuello, ese dulce punto sensible donde se unía con el hombro. Le estaba matando, poco a poco.

El hambre le dominó con crudeza y desesperación. El sonido del pulso de Margarita palpitaba en sus propias venas. No disimuló su necesidad de ella, quería que viera quién era él, lo que era. Tenía que aceptar la verdad, no una fantasía de muchachita humana. Era un depredador puro. No había aristas suavizadas ni puntos blandos en él. Margarita estaba despertando al diablo, y si él la poseía, nunca la dejaría escapar.

—Necesito tu sangre. —Lo dijo a propósito justo mientras movía la boca sobre el dulce pulso que tanto le atraía.

Esperó a que le entrara el pánico, a que se apartara para ponerse a salvo. En vez de eso, volvió a mover los labios sobre su oreja, tirando del lóbulo y provocando otra descarga de fuego directamente en su entrepierna.

Bésame. Si me besas, no me asustará tanto que bebas mi sangre. No puedes mentir cuando besas a alguien.

¿Pensaba que iba a mentirle? Zacarías no sabía nada de relaciones. Había desterrado de su existencia a su madre y a su padre mucho tiempo atrás, negándose a permitirles entrar de nuevo en su mente, o en su corazón. Habían desaparecido hacía tiempo con cada resto de humanidad que había existido alguna vez en él. De algún modo reconocía que esta mujer, esta mujer humana que no tenía motivos ni siquiera para sentir simpatía por él; estaba luchando por salvarle. Y estaba en su mente, en su corazón.

Bésame, Zacarías.

El carpatiano notó una súbita fragilidad en su corazón, temió que acabara hecho astillas en su pecho. Besarla otra vez significaría declararla suya. Hacerla suya sin remedio. Tenía un cuerpo asombroso, una tentación sensual a la que dudaba que alguien pudiera resistirse, pero era esa decisión tenaz, su determinación de sacarle a él a la luz, lo que le atraía como un imán. Le hipnotizaba. No pensaba en sí misma y se negaba a abandonarle al sino de todos los carpatianos depredadores.

¿Cómo se oponía uno a algo así? ¿Cómo iba a encontrar la fuerza para apartarse de un ser tan valeroso? Estaba perdido por primera vez en su vida. Y por primera vez, quería luchar por su existencia... y hacerlo por ella, para estar a la altura de su valentía.

La atrajo un poco más, respirando junto a ella, compartiendo su aliento. Su corazón captó el compás frenético de Margarita para tomar el mando y regular su pulso latido a latido. Observó las pestañas de ella descendiendo para velar el deseo en sus ojos oscuros. Sus labios se separaron. Inspiró el aliento de su pareja para llenar sus pulmones. Era tan cálida y tan tierna que le calentaba de dentro afuera.

Dejó que su boca se entretuviera con la de Margarita. Una parte de él la ansiaba con desesperación, casi no podía pensar, pero quería tomarse su tiempo, sentir cada latido y saborear cada respiración, conocer la forma de su boca y las profundidades aterciopeladas, todo lo que cortaba su respiración y le hacía anhelar el cuerpo de Zacarías. En una lenta exploración de besos ligeros, absorbió cada sensación por separado hasta que la necesidad le superó y se perdió en su fuego, así de claro.

La besó una y otra vez, arrebatándole el aire de los pulmones, respirando por ella, tomando posesión con la lengua de ese paraíso tentador e hirviente. Palpó sus pezones con los pulgares mientras tomaba su boca una y otra vez. Y ella se fundió con él, toda fuego, abrasándole y achicharrándole hasta el corazón.

¿Qué sucedía cuando el fuego topaba con el hielo? Temió dejar de existir, sin embargo ahora no le quedaba otro camino. Su cuerpo estaba en llamas, su hambre latía en él como un tambor estruendoso. La necesidad machacaba su entrepierna con violencia y devoraba su alma. Margarita. Suya. Tenía que poseerla ahora, hacerla suya. Tenía que llenar sus venas, su cuerpo de... ella.

Zacarías dejó que su boca descendiera desde la comisura de los labios de Margarita, perdiéndose por su rostro hasta la pequeña hendidura de la barbilla. Retiró con una mano la nube de cabello para despejar su cuello, con la mente firmemente instalada en ella. Se permitió experimentar todo lo que su pareja estaba sintiendo, completamente consciente de la necesidad en él, de cada exigencia que dominaba su cuerpo: su hambre creciente. Aun así no se apartó de él, pero se percató de que se quedaba muy quieta.

—No temas, Margarita. Hay una gran valentía en ti. —Susurró las palabras contra su clavícula mientras continuaba besando su estructura más pequeña. Le dio la vuelta en los brazos, y continuó deslizando la boca por la prominencia del seno.

Es difícil tener miedo cuando me haces sentir tan viva, tan segura. Pero asusta un poco después de la última vez.

El carpatiano iba a asegurarse de que el intercambio de sangre resultara erótico, no doloroso. Ella había nacido con una barrera mental, producto de la evolución, tras generaciones de su familia sirviendo a la familia De la Cruz. La barrera se había reforzado en su mente, así que controlarla era difícil, por decir algo. Y él no quería controles. Quería que ella lo deseara.

Estoy deseosa, susurró en su mente. *Sólo estoy un poco nerviosa. Nunca he estado con un hombre, por lo tanto todo esto es nuevo para mí.*

Ya lo sabía, estaba con ella, acoplado a su mente, y conocía todas sus inseguridades. Pero justo en este instante Margarita se mantenía fuerte por él. Porque él lo necesitaba, y ella entregaba. Era una costumbre carpatiana, pero pese a ser humana, sabía por instinto lo que él necesitaba.

Zacarías apretó la frente contra la blanda tentación de sus pechos. Había recorrido la Tierra durante más de mil años, tenía conocimientos amplísimos. Aun así, no sabía nada de los humanos... o más bien de las mujeres. Y esta mujer lo era todo para él, lo sería todo a partir de este momento.

Margarita no le veía igual que el resto del mundo, ni siquiera le veía como él se veía a sí mismo.

Veo qué eres y quién eres. Veo tu corazón y tu alma.

Aquel valor le aterrorizó, estaba a la altura de los guerreros que conocía. Él no era un hombre normal. Las afiladas aristas interiores, la necesidad impetuosa de cazar y matar deberían espantar aquella naturaleza amable, y hacerla escapar de él a gritos. Esas sombras oscuras, que lo mancillaban desde el nacimiento, el legado terrible transmitido por su padre, marcaban toda su alma. La resplandeciente luz en Margarita debería haber disminuido. Debería rechazarle y no obstante ahí estaba, ante él, enfrentada a sus propios temores con tal de salvarle, de ofrecerle la vida. Ella sabía qué estaba haciendo. Sabía que Zacarías planeaba dejar que el sol acabara con él. No obstante, se plantó delante de él, seduciéndole adrede con su cuerpo tierno, elástico, y su coraje asombroso.

—Haría falta un milagro para salvarme, Margarita.

Ella era un milagro para él. Hacía mucho que se había alejado de este mundo, nunca había encontrado su sitio. Además, ahora la sociedad moderna había dejado caduco a un hombre como él con varios siglos de existencia. Milagro o no, valentía o no, ¿cómo iba a vivir ella con una antigualla tan arcaica? En la supervivencia era de los más aptos, en un mundo en el que matabas o te mataban. Las mujeres no formaban parte de cosas así, en todo caso eran usadas y olvidadas deprisa, o eran retenidas cautivas, cerca de un guerrero que siempre pudiera protegerlas.

—¿Ves quién soy en realidad o quién quieres que sea? —Porque, que Dios les ayudara, él iba a dominarla y retenerla siempre cerca. Les destruiría a ambos, les condenaría al infierno, pero no parecía importar. No podía separarse de ella, ni siquiera para salvar su honor. Ardía como el fuego. La necesidad y el deseo le dominaban. Anhelo y ansia. Pura necesidad hambrienta. Era un depredador, y ella era la presa, toda su atención estaba concentrada en ella. Y Margarita soportaría eternamente la cruz de su vergüenza, pues él era incapaz de resistirse y tomar lo que ahora quería poseer.

Quiero ser tuya, Zacarías. Necesito quedarme contigo. Por favor, quédate. Por favor, elige quedarte conmigo. Sea lo que sea esto, no puede ser vergonzoso. Me estoy entregando a ti por voluntad propia.

Se oyó gemir a sí mismo, no iba a poder escapar de ella. ¿Cómo podía negarse a su ruego, a su ofrenda? No podía resistirse a sus tiernos pechos, sus pezones oscuros provocadores. Pegó los labios a la tentación y los lamió. Quería que esto fuera real. Más que cualquier otra cosa, deseaba que se hiciera realidad lo que ella le ofrecía. Por todo lo sagrado, que se le permitiera el milagro.

Margarita arqueó el cuerpo contra Zacarías, le rodeó la cabeza con los brazos y le acercó a ella.

Te veo. A ti entero.

No podía renunciar a las sensaciones asombrosas que les dominaban a ambos. No estaba seguro de que las características que ahora veía a través de ella estuvieran de verdad en él, pero no iba a parar para decírselo. Tiró del pezón con los dientes y la oyó jadear, pero el fuego seguía corriendo por ella... y por él, la sangre se precipitaba y alcanzaba los núcleos centrales de ambos, como si hubiera una vía abierta hasta los dos que partía directamente de sus pezones.

Ya sabes lo que soy. ¿Y aun así no tienes miedo?

Zacarías volvió a tirar con un poco más de brusquedad, masajeando con las manos la blanda carne, dando vueltas a la punta erguida, empleando la lengua y los dientes sin merced. Necesitaba que ella comprendiera que era un hombre brusco y peligroso, todo acero y ángulos duros. A ella no parecía importarle, le estrechaba la cabeza entre los brazos con la respiración entrecortada, enardecida por una excitación que impregnaba el aire ente ambos.

Me estoy entregando a ti, Zacarías. Voluntariamente. Sin restricciones. No sé qué hacen vuestras mujeres, sólo puedo ser yo misma, no conozco otra forma. No quiero que te vayas. La idea de saberte solo, luchando contra un enemigo maligno noche tras noche sin nadie que te abrace, es una abominación para mí.

Si camino hacia el sol, no tendré que luchar con ningún enemigo.

No, estarás solo para siempre, y eso para mí es inaceptable. No puedo encontrar impresiones para enseñarte el por qué, por lo tanto, sí, me entrego a ti por voluntad propia para convencerte de que te quedes. Quiero que te quedes conmigo. Lo que hagas conmigo es decisión tuya por completo. No te irás solo si decides marcharte.

Tenía la boca llena de Margarita, mientras deslizaba las manos posesivas por sus curvas y hendiduras. ¿Cómo podía renunciar a ella? Y no obstante, su honor le hacía desistir.

No has contestado a mi pregunta. ¿No tienes miedo?

Sí. Era sincera del todo. *Por supuesto que tengo miedo a lo desconocido, pero el miedo no es nada comparado con mi necesidad de protegerte.*

A Zacarías se le encogió el corazón.

¿Entiendes bien lo que me estás ofreciendo? El cuerpo de Margarita, su sangre, le llamaba. El sabor estalló en su boca, a través de cada célula de su cuerpo. La erección alcanzó tal dimensión que el dolor resultaba intolerable. La idea de esta mujer rindiéndose por completo era embriagadora. Sometiéndose a su mando, cumpliendo todos sus deseos. Margarita, con su piel suave y ojos de cervatillo, suya.

Alzó la cabeza para mirarla a los ojos. Se observaron durante un largo rato. Él se sintió caer, atraído por esos oscuros pozos de valentía.

Tienes que tenerlo claro: pensarás sólo en mí, tu vida será mi vida, mi felicidad será tu felicidad. No conozco otra manera. Si eres mía, si quieres que siga con vida, entonces estarás ligada a mí para siempre. Eternamente.

El carpatiano suspiró, y bajó la voz hasta reducirla a un susurro sarcástico.

La eternidad, ¿te parece poco? Margarita, los años serán interminables si eres infeliz.

Sé lo que te he pedido, replicó ella. *Sé que estás agotado y te asusta quién eres, lo que eres. Pero deseo que te quedes... conmigo. Quiero que vivas, que conozcas la felicidad durante el tiempo que tengamos juntos.*

La resistencia se agotó en él. Ella iba a ser su mundo, y él lucharía con todas sus fuerzas para conservarla.

—Entonces entrégate a mí.

Susurró contra la blanda prominencia del pecho, justo encima del corazón. Notó los latidos acelerados y luego el pulso estruendoso. Deslizó la mano sobre su figura femenina hasta dejarla entre sus piernas. Estaba húmeda, la excitación por él era evidente, pero mientras los dedos jugaban sobre el encaje de las bragas, el pulso de Margarita se aceleró tanto que percibió cómo se obligaba a quedarse quieta. De nuevo, por él. Zacarías vaciló, pero sus dientes ya se habían alargado, con el estallido del sabor de Margarita en su boca. No la quería asustada, debía sentirse segura.

Una vez te declare mía, no habrá marcha atrás.

Margarita tomó aliento, Zacarías lo notó también en sus propios pulmones. Entonces ella le tomó el rostro entre sus manos y le miró a los ojos.

Quédate conmigo.

Estaba asustada, pero decidida. Él no era ningún santo, no iba a rechazar lo que le estaba ofreciendo. Vida. Emoción. Color. Algo para sí mismo. Algo sólo suyo.

Inclinó la cabeza y pasó la lengua sobre la vena que palpitaba con tal frenesí. Notó el eco de ese pulso intenso latiendo en sus propias venas, a través de su dura erección. Hizo un movimiento raspante con los dientes sobre la piel, aliviando con la lengua la pequeña picadura. Cada vez que los dientes mordían con delicadeza, notaba el calor líquido humedeciendo las braguitas como señal de bienvenida.

—Pronunciaré unas palabras, palabras poderosas que nos unirán. Nuestras almas se convertirán en una. Tomaré tu sangre y te donaré la mía en un intercambio completo. Esto no te integrara aún del todo en mi mundo, pero ya que es nuestro segundo intercambio, habrás superado medio camino. Y tendrá... repercusiones.

No entiendo.

—A diferencia de los matrimonios humanos, los nuestros son irreversibles. Una vez pronunciadas las palabras rituales, no es posible retractarse. —Jugueteó con la boca sobre su arteria y se desplazó luego hasta el pezón, chupando con cierta rudeza y estirando con los dientes, moviendo una vez más la lengua con un raspado aterciopelado que aliviaba el dolor.

—Siempre tendrás la necesidad de estar próxima a mí. Yo siempre necesitaré tenerte cerca. Nuestras mentes buscarán mantenerse acopladas para siempre. Nunca seré capaz de dejarte libre. Ni yo tampoco seré libre. No habrá Zacarías sin Margarita. Ni Margarita sin Zacarías.

Ella volvió a respirar hondo, mientras hurgaba con los dedos en la densa mata de cabello del carpatiano. Agarró unos mechones y los sujetó con fuerza entre los dedos cerrados.

Zacarías lo tomó por una respuesta afirmativa. No habría marcha atrás para ninguno de los dos. Ella le estaba dando la vida al ponerse a su cuidado. Volvió a chuparle el pezón, dejándose perder en las sensaciones de puro placer.

—*Te avio päläfertiilam* —susurró contra su vena—. Eres mi pareja eterna. —Su cuerpo se estremeció, las descargas de necesidad en su entrepierna le hacían vivir un infierno. Se libró de la ropa con una orden mental y atrajo más a su compañera, retirando al mismo tiempo las prendas de encaje que defendían su cuerpo de él—. *Éntölam kuulua, avio päläfertiilam.*

¿Qué significa eso?

Acarició con los dientes la vena pulsante.

—Te declaro mi pareja eterna. —Besó su piel suave a lo largo de la curva del pecho y mordió profundamente. El dolor la atravesó como un rayo. Zacarías también puso la mano entre sus piernas, acariciándola con los nudillos y provocando estremecimientos de excitación. El dolor dio paso a un ardor erótico. Margarita echó la cabeza hacia atrás y le retuvo junto a su pecho, tirándole del pelo que retenía en la mano cerrada.

La esencia de la vida circuló por él, alimentando su adicción. Ansiaba ese sabor único y sensual exclusivo de Margarita. Toda suya. Sólo para él. Creada para él.

Pasó al modo más íntimo de comunicación mientras bebía.

Ted kuuluak, kacad, koje; te pertenezco.

Siempre le pertenecería a él. Siempre lo había hecho.

Élidamet andam; ofrezco mi vida por ti. Pesämet andam; te brindo mi protección. Uskolfertiilamet andam, te entrego mi lealtad.

Su sangre fluyó por él y rejuveneció cada una de sus células, llenándole... de ella. Notaba las palabras poderosas del ritual cumpliendo su función, vinculándoles mediante millones de hilos diminutos e inquebrantables.

Sívamet andam; te doy mi corazón. Le estaba dando su corazón, tal y como era: ensombrecido, dañado. Pero se lo entregaba a Margarita para siempre.

Sielamet andam; te doy mi alma. Su alma estaba hecha añicos. Tantos agujeros perforándola, tantas muertes a lo largo de siglos. Había vivido para eso y cada muerte había pasado factura al alma que le entregaba ahora.

Ainamet andam; te entrego mi cuerpo. Su cuerpo ansiaba

cada centímetro de ella, el mismo anhelo que consumía a Margarita por él. Lo sintió en la humedad de bienvenida que encontró al meter un dedo en su interior, al sentir cómo aferraba los músculos, desesperada por atraerle muy hondo.

Zacarías alzó la cabeza y observó las gotas de rubí que descendían por la pendiente del pecho de su pareja eterna, luego volvió a hundir la cabeza y siguió el rastro con su lengua. Usó la saliva para cerrar las heridas de los pinchazos antes de mover a Margarita en sus brazos, cogiéndola y acunándola contra él. La llevó con mucho cuidado hasta la cama y se quedó sentado, sosteniendo su cuerpo desnudo en su regazo.

Era hermosa. Sus pechos redondeados llevaban la marca de sus manos y su boca. Su marca. No podía creer que alguien tan lleno de luz pudiera mirarle con deseo tan ardiente, con tal necesidad de estar con él. Un regalo. Su milagro.

—Vas a beber, Margarita. Sé que no te gusta la idea, pero es nuestra costumbre. Estás a mi cuidado ahora. —Trazó una línea sobre la vena que latía en su torso y pegó ahí la boca de la muchacha—. Confía en mí ahora.

Margarita lo intentó. Movió los labios sobre el corte y saboreó con vacilación. Él gimió mientras su erección presionaba con más fuerza las nalgas desnudas. No había esperado unas exigencias corporales tan terribles, ni el fuego de la reacción en ella, fundiendo todo el hielo en sus venas, devolviéndole oleadas de recuerdos, buenos y malos, devolviéndole la vida con plenitud. No esperaba que su cuerpo alcanzara tal nivel febril de pura necesidad. Pronunció una orden para que a ella le resultara más fácil aceptar su regalo de inmortalidad.

Susurró contra la nube de su cabello la siguiente parte de las palabras del ritual que les unía.

—*Sívamet kuuluak kaik että a ted*. Velaré lo tuyo como si fuera mío.

Siempre cuidaría de su cuerpo y pasaría las noches adorándola de todas las formas posibles. Llenó la mente de Margarita de imágenes eróticas. Friccionó las nalgas redondeadas con los dedos, deslizándolos luego por la línea limpia de su espalda y llevándolos hasta la ondulación de sus caderas y la delgada cintura estrecha.

Tiró de los pezones y los rodeó con la mano para mantenerla estimulada mientras absorbía en su cuerpo la esencia de su vida, mientras la sangre misma de los carpatianos la reclamaba.

—*Ainaak olenszal sívambin*; apreciaré por toda la eternidad tu vida. —Apreciar. Ahora entendía el significado de la palabra, antes jamás lo había hecho. La protegería, su bien más preciado. Cuidaría de ella.

Margarita era el significado de la vida, el santo grial al final de siglos de batallas entre el bien y el mal. Era su motivo. Era lo que llevaba buscando todos aquellos años, sin percatarse nunca.

—*Te élidet ainaak pide minan*; tu vida siempre antepondré a la mía. —En el momento en que pronunció las palabras supo que las decía en serio. La vida de Margarita siempre estaría por encima de la suya. Su mujer. Su milagro personal. Una mujer humana que había encontrado a un hombre ahogándose y se había ofrecido como salvavidas.

—*Te avio päläfertiilam*; eres mi pareja eterna. —Los colores relumbraron ante sus ojos, centelleantes y brillantes. Colores vivos que le marearon, y por un momento su mundo se tambaleó para luego volver a cobrar firmeza. Esos colores palpitaban y latían en su fuerte erección, y desde ahí mandaban espirales potentes de corrientes eléctricas por su cuerpo.

—*Ainaak sívamet jutta oleny*; quedas unida a mí para toda la eternidad. —Había intentado salvarla, pero ahora era demasiado tarde. Sus almas ya estaban unidas para siempre. Ella permanecería con él para lo bueno y para lo malo, y temió que a ella le resultara más difícil de lo que imaginaba con su mente moderna. Margarita era incapaz de concebir el tipo de monstruo que él era en realidad.

Ainaak terád vigyázak; siempre estarás a mi cuidado. —Eso era lo que le podía ofrecer. Se lo podía prometer. Nunca faltaría a su palabra. Su lealtad a esta mujer sería absoluta, siempre, siempre velaría por ella.

Deslizó la mano con delicadeza entre su boca y su torso. Margarita pasó una última vez la lengua sobre la laceración, y el cuerpo de Zacarías se contrajo, se estremeció con una sensación tan erótica que supo que querría experimentarla una y otra vez. Cerró la herida y tomó su boca, sujetándole la nuca con la mano para mantenerla quieta mientras absorbía ese momento de arrebato.

El calor de la excitación le inundó. La cogió para darle la vuelta y tumbarla sobre la cama ante él, como si fuera un regalo. Margarita tenía los ojos un poco vidriosos, como diamantes de champán, centelleando brillantes de deseo y necesidad. Él había puesto esa mirada ahí. Todo por él. Era toda suya.

Se arrodilló sobre Margarita y puso las manos entre sus muslos, separándole las piernas para abrirla más a él y así poder disfrutar de la evidencia refulgente de su necesidad. Llevó las manos a sus pechos, para masajearlos, volviendo a estirar y hacer girar los pezones sensibles. Cada descarga de fuego que llegaba al núcleo de su compañera eterna atravesaba directamente su polla. Acercó la boca y succionó con fuerza, jugueteando con los dientes sobre ese punto tenso, tirando y mordisqueando mientras ella se retorcía y jadeaba debajo.

Margarita sacudía las caderas con cada pinchazo de sus dientes, con cada lengüetazo. Y él succionaba con fuerza, deleitándose con su cuerpo, con la ofrenda tierna y maleable. Suya. Toda para él. Ella estiró los brazos para rodearle la cabeza y arquearse contra su boca, empujando y alzando las caderas para restregarse contra él. Zacarías se levantó y presionó con su fuerte erección la uve situada entre las piernas de su pareja, que se despatarró aún más para lograr un mayor acercamiento. Restregaba con sus suaves muslos el cuerpo de Zacarías, haciéndole perder cualquier resto de cordura.

Él tomó el pezón y tiró una vez más para notar la maravillosa sensación del rayo de fuego que vibraba en su entrepierna y atravesaba su cuerpo. Encontró con su boca la de Margarita, esta vez con cierta brutalidad, aceptando su respuesta, exigiendo que le diera todo lo que tenía. No quería menos, lo quería todo de ella, nada por debajo de una rendición completa.

Margarita en ningún momento se apartó de su compañero, ni mental ni físicamente. Él moldeaba su cuerpo con manos cada vez más bruscas y dominantes, deseando que supiera quién era y que le aceptara. Él también se lo entregaría todo, se arrojaría por el interior de ella, le daría todo lo que era... porque era todo lo que tenía.

La respuesta de Margarita era increíble, su cuerpo no paraba de menearse y sacudirse mientras él acariciaba su vientre y caderas. Él la inhaló, deseaba recordar siempre este momento, deseaba saborear cada experiencia y emoción por separado. Nunca había tenido una experiencia tan sensual, tan táctil. Pura sensación. Puro placer. El deseo era profundo e incontenible, latía en su sangre con necesidad y violencia, pero al mismo tiempo se propagaba como fuego por su cuerpo y el de ella. Las sensaciones duales eran abrumadoras e irresistibles.

Se permitió el gusto de explorar sin reservas cada centímetro del suave cuerpo curvilíneo. Cada relámpago de fuego que la atravesaba también le atravesaba a él. Se sintió embriagado por el hambre creciente, esta vez por aquel cuerpo, por aquella vulva abrasadora que suplicaba y lloraba por él. Se sintió tan adicto a las descargas de electricidad que recorrían su cuerpo y llenaban su fuerte erección como ya lo era al sabor de su sangre.

No tenía idea del tiempo que había pasado, sólo era consciente de aquel cuerpo, de su sabor y textura. Sólo sabía que aquel regalo era real. Ni una sola vez protestó ella, ni siquiera cuando intensificó la exaltación y ella suplicó jadeante que le diera alivio. Seguía conectada, quería su placer, se entregaba a él sin reservas, fiel a su palabra.

Y para él era igual de importante el placer de ella, por no decir más, que el suyo propio. Cada jadeo, cada súplica en su mente, cada marca de sus uñas arañando su espalda, la mano agarrando su pelo: todo ello aumentaba el placer. Le encantaba verla necesitada de él, sus ojos aturdidos, la boca abierta, los gritos suaves en su mente. El cántico inconsciente de su nombre repetido. Zacarías actuaba con rudeza, sí, pero se aseguraba de que ella no sintiera otra cosa que placer. Quería que deseara estar con él en todas las formas concebibles; hacerle daño o no atender a sus necesidades era una idea repugnante e inaceptable.

Por primera vez en su vida se permitía un capricho, se dedicaba tiempo a sí mismo, y a ella. Veía en color. Era un mundo intenso y emocional. No había hielo en sus venas, ni sombras en su corazón. La brillante luz de su pareja eterna le iluminaba por dentro, se sentía capaz de ascender a los cielos o correr libre por la Tierra. Ella le hacía libre.

Cuando supo que Margarita estaba de sobras preparada para recibirle, caliente, húmeda y jadeante, se arrodilló entre sus piernas y levantó sus caderas, abriéndose camino por ese espacio caliente y prieto creado justo para él, para unir sus cuerpos igual que estaban unidas sus mentes. Tuvo cuidado, pendiente de su respuesta en todo momento. Su erección era tan gruesa y larga como su vagina estrecha. Notó la tirantez y abrasamiento provocados por su invasión igual que ella podía sentir el placer crepitante que recorría su cuerpo mientras su vagina le atrapaba con un placer achicharrante.

Zacarías tuvo que librar una batalla para controlarse. Necesitaba hundirse en ella, enterrarse en lo más hondo. Si no hubiera estado en su mente, sintiendo lo que ella sentía, sin duda habría sido más egoísta, pero la excitación rayaba en lo doloroso también para ella. Obligó a su cuerpo a ir despacio, susurrándole en su lengua nativa las palabras suaves de ánimo. Se encontró llamándola *sívamet...* amor mío, o más literalmente, corazón mío.

Hasta ese momento de pura revelación no supo que ella formaba parte de su corazón. Margarita le había dado tanto, esta mujer humana, tan poquita cosa, con más valor que buen juicio, que de algún modo se había introducido en él y se había enrollado en su corazón. Tuvo más cuidado que nunca, y se introdujo centímetro a centímetro, muy despacio, hasta que notó la delgada barrera.

—Respira hondo, *kislány kuŋenak minan.* —Se inclinó más sobre ella, de manera intencionada, apretando el punto que más placer le provocaba y traduciendo lo que se había convertido en una expresión de cariño—: Mi pequeña locuela, te has entregado a mí, y te acepto bajo mi tutela.

Él la poseyó entonces, la hizo suya por completo, se enterró dentro de aquel prieto caldero de calor, lo declaró su hogar, su santuario. El hielo había desaparecido de su cuerpo y de su mente, reemplazado por Margarita. Había encontrado su hogar y no querría marcharse nunca.

Se tomó su tiempo, con cuidado de permitir que ella se adaptara, al principio marcando un ritmo lento, espantosamente lento, y luego, cuando el cuerpo de Margarita ya se hizo más receptivo a su invasión, cuando el placer zumbaba también por ella, aceleró la marcha y la penetró como necesitaba, con fuerza y velocidad, agarrando sus caderas con las manos mientras se hundía una y otra vez ahí, llenándose de aquella luz ardorosa.

Arrojó la cabeza hacia atrás como extasiado, con el fuego quemando sus entrañas y propulsándole cada vez más alto. En todo momento era consciente de ella, de cada caricia, de sus dedos en su pelo, de sus suaves susurros, las caderas sacudiéndose bajo él, esa vulva exquisita y prieta que le exprimía y retenía, igual de necesitada que él.

Zacarías pudo oír el suave jadeo en su mente y supo en qué momento exacto la tensión creciente alcanzaba ese punto impresionante en el cual su cuerpo quedaba estirado sobre un potro de placer intenso que rayaba en lo doloroso. La llevó hasta el límite, y ella le arrastró con su cuerpo, masajeándole con sus músculos, exprimiéndole y reteniéndole con tal tirantez que él murió por ella.

Permaneció tendido mucho rato sobre Margarita: en ella, en su mente, conectados, deseando vivir eternamente así; consciente de que en el momento en que se retirara volvería a ser ese *köd, varolind hän ku piwtä*... depredador oscuro y peligroso, lleno de sombras y mancillado por el mal. Los colores brillantes se desvanecerían y sus emociones vivas e intensas desaparecerían. Deseó con toda su alma que no sucediera lo mismo con su cuidado de ella. Ahora estaban unidos, para lo bueno y para lo malo. No podía deshacer lo que había hecho y ella no podía sobrevivir sin él... ni él sin ella.

Capítulo 11

No había vuelta atrás. Margarita ya lo sabía en el momento en que se ofreció a él y no quiso retirar su ofrecimiento. Él la había llevado al paraíso, pero aun así, le habría ido bien un respiro, su personalidad era intensa y abrumadora. A Zacarías parecía encantarle el aroma de su baño. Había insistido en verter el aceite aromático en el agua, y ahora estaba sentado en un extremo de la pila del lavabo, observándola con esa mirada suya tan concentrada que la ponía un poco nerviosa. Él sabía que la incomodaba, pero no tenía por costumbre disculparse, ni iba a dejar de observarla con mirada posesiva.

¿Vas a observarme así eternamente? Se tocó el pelo un poco cohibida. Lo tenía recogido en lo alto de la cabeza para que no se hundiera en el agua perfumada, y sabía que lo llevaba revuelto. La habitación estaba iluminada por velas, la luz era suave y vacilante, pero aun así, su aspecto no estaba impecable.

De pronto él sonrió, dejándola sin aliento por completo.

—Deberías acostumbrarte a que te mire. Observarte tomar un baño me produce placer. —Dobló los brazos sobre el pecho, sin apartar de ella la mirada—. Y tú estás muy sexy con el pelo revuelto. Mi peinado favorito es cuando lo llevas suelto, por todas partes, pero éste le sigue de cerca. Me gusta cuando tienes todos los rizos caídos por el rostro y por la espalda, cuando intentas mirarme con severidad, tan airada. Queda salvaje, como tú. Muy sensual y agradable.

Margarita notó el rubor que ascendía por su cuello.

Eres fácil de complacer.

Él arqueó una ceja.

—Te lo aseguro, lo último que soy es fácil de complacer. Y ya vuelves a taparte. Por favor, retira las manos de tus pechos. Disfruto mirándote. Tu cuerpo es hermoso y estoy seguro de que será una fuente eterna de placer.

Ella no se había percatado de cómo se cubría el cuerpo por segunda vez. Él ya le había pedido una vez que no lo hiciera. Notó que se ruborizaba todavía más. La verdad, intentaba hacer lo que él deseaba, pero esa mirada era tan posesiva e intensa que se sentía casi bajo un microscopio. Metió las manos en el agua a su pesar, agradecida por el vapor que ascendía; no es que le ofreciera protección, pero al menos creaba una ilusión parecida.

Tenía todo el cuerpo marcado por su posesión, también entre las piernas. Estaba dolorida, sin duda, pero el agua era calmante, y él había sido amable hasta lo increíble, llevándola hasta el baño y luego llenando la bañera antes de meterla en el agua caliente. Su corazón latía con tal fuerza que hubo de luchar para no apretarse el pecho con la mano. Se percató de la enormidad de lo que había hecho después, una vez que descendió flotando de aquella nube.

Había pensado durante mucho rato, con concentración, sobre qué iba a hacer para salvar a Zacarías de la Cruz. Él se había adentrado demasiado en el lado oscuro, tenía ya un pie fuera del mundo que ella conocía. Si no hacía algo drástico, le perdería. No sabía a dónde iba uno tras la muerte, pero fuera donde fuera, no quería que estuviera solo ni un momento más. Se había decidido a seducirle para que se quedara con ella; pero ahora resultaba evidente que era un caso claro de «cuidado con lo que deseas».

—Estás en tu derecho de temer tu nueva vida, Margarita.

Cerró los ojos. Su voz era cautivadora, tan sensual que parecía acariciarla como los dedos sobre su cuerpo.

—Pero no intentes ocultarme tus temores. No siempre haré las cosas que tú necesites, cometeré muchos errores, estoy seguro, pero tienes que hablar conmigo. Cuando te sientas dolida por cosas que diga o haga, tienes que contármelo. Sólo cometeré el mismo error una vez. No te lo estoy pidiendo, de modo que no cometas el error de tomarte esto a la ligera: te lo estoy ordenando. Requerirá mucho coraje por tu parte afrontar quién soy, y todavía más vivir conmigo, pero no espero menos de ti.

Pasó de sentirse molesta a divertida con sus órdenes; no era la primera vez. Zacarías llevaba tantos siglos dando órdenes y esperando —y recibiendo— obediencia que seguiría haciéndolo, eso ya lo sabía. A veces le entraban ganas de reír. Él esperaba de verdad que ella hiciera cada cosa que decía, como si eso fuera posible.

No es necesario expresarlo todo como una orden, Zacarías.

—Tal vez con otras personas, no, pero tú desafías la lógica y la razón. Nunca había conocido a nadie que desobedeciera órdenes directas como tú lo haces. Hoy mismo estabas sentada en el alféizar de la ventana vendando a tu amigo Julio. ¿Pensabas que no sabría con exactitud lo que estabas haciendo?

Ella alzó las pestañas y le miró a los ojos. No iba a intimidarla. Veía en el interior de Zacarías —incluso mejor que él— y sabía que estaba a salvo. Sólo necesitaba coraje para responderle cuando no fuera razonable.

Sé que no es tu intención que me sienta una prisionera, Zacarías, pero me siento un poco así cuando dices esas cosas. Tengo mis obligaciones con la gente de este rancho...

Él levantó la mano.

—Ya no. Tu única obligación es satisfacer mis necesidades. Creo que he sido claro en eso.

Sí, bueno, pero tenía que ocuparme de las heridas de Julio. Sería terrible que se infectaran. ¿Le has hecho algo a su perro? El animal enloqueció de repente, atacó a los caballos y luego a Julio.

—Impedí que siguiera gruñéndome, pero eso no explica su conducta. ¿Dónde está ahora el perro?

No tuvieron otra opción que pegarle un tiro. Julio me pidió que fuera a tranquilizar a los caballos y al ganado. Algo va mal.

Se frotó la pequeña hendidura en la barbilla, con el ceño un poco fruncido. Le fastidiaba que todo el mundo en el rancho creyera que el comportamiento del perro tuviera algo que ver con la presencia de Zacarías.

—Tus ojos están tristes. No sientas pena por mí, mi preciosa locuela. —Se encogió de hombros—. Crees que todos piensan que yo estoy provocando esta reacción en los animales. Es probable que sea verdad. Los animales perciben las sombras en mi interior. Hasta mi propia gente me llama *köd, varolind, hän ku piwtä*, que significa depredador oscuro y peligroso; incluso los cazadores más experimentados me llaman *hän ku tappa*, que significa violento, pero más. Estoy acostumbrado a que me teman, no me molesta. De hecho, es lo que espero.

A mí me preocupa, admitió Margarita con un estremecimiento. *Se está enfriando el agua, tengo que salir*. No era tanto el agua fría, sino comprender la enormidad de su decisión. Se había hecho a la idea de salvar a este hombre —amar a este hombre— pese a no entender del todo lo diferente y peligroso que era en verdad. No lamentaba la decisión, pero se sentía avanzando por un campo de minas.

Zacarías estiró la mano casi con pereza para coger la toalla y la sostuvo, era obvio que esperando a que ella saliera del baño delante de él. Ella había provocado esto, se recordó Margarita. Quería pertenecerle y le había dicho que haría cualquier cosa para hacerle feliz. Permanecer desnuda para él no parecía demasiado, no después de la forma en que se habían entregado al sexo más salvaje y disoluto; sin embargo, se ruborizó de los pies a la cabeza mientras salía de la bañera y permitía que el carpatiano la envolviera con la gran toalla.

—¿Por qué te preocupa, Margarita? —preguntó con voz una octava más grave—. Estas personas no representan nada para mí. ¿Qué importa si me tienen por un demonio?

Es mi gente, Zacarías, explicó con cautela. Permaneció muy quieta mientras él secaba con delicadeza las gotas de agua de su cuerpo. *Les quiero y no me gusta que piensen mal de ti. Quiero que te acepten como la persona que yo he elegido.*

Sus manos dejaron de moverse.

—¿Por qué supones que piensan mal de mí? Los animales se inquietan en mi presencia. Ningún caballo me ha tolerado en su proximidad jamás. Estoy seguro de que es cierto lo que dicen: el ganado y los caballos se alteran mucho si mi presencia es continuada. Rara vez me quedo cerca de los animales o los seres humanos; ya hace mucho tiempo que advertí cómo reaccionan.

Su voz sonaba inexpresiva. Monótona. Objetiva. Pero ella captó la leve congoja en su corazón cuando mencionó que los caballos en concreto no toleraban su presencia. No le importaba que los humanos le rehuyeran, pero le molestaba que lo hicieran los caballos. Margarita contuvo el aliento. Otro secreto enterrado en lo más profundo de su subconsciente, que él no reconocía pero ella veía con claridad. Era una apasionada de los caballos. Sólo otra persona con esa inclinación entendería su necesidad profunda de pasar tiempo con esos animales orgullosos y hermosos, y ella percibía ese ansia no expresada ni reconocida por Zacarías.

Sintió ganas de rodearle con los brazos para consolarlo, pero por irónico que pareciera, él no sabía que necesitaba consuelo. Era Zacarías de la Cruz. No sentía dolor ni emoción. Era la máquina asesina fundamental, ensombrecida y mancillada por el mal, y lo aceptaba sin autocompasión. Sin más.

¿Cómo alguien podía estar molesto con un hombre así? Ella era incapaz, por muchas órdenes estúpidas que le diera o por muy equivocadas que fueran sus ideas. Se volvió hacia él y le rodeó el cuello con los brazos, uniendo los dedos tras su cabeza. Inclinó su cuerpo hasta apoyarse en él, notando el roce de la toalla sobre los pechos mientras volvía el rostro hacia la garganta de Zacarías para besarle. Su corazón se derritió al percatarse de que él seguía ahí de pie durante un largo instante, como si su acción le hubiera impresionado. Luego la rodeó con los brazos y la acopló a él, y era como... estar en casa.

Ya sé que no he pedido permiso para tocarte, pero no he podido contenerme. Lanzó a propósito una nota mental burlona y maliciosa. *Sé lo importante que son las reglas para ti, pero ésta en concreto es difícil de cumplir; tal vez necesite cierto tiempo para aprender a obedecerla. Te pido paciencia.*

Zacarías bajó de inmediato las manos por su espalda hasta las nalgas, moldeando y masajeando sus firmes músculos. La levantó un poco, ladeando al mismo tiempo las caderas de su compañera para restregarlas contra su abultada entrepierna.

—Tal vez tenga que pasar por alto tu necesidad de tocarme.

Margarita sintió el revoloteo de mariposas en su estómago al oír la leve nota de felicidad que matizaba la voz del cazador.

Gracias, Zacarías. Siento una gran necesidad de tocarte a menudo. Sé que siempre voy a olvidar preguntártelo. Te agradezco que seas más tolerante con esa norma.

—Sólo con ésta —indicó, con un atisbo de risa colándose en sus ojos.

El corazón de Margarita dio un vuelco. Por un breve momento, ahí en el cuarto de baño lleno de vapor y con la suave luz de las velas, los ojos de Zacarías, siempre tan negros, le parecieron zafiros oscuros. Cuando se desvaneció esa sonrisa, también se esfumó el color verdadero de sus ojos. Margarita había visto al verdadero Zacarías, tal y como debía de ser antes de que el mundo le convirtiera en una máquina de matar.

Lo estrechó en sus brazos, apoyando la cabeza contra el ritmo constante de su corazón. No parecía impaciente, en absoluto, se limitó a abrazarla a su vez. Margarita esperó a tener más controladas las emociones tontas que la embargaban para alzar la cabeza.

Mejor me visto. Tengo que ir a ver cómo están los animales y qué está sucediendo.

Zacarías enterró el rostro en su pelo, acurrucándose en lo alto del cuero cabelludo.

—Supongo que la otra noche, cuando hablé con Cesaro, accedí a que fueras al establo. No me gusta que te expongas a ningún peligro. Si los animales se ponen tan violentos como afirman los trabajadores, no toleraré que te acerques a ellos.

Quiero a mis caballos, Zacarías. Necesito montar cada día. Me despeja la cabeza y me hace sentir libre. Tendrás que probarlo para poder entenderlo.

El carpatiano frotó sus nalgas con la mano y se entretuvo ahí, desatando la excitación de nuevo en el cuerpo de su pareja. Ella le abrazó con más fuerza, pero luego dio un paso atrás.

—Ningún caballo me ha tolerado nunca tan cerca. Y me niego a emplear el control mental con ellos.

No tendrás que recurrir a eso, le aseguró ella con confianza. *Sé que te gustan las faldas, pero para montar prefiero los vaqueros. Es más seguro.*

La sonrisa de Zacarías apenas era una tensión en sus labios, pero a ella le aceleró el pulso. También dotó a los ojos del cazador de ese destello zafiro oscuro que la dejaba sin respiración. Qué hermosos eran sus ojos con su color verdadero. No pudo dejar de admirar esa sonrisita.

Eres guapo de verdad, Zacarías.

Él le cogió la muñeca para llevarse sus dedos a la boca.

—Los hombres no somos guapos. Y sólo quieres distraerme del hecho de intentar saltarte otra norma.

Ella envió a su mente la impresión de una risa.

Ojalá fuera cierto. Ojalá no estuviera tan enamorada de ti y pensara más rápido sin perder la cabeza. ¿De verdad llevar falda era una de tus normas?

—Prefiero los atuendos femeninos. Tienes que complacerme en todo, por lo tanto vestir falda es preferible, naturalmente, a las ropas de hombre.

Margarita se puso de puntillas y rozó su boca con un beso. Adoraba esa boca tan sensual. Temía quedarse mirándola horas y tener fantasías. Ni siquiera le importaba que él estuviera en su mente leyendo sus pensamientos.

Podría tener fantasías, ya sabes, durante horas. Pero pienso que las ropas de hombre también pueden quedar muy sexys; déjame que te lo enseñe.

—Yo no tendría acceso a tu cuerpo.

Ella le sonrió, frotando al mismo tiempo su mandíbula oscurecida.

Por suerte tienes tu mente para hacer eso.

—¿El qué?

Para que mis ropas desaparezcan. Diría que esa destreza tiene sus ventajas.

—Esto es seducción, Margarita. Pura seducción para salirte con la tuya. —De nuevo modelaba su trasero con las manos—. Supongo que deberé acostumbrarme a que te salgas con la tuya de vez en cuando. Los pantalones de hombre son prácticos para montar, cierto, aunque una falda pantalón también serviría.

Se apartó de Zacarías adrede para ir al tocador meneando las caderas.

Aún no puedes opinar.

Sacó del cajón un tanga de encaje, el más sexy que tenía. Una bolsita de lavanda perfumaba las braguitas.

Zacarías, que la seguía de cerca, levantó la mano para inspeccionar la pequeña prenda de encaje negro. El estrecho retazo apenas serviría para tapar el vello púbico, la tira de encaje desaparecería entre sus nalgas dejando tan sólo cuatro cordones negros pegados a ese pandero.

—¿Es esto ropa interior?

Ella asintió.

—¿Aunque te vea con tus ropas de hombre, sabré que es esto lo que llevas debajo?

Ella asintió de nuevo. El deseo creciente en la mirada de Zacarías volvió a disparar una oleada de calor por su cuerpo. Esa mirada hizo un alto en sus pechos altos y redondeados, y luego descendió hacia abajo, hasta el triángulo de rizos negros que preservaban su tesoro.

—¿Y qué llevarás para cubrir tus pechos de las miradas de otros hombres?

Aquella voz provocó una vibración en ella y se le endurecieron los pezones al instante. Respiraba con dificultad, pero sacó obedientemente del cajón un sujetador negro a juego. Este conjunto que había comprado por impulso era lo más atrevido que tenía. El encaje negro transparente se estiraba sobre sus pechos plenos, ribeteados de satén negro. Los pezones se adivinarían a través del encaje, le saludarían a través del fino material. Los aros servían de sostén y también para alzar y adelantar los senos.

Zacarías cogió el sujetador y dio vueltas al tejido frágil una y otra vez en su mano antes de alzar la mirada a los pechos de su compañera.

—Ven aquí.

El tono de mando en su voz casi hace que Margarita se ponga de rodillas. Le encantaba que sonara tan masculina. Le encantaba que esa nota ronca le comunicara que él le pertenecía en ese momento. No había nadie más en su mundo. Todo y todos desaparecían también para ella cuando su voz adoptaba esa nota. Sólo existía Zacarías y el deseo creciente en su mirada. Le encantaba la idea de que pudiera desearla justo después de haber hecho el amor con tal pasión.

—Me gusta cuando estás excitada —dijo Zacarías mientras ella se le acercaba.

Llevó las manos a sus senos y toqueteó los pezones. Se inclinó y su cabellera se deslizó sobre la piel desnuda de Margarita, provocando corrientes eléctricas en ella que alcanzaron su núcleo central. Se notó mojada, cada vez más húmeda por él. Estaba excitada, sólo de mirarle, de pensar en él y oír su voz sexy. Cuando estaba con Zacarías no le importaba no tener voz, él estaba en su mente, leía sus pensamientos, y la intimidad de esa comunicación era tan sensual como los dedos jugueteando sobre sus pezones. Ese toque de rudeza sólo servía para aumentar su deseo, un cuerpo tan duro en total contraste con su blandura femenina.

Zacarías no le permitía ocultarse, ni en su mente ni sexualmente. Ella no se sabía capaz de pensamientos tan lascivos, pero todo lo que había leído, oído o imaginado en su vida, pasaba por su cabeza cuando ella se encontraba con él. Quería que su cuerpo le perteneciera tan sólo a ella, del mismo modo que sabía que el suyo era de Zacarías en exclusiva. La idea de otro hombre tocándola de esa manera le repugnaba.

—No puedo creer que estos retazos de tela sean prendas interiores, pero disfrutaré cuando sepa que las llevas puestas por mí.

Estaba claro, se había quedado con el dato de que no había llevado el encaje negro con anterioridad.

Me deseas otra vez. En su mente había una invitación.

—Sí. Siempre te querré, Margarita, pero antes que mis necesidades y deseos, prevalecerá tu salud. Tu cuerpo está muy dolorido.

¿No puedes hacer nada al respecto? Lanzó la idea con un descaro tentador.

—Hasta que sepa bien cómo reacciona tu cuerpo, prefiero ver cuál es tu respuesta natural. Eres muy pequeña y estrecha. Soy consciente de que era tu primera vez y que, aparte de desvirgarte, el estiramiento te hizo sangrar.

Margarita quiso contender el rubor que se propagaba por todo su cuerpo.

Eso es normal en las mujeres vírgenes.

A Zacarías no le importaba hablar de sexo con ella o de la respuesta de su cuerpo, y ella se sintió agradecida. Permitía una comunicación abierta, pero de todos modos nunca lo había hecho con nadie, y qué decir con un hombre por quien se estaba obsesionando a gran velocidad. De todos modos, le reconfortó saber que se negaba su propia satisfacción sólo por asegurarse de su recuperación.

—Puedo aliviar la irritación si la encuentras excesiva —se ofreció.

Ella negó con la cabeza. Le gustaba la sensación que dejaba su posesión, pero no estaba segura de cómo transmitírselo.

Zacarías pareció entender. Tocó la hendidura en su barbilla con un dedo, con suma delicadeza.

—Ponte tus ropas de hombre y déjame ver lo seductoras que te quedan.

La nota burlona en su voz hizo estragos en los sentidos de Margarita. Cada terminación nerviosa estaba ya alerta y afectada, en sintonía completa con él, del todo consciente de él. Cuando ella inspiraba, sentía que él era el aire mismo que respiraba. ¿Cómo había sucedido, sin darse cuenta siquiera de que se iba introduciendo lentamente en su cabeza... y en su corazón? Al principio había sentido un gran miedo, al mezclar todo aquello con los recuerdos del vampiro. La conducta de Zacarías no había sido de ayuda, hasta que ella se había lanzado, permitiendo que su mente conectara por completo con él. Zacarías derretía el corazón más duro cuando alguien miraba en su interior. Era noble, leal, un hombre de honor que se merecía amor.

—*Sívamet*. —Susurró aquella expresión cariñosa carpatiana e introdujo la palabra en las profundidades de la mente de Margarita—. Ves a alguien que no existe. Ojalá existiera. Daría cualquier cosa por ser ese hombre a quien has entregado tal regalo. Soy un guerrero, nada más.

La joven se estaba poniendo las braguitas negras, con toda la provocación de que era capaz. Una protesta brotó en su mente y la vertió en la de Zacarías.

Eres merecedor de todo mi amor, para mí te lo mereces todo.

El carpatiano sacudió la cabeza, aunque estaba claro que la visión de ese retazo de encaje deslizándose entre sus nalgas firmes y bien proporcionadas le distraía. Se aclaró la garganta y ella sonrió mientras estiraba el brazo para coger sus vaqueros favoritos. Estaban gastados y descoloridos, el clásico azul claro, con el tejido estropeado y blando en los muslos y en una rodilla, pero se ajustaban como un guante y, cuando montaba, eran los vaqueros más cómodos que tenía.

Más que ver la reacción de su pareja, la sintió. El rostro de Zacarías seguía tan inexpresivo como siempre, aunque sus ojos brillaban de calor y deseo. Ella se abrochó el sostén como si tal cosa, permitiendo que comprimiera sus pechos. Las marcas de la boca y manos del carpatiano seguían visibles a través del encaje calado. Él se acercó e inclinó la cabeza para rozar con un suave beso primero su pecho izquierdo y luego el derecho.

—¿Te hice daño?

Ya sabes que no. Lo hiciste todo perfecto para mí. Y así era. Había sido brusco, sí, pero se había asegurado en todo momento de que sólo sintiera placer.

Margarita se sentó sobre el extremo de la cama para ponerse unos calcetines finos y luego sus botas de montar. Levantó cada pie en el aire para meterse las botas de cuero, tomándose su tiempo, disfrutando del hambre que percibía en la mirada del carpatiano. Con sinceridad, el acto preciso de vestirse delante de él, con toda la atención en sus movimientos, era más sexy de lo imaginable.

Le dedicó una sonrisa y advirtió el color negro azulado de sus ojos. Este hombre parecía descomunal, con su cuerpo duro y cicatrizado, tan musculoso. Se movía con fluidez por la habitación y llenaba el espacio con sus hombros, con sus ojos penetrantes y su boca sensual.

Me gusta mirarte. Lo admitió con timidez, pero quería que Zacarías supiera que ella estaba en su mundo, por mucho que la deseara. No estaba solo y ella había elegido estar con él por voluntad propia.

—Eso está bien, locuela de mi corazón, porque lo vas a hacer durante mucho, mucho tiempo.

Margarita advirtió las hendiduras en torno a su boca. Al principio pensó que eran líneas, pero eran algo más, y sonrió para sus adentros. Su hombre duro tenía un lado tierno al fin y al cabo. No le importaba ser su locuela personal. Era posible que estuviera un poco loca. No había considerado todos los aspectos de su decisión antes de tomarla; se había lanzado sin mirar, y al cuerno con las consecuencias. Pero justo ahora, mientras levantaba los brazos para ponerse una camiseta sin mangas, notó un retortijón en el estómago.

De hecho tuvo que inclinarse para aliviar el dolor. Al instante, Zacarías le puso una mano en la espalda, a la altura de la cintura, y ella notó el movimiento del carpatiano por su interior. Lo hizo tan deprisa, con tal facilidad, que Margarita se quedó un poco conmocionada. Arqueó una ceja con expresión interrogadora.

Él le frotó la espalda con ternura.

—Hemos hecho dos intercambios de sangre, Margarita. Por regla general no tendría que importar cuánta sangre te dono, como en el caso de Ricco. Pero si hacemos un intercambio más, eso empezará a operar en tus órganos y en el interior de tu cuerpo: te remodelará al estilo de la gente carpatiana.

Ella se enderezó poco a poco y le miró a los ojos.

¿Lo sabías?

Él se encogió de hombros.

—Por supuesto. Así sucede a las parejas eternas.

Margarita oyó su propio pulso, el fuerte ritmo. El zumbido de voces en el exterior de la casa. Las patadas de los caballos y el murmullo grave del ganado. Los insectos lo ahogaban todo, y el volumen de ruido era horrendo. Se tapó los oídos con las manos y le dirigió una rápida mirada en busca de una explicación.

—He tenido cuidado de mantener el volumen bajo para ti, porque estábamos ocupados en otras cosas, pero puedes hacerlo tú misma. Piensa en ello, piensa qué nivel quieres para los ruidos de fondo. Los humanos lo hacen de manera automática. Vuestros frigoríficos funcionan y dejáis de oírlos, pero el ruido sigue presente. Tu visión y oído serán mucho más agudos a partir de ahora. Tienes que controlarlo de modo consciente y al final se volverá subconsciente.

Margarita buscó tras ella con los brazos un lugar donde sostenerse. No se le había ocurrido pensar que su mundo fuera a cambiar de modo tan drástico. Se había entregado al cuidado de Zacarías, pero su cuerpo físico era humano.

El carpatiano le rodeó la cintura con el brazo. Sólido. Un sostén.

—Respira, *sívamet*, aunque te asuste mucho, estoy siempre contigo. No permitiré que nada te haga daño.

Ella respiró hondo.

Explícame qué significa todo esto para mí. No iba a lamentar su decisión. En todo momento había sabido que supondría sacrificios. Pero no había pensado en sacrificios físicos; ahora tendría que ocuparse de eso.

—Necesitarás beber agua y zumo, Margarita —le informó.

Se le revolvió el estómago sólo con pensar en tomar algo en aquel momento. Se apretó la tripa y sacudió la cabeza.

No puedo, la idea me pone enferma.

—No obstante, será necesario. Nada de carne, por supuesto.

La idea de comer carne me resulta repugnante.

Y no obstante posees un rancho de ganado. Le dedicó una débil sonrisa, mientras intentaba recuperar el equilibrio con cierta desesperación. Aceptaba la responsabilidad de lo que había hecho, sabía que tendría consecuencias. Podría vivir sin comer carne, millones de personas lo hacían cada día, pero la idea de beber sangre para alimentarse le perturbó.

—Te ayudaré cuando necesites comer o beber algo.

En ese instante no podía imaginar hacer ninguna de las dos cosas, de modo que se limitó a asentir con la cabeza. Se humedeció los labios y se frotó un poco el brazo. ¿Qué más supondría para ella beber su sangre? Le era indispensable poder salir al sol, pero nada más pensarlo notó algo extraño en su piel. Estaba segura de que eran cosas de su imaginación, pero antes, con Julio, había notado la piel más sensible y los ojos irritados. ¿Empeorarían las cosas con un segundo intercambio de sangre? El pánico empezó a crisparla.

¿Estoy cambiando también por dentro de mi cuerpo? ¿Me voy a parecer a ti? Se frotó los brazos con las manos, con más vigor esta vez, como si pudiera cambiar la composición de su piel. *Si me vuelvo como tú, ¿me hará daño el sol?*

Él asintió despacio.

—El sol te quemará. No del mismo modo que a mí, pero no podrás salir sin correr un gran peligro. Te saldrían ampollas, y las quemaduras serían graves. No te mataría como a mí, pero tendrás que taparte la piel y los ojos todo el tiempo.

Su corazón casi deja de latir. De hecho se sintió débil. Le encantaban los caballos, adoraba la raza Paso Peruano. Los caballos eran su obsesión, hasta conocer a Zacarías no podía imaginarse sin volver a volar sobre el suelo, saltando vallas, formando un solo ser con los animales. Le encantaban sus personalidades, sus peculiaridades y temperamentos tranquilos. Adoraba cada cosa de ellos. Sólo observarlos la llenaba de dicha. Le costaba imaginar no poder cuidarlos, montarlos, pasar tiempo con ellos.

El Paso conservaba un andar natural heredado, algo que se atenuaba en otras razas. Seguía fiel a su linaje. Por su propia experiencia en el rancho, sus caballos habían transmitido ese andar al cien por cien de las crías. El centro de gravedad de la raza se mantenía casi inamovible. El *paso llano*, un andar con un toque rítmico y armónico, era muy agradable y suave, extremadamente confortable para el jinete. Ella podía montar su caballo durante horas, moviéndose en armonía sobre la tierra sin cansarse nunca ni acabar dolorida.

No había considerado que fuera a volverse sensible al sol. Las lágrimas la atragantaron y notó su respiración atrapada en los pulmones. No volver a montar jamás, no volver a sentir esa experiencia asombrosa compartida entre caballo y jinete. El Paso poseía además una marcha única, llamada apropiadamente *término*. Para Margarita nada era más grácil. El movimiento era fluido, las patas anteriores se extendían hacia el exterior desde el hombro mientras el caballo avanzaba hacia delante. Ella formaba parte de los caballos y los caballos constituían una enorme parte de ella.

Zacarías estudió su rostro, girado a un lado. Margarita de pronto se había quedado en silencio, en lo profundo de su mente, y luego se había retirado por completo de Zacarías. Alrededor del carpatiano, el mundo se apagó al instante, se quedó sin apenas color, pálido y monótono. El hielo se derramó por sus venas y alcanzó su corazón. La salida repentina de Margarita le dejó más solo que nunca, más de lo que lo había concebido jamás. Ella llenaba su cuerpo de calor y luz, de color y emociones, y en el momento en que salió también desapareció su calor radiante. Tras haber visto colores vivos y experimentado emociones reales con el calor y brillo de ella llenando cada espacio roto, irregular y ensombrecido, verse ahora arrojado de vuelta a esa existencia fea, severa y estéril, le resultaba absolutamente insoportable.

Fue consciente de lo que había soportado su padre. Su madre llenaba esos espacios rotos con su calor y luz brillante. Sin ella residiendo en sus entrañas, el color y la emoción se habían disipado en el interior de su padre igual que le sucedía a Zacarías. El contraste era marcado, feo e imposible de soportar. Dio un paso hacia ella, incapaz de resistirse a ese faro brillante ahora que su mundo se había quedado tan frío. Notó de hecho un estremecimiento en su alma.

—No intentes dejarme —dijo con brusquedad, con mucha más dureza de la que pretendía. Agarró su muñeca con dedos como tenazas, encadenándola a él. Acercó su cuerpo al suyo con rudeza. El olor de un depredador rondando a una presa impregnó la habitación. Ella entró en tensión, como si le hubiese pegado.

No sé por qué tienes que dudar de mí. Me estoy ajustando a las cosas que ahora me revelas y, lo admito, me asustan, pero soy una mujer de palabra. Me entrego a ti de buen grado, lo digo en serio. Pese a no saber lo que me depara el futuro, encontraré la manera de asimilarlo y de ser feliz.

Zacarías notó la decisión en ella, pero continuaba solo. Que el sol abrasara a esta mujer. Margarita aún no lo entendía. Él no iba a rogarle ni iba apropiarse de lo que ella le negaba. ¿Iba a caer tan bajo? La acercó aún más, la obligó a alzar la barbilla para que le mirara a los ojos.

—No volverás a dejarme. —Le dio una pequeña sacudida. Le dejó entrever al asesino que había en él, aquella fuerza oscura, parte primordial de su alma—. ¿Me entiendes?

Margarita parecía confundida. Él tendría que reconocerle algo de mérito, y por eso le encaró, en vez de ponerse de rodillas como la mayoría de seres humanos. Aguantó su mirada sin titubear. Zacarías notó ese primer contacto tentativo buscándole, y el alivio fue abrumador, casi le flaquearon las piernas. El calor de su pareja entró en su mente buscando respuestas. Percibió ese flujo de calor llenándole, soldando circuitos rotos, restaurando el vivo color. Las emociones entraron a raudales, y el miedo se convirtió en terror. ¿Era el miedo de Margarita? Tenía que ser su miedo a él; Zacarías no conocía el miedo.

Notó en la boca el sabor del terror, la emoción aterradora sacudió su corazón e invadió sus pulmones dejando su respiración atrapada ahí.

—No pasa nada, respira. —Casi no consigue pronunciar las palabras.

Margarita sacudió la cabeza sin apartar la mirada en ningún momento.

No te tengo miedo, Zacarías. Me da miedo decepcionarte, pero no temo que tú vayas a hacerme daño. Sus ojos no titubearon, fijos en el carpatiano, obligándole a aceptar la verdad en su mente. Él temía perderla. Le asustaba convertirse en vampiro. Él... tenía miedo.

Zacarías soltó un fuerte gemido. Que el sol la abrasara. Al final ella iba a ponerle de rodillas: Margarita le había reducido a esto. Zacarías no conocía el miedo, y ahora le consumía. Nunca había tenido nada que perder, nada que mereciera la pena. Desde luego no su propia vida. Pero Margarita, con su cuerpo blando, su luz brillante y su mente llenándole de vida, lo merecía todo. Un tesoro que no iba a perder, no podía.

Sabía que la acapararía en exceso, que la asfixiaría. En su mundo las mujeres no tomaban decisiones por su cuenta, ni llevaban ropas masculinas, ni se atrevían a mirar a un depredador como él con un coraje tan impresionante.

Una sonrisa iluminó poco a poco los ojos asombrosos de su compañera, el champán reluciente se convirtió en un chocolate cálido y atrayente.

No eres prehistórico, tonto. Igual que yo tengo que aprender de tu mundo, tú tienes que aprender del mío. Es una aventura en la que estamos juntos, y me hace ilusión.

Margarita volvía sencillas las cosas, aunque él sabía que no lo eran. Zacarías sabía qué era y, aunque ella encontrara su lado amable, la dominaría con mano de hierro. Una mujer humana no tenía idea de los peligros del mundo en el que él vivía. Todos los vampiros del mundo irían a por ella, por insistencia de Ruslan Malinov. Ruslan conocía aquellas sombras que poblaban el interior de Zacarías. Tal vez no entendiera los procedimientos, pero sabría que Margarita le volvía vulnerable hasta lo indecible.

Deslizó la mano tras la nuca de su pareja eterna y rodeó con los dedos su frágil columna. Oía sus latidos, el aire en sus pulmones. Inhaló su fragancia femenina, y ella la del carpatiano. Inclinó poco a poco la cabeza hacia ella, pero Margarita no apartó la mirada. Ni pestañeó. Era su mujer, con más corazón y coraje que juicio. Deslizó los dedos sobre la parte delantera de su cuello. Podía notar el pulso contra la palma de su mano.

Podría aplastarla sólo con apretar los dedos, pero ella se acurrucó contra su hombro, confiándose a él con esa habilidad que tenía para desarmarle, que derretía su corazón y lo reducía a un charco a sus pies. Su respiración era un silbido de irritación, pero aun así ella no se retiró. El carpatiano inclinó la cabeza sobre su compañera, que le miró fijamente a los ojos. Entonces fue él quien cayó dentro de ella, no al revés. Percibió el calor ahora familiar, ardiendo abrasador en sus venas, propagándose como un incendio descontrolado, rugiendo en su vientre y formando una bola de fuego en su entrepierna.

Tomó su boca sin sutilezas, estaba demasiado descontrolado y atrapado en un lío de emociones que debía desenredar. Su adicción a ella crecía, anhelaba su sabor, pero necesitaba su sumisión, su rendición, necesitaba que se entregara sin reservas. Ella había puesto su mundo patas arribas, sacando a la superficie recuerdos que mejor hubieran continuado bien enterrados. Le había colocado en una posición intolerable para un cazador.

Ojalá pudiera decir que lamento desear que te quedaras conmigo, que lamento haber impedido que te entregaras al amanecer. Debería lamentarlo, y me avergüenza no haberte dejado marchar. Necesito que te quedes conmigo.

Su voz suave y un poco apesadumbrada le ganó el corazón. Margarita le rodeó el cuello con sus brazos delgados e inclinó todo su cuerpo para encontrar su protección. Era una especie de paraíso para un hombre que nunca había conocido la felicidad, ni la alegría. Hallaba dicha sólo en abrazarla. Zacarías hizo bailar su lengua entre los labios de su compañera, sondeó y exploró su boca y la declaró suya. Tiró del labio inferior con los dientes, luego mordió con suavidad, lo suficiente para notar la respiración entrecortada de Margarita, antes de volver a besarla una y otra vez. Se tomó su tiempo para devorarla. Le besó el cuello y continuó descendiendo, dejando docenas de marcas de mordeduras, diminutos pinchazos que aliviaba con la lengua, y media docena de marcas moradas que dejaba simplemente porque podía hacerlo.

Levantó la cabeza y esperó a que ella alzara las pestañas para poder mirarla a los ojos, para que supiera que hablaba en serio:

—Por nada del mundo querría perderme estar contigo. Suceda lo que suceda en las próximas noches, Margarita, no pienses nunca que voy a lamentar los momentos pasados contigo. Por suerte, durará cientos de años, pero si no, jamás lamentaré que me mantuvieras con vida.

Gracias por eso.

Ella le sonrió con los labios hinchados por sus besos, cuello y garganta enrojecidos con las marcas de su posesión, y la felicidad reluciendo en sus ojos. Margarita le cogió la mano.

Ven a conocer a los caballos.

Él no tuvo coraje para decirle que no habría manera de permanecer con sus queridos animales. Inspeccionó el rancho para asegurarse de que ningún vampiro andaba cerca y salió a la noche con ella. Las estrellas relucían encima de sus cabezas y la luna derramaba su luz plateada sobre la hierba.

Zacarías la siguió a su pesar en dirección al establo. Era un edificio alargado, bien construido. Mientras se acercaban, alcanzó a oír los caballos piafando y resoplando, brincando en los cubículos, conscientes de que un depredador andaba cerca. Una vez que llegaron a la entrada, no había duda del tumulto que su presencia estaba desatando entre los animales, serenos habitualmente. Varios retrocedían y corcoveaban, lanzando los cascos anteriores al aire y sacudiendo las cabezas con ojos entornados.

Zacarías la cogió del brazo.

—Basta. No vas a entrar ahí con los animales en ese estado.

Notó cómo se expandió la mente de Margarita, avanzando para conectar con los caballos. Era una sensación extraña, no tan diferente a la que él experimentaba cuando adoptaba la forma de otra criatura, sólo que en este caso parecía que los caballos se unían a ella también en espíritu, no sólo mentalmente.

Hueles como un depredador para ellos. Pero no eres malig-
no, no perciben ninguna contaminación en ti.

Había encontrado otra vez los miedos de Zacarías, y él intentaba no reaccionar con ira. Nunca había analizado en serio por
qué los animales no le aceptaban. Era un hecho que no le toleraban. Rechazaba las demás consideraciones, así de sencillo. ¿Importaba... el porqué? Tal vez fuera cierto que le daba miedo descubrir que era maligno y que estaba contaminado, si ella viera eso
en él... lo más probable es que estuviera ahí. Margarita estaba
descubriendo secretos que se ocultaba a sí mismo y, cuantos más
desvelaba, más reparos encontraba él a que siguiera indagando.
No obstante, no podía vivir sin su mente conectada a la suya, y
eso le daba acceso a todo lo que él era, todo lo que había sido.

—No importa el motivo por el que no me aceptan, la cuestión es que no van a tolerarme —comentó.

Margarita le apretó los dedos.

Te aceptarán igual que a mí. Al fin y al cabo, somos el mis-
mo ser, ¿no es así?

El corazón de Zacarías dio un vuelco. Maldijo para sus adentros por ser tan necio. Sabía que los caballos no iban a permitir
que se acercara y, sin embargo, en algún lugar en su interior, el
carpatiano creía a Margarita.

Capítulo 12

Zacarías obligó a detenerse de golpe a Margarita sólo con dejar de moverse. Se quedaron juntos de pie ante las puertas abiertas del establo. Los caballos entornaban los ojos y echaban la cabeza hacia atrás, mirando en dirección a la puerta con terror creciente.

Tu olor es amenazador. Yo lo encuentro muy sexy, pero los animales están asustados. Dame un momento para calmarlos para que puedan conectar contigo igual que hago yo.

La leve diversión, el acariciador «lo encuentro muy sexy» se introdujo en su mente como dedos aplicando un masaje corporal, pero se negó a ceder con tanta facilidad. El peligro era el peligro, no importaba de dónde llegara ni de quién. La estrechó un poco más con el brazo.

—No voy a permitir que entres en el edificio con los caballos tan alterados. Ya has visto lo que le ha pasado a tu amigo Ricco.

Margarita frotó su mejilla contra el brazo del guerrero como si fuera un gato.

Me resultará más fácil calmarlos ahí dentro, cerca de ellos. Sólo será un momento.

—He dicho que no. —Se percibía el acero en su voz, en su corazón.

Le entregaría la luna si se lo pidiera, caminaría a través del fuego, pero esto —esto— jamás. Ella podría rogarle, mirarle con sus ojos increíbles, y sólo serviría para endurecer su determinación. Su seguridad era primordial. En este momento, lo que querría sería arrojársela sobre el hombro y cargarla hasta meterla en casa, donde no pudiera sufrir ningún daño.

La diversión jugueteaba de todos modos con sus sentidos. Notaba la agitación en su miembro viril, las terminaciones nerviosas cobrando vida. Ese pequeño susurro de risa, inaudible, pero percibido, siempre lograba excitarle.

¿Viviste en los tiempos de las cavernas? Podría imaginarte vestido con pieles de animales, arrastrando del pelo a tu mujer hasta el interior de la cueva.

Los juegos de Margarita siempre resultaban eróticos. Para un hombre que no había tenido nunca cosas así, se convertían en tesoros al encontrarlos. La risa nunca había formado parte de su mundo, desde luego no las bromas. Ella no rechazaba sus órdenes, no hacía pucheros ni se enfadaba. Se reía en voz baja y restregaba su cuerpo contra él, como si notara aquellas chispas eléctricas crepitantes igual que las sentía Zacarías.

—No me tientes, preciosa locuela. No descarto llevarte a la cama arrastrándote del pelo. —Su voz surgió bronca, incluso ronca, no tan amenazadora como pretendía.

La suave risa de la muchacha inflamó un poco más su entrepierna. El dulce anhelo impregnaba su cuerpo, su temperatura se elevó varios grados. Era carpatiano y siempre mantenía el control, pero lo que ella estaba haciendo con su cuerpo era tan exquisito que permitió que las sensaciones manaran por él y saboreó cada anhelo, cada grado de deseo.

Quiero que te quedes en mi mente, muy tranquilo. Siente cómo me introduzco en los caballos. Lo hago muy despacio, con un flujo de calor suave, como éste...

Todo su cuerpo se estremeció mientras ella entraba en él e invadía no sólo su mente sino su alma. La presencia de su compañera era mucho más íntima de lo que ella pretendía, pero el hambre y la necesidad también hacían mella en Margarita, igual que en él. Era una presencia ligera, casi delicada, pero con él resultaba muy sexual.

—Preferiría ser sólo yo quien sintiera esta conexión contigo; de hecho, lo exijo.

Una sombra oscura, como un remolino, ascendió a la superficie. Los dientes de Zacarías se alargaron y algo mortal subió junto con la sombra. No intentó ocultárselo a Margarita. Tenía que saber a qué estaba unida. La vida estaba llena de momentos inesperados, y esto era una sorpresa para los dos pero no menos letal.

Todo en él se detuvo. Por primera vez, que él recordara, *notó* cómo se levantaba el depredador. Notó la amenaza mortal propagándose y creciendo, y el hielo agrandándose para tapar sus emociones, para borrar todo sentimiento, y convertirle en un asesino más eficiente.

Por supuesto que no siento esto por nadie, ni por nada más. Los únicos sentimientos sexuales que he experimentado alguna vez han sido hacia ti. No sé qué me has hecho, pero son unos sentimientos muy fuertes y difíciles de controlar. Cuando estoy dentro de ti, no puedo evitar querer estar contigo a toda costa. Lamento si eso te molesta. Prometo intentar hacerlo mejor.

Margarita se esforzó en transmitirle las impresiones correctas con su mente y corazón. Era muy sincera, y además se preocupaba por él. No había temor, no iba a abandonarle. No vaciló ni le miró con desprecio o rabia.

A continuación movió la palma sobre su torso y miró fijamente a los ojos del carpatiano.

Necesites lo que necesites, Zacarías, yo te lo proporcionaré. Si eso significa esperar a otro momento para hacer esto, hasta que entiendas que tú eres lo único que me importa, entonces lo haremos. Sólo tienes que decírmelo.

Zacarías podía sentir su intensa necesidad de mostrarle la verdad, aunque la incomodara un poco. Le asombraba el puro coraje en ella, la manera en que cumplía su palabra, entregándose del todo y sin reservas, sin importarle el coste en cada situación.

Él sabía cuánto quería a sus caballos. Notaba su dicha cuando hablaba de los animales o pensaba en ellos, y no obstante estaba dispuesta a dar media vuelta y regresar a casa con él si era necesario. Le daba una lección de humildad con su don, con su serenidad, con sus esfuerzos por anteponerlo a cualquier cosa. Ella se quedaba ahí frente a él, esperando con calma su decisión.

La cogió en sus brazos y enterró el rostro en la espesa masa de pelo, el cabello que ella se había dejado suelto y salvaje para él. Qué nimiedad era para Zacarías permitirle que calmara a los animales, sobre todo cuando era él quien los ponía nerviosos y los volvía tal vez incluso peligrosos.

—Me avergüenzas, Margarita.

¡No! Negó con la cabeza y retrocedió un paso para mirarle a los ojos otra vez. No vuelvas a hacer eso. No hagas eso nunca. Yo te he elegido, tal y como eres. No te pido que cambies. Haré lo que quieras.

La muchacha no pedía nada para sí, al menos que él percibiera. En verdad, le había pedido que salvara la vida de un amigo. Y él había salvado a aquel hombre por ella, pero sus motivos no eran egoístas.

El carpatiano indicó el establo con un gesto.

—Continúa. Y no te preocupes por lo que sientes. Me gusta que te excites por mí cuando estamos juntos.

Ella le sonrió.

Me excito sólo de pensar en ti, Zacarías. No tengo ni que estar en presencia tuya. Así de patética y obsesionada me he vuelto.

Zacarías la reprendió con un ceño.

—Nada de patética. Me complace que sea así.

Margarita estudió su rostro como buscando algo: tranquilizarse tal vez. El carpatiano estaba convencido de que le preocupaba que él se volviera loco y destruyera a sus caballos en un ataque de rabia celosa.

La dulce diversión volvió a introducirse en su mente.

Ni se me había ocurrido que fueras a hacer algo así.

Ahí estaba. Su ingenuidad e inocencia no le permitían imaginar las verdaderas profundidades del monstruo al que se había vinculado para toda la eternidad. Él se negaba a mentirle, a apartar la mirada.

—Soy perfectamente capaz de una acción así si me provocan del modo adecuado.

Ella frunció el ceño.

¿Y cómo sería eso?

Zacarías irguió los hombros. Era valerosa y se merecía la verdad.

—Celos. Una amenaza... a mí o a ti. A ambos.

Ya estaba. Lo había soltado. La verdad de lo que era. Que intentara ahora fingir no estar horrorizada, incluso asqueada, y deseando poder rehuirle igual que el resto del mundo; como debería. Miró de cerca su cara expresiva y transparente. Al mismo tiempo, permaneció quieto en el interior de ella, deseando conocer cada pensamiento en su cabeza.

Margarita suspiró y se llevó la gran mano de él a su boca, para besarle los nudillos marcados por las cicatrices.

Tienes una visión muy sesgada de quién eres y de qué eres capaz, Zacarías. Qué bien que pueda ver en tu interior. Creo que estás intentando a posta asustarme. ¿Te veo capaz de una gran violencia? Por supuesto. Tengo acceso a tus recuerdos, a todos ellos, incluso a algunos que te niegas a rememorar. ¿Eres

capaz de asesinar? ¿Matar por el hecho de matar? No, decidi-
damente no. Un no rotundo. Ni todas las discusiones del mun-
do cambiarían lo que sé que es cierto.

Él se oyó gemir. Apoyó la frente contra ella.

—No tengo ni idea de qué voy a hacer contigo, Margarita.

Su suave diversión volvió a llenar su mente, trajo ese calor que seguía creciendo y moviéndose por él, persiguiendo sombras y reemplazándolas por luz.

Por fortuna para ti, tengo toda clase de ideas. Déjame lle-
varte al establo, Zacarías. Quiero compartir esto contigo, es lo
único que tengo para darte, un regalo. Mi regalo para ti.

Margarita le hizo sentirse capaz de cualquier cosa. ¿Era esto amor? ¿Era esto lo que había estado buscando por todo el mundo, durante siglos, sin saber nunca que tal cosa existía realmente? Se sentía capaz de soportar el calor del sol mientras la tuviera a ella. Había aportado colores a una vida real e intensa. Tal vez pudiera conseguirlo todo, tal vez no hubiera milagro que se le resistiera. Tal vez los caballos le aceptaran en el establo mientras la tuviera a su lado.

—Si significa tanto para ti, *sívamet*, entonces lo intentaremos.

El rostro de Margarita se iluminó otra vez, y él notó que todo volvía a calmarse en él. Ella le tomó la mano y entrelazó sus dedos.

Déjate llevar por mí. Quédate en mi interior. Percibirás lo
que necesitas hacer finalmente.

De nuevo, Zacarías sintió a su compañera fluyendo dentro de él, todo ese calor y fuego, toda esa luz fascinante que manaba por él como un millón de velas. El fuego se fundía y circulaba lento, espeso, por su mente y su cuerpo hasta notar la conexión en lo más hondo. Espíritu. A menudo él abandonaba su propio cuerpo y se convertía sólo en espíritu para curar a un compañero guerrero. Había hecho eso mismo para salvar a Margarita cuando el vampiro le destrozó la garganta meses atrás. Debería haberlo intuido, pero fue toda una sorpresa.

Margarita era humana por completo, aun así poseía fuertes capacidades parapsicológicas. Su conexión con los animales, igual que sus primeras conexiones con él, tenían lugar de espíritu a espíritu. Se despojaba de su ego, de qué y quién era, y se convertía en un ser de luz generosa. Era una tarea difícil incluso para un carpatiano —desprenderte de lo que eres, del cuerpo físico—, no obstante ella lo hacía con tanta facilidad y fluidez que él ni siquiera se había percatado.

Su espíritu. Estaba muy consciente de él, como nunca antes. Notó que ella le bañaba de un calor achicharrante y disipaba las sombras más profundas que persistían. Huyeron ante ella como si fuera a destruirlas con su resplandor. Él se sintió ligero. Diferente. *Salvado*. Pero sabía que su salvación duraría sólo mientras ella permaneciera conectada a él.

Cerró los ojos, pues ahora entendía lo que su padre había soportado durante siglos, en un intento de encontrar el equilibrio entre mantener a su pareja eterna cerca de él y al mismo tiempo a salvo de todo peligro. Al final, la había matado, al llevarla con él y arriesgar su vida en una cacería de un maestro vampiro. Había sido un error. Zacarías había discutido con su padre, se había enfrentado a él. Le había ofrecido la posibilidad de marcharse, pero dejando atrás a su madre. Había culpado a su padre de su muerte, había sido el responsable. Ella debería estar a salvo, ésa era la ley y el deber de las parejas eternas. Su padre se la había llevado con él y al final su oponente había sido superior. Su madre había pagado el precio y, en última instancia, también su padre.

Y tú, Zacarías.

—¿Entiendes ahora? —susurró, pues él quería salvarla.

No del todo, pero lo estoy intentando.

—Me enfrentaré a las sombras y al frío antes que permitirte correr algún peligro. —Era una promesa. Una amenaza. Una declaración que la retaba a desafiar sus órdenes.

Margarita no le ofreció compasión, no exactamente, fue más bien una conexión más fuerte, como si aún se introdujera más en el cuerpo de Zacarías. Notó su calor invadiendo su corazón, y entonces la cogió por los hombros y la sacudió un poco.

—Ella le amaba demasiado. Nunca debería haber ido con él.

Nunca se ama demasiado a alguien, Zacarías. Sé que lo sucedido no tuvo que ver con quererse demasiado. Ya te he dicho que voy a obedecerte, pero no puedo evitar que mi corazón te quiera. No puedes pedirme eso.

El carpatiano exhaló, inconsciente de haber estado aguantando la respiración en sus pulmones. Le cogió el rostro entre las manos y tomó posesión de su boca. No podía decir nada. Estaba perdido ya. Si esto era amor, ya había recorrido demasiado camino como para tomar una senda diferente. La antepondría a él y sus necesidades. Nunca la pondría en situaciones de peligro sólo para así poder bloquear el frío, ver color y sentir emoción. Podía soportar estar solo por completo mientras estuviera seguro de que ella no sufría daño alguno. Se juró ser siempre lo bastante fuerte como para anteponer su seguridad.

Le dio un beso largo y fuerte, a conciencia. No tenía nada que decir, ni manera de tranquilizarla. Zacarías no había contado con esta conexión entre ellos, no esperaba que la emoción fuera tan intensa, y desde luego no había previsto sentir algo parecido al amor, pero temía que precisamente eso fuera lo que estaba sucediendo. Cuando levantó la cabeza, la estudió con mirada ardiente. Margarita tenía los ojos muy abiertos y vidriosos, pero le había devuelto los besos sin reservas.

—Voy a hacer esto por ti, pero en el momento en que diga que nos vamos, no me cuestiones.

Ella asintió con la cabeza y dio un paso para cruzar el umbral. Los caballos observaban con curiosidad, piafando de vez en cuando, pero ella ya había conectado con ellos, de espíritu a espíritu, varias veces antes. La conocían, estaban acostumbrados a esa fuerte conexión y confiaban en ella. Y al percibir el espíritu de Zacarías mezclado con el de Margarita, los animales mostraron más curiosidad que alarma.

Hemos criado los mejores caballos, con temperamento equilibrado además de brío, una cualidad poco común que aúna arrogancia y vigor en cada movimiento. Míralos. La forma en que se mueven, los pasos que dan, cómo sacuden las cabezas. Tienen miradas serenas y andares hermosos. Son trabajadores leales y duros. Pondrían su cuerpo entre un buey enfurecido y un jinete caído. Tienen un gran valor, Zacarías.

Llevó a Zacarías por el interior de los establos. Él nunca había estado tan cerca de un caballo, no sin que éste retrocediera y empezara a corcovear, arrojando a su jinete y huyendo a toda velocidad.

La gente se equivoca con ellos porque no son en realidad caballos de gran tamaño. Miden entre catorce o quince palmos de altura como mucho, lo cual no es una altura deslumbrante, pero no hay que menospreciarlos; tienen una cabeza muy noble.

Él empezaba a apreciar a qué se refería cuando hablaba del temperamento o el brío del Paso Peruano. Margarita se acercó al cubículo donde una bonita yegua color castaño les observaba con atención. No apartaba los ojos de Zacarías, esos grandes y asombrosos ojos llenos de inteligencia.

Tiene un nombre oficial largo, pero yo la llamo sencillamente Centella. ¿No es preciosa?

Zacarías no podía apartar la mirada de la yegua. Podría tocarla desde donde se encontraba y el animal ni protestaba ni daba coces a la puerta con los ojos entornados de terror. Se percató de que le temblaba la mano. Nunca había entendido por qué siempre se había sentido tan atraído por este animal, el caballo. A menudo los observaba corriendo libres sobre la tierra, con las crines al viento, los músculos fluidos, los cuellos estirados y los cascos estruendosos sobre la tierra, y era una de las pocas cosas que le aportaba un asomo de paz.

Miró a Margarita. Tantos siglos atrás, ¿había estado ella ahí, como un susurro en su alma, impidiéndole caer en el abismo oscuro? No entendía cómo podría haber sido, pero la mirada embelesada en el rostro de su compañera, mientras observaba los caballos, reverberaba en su propio corazón. Caballos. Criaturas simples y complejas al mismo tiempo, cada uno con su propia personalidad. La mayoría tenía un espíritu salvaje que él entendía, y ahora que su espíritu entablaba conexión con esos caballos en el establo, comprendía que al fin y al cabo no estaban tan alejados de él. En absoluto.

—Gracias, *sívamet*. Me has hecho otro regalo inconmensurable.

Todavía no hemos acabado, para nada. Queda mucho. Ven conmigo.

No quería echar a perder este momento perfecto. Se hallaba justo detrás de Margarita, rodeándole la cintura, y su espíritu flotaba junto al de su pareja a lo largo del establo, mezclándose con el de los caballos. Era una experiencia regocijante y, sí, puesto que estaba tan estrechamente enlazado al espíritu de Margarita, incluso sensual. Él también se mantenía alerta y vivo. Olía lo que olían los caballos, sentía lo que ellos sentían. La libertad salvaje de existir, sin más, y el afecto que ellos demostraban por su compañera, y ahora por él. Estaba tan ligado a ella, que formaban un solo ser, y los caballos aceptaban su presencia.

—Has hecho por mí más de lo que creía posible —le susurró al oído, acurrucándose contra su cuello y tirando con los dientes de su lóbulo sensible—. Eres mi milagro.

La suave diversión de Margarita le rozó como una caricia.

Soy tu locuela, recuerda, por lo tanto te digo que aún queda mucho. Y deseo todavía muchas más cosas para ti. Permíteme que te ofrezca esto, Zacarías. Confía en mí. Me pongo en tus manos, ponte tú en las mías.

La rodeó con el brazo. Ella suponía ya tanto para él que no podía imaginar qué sucedería si Margarita todavía le daba más. Estar vivo era extraordinario. Sentir dicha, inconmensurable. Su mundo había sido de un gris apagado y ahora los colores de los caballos relucían con brillo, casi como diamantes luminosos. El aroma a heno y el sonido de los cascos quedarían grabados en su alma para siempre. Recordaría siempre este momento que Margarita le había regalado. Si las cosas iban mal, nada podría estropear esta perfección.

El carpatiano rozó su oreja con los labios, calentando con su aliento la perfecta y pequeña concha.

—Entonces continúa. Te seguiré a donde me lleves.

Se tomó un momento para inspeccionar el rancho una vez más en busca de vampiros, alguna señal ensombrecida o incluso puntos vacíos donde el no muerto intentara ocultar su rastro. Pero si Ruslan andaba por la zona o bien había enviado peones inferiores como avanzadilla, no se había acercado todavía al rancho.

Margarita abrió la puerta del cubículo y entró para situarse cerca de la yegua. Zacarías se encontró conteniendo de nuevo el aliento. Parecía bastante pequeña al lado del caballo. Ella tenía razón, el animal no era especialmente alto, pero esta yegua emanaba poder y se comportaba con nobleza. Acarició a Margarita con el hocico y, si Zacarías no hubiera entrado justo tras ella, el ligero contacto la habría empujado un poco hacia atrás. Él la rodeó por la cintura para estabilizarla con su corpachón más alto y fuerte.

Cuando ella alzó la mano para acariciar aquel hocico curioso, Zacarías advirtió que con cada caricia de sus dedos hacía lo mismo con su espíritu, rozando el del caballo con la misma jovialidad.

Margarita bajó el brazo para coger la mano de su compañero eterno y acercarla al cuello arqueado de la yegua. Todo el cuerpo de Zacarías permaneció inmóvil mientras notaba la presión de su palma contra el cuello cálido y liso. Por primera vez en su existencia interminable estaba tocando de hecho un caballo. A lo largo de siglos se había negado rotundamente a controlar a los animales. Si no querían serle leales, entonces mejor no acercarse a ellos.

Le temblaba la mano y se le hizo un nudo en el estómago. Miles de mariposas alzaron el vuelo. Había recorrido el mundo entero y surcado los mares, había corrido por prados y campos de flores y había residido en cuevas enormes y hermosas. Nunca había hecho, no obstante, una cosa tan sencilla como tocar un caballo. La enormidad de lo que Margarita le estaba proporcionando le consternó. ¿Qué había hecho él por ella? La había asustado casi hasta matarla y había puesto su vida en peligro al vincularles de por vida.

Basta, tonto. Margarita le frotó el pecho con la parte posterior de la cabeza mientras llevaba la mano de Zacarías hasta el cuello de la yegua para acariciarlo lentamente. *Tú mismo decías que no se me daba muy bien lo de obedecer. ¿Crees que iba a hacer algo tan crucial para mi vida si no estuviera convencida del todo? ¿Crees que no era lo que quería? Sigue conmigo, igual que ahora. Mantente ahí conmigo y suelta todo lo demás.*

Zacarías se acurrucó contra su cuello y luego lo mordisqueó con delicadeza.

—¿Acabas de llamarme tonto? Creo que en toda mi existencia nadie se ha referido a mí de manera tan irrespetuosa.

¿De verdad? Le dedicó una mirada provocativa por encima del hombro, con una ceja arqueada y la malicia centelleante en sus ojos. *Tal vez los demás no te conozcan tan bien como yo.*

Él volvió a morderle, esta vez provocando un poco de escozor para así poder pasar su lengua sobre la vena.

¿Quieres salir a montar?

El corazón le dio un vuelco.

—¿A caballo? ¿Crees que alguno va a tolerarme?

¿Percibes miedo en alguno de ellos ahora? Te conoces del modo que yo te conozco, de espíritu a espíritu, y te aceptan igual que ellos a mí.

Ahora estaba más preocupado por su compañera que por estropear el momento: Margarita a lomos de un caballo, volando sobre vallas de noche. Un pequeño agujero en el terreno podría provocar un mal paso y una pata rota en el caballo, enviando al suelo a la amazona. Un millar de posibilidades confluyeron en su cabeza. Ella se había vuelto tan esencial para él como la tierra rica en la que se rejuvenecía.

Margarita volvió a apoyar la cabeza en su pecho, arrimándose a él.

Necesito montar.

Lo primero que pensó Zacarías fue que eso le traía sin cuidado. *Necesitar*, una palabra que ella no entendía en realidad; él conocía bien su significado, y no era el sueño de montar a caballo. La necesidad era elemental. Necesidad era la capacidad de sentir emoción y sentirse vivo. Era Margarita siempre en su mente, despejando todas las sombras, conectando aquellos caminos rotos para poder sentir la vida corriendo por su cuerpo, con cada respiración. Estaría maldito eternamente, condenado a una especie de infierno en vida. Ella le había sacado de ahí y, por todo lo sagrado, no iba a volver, no podía. Eso era necesidad. Verdadera necesidad.

Zacarías notó lo quieta que se había quedado. No se apartó ni protestó, pero él oía la aceleración en su corazón. Ahora estaba bajo su custodia, bajo la autoridad de un dictador, y él sabía bien lo tirano que podía llegar a ser. Margarita no hizo nada para influirle, se limitó a esperar su decisión. Una parte de Zacarías quería ver su reacción si se negaba. ¿Se enfurruñaría? ¿Discutiría? ¿Se enfadaría con él e intentaría tomar represalias?

Mira dentro de mi mente, Zacarías, invitó. *No dejo de cumplir mi palabra. Sabía que esto no iba a ser fácil para ninguno de los dos. Te he pedido un gran sacrificio. ¿Esperaría menos de mí misma?*

Que el sol abrasara a esta mujer, estaba claro que le estaba doblegando. La estrechó con más fuerza, amenazando con aplastar sus huesos frágiles y femeninos.

—Eres imposible, lo que dices no tiene sentido. Si quieres montar, pues vas a montar. Pero Margarita, si tu vida se ve amenazada de algún modo, destruiré la amenaza, y tú no me lo recriminarás. ¿Estamos de acuerdo?

Ella agitó las pestañas, sabía a qué se refería, él lo pudo ver en sus ojos. Margarita se volvió a su pareja eterna y le rozó el rostro con los dedos, con la más ligera de las caricias, pero él la sintió en los mismísimos huesos, como si dejara ahí le marca de su nombre, de su espíritu. Ella asintió muy poco a poco.

No será necesario, Zacarías.

El carpatiano se encogió de hombros. Si uno de sus queridos caballos la amenazaba, no dudaría ni un instante. Igual que si uno de sus queridos trabajadores la amenazaba. Hombre o animal, él destruiría a cualquier enemigo, era lo que se le daba mejor. En cambio, encontrar el equilibrio con una mujer, era una cuestión del todo diferente.

Pero deleitable, apuntó ella.

—Deleitable —repitió Zacarías—. Más de lo que puedo expresar. —Otra mujer seguramente hubiera complicado más las cosas a un hombre como él, salido de épocas medievales.

Más, retrocede mucho más. Yo diría hombre de las cavernas, bromeó Margarita mientras abría el compartimiento contiguo al de la yegua. *Éste es* Trueno. *Se mueve como si tuviera alas. No puedes montar un caballo mejor en el rancho.*

Zacarías percibió el orgullo en su compañera. Le estaba ofreciendo uno de sus mayores placeres. Sus ojos brillaban otra vez como champán centelleante. Aunque él nunca hubiera querido montar a caballo, lo habría hecho sólo por esa mirada. Arrinconó en el fondo de su mente las cuestiones de seguridad. Era un guerrero poderoso y podía vigilar con atención; era un precio insignificante a cambio de concederse este momento especial para ambos.

Emplea tu conexión con Trueno *para indicarle lo que deseas. No hace falta silla ni bridas, yo monto a pelo y pienso dónde quiero ir, y allí me llevan. Si busco sólo el placer de montar, les dejo que vayan a sus lugares favoritos del rancho. Les gusta compartir el control.*

A Zacarías no le gustaba compartir el control con nadie ni con nada. Asintió y apoyó una mano en el cuello de *Trueno*. Al instante notó el espíritu del caballo pegado al suyo. Sabía que no podía hacer nada para esconder al animal su verdadera naturaleza. Había nacido para ser líder, y si el caballo no aceptaba su autoridad, Margarita sufriría una decepción.

Notó en su mente la diversión en ella.

Ya estás otra vez, no tienes en cuenta tus propios sentimientos. La decepción será tuya. Quieres hacer esto, Trueno *lo sabe y hará lo que tú desees. Yo lo quiero para ti, porque tú lo quieres, no por mí. No pasa nada, si lo prefieres puedes quedarte mirando.*

—Nada de eso. Estaré pegado a ti en todo momento mientras estés ahí fuera exponiéndote al peligro. —No pudo disimular el matiz severo en su voz, que debería transmitir que ese aspecto no era negociable.

Margarita le sonrió, se agarró al cuello del caballo y se montó con un movimiento ágil, con mucha práctica. Zacarías comprendió por qué los pantalones de hombre eran tan convenientes. Justo cuando ese pensamiento entró en su cabeza, también lo hizo el recuerdo del cuerpo enfundado en aquel encaje negro. La voluminosa erección no iba a resultar conveniente a lomos de un caballo, por lo tanto prefirió que la imagen erótica saliera de su mente.

Resultó bastante fácil subirse a lomos de *Trueno* —al fin y al cabo era carpatiano y podía levitar—, pero no lo fue tanto librarse de la imagen del cuerpo de Margarita, desnudo excepto por esos retazos de encaje, con la nube de cabello negro azulado cayendo como una cascada hasta su cintura. Alzó la cabeza para mirarla y encontró sus ojos llenos de picardía, y un deseo sensual y oscuro chispeando en sus profundidades.

Era una tentación. Y era divertida. Aquella diversión le acarició con suavidad como unos dedos, y el fluir de su espíritu por él fue sugerente y sensual, incluso erótico, pues su mente también envolvía la gruesa erección como si fuera una mano cerrada y acariciadora. Los ojos de Margarita se transformaron otra vez en oscuro chocolate fundido, llenos de deseo... por él.

El caballo se volvió de súbito y salió de los establos. Montura y jinete volaban sobre el suelo, no a un paso especialmente veloz, sino con un ritmo cuatro por cuatro que avanzaba de modo impresionante. Zacarías instó a *Trueno* a continuar, y el caballo respondió de inmediato, alejándoles del establo. El carpatiano se sentía casi flotando por el aire. Notaba cada músculo del poderoso animal bajo él, y percibió la dicha del caballo cuando trotó sobre el suelo, cogió impulso y voló sobre la valla justo detrás de la yegua.

Así de conectado con *Trueno*, espíritu con espíritu, notó el modo en que la tierra parecía elevarse al encuentro de los cascos danzantes, percibió la ferocidad del viento batiendo la crin contra el rostro del caballo. Volaron por un campo y luego por el siguiente, cabalgando hasta el extremo del bosque pluvial donde la maraña de helechos, árboles y flores silvestres ascendía sinuosa por los troncos y se sumaba a la belleza del momento.

Espoleó a *Trueno* para situarse a la altura de *Centella* y así ambos animales se movieran al unísono. Margarita le dedicó una sonrisa y de nuevo su erección palpitó. La luna proyectaba un destello plateado sobre ella, sus rayos se entremezclaban con su cabello, sublimaban su preciosa piel. El espíritu de su pareja eterna vibraba dentro de Zacarías, todo aquel magma caliente y fluido se abría camino poco a poco por su mente, luego más hondo por el interior de su alma. Ella llenaba esos agujeros vacíos e irregulares con su brillantez.

Zacarías buscó su sonrisa, observó con atención el deseo llenando sus ojos. Quería que la luz de la luna se reflejara en esos mechones sedosos. Momentos de belleza, de puro deleite. Nunca había conocido estas cosas, y ahora todo aparecía en ella, todo lo que necesitaba concurría ahí, en esta extraña mujer humana. Empezaba a percatarse de que la vida junto a otro ser se vivía de un modo muy diferente, se vivía en momentos, latidos de tiempo, y éste era uno de aquellos instantes. Un momento perfecto, que duraría siglos, preservado en su mente para rescatarlo una y otra vez como si fuera del todo nuevo.

Margarita alargó el brazo hacia él, y se cogieron la mano. Siguieron a caballo el contorno de la valla, y Zacarías se percató de que se encontraba en paz, por completo. El sonido de los cascos sobre la roca y la tierra se sumaba a la belleza rítmica del paso fácil de los caballos. Soplaba un viento suave mientras las estrellas rivalizaban por buscar su espacio en el cielo.

—No dejas de hacerme regalos incomparables, Margarita. ¿Qué te he dado yo a ti?

Ella se quedó un momento en silencio, estudiando con atención su rostro.

Tú. Tu vida. Te quedaste conmigo pese a que todo indicaba que era el momento de dejar este mundo. Te quedaste cuando te lo pedí. Conoces mejor que yo el futuro al que nos enfrentamos, estabas agotado de luchar y, no obstante, cuando te lo pedí, te quedaste. Gracias.

—Pronuncié en serio cada palabra de las promesas del ritual de unión. Te estimaré y lo antepondré a todo lo demás. Soy un ser dominante, no puedo cambiar algo tan fundamental en mí, Margarita, por más que los dos lo deseemos, pero me encargaré de hacerte feliz.

Puedo ver en el interior de tu corazón, Zacarías, sé que lo harás.

—Te pediré cosas que no siempre van a resultarte fáciles —advirtió.

Fui consciente de ello cuando comprendí que no eras un vampiro y que yo te había condenado a permanecer en este mundo. Me tomé tiempo para ver quién eras. Sé que no eres un hombre moderno y te preocupa que algún día me rebele contra tus cadenas. Estrechó la mano entre sus dedos y sus miradas se encontraron. *Si es lo que necesitas de verdad, mi obediencia a lo que dicte tu voluntad será lo más importante del mundo para mí. Por duro que resulte.* Hablaba en serio cuando pedía que te quedaras. *Te sirvo porque así lo he elegido. Quiero tu felicidad.*

Zacarías supo que decía la verdad. Estaba preparada para su carácter tiránico, pero por otro lado se percataba de cosas que a él se le escapaban. Había tenido en cuenta sus sentimientos por ella, emociones que él no reconocía en el noventa por ciento de las ocasiones, o que ni siquiera admitía. No obstante, ella sabía que estaban ahí, creciendo a cada momento que estaba en su compañía.

Intentó una vez más hacer saber a Margarita cómo sería estar con él.

—Rara vez saldré de tu mente, nunca estarás sola, jamás tendrás un pensamiento que yo no conozca. Cada respiración de tu cuerpo, la sentiré. Sabré dónde estás y con quién hablas. No podrás ir a ningún lugar donde yo no esté contigo.

Margarita le sonrió y soltó su mano para adelantarse y dar una palmadita al caballo en el cuello.

Me estoy acostumbrando a sentir tus ojos observándome y empiezo a sentirme sola cuando no te tengo en mi mente. No había comprendido lo sola que podía llegar a estar, hasta que te sentí en mi interior.

Zacarías tomó el control de ambos caballos e hizo que regresaran en dirección a los establos. Deseaba estar dentro de algo más que su mente. Quería ver su cuerpo sin la tela vaquera que tan bien se le ajustaba. Necesitaba la sensación de las manos de Margarita sobre él, el terciopelo caliente de su boca pegada a su cuerpo. La miró, consciente de que ella detectaba el hambre en su mirada ardiente.

La respuesta fue esa sonrisita misteriosa, demasiado sensual e incitante para su erección. Instó a *Trueno* para que avanzase, necesitaba a Margarita. Ella le había regalado esta noche, este obsequio, pero quería más. Tal vez siempre quisiera más.

De vuelta en el establo, Margarita contempló los pensamientos de Zacarías mientras daba una rápida cepillada a los caballos, los metía en sus compartimientos y les dejaba una mezcla de heno y comida en señal de agradecimiento. La excitación no había dejado de crecer en ella desde el momento en que se había puesto la ropa interior justo delante de él. Había sido algo atrevido; sólo de recordarlo se humedecía.

Las imágenes eróticas en la cabeza de Zacarías hicieron que esa humedad pasara a ser un lubricante bien reconocible. Ese aroma de bienvenida no podía pasar desapercibido al carpatiano, pero Margarita se tomó su tiempo, dejó que la tensión sexual se expandiera ahí en el establo mientras se lavaba las manos y se las secaba con cuidado antes de volver con él.

¿Cómo puedo complacerte? A Margarita le encantó el sonido de la pregunta, la consulta sumisa y dulce. No necesitaba voz ni palabras para comunicarle que quería ponerle las manos encima, y también la boca, que quería cumplir todos los deseos de Zacarías.

—Quiero que me toques. Que explores mi cuerpo igual que yo he explorado el tuyo.

Su voz era cautivadora, la magnetizó con aquella autoridad tan masculina de su tono. No entendía por qué sentía la necesidad de aliviarle de su carga de aquella manera, pero un impulso en ella le hacía satisfacer todas sus necesidades. Este hombre había luchado durante siglos, absolutamente solo. Estaba herido en lugares que nadie podía ver, y en toda su vida solitaria sólo había dejado que una persona se acercara lo bastante como para mirar en su interior: ella.

Su corazón dio un brinco de placer sólo de saber que él encontraba consuelo en su cuerpo, que allí encontraba paz. Haría cualquier cosa para propocionársela, y encontraría disfrute en cada acto, en su docilidad.

En un instante las ropas de Zacarías habían desaparecido, como si tal cosa, y ella no pudo contener un jadeo al ver el tamaño y la forma de la voluminosa erección. La tenía gruesa y larga como jamás hubiera imaginado en un hombre. Le resultó imposible no tocarle. Sus manos tenían vida propia y, la verdad, Zacarías había dado su permiso al fin y al cabo.

La diversión de Zacarías se coló en la mente de su compañera eterna.

—Más que permiso, locuela de mi corazón, es una orden. Compláceme.

No podía negarse a ese tono burlón, ni a la presión del deseo que él introducía en su mente. Deslizó los dedos por el muslo de Zacarías, sin apartar la vista de su rostro en ningún momento, manteniéndose con firmeza en su mente. Quería sentir cada una de sus reacciones y necesitaba observarle también. El aliento entrecortado surgiendo de los pulmones de Zacarías era un afrodisíaco. Tocó su capullo ardiente, un grueso botón redondo con una sola perla fuera. Usó la punta del dedo para esparcir la gota lubrificante por el capullo hasta dejarlo reluciente. Los ojos del carpatiano ardían de excitación.

Confío en que nadie se acerque. Mientras Margarita expresaba su temor, obedecía a la presión de las manos de Zacarías sobre sus hombros para que se pusiera de rodillas.

Margarita percibió el placer que le producía la mera visión de ella arrodillándose ante él, con el pelo derramado por su espalda, los ojos brillantes y los labios un poco separados.

—Eres hermosa, Margarita. Quiero ver esas naderías de encaje que cubren tu cuerpo. Pensaba en esas prendas mientras montábamos juntos, y en cómo se ajustan a tu cuerpo esos calados.

Ella ya lo sabía; había ayudado a alimentar esas fantasías con las suyas propias. Medio sonrió, con la atención puesta en la gran erección, tan cerca de su rostro. La rodeó con una mano e inclinó la cabeza hacia Zacarías.

¿Cómo es posible que quepas en mí? ¿Cómo iba a poder meterse todo eso en la boca tal y como lo veía en la mente del carpatiano?

Su camiseta desapareció como si nunca hubiera estado ahí, y la fresca noche martirizó sus pezones a través del encaje negro, hasta convertirlos en dos picos elevados. Se encontró arrodillándose sobre algo blando, mientras el aire martirizaba a continuación su trasero cuando los vaqueros y las botas siguieron el mismo camino que la camiseta, fuera cual fuese. Nunca se había sentido tan sexy. Y él era guapísimo, su cuerpo masculino era todo músculo, duro y definido.

—Fui creado para ti, así de sencillo.

Zacarías apoyó la mano en su nuca y la dejó sin respiración cuando la instó a adelantarse. Margarita no se resistió, sino que exploró con las manos y sin prisas el tamaño y forma, disfrutando de la textura y el calor. Se inclinó hacia delante y dio un lengüetazo tentativo. El sabor se parecía a su té favorito. El carpatiano debía de haberlo detectado cuando la besó en la cocina y había tomado nota.

Encantada e impresionada de sus esfuerzos por aumentar su placer, quiso ser sincera con él.

No he hecho esto nunca, Zacarías. No quiero decepcionarte. Estaba temblando mientras lamía el amplio capullo sedoso, pero en el momento en que notó que él se estremecía y sintió el placer estallando en su pareja, se tranquilizó.

Zacarías la agarró por el pelo con una mano, y ella pudo ver, con la mente firmemente instalada en la suya, lo que necesitaba: un lengüetazo acariciador desde la base al capullo, para que se lubricara. Le estaba cogiendo gusto deprisa a aquel sabor, la mezcla exótica de té y Zacarías. Pasó la boca sobre el amplio capullo, haciendo girar la lengua con un contacto íntimo y ardiente.

Sin previo aviso, él la apartó de pronto con un fuerte tirón del pelo. Le provocó dolor en el delicado cuero cabelludo, pero aún la perturbó más que rechazara sus atenciones. El rostro de

Zacarías era una máscara inexpresiva y sus ojos centelleaban casi rojos.

El hielo volvió a llenarle, glaciares enteros, barreras impenetrables que dejaban a Margarita fuera. La rechazó tanto física como mentalmente y la arrojó virtualmente fuera de él, sin explicarle qué había hecho mal. Conmocionada y humillada, se sentó sobre sus talones, haciendo un esfuerzo para no echarse a llorar.

Capítulo 13

Zacarías levantó a Margarita, la puso en pie y la vistió de inmediato con sus ropas preferidas, falda larga y blusa, para así tapar la tentación de su cuerpo. La agarró por la parte superior del brazo con dedos como tenazas obligándola a mirarle a los ojos.

—Vas a hacer exactamente lo que te digo, Margarita. Eres mi principal vulnerabilidad, mi mayor lastre. No puede haber nada de ti dentro de mí, ni un rastro, ni un olor, nada. Una vez que me retire, no puedes buscarme, no importa cuánto rato pase o lo que suceda. —La sacudió un poco—. ¿Me entiendes?

Ella negó con la cabeza, con lágrimas en la mirada. No iba a afectarle, él no podía permitirse mirar esos ojos y sentir dolor, sólo iba a quedar hielo y piedra en él, ni un rastro de la mujer que representaba un peligro potencial para miles de personas, carpatianos y humanos, que podían encontrar la muerte. No podía quedar rastro de su pareja eterna en él o sobre él. Tendría que desprenderse también del olor de sus apreciados caballos.

Margarita pestañeó varias veces, pero no podía consolarla, no podía seguir formando parte de ella. Todavía no era carpatiana y no entendía cómo funcionaba su mundo; miraba a su alrededor como si despertara de un sueño, aturdida y confundida. No podía culparla, notaba también todo su cuerpo a punto de arder en llamas. Pero tenía suerte de mantenerse siempre tan atento al peligro.

Los caballos retrocedían dando coces al aire y golpeaban la madera de los compartimientos entre relinchos de protesta. Margarita se volvió hacia los animales con la cara pálida. Se le cortó la respiración.

¿Has notado eso? Están asustados... pero no es por ti. Hay algo más, Zacarías, algo más terrible. Hay un hilo, un zarcillo...

El carpatiano reaccionó al instante, obligándola a volverse para que lo mirara. Le clavó los dedos en los hombros con firmeza mientras la medio sacudía.

—No intentes seguirlo. Es un vampiro. El no muerto ha extendido sus tentáculos y va a por ti, ahora incluso a través de los animales que tanto amas.

Haré sonar la alarma y los chicos vendrán a ayudarte en la batalla.

—Lo que vas a hacer es avisarles de que se pongan a cubierto. Se interpondrían en mi camino y presenciarían una batalla que les haría temerme aún más.

A Margarita le saltaron las lágrimas, mientras sus ojos se agrandaban de miedo.

No puede sucederte nada, Zacarías. Ellos podrían ser de ayuda, y yo también.

Volvió a sacudirla un poco.

—Vas a hacer lo que te diga, en todo. Te meteré a toda prisa en casa. —Le rodeó la cintura y la levantó por el aire—. Te quedarás ahí hasta que vuelva a por ti, no importa cuanto tarde. No hables conmigo, no conectes conmigo. Espero tu obediencia en esto.

Notaba la urgencia que le consumía y le avisaba de la batalla inminente. Tenía que instalar las salvaguardas en torno a las casas y establos para impedir la destrucción de la vida y de su propiedad, algo que los vampiros eran propensos a hacer sólo por diversión. Sobre todo tenía que eliminar cualquier rastro de

Margarita de su mente y cuerpo, en su corazón y su alma. No podían quedar indicios de su presencia que el enemigo pudiera captar, ni siquiera el más mínimo aroma.

Voló a velocidad vertiginosa, ocultándose mientras la metía en casa. Se fue directo al dormitorio principal, allí las paredes eran más gruesas, y la empujó para que entrara en un pequeño hueco abierto en el muro.

—No te muevas. Si lo haces, Margarita, las consecuencias serán terribles.

Ella dobló las rodillas con gesto de asentimiento y se las rodeó con los brazos, formando un ovillo. Tenía el rostro surcado de lágrimas, pero el miedo en sus ojos era por él, no por lo que pudiera decidir hacer como castigo si le desobedecía.

Zacarías no podía pensar en el sabor de su aliento ni en cómo se sentía ella al introducirse en su mente, tenía que bloquear todo acceso y quedarse vacío, un guerrero solo, sin nada que perder. Le dio la espalda y se apresuró a levantar las salvaguardas más potentes sobre cada uno de los edificios de su propiedad. Requirió fuerza y aguante preparar unas tramas tan fuertes teniendo en cuenta la proximidad de los vampiros.

Inspiró la noche. Eran tres. Ruslan nunca enviaría a su mejor guerrero en un primer ataque directo, pero de cualquier modo mandaría vampiros experimentados. Venían en tres direcciones, intentando decidir el campo de batalla para pelear con él. Zacarías les quería lejos de su mujer y de todo lo que estimaba. Se lanzó al aire y se dirigió como un rayo al extremo más alejado del rancho De la Cruz, donde la selva tropical alcanzaba al claro, exactamente donde Ruslan había intentado infiltrarse con su planta venenosa, disponiendo una trampa para ayudar a los vampiros que avanzaban.

Se trataba de un juego de estrategia. Ruslan era un maestro de la estrategia y haría todo lo posible para manipularle y hacerle caer en la trampa. Este ataque era la táctica inicial para poner a prueba su fuerza y decisión. Él se había quedado demasiado tiempo en un mismo sitio, y Ruslan dado por supuesto que Zacarías había quedado herido de muerte en la batalla de Brasil, y que por eso no se había trasladado. Habría recibido informes sobre gotas de sangre encontradas en el aire; los sabuesos de Ruslan habrían seguido su rastro hasta Perú, hasta la hacienda De la Cruz, y ahora pensaba que a Zacarías le estaba costando recuperarse y por tanto sería vulnerable.

Sí, lo era, pero no por los motivos que creía Ruslan. Se aseguró de eliminar todo olor de su cuerpo y todo rastro de su compañera eterna en su mente. La soledad le golpeó con fuerza, algo casi insoportable ahora que sabía cómo era tenerla dentro de él, llenándolo. Sin su conexión, el mundo volvió a su aspecto gris y apagado. Allí donde miraba, el color vivo había desaparecido. Los verdes intensos y vibrantes del bosque pluvial, el estallido de los colores brillantes de las flores que ascendían serpenteantes por los troncos de los árboles, incluso los tonos de los helechos de encaje, todos habían desaparecido para ser reemplazados por el terrorífico gris.

Apartó la mente de Margarita con decisión. Requirió una gran disciplina hacerlo. Las parejas eternas se necesitaban. Una vez tejidas las hebras vinculantes, eran irrompibles, su mente siempre buscaría contactar con ella. Si a eso sumaba la facultad de ver en color y la capacidad de sentir —sólo cuando la tenía conectada a él—, su necesidad de ella era tremenda. Por suerte era un guerrero anciano veterano, y su prioridad, por encima de todo lo demás, era la seguridad de Margarita.

Volvió la espalda a los edificios humanos, los hogares que tanto significaban para ellos. Él nunca lo había entendido. Era un nómada que se trasladaba continuamente por motivos de supervivencia, sin permitir que ni siquiera sus hermanos conocieran sus lugares de descanso o sus guaridas secretas. Tenía docenas de escondites distribuidos por Sudamérica, sitios a donde poder retirarse y descansar cuando fuera necesario, pero ahora comprendía el significado de la palabra hogar. No la estructura, ni el lugar, sino la mujer.

Se lanzó al cielo, convertido en un fino hilo de vapor, y vagó con la leve brisa, siguiendo las corrientes, intuyendo la dirección a seguir y buscando la ubicación exacta del enemigo. Pudo ver a cierta distancia una nube negra solitaria girando enloquecida, avanzando hacia el pasto donde descansaba la manada para pasar la noche. Los haces rojos de unos relámpagos furiosos iluminaron los extremos del caldero negro y turbulento.

Identificó el nubarrón, pero se mantuvo a cierta distancia. Ruslan tendría a sus vampiros bien adiestrados. Les habría advertido sobre la personalidad de Zacarías: era un luchador y, a diferencia de Ruslan, no vacilaba en plantar cara a su enemigo. El maestro vampiro habría explicado a sus peones que él no saldría corriendo, que de hecho iría directo a la pelea. La nube tormentosa gigante, de aspecto tan maligno en el cielo, por otro lado claro, sólo era una invitación para sacarle a la luz; bastante torpe, por cierto.

Zacarías proyectó una ilusión en la nube, una mera réplica de sí mismo, más aire que sustancia en realidad, pero en esa vaga forma estaba él incrustado, tal era su dominio de las destrezas ilusionistas. Percibió cómo chocaba su proyección con algo imperceptible, algo sólido y afilado. Su ilusión quedó triturada. Al instante hizo que le creciera una larga uña y se hizo un corte en la muñeca. Levantó una suave brisa y sacudió las gotas de sangre con el viento, para esparcirlas por el campo de batalla que él había elegido, ese terreno llano donde Ruslan había dispuesto con cuidado la trampa de su planta apestosa.

Su sangre era poderosa. Era un carpatiano anciano, uno de los cazadores vivos más poderosos, sin lugar a dudas. El olor de su sangre atraería a los vampiros como perros. La olisquearían y el poder contenido en una sola gota sería un premio por el que luchar. También comunicarían a su señor con triunfalismo que Zacarías estaba herido, con toda certeza, y que le habían asestado el primer golpe con esa trampa sencilla. Ruslan creería que él continuaba herido, pero sabría que la treta de la nube tormentosa no le había sacado de su escondite.

Se cernió sobre el campo y permitió que la brisa llevara más gotas de sangre por el aire y las esparciera en muchas direcciones. Era una llamada irresistible. A esas alturas, cualquier vampiro joven ya habría salido arrastrándose de su escondite en los arbustos, intentando encontrar una preciosa gota y lamerla deprisa antes de que se la llevara otro. El hecho de que no hubiera movimientos inmediatos comunicó al carpatiano que Ruslan había enviado luchadores experimentados.

Se dejó dominar por sus instintos, el ansia primaria de lucha. Vivía para eso. Conocía esa excitación tan bien como conocía el acto de matar. Esperó con paciencia inagotable, resultado de miles de batallas. Pasaron siete minutos hasta que el primero de los tres vampiros se mostró. La maleza del extremo del bosque pluvial más próximo a la valla se marchitó y se puso marrón. Se desprendió de la forma innatural del no muerto mientras éste separaba las largas hojas y se asomaba al campo.

Zacarías ya lo había visto antes, hacía pocos años, o tal vez más; el tiempo pasaba, aunque para él no significara nada. Pero incluso entonces, antes de que aquel carpatiano se convirtiera en vampiro, Zacarías sabía que era un caso perdido para la causa del honor. Zacarías le evitaba igual que evitaba a todos los carpatianos. Era un cazador, no era amigo de ninguno de ellos, no quería conocerles antes de darles muerte. Éste no tenía más de quinientos o seiscientos años, y alguien que se convertía en vampiro a una edad tan joven era deleznable. ¿Qué podía llevar a un carpatiano que no había sufrido los estragos del tiempo a dar la espalda al honor?

El vampiro alzó la nariz y olisqueó el aire, inhalando el aroma potente de la antigua sangre carpatiana. Sacó la lengua y la sacudió con glotonería, abriendo los orificios nasales. Puso una mueca que dejó ver esos dientes puntiagudos medio podridos, ya ennegrecidos y afilados. Su nombre empezaba por efe: Forester o algo parecido. Poco importaba. Antes le consideraba un hombre de poco honor; ahora era un hombre sin honor.

Zacarías permitió que la brisa dejara de soplar, para que el aire se quedara muy quieto, aumentando así la potencia del olor de su sangre. El hombre sin honor retrocedió entre los helechos marchitos, volviendo la cabeza a un lado primero, luego al otro, con gesto cauteloso, de animal, antes de encontrar valor para volver a sacar la cabeza al claro.

El guerrero carpatiano estudió el campo de batalla. Nada se movía. Ni una sola brizna de hierba, ni las hojas de los árboles. Dos de los peones de Ruslan tenían disciplina suficiente para resistirse a la llamada de una sangre tan potente. Pensaban que él estaba herido, pero no obstante eran lo bastante pacientes como para esperar a que él se mostrara, y lo bastante inteligentes para utilizar a su compañero impaciente como cebo.

Zacarías comprendía que su trampa podría volverse en su contra con facilidad. El hielo se congeló un poco más, un glaciar azul que adquiría nuevas capas a medida que avanzaba la partida de ajedrez. Éste era su mundo, y lo entendía. Observó al hombre sin honor mientras salía a rastras de su refugio de densos arbustos, deslizándose como una mera sombra por el campo. A su paso, la hierba de tonos claros se convertía en un marrón sucio y apagado, una franja de destrucción de la que no se percataba. Estaba tan absorto en conseguir las gotas de sangre con la lengua que había olvidado cómo se sublevaba la naturaleza contra un ser tan innatural y creaba un camino que señalaba de forma directa al no muerto.

La mancha se expandió mientras el vampiro seguía arrastrándose sobre su vientre, lamiendo las hojas de hierba, ansioso por alcanzar el poderoso y peligroso frenesí. Zacarías, atento a que sus movimientos fueran casi imperceptibles y que los vampiros ocultos no detectaran la agitación de poder, lanzó un repentino ventarrón que sacudió todo el prado. Al mismo tiempo, inclinó cada brizna de hierba, convirtiéndolo en un césped serrado y sanguinario.

El vampiro chilló y rodó por tierra, sujetándose la boca ensangrentada al notar un millón de cortes en su lengua y labios ennegrecidos. Zacarías no se molestó en mirar su estupenda obra, se limitó a estudiar el terreno y los árboles e incluso el cielo. Una sombra se desplazó entre las raíces oscuras de un capoc, con el más leve de los movimientos, pero fue suficiente. Zacarías cerró su corte en la muñeca y retiró todo olor a sangre. Permitió que los vientos cambiantes le acercaran a la selva tropical, justo hasta el árbol alto e imponente que se elevaba como un centinela por encima de la bóveda y salía al cielo nocturno.

Ningún murciélago colgaba de las raíces, ningún ave descansaba en las ramas. Las hojas estaban caídas y temblorosas. La savia que corría por el tronco no delataba nada, no había indicio alguno de cáncer en el árbol, sólo el movimiento vago que había captado por el rabillo del ojo. El viento se había calmado, sólo quedaba una suave brisa, y Zacarías se dejó flotar hasta el interior de esa gran estructura de raíces. Una peste repugnante le comunicó que se encontraba cerca de su presa.

Una vez que se halló en el espacioso refugio, se esforzó con extremada cautela en permanecer quieto. Había gotas de murciélagos y pequeños frutos esparcidos por el suelo de tierra. Estudió el sistema de raíces. Pudo ver dónde se había introducido el no muerto. Con el mismo cuidado que había puesto en no tocar el árbol, rozó uno de los amplios alerones que se extendían sobre el suelo del bosque, ennegreciéndolo levemente. La plaga detectada en la raíz era leve, lo cual indicaba que el vampiro era astuto y más cuidadoso que la mayoría.

Zacarías sabía que se encontraba en un espacio pequeño y limitado con otro depredador, maligno y astuto, dispuesto a sacrificar a su compañero vampiro con el fin de matar al carpatiano. Un movimiento en falso y estaría muerto, aun así no tuvo miedo ni aprensión. Se encontraba metido de lleno en su función de guerrero. Comprendía el lema de matar o morir, y no cometía errores. Su paciencia era infinita. Más tarde o más temprano, el vampiro haría algún movimiento para comprobar qué sucedía en el campo. Vería a su compañero arrastrándose por la hierba serrada que le cortaba las piernas y las tripas. Para entonces, el hombre sin honor ya habría saboreado la sangre poderosa de Zacarías y operaría en él aquella sutil compulsión que incrementaba la adicción hasta que nada importaba más que degustar otra vez esa sangre.

El carpatiano esperó ahí en la oscuridad, intentando no respirar la peste a carne putrefacta del no muerto. El árbol gemía, y era el único sonido aparte del llanto continuo del hombre sin honor, que seguía descuartizándose sobre el suelo, viendo las gotas elusivas de sangre. La hierba serrada le cortaba las manos, los brazos y el vientre, incluso su rostro y lengua, pero la compulsión le dominaba, una necesidad terrible de más y más sangre preciada.

Una leve perturbación justo a su izquierda delató la posición del enemigo. La criatura se adelantó en silencio para poder observar mejor el campo. Se estaba cansando de esperar. Zacarías sabía que empezaba a cuestionar si de verdad se encontraba ahí o no. El carpatiano no se había apresurado a correr hacia la nube de tormenta, como había predicho Ruslan que haría, y tampoco se había mostrado. Habían seguido el rastro de sangre, encontrando sangre fresca. Zacarías podía haber huido en busca de otro lugar donde curar lo que con toda probabilidad sería una herida mortal.

Como cazador carpatiano lo había visto todo, conocía el funcionamiento mental de sus oponentes. La paciencia nunca era un rasgo fuerte del *nosferatu*, aunque, hasta ahora, el tercer conspirador no se había delatado. Se colocó detrás del vampiro de olor apestoso, con cuidado de no alterar el aire en la ahora fétida estructura de raíces. El aire estaba tan quieto que la más mínima corriente podría avisar al enemigo. Una vez encontró la posición perfecta, colocó el puño apenas a una pulgada de la espalda del no muerto y golpeó directo al corazón, atravesando huesos y tendones. Al mismo tiempo, cogió al vampiro por la garganta, impidiéndole gritar.

Su sangre espesa y negra, semejante al ácido, cayó por su mano y brazo mientras extraía lentamente el órgano pulsante y atrofiado. Clavó los dedos de la mano libre en la garganta del vampiro y le extrajo la laringe para que no pudiera surgir ningún sonido y delatar su presencia.

Desde el cielo, látigos relampagueantes alcanzaron el campo y el prado abierto donde se arrastraba el hombre sin honor. Cientos de rayos sacudieron el terreno, llovieron relámpagos y grandes espadas recortadas que golpeaban una y otra vez desde el cielo con un ataque vertiginoso presente por todas partes. Era imposible ver dónde caía cada rayo, por lo amplio de su alcance. Aun así, ninguno explotó en los árboles, sólo cerca de ellos.

Uno de los latigazos alcanzó el corazón tirado justo fuera de la estructura de raíces, donde lo había arrojado Zacarías, y se incineró de inmediato. Sin compasión, el carpatiano arrojó la carcasa del vampiro por entre los barrotes de los amplios alerones leñosos, permitiendo que el rayo quemara eso también. Se limpió las manos y los brazos en aquella energía candente y purificadora, permitiendo que los zambombazos de los rayos continuaran unos momentos más sobre el campo, para no delatar su ubicación.

Todo se sumió en un silencio total de nuevo. El cielo se aclaró, las estrellas relucieron en lo alto, y sólo una masa solitaria de turbulencia indicaba la presencia de problemas. La hierba quedó ennegrecida en algunos puntos, unas pocas briznas ardían y enviaban chispas por el humo negro que ascendía en espiral por el aire. El fuego brincaba y danzaba, multiplicándose a toda prisa, tan sólo como pequeñas y diminutas llamaradas que enviaban volutas de humo negro al aire. Varios fuegos cobraron vida en torno al hombre sin honor.

Zacarías permitió que la brisa se deslizara sobre el dosel selvático y que las hojas de los árboles se agitaran con su rumor a lo largo de la línea de la valla, a unos trescientos metros de distancia. Al instante el suelo se abrió cerca de un árbol con las ramas relucientes, la tierra se elevó como un géiser y la maraña de una enredadera explotó hacia arriba, envolviendo el árbol y estrangulando el tronco, sin dejar de subir hacia la bóveda verde, ahogando todo lo que tocaba, allí donde llegaba. La enredadera rodeó más y más el árbol, asfixiándolo hasta que la corteza saltó en tiras con una fuerza alarmante, rechazada por el tronco. Las ramas se partieron bajo el peso y se rompieron en pedazos que al final cayeron sobre el suelo del bosque.

El vampiro había respondido deprisa y con precisión, pero no había revelado su posición. Impresionante. Ruslan había enviado tal vez a un oponente digno. Zacarías permitió que la brisa se expandiera y soplara por el campo para que las columnas de humo se desplazaran por la zona y se juntasen, dificultando la visión en parte. Se coló en el humo, con idéntico color, sólo negros y grises, un vapor casi transparente que se fundía más y más con los pequeños fuegos hasta formar el humo un velo sólido, casi impenetrable, que impedía la visibilidad.

Por debajo, el hombre sin honor lloriqueaba, y las lágrimas quemaban briznas de hierba. Aún continuaba resbalándose, ahora frenético, como el gusano más ínfimo, desesperado por encontrar más sangre poderosa. No podía vivir sin ella ahora, y nada más le importaba, desde luego no le importaba Ruslan ni sus amenazas y promesas vacuas. Sólo la sangre. Necesitaba sangre. Lloriqueaba y sollozaba, inconsciente por lo visto de que el césped serrado tenía unos extremos afiladísimos que penetraban a fondo en su cuerpo. Sólo la sangre le importaba, sólo la siguiente gota.

El hombre sin honor no advertía las llamas en el suelo ni las capas cada vez más densas de humos sobre su cabeza. Olía ese tesoro extraordinario, sorprendente y poderoso, que sólo él podía alcanzar. Nunca lo compartiría, le haría invencible, imposible de destruir, más poderoso incluso que Ruslan; al fin y al cabo, ese cazador solitario era el carpatiano al que Ruslan más temía. Sería el soberano de los vampiros y de los carpatianos con el tiempo. Los humanos sólo serían títeres y ganado para él.

Olisqueó el aire. ¿Era eso una gota sobre su cabeza? Se dio media vuelta, intentando frenéticamente encontrarla con su lengua en el aire humeante. Si el carpatiano hacía aparición, el no muerto le arrancaría el corazón y lo devoraría, y luego consumiría cada gota de sangre que hubiera en él. Necesitaba su sangre. No encontraba nada con la lengua, pero su nariz aún olía más. Opulenta, tentadora. Las gotas habían caído justo en sus heridas del pecho y el vientre. El carpatiano debía de estar cerca y tenía que estar sangrando.

Las afiladas uñas del no muerto se alargaron hasta convertirse en garras incisivas, y empezó a desgarrar su propia carne, cortándola y despellejándola para llegar a esas preciosas gotas de sangre. Los sonidos eran horrendos, soltaba gritos de agonía, gemidos desesperados de hambre y necesidad que resonaban a través de la noche. En los establos, los caballos reaccionaron dando coces en un intento frenético de escapar al sonido. El ganado en los campos más distantes se puso en pie, casi al mismo tiempo, como si una descarga eléctrica hubiera recorrido la manada.

En la distancia, Zacarías oyó el *pof-pof* de las palas de un helicóptero. Maldiciendo en su lengua materna, propinó un golpe fuerte y rápido, extrajo el corazón al hombre sin honor y lo arrojó bien lejos al campo. Se movió camuflado por el humo, con cuidado de flotar con la brisa para no delatar su posición mientras intentaba darse prisa. Sabía que el otro vampiro atacaría a su socio aullante, con la certeza de que Zacarías se encontraba en algún lugar entre el humo, próximo a él. Los relámpagos volvieron a iluminar el cielo, haces que convertían el lugar en una zona de guerra moderna, y arpones de energía candente que golpeaban la tierra. Un rayo alcanzó el corazón, lo incineró y luego saltó al cuerpo del vampiro de modo infalible, destruyéndolo también.

El ganado estaba a punto de salir en estampida. El vampiro se percataría al instante de que los ocupantes del helicóptero trabajaban para la familia De la Cruz. Los rancheros saldrían de sus casas pese a la orden de permanecer dentro; su instinto de salvar la manada superaba aquella orden. Otro cebo que aprovecharía el vampiro, con la esperanza de que Zacarías les protegiera.

El carpatiano se concentró en la nube turbulenta que el vampiro había creado como trampa. Avanzaba dando vueltas por el cielo, cargada de humedad, creciendo de tamaño y girando con su forma de torre pesada, un oscuro y maligno embudo de ira en rotación. Zacarías abrió las compuertas y permitió que las gotas atrapadas cayeran sobre el campo y extinguieran todas las llamas.

El humo negro mezclado con vapor gris, cada vez más denso, giró con el fuerte viento hasta que el aire estuvo cargado de humo, polvo y desechos.

El carpatiano se lanzó como una flecha a través de la neblina en dirección al helicóptero, sin parar de maldecir. Sin duda el vampiro atacaría primero la nave. Era mucho más fácil ser un guerrero carpatiano al que sólo le importaba matar al enemigo. Proteger a los humanos añadía un gran factor de riesgo y su mente no dejaba de regresar una y otra vez al motivo. Lo bloqueó deprisa y con fuerza, pero un nudo empezó a crecer en la boca de su estómago.

Se introdujo en el helicóptero justo al lado de Julio.

Aléjate de aquí a toda prisa. Hay un vampiro.

En cuanto comunicó el aviso a la mente de Julio, Zacarías desapareció y creó un anillo de protección en torno a la nave. El golpe llegó justo como había esperado, un misil que atravesó el aire como un rayo, dejando atrás un rastro de vapor. El proyectil alcanzó el anillo de protección y explotó. Lea, que pilotaba el helicóptero, chilló y el aparato se ladeó de modo ostensible. Al mirar abajo, la joven no pudo evitar ver la densa humareda.

—Sácanos de aquí, Lea —exigió Julio.

—Lo estoy intentando —respondió a gritos, aunque ambos llevaban una radio.

El helicóptero dio un bandazo cuando algo explotó muy cerca.

—Alguien nos está disparando —gritó.

—No, es una explosión del incendio. ¿Puedes ver? —preguntó Julio.

—El humo es tan denso... —respondió Lea—. ¿Cómo es posible que haya tanto humo por todas partes?

Zacarías seguía oyendo la discusión frenética de los humanos mientras seguía la trayectoria del misil hasta su origen. El vampiro se habría movido cuan rápido era tras el ataque lanzado con la esperanza de abatir el helicóptero, pero su desplazamiento dejaba un rastro. Y él podía seguir cualquier rastro, por leve que fuera. Se lanzó por la estela exacta de vapor dejada por el misil, empleando la línea de su trayectoria para inspeccionar la zona inferior.

En el aire, el helicóptero atrapado en el humo parecía tener problemas. El vampiro alimentaba ese humo, lanzando más cantidad al cielo y al campo para que se volviera más denso, casi impenetrable. Zacarías fue tras él. Si se quedaba para intentar ayudar a los dos ocupantes del helicóptero, entonces los hombres que salían de sus casas para acudir junto al ganado estarían en peligro. Tenía que detener al no muerto.

El vampiro había sido inteligente, había conseguido ocultarse casi a la intemperie. Una vez que Zacarías se situó a la altura del escondite, consiguió ver cómo había aprovechado el terreno natural, en el punto donde se hundía por debajo de la valla, en pendiente. Allí los arbustos eran poco abundantes, pero había conseguido ocultarse en la escasa vegetación sin tocar una sola hoja. La hierba donde había permanecido oculto había menguado y adquirido un color marrón apagado: algunas hojas se agitaban dando testimonio de que el no muerto acababa de abandonar este lugar.

El vampiro se movió protegido por el denso humo, cambiando de posición a toda prisa, pasando cerca del poste cubierto por la enredadera de la valla exterior. Las hojas y la maraña de maleza se retiraron sutilmente. Zacarías siguió ese débil trazado. En la distancia, podía oír al ganado berreando de miedo y los sonidos de los hombres que iban presurosos a por sus caballos. El no muerto tenía un objetivo. Si el ganado corría en estampida, obligando a salir a muchas víctimas potenciales, contaría con ventaja.

Por encima de Zacarías, el helicóptero dio otro bandazo cuando otro proyectil explotó contra el anillo de protección. El carpatiano calmó el fuerte viento y lo alejó de la nube en forma de embudo para así dispersar la humareda, dando a Lea una oportunidad de distinguir un punto despejado en el cual hacer descender con seguridad el ave de metal.

Los hombres salían de las casas y se montaban de un brinco sobre sus caballos, apresurándose en dirección a los campos alejados donde el ganado permanecía semiprotegido por la leve pendiente de las laderas y los árboles de altas copas. Zacarías corrió como un rayo para adelantarse al vampiro y levantó una barrera con la que chocó el no muerto, que rebotó hacia atrás y se encontró en medio del campo quemado.

Zacarías se materializó a cierta distancia de él.

—Te conozco. Deberías haber sabido que no era buena idea salir a cazarme.

El vampiro se incorporó poco a poco, quitándose el polvo de la ropa con meticulosa atención. Hizo una profunda reverencia y luego se enderezó.

—¿Quién podía resistirse a medir fuerzas con el poderoso Zacarías de La Cruz? Eres toda una leyenda. Cualquiera que te derrote será eternamente famoso.

—Y precisamente tú vas a ser el que lo logre —dijo Zacarías arrastrando las palabras. Hablaba en tono muy grave, incluso melodioso, en total contraste con el vampiro, a quien le costaba modular la voz. El carpatiano no dejó de prestar atención en todo momento a los sonidos frenéticos de los hombres que intentaban calmar a la manada inquieta.

La acumulación de electricidad en el aire le dijo que el vampiro iba a intentar lanzar un rayo para provocar una estampida. Zacarías hizo un ademán despreocupado con la mano en dirección al cielo para contrarrestar la carga eléctrica. El aire se quedó quieto y desaparecieron todas las nubes.

—Un viejo truco —dijo el vampiro—. Pero no puedes protegerlos a todos de mí.

Del suelo surgieron insectos, a millares, una plaga de bichos famélicos que buscaban comida con desesperación. Se lanzaron al cielo, y volaron directos hacia Zacarías, para seguir después en dirección al ganado, los caballos y los hombres que estaban detrás de él. Parecía un obstáculo pequeño en su camino.

El carpatiano se encogió de hombros. Permaneció en pie con calma, sin moverse mientras los insectos se acercaban.

—¿Y a mí qué me importa eso? Sólo tengo un propósito. Uno.

Sonrió mientras cambiaba el viento, que cobró fuerza y se apartó de él para dirigirse directo al vampiro. Las briznas de hierba serrada atravesaron el aire como un millar de cuchillos. Los insectos intentaron devorarlas en medio del aire, pese a que la fuerza del viento los lanzaba hacia atrás junto con la hierba. Las briznas alcanzaron al vampiro con tal fuerza que atravesaron su cuerpo antes de poder percatarse de que se ocultaban en la masa de insectos. Cientos de briznas lo atravesaron de la cabeza a los pies. Al instante los insectos lo cubrieron, desesperados por alimentarse de sus heridas.

Zacarías se materializó a escasos centímetros del vampiro, y machacó hueso y músculo con el puño, a través de la sangre ácida. Los insectos llovían sobre el suelo y morían al tocar la sangre horrenda, antinatural, del no muerto.

—Yo destruyo vampiros —susurró Zacarías, mirándole directo a los ojos, con una mirada desapasionada que lo decía todo—. Ése es mi propósito. —Extrajo el corazón ennegrecido y arrugado y lo arrojó a la masa de insectos moribundos y temblorosos.

Un rayo desplegó sus horquillas por el cielo y cayó sobre la montaña de cuerpos, incinerando el corazón al igual que los insectos. Zacarías retrocedió con calma y permitió que el cuerpo cayera para que el rayo de energía candente pudiera calcinar los restos.

Permaneció en pie un momento y permitió que el aire fresco de la noche limpiara sus orificios nasales del hedor del no muerto antes de dar media vuelta para verificar que el helicóptero había aterrizado con seguridad. Julio corría por el campo abierto justo delante del hangar, con Lea de la mano, y los dos se dirigían hacia los establos, presumiblemente para ayudar con el ganado.

Pese a la manera en que la tierra se sacudía bajo el golpeteo de las pezuñas del ganado que empezaba a correr sin sentido, la mirada de Zacarías era atraída con compulsión, de un modo infalible, hacia la hacienda. Ella estaba ahí. Margarita. Acurrucada en su interior. Sola. La había abandonado sin piedad, y lo haría una y otra vez, en repetidas ocasiones. Pasó un dedo por la masa de su espesa cabellera.

No había luces encendidas en el edificio principal, la única estructura aún a oscuras de la propiedad. En cuanto se dio la alarma para avisar que los vigilantes del ganado necesitaban ayuda, cada casa de la propiedad se había iluminado; con la excepción de la vivienda de Margarita. Podría haber contactado con ella con su mente —desde luego cada célula de su cuerpo necesitaba esa conexión—, pero se negaba a hacerlo.

En el momento en que la tocara, sentiría. El miedo transformado en terror recorrería su cuerpo; miedo a que ella lamentara su elección, miedo a que quisiera cortar los vínculos que les unían. Allí de pie, en medio del campo vacío y quemado, él no tenía que sentir nada.

Oyó tras él a Cesaro gritando. La enorme manada sonaba como un trueno que iba aproximándose. Cesaro, Julio y otros dos trabajadores intentaban cambiar la dirección en que corrían los animales. Los bueyes eran grandes, musculosos, con las cabezas bajas y los ojos entornados, y avanzaban contra la valla que separaba a Zacarías del peligro.

Cesaro disparó su rifle al aire en un último intento desesperado por lograr que el ganado diera la vuelta. Se estrellaron contra la valla con sus amplios pechos, destrozando la madera como si fueran ramitas. El ganado berreaba y levantaba nubes de polvo mientras se abría paso por la cerca.

Zacarías alcanzó a oír los gritos de Cesaro y de su hijo, avisándole de que corriera. Se volvió a los grandes bueyes y entonces alzó una mano. El carpatiano permitió que el depredador en su interior saliera a la superficie y lanzó una advertencia siseante al aire que les separaba, acompañada del olor de un depredador peligroso. Mandó la amenaza intimidante en forma de línea recta a escasos metros por delante de él, como un largo muro de disuasión.

Los primeros bueyes se volvieron de súbito y describieron un semicírculo, de pronto más asustados por lo que tenían delante que por los animales que avanzaban estruendosos detrás. Más animales llegaron corriendo hacia él, pero el olor del peligro era abrumador, y el ganado no tardó en quedarse confundido, mugiendo. Acabó dando lentos círculos, lo cual permitió a los vaqueros tomar el control.

Julio se acercó, pero su caballo danzaba de costado, intentando alejarse de Zacarías.

—La chica a los mandos del helicóptero, Lea Eldridge, no es de nuestra gente. Ha visto cosas que no sé cómo explicarle.

Zacarías asintió. Julio permanecía parado, controlando su caballo con rodillas y manos. El carpatiano arqueó un ceja con gesto inquisitivo.

—Ha salvado la vida a Ricco, y es amiga de Margarita. —La voz de Julio reveló a Zacarías mucho más de lo que el chico estaba dispuesto a confesar. Podría añadir que la mujer no encajaba en esta parte del mundo, pero él deseaba en secreto que sí lo hiciera.

—Tendré cuidado al decidir qué recuerdos suprimo cuando llegue el momento —le contestó.

—¿Se encuentra bien?

—¿Por qué lo preguntas?

Julio vaciló.

—Sus ojos, señor, relucen. ¿Tiene necesidad de …?

Zacarías sacudió la cabeza. Destruir un vampiro pasaba factura a todos los cazadores. Dar muerte a alguien no era algo que hacías a la ligera o sin consecuencias. Julio le tenía miedo, como todos los trabajadores, incluido Cesaro. No podía explicar los peligros a los que se enfrentaba cada vez que mataba; aunque matara a un vampiro. Beber sangre era una tentación, muy peligrosa después de dar muerte. Inclinó la cabeza para expresar su agradecimiento, y luego se apartó del hombre. En verdad, se apartó de la visión del caballo nervioso.

Margarita había comentado que los Pasos Peruanos, al menos los que criaban en este rancho, destacaban por su temperamento así como por sus destrezas. Eran reconocidos por su naturaleza serena ante la adversidad. Había conseguido montar por fin, fluir sobre el suelo con su espíritu conectado a los animales, pero el caballo ni siquiera reconocía que era la misma persona. El asesino estaba demasiado cerca de la superficie.

Zacarías se alejó del campo de batalla, del humo persistente y el olor a muerte en el aire, y regresó andando a la casa principal, de vuelta con ella. Margarita. *Susu*, no su lugar de nacimiento sino su hogar, era una mujer a la que llamaba *päläfertiil*, pareja eterna. El único lugar donde podía encontrar paz era en ella. El único momento en que de verdad cobraba vida era con ella. La única manera que tenía de salir del medio mundo de las sombras era llenar sus espacios vacíos con su luz brillante. Margarita era *sívam és sielam*, su alma y corazón. No podía eludir el hecho de que sin el roce de su espíritu no tenía alma ni corazón, lugares que ahora eran coladores llenos de millones de agujeros, que ya no conectaban con nada que mereciera la pena salvar.

Él no había deseado todo esto. Se había adentrado demasiado en las sombras y mientras él cazaba vampiros en solitario, viviendo en aislamiento estricto, hacía mucho tiempo que el mundo le había superado. No entendía las costumbres modernas. Tantos siglos caminando sobre la Tierra persiguiendo a sus presas le habían mantenido aislado, distante, muy lejos de su especie. No sabía nada de los seres humanos y desde luego no sabía nada de mujeres, pero después de sentirla a ella en su interior, después de estar dentro de ella, no había marcha atrás.

Anduvo por el sendero trillado hasta los escalones de la entrada y se fijó en las flores y los arbustos. Todos tenían un color gris apagado, nada de colores brillantes para él hasta que entrara y uniera su mente a la de Margarita. Una parte se resistía a esta nueva senda, pero ella era ya una droga en su sistema, una adicción de la que no podía defenderse. Necesitaba los colores vívidos, la ofuscación de la emoción, el puro placer jamás experimentado. Margarita era risa y frustración. Era un rompecabezas que le intrigaba y que no sabía resolver.

Subió las escaleras, y a pesar de ser un acto simple, algo en su interior, duro y tenso, hizo aparición. La sentía cerca. Seguía unida a él, sólo que él no permitía que su mente buscara a Margarita. Necesitaba ver su rostro, saber que ella podría aceptar esa parte suya: era el depredador que reconocían los animales. Sabía que su rostro estaba curtido en el campo de batalla, rudo y grabado con el sello del asesino. Todavía tendría los ojos relucientes y los colmillos afilados, un poco alargados.

Margarita tenía que verle tal como era. Resultaba difícil aceptar al macho carpatiano, pero el cazador de esta estirpe era aterrador. No tenía ni idea de lo que haría si ella lo rechazaba. ¿Tal vez llevársela a su guarida para encontrar la manera de hacerla feliz? Imposible. Negó con la cabeza, apoyando la palma en la puerta justo a la altura de su cabeza. Era una situación imposible. Por todo lo sagrado, ¿qué destino era éste? Hasta una mujer carpatiana, incluso de las mayores, tendría dificultades con él. Pero ¿una humana? ¿Una mujer sin experiencia con un macho rudo y dominante que la controlaría sin tener en cuenta las cosas tiernas que necesita una mujer? ¿Cómo podría arreglárselas con él?

Retiró las protecciones con sumo cuidado. Los hombres carpatianos podían irse de casa, pero regresar a su interior tenía cierta dificultad, era doloroso y entrañaba peligro. Abrió la puerta y entró. Por regla general, le costaba respirar dentro de una estructura. En el exterior, el viento le comunicaba cualquier peligro. Dentro, los olores de los humanos y su manera de vivir avasallaban todo lo que tenía valor para él. Ahora, al inhalar, lo que inspiraba era... Margarita.

Su fragancia era toda mujer. Suave y sutil. Olía igual que un milagro. Limpia y fresca, propia de la selva tropical, hecha para él. Avanzó en silencio por el vestíbulo, pues quería darle tiempo para prepararse. Era necesario que ella lo viese tal como era, y que él viera la cara de ella, su verdadera expresión. Al contactar con su mente, todo le quedaría revelado a Zacarías, pero una vez que la mente de Margarita estuviera en la suya, el vínculo de la pareja eterna lo controlaría todo, y enmascararía sus temores y la reacción inicial y verdadera hacia él.

Entró en el dormitorio. La habitación estaba a oscuras por completo, las cortinas seguían corridas y bloqueaban la luz de la luna. Margarita estaba acurrucada sobre el suelo en un rincón. Tenía el rostro surcado de lágrimas y se apretaba los oídos con las manos. Por supuesto le habían llegado los sonidos de la batalla, los relinchos de sus amados caballos y los berridos del ganado. No le habría pasado por alto la estampida del ganado, desde luego no con sus pezuñas atropellando y machacando estruendosas el suelo. La sangre de Zacarías realzaba precisamente todos sus sentidos.

La larga cabellera le caía por encima con todos esos mechones sedosos, pero incluso en esta situación, en su peor estado de depredador, podía distinguir que la espesa cabellera era de un negro verdadero, reluciente incluso a oscuras, sin luz que mostrara los azules ocultos. La observó durante un momento, prolongando la espera, sin querer saber la verdad pero necesitándola al mismo tiempo. Tomó aliento, se metió a Margarita en los pulmones y la ayudó con todos sus deseos a levantarse.

Capítulo 14

Ahora. Mírame ahora. Introdujo aquella compulsión en el dormitorio y contuvo la respiración mientras Margarita levantaba la cabeza.

Tenía los ojos inundados de lágrimas, ojos enormes, preciosos, de chocolate. Fijó la mirada en Zacarías. Él vio que contenía la respiración y sus pechos subían y bajaban con un movimiento ligero y femenino. La muchacha tragó saliva como si algo la atragantara. Se retorcía los dedos con tal fuerza que los tenía blancos. Pero él estaba concentrado en su cara.

Margarita le observó durante lo que pareció una eternidad. Se levantó muy despacio, apoyándose en la pared, con los ojos muy abiertos, mientras le estudiaba centímetro a centímetro, buscando daños. Lo inspeccionó con atención. Cuando volvió la mirada al rostro de Zacarías, dio los pocos pasos necesarios para plantarse ante él. Enmarcó su rostro entre las manos y deslizó los dedos sobre él con un roce ligero como una pluma, pero aquella caricia indiscutible provocó una sacudida en su cuerpo.

Una mezcla de emociones atravesó el joven rostro, tan fácil de leer. No podía hablar, pero sus sentimientos eran transparentes. Alivio. Dicha. Miedo. Todo estaba ahí. El corazón del carpatiano adoptó un ritmo más acelerado, aunque ni siquiera se había percatado de que iba a trompicones, en correspondencia con su respiración entrecortada.

Rodeó la nuca de su pareja eterna con la mano y la acercó a él, sosteniendo la cabeza contra su pecho y estrechando sus hombros para sentir todo el contacto físico de su cuerpo. Margarita se fundió con él, rodeándole la cintura con los brazos. Le abrazaba como si quisiera consolarlo, o como si se consolara a sí misma. Tal vez ambos necesitaran consuelo. El carpatiano apoyó la cabeza sobre la de su compañera y permitió que la paz de la muchacha entrara en su mente y su corazón. No le había mirado como si fuera un monstruo. Tenía miedo, pero por él, no de él. Tal vez tener como pareja eterna a una locuela tan preciosa era la solución perfecta para un hombre perdido como él; ella no sabía tenerle miedo.

Abrazarla no era suficiente. La necesitaba dentro de él.

—Entra en mí, *sívamet*. Te necesito dentro. —Susurró esta invitación contra la nube de cabello negro y azul medianoche.

Ella alzó la cabeza y le miró a los ojos. Zacarías se sintió caer, el suelo se movió bajo sus pies. Ella entró despacio, como una melaza cálida, densa y perfecta, llenándole de su brillo, llenando los agujeros de su alma y su corazón, uniendo las conexiones rotas y expulsando las sombras. Le llenó de... ella. Su espíritu se frotaba contra él. Y el alma de Zacarías la reconocía. Ella se convirtió en el ritmo de su corazón.

Zacarías nunca había necesitado a nadie, ni nada, pero ahora no podía pasar sin ella. Lo hacía vulnerable como un recién nacido. El carpatiano conocía la eternidad, había vivido eternamente, pero ahora, con ella, con Margarita, todo era diferente. La eternidad no sería suficiente tiempo a su lado. Pestañeó varias veces, pues los colores de la habitación a oscuras eran tan vivos y brillantes que hacían daño a la vista. Margarita era color, era todos esos tonos intensos y hermosos que explotaban ante sus ojos cuando estaba con él.

Usó la mano con la que rodeaba su cuello para obligarla a alzar la cabeza y encontrar su mirada. Su corazón daba brincos en el pecho y su cuerpo temblaba. Era como si un tsunami lo hubiera alcanzado y lo arrastrara, y ahora se ahogaba. Tal vez llevara todo este tiempo ahogándose y nunca había advertido la sensación hasta que la mente de Margarita conectó todos los puntos, pero ahora sabía que el agua le cubría la cabeza y se encontraba sumergido.

Sólo existía Margarita en su mundo. Margarita con su piel suave y con la luz que proyectaba sobre su alma oscura. Necesitar era algo extraño para un hombre que había pasado la vida en absoluta soledad. Era incómodo y poco familiar, pero la necesidad superaba cualquier cosa en este mundo. Ella era tan frágil, tan vulnerable. Podría aplastarla con facilidad, aun así ella esgrimía todo el poder.

Hundiéndose en aquellos ojos, un fuego arrebatador recorrió todo el cuerpo de Zacarías. La necesidad se volvió física, saltó de su mente a su cuerpo, era una llamarada peligrosa, tan caliente y brutal que cada músculo entró en tensión mientras la sangre caliente precipitaba el fuego desde todos los puntos de su cuerpo y llenaba su entrepierna de una exigencia terrible y agresiva. El deseo ardía en lo más hondo y desgarraba sus entrañas. En el pasado su necesidad era hambre, ahora era deseo de Margarita. De toda ella, su sangre, cuerpo, mente, corazón, y su alma. Zacarías necesitaba.

Ella le daba vida. Le hacía experimentar lo que no podía ser. Dolor. Placer. Pesar. Risa. Rabia. Dicha. Ella era vida. Ahora era su vida. Su todo. No podía vivir sin las emociones y los colores que le había traído, o el suave deslizamiento de su mente contra él, el calor que fundía todo el hielo en sus venas. Zacarías necesitaba.

Margarita le acarició el mentón oscurecido con las puntas de los dedos, y ese leve contacto, ese rumor de caricia ardiente, encendió algo primario y brutal en su interior. El deseo y el hambre le alcanzaron con un puñetazo bestial, una necesidad agresiva y atroz en su vientre que provocó un dolor demencial en su entrepierna.

Le alzó la barbilla y tomó su boca sin más preámbulos. No era un beso tierno. Nada de dulzura amable. Tomó lo que le pertenecía, reclamó su boca.

—Necesito estar dentro de ti. En lo más hondo. ¿Lo entiendes, Margarita?

Era una pregunta imposible. ¿Cómo podía entender ella? El mundo en el cual vivía y el que ella le ofrecía eran absolutamente opuestos. Zacarías entendía uno y necesitaba el otro. Para un cazador carpatiano, necesitar era la peor obsesión posible.

El beso se volvió más áspero cuando brotaron emociones ocultas, un volcán, suprimido durante mucho tiempo, crecía más y más en su interior. Ira contra ella por dominarle de tal manera. Margarita había negado ser una bruja, pero nunca había conocido un hechizo tan fuerte, una telaraña tan hermosa pero no por ello menos letal que cualquier trampa que le hubieran tendido en la vida. Estaba atrapado. Por esto. Por ella. Margarita. Le clavó los dedos en los hombros y la sacudió un poco con una rabia que aumentaba por momentos.

Ella le había negado su descanso eterno, obligándole a hacer frente a su pasado, a recuerdos enterrados tiempo atrás, olvidados. Él había metido todas esas cosas en una cámara acorazada y las había guardado para no rememorarlas más. Margarita abrió las compuertas y, que el sol la abrasara, ahora era adicto a ella y a esas emociones intensas y vivas que le permitía sentir.

Se percató de que en los momentos posteriores tras matar a un vampiro, cuando los caballos le rechazaban, cuando el ganado se alejaba y le rehuía prefiriendo lo desconocido a acercársele, el terror le sobrecogía. No había conectado con esos sentimientos hasta que ella los había vertido en él. Margarita le había reducido a eso. Un guerrero colosal, casi doblegado sólo de pensar que ella pudiera rechazarle.

Tomó su boca una y otra vez, con besos largos y rudos. No le daba ocasión de respirar, de apartarse, sólo podía ser lo que él quería. *Suya*. Sólo suya. Toda suya. Margarita se inclinó sobre él y se entregó, pero no era suficiente para Zacarías. Oyó sus propios gruñidos retumbando en la garganta, pero no podía parar, la fuerza en su interior exigía que ella se lo diera todo.

Empleó las manos para quitarle la ropa, con enorme fuerza, eliminando su blusa con brutalidad y desgarrando la falda para llegar a su suave piel. Se volvió un loco frenético, desesperado por suprimir cualquier barrera entre él y aquel cuerpo. Margarita no le cuestionaba, sólo permanecía quieta bajo sus rudas manos, que la desnudaron por completo.

El carpatiano hizo una pausa momentánea para contemplar su cuerpo desnudo, todas esas suaves curvas y calor femenino. Esta mujer era su única salvación, su única manera de seguir viviendo y de mantenerse cuerdo. Margarita era su cordura y su vida, y él le exigiría cosas imposibles, pero no podría renunciar a ella, aunque fuera lo honorable en este caso. Él estaba ya muy perdido. Con un pequeño quejido y un ademán de su mano se sacó sus propias ropas antes de volver a tomar posesión de la boca de su compañera.

Se hundió en todo ese calor y promesa sedosa. Deslizó la lengua sobre la de ella. Llenó su boca igual que quería llenar su cuerpo, en profundidad, con fuerza, sosteniéndola quieta para lanzar el asalto final a sus sentidos. Besó todo su rostro hasta llegar a su garganta, agitando la lengua sobre los mordiscos que habían dejado un rastro de posesión en su piel. Encontró con la mano el peso blando de un pecho y tomó ese paraíso, encontrando también con los dientes, lengua y labios el camino hasta esa prominencia cremosa.

Lamió su pulso frenético y percibió lo quieta que se quedaba, con cuerpo tembloroso. Lamió el pezón y lo mordisqueó, luego estiró con más fuerza, excitándola, provocando descargas de electricidad en su cuerpo. Notó esa reacción, y la levantó en brazos, gruñendo, desesperado por ella.

—Rodéame la cintura con tus piernas y enlaza los tobillos. Ponme las manos en torno al cuello. —Su orden brusca era casi inaudible.

Margarita contuvo la respiración, pues sabía lo abierta a él que se quedaría de ese modo, pero obedeció sin vacilar. Zacarías cerró los ojos y notó la pasión ardiente y resbaladiza contra su vientre. Quería con desesperación entrar en su refugio, enterrarse y encerrarse ahí, lejos del resto del mundo. Elegía la vida y elegía a Margarita.

Dobló los dedos sobre sus caderas, y fue la única advertencia antes de bajarla con violencia sobre su abultada erección, tan gruesa y dura que penetró todos sus pliegues al instante. La sensación estalló en él, como la luna elevándose sobre el río, con una explosión que se propagó por todas las células de su cuerpo. Su vulva ardía abrasadora y le quemó hasta el alma, espantando cualquier sombra, mientras el placer exquisito irrumpía en sus venas. La sostuvo con las manos y la obligó a descender sobre la erección sin piedad, elevando él las caderas para encontrar el paraíso de terciopelo suave y ardoroso. Estaba perdido para siempre, perdido en el éxtasis, penetrándola mientras le daba la vuelta para apoyarla de espaldas contra la pared y seguir abalanzándose como un martillo neumático, notando cada embestida con su cuerpo y cada reacción en ella.

Margarita respiraba entre jadeos, sus pechos rebotaban en él y los pezones le frotaban el torso. Su cabellera estaba en todas partes, rozando su piel con aquella cascada sensual. Se dejó ir, permitió que el monstruo mandara y asumiera el poder. La poseyó de forma salvaje, apropiándose de todo, impulsado por su placer y su necesidad.

Le besó el cuello, pero quería más, y ella tenía la cabeza apoyada en su hombro.

Tira la cabeza hacia atrás, ordenó.

Margarita obedeció de inmediato. Se echó hacia atrás y sacó pecho, ofreciéndoselo a él, una visión hermosa que rebotaba con cada embestida potente. Ella no tenía otra opción que cabalgar sobre él; el carpatiano se negaba a darle un respiro, ni siquiera cuando su cuerpo se contrajo con espasmos en torno a él, una y otra vez. Zacarías se limitó a llevarla más alto, a poseerla sin inhibición. Necesitaba esto, lo necesitaba todo, quería sentir su orgasmo una y otra vez, deseando que el placer estallara tras sus propios ojos y ascendiera por sus piernas hasta concentrarse en su entrepierna.

Más. Dame más. Otra vez, Margarita. Otra vez.

El deseo erótico llenaba su cabeza, la necesidad impulsaba más necesidad. Consiguió recordar que debía pasar la lengua por el cuello antes de morder en profundidad. El sabor de ella estalló en su boca, en su mente, se precipitó como una bola de fuego hasta su entrepierna. El cuerpo de Margarita se contrajo con otro orgasmo, uno seguido de otro, y su vagina se aferraba con tal fuerza que le estrangulaba. Podía oír los jadeos, y las súplicas de piedad desde algún lugar en su mente, pero no era suficiente. Necesitaba más. No podía dejar este infierno de placer puro, sin adulterar. Su refugio. Se encontraba perdido ahí, como inconsciente.

Quería consumirla, formar parte de ella, vivir dentro de su piel. Sentir esto. Este lugar perfecto, este momento perfecto, con sus ruegos de compasión, sirviendo a Margarita con su cuerpo, dándole más placer del que ella había soñado o imaginado. Siempre sabría que era suya, nadie más podría hacerle estas cosas, nadie la haría sentirse así. Y él podría negarle todo ese poder, dejarla desnuda y tan vulnerable como lo estaba él mismo.

Era su obsesión. Era su marca de propiedad. Esto era... amor. Percatarse de lo que estaba haciendo le sobrecogió y conmocionó. Le impactó del todo. La estaba amando, intentaba decir sin palabras lo que sentía por ella. ¿Cómo podía decirlo si no reconocía aquel sentimiento? Fue ahí, en lo profundo del cuerpo de Margarita, donde descubrió la absoluta y descarnada verdad. Esto no era un castigo por darle a él vida, esto no era propiedad, ni posesión, ni obsesión. Esto era amor. Su amor, así de rudo, descarnado e indómito. Toda su rabia interna manaba como un volcán y amenazaba con explotar y destruir a ambos: así era su amor por ella. Estaba diciendo con su cuerpo lo que no sabía decir con palabras. La estaba adorando y se estaba entregando a la hoguera de su fuego.

Pasó la lengua por la brillante fresa que marcaba el cuello de su compañera y levantó su cabeza para mirarla a los ojos mientras sentía el volcán que lo dominaba y lo arrastraba con una erupción vertiginosa. El puro placer, fiero y ardiente, lo mataba para hacerle renacer como una nueva versión de sí mismo. Un fénix elevándose desde las cenizas. Y, ay, que el sol le abrasara, debería haber sido más cuidadoso con ella.

Una leve amonestación penetró su mente.

Ámame como quieras, Zacarías. Percibo tu amor en todo lo que me haces. No necesito tus palabras, no necesito delicadezas. Sí, a veces me asustas un poco, pero sé que jamás me harás daño. Margarita apoyó la cabeza en su hombro, rodeándole con su cuerpo, fundiéndose con él como si tuvieran una misma piel. Ella tenía el cabello mojado. Igual que la piel de Zacarías.

El carpatiano la abrazó hasta que sus corazones se calmaron y adoptaron un ritmo menos peligroso, más controlado. Besó aquel punto dulce, la juntura entre el cuello y el hombro, una y otra vez, y luego su garganta hasta encontrar su boca.

Nunca se había disculpado ante nadie en toda la vida.

Lo lamento, debería haber sido más cuidadoso contigo. Era más fácil introducir esas palabras en su mente que decirlas en voz alta. Así se sentía parte de ella, con la polla todavía dentro de su cuerpo, aún palpitante, mientras ella latía en torno a él con réplicas continuas.

Margarita le acarició las orejas y alzó la cabeza para mirarle antes de iniciar otro beso. Deslizó los labios sobre su boca y buscó la abertura con la lengua, jugueteando para abrirse paso. Él le dejó tomar el control y permitió que explorara, encantado por la manera en que se entregaba de modo incondicional. Tenía que estar molida; él había sido un salvaje, su polla un martillo neumático. Había pasado mucho rato perdido inconscientemente en ella.

Me ha encantado cada segundo. Repítelo cuando quieras. Tal vez mañana esté dolorida, pero será maravilloso recordar que el motivo es por cómo me has hecho el amor.

Te he amado sin reservas. Se había entregado del todo. No le pedía menos a ella. Y por lo visto era más fácil referirse a sus cuerpos que a sus corazones.

Margarita le mordisqueó el labio. Él percibió su diversión cuando se apartó un poco. Con suma delicadeza, le bajó los pies al suelo y la sostuvo con los brazos hasta convencerse de que se aguantaba de pie por sí sola. En la distancia, fuera de la casa, oyó unas pisadas.

—Tenemos compañía —dijo Zacarías—. Tu amigo Julio y la mujer que pilotaba el helicóptero. —Tomó sus pechos con las manos, reacio a renunciar ni siquiera a unos momentos con ella. Quería esta noche sólo para él.

Lea Eldridge. Margarita apoyó las manos en el torso desnudo de Zacarías y empujó. *Intentaré que se marchen lo antes po-*

sible; ella no puede verte aquí. Su hermano y su amigo están demasiado interesados en ti. Venga, date prisa, Zacarías, mientras yo me visto.

El carpatiano sonrió mientras rodeaba la garganta con su mano y le inclinaba la cabeza hacia arriba.

—Soy tu protector. Me quedaré y conoceré a esta mujer.

Ella se puso pálida, su mirada se ofuscó y mostró consternación abriendo mucho los ojos. El carpatiano no se pudo resistir e inclinó la cabeza para rozar con la boca esos labios separados. Ella le miró pestañeante y luego sacudió la cabeza con frenesí.

Es demasiado peligroso permitir que te vea. Si por accidente tuviera un desliz y dejara que su hermano se enterara de que estás instalado aquí, se lo dirá a ese amigo suyo tan horrible. En serio, no te quedes ahí de pie sonriéndome, tienes que irte.

Margarita miró a su alrededor en busca de sus prendas y se tapó la boca con ambas manos mientras un rubor cubría todo su cuerpo. Las ropas estaban destrozadas, trituradas momentos antes por las manos impacientes de Zacarías. A él le encantaba verla así, indefensa y vulnerable. Era toda piel suave y curvas generosas, su pelo salvaje caía en todas direcciones sobre su cuerpo. Los mechones sedosos se enganchaban con sensualidad a los pezones y descendían en ondas hasta la curva de aquel trasero tan sexy. Las marcas de su posesión estaban por todas partes, sobre su piel, marcas rojas, manchas oscuras, sus huellas, sus mordiscos. La encontró hermosísima. No pudo evitar pasar la mano sobre sus pechos cremosos y observar cómo contenía el aire en los pulmones.

Le encantaba el modo en que contraía los músculos de su estómago bajo la palma de su mano y, mientras seguía bajando, la forma en que cambiaba de postura para adaptarse a la mano exploradora, dejándole saber que aceptaba que tomara posesión de su cuerpo. Estaba excitada y húmeda por sus relaciones anteriores, olía a él. Llevaba su sello, en lo más profundo, y saber eso le complacía. Por mucho que vivieran en tiempos modernos, Zacarías seguía las costumbres tradicionales de su mundo, que siempre formarían parte de él. Deseaba que los demás machos supieran que ella le pertenecía, que tenía propietario y estaba protegida.

Ahondó un poco con los dedos en ese pasadizo caliente y húmedo, y ella adelantó las caderas como respuesta. Todo su cuerpo temblaba. A Zacarías le encantaba ver ese escalofrío de necesidad recorriendo el cuerpo y la mente de Margarita. Inclinó la cabeza hasta la tentación de su pezón, tomándose su tiempo, dejándole saber que le pertenecía y que poco importaba lo que el resto del mundo hacía mientras él se daba placer. Y desde luego le daba un gran placer advertir los pequeños jadeos, el rubor creciente y la mirada aturdida en sus ojos. Le encantaba el deseo que bullía ahí, la necesidad y el ansia por él.

Metió dos dedos en lo profundo de ese calor abrasador. Pensaba en esa vulva ardiente y estrecha como propiedad suya. Por completo. Todo el intenso deseo y necesidad que mostraban los ojos de su compañera eran por él. Su boca medio abierta. Esa mirada vidriosa de embeleso. Su respiración entrecortada. Encontró con el pulgar su punto más sensible, lo sacudió y martirizó mientras hundía más los otros dedos. Con los dientes, la lengua y los labios dejó un rastro húmedo que descendió por su cuello y pecho hasta el destino definitivo.

No pudo resistirse a meterse un pecho en la boca y mordisquear el pezón con precisión exquisita. Notó el brinco y la sacudida que dio Margarita. Él se desplazaba de un pecho al otro, tomándose su tiempo, indiferente a la llamada en la puerta. Estaba perdido en un mundo de placer, entregándose a un pezón y luego al otro. Introdujo un poco más los dedos y luego los retiró, luego volvió a enterrarlos bien a fondo mientras toqueteaba y estiraba con el pulgar aquel botón tan hinchado ahora. Ella se vino abajo con jadeos silbantes y sacudidas, el cuerpo tenso y los músculos contraídos con fuerza, mientras él le provocaba otro orgasmo.

La llamada a la puerta era cortés pero insistente. Zacarías lanzó una mirada sin dejar de sostener el cuerpo de Margarita al ver que le temblaban las rodillas. Le sonrió, complacido con el intenso rubor y el pelo salvaje. Su aspecto era el de una mujer plenamente satisfecha tras hacer el amor. Margarita se llevó una mano a la masa revuelta de pelo, pero él se la agarró y la bajó.

—Déjalo. Me gusta tu aspecto. Iré a abrir la puerta mientras vas a la cocina y preparas unos refrescos para nuestros invitados.

Ella frunció el ceño, intentando aún recuperar el aliento y pensar con lógica.

Estoy desnuda. Y Lea no puede verte. Por favor, Zacarías, me cuesta pensar con claridad.

—No hace falta que pienses. Tú haz lo que te digo.

Tengo que lavarme.

El carpatiano observó la mezcla reluciente de semen y fluidos sobre sus muslos y sobre la intrigante uve de rizos situada en la unión de sus piernas.

—Te he dicho que vayas a la cocina y prepares algo para nuestros huéspedes, no que discutas conmigo. Es una petición bastante sencilla, Margarita. Como es habitual, pareces encontrar dificultades para seguir mis instrucciones.

Ella apretó los labios. Zacarías vio el destello de vehemencia en sus ojos mientras alzaba la barbilla. Luego, sin mediar palabra, le dio la espalda y se fue para la cocina, desnuda y descalza, con la larga cabellera acariciando las curvas de su trasero. El carpatiano sintió cómo se le aceleraba el corazón. Ella tenía coraje... y fuego. Y mantenía su palabra, por difícil que fuera.

—Margarita. —Pronunció su nombre en voz baja.

Ella medio se dio la vuelta, y su pecho izquierdo, enrojecido y cubierto de marcas, con el pezón todavía duro y tieso, se asomó entre el velo de pelo largo.

—Te olvidas de la ropa.

La joven echó un vistazo, con gesto confundido, a la ropa hecha jirones sobre el suelo, y Zacarías hizo un ademán con la mano. Continuó descalza, pero una falda larga la cubrió con gracia hasta los tobillos y una cómoda blusa de estilo rústico se ciñó a sus pechos, con un amplio escote que casi dejaba sus hombros al descubierto. Un ancho cinturón le sujetó la cintura y en sus lóbulos relució el oro, igual que en torno a su muñeca.

Se tocó el brazalete.

Es precioso. Gracias. Alisó con las manos la falda sobre sus caderas.

Mmm, Zacarías. Me da que te olvidas de algo: la ropa interior.

Él le sonrió mostrando los dientes. Una sonrisa rapaz.

—No me olvido de nada.

El rubor se propagó por el cuello y la cara de Margarita. Sacudió la cabeza, apartó la mirada y se fue a la cocina sin protestar más. Él disfrutaba tomándole el pelo, gozaba con los arranques de mal genio que bullían en sus ojos, en su mente. Como si alguna vez él fuera a permitir que otro hombre contemplara su cuerpo. No iba a suceder jamás, debería saberlo ya.

Un calor inundó su mente, con una suave risa.

Lo sabía. Nada más darme media vuelta hacia la cocina y notar tu risa insolente y tu satisfacción arrogante de macho, sabía que me estabas tomando el pelo.

Mujercita chiflada. Soy demasiado posesivo como para permitir que otro hombre vea lo que es mío. Deberías haberlo sabido al instante. Me gusta ver cómo te alejas andando desnuda, me produce un gran placer.

Dispersó una brisa fresca por toda la casa y añadió unas velas fragantes para ambientar un poco la estancia. Habría dejado los jirones de ropa tirados por el suelo, pero a ella eso le habría incomodado. A ninguna visita le pasaría por alto que él le había hecho el amor. Las evidencias estaban en todo su cuerpo. En cualquier caso, las visitas no tardarían demasiado en comprender que ella le pertenecía, porque planeaba dejarlo muy claro.

Cuando abrió la puerta de par en par, Julio soltó un jadeo, luego retrocedió un paso e interpuso su cuerpo entre Lea Eldridge y Zacarías.

—No sabía que estaba aquí, señor —dijo en tono de disculpa.

—Entrad. Margarita está preparando té y una tarta que huele a las mil maravillas —saludó Zacarías, apartándose para permitirles entrar.

Julio parecía más confundido que nunca e hizo un breve ademán con la cabeza, señalando con el mentón a Lea. Sus instintos protectores hacia la familia De la Cruz prevalecían. Había nacido en una familia que ponía gran cuidado en preservar de los extraños su relación simbiótica.

Lea se asomó desde detrás de los hombros de Julio, con ojos enormes. A Zacarías no le pasó por alto la excitación en sus ojos, el reconocimiento y el miedo absoluto y obvio. Puso los dedos en el bolsillo posterior de Julio, un gesto del que ella no fue ni siquiera consciente, el carpatiano estaba convencido de eso. Pero ese movimiento le reveló varias cosas, sin necesidad de penetrar en su mente. Ella sabía que era un De la Cruz y estaba muy interesada en Julio Santos.

El carpatiano hizo un amplio ademán indicando el interior de la casa, y Julio estiró el brazo hacia atrás para coger a Lea de la mano antes de entrar.

—Señor de la Cruz, ésta es Lea Eldridge. Esta noche nos ha hecho un gran favor ayudándonos con el traslado de Ricco Cayo al hospital. No tenía ni idea de que usted se encontrara aquí, ¿cuándo ha llegado?

Julio intentaba obtener una pista de Zacarías para saber qué decir o cómo actuar.

Zacarías hizo una inclinación a la antigua usanza, un gesto distinguido que dejó a Lea toda ruborizada. Mientras cerraba la puerta tras ellos, esbozó algo similar a una sonrisa o al menos confió en que lo pareciera.

—No puedo estar demasiado tiempo lejos de mi mujer... —Frunció el ceño y negó con la cabeza—. *Päläfertiilam.* —Volvió a sacudir la cabeza y arqueó una ceja mirando a Julio—. ¿Cómo lo decís aquí? *Esposa.* Sí, mi esposa.

Se sintió encantado con la expresión conmocionada de Julio. Zacarías se había casado con ella, según la costumbre del pueblo carpatiano, más vinculante que cualquier ritual de otra estirpe que conociera. Ahora no podían vivir el uno sin el otro. Margarita era su mujer en todos los sentidos de la palabra.

Lea soltó un jadeo.

—No puede estar hablando de Margarita.

—Por supuesto que hablo de Margarita —respondió Zacarías en voz baja—. Ella es la señora aquí.

—Pero... —Lea se llevó los dedos a la boca como si intentara refrenar la siguiente pregunta. La soltó de golpe—: ¿Por qué no me lo ha dicho? Soy amiga suya. ¿Por qué no ha dicho nada a nadie en el rancho? No puede haberse casado con ella.

—Se lo aseguro, señorita Eldridge, es mía. —Zacarías hablaba con calma, pero su tono no admitía discusión.

Lea miró a Julio, dolida y ofendida, y al mismo tiempo excitada.

Julio se encogió de hombros en un esfuerzo por parecer despreocupado.

—Comprenderás que no es algo que convenga divulgar por

ahí. Margarita necesita protección ahora. La familia De la Cruz tiene mucho dinero. Cada día se producen más secuestros; es mejor que no lo sepa nadie.

Lea le dedicó una mirada de puro fastidio, pero era obvio que seguía intimidada por Zacarías. No dijo nada más hasta que llegaron a la cocina.

Zacarías entró el primero y se detuvo para contemplar a Margarita. Se encontraba junto al horno, echando agua en la tetera de su madre. Para él, no había visión más hermosa en el mundo. Los colores de su falda eran vivos y brillantes, su piel relucía y su cabello era una cascada reluciente de seda negra azulada. Sus movimientos eran graciosos y fluidos. Supo que su sangre había potenciado su atractivo en cuanto los dos humanos la miraron con tal admiración, como si la vieran por primera vez. Pudo ver la apreciación en los ojos de Julio. Tendría que enseñar a su pareja a rebajar su encanto.

Esa sangre también potenciaba sus sentidos. No se le podía haber pasado por alto la conversación, no con sangre carpatiana corriendo por sus venas. Su expresión era muy tranquila mientras observaba a Zacarías, no a sus invitados. El carpatiano se acercó a su lado y le cogió la mano izquierda, recordando la tradición humana de llevar una alianza de oro. Levantó sus dedos y besó el anillo que había confeccionado para ella.

Margarita apretó los labios y frunció el ceño un poco, mirando la alianza.

¿Qué estás haciendo, Zacarías? ¿A qué juegas?

El carpatiano notó su tono dolido. Había hecho algo que la había herido. Apretó los dedos y tiró de ella para cobijarla bajo su figura grande, indiferente a lo que pudieran pensar sus invitados. La rodeó con los brazos desde detrás y la mantuvo pegada a él.

—¿Tienes el té listo para nuestros invitados?

Zacarías se había ocupado de que el agua hirviera, y así no tener que esperar. Le rozó el pelo con la boca. El contraste entre el brillo de Margarita y la forma en que veía a Julio y a Lea era asombroso. Lea era una mujer atractiva, también la veía en color, pero sus tonos eran apagados en comparación. Los colores de Julio también estaban ahí, pero en este caso tampoco eran tan intensos y brillantes, y podía ver su corazón latiendo, las arterias que recorrían su cuerpo como un mapa de carreteras. El corazón y las arterias de Lea estaban ahí, pero mucho más débiles.

Una leve diversión se introdujo en su mente.

– *Objetivos, hombre mío, estás identificando objetivos. Es un amigo, no un objetivo. Así es como siempre ves a todo el mundo. Incluso a mí la primera vez. No les ves como gente, para ti todos son enemigos en potencia.*

Zacarías se percató de que tenía razón. Hacía siglos que no pensaba en alguien como un ser humano o como carpatiano. Vivía en un mundo de matar o morir. La piel y rasgos de Julio tenían menos brillo porque en potencia era la mayor amenaza en esta situación. Gracias a los puentes con los que Margarita había unido las sombras, tantas y tan grandes en toda su mente, gracias a las conexiones rotas que ella había restituido, el carpatiano pudo reconocer a Julio como algo más que un enemigo en potencia. Era un hombre. Tal vez no fuera a ser un amigo, Zacarías tenía pocos en este mundo, pero sí alguien a quien podía respetar.

Zacarías empezaba a comprender cómo veía el mundo sin Margarita. Ni siquiera había sido consciente de que identificaba a los demás como objetivos, de lo arraigado que estaba eso en él. Conocía cada punto de presión en un cuerpo, cada lugar donde dar un golpe mortal, pero llevaba tiempo desconectado de la civilización.

De repente, Margarita puso sus manos sobre las de su pareja eterna, como si le agarrara. Otra vez estaba leyendo emociones en Zacarías de las que él no era consciente. Las buscó. Vergüenza. Estaba avergonzado de que hombres como Julio, buenos y valerosos, que habían peleado por su familia y algunos incluso habían muerto por ella, no hubieran recibido su reconocimiento. Ni una vez lo había hecho, ni siquiera para sus adentros.

Por favor, sentaos y contadnos cómo está Ricco, escribió Margarita como invitación.

Julio desplazó la mirada de golpe al rostro del carpatiano y retrocedió otro paso hacia la puerta como si fuera a huir, sujetando a Lea con más firmeza.

Zacarías respiró hondo otra vez para meterse el aroma de Margarita en los pulmones. Él no necesitaba más gente en su vida, pero ella sí. Hizo el esfuerzo de sentir las emociones de su compañera hacia Julio y Lea. Eran importantes para ella; eso les hacía importantes para él.

—Sí, por favor, sentaos. —Indicó una silla mientras miraba de frente a Julio. Era una orden clara, aunque formulada con palabras corteses.

Julio aguantó una silla para Lea y se sentó justo en la de al lado.

Intenta no sonar tan intimidante, aconsejó Margarita.

Que el sol los abrase a los dos, mujer. Me roban mi tiempo contigo, dijo, pero había una nota burlona en su voz que les sorprendió a ambos.

Dio la vuelta a una silla con la punta del pie y se sentó a horcajadas mientras Margarita dejaba el té y la tarta encima de la mesa. Iba a sentarse enfrente de él, pero Zacarías la cogió por la muñeca y tiró de ella para sentarla a su lado. La joven se sonrojó al ver que Julio alzaba una ceja.

¿Qué estás haciendo? No es buena idea. En serio, Zacarías, no deberías estar aquí y no tendrías que permitir que nadie supiera que estamos... No es seguro para ti.

Tienes suerte de que no te siente en mi regazo para que pueda sentir tu cuerpo tierno contra el mío, bromeó con maldad. Disfrutaba bastante con esta parte de la visita. Su mujer no daba muestras de sentirse incómoda a solas con él, pero le cohibía su relación delante de otras personas. Aquello no tenía sentido para él, pero le divertía tanta preocupación por su causa.

—¿Por qué no me dijiste que te habías casado, Margarita? —preguntó Lea, con voz dolida—. Pensaba que éramos lo bastante amigas como para que confiaras en mí. Y has dejado que Esteban piense que no estás comprometida.

Margarita se acercó la libreta y empezó a escribir. Zacarías puso una mano sobre ella en el momento en que vio que empezaba a redactar una disculpa.

—Sé que no querrás que Margarita se disculpe por algo que es una cuestión de seguridad. Tu hermano nunca había considerado en serio la idea de hacerle la corte, ella lo sabe. Soy un hombre muy rico y tengo muchos enemigos. Margarita te lo habría dicho de haber podido. Si quieres enfadarte, por favor, enfádate conmigo. Yo le he obligado a mantener el secreto. Y, desde luego, no hay que culpar a Julio. Sabía que yo estaba en la casa, pero no tenía conocimiento alguno de nuestro matrimonio.

No estamos casados.

Zacarías le dirigió una mirada, retándola a negarlo. Había una promesa de represalias en esa mirada. Si no reconocía lo que él era para ella...

No hemos pasado por la vicaría...

No entiendo. Estamos casados, pronuncié las palabras del ritual que nos vincula.

—Déjame ver tu anillo —dijo Lea dispuesta a perdonarla.

Zacarías frunció el ceño. Margarita no había hecho nada malo, y el tono magnánimo de Lea le molestaba. Sin darle tiempo a reaccionar, Margarita apoyó la mano con ternura en su muñeca, como señal de advertencia.

Es humana. Por favor, no hagas caso.

No entendía del todo, pero luego ya no le importó, no si tenía ocasión de hacer algo tan simple por su pareja eterna. Zacarías iba a ser muy exigente con Margarita, por lo tanto no le costaba nada concederle estas pequeñas cosas que tanto significaban para ella, como ésta, era obvio.

Margarita desplazó la mano sobre la mesa para mostrar el anillo a su amiga. De hecho, era oro trenzado, una antigüedad del renacimiento, con varias bandas enlazadas y forjadas juntas. La joya era intrincada, si se miraba de cerca podían leerse unas palabras antiguas en un bonito rollo labrado en el oro.

Margarita pasó el dedo sobre las letras.

Sívamet andam. Sielamet andam.

—¿Qué dice? —preguntó Julio, mirando con desconcierto las palabras desconocidas.

—Te doy mi corazón, te doy mi alma —tradujo Zacarías—. Eso he hecho, y un De la Cruz los entrega para siempre. Ambos pertenecen a Margarita, eternamente a su cuidado.

Lea hizo cierto ruidito de aprobación y le dedicó una sonrisa radiante.

—Felicidades, señor. —Julio hizo un esfuerzo por mirar al carpatiano a los ojos, pero no pudo aguantar su mirada; en vez de ello contempló el anillo—. Margarita es muy querida en el rancho. ¿Planea separarla de nosotros? —quiso saber Julio.

Zacarías notó que la conmoción iba en aumento en Margarita. Ella no había considerado todo eso. Pero ¿qué se había pensado? ¿Que él seguiría yendo y viniendo como siempre? Allí donde fuera él, Margarita lo acompañaría. Se había entregado a Zacarías, a su cuidado, y desde luego él la iba a cuidar.

Margarita apretó los labios con firmeza, pero él notó también el miedo brillando en su mente. Ésta era su casa, era su mundo. Esta gente. Los caballos. El rancho. Él no tenía apego a lugares ni a personas, no podía imaginar esos sentimientos. Volvió a mirar una y otra vez a Margarita: ella era su hogar. Una parte de él no quería competir por ella con la gente, los animales ni los lugares, quería llevársela lejos de todo para que recurriera sólo a él cuando hiciera falta. Lo sería todo para ella.

Lo eres todo para mí. Había calma en su voz. Aceptación. Frotaba su espíritu contra él, como un suave roce acariciador que le debilitaba. *Si lo que deseas es marcharte de aquí, no voy a mentirte, Zacarías, para mí será difícil y desgarrador, pero en su momento te elegí a ti por encima de este lugar y no voy a lamentar esa decisión.*

El corazón martilleó durante unos instantes en el pecho de Zacarías antes de poder recuperar un ritmo constante. Había sinceridad en su declaración tranquila. No era el tipo de hombre confiado. Su código de honor, de siglos de antigüedad, le había mantenido vivo, pero solo. Ella estaba cambiando eso. Su verdad sería suficiente para él.

¿Por qué? ¿Por qué estás tan segura, Margarita? Yo puedo ser muy duro.

Ella le tendió la mano, ahí delante de los demás, con el corazón en su mirada.

Me necesitas, Zacarías. Veo a tu verdadero ser, al que amo con todo mi corazón. Y tú no puedes verlo sin mí.

De modo que ella lo sabía. Zacarías tendría que haberse percatado de que no podía ocultarle la verdad como se ocultaba a sí mismo sus recuerdos. Margarita le acarició el rostro con los dedos, y el carpatiano los cogió para acercarse la mano a su corazón.

Lea agachó la cabeza y miró de soslayo a Julio. No era difícil adivinar el anhelo en su rostro. Zacarías forzó una sonrisa, confiando en que pareciera amistosa, no rapaz.

—¿Planeas quedarte en nuestro pequeño rincón del mundo, Lea? Margarita disfruta de tu compañía, y nuestra intención es que este rancho sea nuestro lugar de residencia, aunque tendremos que viajar a menudo. —Podía concederle eso a Margarita.

Lea dejó la taza en el platillo y asintió.

—Eso espero. Mi hermano tiene pensado mudarse pronto, pero yo he hecho planes de quedarme. Me gusta este lugar.

—No puedes quedarte sola —protestó Julio—. Tu hermano no permitirá que te quedes sola, ¿cierto? ¿Quién va a protegerte?

Lea hizo una mueca.

—No necesito protección. Ya soy mayorcita. —Dirigió a Margarita una sonrisita de disculpa—. No estoy casada con uno de los hombres más ricos y esquivos del mundo.

—Eres una mujer —refunfuñó Julio, con rostro más circunspecto—. ¿Qué clase de hermano puede permitir que te valgas por ti misma?

Lea alzó la barbilla. Se quedó observando a Julio por encima de la taza de té mientras se la llevaba a la boca. Zacarías detectó el leve temblor. Era tan sutil que dudaba que Julio lo advirtiera, pero por lo visto a Lea Eldridge le ponía un poco más nerviosa quedarse sola en un lugar desconocido de lo que quería admitir.

—A mi hermano no le gusta esto, para él es un lugar demasiado remoto. Pero a mí sí y, quién sabe, si vuestro piloto del helicóptero no aparece, tal vez pueda hacerme con el empleo. Ya he hecho una entrevista para el puesto.

—¿Dónde está el piloto del helicóptero? —preguntó Zacarías antes de que Julio saliera con otra contestación.

Julio suspiró. Se pasó la mano por el rostro y miró a Margarita con ansiedad. Ella acercó la libreta, pero una vez más Zacarías le puso la mano encima.

—Te lo estoy preguntando a ti, no a Margarita —dijo con calma, aunque había una orden otra vez en su voz.

—Charlie Díaz tiene problemas con la bebida, señor. Pasa unos meses bien y luego tiene una recaída, desaparece y permanece borracho durante tres o cuatro meses antes de regresar.

Zacarías entrecerró los ojos.

—Y sabiendo eso, ¿Cesaro lo ha mantenido en su puesto? Es un peligro para todos nosotros. Ricco Cayo habría muerto sin atención médica. Si la señorita Eldridge no hubiera estado aquí para llevarle al hospital, le habríamos perdido. —La censura en su voz grave era tan inquietante como sus gélidos ojos.

Capítulo 15

Margarita percibió la tensión en aumento en la cocina. Zacarías tenía un aspecto más intimidante que nunca. Lea se acercó un poco más a Julio, parecía que fuera a llorar, el aire en la habitación era opresivo. Margarita entrelazó sus dedos con los del carpatiano y sonrió a Julio en un intento de aliviar la tensión repentina.

¿Qué sucede?

La mirada fija de Zacarías seguía perforando a Julio, exigía una respuesta. El rostro de Julio se ofuscó.

—Mi padre y yo hemos hablado mucho de Charlie y de cuál sería la mejor manera de manejar la situación. Pensábamos que esta vez lo conseguiría. —Se pasó una mano por el pelo—. Nadie lo ha visto en días.

—¿Y ni tú ni tu padre pensasteis que yo debería estar enterado de esto? —La voz de Zacarías sonaba muy tranquila.

Delante de Lea, no. No hagas esto, Zacarías, rogó Margarita. Julio se sentiría más apurado que nunca si su jefe le reprendía delante de Lea y Margarita por algo que sabía bien que estaba mal. *Julio es un hombre orgulloso y te es muy leal...*

Es leal a su compañero trabajador. Y nos pone en peligro a ti y a mí.

Zacarías no apartaba la mirada depredadora del rostro de Julio, le miraba directamente a los ojos, sin transigir, concentrado y aterrador. Margarita notó un retortijón en el estómago. No se había percatado de lo tensa que se ponía.

—Sí, señor, debería estar informado. Charlie tiene una familia con hijos. Confiábamos en que esta vez se curaría.

—Es un lastre para todo el mundo en este rancho. Cesaro debería saber eso.

El rostro de Julio estaba casi colorado.

—Es consciente de ello.

—Quiero que encontréis a este hombre y me lo traigáis.

Lea se aclaró la garganta.

—Mi hermano habló de un hombre llamado Charlie a quien conoció en un bar.

Un escalofrío descendió por la columna de Margarita. Su mirada saltó a Julio. Si Charlie estaba bebido y hablaba con el hermano de Lea en el bar, ¿estaría también ahí el amigo de Esteban... el que estaba tan interesado en la familia De la Cruz?

Dada la profunda conexión, al carpatiano no se le pasó por alto la preocupación en su compañera. Ella notó el roce de su mente contra ella, como una suave caricia que la consternó. Él no era dado a mostrar ternura a menudo, pero ella percibió el gesto justo así: tierno y afectuoso.

—Háblame de esa conversación —ordenó Zacarías a Lea, con voz grave, una persuasión de terciopelo.

Margarita reconoció la compulsión enterrada ahí. La sangre del carpatiano corría por sus venas y reforzaba todos sus sentidos, y le permitió saber de inmediato que Lea sería incapaz de resistirse a esa presión amable y obedecería a Zacarías. No estaba segura de qué opinión le merecía aquella manipulación, pero por encima de todo quería la seguridad de Zacarías, por lo tanto apretó los labios para contenerse y no protestar.

Lea se frotó las sienes como si notara el principio de un dolor de cabeza. Margarita de hecho percibió la presión ejercida lentamente sobre ella. El carpatiano intentaba ser amable, un concepto nuevo para él, ella era consciente de eso. En situaciones normales, habría arrancado la información de la cabeza de Lea sin volver a mirarla. Su contacto amable era en deferencia a ella.

Le dirigió una mirada. Su aspecto apuesto y peligroso era increíble, no era de extrañar que tanto Julio como Lea se sintieran intimidados por él. Aunque Zacarías intentara mostrarse amistoso, parecía lo que era, y tenía el mando total de la situación. A nadie se le escapaba eso.

El carpatiano le envió una onda tranquilizadora, pero sin apartar la mirada de Lea, pues quería que la joven recordara detalles que probablemente ella no consideraba importantes.

—Esteban llegó muy tarde, hacia las tres de la mañana, y había estado bebiendo, más de lo habitual a mi entender. No suele pasar, pero tuve que ayudarle a entrar en casa: no podía subir las escaleras del porche por sí mismo. DS le acababa de echar de un empujón del coche.

—¿Estabas esperando a tu hermano? —preguntó Zacarías.

Lea asintió.

—Estaba preocupada.

Se frotó otra vez las sienes, luego se agarró los dedos y los retorció con ansiedad. Julio estiró el brazo para cubrirle las manos con gesto tranquilizador. Luego encontró la mirada de Margarita. Sabía con exactitud qué estaba haciendo él, y se sintió avergonzado de haber puesto a Lea en tal posición. Cesaro y Julio dirigían el rancho. Los hombres y su comportamiento eran su responsabilidad. Charlie venía siendo una rémora desde hacía tiempo, pero por el bien de su familia no le habían despedido.

—Permanecí en los escalones del porche esperándole. Dan, DS, se rió cuando paró en la calzada y me vio ahí sentada. Yo me levanté y me fui hacia el coche, pero DS se inclinó sobre el asiento, abrió la puerta del pasajero y empujó a Esteban al suelo. Podía oírle reír y mirarme... —Su voz se apagó, estremecida.

Más. Cuéntamelo todo, insistió Zacarías sin dar tregua.

Margarita no pudo evitar mirarle con desaprobación. Era obvio que Lea tenía miedo del amigo de Esteban, cualquiera se daría cuenta. Quiso alcanzar su libreta, frustrada por no encontrar la manera de consolar a su amiga. La mano de Zacarías se plantó ahí antes que la suya. Se metió la libreta en el bolsillo dejando a Margarita desconectada de los demás en la habitación y un poco más dolida. La libreta era su único medio de comunicarse y Zacarías acababa de ponerla en zona prohibida.

Lea se aclaró la garganta y se retorció los dedos para encontrar los de Julio como si buscara fuerza en él.

—DS hizo un gesto obsceno agarrándose la entrepierna y me aulló «después». Sacó la lengua e hizo varias muecas insinuantes. Yo vacilé, pues no quería alejarme demasiado de la casa por si tenía que ponerme a salvo, pero él se largó riéndose.

Está claro que se siente humillada por tener que contarnos esto, para ya.

Zacarías le lanzó una mirada de advertencia. Por un momento concentró la mirada en ella. Mientras la observaba no había ningún indicio rojo rubí de que el depredador en su interior lo dominara, ni vio los zafiros azul medianoche que aparecían cuando hacían el amor, sólo había unos diamantes negros que relucían con dureza al mirarle. Le recorrió un escalofrío. No entendía la necesidad de interrogar a Lea de este modo, pero nada iba a detenerle, y menos aún ella.

Intentó no sentirse herida. Todavía no le comprendía del todo. Él nunca había dado explicaciones a nadie y creía que ella debería confiar en él y respaldarle en todas las cosas, pero él no entendía las normas de urbanidad. Lo que estaba haciendo podía herir a Lea y a Julio. Ella temía que sus amigos no pudieran mirarse a la cara nunca más si él continuaba obligando a Lea a explicar según qué cosas. Y al final Julio estaría siempre molesto con Zacarías, no podría confiar en él, y eso empañaría la relación con ella.

Se concentró en su taza de té. En realidad no le apetecía beberlo, pese a lo mucho que le encantaba. Nada le apetecía aparte de agua en los últimos días. Estaba perdiendo su mundo y entrando en el del carpatiano, poco a poco. Ella lo había elegido así, pero no estaba preparada del todo para entregar tan deprisa todas las cosas que amaba.

—Mi hermano estaba en el suelo, boca abajo sobre la tierra. Le oí reírse y eso me molestó de verdad. Estoy casi segura de que no veía a DS, probablemente no le oía, pero no me hizo gracia que se riera, estando tan asustada —admitió Lea.

Julio se movió para acercarse a ella.

—Por supuesto que estabas asustada. ¿Quién es ese hombre, DS?

Lea sacudió la cabeza.

—Ni te acerques a él, no trae más que problemas. Desde que mi hermano le conoció, sólo hemos tenido líos. Convence a Esteban de que haga cosas terribles. —Agachó la cabeza para evitar el contacto visual—. Me ha costado que Esteban no acabe en la cárcel en más de una ocasión.

—Aquella noche... —apuntó Zacarías para que no se desviara del tema. Su tono de voz era muy grave, una persuasión aterciopelada e irresistible.

—Ayudé a Esteban a entrar en casa. Estaba borracho de verdad y no paraba de hablar de Charlie y de cómo le había reclutado DS. Le pagó las copas aquella noche. Esteban se jactaba de cómo había aguantado toda la noche con Charlie, que no paraba de beber. Siguió diciendo locuras, sin ningún sentido. Por lo visto jugaron a algún juego loco, a decir la verdad con cada chupito o algún desafío así.

—¿Qué quieres decir con que decía locuras?

Margarita tenía la boca seca. De pronto su corazón latía con fuerza, estaba muy, muy asustada. Era el ronroneo en la voz de Zacarías, un indicio del depredador peligroso, que había captado con claridad el olor de la presa y no desistía.

Tómate el té, mića emni kuɲenak minan, mi locuela hermosa. Deja que tu corazón siga mi ritmo. Zacarías se movió ligeramente, un desplazamiento sutil, imposible de detectar probablemente por los demás, pero ella tenía su cuerpo cerca, vertía su calor dentro de la frialdad de su piel. *No hace falta que tengas miedo. Tu amiga está a salvo, no puedo hacerle nada, no hay mal en ella.*

—Locuras —Lea volvió a frotarse las sienes—, como clavar estacas a vampiros. No paraba de llamarse a sí mismo Van Helsing. Es un nombre del libro *Drácula*. Decía que iba a salir de caza, que necesitaba una estaca y ajos. Y luego empezó a reírse como un maníaco y me pidió que hiciera collares con cabezas de ajo. —Se tapó el rostro con las manos mientras sacudía la cabeza—. A la mañana siguiente actuó como si no recordara nada en absoluto, pero me dijo que no le contara a DS que sabía lo de los vampiros, los ajos o las estacas, por lo tanto supe que me estaba mintiendo. —Miró a Julio un poco suplicante—. En serio, la locura no es cosa de familia en nuestro caso. Estaba borracho. NO tengo ni idea en qué anda metido, pero a Esteban le gusta coquetear con ideas de sociedades secretas y bandas de gángsteres. Es muy vulnerable a las malas influencias.

—¿Qué les contó Charlie? —insistió Zacarías.

Margarita notaba las lágrimas ardiendo en sus ojos. La traición estaba penada con la muerte, todo el mundo sabía eso. Existía la posibilidad de poder marcharse del rancho, y entonces te borraban los recuerdos, pero si formabas parte de las familias que habían servido a los De la Cruz durante generaciones, la barrera mental estaba presente desde el nacimiento y aquel escudo que protegía el cerebro de posibles invasiones era difícil de suprimir. Era duro soportarlo. Charlie había hablado estando borracho con Esteban y con su amigo DS.

Lea frunció el ceño y esta vez frotó las pequeñas líneas de su frente como si eso la ayudara a recordar. En la habitación se percibía un gran poder, tan fuerte que a Margarita le impresionaba que ni Julio ni Lea parecieran advertir la energía que crepitaba en el aire.

—Esteban dijo que Charlie había dibujado mapas que llevaban a las cámaras en las que dormían los vampiros y que sería fácil clavarles estacas durante el día porque no eran capaces de moverse. —Pestañeó deprisa y miró por la mesa, con gesto apurado—. Estaba de verdad borracho, no tenía sentido lo que decía.

Margarita notó otra vez a Zacarías sondeando a Lea, esta vez para asegurarse de que era inocente, no para sonsacarle más información. Ella no creía en vampiros y pensaba que DS y su hermano habían tomado drogas seguramente además del alcohol. Estaba segura de que Charlie tenía alucinaciones alcohólicas. Se sentía muy humillada y no entendía por qué no podía dejar de hablar de un tema tan doloroso para ella. Quería irse a casa y meterse bajo las mantas.

—Gracias, Lea —dijo Zacarías con calma—. Sé que ha sido difícil. Charlie es responsable de las vidas de sus compañeros y necesitamos saber hasta dónde llega su enfermedad.

Margarita tomó aliento. Oyó la nota suave de la sentencia que acababa de pronunciar. Charlie era agradable cuando no estaba bebido, pero ¿cómo le explicaba a Zacarías algo así? El carpatiano había aguantado durante siglos una existencia insoportable por su severidad y soledad, pero lo había hecho con honor, sin romper jamás su código. No entendía la debilidad. En su mundo, el débil no sobrevivía.

De repente Zacarías la rodeó con el brazo para acercarla a él, bajo la protección de su hombro. Había acercado su silla igual de rápido, sin que nadie percibiera que se había desplazado esa breve distancia entre ellos.

Sé que mi mundo te resulta difícil. Lo lamento, Margarita. No tendrías que enterarte de estas cosas, pero no puedo ocultártelas. Charlie nos ha vendido a ese hombre. Le habló de las cámaras en las que dormimos y le reveló las ubicaciones en varios de los ranchos. Tendré que verificar todo esto antes de destruirle, pero ha puesto a toda mi familia, incluyéndote a ti, en peligro. No voy a permitir esto. No podemos confiar en él.

Ella lo sabía. Sabía que unos pocos miembros de las familias principales —Chévez, Santos, Fernández y Díaz— sabían que las cámaras en las que dormían se hallaban bajo diversos dormitorios de los ranchos. Sólo se empleaban cuando la familia De la Cruz guardaba las apariencias humanas, como si vivieran en la sociedad de los humanos. Zacarías era el miembro de la familia que menos aparecía en alguno de los ranchos. Rara vez lo hacía pero, no obstante, si Charlie había revelado cualquier detalle prohibido —y al parecer así había sido—, Zacarías estaría en peligro y sería por su culpa. Sólo se había quedado en la hacienda porque ella estaba ahí.

Tienes que marcharte, Zacarías. Será lo más seguro para ti.

Ella notó los ojos ardiendo. Él no iba a escucharle. Margarita sabía que no iba a marcharse, que iría tras sus enemigos. Aun así, lo intentó de nuevo.

Ya hay vampiros persiguiéndote.

Zacarías, ahora con más delicadeza, pues sabía que Lea estaba casi al límite, murmuró con suavidad a la mente de la chica.

Dime de qué más han hablado tu hermano y DS.

Lea se apretó la boca con los dedos, como si guardara un secreto. Miró a Margarita con gesto de culpabilidad, avergonzada.

Margarita podía percibir el triunfo inundando a Zacarías. Él no lo notaba, él sólo se dedicaba a insistir con Lea, a retirar capas y más capas hasta encontrar el secreto guardado con tal empeño.

—Lo lamento, Margarita. Esteban nos hizo venir aquí por ti. No era sólo porque esta hacienda fuera propiedad de la familia De la Cruz. Me siento un gran fraude. Según mi hermano, hay una agencia mundial llamada Agencia Morrison o algo así...

A Margarita le dio un vuelco el corazón y se tapó la boca con la mano.

Mi padre oyó hablar de un lugar así meses atrás. Realizan tests de capacidad paranormal. Pensaba que mi don con los caballos era un talento paranormal.

Tenía razón. ¿Te realizaron el test?

Completé su cuestionario, pero luego nunca hice las siguientes pruebas porque mi padre murió y yo... Margarita se tocó la garganta cicatrizada. *Perdí la voz y, ¿cómo iba a explicarme? Tienes que notar la conexión. No hay otra manera.*

—Conocemos esa agencia —dijo Zacarías—. Margarita inició el proceso de entrevistas, pero lo único que hizo fue rellenar un cuestionario. ¿Qué importancia tenía eso para tu hermano?

Margarita se percató de por qué Zacarías respondía por ambos, parecía saberlo todo de ella, como si hubiera compartido todos los detalles de su vida con él.

Lea parecía confundida.

—No estoy segura con exactitud, pero es el motivo de que eligiéramos esta zona remota. Esteban estaba evitando a la policía, pero en realidad yo nunca había oído hablar de este sitio. Le oí hablar por teléfono de Margarita y de esa Agencia Morrison. Con quienquiera que hablara, acordó...

—¿Era ese tal DS? —quiso saber Julio.

Ella afirmó.

—Eso creo. Les parecía probable que si Margarita tenía alguna cualidad paranormal, había más posibilidades de que De la Cruz apareciera por aquí antes que por otra de sus propiedades. Esteban debía venir primero y entablar amistad con ella.

—Entonces en realidad no eras amiga suya. —Julio le habló con dureza, fulminando a Lea con la mirada.

Las lágrimas saltaron a sus ojos de inmediato.

—Eso no es cierto. —Lea tendió los brazos hacia Margarita con gesto implorante—. Te lo juro, la amistad entre nosotras es real. Me sentía aquí como en casa, por primera vez en mucho tiempo me he sentido feliz.

Margarita le cogió ambas manos, luego desplazó la mirada a Zacarías.

No tengo mi libreta. Por favor, asegúrale que somos buena gente, que la entiendo y que soy su amiga.

Zacarías sonrió a Lea, se limitó a mostrar los dientes dando por supuesto que aquello serviría de sonrisa.

—Margarita sabe que vuestra amistad es real. No te preocupes por eso. —De nuevo creó una pequeña compulsión en la mujer.

No entiendo qué podía querer de mí Esteban sólo porque llené ese cuestionario. ¿Qué significa?

Te lo explicaré luego.

—A mí me sonaba todo de lo más tonto —continuó Lea—. Sabía que se te daban bien los caballos pero, la verdad, ¿algo paranormal? No me importaba por qué habíamos venido aquí, sólo estaba contenta de haberlo hecho. Incluso Esteban pareció feliz durante un tiempo... hasta que apareció DS. No tarda mucho en echarlo todo a perder. Ahora nuestra casa da miedo, con franqueza.

—No deberías volver a esa casa —le dijo Julio. Dirigió una ojeada a Margarita, una clara indirecta para que la invitara a quedarse.

—Nos encantará que te quedes aquí, Lea —dijo Zacarías por los dos, sorprendiendo a Margarita. Le cogió la mano para acercársela a la boca y rozarle los nudillos con los labios. *No va a quedarse aquí. Todavía cree que puede salvar a su hermano.*

¿Y tu crees que eso no es posible?

Lo lamento, sívamet. Ya está perdido.

Eso no lo sabes tú.

Pero sí lo sabía. Zacarías llevaba en el mundo demasiado tiempo, había visto caer a demasiados amigos, miembros de la familia y también humanos. Ella lo vio todo en su mente. Percibió su pena terrible como una losa sobre el pecho, sobre su corazón; no obstante, él se negaba a reconocerlo.

Cerró los ojos para permitirse absorber todo eso, la carga que nunca se aligeraba en él. ¿Cómo sería pasar la vida persiguiendo a gente que había significado algo para ti en cierto momento? Tener que matar a gente que había importado? ¿Saber que nunca podrías hacer amigos ni confiar en nadie, ni amar ni ser amado? Quiso entenderle. Sería ahí, en ese dolor, en los recuerdos que se negaba a reconocer, donde ella encontraría el valor para permanecer junto a este hombre.

—Llévame a casa, Julio —dijo Lea—. Es muy tarde y tengo que dormir. Me alegro de que Ricco vaya a recuperarse.

Margarita hizo una señal de agradecimiento y le lanzó un beso con la mano.

Julio se levantó con ella.

—Gracias por el té, Margarita.

Zacarías no retiró la mano del hombro de Margarita al levantarse.

—Os acompaño. *Tengo que eliminar los recuerdos de esta conversación sobre Díaz. Podría ponerla en peligro.*

Estaba sorprendida de que hubiera añadido esto último tras

una breve vacilación. En los recuerdos del carpatiano no aparecía ningún ejemplo en el que él diera explicaciones a alguien.

Aprendo rápido. Puedes estar tranquila de que tu amiga estará bien.

Margarita tuvo la sensación de que un manto protector de calor la envolvía, más que de calor de protección, llenando su mente de amor. Se congratuló, intentando no sonreír. Ni siquiera estaba segura de que él supiera lo que sentía por ella, pero ella sí lo sabía, necesitaba a Zacarías justo cómo era, incluso en aquel instante en que se sentía un poco perdida.

Margarita recogió tazas y platillos y los llevó al fregadero para lavarlos. Ver las migas le hizo pensar en comida, pero no tenía hambre. La idea de comer algo era desagradable. Bebió agua con la esperanza de que eso calmara su sed creciente. Había una extraña palpitación en sus venas, un ritmo que no desaparecía, una llamada suave pero insistente que no paraba de crecer. Una necesidad. Anhelo. Ansia.

Se había sentido inquieta durante todo el rato que había pasado con Lea y Julio, pero se convenció de que era por el temor a lo que hiciera o dijera Zacarías. A solas ahora en la cocina, sin nadie más presente, podía admitir que era la llamada de sus corazones, el flujo y reflujo constante de la sangre por sus venas. Podía oírlo, y aunque había bajado el volumen, tal y como Zacarías le enseñó, notaba la tentación palpitando en sus venas, latiendo también en las de Zacarías, en su mente y corazón.

Nunca cesaría, no mientras su mente estuviera inmersa en Zacarías, no mientras la llenara de la misma manera en que ella lo llenaba a él. El hambre no cesaba en Zacarías, no mientras oyera la llamada resonante de un pulso, no mientras pudiera oler la fragancia estimulante de la sangre fresca. Era su mundo y ella tendría que acostumbrarse a eso.

Cuando se quedaba sola e intentaba analizar su respuesta a la idea de beber sangre, encontraba en ella a la humana asustada, su repulsa era absoluta incluso. Por extraño que pareciera, pese al terror inicial, Zacarías había transformado el acto de dar o recibir sangre en algo natural e incluso hermoso, en un acto de compartir la esencia misma de la vida mientras él estuviera con ella.

Margarita supo en qué momento exacto Zacarías entró en la habitación. Se movió en total silencio, pero ella fue consciente de su presencia al instante, y todos sus sentidos cobraron vida. Su cuerpo cantó, su corazón palpitó con fuerza y un millón de mariposas revolotearon en su estómago.

El carpatiano se aproximó por detrás, se quedó tan cerca que ella percibió su calor, el aliento cálido en la nuca, de la que retiró el pelo para rozar la piel con los labios. Apenas un susurro acariciador y ella reaccionó con un estremecimiento, mientras su sangre se calentaba y su cuerpo le daba la bienvenida.

—Sé que también ha sido difícil para ti, no sólo para tu amiga, y lo lamento de verdad.

Margarita se volvió, él no retrocedió. Estaba atrapada entre el fregadero y su cuerpo. Levantó hacia arriba la cabeza para encontrar su mirada, y le sonrió.

¿Sabías que cuando estamos a solas y me miras así, tus ojos tienen un color azul zafiro oscuro e intenso, como el azul del cielo a medianoche?

El carpatiano le besó la punta de la nariz.

—Si eso es cierto, eres la única que ve color en mis ojos. Yo sólo los veo oscuros, como la sombra de la muerte.

Ella le rodeó el cuello con los brazos, enlazando los dedos tras su nuca mientras se inclinaba contra él.

Te aseguro que son de un azul precioso cuando me miras de esa manera.

—¿Qué manera es ésa?

Con cariño. No era capaz de decir amor, aunque parecía amor.

Zacarías le cogió la barbilla para que no apartara la mirada.

—¿Parecerá amor cuando te separe de todo cuanto conoces? ¿De todos a quienes quieres?

Tú nunca lo has decidido, Zacarías. Fue decisión mía. Insistí en que vivieras, te pedí que te quedaras por mí. Yo te elegí y siempre te elegiré.

Zacarías la miró fijamente a los ojos. Puro azul medianoche. Tan hermosos que su corazón se aceleró.

—Me das una lección de humildad.

Porque yo sea humana y mujer no tengo que ser estúpida. He pensado mucho en esto, desde todos los ángulos. No me lancé sin reflexionar. Tuve toda la noche sólo para pensar. Sé que nos va a costar fusionar nuestros dos mundos. Sé que a veces será demoledor, pero, Zacarías, me dijiste que me harías feliz. Juraste que lo harías y te creí. Creo en ti sin reservas.

—Te controlaré. —Lo dijo sin tapujos, mientras las sombras nublaban el azul de sus ojos.

Confío en que optes por hacerlo con amor. No puedo imaginar ser feliz y sentirme apreciada si tú no piensas en lo que a mí me complace. La vida está llena de opciones. Te elijo a ti, y elijo que seas feliz. Cuando la tierra se sacuda y esté aterrada, planeo agarrarme con fuerza.

Una sonrisa lenta ablandó el gesto duro en la boca de Zacarías.

—Espero que cumplas tu palabra. Nunca me ocultes tu miedo o tu ira. Lo quiero todo de ti.

La risa penetró en la mente del carpatiano.

Habla con Julio y Cesaro antes de pedir eso. Tengo muy mal genio. No sucede con frecuencia, pero me vuelvo poco razonable cuando alguien comete el error de sacarme de quicio.

Zacarías miró esos ojos de chocolate fundido y supo que estaba perdido. No era un hombre confiado, no obstante tenía plena confianza en el mundo de Margarita. Ella aguantaría junto a él. La cogió de la mano para llevarla al dormitorio principal de la casa.

—Quiero que vengas conmigo, Margarita. Quiero enseñarte nuestro mundo. —Le sonrió con ojos más azules que nunca—. Contigo, en realidad lo veré por primera vez.

Ella trazó un signo de interrogación.

—En color. Me proporcionarás los colores y la emoción. Nunca he visto la noche, la luna y el bosque pluvial con sus verdaderos colores vibrantes. —Parecía un milagro que ella lograra eso. Estar con Margarita le ofrecía un mundo diferente por completo.

Había vivido en una especie de vacío, un infierno severo, estéril y muy feo. Los colores vivos e incluso las emociones —tanto buenas como malas— lo convertían todo en una especie de milagro.

Ella le había hecho un regalo enorme al permitirle montar a caballo y explorar el rancho, fluir sobre el suelo en perfecta simbiosis con el animal. Él podía regalarle esto, y confiaba en galantearla un poco también, cortejarla y enseñarle que tenía algo que ofrecer.

Falta poco para el amanecer, Zacarías, le recordó con ternura.

Lo que deseo mostrarte requiere el amanecer.

La noche era suya, aunque quedara poco para hacerse de día. Era su mundo, su dominio. Poco importaba que durante siglos hubiera sido un infierno. Ahora ella estaba con él. Margarita. La otra cara del infierno era el paraíso, y era ahí donde iba a llevarla, lo descubriría con ella, lo experimentaría con ella. A través de ella.

Margarita no vaciló. Entrelazó sus dedos y le recordó con delicadeza:

No llevo ropa interior. ¿Necesitaré ropas especiales?

El carpatiano soltó un gemido. Se había resistido con esfuerzo a la tentación de su cuerpo. Quería pasar tiempo con ella, darle otra cosa además de su hambre perpetua.

—Yo te daré calor. —Desplazó posesivamente la mirada por su cuerpo. Le encantaba su figura de reloj de arena, esas curvas exuberantes, todas suyas—. Eres una mujer preciosa.

Ella se sonrojó. Su sonrisa le recordaba un poco la luna ascendiendo por el cielo y las estrellas acompañándola. Zacarías salió por la puerta antes de perder el control y no lograr salir de casa. Por lo visto ella tenía ese efecto sobre él.

El carpatiano la rodeó por la cintura y se lanzaron al cielo. Margarita soltó un resuello y se agarró con fuerza. Él se rió en voz baja y enterró el rostro en todo ese pelo. Los mechones de seda estaban en todas partes. Sin dejar de agarrarse al brazo que la sujetaba, Margarita estiró su mano libre para recoger la mata de pelo en un gran nudo que se hizo en la nuca.

—De hecho tienes que abrir bien los ojos para apreciar esto —le susurró él.

El carpatiano estaba rebosante de dicha. Fuegos de artificio. Colores vibrantes. Luz vertiginosa atravesando el cielo. Un país reluciente repleto de maravillas se extendía por debajo, y tenía a Margarita en su mente compartiéndolo todo con él. Era más que un milagro, era un pequeño pedazo del paraíso. ¿Importaba que él lo hubiera visto sin ella? No habría significado nada en absoluto. Ahora... su selva tropical... su país... lo era todo, porque ella estaba ahí.

Notó que Margarita le clavaba los dedos en el brazo. Inclinó la cabeza para darle un beso en la oreja, sin usar palabras. Quería emplear la forma más íntima de comunicación. Notó cada respiración, cada latido de su corazón.

Demuéstrame que confías en mí, mića emni kuŋenak mi-
nan.

Ella exhaló con un sonido silbante, pero Zacarías notó la risa, el nerviosismo y la excitación al unísono, llenando su mente.

Has vuelto a llamarme locuela otra vez, ¿verdad?

Bueno, bromeó él, *estás volando por el aire por encima del dosel de la selva tropical conmigo. Tienes que estar un poco loca para hacer eso. De todos modos, te he llamado hermosa también. Y mía. ¿Lo compensa de alguna manera?*

Ella abrió los ojos. Debajo aparecieron todos los matices verdes de la gama de colores, con la luz plateada brillante de la luna vertiéndose sobre esa bóveda. En vez de alzar la mirada para contemplarla desde abajo, como hacía habitualmente en el bosque, la estaba observando desde arriba. Un suspiro entrecortado y maravillado llenó la mente de su compañero. Zacarías descendió deprisa para llevarla a través de las ramas y mostrarle el descubrimiento que había hecho años atrás.

Poca gente ha contemplado esta visión, tal vez nadie. Vengo aquí una vez al año para ver estos guacamayos. La bandada al completo se dirige a su encuentro matinal nada más despertarse, justo antes del amanecer. Encontré una pequeña cueva cerca de este punto y construí una cámara en la roca, para verles alzar el vuelo.

Zacarías intuía la maravilla de esta visión desde hacía muchos años, ahora sabía por qué había regresado año tras año para asegurarse de que la bandada seguía ahí. No había notado la excitación entonces, pero ahora sí, la hermosura y majestuosidad de las grandes aves posadas en los huecos de los árboles de la espesura. Eran muchísimas, grandes e imponentes.

Siempre se había sentido como en casa en el bosque pluvial; percibía más afinidad con los animales que con la gente que poblaba el mundo.

Como yo, confirmó Margarita. *Por eso conectamos tan deprisa y tan en profundidad, Zacarías; los dos tenemos la misma afinidad con los animales.*

La impresión de la suave risa de su compañera jugueteó en su mente.

Por supuesto tú eres más parecido al gran gato montés, todo dientes y garras, y yo me asemejo al colibrí que va zumbando entre las flores.

Ella le dirigió una mirada, con ojos brillantes de dicha y con la emoción de lo que estaban compartiendo. El carpatiano enseñó a posta sus dientes, como haría un animal salvaje. Nuevas risas entraron en su mente: toda esa melaza espesa y cálida fluyó por él, una especie de oro líquido que llenaba rendijas y huecos, ahuyentando las sombras.

La estrechó un poco más con el brazo. ¿Cómo había pasado de estar completamente solo a sentirse colmado por una mujer? Y además, ¿una mujer humana?

Otra vez, más risas, que continuaron inundándolo de brillantez.

Una locura de mujer.

Mi locuela, admitió él, y se encontró sonriendo.

Había cambiado su mundo. Le había dado vida y había dado vida a todo lo que le rodeaba. No pudo resistirse a tomarle un poco el pelo:

Ya sabes que los colibríes se pelean todo el tiempo. Son criaturas maliciosas.

Tal vez por eso tengo esa afinidad contigo.

Zacarías se rió en voz alta. El sonido de esa risa le sorprendió y le complació. Había oído la palabra *diversión*, pero en realidad no había entendido el concepto hasta ese instante. Compartir cosas con Margarita era divertido.

¿Tienes frío? ¿Había detectado Zacarías un pequeño escalofrío?

Me mantienes muy calentita, gracias. Sólo es que estoy excitada. Es todo tan hermoso, Zacarías. He visto guacamayos antes, pero no tantos, asomando las cabezas por los huecos de los árboles.

Allí donde mirase, parejas de cabezas curiosas le devolvían la mirada desde los agujeros abiertos en los árboles donde pasaban la noche.

Una bandada normal de guacamayos, dependiendo de la especie, puede contar con una treintena de ejemplares más o menos. Permanecen todos juntos durante la mañana. La envergadura de las alas llega a alcanzar un metro fácilmente. No es tanto como las alas del águila arpía, pero cuando alzan el vuelo, es una visión sin igual. En unos momentos podrás presenciarla.

Percibió la excitación de Margarita, fluyendo a través de ella, fluyendo desde ella. Le había despertado después de siglos de oscuridad. Una parte de Zacarías siempre mostraría preocupación por lo que había logrado despertar. Sus sentimientos por ella eran demasiado intensos y demasiado complejos como para sacarlos y estudiarlos.

Entonces no lo hagas. Déjalo así, Zacarías. Hace una madrugada gloriosa en la selva tropical. La luna nos arroja su luz, los guacamayos se despiertan y extienden sus alas, tan azules, doradas y escarlatas. Es asombroso y es algo que tú me has regalado. Me encanta.

El carpatiano contempló el derroche de color, todas las plumas resplandecientes mientras los guacamayos se las arreglaban con el pico y se estiraban perezosamente, preparándose para su encuentro matinal, cuando la luna descendía y daba paso al sol.

¿Cómo es que has llegado a ser una mujer tan sabia?

Las mujeres son muy sabias, Zacarías. Deberías escucharlas con más frecuencia.

Él soltó un resoplido burlón y notó la risa de su pareja circulando de nuevo por su mente, inundándole de felicidad. Ella se agarró con más firmeza a su cintura y su cuerpo vibró con excitación cuando las aves agitaron las alas y, casi como un solo cuerpo, alzaron el vuelo. Los rayos de luz que se filtraban entre los árboles alcanzaban los colores vibrantes de las alas iridescentes y relumbrantes. Los colores casi ciegan a Zacarías, de tan vivos e intensos, y le marearon un poco. Había contemplado esta visión antes, pero no con colores vivos. No así, y no con ella.

—Margarita. —Pronunció su nombre bajito, apenas un susurro en el viento, transportándose por el bosque pluvial hasta los guacamayos.

Las grandes aves dieron la vuelta en el cielo, con una demostración graciosa de fuegos artificiales vivos, una muestra espectacular de la naturaleza en toda su hermosura.

Zacarías apenas podía respirar con todas aquellas emociones que crecían como una oleada. Por ella, por Margarita. La había traído a este sitio especial para compartir este momento. Era su obsequio, aunque al final el regalo se lo había hecho ella a él. Los colores. La intensidad. El sentimiento absoluto.

Necesito estar dentro de ti. Ahora mismo, aquí.

En el aire, al raso, en la selva tropical a la que pertenecían, justo en el momento en que la noche se transformaba en día, cuando su corazón latía en ambos lugares.

Ahora sé por qué olvidaste mi ropa interior.

La joven le acarició con amor, en la profundidad de su mente, caricias suaves que abrasaron piel y huesos, y dejaron una marca en algún lugar que creía había desaparecido tiempo atrás. Margarita le dejó abierto y se vertió en él para llenar su interior de luz.

Sin dejar de abrazarla, él les despojó de sus ropas, permitiendo que la piel cálida, suave y exuberante de ella se deslizara sobre la suya. Su cuerpo estaba a punto, listo para él. Zacarías inclinó la cabeza y encontró su boca mientras ella le rodeaba las caderas con una pierna, presionando aquella entrada tentadora contra él. Sabía a inocencia y a pecado. Cogió su pelo con una mano y echó hacia atrás su cabeza para poder besarla una y otra vez, explorando con la lengua todo aquel calor sensual.

Margarita meneaba las caderas con incitación. Al carpatiano le maravillaba que no vacilara, que no le negara nada, ni siquiera allí suspendida a diez metros del suelo en el aire, con una alfombra de guacamayos extendida bajo ellos y las ramas llenándose de monos a su alrededor. Confiaba en él y se le entregaba sin reservas.

Zacarías tuvo que soltar la cabellera para levantarle la otra pierna. Ella le rodeó haciendo palanca, apoyando las manos en sus hombros y deslizando su cuerpo abrasador sobre su vientre, hasta colocarse justo sobre el liso capullo de su miembro. El carpatiano cerró los ojos y saboreó la sensación exquisita mientras ella se empalaba poco a poco, deslizándose con un movimiento gradual, insoportable, dejando sin respiración a su compañero eterno con los pequeños círculos que describía y la manera en que su cuerpo estrecho cedía sin remedio y se anchaba en torno a la gruesa erección.

Ella echó la cabeza hacia atrás e inició una cabalgada lenta concebida para volverle loco del todo. Se aferraba con los músculos, y la fricción aumentaba a fuego lento pese al fiero incendio que le rodeaba. Ella era suave como el terciopelo, húmeda y estrecha, demasiado estrecha. Lo estrangulaba, descargando relámpagos crepitantes en su cuerpo. Todas sus terminaciones nerviosas percibían el más mínimo movimiento, mientras Margarita elevaba su cuerpo deslizante, ajustándose como un guante a él, su segunda piel, para luego hundirse una vez más y arrastrarle hasta sus profundidades.

La cabellera volaba en torno a ambos, formando un manto en un momento y apartándose al siguiente para dejar expuestos sus cuerpos entrelazados. Zacarías permitió que ella marcara el ritmo, observando en todo momento la expresión en su rostro, sus ojos, su felicidad, su placer, su deseo, pero sobre todo se encontró buscando el amor. Estaba ahí en los ojos derretidos de ella, en la manera de tocarle. En la forma en que se movía, esa cabalgada lenta, los perezosos movimientos en espiral, como si quisiera disfrutar hasta el último momento, retorciéndose para siempre con él, saboreándole hasta el final.

Zacarías comprendió que ella había abierto la compuerta de sus emociones, y gracias a Margarita cada sensación era más intensa, más todo. Su mundo se centraba en ella. Este mundo. El único mundo con color. Con emoción. Con amor.

Conmigo. Es el mundo real, Zacarías, siempre que estés conmigo. Vívelo conmigo. En tu otro mundo, sólo cazas. Vive aquí conmigo.

Margarita acarició su piel con las manos y le rozó el hombro con los labios; luego retrocedió de repente otra vez, dejando caer la cabeza hacia atrás para encontrar desde ahí su mirada.

Siempre, avio päläfertiilam, mi compañera en la vida. *Siempre viviré contigo. No hay otra manera.* Tomó de nuevo el control para penetrarla una y otra vez, y con cada embestida profunda y larga le comunicaba lo que significaba ella para él. La elevó hasta los cielos y, cuando estaba a punto de precipitarla sobre el límite, ella lo arrastró consigo. Planearon por el cielo, acoplados a velocidad vertiginosa, librando una carrera con el sol mientras iban de regreso a casa.

Capítulo 16

El golpeteo era persistente, un ruido molesto que se inmiscuía en sus sueños. Por más que Margarita tirara de la almohada para taparse la cabeza y los oídos, los golpes no sólo continuaban sino que cada vez sonaban más fuertes y exigentes. Tenía unas ganas desesperadas de dormir, estaba tan cansada que no encontraba la energía para moverse, sus brazos y piernas parecían de plomo. Ni siquiera sus párpados querían cooperar.

Permaneció tendida durante un largo instante, escuchando sus latidos. Sonaban alto y reverberaban en su cabeza. Oía la sangre precipitándose por sus venas y los sonidos de insectos en el exterior de la casa, en los campos. En medio de todo eso estaban los golpes persistentes en la puerta. Quienquiera que estuviera en la entrada no tenía intención de marcharse; a menos que se tratara de una rara pesadilla.

La idea de una pesadilla no la inquietó, pero la idea de que los ruidos que escuchaba con tal claridad estuvieran en el exterior de la casa sí. Zacarías ya se lo había explicado, pero lo cierto era que si prestaba atención podía oír el murmullo del ganado, todo, encontrándose incluso a más de una milla. Del establo llegaban las coces de los caballos y hasta la conversación de dos de los hombres que trabajaban ahí. Uno estaba muy preocupado por Ricco.

Un aullido extraño y más golpes en la puerta la convencieron de que debía levantarse. Intentó alzar tentativamente un brazo. Consiguió moverlo un par de centímetros más o menos, y lo dejó caer con un suspiro sobre el colchón. Aunque requirió cierto esfuerzo, se dio media vuelta y se quedó mirando el ventilador del techo, que giraba despacio sobre su cabeza. Tras nuevos golpes en la puerta, su mente aletargada empezó a funcionar un poco más deprisa. ¿Y si le había sucedido algo a Ricco? Tal vez era el motivo de que los trabajadores hablaran de él. Debería haber escuchado con atención en vez de retroceder como una criatura asustada.

¿Qué me has hecho?

Zacarías yacía en las profundidades de la tierra, lejos del funcionamiento cotidiano del rancho, mientras ella se encontraba a la entera disposición de todo el mundo. Estaba bien dar órdenes, exigirle que se quedara dentro de la casa, intentar obligarla a dormir durante el día, pero había trabajo que hacer, y en el rancho estaban acostumbrados a que ella colaborara... y mucho.

Una vez que lo decidió, Margarita obligó a su cuerpo remolón a sentarse en la cama. La luz que entraba por una pequeña rendija entre las cortinas de la ventana le dio en la cara como una bofetada. Le escocieron los ojos con un ardor instantáneo y doloroso que le revolvió el estómago amenazadoramente, mientras las lágrimas brotaban y corrían por su rostro.

Levantó el brazo para protegerse los ojos y bajó de la cama, con las piernas y el cuerpo temblorosos por el esfuerzo de encontrar sus huesos. Quería echarse al suelo. Requirió aún más esfuerzo tirarse agua fría por la cara y el cuello, y lavarse los ojos, pero se sintió mucho mejor después. Su cerebro y su cuerpo, todavía aletargados, estaban sintonizados con otro mundo, pero al menos fue capaz de ponerse poco a poco la ropa sin caerse de bruces.

Tenía el pelo enredado, hizo todo lo posible para domarlo mientras iba descalza por la casa para llegar a toda prisa hasta la puerta principal. El problema con las instrucciones precisas que le había dejado Zacarías sobre las salvaguardas de la casa era que, como no tenía voz, no podía preguntar quién llamaba, por lo tanto tenía que abrir la puerta para ver quién se encontraba en la entrada. Intentó mirar a hurtadillas pero el sol casi la ciega.

Que el sol te abrase a ti también, hombre mío, declaró con vehemencia en su cabeza, dominada por una especie de diversión de mal gusto. ¿Dónde estaba aquel hombre cuando ella debía ocuparse del problema que él mismo había creado? Iba a pedir explicaciones a aquel bello durmiente en cuanto despertara.

Abrió la puerta con cautela, una rendija. Lea se encontraba ahí, con el rostro hinchado, un ojo cerrado del todo y el otro a medias, y el labio roto y ensangrentado. Tenía el rostro surcado de lágrimas y sacudía la cabeza cuando Margarita abrió la puerta de par en par. Le tendió los brazos y Lea sollozó con las manos pegadas a la boca.

Margarita la cogió del brazo. La luz era tan cegadora que sus sensibles ojos se pusieron rojos como los de Lea, lagrimeando escocidos justo cuando el sol los alcanzó. La piel le picaba como si no soportara la luz. Se retiró por instinto e hizo entrar a su amiga con ella. Lea profirió un sonido, a medio camino entre un gemido y un grito sollozante. Tras ella, surgió un hombre con una mueca triunfante en el rostro, que empujó con la mano la espalda de Lea, obligándola a entrar en la casa y empujándola contra Margarita. Las dos mujeres se fueron al suelo, un lío de brazos y piernas, Margarita aprisionada contra el suelo con Lea encima.

El desconocido entró de un brinco por la puerta.

—Date prisa, date prisa. —El hombre llamó a Esteban. Su rostro crispado parecía una máscara demoniaca, mirando de un lado a otro con una especie de terror exasperado, mientras saltaba por encima de las dos mujeres tiradas en el suelo y se giraba en un esfuerzo por ver todo el interior de un vistazo. Esteban se apresuró a entrar tras él y cerró la puerta de golpe, echando el pestillo a continuación.

Un olor apestoso impregnó el aire justo cuando entraron los dos hombres. Una mezcla fuerte de olor a ajo, miedo y drogas se filtró por los poros de Margarita, casi ahogándola.

El desconocido bajó el brazo y cogió a Lea por su rubia melena. Tiró de ella y Lea se agarró a las muñecas del hombre en un esfuerzo por aliviar la presión sobre el cuero cabelludo. Intentó levantarse a duras penas, fulminando con la mirada a su hermano, con una mezcla de ira y miedo.

—Levántate, perra —soltó el desconocido.

Margarita asumió que ella era la perra, considerando que Lea ya se encontraba de pie. Le invadió una extraña calma. Sólo podía haber un motivo por el que los hombres estuvieran aquí. Llevaban una bandolera, que parecía pesada. Charlie Díaz, en su borrachera, había traicionado a la familia De la Cruz, y estos dos, a decir por la tonta ristra que colgaba del cuello de Esteban y el apestoso olor a ajo que desprendía el desconocido, planeaban matar a Zacarías. Dependía de ella impedir que estos hombres llegaran a su lugar de descanso.

Intentó ponerse en pie con esfuerzo, fingiendo haberse hecho daño para así ganar tiempo. Había un botón de alarma a escasa distancia de ella, cerca de la puerta. Si lo apretaba, sus hombres vendrían corriendo, armados hasta los dientes, pero no podrían entrar a menos que ella les abriera la puerta. Tragó saliva y —no le costaba demasiado mostrarse asustada— se levantó, un poco tambaleante, tocándose la garganta cicatrizada con una mano y buscando la pared con la otra para sostenerse.

Zacarías. ¿Me oyes? Tenemos problemas. Tienes que despertarte y oírme.

El botón de alarma estaba a varios metros de ella, pero al menos los hombres se estaban tragando que estaba aterrorizada. Ahora que habían entrado en la casa, estaban menos agitados y un poco más envalentonados.

DS arrojó a Lea contra la pared al lado de Margarita y se situó ante ellas con aire fanfarrón, tan cerca que su aliento a ajo les golpeó el rostro con bocanadas calientes y apestosas al hablar. Invadió intencionadamente el espacio como táctica de terror. Margarita encontró que, tras enfrentarse a un vampiro y a Zacarías, DS no la asustaba tanto como pensaba. Ser consciente de que estos hombres no les llegaban a la suela de los zapatos a los seres peligrosos a los que se había enfrentado, rebajó su miedo un poco más, permitiéndole incluso respirar de forma regular. Su corazón dejó de latir tan acelerado y su mente funcionó como una máquina lógica, con sosiego, para encontrar una solución y un plan para salir del apuro en que se encontraban.

Zacarías. Volvió a intentarlo, permitiendo esta vez que la parte que controlaba su espíritu lo liberara para buscar a su pareja eterna. El carpatiano entró en ella a toda velocidad y sus espíritus se acoplaron con fuerza, coraje y completa seguridad. No había pánico en él, sólo la idea de destruir el peligro que acechaba a su pareja eterna. No pensaba en él, sólo en ella.

Margarita se aferró a ese conocimiento, que potenció su valor aún más. No estaba sola para controlar una situación imposible.

Necesito que elimines las protecciones de las puertas y las ventanas para que Cesaro y los demás puedan entrar. ¿Es posible?

Intentó no hacer movimientos bruscos mientras metía la mano en el bolsillo para sacar la libreta y el boli. Se apresuró a escribir una pregunta, confiando que le temblaran las manos como si estuviera aterrada:

¿Quién eres? ¿Qué quieres?

—Ya lo sabes —soltó DS—. Lo tienes oculto aquí. Sabemos que está aquí.

Lea se humedeció los labios hinchados.

—DS cree que Zacarías es un vampiro. Planea matarle.

Margarita frunció el ceño, juntando las cejas con desconcierto. Siguió garabateando en la libreta, tomándose su tiempo para permitir a Zacarías evaluar a sus enemigos a través de ella.

Se ha ido. Se fue anoche. Nunca se quedan mucho tiempo.

DS le dio un bofetón, tan fuerte que Margarita se dio con la cabeza contra la pared. Sucedió a tal velocidad y el golpe fue tan inesperado, que la dejó conmocionada y por un momento se encontró desorientada. Bajo sus pies, una onda elevó el suelo y las paredes temblaron.

—No me mientas, so zorra. Tú eres su guardiana. Sé que está aquí y tú vas a llevarnos a su lugar de descanso.

Llama a Julio, Zacarías, y permítele entrar. Margarita hizo todo lo posible para transmitirle aquella súplica. Estaba afectada por la manera salvaje en que había reaccionado DS, por su aparente fanatismo.

Esteban soltó una risita, un sonido agudo, casi histérico. No creía forzosamente en vampiros, eso era evidente, pero DS le proporcionaba drogas y un estilo de vida inusual, cargado de adrenalina. Ansiaba alcanzar un poder como el de DS, y necesitaba esa clase de asociación: sentir que se encontraba dentro de un círculo de iniciados. Margarita no estaba segura de si esta valoración era suya o de Zacarías.

Estoy muy débil, sívamet. Atacaré cuando pueda matarles. Podría alertar a Julio y a Cesaro, pero tendrían que deshacer las salvaguardas y es muy peligroso. Si les ayudo, tal vez no tenga fuerzas suficientes para pasar al ataque llegado el momento. Estoy muy cerca de la oscuridad, más que la mayoría de integrantes de mi especie, y el sol me afecta mucho más que a los demás.

Margarita no oyó ninguna nota de ansiedad en su voz, sólo la manera en la que hablaba de todo, pero estaba acoplada a él con fuerza, percibiendo sus emociones aunque él no fuera capaz, y su ansiedad era por ella.

Un carpatiano tan próximo a la oscuridad como Zacarías sufría mucho más el peso plomizo del sol. El sol se encontraba en su punto álgido; DS había escogido bien el momento. Debería haber estudiado todas las leyendas de vampiros, era evidente que se las creía. Exhaló despacio. A Zacarías le asustaba que sólo fuera a disponer de una ocasión para atacar a través de Margarita. En este momento era ella quien mantenía la conexión entre ambos, no él. El carpatiano no estaba malgastando energía, pues ella podía hacerlo, y eso le mostró a Margarita lo serias que eran las consecuencias del sol del mediodía para el cazador.

Cogió otra vez el boli con ostentación para pegarlo al papel, se tomó su tiempo y dejó que su mano temblara mientras su mente se aceleraba. No había posibilidades de entretener a estos hombres hasta la puesta de sol. Eran tan conscientes como ella de la posición en la que se encontraba el sol. Iba a tener que apartarles de Zacarías. Charlie les había traicionado, pero era evidente que desconocían la localización exacta de su escondite. Podía imaginárselo. Sólo quienes trabajaban dentro de la casa conocían la ubicación de las cámaras donde dormían.

Digo la verdad. El señor De La Cruz se fue anoche a última hora para acudir a otra de sus residencias. No se queda demasiado tiempo en un sitio. Sabía que eso sonaría sincero en parte. Charlie tenía que habérselo dicho, ése era el motivo de que no hubieran esperado. Era obvio que Lea había recibido una paliza brutal, pero de todos modos no la había delatado.

Recordó el anillo y las palabras grabadas en aquel oro antiguo en su lengua ancestral, y metió la mano izquierda en el bolsillo de la falda. Necesitaba quitárselo, pero Zacarías, que era como era y quien era, lo había hecho del tamaño exacto para ajustarlo a su dedo a la perfección. Harían falta unos cuantos tirones para sacárselo.

¿Puedes hacerlo por mí?

Notó la vacilación, él no quería malgastar energía.

Puedo retenerles un rato, para darte tiempo a recuperarte. Intentaré convencerles de que no estás aquí.

Ella ya sabía que no iban a creer sus palabras y que, al final, tras mostrarse vencida, tendría que revelar alguna ubicación para que ellos cavaran. Si tuvieran un poco de cerebro, sólo tendrían que mirar su cuello para saber que nunca revelaría la ubicación, le hicieran lo que le hicieran.

Sí, se la vas a decir. No voy a permitir que te pongan la mano encima otra vez. Díselo.

¡Y un cuerno! No voy a decírselo.

El corazón de Zacarías se estremeció. Ella lo notó, notó la rabia que bullía y crecía como un volcán bajo tierra.

Vas a obedecerme en esto.

Pues no. Creo que no voy a hacerlo. Puedo ocuparme de ellos. Llegados a ese punto, tú puedes destruirlos, pero yo tengo armas por toda la casa, sólo necesito una ocasión para cogerlas.

Te lo prohibo.

Paso de prohibiciones . ¿Pensaba de verdad que lo entregaría a estos fanáticos locos?

Tendió la nota a DS, quien la leyó, maldijo, la arrugó y se la echó a la cara. Golpeó la pared con el puño justo al lado de su cabeza.

Margarita notó que el anillo se aflojaba en su dedo y se deslizaba hasta el fondo del bolsillo. El alivio fue instantáneo. Zacarías podía estar enfadado con ella, pero aún así acudía a protegerla. Incluso esa pequeña presión de energía le dejó agotado. Ella notaba su debilidad y su frustración. Seguía alerta, sin discutir ya con ella, pero percibía la determinación de su compañera, tal como ella podía percibir su ira y su promesa silenciosa de venganza. Por extraño que pareciera, aquello le provocó un estremecimiento que la asustó más que DS y Esteban, pero no lo bastante como para permitir a esos dos llegar hasta Zacarías. Asumiría las consecuencias mientras él pudiera salvar la vida.

—¿Crees que estoy de broma contigo? Puedo hacerte más daño del que te han hecho nunca.

Lea estiró la mano y cogió la de Margarita con camaradería silenciosa.

—Lo lamento. No había posibilidad real de advertirte.

—Cállate —soltó DS. Empujó a Lea hacia el gran salón familiar—. Entra ahí. Las dos.

Esteban cogió la mochila y les siguió. Su rostro estaba cubierto de gotas de sudor, el olor impregnaba la habitación y provocaba náuseas a Margarita. Los dos hombres estaban aterrorizados, pero tan excitados y eufóricos ante la idea de atravesar con una estaca el corazón de Zacarías que no podían estarse quietos.

—Vigílalas —soltó DS.

Se puso a merodear por la casa, inspeccionando hasta el último rincón, con especial atención en suelos y armarios, abriendo todas las puertas. Margarita mantenía la casa en perfecto orden, no había marcas en ninguno de los suelos que indicaran movimiento de muebles o la instalación de trampillas. Las maderas del suelo estaban impecables, incluso bajo las alfombras que DS apartaba. Ella intentó no poner mala cara cuando oyó la loza estrellándose en el suelo o los platos arrojados con la frustración y rabia que iba en aumento.

Su corazón dio un pequeño vuelco de protesta cuando DS regresó amenazador a la habitación, con el rostro marcado por la furia. Fijó los ojos en los de Margarita y marchó hacia ella con decisión. Lea soltó un gritito de miedo y se acercó un poco más a su amiga como si pudiera protegerla. Margarita se retiró de inmediato de Zacarías, pues no quería que él contemplara o sintiera lo que estaba a punto de suceder. Oyó el eco resonante de su protesta, pero cortó la comunicación de todos modos. Ya estaba bastante disgustado con ella por no desvelarles su ubicación, por lo tanto, ¿qué importaba en realidad que le librara de esto?

El rostro de DS era una máscara retorcida.

—Vas a decirme lo que quiero saber, pequeña zorra endemoniada. —Le saltaban salivazos de la boca y ponía ojos de loco.

DS soltó una somanta de golpes a Margarita, sin compasión, dándole en el rostro, el estómago, en cada parte desprotegida de su cuerpo, hasta que cayó al suelo y entonces él la pateó repetidas veces. Margarita se sintió agradecida de no poder gritar. Ningún sonido salía de ella por más que gritara de dolor. Hizo todo lo posible para taparse la cara y el cuerpo mientras continuaba la paliza, y se encogió en posición fetal. El ataque se iba a prolongar eternamente, al parecer. Perdió la noción del tiempo, pues su mente estaba atrapada en una neblina de dolor.

—Vas a matarla —gritó Esteban abalanzándose hacia DS.

—Bien. La muy zorra se lo merece. —DS apartó el brazo de Esteban y dio otra fuerte patada a Margarita en la cadera.

—No lo sabe o te lo habría dicho.

—Sí lo sabe. Protegen a sus amos. Son como perros, les custodian, no tienen mente propia. —Siguió con la andanada de puñetazos y patadas, golpeando cualquier sitio que alcanzara, piernas, caderas, brazos y espalda, incluso la cabeza.

Esteban agarró otra vez a DS para apartarlo de Margarita.

—A este paso no va a poder llevarnos a ningún lugar de descanso, y nadie más que ella los conoce aquí. Para cuando levantemos el suelo, se habrá puesto el sol.

DS empujó a Esteban con fuerza suficiente para hacerle tropezar. Se secó el rostro con la mano como para aclararse la mente. La mirada de loco se desvaneció de su rostro. Escupió a Margarita y se puso a andar. Sólo se oía el sonido de su respiración entrecortada mientras se esforzaba por recuperar el control. Al final, sacó una ampolla de plata y echó el polvo blanco sobre la mesita auxiliar situada en un extremo de la sala.

A Esteban se le iluminaron los ojos. Fue a acercarse, pero DS hizo un ademán para que se apartara.

—Vigílalas.

—No van a irse a ningún lado —replicó Esteban con voz quejumbrosa. Se lamió los labios.

Lea se deslizó hasta el suelo apoyándose en la pared, moviéndose con cuidado mientras se colocaba al lado de Margarita. Se inclinó hacia ella y acercó los labios a su oído para susurrarle todo lo bajo que pudo:

—¿Estás bien?

Margarita no recuperaba la respiración. Le dolían tantos sitios de su cuerpo, le ardían tantas costillas, que la dejaban sin aliento. Las lágrimas inundaban sus ojos y oscurecían su visión, o tal vez era sangre. No notaba sabor a sangre en su boca, pero tenía el labio hinchado, le dolía. Se encogió un poco más como respuesta, rogando para que DS se mantuviera lejos de ella.

Lea le puso una mano en el brazo con gesto consolador, con el rostro surcado de lágrimas. Miraba suplicante a su hermano. Él tenía la mirada fija en el polvo blanco que DS picaba para dividirlo en líneas rectas sobre la mesa. Se acercó un poco más lamiéndose los labios repetidas veces, con manos temblorosas de excitación y necesidad. Lea cerró los ojos con asco.

—DS, lo necesito, venga —rogó Esteban con voz estremecida.

DS se dio media vuelta, maldiciendo:

—Actúas como una perra en celo. Si tanto lo deseas, arrástrate hasta mí, a cuatro patas. Enseña a tu altiva y poderosa hermana lo perro que eres.

—No, Esteban —suplicó Lea susurrante—. Mira lo que hace contigo.

Esteban no se volvió, tenía ojos sólo para el polvo blanco. DS sacó su cánula de plata y se metió intencionadamente toda la raya por la nariz. Echó la cabeza hacia atrás y aulló, como un lobo aullando a la luna.

—Puñetas, esta mierda es buena de verdad.

Esteban se adelantó dando traspiés, y de inmediato la expresión de DS cambió del arrebato al desprecio más puro. Le dio una bofetada y le empujó.

—Aléjate de mí, perra. Si lo quieres, te lo tienes que ganar. Arrástrate por la habitación a cuatro patas delante de tu jodida hermana.

A Lea se le escapó un sollozo cuando Esteban se agachó poco a poco para apoyarse en sus manos y rodillas y arrastrarse ante DS, quien observaba con ojos triunfantes y relucientes, y su rostro crispado iluminado de regocijo. Escupió a Esteban riéndose, el escupitajo le dio en la mejilla y cayó por su mentón.

DS le propinó una patada cuando él intentó limpiarse la cara.

—Déjalo. Tal vez te recuerde quién manda aquí. No vuelvas a inmiscuirte. —Le dio la espalda y esnifó otra raya de polvo.

Esteban se quedó en cuclillas a los pies de DS, mirándole con desesperación. Hizo un único sonido de súplica desde la parte posterior de la garganta e intentó acercarse poco a poco a DS.

—Atrás. No has suplicado bien. Siéntate y suplica. Vamos, perrito, siéntate y menea la cola como un buen chucho.

Margarita se desplazó con un movimiento muy sutil. Cuando cayó al suelo, se había asegurado de quedar cerca del extremo de la mesa donde había un puñal sujeto con cinta adhesiva bajo el cajón pequeño. Deslizó la mano muy despacio por la madera, pues no quería llamar la atención de DS, concentrado en atormentar a Esteban. Por el momento, parecía haberse olvidado de ella.

Moverse era doloroso. Le dolía todo, sólo el hecho de levantar el brazo era doloroso, como si tuviera pequeñas fisuras en el hueso. Estaba segura de que las lesiones no pasaban de ser meras contusiones, pero ese movimiento leve y sutil provocó un relámpago candente que atormentó todo su cuerpo.

Lea agitó las pestañas. Miró a Margarita con el ceño fruncido y sacudió la cabeza, pues temía las repercusiones. Pero, aunque no entendía qué hacía Margarita moviendo la mano a hurtadillas por la pata de la mesa, movió el cuerpo con valentía lo justo para tapar la visión a DS en caso de que mirara. Abrió mucho los ojos cuando Margarita sacó por fin la mano de debajo de la mesa con el cuchillo. La hoja de diez centímetros y filo cortante, iba metida en una funda de cuero suave. Margarita se guardó el puñal en el bolsillo lo más profundo que pudo.

Encontró los ojos de Lea. Supuso que tenía tan mal aspecto como su amiga. Podía imaginarse su ojo hinchándose deprisa, y también le dolía la boca. Se tocó el labio roto con la lengua y dio un respingo. Había provocado a posta a DS. Le habría resultado sospechoso que hubiera delatado a Zacarías sin pelear. Necesitaba darle un motivo auténtico para convencerle de que estaba asustada. Imaginó que si Lea había sobrevivido a su paliza, ella también podía. Aunque DS se lo había tomado con un poco más de entusiasmo de lo que había esperado.

Notó una agitación repentina en su mente, el hielo entrando en su cuerpo. Se estremeció, pero se apresuró a expandirse para conectar con Zacarías a medio camino, intentando aligerar el desgaste de energía.

¿Qué estás haciendo? Su voz sonaba calmada, demasiado calmada. Notó la amenaza pese a no oírla.

Dios. No había previsto que él conectara con ella tan pronto. No podía ocultarle el dolor de las contusiones. Él tenía que estar sintiendo cada golpe en su cuerpo. Al ver en su interior y percibir sus emociones, supo que era mucho peor permanecer impotente como él bajo tierra mientras ella corría peligro. Era la peor situación imaginable para un macho dominante y protector como Zacarías. Estaba atrapado. Sus enemigos habían escogido el momento perfecto para atacar, cuando su cuerpo se sentía pesado. Lo único que podía hacer era mantenerse conectado a Margarita mientas DS y Esteban hacían lo que querían con ella.

Creo que cuanto más pueda entretenerles, menos faltará para la puesta de sol y eso te concederá mucha más fuerza. Era un plan lógico, el mejor que tenía. Entretenerles más y más. Aprovechar todo lo que se le ocurriera. Enfrentarles a los dos. Lo que hiciera falta.

He dejado claro que prohibo esto. No permitiré que te pongas en peligro. Llévales hasta mí de inmediato.

Margarita suspiró.

Sabes que no puedo hacerlo, dijo con toda la benevolencia posible.

Zacarías no respondió. Ella percibió su rabia bullente, enterrada tan a fondo pero amenazando con entrar en erupción. El carpatiano ni se molestó en discutir. Estaba muy ligado a la mente de Margarita, y podía leer la determinación en ella.

Él no tenía que entender. Margarita volvió a suspirar e intentó no permitir que le doliera su desaprobación. Era decisión suya, no de Zacarías, arriesgar la vida. Ella no dudaba que él se la jugaría por ella sin considerar ninguna otra alternativa.

Esto es diferente. Protegerte es mi derecho y mi deber.

Casi podía verlo apretar los dientes como un lobo hambriento, impaciente con lo que consideraba un desafío por parte de ella. No se podía razonar con él. Era tan poco flexible, estaba convencido de tener la razón, pero ella no iba a ceder, no podía. La puso nerviosa con esa promesa tranquila de represalia que percibió, esa voluntad férrea absoluta que sabía imposible de esquivar, pero él se había topado con esa faceta suya igual de decidida, convencida de sus motivos.

Zacarías, fuiste capaz de oscurecer el cielo y salir antes de la puesta de sol para salvar a Ricco. Era más tarde, pero de todos modos aún no era la hora. Y cuando te encontré aquella mañana... Detestaba sacar a colación aquella mañana. Él había elegido una muerte honorable y ella se había inmiscuido; estaba en su derecho de enfadarse. *Deberías estar muerto para entonces, incinerado por completo, el sol ya hacía un rato que había salido. Creo que eres más resistente a sus rayos de lo que piensas. Si les entretengo y mi plan no funciona, cuando lleguen a tu lugar de descanso te encontrarás mucho más fuerte.*

Te he prohibido ponerte en peligro.

Margarita suspiró. No había manera de traspasar ese muro de ladrillo.

Pues tendremos que acordar la posibilidad de un desacuerdo.

Mientras entiendas que todas las consecuencias recaerán también sobre ti.

Se estremeció y contuvo las lágrimas al cometer el error de morderse el labio hinchado.

Me lo estás poniendo todavía más difícil.

Necesitaba que él se retirara y le permitiera concentrarse en engañar a DS y a Esteban. Requería valor, y Zacarías podía hacerle perder el valor con más facilidad que nadie. Margarita percibió el rechazo instantáneo, instintivo, de Zacarías a aquel planteamiento.

Lea le cogió la muñeca y la distrajo. Al instante dirigió la mirada a Esteban, que se estaba poniendo de rodillas, con los brazos enlazados como si fuera a rezar.

—La lengua fuera, fiel *Fido* —se rió DS. Se inclinó otra vez sobre los polvos para inhalar una tercera raya, que era casi todo lo que quedaba.

Esteban soltó un grito y se arrojó hacia delante, aproximando el rostro a la mesa, lleno de desesperación. Lea profirió un único sonido, un lamento grave, y enterró la cara en sus manos, incapaz de ver cómo se humillaba su hermano por la droga.

Margarita sacó la libreta del otro bolsillo y garabateó un mensaje para Lea. De ninguna manera podía caer en manos de DS o Esteban.

Hay un botón de alarma en lo alto de las escaleras, debajo del cuadro de mi padre. Si puedes abrir la puerta de entrada, da al botón. Todos los hombres vendrán corriendo. Pero a menos que la puerta esté abierta, no podrán entrar en la casa.

Margarita dirigió una rápida ojeada a DS, quien se reía histérico de Esteban. Continuó escribiendo lo más rápido posible, tapando con su cuerpo los movimientos.

No des al botón de alarma a menos que consigas abrir la puerta para que entren. Demasiado peligroso.

Deslizó el papel por el suelo, dejándolo con la letra hacia arriba bajo la mano de Lea, para que pudiera leerlo. La joven escudriñó entre los dedos para leer la nota. Abrió mucho los ojos e hizo un gesto de asentimiento. Antes de que Margarita pudiera recuperar el papel, lo arrugó con la mano y se lo metió en la boca. Margarita le sonrió. Quedaron unidas para siempre en ese momento de camaradería y comprensión absolutas. Podía contar con Lea. Estaban juntas en esto. A vida o muerte.

La risa maniaca de DS se interrumpió de súbito. Margarita

sintió que cada uno de sus músculos entraba en tensión cuando el hombre fijó la mirada en las dos mujeres.

—¿Qué hacéis ahí tiradas en el suelo? Moved el culo. Si queréis que esta perra viva otros cinco minutos, decidme de una vez dónde se esconde él. —Marchó a través de la sala y puso a Lea en pie, tras lo cual le colocó la pistola en el ojo izquierdo.

Margarita se esforzó por levantarse, poniéndose en pie con gran alarde, apoyándose jadeante en la pared, agarrándose las costillas. Buscó a su alrededor donde apoyarse, luego se desmoronó al ver que DS apretaba todavía más el cañón contra el ojo de Lea.

Margarita indicó la cocina con la barbilla, apartando a continuación la mirada de él con gesto acobardado. DS se acercó y la cogió del brazo para acercarla de una sacudida. El olor a droga se filtraba por sus poros, provocando náuseas en ella. Retrocedió intimidada y alzó el otro brazo para protegerse el rostro apaleado.

Él la agarró con más fuerza, clavándole los dedos en la piel con la intención clara de dejar moratones, con el deseo de que ella sintiera toda su fuerza. El recuerdo de la ternura con que Zacarías la tocaba inundó su mente y le aportó un calor del que se congratuló. Zacarías tenía diez veces la fuerza de este hombre, no obstante había aprendido que los humanos eran por completo diferentes a los carpatianos; tratarla con cuidado había ocupado un lugar predominante en su mente. Aunque a veces fuera un poco brusco durante sus relaciones sexuales y dejara marcas en su cuerpo, luego se tomaba la molestia de aliviar la irritación una vez que se había percatado de las respuestas de su cuerpo.

DS era un hombre que disfrutaba provocando dolor y humillación a los demás. DS era el monstruo que Zacarías se consideraba a sí mismo. El carpatiano nunca prolongaría el sufrimiento de alguien sólo por el placer de observarlo. Hacía justicia, erradicaba el mal, pero no disfrutaba con su trabajo. Lo hacía lo mejor que podía, así de sencillo.

—Esteban, levántate del suelo y mueve el culo.

Por primera vez, Margarita se permitió dirigir una mirada al hermano de Lea. DS había volcado de la mesa al suelo el polvo que quedaba. Esteban estaba ocupado intentando recuperar cada mota caída. Cuando alzó la cara, tenía el rostro moteado de blanco. Padeció por Lea, quien no pudo contener un leve gemido de dolor.

DS la oyó y se rió, disfrutando todavía más.

—Sí, Lea, mírale. Tu hermano mayor, esto es lo único que le importa. No tú. Tú le sigues por el mundo. ¿Y sabes a qué se dedica? Hace contrabando de armas para mí, trafica con mujeres, con niños. Lo que yo le pida. Vendería el alma por esa droga. Y ésta... —Sacudió a Margarita como si fuera una muñeca de trapo— sirve al diablo. Tendrías que tener mejor criterio.

Escucha su voz. Está muy enfadado con ella. Es evidente que es miembro de la sociedad que cree en los vampiros y ha identificado a mi familia para asesinarla, pero hay mucho más en todo esto.

El corazón de Margarita dio un brinco. No tenía ni idea de que Zacarías seguía en su mente, en silencio y alerta, como una presencia vigilante, pero debería haberlo sabido. Ahora que ya estaba en peligro, él no la dejaría sola, tanto si mantenía la conexión como si no. Era esa clase de hombre. La mente de Margarita operó a toda prisa para asimilar lo que le estaba diciendo.

Lea corría un peligro desesperado, tal vez más que ella. DS era un fanático de los vampiros, pero esto no tenía que ver sólo con Zacarías. DS había buscado a Esteban por algún motivo, le controlaba con ira. Esto tenía que ver con Lea.

Habrá intentado algo con ella primero, antes de todo esto. Lea tiene una capacidad natural para reconocer el mal. Es pro-

bable que no sea consciente, pero sin duda ella se resistiría a cualquier insinuación, porque su subconsciente la protegería. A él le atrae la luz y la inocencia porque necesita corromperla y destruirla. La quiere. Puedes aprovechar eso. No querrá matarla, querrá hacerle daño, no matarla.

Margarita estaba pasmada.

No voy a ponerla en peligro.

Por un momento el calor circuló a través del hielo.

Tonta mujer. Quieres que vaya corriendo a abrir la puerta a Cesaro y a sus hombres. Te estoy diciendo que no va a matarla. Eso debería tranquilizar tu mente, no hacerte sentir culpable. Eres de verdad una loca un poco ilógica.

Sabía que intentaba distraerla del miedo. El miedo dejaba a cualquiera paralizado, y con DS arrastrándola hasta la cocina, su corazón latía atronador, acelerado y fuera de control. Podía saborear el sabor cobrizo de su sangre en la boca. Este plan tenía que funcionar. Zacarías le había hecho sentirse un poco mejor. Al menos no la había regañado, algo que habría empeorado las cosas.

Dio varios traspiés, cada pequeña demora era un segundo que contaba a favor de Zacarías. Indicó muy a su pesar la puerta de la bodega subterránea con mano temblorosa. En el momento en que DS le soltó el brazo, ella se apresuró a sacar la libreta.

Me matará por una traición así.

DS cogió la cartera de las manos de Esteban.

—Estará muerto cuando yo le atraviese el corazón con la estaca, le corte la cabeza y le llene la boca de ajo.

—No podéis creer que Zacarías de La Cruz esté durmiendo bajo tierra —estalló Lea—. Estáis locos si creéis eso.

Margarita le tocó la muñeca y sacudió la cabeza con urgencia. Pero Lea siguió chillando con voz llena de desprecio.

—Es un hombre de carne y hueso, igual que nosotros. Le he visto. Es demasiado elegante como para dormir en medio de la tierra. No tenía colmillos cuando me senté a la mesa con él para tomar el té.

DS reaccionó de inmediato, con salvajismo, se dio media vuelta y golpeó con dureza a Lea en el estómago con la pesada cartera, obligándola a retorcerse. Se fue contra la pared, se dio un fuerte golpe en la nuca y se deslizó hasta el suelo. DS le dio una patada en la cadera y escupió. Agarró a Margarita del pelo y la arrastró hasta la puerta de la bodega.

—Tú primero, zorra, por si acaso es una trampa.

¿Está muerta? ¿Lo distingues? Dominada por la desesperación, abrió la puerta de la bodega mientras pedía ayuda a Zacarías. Debería haber intentado que Lea dejara de provocar a DS. Su amiga no parecía percatarse de que ella desataba sus reacciones.

Vuelve la cabeza.

Notó a Zacarías moviéndose en ella y, por un momento, su visión se volvió extraña. Contuvo la respiración cuando DS la obligó a volverse, empujándola casi por las escaleras. Palpó la pared y encendió la luz. Las escaleras eran estrechas, sólo podían bajar de uno en uno.

Está viva. Le he visto mover el pecho.

La inundó el alivio. Dio un suspiro y empezó a bajar hacia la bodega subterránea. Descendió cada escalón con cautela, intentando contar diez segundos entre cada paso, consciente de la posición del sol como nunca lo había estado. Quedaba aún demasiado tiempo hasta que se ocultara y liberara a Zacarías.

—Esteban, trae aquí a tu hermana. Si se niega a andar, tráela a rastras.

Esteban se rió.

—Qué hijo de perra tan miserable eres, Dan.

—Te he dicho que nunca me llames así —soltó DS.

Furioso, empujó a Margarita entre los omoplatos, que salió volando por las escaleras. Aterrizó con un porrazo, boca abajo sobre el suelo y sin aliento. DS se acercó y miró a su alrededor con satisfacción. El suelo era por completo de tierra. El lugar era frío y oscuro, un entorno perfecto para un vampiro. Dirigió un vistazo al reloj antes de dar con la punta del pie a Margarita.

—Muévete, contra la pared, lejos de las escaleras.

Ella gateó para alejarse de él, y dio un respingo al oír gritar a Lea. Se sintió orgullosa de que su amiga no suplicara a Esteban. Era evidente que su hermano estaba perdido, dominado por la droga y aún más por la influencia de DS. Lea se agachó a su lado y se agarraron las manos, un pequeño acto de camaradería que quedó oculto por la falda de Margarita.

—¿Qué sucederá cuando no encuentren nada? —susurró Lea con temor.

Margarita se encogió de hombros con cierta indefensión. Notaba el sabor del terror en su boca. Tendría que actuar para salvar a Zacarías. No tenía intención de entregarle. No le había delatado al vampiro y no lo haría con un ser tan repugnante como DS.

Los dos hombres empezaron a cavar con palas tan deprisa como pudieron. La tierra estaba bastante suelta en la superficie y al principio resultó fácil, pero a medida que ahondaban resultaba más difícil, estaba dura, muy prieta, y casi parecía cemento.

—¿Lo ves, Esteban? Es su lugar de descanso o no estaría así. —La excitación impregnaba la voz de DS.

—Cuesta de verdad —se quejó Esteban.

—Tú sigue cavando.

Margarita no sabía que su bodega tuviera una tierra tan dura; conjeturó que Zacarías había usado su energía para cambiar su composición.

No. Necesitas preservar todas tus fuerzas por si mi plan falla, le reprendió.

Pertenezco a la tierra, y la Madre Tierra se protege a sí misma lo mejor que puede.

Esa respuesta tan críptica no calmó demasiado su angustia. Pasó una hora y media lentamente. Hacía rato que ambos hombres se habían sacado la camisa, sudando y maldiciendo. La tierra se abría como la boca de un monstruo; el hueco enorme tenía ya un par de metros de profundidad.

DS se limpió el sudor y fulminó con la mirada a Margarita, con una máscara de furia otra vez en el rostro.

—Me has mentido.

Esteban chilló entonces, con un sonido agudo y espeluznante. Indicó en dirección al agujero mientras retrocedía.

Capítulo 17

Ratas. Pequeñas ratas escarbando en la tierra. En lo profundo de la tierra nutritiva, Zacarías podía oír a los dos hombres hundiendo las palas en la tierra. Cavando y raspando, rompiendo el suelo y excavando como las ratas que eran. El sonido reverberaba en las capas de suelo y se propagaba como una enfermedad, con aquel romper y desmenuzar. La Madre Tierra se estremecía con el ataque atroz, percibió cómo se volvía hacia él y lo rodeaba con brazos seguros.

Zacarías notaba su cuerpo pesado, pero su mente iba acelerada, intentando imaginar la manera de superar aquella maldición de su especie. Nunca en su vida se había sentido tan indefenso. Tan frustrado. Siempre había aceptado esta debilidad como el precio a pagar a cambio de su gran fuerza y poderío. La noche pertenecía a su estirpe, y el día a los humanos. Así funcionaba su mundo, era una parte de él, igual que alimentarse de sangre.

Tantos siglos de existencia y ni una sola vez había clamado contra esa ley. Pero entonces el único que corría peligro era él. Había llevado una vida de deber y aceptación. Si le hubieran atrapado antes, hubiera importado poco. Pero esto no tenía que ver con Zacarías, esto era diferente. Todo había cambiado.

Su mujer —su pareja eterna— estaba en peligro, y él no podía hacer nada en absoluto. No controlaba la situación, no tenía ningún control sobre Margarita ni capacidad de destruir a los hombres que la amenazaban. Se veía obligado a permanecer tendido mientras ella sufría, y eso era más difícil de soportar que el que alguien le clavara una estaca en el corazón.

DS había puesto las manos encima a Margarita. Era un crimen penado con la muerte, y no obstante había hecho algo peor: había pegado a su pareja. Zacarías sintió cada golpe sobre su tierno cuerpo. Se permitió sentir, absorber el dolor que ella experimentaba. La paliza pareció durar una eternidad, los golpes llovían sobre su rostro, sus senos y luego las costillas. Las patadas alcanzaban sus caderas, piernas y brazos. La respiración salía de sus pulmones con un estallido violento; luego ardían necesitados de aire.

La furia le invadió, una rabia más profunda que nada conocido. Había prohibido a Margarita exponerse a tal peligro y aun así le había desobedecido. Ella había alejado adrede de su lugar de descanso a sus enemigos. Llevaban ya bastante rato cavando y, por lo lentas que iban ahora las palas, podía decir que la fe empezaba a menguar. No tardarían en descargar su furia sobre su compañera eterna, y él sería incapaz de detenerles.

Haciendo acopio de cada gramo de fuerza que poseía, hizo ascender su voluntad por la tierra.

—¿Dónde demonios está? —quiso saber DS al tiempo que lanzaba su pala asqueado. Fulminó a Margarita con la mirada—. Mejor me lo dices o, te lo juro, te entierro aquí viva.

Ella se levantó poco a poco y garabateó en su libreta.

Ya te dije que nunca se queda mucho tiempo. Es el único sitio donde sé que descansa.

DS arrebató la hoja de la mano de Margarita, luego le obligó a darse la vuelta y tiró de ella hacia la tumba abierta.

Margarita se apartó del agujero enorme e indicó hacia arriba de las escaleras con desesperación.

—Me vas a llevar hasta él esta vez, más te vale, ¿me entiendes?

Estaba tan furioso como para enterrarla viva, eso podía verlo. Ella asintió con la cabeza. En lo profundo de su mente podía oírse a sí misma gritando contra lo que estaba a punto de hacer. Ahora o nunca. Tenía que poner fin a esto, o morir en el intento.

No, Margarita, tráelo hasta mí. No hagas esto.

Por primera vez notó de hecho el pánico en Zacarías. Él nunca lo entendería, pero ella creía no tener otra opción.

Te quiero, lo lamento, pero nunca voy a entregarte. Nunca. Nada me inducirá a hacerlo. Por favor, no permanezcas conmigo mientras hago esto.

—¡Alto! Detén esto ahora. —Lea se puso en pie y se apresuró a abalanzarse sobre DS—. Estás loco, has perdido la cabeza por completo—. Se arrojó sobre él dándole golpes en la espalda.

Esteban se volvió entre risitas desde el foso y se apoyó en su pala.

—Parece que se ha enfadado contigo, DS. ¿Has considerado alguna vez que no haya ningún vampiro aquí?

DS empujó a Margarita con fuerza y se volvió hacia Lea.

—Zorra de los cojones. Podrías tenerlo todo. —La agarró por la blusa, desgarrándosela por la parte delantera y dejando sus pechos al descubierto.

Margarita soltó un jadeo y deslizó la mano en el bolsillo, encontrando allí la presencia tranquilizadora del puñal. No tenía otra opción. Con lo furioso que estaba DS, iba a violar a Lea ahí mismo delante de ellos.

DS tiró a Lea al suelo y se colocó entre sus piernas despatarradas, llevándose las manos a la cremallera de los vaqueros. Esteban se pasó la mano por la boca y volvió su atención a la fosa, apartando la vista de su hermana tirada en el suelo bajo un hombre que sin duda iba a violarla. Agarró la pala y la hundió bien a fondo. De pronto la tumba escupió pequeños cuerpos convulsos, miles de ellos, que salían del fondo y de los cuatro lados. Soltó un grito de terror mientras arrojaba la pala y daba un brinco para retroceder.

DS se giró en redondo mientras Esteban retrocedía dando traspiés, gritando al tiempo que se alejaba de la tumba vacía. Cuando Esteban corrió hacia las escaleras, DS le dio una orden grave y silbante, así de fuerte era su dominio sobre él, pero no lo bastante como para hacerle volver al borde del profundo agujero.

Margarita se agachó al lado de Lea y le agarró la mano. Las dos mujeres retrocedieron cuanto pudieron, intentando no atraer la atención de DS. Oía el suave llanto de Lea, pero con su oído agudo, oía algo más: el susurro del sonido de miles de patas rozando la tierra.

¿No había cometido un error, o sí? Sin duda, si Zacarías hubiera cambiado la ubicación de su lugar de descanso se lo habría dicho.

Necesito saber que estás bien.

Por un momento hubo un silencio, y Margarita se llevó la mano a la boca para no ponerse a sollozar. Los ojos le escocían. Lea apoyó la cabeza en su hombro buscando consuelo, mientras intentaba juntar los dos extremos de la blusa desgarrada.

Igual que yo necesito saber que estás a salvo. Pero corres peligro.

La indirecta de su compañero eterno le hizo dar un respingo, pero al menos no tuvo la sensación de correr un peligro inminente. Lo que estuviera en el agujero, fuera lo que fuese, no era Zacarías.

DS se aproximó con cautela para asomarse. Donde antes la tierra tenía un color amarronado, ahora estaba salpicada de puntos negros. Había arañas arrastrándose desde los lados del agujero, desde el fondo, y empezaban a llenar la tumba mientras él observaba horrorizado. El movimiento de los cuerpos era hipnótico, se movían unos sobre otros sin dejar de mover las patitas, para llegar a lo alto de la pila temblorosa, que se elevaba a medida que más y más arañas se juntaban.

—Está aquí —gritó DS con regocijo—. Nos estamos acercando. Seguro que usa los insectos para protegerse.

—No pienso acercarme a ellos —declaró Esteban. Se sentó en el último escalón, pasándose las manos temblorosas por el pelo—. Parecen hambrientas y como salgan del agujero yo me largo de aquí.

—Harás lo que yo te diga. —DS estudió la masa de cuerpos. Las arañas que surgían de pequeños agujeros en los lados de la tumba empezaron a arrastrarse hacia arriba como si fueran a por él.

Se estremeció y se dio media vuelta para mirar a Margarita y a Lea. Margarita sabía que estaba pálida. Veía la cripta horrible de insectos y todo su cuerpo retrocedía. Apretó los labios con fuerza, intentando no revelar que en cualquier momento podría levantarse y echar a correr. Le daban más terror las arañas que DS.

Intentó sentirse agradecida a Zacarías por haberlas enviado. DS creía que éste era el lugar donde descansaba. Como táctica para entretenerles, era brillante. Pero ella tenía terror a las arañas. Cerró los ojos y deseó que desaparecieran.

DS la agarró por la muñeca y la levantó del suelo.

—Ahora que sabemos dónde está, en realidad no te necesitamos, ¿verdad? —Empezó a arrastrarla hasta el borde de la fosa abierta.

Ten calma. No van a hacerte daño.

No puedo. No puedo hacer eso. Haz que se retiren.

DS la volvió con brusquedad y le dio una bofetada con tal fuerza que la dejó aturdida.

—Vas a entrar. Necesitamos saber si son venenosas, y también tengo planes para la pequeña Lea. —La levantó a peso y la tiró al foso al mismo tiempo que Lea se lanzaba contra él y le hacía un placaje que le impulsó a las profundidades del agujero junto con Margarita. Los tres aterrizaron pesadamente sobre las blandas arañas, y Margarita fue a parar al mismo centro del hervidero, bajo el peso de los otros dos cuerpos.

Notó las horribles patas de las arañas, miles de ellas, arrastrándose sobre su piel y pelo, y también por la boca. La había abierto para emitir un grito inaudible y las arañas acudieron en masa ahí como si fuera carne fresca. No podía respirar, le daba miedo tragar. Cerró los ojos con toda la fuerza que pudo, deseando desmayarse. Le pitaban los oídos a todo volumen, el grito en su mente era alto y largo, un gemido de absoluto terror.

Sívamet. Respira conmigo. Las arañas nunca te harán daño. Confía en mí. Entra en mí y yo te mantendré a salvo.

Se entregó a él, totalmente frenética, siguió el camino hasta la mente de Zacarías, y su espíritu dejó el cuerpo a las arañas y al caos, mientras ella se entregaba al cuidado del carpatiano. Se sintió calmada y centrada al instante, incluso entró en calor. Ni siquiera había sido consciente de que estaba helada como un témpano. Él la rodeó con su ser, estrechándola y protegiéndola de la pesadilla horrenda en la que se encontraba atrapada.

Fue el grito de Lea lo que la hizo regresar. Abrió los ojos de golpe mientras su espíritu volvía a entrar en su cuerpo. Esteban estaba tirando tierra al foso, sobre todos ellos, con la intención de enterrar las arañas, indiferente a su hermana, a Margarita y a DS que estaban atrapados en el agujero. Tan deprisa como podía, empujaba grandes pilas de tierra que se desprendían del extremo del agujero.

Lea gritó y empezó a sacudirse la tierra del pelo con violencia. DS maldijo a Esteban y dio un salto en un intento de agarrarse a los bordes del agujero. Pero éste le dio con la pala en los dedos y continuó tirando tierra como un histérico sobre todos ellos. DS, lleno de rabia, rodeó a Lea por la garganta y empezó a estrangularla, interrumpiendo de golpe sus gritos y zarandeándola mientras apretaba.

Margarita consiguió incorporarse y hundió la mano en el profundo bolsillo de la falda para sacar el cuchillo. Retiró la funda e intentó no ver las arañas que pululaban por todas partes, corriendo por su brazo y enganchadas a su pelo. Se fue tropezando hacia DS, notando las arañas aplastadas bajo los pies. Se le revolvió el estómago. La tierra llovía sobre su cabeza y hombros y tuvo que limpiarse los ojos para sacarse la arenilla. Continuaba concentrada por completo en DS, la visión fija, pues sabía que en cuestión de momentos podía matar a Lea.

Recorrió la distancia en tres pasos, sin estar segura de dónde clavar la hoja. Le daba la espalda y nunca había considerado tener que matar a otro ser humano.

Es maligno.

La voz sonaba calmada por completo. Rezumaba carámbanos. Se acercó más. A Lea se le salían los ojos, su rostro estaba escarlata. DS no aflojaba los dedos, impidiendo que entrara el aire. Otra lluvia de tierra cayó justo encima de sus cabezas y hombros. DS siguió apretando en todo momento.

Margarita respiró hondo, y la fuerza entró en ella. Bajó el cuchillo con toda la potencia que pudo, aprovechando todo el miedo que había en ella para perforar la piel y el músculo, hasta lo más hondo del riñón de DS.

Haz girar la hoja. La orden llegó con voz calmada.

Apretando los dientes, hizo lo que Zacarías le ordenaba. Era mucho más difícil de lo que pensaba, incluso con aquel poder tremendo que corría por su cuerpo.

Ahora sácalo.

Sabía que la sangre manaría al retirar la hoja. Estaba matando a este hombre. Tragó saliva con dificultad mientras obedecía. La sensación de la hoja cortando la carne era horrenda, sabía que nunca la olvidaría, pero retorcerla y luego retirarla era mucho peor. Retrocedió un paso, ahogada por la bilis.

DS se quedó tieso. Abrió mucho los ojos y volvió la cabeza para mirarla. Sus manos soltaron la garganta de Lea, y la joven se deslizó por el suelo cubierto de arañas del agujero, tosiendo, buscando aire con desesperación. DS se tambaleó hacia atrás, medio volviéndose hacia Margarita. Estiró una mano hacia ella justo en el momento en que Esteban arrojaba otra palada de tierra.

Margarita esquivó a DS y cogió a Lea por el brazo. Tenía que conseguir que se levantara, sabía que debía poner a Lea en pie o nunca conseguirían salir de la tumba. No podía arriesgarse a que la tierra las aprisionara.

Lea consiguió levantarse en el momento exacto en que DS cayó sentado de forma abrupta. Las miró a las dos con conmoción en el rostro. Margarita se percató de que aún sostenía el cuchillo y casi abrió la mano para dejarlo caer.

Quédatelo. Puedes necesitarlo. Tenéis que salir de ahí mientras Esteban sigue tirando paladas de tierra. Podéis ayudaros la una a la otra para salir del agujero.

Quería salir de ahí como fuera. DS se estaba muriendo delante de ella, con las arañas corriendo por su cuerpo, cubriendo cada centímetro del mismo, hasta que ya no pudo ver su rostro. Parecía una escena de una película de terror. No podía mirarle, y tampoco a las arañas. Echó un vistazo a Esteban. Tal vez Lea consiguiera hacerle entender.

Éste parecía resuelto a enterrarles vivos a todos, a enterrar las arañas. Cuando le miró, pensó que no había muchas esperanzas. Tenía una extraña expresión, con la mandíbula floja, y sus movimientos se habían vuelto mecánicos. Lea abrió la boca para llamarle, pero tosió y se agarró la garganta.

Margarita negó con la cabeza, para advertirle que se quedara callada. Esteban estaba mal de verdad. Parecía que ya no sabía lo que estaba haciendo. No paraba de tirar tierra al foso y Margarita pensó que si se apartaban a un lado, la tierra apilada crearía una vía para que ellas salieran. Temía que si Lea le distraía ahora, intentara buscar otra manera de matarlas.

Al final, algunas arañas consiguieron salir a la superficie. En vez de dispersarse, se arrastraron hacia Esteban. Él ni siquiera pareció darse cuenta. Llenaba la pala y arrojaba tierra, y regresaba a por más como un robot. Las arañas cubrieron sus botas y subieron por sus piernas, un río constante de ellas, silenciosas y sigilosas, cada vez en más cantidad. A su lado, Lea contenía la respiración, agarrada al hombro de Margarita.

—Tengo que advertirle —susurró, aunque sus palabras casi no eran audibles. Sonaba ronca y de inmediato tuvo otro ataque de tos.

Margarita negó con la cabeza, pues temía que Esteban intentara darles un palazo si se asomaban. No podía imaginar intentar apuñalarle a él. El cuerpo de DS se fue hacia un lado con un movimiento lento que atrajo su atención, pese a su resolución de no mirar. Las arañas parecían una manta en movimiento, una segunda riada salía del foso para aglomerarse en torno a Esteban. Se le revolvió el estómago y apartó la mirada de la visión atroz.

Esteban de pronto frunció el ceño y bajó la vista para mirarse. Las arañas le llegaban ya al cuello y al rostro. Tenía todas las partes del cuerpo cubiertas, cargadas por la mera masa de pequeños organismos. Pasaron de cientos a miles. Bajó la pala y se puso a gritar, pero en el momento en que abrió la boca, las arañas entraron en masa y se apresuraron a correr por la garganta, metiéndose en el interior, llenando sus ojos y nariz. Esteban cayó hacia atrás, dando golpes en la tierra con los tacones de sus botas.

Para. Tienes que parar, le estás matando.

Por supuesto que sí. Zacarías no perdía la calma. *¿Pensabas que iba a permitir que un hombre así siguiera con vida?*

Es el hermano de Lea.

Está mejor sin él. Tengo que descansar. Alerta tú a Cesaro.

Ya había sacado a Esteban de su mente. Ella sabía que no tenía sentido discutir, pero lo intentó de todos modos.

No tenemos derecho a quitarle la vida. Esto es un asesinato.

Intentó mataros a las dos, permitió que su amigo os diera una paliza a ti y a su hermana, y se habría quedado mirando de brazos cruzados mientras violaban a Lea, y posiblemente a ti, antes de que os mataran. No voy a discutir contigo.

Desapareció. Ella notó la pérdida al instante. Tras sentirse llena de él, el aislamiento, la percepción completa de estar sola, era abrumadora. Por suerte, Esteban desapareció de la vista y el golpeteo de sus botas se desvaneció hasta acallarse. Las arañas habían dejado en paz tanto a Lea como a Margarita para ir a por los dos hombres, dejando a las mujeres un poco aturdidas, confundidas y con náuseas.

—Tenemos que salir de aquí —dijo Lea con voz ronca. Las lágrimas surcaban su rostro—. Tenemos que ayudarle.

Margarita limpió la sangre de DS de la hoja, volvió a poner la funda al puñal y se lo metió dentro del bolsillo por si acaso. Escupió para asegurarse de que no tenía arañas en la boca y echó la cabeza hacia abajo sacudiéndola y pasando las manos por la espesa mata de pelo para asegurarse de que tampoco quedaban más en él.

Subió por la pila de tierra que había hecho Esteban. Había una pequeña raíz enrollada justo sobre su cabeza y probó a tirar de ella. Pareció resistir. La agarró y tiró con fuerza. Lea se acercó y enlazó los dedos para que Margarita tuviera un punto de apoyo. Margarita levantó la cabeza por encima del borde del agujero con suma cautela. El cuerpo de Esteban, casi igual que el de DS, tenía un manto en movimiento pululando sobre él.

Se tragó la bilis creciente y encontró un lugar en el extremo de la fosa para agarrarse. Requirió un gran esfuerzo subirse, no se había percatado de lo débil que se sentía una vez que bajó la adrenalina. Estaba exhausta, su cuerpo parecía demasiado pesado como para moverlo. Se desplomó sobre el estómago y se apartó a rastras del borde, esforzándose por no echarse a llorar. Les quedaba un largo día por delante a ambas, y muchas preguntas a las que responder. Había matado a un hombre. Lo único que quería hacer era llorar.

Arrastrándose otra vez hasta el borde, se inclinó hacia abajo para ayudar a Lea a salir. También fue un esfuerzo tremendo. Lea estaba tan débil como ella. En el momento en que alcanzó la superficie se fue a rastras al lado de su hermano e intentó quitarle las arañas del rostro. Era obvio que no respiraba, pero Margarita no la detuvo. Se sentó en el escalón inferior y dejó que las lágrimas corrieran por su rostro sucio.

Al final Lea se sentó sobre los talones, alzó el rostro al techo y gritó, con un sonido impotente, desesperanzado. Enterró el rostro en las manos y sollozó. Margarita acudió a su lado, pero ella no tenía voz, aunque en lo más hondo, añadió su propio grito indefenso.

Ninguna de las dos tenía idea del rato que permanecieron sentadas llorando en la habitación en penumbra, pero al final fue Lea quien se obligó a levantarse y ayudó a Margarita. Las dos permanecieron en pie abrazadas, en un intento de darse consuelo antes de que Lea se separara y se limpiara el rostro manchado de polvo.

—Tenemos que llamar a las autoridades.

Margarita sacó la libreta.

Zacarías es la autoridad aquí. Volverá en seguida. Dentro de una hora más o menos. Tenemos que llamar a Cesaro.

Lea asintió. Las dos mujeres ascendieron por las escaleras, sin mirar atrás, con lágrimas surcando sus rostros. Margarita hizo sonar la alarma que avisaba a los hombres y abrió la puerta de par en par. El aire fresco entró junto con la luz del sol. Aunque le dolieron los ojos, y pensó que se le quemaba la piel, alzó el rostro al cielo y estiró los brazos. No estaba segura de ser capaz de volver a entrar otra vez en la casa. Había matado a un hombre.

Los caballos irrumpieron en el patio al galope. Julio se adelantó unas centésimas a Cesaro, saltó del caballo rifle en mano y fue al encuentro de las dos mujeres. Tenían el rostro manchado de lágrimas y polvo y estaban cubiertas de contusiones, con los ojos hinchados, los labios rotos y señales por toda la piel. La blusa de Lea estaba desgarrada justo por delante y tenía un moratón en el pecho izquierdo. Julio se sacó la cazadora mientras subía de dos en dos las escaleras del porche, tapando con su cuerpo el de la joven para que no la vieran los otros hombres que llegaban al patio.

—Margarita, ¿estás bien? —quiso saber mientras cubría a Lea con la cazadora.

Ella negó con la cabeza y se arrojó a sus brazos llorando. Lea ocupó el otro hombro y le rodeó la cintura con los brazos, sollozando al unísono con Margarita. Fue Lea quien habló:

—Abajo en la bodega subterránea. —Se le atragantaron las palabras—. Están muertos.

Julio se apartó para examinar su garganta hinchada y magullada.

—¿Quién ha hecho esto?

Margarita se alegró de no poder hablar; dejó que Lea le contará la historia. Mientras recuperaba la compostura, se sentó a la sombra del porche, agradecida por las gafas que le había traído Cesaro. Apretó las rodillas contra el pecho y se balanceó mientras Lea explicaba a los hombres todo lo sucedido. Lea, por supuesto, pensaba que Zacarías se había ido del rancho, y tanto Julio como Cesaro asentían con aprobación por la manera como se habían salvado, y también a Zacarías, aunque la chica no lo supiera.

—Tendremos que traer a las autoridades para que hablen con el señor De la Cruz. Se ocupará de todo —tranquilizó Cesaro a Lea—. Tomará todas las medidas necesarias.

Margarita se estremeció. No podía imaginarse a Zacarías hablando con las autoridades. Era más probable que él hablara y ellos callaran hipnotizados por su voz e hicieran justo lo que deseara el carpatiano. No tendría reparo en manipular sus mentes y hacerles creer lo que deseaba que creyeran. En aquel preciso instante, a ella no le importaba. Se quedó esperando en el porche hasta que se puso el sol. Ya se había personado un mando policial en la hacienda De la Cruz, atendiendo la llamada urgente, y los hombres iban de un lado a otro.

Supo el momento exacto en que Zacarías se levantó. No accedió a su mente ni entró en ella para aliviar el aislamiento y el miedo terribles. Cuando ella entró en contacto, incapaz de resistirse, incapaz de contener la necesidad, él había interpuesto un glaciar entre ambos. El calor de Margarita no parecía suficiente para penetrar aquel hielo azul, grueso, duro e impenetrable.

Se estremeció y se frotó los brazos con las manos. El carpatiano se aproximaba y venía hecho una furia gélida. Notó un leve temblor en el suelo. En el establo, los caballos estaban cada vez más inquietos. El cielo se oscureció por encima de ellos, y una gran cantidad de nubarrones llegaba desde el sur. El viento agitó las hojas y levantó la porquería del patio. Los hombres intercambiaron rápidas miradas de nerviosismo.

El terror se acumuló en el estómago de Margarita. Notó la ira de Zacarías cargando el aire hasta convertir las nubes en gigantes imponentes y oscuros por encima de sus cabezas. El leve viento se enfrió y cogió fuerza, bajando la temperatura del aire. Se oyó un trueno y los relámpagos saltaron escindidos dentro de las nubes oscurecidas y revueltas, grandes haces estallando en todas direcciones, sin alcanzar nunca la tierra. No obstante, todos percibían la carga amenazadora y el frío penetrante del viento.

Su respiración. Su mente. Todo hielo. Turbulento y tempestuoso, pero bajo control. Igual de contenido que la tormenta, Zacarías se acercó a zancadas hasta la casa, alto y peligroso, con sus amplios hombros y el ancho pecho musculoso. En sus ojos negros medianoche relumbraban llamaradas azul hielo. Era el hombre más intimidante que había visto jamás, y la policía y los trabajadores del rancho debieron de sentir lo mismo porque se quedaron en silencio mientras se acercaba e intercambiaron miradas de inquietud.

Llevaba el peligro con él, en el gesto de los hombros, en la manera fluida en que se movía, la expresión del mentón y el hielo en sus ojos. Parecía lo que era, un depredador peligroso. Igual que alteraba a los animales, los hombres también se ponían nerviosos. Se movía en silencio total adaptándose al entorno, no obstante dominaba el espacio a su alrededor, lo llenaba por completo con su poder.

Sólo la miró a ella. Concentrado, con la mirada fija. Esas llamaradas azules y gélidas relampaguearon un poco más, relucientes como zafiros oscuros de puro hielo. Los hombres reunidos delante de la casa se separaron sin decir palabra, dejando el camino libre hasta el porche delantero, hasta Margarita. A ella se le secó la boca y se le revolvió el estómago. Encontró con los dedos el tejido de la falda y lo recogió en su puño. Si hubiera podido gritar, tal vez lo hubiera hecho.

Zacarías extendió una mano en dirección a ella, y con ese ademán dejó fuera al resto el mundo. Aunque parecía un gesto solícito, ella sabía que no era así. Le temblaba la mano cuando él se la cogió para levantarla y situarla frente a sí. Quería que la cogiera en sus brazos y la abrazara, que la consolara. Pero su expresión era tan remota como sus ojos. El hielo fluía por sus venas y formaba un glaciar en su mente, muy difícil de penetrar.

El carpatiano concentraba toda su atención en ella. Margarita sentía su mirada concentrada como una lanza atravesando su corazón. Para Zacarías no existía nadie más. Poco le importaban los hombres, de pie como estatuas en el patio. Sólo estaba Margarita, y su desobediencia.

Le pasó la mano por el rostro, rozando con las puntas de los dedos cada moratón, el ojo hinchado y el labio roto. Su respiración sonaba sibilante, como una amenaza lenta y prolongada, y un nuevo estremecimiento recorrió la columna de Margarita. Se le aceleró el corazón, y él lo oyó, pero no la sosegó. El dolor en la cara y la cabeza disminuyó con el contacto de Zacarías, pero ese roce ligero como una pluma había sido remoto, en absoluto personal.

El sol te ha quemado la piel.

La desaprobación respecto a sus acciones llegó como un duro golpe en su corazón. Sabía que él había prohibido sus actos y que estaría enfadado, pero esto iba más allá del enfado. Su distanciamiento la desarmó por completo, dejando su corazón y alma desamparados. Aunque él estaba asumiendo su cuidado, su forma de actuar no la reconfortaba.

Margarita tragó saliva con esfuerzo e intentó conectar con él.

No podía quedarme dentro, con los cadáveres y las arañas. Era demasiado.

Las llamaradas azules relampaguearon y, por un momento, un fuego extraño y espeluznante pareció relumbrar en sus ojos.

Los cadáveres ya están retirados y no hay arañas. Entra ahora en casa. Voy a ver al comandante.

Margarita se negaba a llorar, en todo momento había sabido en que lío se metía. Zacarías bloqueaba toda emoción, contaba con todos aquellos siglos prolongados de existencia. Ella le había puesto en contacto con sus sentimientos, le había permitido reconocerlos. Había supuesto un sufrimiento para él, encontrarse atrapado bajo la tierra con ella expuesta a tales peligros. Margarita había elegido su camino, había desobedecido sus órdenes directas, algo que probablemente nadie hacía. Era ella quien había dicho que se ponía bajo la tutela de Zacarías, por lo tanto se negaba a llorar por orgullo y honor.

Asintió y pasó junto a él con la cabeza alta, alejándose del gentío, consciente de que encontraban a Zacarías muy solícito con ella.

El carpatiano fue junto a Lea y le aplicó el mismo roce ligerísimo con los dedos, y con voz susurrante e hipnótica alivió un poco su pena, así como el dolor de las palizas de DS. Margarita le oyó asegurar a la muchacha que se ocuparía de todos los detalles y que Julio la llevaría a casa y se quedaría con ella si hiciera falta.

A continuación su voz grave convenció al oficial al mando de todo lo que quería que creyera. Por supuesto, el hombre lo aceptó todo e hizo una medio inclinación a Zacarías, aquel elusivo millonario del que tanto se hablaba. Ahora podría alardear de haberle conocido en persona, y la leyenda De la Cruz no haría más que crecer.

Al final todo el mundo se fue y la casa se quedó tranquila y a oscuras. Margarita estaba sola para enfrentarse a Zacarías. Lo quería allí, no obstante temía lo que pudiera hacer. Ya le había avisado numerosas veces que debería asumir las consecuencias. No podía imaginárselo pegando a una mujer, no era su estilo. Había suprimido el dolor de su rostro, por lo tanto no le deseaba sufrimiento físico, ¿verdad? No podía equivocarse en eso.

Se retorció las manos, esperando. ¿Dónde estaba? Era peor esperar a oscuras su aparición y la sentencia que no saber nada. Permaneció sentada unos minutos, con el corazón acelerado y el sabor del miedo aumentando en su boca. Incapaz de permanecer quieta, se fue hasta la puerta abierta y miró afuera. Allí estaba, desbordando la realidad, contemplando la noche.

Zacarías volvió la cabeza y le dirigió una mirada. Por supuesto sabía que estaba ahí. Sus ojos perforaron toda protección, dejaron una marca en su corazón. Margarita retrocedió un paso y se llevó la mano a la garganta en un gesto defensivo. No había piedad en ese rostro inexpresivo y oscuro, en su boca sensual un poco cruel, en esos ojos que sólo reflejaban el hielo azul y llameante.

Zacarías se volvió con un movimiento rápido y fluido y se plantó junto a ella en un abrir y cerrar de ojos. La puerta mosquitera en ningún momento se abrió y cerró. El carpatiano permaneció en pie durante un instante aguantando su mirada, bebiendo su terror, con la mente concentrada en ella y el corazón y el alma distantes, tan distantes que ella no los alcanzaba. No era su Zacarías, era un depredador.

Soy ambas cosas, ya es hora de que aprendas esa lección.

Sin más preámbulos, la agarró por los brazos, la atrajo hacia él y le hundió los dientes en el cuello. El dolor atravesó a Margarita, un dolor que dio paso poco a poco a un calor puramente erótico. Forcejeó un momento, aún asustada, consciente de que él podía perder el control, consciente del peligro que eso representaba. No podía conectar con él, Zacarías le negaba la entrada, no obstante él sí estaba en su mente y ordenaba, exigía, su rendición.

Esta vez, a Margarita le asustaba lo que le pedía, y el terror creciente no cesó pese al calor que invadió su cuerpo, pese a sus pechos ansiosos y su núcleo en llamas, muriéndose por él. El carpatiano no se detuvo ni aminoró la marcha. Ella se encontró hundiéndose en aquel lugar, aquella especie de subespacio de su mente en el que Zacarías constituía todo su mundo, donde sólo existía su fuerte cuerpo y fuerza descomunal, su necesidad y hambre. Era un lugar primario, forjado con su voluntad, perdido en los tiempos, donde se aplicaban siempre las leyes de la jungla.

En medio de todo ese calor sensual, empezó a notar un escalofrío en algún lugar, y fue en aumento. Tenía frío. Cada vez sentía más frío, como si el hielo en las venas del carpatiano entrara en las suyas y se propagara por su cuerpo. Sus piernas parecían de goma, temblorosas, como si ya no pudiera sostenerse en pie. Se agarró al cuello de Zacarías para sujetarse, pero tenía los brazos demasiado débiles para aguantarse de pie.

En el momento en que caía, el carpatiano la sujetó con el brazo y la levantó, aunque sin dejar de beber. Tenía la sensación de estar flotando, pero sus ojos no querían abrirse. Le entró el pánico, intentó forcejear.

Para. Es demasiado. Tienes que parar.

Soy yo quien dice cuándo es demasiado.

Margarita oyó el suave silbido de amenaza, la necesidad de dominar y aquella voluntad de hierro tan implacable. No había salvación. Era a vida o muerte. Vivir o morir. Dependía de él. Se entregó por completo, sin resistirse más, ni siquiera en su mente.

Decide tú, entonces. Ya no le quedaban fuerzas para oponerse a él. Se estaba bebiendo su sangre vital como si fuera imposible saciar su hambre. Se alimentaba con un cariz amenazante, sexual y peligroso a la vez, como si hubiera tomado una decisión y no fuera a retractarse. Lo hacía con una determinación tan profunda, tan oscura, que ella no encontraba la manera de conectar.

Ya lo he hecho.

Esas palabras deberían haberla tranquilizado, pero provocaron otro estremecimiento en su cuerpo. Fue la manera en que las dijo, el puro glaciar de su voz, que rezumaba carámbanos. La llevó hasta el dormitorio principal, la dejó sobre la cama y posicionó su cuerpo encima, sin parar de beber y vaciarla de su preciosa sangre. Ella se sintió desfallecer.

Vas a quedarte conmigo. Ven conmigo, Margarita. Ahora, ven conmigo.

Estaba demasiado cansada, demasiado débil como para hacer otra cosa que obedecer. Le buscó con su espíritu cuando su cuerpo quiso marcharse a otro mundo que no reconocía, pero él seguía rodeándola y reteniéndola.

Sólo entonces él pasó la lengua sobre los pinchazos, luego se desabrochó la camisa y se hizo un corte en el pecho.

Vas a beber.

Era una orden absoluta. Zacarías llevaba el control y llevaba el espíritu de Margarita acoplado a él. La cogió por la nuca y le obligó a tragar esa sangre carpatiana oscura y opulenta. Ella movió la boca contra él. Esta vez, Zacarías no se distanció del acto. La sangre manaba por el interior de su pareja eterna, era su misma esencia la que se precipitaba para cumplir aquella función, para proclamarla suya para siempre, irremediablemente suya. Ella sabía que la anteponía en su mente a todas las cosas. Esto era consecuencia directa del comportamiento de Margarita. La declaraba suya. Se esforzó por entender. Zacarías ya les había vinculado según la costumbre de su pueblo. ¿Por qué esa satisfacción? ¿Por qué esta muestra concreta de dominio?

Sintió que recuperaba las fuerzas, pero él retuvo su espíritu cautivo hasta que consideró satisfactoria la cantidad de sangre bebida. Su cuerpo seguía cubriéndola cuando alzó la cabeza y miró a los ojos de su compañera.

A Margarita se le escapaba algo, algo importante. Él parecía muy expectante. Todavía frío y distante pero alerta y atento. Ella se pasó la lengua por el labio. La herida y la hinchazón habían desaparecido, no le dolía la cara, pero sentía un dolor nuevo y extraño en su cabeza. Ahora no sólo oía sus latidos, sino que los sentía, cada uno de los movimientos, el rumor de la sangre fluyendo y retrocediendo. Una oleada de dolor se apoderó de su cuerpo y le revolvió el estómago.

Capítulo 18

Margarita se quedó mirando a Zacarías con ojos enormes, aterrorizados y acusadores. Estaba muy pálida, con el oscuro pelo sedoso esparcido a su alrededor.

¿Qué has hecho?

Zacarías cambió de postura. Por lo visto, ya había empezado. Su conversión. Su sangre estaba operando el cambio corporal, remodelando sus órganos e incorporándola por completo a su mundo. Una satisfacción peculiar marcó las líneas del rostro del carpatiano.

—Nunca más me veré obligado a yacer impotente bajo tierra mientras mi propia pareja eterna se pone en peligro a propósito. Me has desobedecido por última vez, Margarita.

Cerró los dientes de golpe, aún un poco alargados, mirándole fijamente. Las llamas en sus ojos titilaban, aquella masa letal y ardiente de ira volcánica seguía bullendo en sus entrañas. Había yacido durante horas bajo la superficie, privado de todo poder mientras ella arriesgaba su vida y su alma. ¿Para qué? No había razón suficiente para una decisión así por su parte.

Sería la deshonra de Zacarías para siempre. Ella incluso conocía la verdad sobre él, había visto su secreto más oscuro, el que había protegido durante siglos: su legado de oscuridad. Su propio padre se había convertido en vampiro momentos después de la muerte de su madre. Eso le habría pasado a él. Si DS hubiera conseguido matarla, Zacarías se habría levantado convertido en vampiro y habría liquidado a todos los habitantes del rancho.

—Que el sol te abrase, mujer. —Escupió la maldición mientras la furia corría por sus venas y rompía el hielo con una explosión volcánica. No soportaba tocarla, no podía permanecer cerca e inhalar su fragancia. Su mujer. Su vida. Traidora. Arriesgándolo todo por el capricho infantil de demostrar que ella tenía la misma fuerza y poder. Poniéndole en peligro a él, a los dos. A sus hermanos y a toda su familia humana.

Se levantó de la cama y recorrió la habitación como un gato montés merodeando, letal, aún muy furioso. La tensión creció en el dormitorio, pero no encontraba la manera de recuperar su gélido control. La rabia se había abierto paso a través del enorme glaciar y sus emociones eran una tormenta de fuego descontrolada.

Siempre había sabido que sería incapaz de entender a una mujer moderna. Había aceptado que su pareja eterna nunca se amoldaría a su mundo, nunca aceptaría su manera de ser. Estaba más que preparado para pasar a otra vida con honor. Pero ella había cambiado todo eso, había destruido su plan; ella debería haber comprendido la enormidad de sus actos. No tenía derecho a poner en peligro su alma. Nunca jamás. Ni este año, ni en cien años más.

Margarita se retorció, abrió mucho los ojos con consternación y se llevó las manos al estómago. Una oleada de inquietud recorrió la columna de Zacarías. Su mirada saltó a ella, sin perder detalle. Estaba claro que estaba sufriendo. En todos sus siglos de vida, nunca había visto a un humano convertirse en carpatiano. Simplemente no se relacionaba lo suficiente con ellos. Sus hermanos sí, pero él nunca se había molestado en preguntar sobre lo que sucedía, así de claro. Eran necesarios tres intercambios de sangre, eso lo arreglaría todo..., siempre que ella tuviera poderes paranormales, y estaba claro que Margarita los tenía.

Notó un nudo de aprensión en la boca del estómago. Seguro que nada podía ir mal. Él tenía una sangre poderosa, pero la oscuridad llenaba sus rincones más profundos. Las sombras penetraron en la habitación a oscuras, de pronto se le cruzaron por la mente otras posibilidades alarmantes e inquietantes. ¿Había cometido tal vez un error?

—¿Qué te pasa? —quiso saber.

Ella encogió las piernas y se puso de costado, en posición fetal, con el rostro crispado de dolor. Cerró los ojos, como si no soportara verle. De forma inesperada, un dolor perforó el corazón de Zacarías, quien saboreó el miedo en su propia boca.

—¿Qué va mal? Cuando pregunto quiero una respuesta.

No pudo esperar, no cuando ella empezaba a retorcerse de dolor, con convulsiones descontroladas y el rostro surcado de lágrimas. Por primera vez en su vida, le inundó el pánico, una sensación aterradora. Esto no tenía que suceder, se suponía que no habría problemas. Buscó la mente de Margarita, necesitaba sentir lo que ella sentía, compartir la misma piel, saber qué le estaba sucediendo. Expandió la mente, pero chocó contra un muro.

Le rechazaba. ¡Le rechazaba! Su pareja eterna, su mujer. No sólo le desobedecía, allanando el terreno para un desastre total, sino que ahora se negaba a compartir su vía más íntima y privada. Le estaba dejando fuera, y a juzgar por la fuerza de esa puerta, iba a hacer falta un ariete para abrirla.

Ella tenía una barrera natural, eso ya lo sabía, pero siempre le había dejado pasar. Ahora, con su propia sangre carpatiana fluyendo por las venas, ese escudo era aún más fuerte. Antes le asustaba hacerle daño, y ahora no tenía ni idea de qué le sucedería si destruía esa barrera. Pero la única manera de que le dejara entrar era derribar la puerta.

—Déjame entrar.

No hubo respuesta. Margarita seguía obstinada con las rodillas pegadas a su pecho, balanceándose con el pelo esparcido por la cara, excluyéndole a él de todo. Estaba sufriendo, eso era más que evidente. Cruzó la habitación en un instante y estiró el brazo para ponerle la mano en el estómago. Había otras maneras de conseguir la información que buscaba.

Ella respiró más profundamente con un estremecimiento, como si el dolor remitiera, pero volvió la cabeza fulminando a Zacarías con sus ojos oscuros. Los mechones de pelo le caían sobre la mejilla, húmedos de sudor. Tenía el cuerpo revestido de un brillo especial. Cuando Zacarías le tocó la piel con la palma y los dedos, dio un respingo e intentó darle un cachete en el brazo.

Aléjate de mí. Hablo en serio. No te quiero aquí.

Margarita no podía creer que él llegara a hacerle esto. Todo el mundo, todas las cosas —incluso los caballos— sabían el monstruo que era él, todos menos ella. Era un depredador indiferente, oscuro y peligroso, sin sentimientos reales. Todo lo que creía de él no era más que una fantasía. Le había destrozado el corazón y lo único que ahora le quedaba era orgullo. No podía soportar mirarle, no estaba dispuesta a permitir que entrara en su mente, nunca más compartiría nada con él por voluntad propia. Tendría que tomar por la fuerza lo que quisiera de ella. El dolor de su corazón roto era mucho peor que el dolor físico que le imponía.

Zacarías estaba conmocionado. No había esperado aquel rechazo tan absoluto, pero lo cierto era que ella le impedía entrar en su mente y ahora pensaba que podría impedir que se acercara a su cuerpo. Sin tiempo a decir nada, vio la siguiente oleada creciendo e inundando el cuerpo de Margarita. Todos sus músculos se quedaron rígidos y el aliento surgió con violencia de sus pulmones. Abrió mucho los ojos, vidriosos de dolor. Dobló la espalda y luego la arqueó hacia atrás, con convulsiones por todo el cuerpo, casi cayéndose de la cama.

El carpatiano la cogió, la sostuvo con firmeza, temeroso de que se hiciera daño. Deslizó las manos por su piel, que ardía de fiebre. Cada órgano se retorcía y amenazaba con explotar dentro de ella. La piel estaba tan caliente que casi tuvo que retirar la mano. Intentó mandar una onda curativa a través de su piel, pero pareció empeorar las cosas. Su cuerpo dio una sacudida que casi la deja sentada, con los dientes apretados como por rigor mortis, antes de volver a caer con un golpetazo sobre el colchón.

Su respiración surgía precipitadamente como una protesta silenciosa, aunque Zacarías notó que la oleada remitía. En el momento en que su mirada reparó en él, se apartó y se bajó de la cama para interponerla entre ambos. Intentó alejarse a rastras, con el cuerpo reluciente de sudor, el pelo apelmazado tras el cuello y por toda la espalda. Pero dominada por la debilidad, se cayó boca abajo.

Zacarías se situó a su lado al instante, su corazón latía tan rápido como el suyo, temiendo en realidad ahora por ella. Tenía que discernir qué iba mal y cómo podía ayudarla.

—Déjame ayudarte, Margarita. —A pesar de su miedo, consiguió hablar muy bajito.

Le puso una mano en el tobillo. Margarita le dio una fuerte patada con el otro pie y se puso a cuatro patas para escapar.

—Basta. No quiero tener que obligarte a obedecer. —Su miedo crecía ante la idea de perderla. Algo iba terriblemente mal y tenía que solucionarlo.

¿Por qué no? Se volvió con el rostro húmedo, salpicado de pequeñas gotas rojas. Los ojos mostraban acusación y dolor.

Qué equivocada estaba contigo. Eres exactamente lo que me dijiste: un monstruo. Y tus palabras del ritual vinculante son mentira. Me has mentido. No significan nada.

Margarita apenas podía respirar, atrapada entre el dolor y la disolución. Le había encantado aquello que él le había susurrado, palabras de unión, tal y como había dicho. Se había casado con ella según el ritual de su pueblo, con palabras como *aprecio*, *corazón* y *alma*. Había dicho cosas como *siempre a mi cuidado*. Le había arrebatado el corazón con esos vislumbres del hombre que necesitaba la salvación desesperadamente, y esas palabras tiernas, asombrosas, que de algún modo les habían unido.

No hay aprecio, desde luego, ni hay cuidado. Guárdate tus palabras vacías, yo no las quiero.

Zacarías contuvo el aliento, su acusación le desgarró tanto como la visión de sus lágrimas de tonos rosados. En este instante nada podía importarle aparte del estado físico de su compañera; tenía que encontrar la manera de ayudarla. Se concentró en buscar una manera de atravesar la barrera mental.

—Margarita. —Usó un tono grave, suave como el terciopelo, rayando lo hipnótico—. Podrías estar en peligro, *sívamet*. Tienes que permitir que entre y vea qué está sucediendo.

Lárgate y déjame a solas con esto. Puedo superarlo por mi cuenta. No quiero tener nada que ver...

Se calló de súbito. Abrió mucho los ojos y también la boca, con un grito silencioso. El horror se propagó por su rostro. Su estómago parecía estar vivo, se contraía, se tensaba, los músculos de sus brazos y piernas formaban nudos.

Zacarías la buscó de nuevo, la necesidad en él ahora era casi una locura total. ¿Qué iba mal? ¿Qué estaba sucediendo? Esto no tenía sentido. Estaba claro que vivía un tormento, había perdido el control de su cuerpo, que se negaba a expulsar las toxinas, se resistía a remodelar los órganos y cambiar al sistema carpatiano. Él estaba seguro de que si conseguía entrar en su mente desbancaría el dolor, pero incluso en la cúspide de la oleada de dolor la barrera contra él no flaqueaba. Necesitaba entrar de otra manera sin hacerle daño.

Esperar a que pasara la ola de dolor fue una agonía para él. Respiró despacio mientras duraba, intentando tomar aire suficiente por los dos. Se percató de que cada acceso duraba más y parecía más fuerte. Esperó hasta que consiguió ver reconocimiento en sus ojos antes de volver a intentarlo.

—Margarita. No puedes seguir así. Va a peor. Déjame entrar, yo puedo eliminar el dolor.

La ira bulló en su mirada.

No quiero tu ayuda. Prefiero sufrir. No quiero olvidar nunca, jamás olvidaré esta lección tuya.

Necesitaba que ella siguiera hablando. La comunicación telepática iba directa de su mente a la de él. Encontró el hilo y, con suma delicadeza, entrelazó el suyo con el de su pareja.

—Esto no tenía que ser una lección, Margarita. Sabías que iba a traerte a mi mundo. Esto ha sido la consecuencia. Para protegernos a ambos. Para proteger a mis hermanos de tener que cazarme. Para proteger a tu familia humana de un monstruo como no hay otro.

Puedo hacer esto yo sola. Puedes decir que no es un castigo, pero tu intención era ésa.

Zacarías se pasó ambas manos por el pelo.

—Sabías que te incorporaría a mi mundo y diste tu consentimiento —reiteró, sin dejar su tono tan grave, casi conteniendo la respiración mientras rodeaba con sumo cuidado ese diminuto hilo que ella usaba para acceder a su mente.

Pensaba que me introducirías con amor y cuidado, no de un modo tan frío e insensible. No con tal dolor. Volvió a jadear y se llevó las manos otra vez al estómago. *No quiero verte aquí, lárgate.*

De nuevo se revolcó y se puso a cuatro patas con esfuerzo. Las arcadas eran explosivas, la desgarraban con brutalidad mientras expulsaba las toxinas de su cuerpo, que se retorcía con convulsiones otra vez, impulsándola hacia delante, hasta que se dio contra la pared. Luego se revolcó otra vez y dobló las piernas contra su vientre.

Horrorizada por su falta de control, enterró el rostro en sus manos cuando tomó conciencia de la situación tan desastrosa en que se había metido.

Por favor, márchate.

El aguante tenaz de Zacarías en el hilo que les enlazaba iba cobrando fuerza con cada contacto. Sólo era cuestión de tiempo que pudiera introducirse en su mente y tomara el control sin su consentimiento.

—¿Ya has olvidado lo que sucedería si te hubieran matado, Margarita? —Hizo la pregunta con la misma voz grave—. Conocías mi legado. Desvelaste un secreto del que pocos tienen conocimiento, mi secreto más oscuro, y de todos modos insististe en desobedecer.

Zacarías no podía evitar sentir el daño de la traición. Hizo esfuerzos por no sentirlo, por distanciarse una y otra vez de la emoción abrumadora, pero ahora que la presa había reventado, era incapaz de contener la marea. No le importaba nada el resto del mundo. Para él, todo y todo el mundo seguía apartado, lo daba por perdido, a menos que pudiera sentir a través de Margarita. Pero ella era diferente, la veía con todos los colores muy vivos. La sentía, y a través de ella percibía sus propias emociones y todo lo que se le había negado durante tantos siglos, lo bueno y lo malo.

Ella se había convertido en su mundo. Había creído en ella y creía en sí mismo gracias a ella; por primera vez pensaba que de hecho podía vivir la vida con otra persona. Había pasado siglos viviendo motivado tan sólo por el honor y, no obstante, con una sola decisión ella había destruido y anulado cuanto había hecho, todo lo que había sido.

No recordaba a su padre como el hombre que le había criado y había configurado su vida. Lo recordaba sólo como el no muerto, ese vampiro putrefacto sin alma, que de haber podido habría matado a sus propios hijos. Margarita le habría convertido en un recuerdo similar para sus hermanos, quienes habrían tenido que darle caza para matarle. Era muy probable que hubiera acabado asesinando a sus propios hermanos.

Un sonido de desesperación se escapó del fondo de su garganta. Se pasó la mano por el rostro como si pudiera retirar el conocimiento de la traición de Margarita con tal facilidad.

Déjame pasar sola esto.

Había agotamiento en su voz. Se estaba debilitando, la lucha entre la parte humana y la carpatiana pasaba factura. Pero a pesar del recordatorio, ella parecía no entender lo terrible de su traición. Zacarías no podía permitirse pensar en sí mismo ahora. Ella tenía problemas, y él quería, no, necesitaba ayudarla a superar el trance del cambio. Este episodio terrible y traumático no podía continuar.

—Sabes que no puedo. —En realidad lo que quería era que ella le contestara. Cada vez que lo hacía, abría su mente un poquito más, le permitía asir con más firmeza el hilo que le facilitaba tomar el control sin hacerle daño.

Estoy cansada de discutir. Haz lo que quieras. Es obvio que lo que yo quiero no te importa.

El agotamiento en su voz le preocupó. Si tenía algo claro sobre ella era su naturaleza luchadora. En ese momento, percibió que se rendía, que renunciaba a su vida, a él, a todo. Estaba dispuesta a permitir que todo acabara.

Zacarías estaba tan concentrado en Margarita que vio la oleada que se aproximaba casi antes que ella. Esta vez era más intensa incluso. Unas manos invisibles la levantaron y la arrojaron como una muñeca de trapo. Se cayó de espaldas y se llevó las manos a la garganta. Zacarías tuvo que sujetar su cuerpo convulso y darle la vuelta para que no se ahogara.

No podía convencerla más ni seguir rogando. Necesitaba detener esto, casi más que ella. Agitando las manos, eliminó todo rastro de vómito y limpió de toxinas su cuerpo y el suelo. Una brisa limpió la habitación de todo olor. Aparecieron unas velas encendidas, que esparcían una suave fragancia a lavanda por toda la casa.

Movido por la desesperación, tomó el control y siguió esos hilos de conexión directa con la mente de Margarita. Ahí reinaba el caos total, y por encima de todo el miedo. Dolor. Su percepción de la traición era tan fuerte como el de Zacarías a todos los efectos. Su motivación para desobedecerle no tenía nada que ver con razones de igualdad o con afirmar su independencia. En parte había sido el juramento inculcado desde el nacimiento, el vínculo de pareja eterna y su propio carácter, que no le permitía arriesgarse a poner la vida de Zacarías en peligro.

Había desobedecido por amor a él.

El carpatiano soltó un fuerte rugido, intentando asimilar la enormidad de lo que eso significaba. Aún no entendía del todo esa emoción. La había sentido mucho tiempo atrás —demasiado—, pero la emoción era algo tan ajeno a él que ya no la reconocía. Margarita sabía amar. Se había entregado a su custodia, confiando en que él hiciera todo lo mejor por ella.

Su amor le envolvió, le inundó, le elevó. Una vez más, el calor circuló a través del hielo de su mente y su cuerpo, encontró las sombras y unió los huecos donde debería de haber conexiones. La percibía dentro de él —ése era su lugar— consolidando su unión con amor. Con la esencia que era ella.

Había sido una mala decisión negarse a obedecerle, sí, pero Margarita no entendía la enormidad de las repercusiones. Él podría explicárselo, pero su conocimiento no era como el suyo. Él sabía que el mal recorría la Tierra, sabía el daño que podía hacer y que haría, se había enfrentado al mal durante siglos. A ella la habían criado en un entorno amoroso donde los vampiros no eran más que leyendas. Sí, se había enfrentado a uno, y había tenido el coraje de desafiarle, pero nunca había visto en realidad la destrucción que podían ocasionar esos seres a gran escala.

Zacarías no tenía tiempo para examinar las revelaciones de su mente. Era preciso detener el coste terrible para su cuerpo. Apartó todo pensamiento personal y sus propias reacciones a la manera en que operaba la mente de Margarita, la profundidad de su capacidad de dar y sentir. Eso no podía importar. Sólo detener el dolor aplastante. Se desprendió de su cuerpo y fluyó como un espíritu puro a través de ella, empleando ese hilo delicado para encontrar el camino.

Igual que en su mente, el caos reinaba en su cuerpo. Podía ver con claridad qué estaba sucediendo, la reforma del organismo, los cambios que tenían lugar con objeto de volverse carpatiana. Debería haberse percatado de que la experiencia sería casi mortal: ella tendría que morir como humana para renacer como carpatiana. Y se estaba resistiendo, se negaba. Eso era, también, inesperado.

Él no había acudido a reconfortarla cuando lo necesitaba, contribuyó al trauma en vez de cogerla en sus brazos y abrazarla. Ahora le rechazaba, y también sus métodos, con igual firmeza que él se aferraba a ellos. Había cerrado a propósito todo acceso a su mente pese a saber que sufriría; no quería su ayuda en este tránsito. Ya no quería su alivio, ni le quería a él.

Zacarías la había tomado por una loca por no saber verle como un depredador peligroso, demasiado perdido en las sombras, con el alma ya ennegrecida y perforada por un millón de agujeros diminutos, sin reparación posible. Y, aun así, ella había visto más allá de las sombras oscuras, llegando hasta el hombre que se aferraba a la vida en alguno de los extremos. Ella fue quien se había entregado voluntariamente, confiando en que él haría honor a su juramento ritual de unión.

Zacarías invocó su energía hasta convertirse en puro poder y luz curadora. Podía acelerar la remodelación de los órganos, pero la única manera de detener el dolor era que él asumiera la mayor cantidad posible. Compartir con ella. Sentir con ella. Margarita se resistía —ya sabía que iba a hacerlo—, pero estaba débil, y él era fuerte y su sangre muy potente.

—Descansa todo lo posible entre oleadas —le dijo con dulzura cuando el dolor empezó a remitir. Él siguió el hilo, la única conexión con ella.

Margarita suspiró y miró a otro lado mientras él la levantaba del suelo en sus brazos. La habitación olía a limpio, la fragancia de lavanda y camomila flotaba a su alrededor. La cama tenía sábanas limpias y el aroma incorporado levemente al tejido. La dejó en el centro exacto y se estiró a su lado, rodeando su cuerpo con los brazos para ofrecerle algo a que agarrarse.

—Sé que no quieres que te ayude a superar esto, Margarita —dijo con afabilidad mientras le apartaba el pelo húmedo del rostro. Las pestañas formaban dos espesas medialunas, un negro puro en contraste con el blanco casi translúcido de su piel. No paraba de estremecerse, sin control, incluso le castañeteaban los dientes—. Pero debo hacerlo. Sé que en este preciso momento no puedes entenderlo, pero no tengo otra opción.

La idea apenas había salido de su boca cuando se produjo la revelación. ¿Era posible? Tal vez Margarita tampoco tenía otra opción. Ese amor que sentía, tan fuerte y profundo, el hecho de ser partícipe de partes de su ser que él no veía ni alcanzaba sin ella, podría haber hecho su unión mucho más profunda de lo que creía. Ella estaba en él. En su mente, sí, pero también había abierto una vía en su alma. Y veía cosas que él ignoraba. Y esos rasgos en los que ella había confiado tenían que estar ahí, o no podría haber sentido una emoción tan fuerte por Zacarías.

Margarita volvió la cabeza hacia él. Agitó las pestañas y le miró directamente a los ojos. El impacto de la mirada le alcanzó como un puñetazo. Ya veía el cambio en sus ojos, el color más intenso y rico. Antes de hablar, los abrió mucho. Zacarías se dio cuenta de que la oleada de dolor la había consumido con más fuerza y más rápido, y aquel conocimiento sacudió su cuerpo con una descarga pese a que hacía siglos que no reconocía un dolor real.

La sensación de un millar de cuchillos perforando sus entrañas, cortando y penetrando al mismo tiempo, le martirizó. Sintió su interior desgarrado y enredado, formando grandes y fuertes nudos. Soltó una bocanada de aire y notó el puñetazo, la gran ola potente como un ariete que le golpeó. De repente su cráneo era demasiado pequeño para alojar su cerebro, una explosión de metralla estalló en su cabeza, con una onda expansiva que se extendió por todo su organismo.

A su lado, el cuerpo de Margarita se convulsionaba. La atrajo a él, piel con piel, compartiendo el tormento, intentando manejarlo con ella. El cuerpo de Zacarías sudaba gotitas de sangre que corrían junto a las partículas similares que manchaban el cuerpo de su pareja.

No lo sabía. ¿Cómo podía no haber preguntado siquiera a sus hermanos? ¿Habrían compartido ellos esa información, se habrían contado lo dura que podía ser la conversión?

—Se desvanece, *sívamet* —susurró. Al compartir el dolor con ella, al final había aminorado la violencia de las descargas—. Intenta respirar con regularidad. Tu corazón late demasiado deprisa, deja que tu cuerpo siga mi ritmo.

Adoptó intencionadamente el latir frenético y acelerado del corazón de Margarita, su respiración jadeante y entrecortada, y luego, muy despacio, sin dejar de abrazarla, empezó a ralentizar los ritmos de ambos. Ella fijó los ojos en él. El corazón de Zacarías dio un vuelco momentáneo. Parecía derrotada, no era en absoluto la Margarita que se había adentrado de noche en la selva tropical con un depredador tras ella, la Margarita que le sonreía incluso cuando él mostraba su peor faceta.

Margarita. Susurró su nombre, y la retuvo pegada a él, dentro de su mente.

Esta vez no se resistió, estaba demasiado débil para dar algún sentido a lo que le sucedía. Permaneció tendido a su lado y escuchó la lluvia que caía sobre el techo, amplificando el sonido lo bastante como para oír el rumor sosegador de las gotas en medio del estruendo en su cabeza. Añadió adrede leves golpes de brisa para cambiar el patrón del sonido contra las ventanas y las paredes.

A su lado, Margarita empezó a relajarse poco a poco y la tensión se alivió en sus músculos agarrotados, irritados, lo bastante como para permitirle respirar la mezcla calmante de lavanda y camomila. No opuso más resistencia, y Zacarías encontró que también en sus entrañas se aflojaba un terrible nudo.

Le acarició el cabello con un gesto delicado y murmuró alguna tontería en su propia lengua. O tal vez no fuera una tontería, quizás había accedido a los sentimientos de ese extraño que habitaba en lo más profundo de él, que sabía que no podía permitirse perderla, no por la carga que supondría para su alma, sino por la emoción abrumadora que fluía como un tsunami imposible de detener.

Margarita no podía saber qué estaba diciendo Zacarías, apenas lo sabía él. Pero cuando llegó la siguiente oleada, volvió la cabeza y le miró concentrada en vez de apartar la mirada. Abrió mucho los ojos, vidriosos, mientras el dolor atacaba. Esta vez, Zacarías estaba preparado y sabía con exactitud cómo asumir la mayor parte del dolor. El cuerpo de Margarita ya estaba limpio de toda toxina y faltaba ya poco para que se convirtiera del todo en carpatiana. Mientras el dolor remitió, intuyó que ya era seguro dejarla descansar en la tierra curativa.

—Puedo hacerte dormir, Margarita. Cuando te despiertes tendrás hambre y necesidad de sangre, pero ya no tendrás dolores.

Desplazó la mirada hasta él mientras le limpiaba las gotas de sangre de la frente.

—Te despertarás carpatiana por completo.

Ella se tocó el labio inferior con la lengua en un intento de humedecerlo.

No importa. Quiero acabar ya con esto.

Zacarías detestaba la rendición en ella. Margarita era todo fuego en contraste con su hielo, no en apariencia, no en el sentido de alguien con carácter y ganas de pelea, sino todo lo contrario. Era apasionada en lo que creía y en las cosas y la gente que amaba. Se entregaba en todo lo que hacía por completo, igual que se había entregado del todo a él.

Estaba agotada, su cuerpo y su mente se habían quedado exhaustos. No podía culparla. Él estaba rendido pese a no haber sufrido lo mismo.

—No quiero que pienses que estoy haciendo algo sin tu conocimiento. —Esperó, pero ella no respondió—. Primero te ordenaré que duermas, y después de eso tu cuerpo lo aceptará y dormirá cuando tú se lo ordenes. Tienes mi sangre corriendo por tus venas. Es sangre antigua y muy poderosa, aprenderás muy rápido a esgrimir ese poder.

Tenía que apresurarse antes de que llegara la siguiente oleada de dolor.

—Sabes que la tierra te rejuvenecerá. —Era una afirmación.

Ella agitó las pestañas y el miedo invadió su mirada, pero asintió.

¿Qué hago si me encuentro atrapada bajo tierra?

Él le apartó otra vez el pelo, más por su necesidad de tocarla que porque le tapara la cara.

—Sólo tienes que desear moverla. Dale la orden, visualiza la tierra en tu mente, haciendo lo que tú quieres. Tendrás que practicar unas cuantas veces, pero si no te entra el pánico y si no piensas como una humana creyendo que estás enterrada viva, entonces no pasará nada.

El corazón de Margarita se aceleró cuando él usó esa frase, *enterrada viva*, pero asintió.

—Estaré contigo para facilitarte el camino —la tranquilizó.

Ya viene. No le rogó que se largara. Ni preguntas ni ruegos. Margarita dejó claro, pese a su estado exhausto, que no iba a pedirle nada en absoluto.

Él notó la oleada también y tomó el mando al instante, exigiéndole que se durmiera profundamente, que se sumiera en el sueño curativo y rejuvenecedor de su gente. Los carpatianos cerraban los corazones y los pulmones y yacían como si estuvieran muertos mientras la Madre Tierra empleaba los nutrientes y minerales más ricos para facilitarles una recuperación plena y fuerte. Detuvo corazón y pulmones de Margarita con toda la ternura que pudo.

La levantó en sus brazos y la acunó con dulzura contra su pecho, con los ojos escocidos y el corazón triturado. Ella yacía inerte, la larga cabellera caída a un lado, mostrando la curva de su mejilla y las largas pestañas. Parecía tan joven e inocente, una mujer hermosa, devastada por la conversión en carpatiana, desilusionada con el hombre que había jurado adorarla y protegerla.

Zacarías la llevó por la casa hasta el dormitorio principal y, una vez allí, retiró de en medio la cama con un ademán. La alfombra tejida a mano desapareció a continuación, y el suelo se abrió para dar paso a la cámara profunda en la que dormía bajo la estructura de la casa. Otro movimiento de mano abrió la tierra tan atrayente, un limo casi negro, rico en minerales. Notó la tierra buscando a Margarita para acogerla mientras los dos descendían flotando hasta el capullo cálido que formaba.

La dejó con suma delicadeza, cuidadoso con su cabello, y se inclinó para darle un suave beso en los labios. No iba a enterarse, no iba a saber lo tonto que estaba siendo mientras ella dormía profundamente, pero sintió la libertad de pasar los dedos por su brazo, hasta la mano. Entrelazó sus dedos, invadido por una ternura inesperada.

¿Podía haberla perdido? Ella se había apartado, le había rechazado, y eso dolía. En pocas palabras, su rechazo fue completo, y cuando ella más le necesitaba. Prefería sufrir que permitirle entrar en su mente y fundir sus espíritus. Su negativa a adaptarse al mundo moderno podría haberle costado todo.

Se agachó a su lado con ojos ardientes y pecho dolorido. No soltó su mano, siguió acariciándole los dedos. Con Margarita lo tendría todo. Ella le había ofrecido un mundo que apenas podía concebir, imposible de ansiar. Y él no sabía cuánto lo deseaba, no por la gente, no por los amigos, bien lo sabía; él era un solitario, aunque podría tolerar la presencia de otras personas por ella. Debería haber prestado atención a lo que significaban esas palabras vinculantes del ritual. La felicidad y cuidado de Margarita.

Una cosa tenía clara, no era la clase de hombre que eludía la responsabilidad, no se la iba a cargar a Margarita. Si esperaba que ella le siguiera allí donde fuera, tenía que atribuir la culpa a quien la merecía. Nada de esto hubiera sucedido si hubiese bebido la sangre de Solange cuando ella se la había ofrecido. Pero él no quería tener nada que ver con el mundo presente y sus costumbres modernas, quería seguir donde se encontraba cómodo. Nadie habría cuestionado que tomara el mando de la situación y protegiera a su pareja. Zacarías no disponía de más herramientas por su total obstinación.

Soltó un gemido y sacudió la cabeza. Tenía justo delante de él los medios para facilitar protección y felicidad a esta mujer, pero había sido demasiado arrogante, tan lleno de orgullo y honorabilidad como para rechazar los regalos que le tendían. Ni más ni menos.

Era un luchador, eso era, y Margarita Fernández la mujer por quien luchaba. Él era quien tenía que caminar al lado de ella. Le cogió los dedos para llevárselos a sus labios y besarle la mano, pequeños besos ligeros, con el corazón compungido por ellos dos.

Quédate conmigo, mića emni kuŋenak minan, mi preciosa lunática. Te lo prometo, seré un hombre mejor, seré mejor pareja eterna para ti. Te entregaste a mí una vez, vuelve a hacerlo. He aprendido lo que significa estimar, y te estimo.

Le besó otra vez la mano y respiró hondo. Entonces cerró la tierra sobre ella y dejó la cámara para salir a la noche. Su mundo. Era su sitio. Por primera vez notó la afinidad, la fuerte atracción entre la noche y su estirpe. Unas nubes tapaban la media luna. La lluvia era una suave melodía, constante y amable, música para sus oídos. Los insectos y las ranas sumaban sus coros a la sinfonía. Convertiría este mundo en el de Margarita. Pero él también tendría que adentrarse un poco en el mundo que ella amaba; lo haría por ella.

En toda su vida nunca había pedido ayuda a nadie, ni a sus hermanos ni a quienes eran lo bastante valientes como para llamarle amigo. Pedir ayuda no entraba en su código. No obstante, por Margarita, por su mujer, sabía que lo haría. Abandonó el porche y se lanzó a la lluvia nocturna, escuchando el bienestar familiar de las criaturas nocturnas. Sin Margarita en su mente uniendo esas conexiones rotas y llenando todas las sombras oscuras, ya no veía en color, pero el recuerdo de la emoción seguía fuerte en él. ¿Y cómo no iba a ser así? Estaba en su mente, en su corazón, conectada a su alma, y sentía su amor por ella, por encima de todo.

Zacarías lanzó la llamada a la noche.

Te necesito, Dominic. Acude a mi lado, es de suma urgencia.

Una parte de él estaba avergonzada por llamar al único carpatiano al que se atrevía a considerar su amigo. Los hombres como él y Dominic no tenían exactamente amigos. Zacarías no estaba seguro del todo de lo que abarcaba ese término. Moriría por proteger a Dominic, pero era su forma de vida, no era amistad.

Debo llegar a los Cárpatos lo antes posible. Tenemos noticias que comunicar al príncipe.

La respuesta llegó débil, como si recorriera una gran distancia, pero al menos le había oído; eso quería decir que Dominic se encontraba dentro de unos límites asumibles para reunirse con él, por lo tanto podría permanecer durante la noche cerca de Margarita.

Me reuniré contigo. Dame unas coordenadas. Necesito un intercambio de sangre.

¿Estás herido?

Una parte de él no quería comunicar a Dominic que tenía una pareja eterna. Margarita era demasiado importante para él, y temía que todos sus enemigos fueran a por ella si corría la voz. Y tenía muchos enemigos. Cerró los ojos un breve instante y se obligó a confiar.

Mi pareja va a despertar dentro de pocos días con una gran necesidad, hará falta protegerla en todo momento. Ya se ha sometido a peligros por mi rechazo a aceptar el don de Solange.

Percibió la conmoción de la noticia en Dominic pese a la gran distancia, y aquello casi le hace sonreír. En ese momento, pese a aceptar que él siempre sería diferente, que sin la presencia de Margarita nunca sentiría como los demás, la reacción de Dominic provocó una diversión casi auténtica.

Qué noticia más inesperada, pero me alegro de oírla.

Dame tus coordenadas. Iré a tu encuentro, y confío en estar de vuelta antes de que acabe la noche. No la puedo dejar sin protección. Ya hemos tenido un enfrentamiento con cazadores humanos de vampiros. Después de esto, existe la posibilidad de que vengas más.

Zacarías estaba seguro de que Ruslan se encontraba en la zona, pero no se había manifestado. Todos los pequeños ataques al rancho no eran más que sondeos. Era posible que Ruslan hubiera planeado atacar al príncipe incluso con su ejército reducido y que los ataques al rancho fueran sólo por pura diversión, pero no iba a correr riesgos.

Dominic envió la información necesaria, y Zacarías se lanzó al aire.

Voy a tu encuentro, dijo Dominic. *Tengo muy poco tiempo, pues mi mensaje para el príncipe es urgente, pero no precisaremos más de un par de horas. Para tu información, hemos seguido con los experimentos, Zacarías, y ya podemos andar bajo el sol a primera hora de la mañana y también al atardecer, aunque todo depende de la posición del astro. Seguimos con nuestras necesidades carpatianas. Tu cuerpo seguirá pesado cuando el sol llega a su punto culminante, y así será durante varias horas. Seguimos vulnerables, y cuando experimentas siempre hay un gran peligro de verte atrapado por el sol. Pienso también que funciona menos en aquellos carpatianos que corren peligro de transmutarse en vampiros cuando beben sangre.*

Dominic le advertía, pero Zacarías estaba dispuesto a arriesgarse. No tenía deseos de enfrentarse a la luz del día. Eso le correspondería a Margarita, y él estaría a su lado todo lo que pudiera, ojalá que disfrutando de su felicidad. Cuando percibiera que era necesario regresar a la tierra, ella tendría que acompañarlo. Nunca sería como otros carpatianos, que se encuentran cómodos en el mundo de los humanos o de los carpatianos. Nunca tendría sentimientos por los demás como ellos. Su mundo sería Margarita, igual que el mundo de su padre era su madre.

Tendré cuidado y aprenderé cuáles son mis limitaciones, Dominic. ¿Están bien mis hermanos?

Preocupados por ti. Tal vez deberías considerar presentarles a tu mujer. Han esperado mucho a que llegara este día.

Zacarías sabía que así debía hacerlo. Una parte de él deseaba esa reunión, pero sabía que no sería exactamente lo que sus hermanos esperaban, y en realidad no quería decepcionarles. Había perdido mucho en los largos siglos de soledad. Margarita lo llenaba, le permitía acceder a esos sentimientos, ver el color, pero a pesar a todo, mientras volaba ahora por encima de la selva tropical, todo era gris y apagado. Los colores y emociones no aguantarían demasiado sin ella cerca.

Su padre había sido incapaz de soportar la ausencia tras un tiempo, por eso había decidido llevar a su madre con él a la batalla. Ahora entendía lo difícil que tuvo que haber sido, sobre todo después de tener hijos y no tener sentimientos por ellos a menos que su pareja eterna estuviera lo bastante cerca como para conectar con él. Zacarías pronunció una oración silenciosa a un poder superior que pudiera estar oyendo, pidiendo ser fuerte para no poner a Margarita en peligro, para mantenerla siempre a salvo y anteponerla a sus necesidades. *No me permitas cometer el error de arriesgar su vida por mi propia debilidad.*

Realizó el largo recorrido en menos de dos horas, mientras Dominic volaba hacia él, lo cual significaba que iba a ser complicado volver junto a Margarita antes del amanecer. Saludó a Dominic a la manera formal de los guerreros carpatianos, cogiéndose por el antebrazo.

—*Bur tule ekämet kuntamak*; me alegro de verte hermano de estirpe —saludó Zacarías.

—*Eläsz jeläbam ainaak*; que vivas largo tiempo en la luz —respondió Dominic, estudiando con ojos penetrantes y atentos al cazador.

Zacarías sacudió la cabeza.

—Aún no vas a ver lo que deseas ver. Con Margarita puedo percibir colores y sentir emoción, pero sin ella en mí estoy absolutamente solo en un mundo severo y gris. —Sabía que en algún lugar próximo, la mujer guerrera de Dominic, Solange, se hallaba preparada para defender al compañero que había elegido en la vida. Era una fuerza a tener en cuenta; notó el vello en su nuca erizándose y alertándole del peligro próximo.

Dominic suspiró mientras bajaba los brazos y retrocedía un paso.

—Lo lamento, amigo mío.

Zacarías se encogió de hombros.

—Se ha convertido en el centro de mi universo, lo acepto y estoy agradecido por esta oportunidad que nunca había previsto. Hago esto por ella.

Dominic continuó con la mirada fija en Zacarías.

—¿Estás dispuesto a intercambiar sangre conmigo?

Los cazadores se daban sangre cuando era necesario, pero un intercambio significaba que un cazador podría seguir el rastro del otro con facilidad. La idea era repulsiva para Zacarías. Era un solitario, un hombre apartado, y la seguridad era primordial. Elusivo y dado a recluirse, le preocupaba mucho no dejar rastro cuando no quería que le siguieran.

Tendría que hacer un ejercicio de confianza por Margarita. Asintió con la cabeza.

Dominic sonrió.

—No es necesario. —Se volvió y llamó a su pareja. Ella se puso al descubierto, una mujer letal que no vacilaría en matar cuando hiciera falta. Parecía feliz de ver a Zacarías.

Ya había sentido una extraña sensación de anhelo en sus entrañas; necesitaba regresar pronto junto a Margarita, volver con ella. Estar a solas por completo ya no era algo soportable. Cogió la muñeca que estiraba la poderosa mujer y volvió a beber. Dominic le dio también sangre, proporcionando a Zacarías una mezcla sanguínea poderosa que éste pasaría a su pareja eterna.

—Ya he bebido sangre de tu mujer con anterioridad, Dominic, no obstante el sol me quemó. ¿Piensas que funcionará también conmigo pese a quien soy?

Dominic se encogió de hombros.

—El efecto cobra fuerza con cada nueva dosis de sangre, pero hay límites, y la única manera de saberlo es intentarlo. Zacarías, establece una red de seguridad, ten mucha cautela.

Zacarías asintió.

—No puedo permanecer mucho rato separado de ella. Os doy las gracias a ambos. Que el viento os facilite un viaje rápido. —Cogió a Dominic por los antebrazos con fuerza e hizo un saludo a Solange antes de alzarse al cielo de nuevo. Su corazón también se elevó. Margarita. Pronto estaría con ella.

Capítulo 19

Estaba inquieto. Cuando un cazador como Zacarías de La Cruz estaba inquieto, era un buen momento para ir en busca de problemas porque tenían que estar cerca, o aproximándose.

Tres noches. Tenían que ser suficientes para que Margarita se curara del todo. Durante tres largas noches él había yacido a su lado, abrazándola, pero el mundo continuaba lúgubre sin que ella llenara los espacios vacíos en él. Estaba entumecido. Solo por completo. Cuando uno se acostumbraba a algo así, cuando las emociones y el color se desvanecían poco a poco, era fácil soportarlo, pero perderlo todo tan deprisa, pasar del calor de Margarita llenándolo todo en un momento a estar solo por completo al siguiente, eso era mucho más difícil de lo que había esperado.

No obstante, Zacarías se encontraba andando de un lado a otro del porche en plena noche, donde podía respirar un poco de información nocturna, en vez de despertar a Margarita de nuevo. La noche decaía, pero él no quería traer a su compañera a la superficie. Algo no iba bien del todo. No podía identificarlo, ni con el viento ni con los insectos. Todo parecía normal, pero no lo era. Sabía que no. Dejó el porche y se fue al patio, poniendo su aguda vista a trabajar, buscando alguna pequeña discrepancia que pudiera alertarle de un peligro.

La necesitaba. Zacarías de La Cruz, alguien que nunca había necesitado a nadie en la vida, necesitaba a Margarita. Y la precisaba feliz, entregándose a él, con su risa, su calor, su cuerpo dulce y blando. ¿Estaba imaginando cosas porque le daba miedo verse frente a ella? El miedo era una emoción, y sin Margarita no tenía tales complicaciones. No, había algo ahí fuera, algo que no iba bien. Sólo era cuestión de tiempo.

Su cuerpo se puso alerta, preparado para cualquier cosa. Los caballos de Margarita piafaban inquietos en los establos. La echaba de menos. Igual que ella le echaba de menos a él. Se alejó del patio y se dirigió al bosque pluvial colindante con sus tierras, atraído por un escalofrío desconocido de advertencia, escuchando la noche. Los insectos coreaban, las ranas se sumaban a la sinfonía, el ganado murmuraba y los caballos piafaban. De todos modos, había una nota... o más bien faltaba una. Tal vez fuera sólo cosa suya. No se sentía bien, una sensación extraña en la boca del estómago.

La preocupación por la seguridad de Margarita era prioritaria en su mente. Las cosas se habían tranquilizado relativamente en el rancho desde que Esteban y DS habían muerto. Hasta Cesaro se mantenía alejado de la casa principal. El capataz le había dado sangre cada vez que había acudido a él, incluso se mostraba más tranquilo en su presencia, pero él no había acudido en busca de su compañía, sólo de su sustento. Continuó recorriendo el límite de la valla en la parte posterior de la propiedad, con todos sus sentidos alertas.

Inspeccionó la zona en busca de puntos de vacío que pudieran indicar que un vampiro andaba cerca. Todo parecía estar en su sitio, absolutamente, demasiado perfecto. No podía creerlo. Un ataque era inminente, pero ¿desde qué dirección? ¿Se trataba de otro experimento o era real? Oyó las alas agitándose en los árboles. Sin mover la cabeza dejó que su mirada se desplazara a la espesa línea de árboles que protegía la selva tropical. Los ojos brillaron devolviéndole la mirada.

La calma lo dominó como un manto. El carpatiano expandió todos sus sentidos. Entonces era algo real. El movimiento constante en la bóveda anunciaba que cada vez más aves se congregaban ahí. Quería librar el primer combate lo más lejos posible de la hacienda, no quería poner en peligro a Margarita ni a los trabajadores, tampoco a los caballos que ella tanto quería. Se sintió agradecido de que ella se encontrara bajo tierra, y aún no la hubiera sacado a la superficie, justo cuando un vampiro podría detectar su presencia.

En lo que a sus enemigos concernía, él no tenía pareja eterna. No notaba emociones como las que la mayoría de cazadores carpatianos experimentaban una vez que encontraban la otra mitad de su alma, de modo que a ese respecto tenía suerte y también mala suerte. La falta de emoción le ayudaría en la batalla. Continuó moviéndose, siguiendo al mismo paso fluido, sintiendo sus músculos sueltos y preparados. Su respiración surgía regular, el corazón latía constante y fuerte.

Se levantó viento, aunque fue un movimiento muy sutil. Las copas de los árboles empezaron a balancearse un poco más y las hojas se agitaron. A lo largo del terreno la hierba se ondulaba con una fluctuación lenta. Era la táctica de inicio de partida. La batalla siempre le parecía una partida de ajedrez. El combate era su mundo y lo entendía, cada matiz.

Zacarías mantuvo el mismo paso casual, acercándose más a la valla y a los árboles. La selva tropical parecía tranquila y oscura. La lluvia caía constante, suaves gotas que se desplazaron un poco cuando el viento se apartó de los árboles en dirección a la hacienda. La tierra tenía una leve pendiente, la hierba era un poco más alta cerca de la valla. Zacarías recorrió la línea de vallado, sin dejar de vigilar en todo momento las aves que se congregaban en la oscuridad del bosque pluvial. Y mientras caminaba, balanceando los brazos con naturalidad, sus manos urdían un patrón perfecto.

Casi no notaba la lluvia. El agua fresca caía constante del cielo, de las nubes flotantes formadas sobre su cabeza. Una gota le alcanzó en el cuello y le quemó la piel. Bloqueó el dolor por instinto y arrojó sobre su cabeza la protección que había estado urdiendo, al tiempo que echaba a correr en dirección a la valla y al bosque en un intento de llevar la pelea hacia allí, lejos de Margarita.

Del cielo empezó a caer un diluvio de pequeñas gotas ácidas, al tiempo que se levantaba viento. El escudo le protegía la cabeza, pero aun así el viento lanzaba las gotas abrasadoras sobre su espalda y muslos mientras corría veloz para cobijarse bajo la bóveda verde. Bolas de fuego golpearon la tierra a su alrededor, y varias alcanzaron su escudo con fuerza alarmante. Sobre su cabeza, una imponente nube oscura revolvía su masa fiera de amenazas rojas y naranjas.

Zacarías dio otro paso y entonces el suelo se abrió, una larga fisura irregular, de gran profundidad. Se cayó y el escudo fue a parar a cierta distancia de él. La lluvia ácida y los dardos ardientes le atravesaban. La tierra se estremeció y volvió a moverse para cerrar ese hueco de treinta centímetros. Zacarías se disolvió en diminutas moléculas y subió a gran velocidad hacia el nivel del suelo, intentando salir antes del cierre de la fisura. El chirrido de las dos partes de roca y tierra juntándose fue horrendo y reverberó a kilómetros de distancia. Los pájaros chillaron y se echaron al aire. Los depredadores más grandes salieron como flechas, buscando con frenesí una presa.

La tierra se sacudió y el temblor zarandeó los cimientos de los establos y la hacienda. El carpatiano se lanzó al aire y, al instante, las aves chillaron exaltadas, y sus ojos programados encontraron las diminutas moléculas a través de la lluvia y el viento. Los pájaros se arrojaron a por ellas igual que si buscaran la superficie del agua para zambullirse y atrapar peces.

A Zacarías no le quedó otra opción, a menos que quisiera que las aves lo despedazaran y se lo comieran. Se arrojó hacia ellas y plantó cara al ataque, cambiando la forma molecular por la de un dragón que arrojaba fuego, algo que hacía rara vez, pero en este preciso instante necesitaba sacar a aquellos pájaros de los cielos. Atravesó sus filas a gran velocidad, mientras los pájaros picoteaban sus costados como locos, provocando gotitas de color rojo rubí.

El olor a sangre incrementó el frenesí de las aves. Zacarías se giró en redondo y se ladeó un poco para arrojar un chorro de fuego que barrió toda la masa. La peste a carne quemada impregnó la noche mientras los cuerpos ennegrecidos caían del cielo. El resto de aves continuó llegando y saltando sobre el dragón, cientos de pajarracos que se multiplicaron hasta contarse por millares, dando picotazos y despedazando al dragón con garras afiladísimas, clavándolas en la dura forma que ocultaba al carpatiano en un intento de llegar a su núcleo.

El peso brutal de las aves mandó al dragón dando tumbos hacia la tierra. Ensangrentado y despedazado, Zacarías surgió de repente del dragón antes de alcanzar el suelo, mientras la mayoría de pájaros acompañaba la gran carcasa a tierra, descuartizándola con furia. Regresando al cielo, aprovechó la nube efervescente de llamas anaranjadas y rojizas y la atrajo para golpear a los pájaros con grandes bolas de fuego. Las criaturas espantosas intentaron, entre chillidos, alzarse por el aire, pero flechas largas y pequeños dardos de llamas saltaron de una a otra hasta que todas quedaron devoradas por el fuego.

—¿Deseas mantener esta tonta farsa, Ruslan? —gritó Zacarías mientras ocupaba un leve claro justo al otro lado de la valla, en la propia selva tropical. Continuó adentrándose en el dosel de vegetación, alejando la lucha todavía más de Margarita.

Los truenos retumbaron como respuesta. Entre las nubes que se arremolinaban y bullían, de súbito un nubarrón negro se elevó como una torre de fuego y azufre, rotando con furia en el cielo. El viento corría entre los árboles, sin mover en cambio las nubes superiores. Las ramas se balanceaban, sus grandes brazos astillosos llegaban casi al suelo del bosque en una reverencia... o como si intentaran atrapar a alguien con sus dedos huesudos.

Una figura encapuchada, oscura, surgió poco a poco del tronco de un gran capoc. Se movía despacio, sin prisa aparente. Ni el capoc ni el terreno circundante rehuían su presencia, lo cual daba testimonio del poder del maestro. La naturaleza no podía soportar la abominación del no muerto. Sin embargo, un verdadero maestro era experto en crear ilusiones que permitían engañar, durante breves periodos, incluso a la Madre Tierra.

Ni una sola hoja de hierba estaba marchita. La figura era alta e imponente, con anchos hombros, y caminaba con total seguridad. Se adentró en el grupo de árboles donde la bóveda protegía el suelo del bosque y se quitó la capucha. Su pelo largo ondeó negro como la noche, su rostro era joven y su belleza cruel. Sonrió y alzó la mano hacia Zacarías.

—Hijo. Volvemos a encontrarnos en circunstancias más agradables, espero.

Zacarías frunció el ceño. ¿A qué jugaba Ruslan? ¿Le ponía a prueba para descubrir emociones en él? ¿Para descubrir si tenía pareja eterna? Los otros hermanos De la Cruz habían encontrado compañera. Ruslan les detestaba aún más por eso. Se creía superior a todos ellos, ¿cómo era que él no tenía mujeres? Zacarías y su familia no se merecían esas cosas.

—Esperaba más de ti, Ruslan. Qué truco tan vulgar. Muéstrate y acabemos con esto. —Por primera vez comprendió que no sentir emociones sin Margarita podía ser algo más que una maldición. Ruslan no podía hacer peligrar aquello que no conocía.

Zacarías hizo una ademán despreocupado, como si esa imagen perfecta de su padre no le molestara en absoluto; en verdad no sentía nada al ver al hombre que había sido su héroe en la infancia. El gesto suprimió la ilusión y reveló a Ruslan en su forma verdadera. Por un segundo permaneció desnudo, sin concesiones a la urbanidad, con el cuerpo podrido por completo, con gusanos arrastrándose por él. Tenía el rostro agujereado, los ojos hundidos y los dientes ennegrecidos y serrados, puntiagudos como púas de hielo entre sus encías.

Sin tiempo a darse cuenta, esa imagen cambió como si nunca hubiera existido. Ruslan permanecía en pie ante él como durante todos esos siglos atrás. Joven y viril, sin arrugas en el rostro, más bello que apuesto. Zacarías parecía viejo en comparación, con sus facciones duras marcadas por líneas profundas y unas cuantas cicatrices cruzándose aquí y allá.

—Veo que tu vanidad no ha cambiado en absoluto —saludó Zacarías—. Siempre tan presumido. Supongo que es en parte el motivo de que decidieras convertirte en vampiro.

Ruslan se echó hacia atrás la larga cabellera.

—Al menos aún distingues lo hermoso de lo feo. Hace tiempo que no te quito ojo, viejo amigo. Te niegas a unirte a nosotros y te niegas a morir. En todos estos siglos nunca has permanecido en un mismo sitio más de una sola noche, dos como mucho. Y aun así, aquí sigues. —Indicó con el brazo la hacienda, y el viento cambió de dirección siguiendo su movimiento, desplazando con él docenas de pequeñas bolas de fuego que batieron pastos y estructuras.

Zacarías mandó un rápido diluvio de lluvia que apagó los pequeños fuegos al instante. Flexionó los hombros, ahora quemados hasta el hueso por las miles de marcas de lluvia ácida y las pequeñas bolas de fuego del tamaño de guijarros que Ruslan empleaba ahora contra el rancho.

—Podemos seguir con esto toda la noche, pero sin duda no pensarás que estoy interesado en juegos tan infantiles. No he tenido otro remedio que hacerlo con tus títeres, que en realidad no merecen mi atención. Pensaba que al final tendría un oponente digno.

—No curas tus heridas.

¿Había un matiz de ansiedad en el tono de Ruslan? Zacarías volvió a encogerse de hombros.

—No siento estas cosas, por lo tanto ¿es necesario? —Observó a Ruslan con atención, la manera en que abría los orificios nasales y se lamía los labios con la lengua una y otra vez—. ¿Te molesta el olor de mi sangre?

Ruslan negó con la cabeza. La sacudió otra vez, era como un tic que no podía detener. Siguió lamiéndose los labios de forma compulsiva.

—No más que el olor de cualquier sangre que consumo. No te alimentaste anoche. Te ofrezco mi sangre.

—Qué caballeroso por tu parte. —Zacarías hizo una breve inclinación burlona—. ¿Qué quieres, Ruslan? Tus juegos me cansan. ¿Has venido buscando liberación? ¿Justicia? Estaré encantado de borrarte de la faz de la Tierra si es lo que deseas.

—Justicia es una buena palabra para alguien que traiciona la amistad o la fraternidad. Nos diste la espalda y estableciste una alianza con ese mocoso del príncipe. Es peor que su padre incluso. —Ruslan escupió un bocado de gusanos blancos y temblorosos.

Zacarías se encogió de hombros.

—Entonces, ¿de qué se trata?

—Durante mucho tiempo pensé en reclutarte, pero no te interesó unirte a nuestras filas. Luego sufrí tu insulto, cuando destruiste hasta el último títere de mi ejército.

—Sólo eran peones enviados para ponerme a prueba. Dabas por supuesto que iba a matarlos. Eran carne de cañón, Ruslan, nada más. Tu tonto complot para matar al príncipe no funcionó; tendrías que saber que hacer ensayos conmigo no iba a servir.

—No contaba con que estuvieras ahí. —La voz de Ruslan sonó una nota más alta. Su máscara bella se corrió un poco. Los árboles se agitaron mientras expresaba su ira creciente con sus chillidos. Casi no podía contener la rabia, con los puños cerrados—. Nunca pasas mucho tiempo con tus hermanos, nunca te quedas en un mismo sitio. ¿Por qué? ¿Por qué tuviste que cambiar los esquemas después de tantos siglos? ¿Lo hiciste sólo para fastidiarme?

—No te vanaglories, Ruslan. No pienso tanto en ti como tú en mí. Soy un cazador, ni más ni menos.

Mientras hablaba, Zacarías evitaba concentrarse sólo en Ruslan. El vampiro tenía trampas preparadas y esperaba el momento de dispararlas. El carpatiano estaba pendiente de cada detalle, incluido el viento que iba cobrando fuerza. Era sutil, pero la hierba se inclinaba justo un poco hacia él. Las hojas se agitaban y giraban, ahora de un extraño tono gris en vez del anterior color marrón verdoso y sucio.

El viento jugueteaba con la tierra a sus pies y levantaba las hojas y la vegetación en el suelo del bosque. Las docas trepadoras temblaban. Flores que ascendían sinuosas por los troncos perdían pétalos que caían como una ceniza gris blanquecina.

—En fin, no me has contado por qué te has quedado aquí, viejo amigo —Ruslan insistía en sonsacarle algo—. Es una conducta extraña en ti.

Zacarías se encogió de hombros, soltando toda su musculatura.

—Una pequeña lesión, pero nada por lo que debas preocuparte. Contaba con sustento abundante para recuperarme. No te inquietes, ahora ya estoy en plena forma.

Ruslan chasqueó la lengua.

—No es ésa la información que me ha llegado. Mis hombres tendrán que darme explicaciones. Según ellos tus heridas eran bastante graves.

—No te creas esos cuentos. No quiero que te preocupes por tu viejo amigo, Ruslan. Soy perfectamente capaz de hacer justicia con todos los no muertos que caminan por la Tierra.

Las llamas cobraron vida en los ojos del vampiro. Puso una mueca y de nuevo esa máscara tan apuesta se corrió revelando la dentadura ennegrecida y serrada y las encías retraídas y sucias. Retorció los dedos y volvió a formar otra vez un puño cerrado.

El viento levantaba cada vez con más fuerza los residuos en el suelo del bosque. Zacarías notó una punzada de dolor, que contuvo al instante, mientras algo grande atravesaba su pierna. Bajó la mirada y vio cómo se levantaban y retorcían las enredaderas, enrollándose a su pierna y atravesándola, empezando por el pie y el tobillo. Crecían juntas a través de su carne, entraban y salían de ella como lanzas entrelazadas, convirtiéndolo en parte de la nueva planta.

Las trepadoras estaban cubiertas de un musgo semejante a escamas con pequeños ganchos. Las escamas ascendían al mismo tiempo que la cosa crecía deprisa por la pierna, enganchándose a la carne. Intentó cambiar de forma, pero descubrió que la pierna estaba firmemente sujeta al suelo por las enredaderas.

Supo de inmediato que las plantas le estaban inyectando algo vivo, cuerpos diminutos que corrían bajo la piel, perforando el músculo y el tejido y hundiéndose más a fondo. No prestó atención a aquella sensación. Era probable que estuviera concebida para debilitarle, desangrarle, hasta dejarlo incapacitado para pelear con Ruslan mientras la enredadera lo mantenía sujeto al suelo, como parte de su estructura.

El maestro vampiro tenía demasiada experiencia como para retarle de forma directa en un combate cuerpo a cuerpo. Intercambiaría golpes con él desde cierta distancia y continuaría con su plan de batalla: ir pellizcando a Zacarías, dándole mordiscos hasta estar convencido de que el cazador no pudiera defenderse. Sólo entonces entraría a matar.

La estrategia tenía un fallo. Zacarías era un cazador decidido. Su cuerpo no significaba nada para él. Matar era lo único que le importaba, y mataría a Ruslan Malinov. En ese momento nada más podía preocuparle. Haciendo caso omiso de la enredadera que se enroscaba a su pierna, ahora casi hasta el muslo, alzó las manos hacia la selva tropical e invocó su propia arma.

El viento sopló entonces en dirección a Ruslan, un cambio rápido que no le permitió regodearse mucho rato. El cielo se oscureció en torno al vampiro mientras miles de moscas diminutas pululaban alrededor de él, mordiéndole y entrando en su cuerpo. Cada agujero putrefacto ofrecía una entrada: su boca, los ojos y los orificios nasales. Las máscaras e ilusiones no importaban, los insectos sólo veían la carne putrefacta.

Como diminutos misiles, torpedearon el cuerpo de Ruslan, al tiempo que se reproducían, depositando larvas y engendrando a buen ritmo. Las moscas se multiplicaban mientras atacaban. Ruslan se arañó el pecho y se cortó la cara con sus uñas afiladas intentando librarse de los insectos. Ofreció a Zacarías el tiempo necesario para estudiar la trepadora que crecía en su pierna.

Era una trampa bastante sencilla que utilizaba lo que encontraba en el lugar. Las plantas estaban muertas, igual que las hojas y la vegetación que yacía en el suelo del bosque. Para poder infundirles vida, Ruslan tenía que incorporar una parte pequeña de sí en ellas. Las hojas del suelo boscoso continuaban alimentando las enredaderas, y así éstas seguían perforando la piel y el músculo, cada vez más a fondo, hasta salir por el otro lado.

Zacarías se desconectó de su ser físico para que su espíritu pudiera entrar en su cuerpo. Las trepadoras se abrían paso perforando y arponeando la carne y el hueso, y avanzaban hacia una sola cosa: la pequeña luz del espíritu que habitaba en él. Sin Margarita, esa luz era muy pequeña, pero estaba ahí, manteniendo su honor. La pequeña plaga que consumía sus entrañas también se alimentaba de esa luz. Zacarías respiró hondo y detuvo toda vida. Toda. Paró su corazón por un momento y se negó a permitir que el aire entrara en sus pulmones. La planta se soltó de inmediato, pero cuando el carpatiano obligó a su cuerpo a funcionar de nuevo, aquella peste continuó con su festín.

Zacarías era básicamente oscuridad. Sombras y manchas, empañadas de un modo poco habitual en otros cazadores. Esa oscuridad era precisamente lo que le permitía hacer caso omiso de las heridas y el dolor por intenso que fuera. Formaba parte de ese mundo. Su padre había sido un cazador legendario con dotes excepcionales para la batalla, pero también era el único carpatiano conocido por él que llevaba sombras dentro de su alma. Hasta el nacimiento de su hijo.

Y ahora, recurrió a propósito a esas sombras. Las abrazó y permitió que la luz lo abandonara, para buscar ayuda en la oscuridad que constituía una parte tan esencial de él. En el momento en que la luz se extinguió en él, la plaga empezó a morir. Las sombras eran demasiado oscuras como para mantener las plantas vivas. La enredadera perdió toda capacidad de seguir creciendo, y una vez que aflojó la sujeción, Zacarías fue capaz de eludir las ramas exteriores, pese a las enredaderas que continuaron dentro de su cuerpo.

Tenía que haber una fuente ahí dando vida a las hojas y enredaderas muertas. Él era un cazador y de inmediato detectó el olor del no muerto, una pequeña fracción de Ruslan daba vida a su creación. Malinov no era capaz de mantenerse presente en dos lugares a la vez, no mientras tuviera que responder a un ataque como el de las diminutas moscas. Le llevó sólo unos momentos dar muerte a esa fuerza oscura y tomar control de la enredadera dentro de su cuerpo. Sin hacer caso del grito de furia de Ruslan y sus promesas de revancha, Zacarías cambió las moléculas del resto de la planta, les dio nueva forma, las absorbió y utilizó las gruesas enredaderas en el interior de su pierna para reemplazar el músculo y el tejido perdidos. No podía hacer nada acerca de la pérdida de sangre, sin embargo tenía capacidad para manipular cualquier cosa natural, de la tierra.

En el momento en que su cuerpo estuvo curado, atacó sin vacilación. Un movimiento borroso recorrió acelerado la distancia entre el vampiro y él. Ruslan se precipitó hacia él con un chillido. Un trueno retumbó y la tierra se sacudió. Los relámpagos crepitaron en el cielo con grandes haces cuando chocaron los dos contendientes.

Zacarías alcanzó a Ruslan con un fuerte puñetazo que entró en el pecho putrefacto. La sangre ácida empezó a manar, quemándole la piel y penetrando hasta el hueso. Pero el puño alcanzó algo sólido que detuvo su ataque con brusquedad, impidiéndole llegar al corazón ennegrecido. Notó una sacudida en el brazo mientras un torno ardiente se fusionaba con su brazo, provocando oleadas de dolor que bloqueó de inmediato. Las diminutas moscas atacantes echaron a volar formando una bandada negra en torno a vampiro y cazador. Era difícil no tragárselas al respirar y metérselas en los pulmones. Unas garras empezaron a despedazarle el pecho, llevándose grandes trozos de piel y músculo.

Zacarías se disolvió y permitió que el viento le alejara de Ruslan, concediéndose tiempo para curar temporalmente las heridas y retener cuanta sangre pudiera en vez de perderla por el suelo. Ruslan se lamió los dedos con su lengua bífida de serpiente, larga y gruesa casi hasta lo obsceno. La máscara de chico guapo había desaparecido de su rostro, el vampiro real se había mostrado por fin.

El carpatiano había visto bastantes cuerpos putrefactos en su vida, pero ninguno como Ruslan Malinov. La carne se desprendía de él y los gusanos se arrastraban por los agujeros abiertos. La boca era una cavidad enorme, sin labios, y tenía los ojos hundidos. Todos los seres vivos retrocedían ante él, la hierba se marchitaba, los helechos y el musgo se quedaban marrones y sucios. Hasta los insectos salían huyendo. Sólo las moscas negras aguantaban, dándose un festín de carne podrida y depositando cuantas larvas podían en los órganos ennegrecidos.

—La verdad, te has abandonado un poco, viejo amigo —comentó Zacarías—. Creo que se te va caer el brazo en cualquier momento.

Ruslan soltó un rugido y la amenaza retumbó en todo el bosque, sacudiendo los árboles. Alzó los brazos arriba y abajo con las palmas hacia el cielo. Alrededor de Zacarías, todas las hojas susurraron y cobraron vida, volando y girando en medio del caos creado por Malinov. Era imposible ver a través de las hojas hirientes que se amontonaban y formaban una criatura tras otra.

Zacarías extendió los brazos y cerró los ojos, rechazando la distracción de miles de hojas que cobraban vida a su alrededor. Expandió los demás sentidos para encontrar la amenaza dentro de la hojarasca en movimiento. Para entonces las figuras rodeaban toda la zona, formando una anillo al que se sumaban nuevas formas dentro del círculo, hasta que el bosque estuvo poblado por grandes monstruos avanzando hacia él, criaturas oscuras atraídas por las sombras en el interior de Zacarías. Ruslan aprendía deprisa.

—Me temo que poco importa mi aspecto, Zacarías. A mi pequeño ejército tampoco le importa. No quiero gastar energía en tus últimos momentos. Deberías haberte unido a mí. La verdad, siempre ha habido oscuridad en ti; mucha más que en mí. Éste era tu legado, el mayor regalo de tu padre, pero aun así te negaste a aceptarlo. —Había desprecio verdadero en la voz de Ruslan—. Podías optar por la grandeza, pero preferiste ser un mártir, sufrir solo mientras yo tenía todo lo que quería.

El carpatiano abrió los ojos poco a poco, sonriente. Sabía que sus dientes blancos relucían en marcado contraste con las fauces abiertas de Ruslan y que ese pequeño detalle heriría su vanidad en grado sumo.

—No puedo temerte, Ruslan. No siento lo que me haces. No me importa nada aparte de destruirte. Crees que cuentas con esa ventaja, pero de hecho la ventaja es mía. Quieres seguir con tu existencia lamentable, buscas poder, ansías dominar el mundo, destruir al príncipe, matarme a mí.

La sonrisa de Zacarías se volvió fría como el hielo.

—Tantos deseos, mientras yo tengo sólo uno. Tu muerte. Eres *kuly*, nada más, una larva intestinal, un demonio que devora almas. Eres de verdad *hän ku vie elidet*, un ladrón de vida y, por todo eso, pronuncio mi sentencia condenatoria.

La vegetación muerta y putrefacta, recogida durante cientos de años, tal vez miles, formó unos brazos y dientes que crecían y se desplazaban hacia él con agitación frenética. Zacarías lanzó un vendaval contra las criaturas de hojas, pero no les afectó lo más mínimo, pues aguantaron la ráfaga en su sitio.

La risa de Ruslan rechinaba en los oídos de cualquiera que se encontrara lo bastante cerca como para oírla. El vampiro danzó de un lado a otro con regocijo:

—No creo que sea yo quien muera esta noche, cazador.

Las criaturas continuaron acercándose, el aire era opresivo y estancado, olía a cosas muertas y podridas. Necesitaba algo opuesto al poder de Ruslan para contrarrestar su fuerza, que le diera tiempo suficiente para matar al vampiro. Ruslan se había aprovechado de sus peores secretos, de las sombras que atravesaban su cuerpo y ocupaban su alma.

No era momento para sentir orgullo. Ni miedo. Era un cazador y no tenía otra opción que usar todos los recursos a su alcance. Ruslan Malinov era la mayor amenaza contra el pueblo carpatiano. Sin él, el ejército de vampiros se retiraría, y daría a Mikhail, su príncipe, tiempo para reunir a su gente y reforzar todas las defensas.

Hizo lo impensable.

Margarita. Tienes que despertar.

No podía permitirse pensar en ella y su sufrimiento cuando despertara bajo tierra. Era humana y él ya le había exigido demasiado. Este vampiro era el responsable de llevar al pueblo carpatiano casi al exterminio. No podía escapar, fuera cual fuese el coste para el cazador... o para su querida pareja.

En las profundidades de la hacienda, Margarita tomó conciencia de dos cosas: estaba enterrada viva y Zacarías tenía problemas. Se despertó al instante, pues el conocimiento circulaba por su cuerpo junto con un hambre terrible que arañaba con violencia su vientre. Mantuvo los ojos cerrados con fuerza, decidida a no entrar en pánico. Sabía que la dominaría el pánico si hubiera despertado enterrada viva sin más, pero percibía la presencia de Zacarías.

Por extraño que fuera, podía oír sus propios latidos pese a tener la impresión de que el aire no circulaba por sus pulmones. El sonido reverberaba extraño en su cabeza. Se concentró en Zacarías, pasando por alto la necesidad de gritar como una loca al sentir el peso de la tierra sobre ella. Con gran sigilo, con cautela, encontró una ruta hasta la mente de su compañero de vida. El dolor la envolvió, un dolor salvaje y atroz, un tormento que traspasó su cuerpo, comparable con el que había padecido durante la conversión. Salió del carpatiano antes de delatarse o desmayarse por el horror y el dolor que él sufría.

¿Qué le había dicho? Le había explicado cómo retirar la tierra del lugar de descanso. *Visualiza, Margarita, se recordó. Desea que suceda.*

Su primer intento no la llevó a ningún lado, sólo le reportó cierto pánico. Decidida, empujó con fuerza. *Emplea tu voluntad. Mi padre decía siempre que era tan obstinada que podría mover montañas si me proponía en serio hacerlo, por lo tanto mueve esta pequeña cantidad de tierra,* se ordenó a sí misma.

Su mente gritó en el momento en que movió los dedos y fue más consciente que nunca de encontrarse bajo tierra, pero continuó cerrando los ojos con fuerza y obligó a su mente a visualizar la tierra abriéndose por encima de ella como el Mar Rojo, subiendo y desplazándose a cada lado. Cuando pudo respirar y mirar el techo de la cámara, se secó las gotas de sudor del rostro y se sentó.

Aquí estoy.

Acude a mí. Hasta mi interior, sigue tu vía. Si ves que va mal, retírate de inmediato.

Ella no vaciló. No importaba lo enfadada o dolida que hubiera estado, un hombre como Zacarías de La Cruz nunca pediría algo así en medio de una batalla a menos que fuera necesario. Encontró el animal primitivo con el que ahora estaba familiarizada y consiguió entrar, deslizándose en su interior con toda la suavidad de que fue capaz. La oscuridad la dejó sin aliento. Era puro salvajismo, matar o morir. Todo parecía oscuro y ensombrecido, paredes de puro hielo, bloques enteros, llenaban su mente, y el hielo también circulaba por sus venas.

Sus entrañas estaban devastadas. El dolor era extremo, aun así había conseguido de algún modo bloquearlo, algo que no entendía pero de lo que se sintió agradecida. No quería saber cómo había sucedido todo aquel daño ni cómo podía aguantarse en pie, concentrado tan sólo en destruir el mal. Margarita vertió su calor en él. Amor. Toda ella. Se entregó a él, lo llenó y obligó a la oscuridad a retroceder, vertiendo su brillo sobre cada sombra.

El carpatiano no hacía movimiento alguno para conectar con ella, pero Margarita advirtió que aprovechaba ese flujo de calor, de empatía y comprensión. Zacarías hizo un llamamiento a la selva tropical y ella lo notó. No, no exactamente una llamada, más bien era una petición, como habría hecho ella. Nada de órdenes ni arrogancia. Sin insinuar su identidad, sólo una petición de ayuda.

Sólo los vivos podían acabar con los muertos del bosque. Admiró que él supiera tales cosas, que su mente funcionara tan deprisa, allí rodeado de criaturas concentradas en despedazarle. Necesitaba una vía despejada para llegar a Ruslan, eso era lo único que le importaba en ese momento.

Margarita respiró hondo mientras las figuras de hojas atacaban, balanceándose contra Zacarías, cortando su piel y huesos mientras él permanecía en el centro, dando vueltas entre ellas, empleando todos los medios disponibles para mantenerlas a raya. Fuego. Viento. Nada funcionaba y, en todo momento, Ruslan se reía, con un sonido estridente y rechinante que le dio dentera.

Se obligó a seguir desconectada de lo que le sucedía a Zacarías. Él estaba muy calmado, su mente funcionaba. Todo esto era una distracción. Margarita no tenía idea de cómo podía ayudar, pero no pudo evitar sentirse admirada pese al terror que le provocaba. Él no intentaba ocultarle la verdad: que ella estaba en su mente, pero no la controlaba. Estaba dentro de él sólo porque necesitaba otra arma, pero él no la reconocía como una mujer de carne y hueso: su mujer. No temía por sí mismo ni por ella. Sólo sentía la necesidad de destruir el mal.

La bóveda del bosque se agitó llena de vida y los monos se descolgaron desde las ramas de los árboles para dejarse caer sobre las espaldas de las criaturas, a las que derribaban y despedazaban mientras saltaban a por otra víctima. Margarita precisó un momento o dos para percatarse de que las criaturas destruidas eran las mismas que bloqueaban el camino hasta el exultante Ruslan.

Zacarías se lanzó veloz a través de la brecha abierta por los monos para él, con todo su ser concentrado en una sola cosa. Sabía con exactitud dónde se hallaba Ruslan y dónde se ubicaba su corazón. Tuvo tiempo para evaluar el obstáculo encontrado en su ataque anterior y ahora sabía penetrar esa coraza protectora para llegar al corazón atrofiado.

Cayó sobre Ruslan antes de que el vampiro tuviera tiempo de percatarse de su vulnerabilidad. El carpatiano cambió otra vez las moléculas de su cuerpo y se transformó en el último instante para poder traspasar ese revestimiento, empleando una sincronización perfecta que le permitió abrir el puño y coger el corazón. Clavó los dedos en los tendones y músculos, destrozándolos en su esfuerzo por llegar sin vacilaciones al órgano.

Ruslan chilló, lanzando una ráfaga de peste repugnante, de putrefacción hedionda al rostro de Zacarías. Hundió ambas manos en el vientre de éste, le abrió las tripas y vertió la sangre en el suelo, loco de rabia, metiendo la cabeza en las entrañas en un intento de comerse vivo al cazador con sus dientes feroces y serrados.

Zacarías arrancó el corazón del pecho, al tiempo que daba vueltas aceleradas para intentar sacarse al vampiro de encima. La poderosa sangre carpatiana saltó sobre el rostro de Ruslan y por su barbilla, mientras su propio veneno negro quemaba la mano y el brazo a Zacarías, penetrando hasta el hueso. El cazador arrojó el corazón bien lejos y echó ambas manos sobre la cabeza de Ruslan, sacudiéndola para partirle el cuello y apartar al vampiro de él.

Se sujetó el vientre abierto con ambas manos, pero sus piernas cedieron. Aterrizó sobre las rodillas y respiró hondo para contener el dolor antes de poder expulsarlo de su organismo. Ruslan había caído a unos metros de él y continuó rodando, con la cabeza echada a un lado en un gesto obsceno.

Zacarías gimió al ver que Ruslan había ido a parar sobre el corazón arrancado. El vampiro lo cogió y se lanzó al aire, dejando un reguero de sangre negra y chispas por la tierra. Se lamió los dedos en el aire, intentando extraer cada resto de sangre carpatiana de su brazo y mano antes de partir a toda velocidad.

En el momento en que fue atacado, Ruslan había tomado energía del ejército de muertos, por ese motivo las hojas y ramas se desmoronaron ahora, sobre el suelo del bosque. Los monos volvieron a trepar por los árboles. Zacarías se dejó caer, y alzó la mirada a la lluvia. Una vez más, era una llovizna suave, que caía sobre su rostro. Requirió un gran esfuerzo invocar la energía candente necesaria para librarse del veneno del vampiro. En cuanto lo eliminó, bajó los brazos sobre sus costados, agotado por completo.

Acudo a ti. Margarita lo manifestó como una afirmación, no como una pregunta.

Zacarías se encontró sonriendo. Su preciosa locuela. Tenía todo el derecho a despreciarlo, todo motivo para tenerle miedo. Sin embargo, aunque le hubiera ordenado que se mantuviera lejos, ella le habría desafiado y habría venido. No había manera de detener una fuerza tan tranquila, y él estaba demasiado perdido como para intentarlo. Margarita nunca se molestaba en discutir, sólo hacía lo que creía correcto. El carpatiano perdía sangre por todo el suelo, curarse iba a ser una tarea difícil.

No olvides tus ropas. Cesaro aparecerá en cualquier momento, montando a caballo en esta dirección. Tendría que matarle si te encontrara desnuda, y no creo que tenga fuerzas para eso.

Ella intentó reírse, al menos hizo el esfuerzo, pero su diversión llegó en forma de lágrimas. Margarita estaba llorando por él, y Zacarías supo que ella lloraría así en muchas ocasiones en los años venideros.

Debería haberte cubierto de amor, Margarita, de cuidados. Debería haberte ayudado cuando estabas tan asustada. Estoy perdido en la oscuridad de forma irremediable.

No quiero sacarte de la oscuridad, sólo quiero salvarte. Hay diferencias. Tendrás que confeccionar tú mismo mis ropas, yo no me aclaro. Había impaciencia en su voz, y estaba mucho más próxima que antes.

Zacarías levantó la cabeza. Su querida yegua se acercaba a toda velocidad hacia él con Margarita a horcajadas, y gracias al buen Dios, el caballo hacía gala de un paso fluido, porque ella estaba desnuda por completo. El carpatiano sacudió la cabeza. Ya estaba llenándolo poco a poco de su luz otra vez, expulsando la oscuridad. Podía ver que su sangre era roja y caía al suelo a su alrededor.

Margarita desmontó y corría hacia él cuando Zacarías agitó la mano para vestirla. Casi tropieza con la falda mientras se acerca a toda velocidad. Empleando ambas manos, Margarita sostuvo contra el vientre de Zacarías el paño suave que había traído.

Túmbate, y relájate por un momento. Y no dejes que yo entre demasiado en tu mente. No quiero sentir esto.

El carpatiano se permitió entonces recostarse hacia atrás y se quedó mirando su cara, esa cara querida, con tanta preocupación grabada en ella. Tanto amor, amor que no merecía.

—¿A qué te referías cuando dijiste que no querías sacarme de la oscuridad, que sólo querías salvarme? Es lo mismo.

Margarita negó con la cabeza mientras escarbaba en el suelo en busca de la tierra más rica, menos mancillada, que pudiera encontrar. Empleó su propia saliva para formar una pasta.

De hecho, no es lo mismo. La oscuridad en ti que tanto desprecias es un don valioso que tendrás que aceptar. Te permite cazar como lo haces. Te mantiene vivo mientras los demás mueren.

Ella dio un respingo visible cuando tuvo que cubrir bien las heridas con la pasta de barro que había hecho. Zacarías le tocó los labios con dedos delicados.

—¿Crees que es un don no sentir, estar tan cerca de la oscuridad que mi existencia sea una lucha en todo momento?

Sí. Es esa oscuridad la que te permite saber por instinto a dónde irá tu presa a continuación, la que te permite ir un paso por delante de todos. Soportar este tipo de heridas mortales que matarían a cualquiera. Ya te estás curando, Zacarías, y ya estás pensando en dónde se ocultará el vampiro hasta mañana por la noche. Casi ha amanecido y sabes que está buscando un lugar de descanso. Eso es lo que estas sombras hacen por ti. Te permiten vivir y hacer lo que haces como nadie. Por lo tanto, no, no quiero suprimir eso.

—Pero, temes que no regrese a tu lado.

Ella le tendió su muñeca. El hambre la atosigaba, pero era mucho más importante darle a él toda la sangre que pudiera para alimentarle y ayudarle a curarse lo antes posible.

Se te da tan bien el bloqueo de tus recuerdos que una pequeña parte de mí piensa que un día olvidarás recordarme después de la batalla.

Zacarías tomó su muñeca e hizo un corte con delicadeza, para permitir que la sangre vital fluyera por su interior. Ahora era la sangre de un carpatiano anciano, poderosa y fuerte, porque su sangre circulaba por las venas de su compañera. Notó cómo la asimilaba su cuerpo, cada órgano, cada músculo y tejido, cada célula.

Siempre regresaré a tu lado, siempre, pero sólo puedo ser quien soy, Margarita. Quiero ser amable contigo, quiero darte todas las cosas que mereces. Confiaré en que siempre me sigas...

Ella arqueó una ceja. Con la mano libre le alisó el pelo.

¿Crees que no soy consciente de esta faceta tuya? Quiero que seas como eres, Zacarías, pero espero que cumplas tus promesas. Quiero que me estimes, quiero que tengas en mente mi felicidad cuando tomas decisiones. Y tienes que saber que siempre seré yo. Decidiré por mí misma cuando piense que te equivocas.

El carpatiano la miró a la cara con una sonrisa en los ojos.

No puedo concebir equivocarme. Bueno... hubo una ocasión...

La risa de ella resonó en su mente.

¿Una? Voy a dejar pasarlo porque después de esta batalla tal vez estés un poco espeso.

Zacarías dio un toque con la lengua en el corte de la muñeca.

—Viene Cesaro. Te donará su sangre y tendrás que beberla. Tengo que marcharme.

A Margarita se le cortó la respiración.

¿Irte? No entiendo. ¿Ir a dónde? Tienes que descender a la tierra y curarte, eso es lo que tienes que hacer, y yo podré estar a tu lado.

—Tengo que dar caza a Ruslan.

Ella negó con la cabeza categóricamente.

No, no puedes hacer eso, esta noche no. Casi ha amanecido y podría sorprenderte la salida del sol.

—¿Has visto mis recuerdos de Dominic y su mujer compartiendo sangre conmigo?

Sí, pero también vi que te advertían que tuvieras cautela y fueras consciente de tus limitaciones, y no lo haces. Y tú mismo lo dijiste, cuanto más fuerte la oscuridad, menos puede estar al sol un carpatiano. No lo hagas, Zacarías. Por mí. No lo hagas.

Él estiró el brazo y le acarició la larga cabellera.

—Este vampiro en concreto es un maestro, sin igual. No volveré a tener una ocasión así en mil años. Te estoy rogando que no me pidas esto. Justo en este momento, te daría cualquier cosa, incluso esto, Margarita, pero necesito que no me hagas esta petición.

Ella cerró los ojos con fuerza, por un momento pensó que no podía respirar. Tenía que dejarle marchar. Zacarías no podía ser otra cosa: un cazador. Le estaría pidiendo que fuese algo que no era.

Procura volver entero a mi lado.

Zacarías permaneció en pie, con la ropa hecha jirones. Tenía el cuerpo marcado de heridas y laceraciones entrecruzadas. El paño ensangrentado cayó de su vientre, pero la lesión ya estaba cerrada. Flexionó sus músculos.

—Beberás sangre de la muñeca de Cesaro. Él te vigilará en mi ausencia.

Enmarcó el rostro de Margarita entre sus manos y se inclinó para darle un beso en su boca echada hacia arriba. Ella persistió un momento, sin preocuparle que Cesaro estuviera observándoles. Zacarías la apartó a su pesar y se echó a volar. En el momento en que se separó de ella, se la sacó de la mente, confiando en que también ella se mantuviera alejada. Cualquier precaución estaba justificada, Ruslan Malinov era un adversario demasiado peligroso como para permitir que huyera.

Zacarías captó el rastro de la peste hedionda del vampiro y lo siguió, empleando las gotas de sangre en el viento como guía. Había pasado siglos patrullando arriba y abajo del Amazonas, cruzando fronteras y viajando de país en país. Conocía cada cueva, cada sitio que podría elegir un vampiro como lugar de descanso. Sabía dónde era más probable que el enemigo se refugiara.

Ruslan querría alejarse de Zacarías cuanto pudiera, pero también querría beber sangre lo antes posible. Había muy pocos pueblos y ranchos en la zona que se hallaran cerca de cuevas. Él conocía cada uno de ellos. Estaba convencido de que Ruslan escogería la más inaccesible, apenas una rendija en la roca, que permitiera a un mutante aplanar su cuerpo lo suficiente como para deslizarse por el túnel estrecho y empinado hasta las mismas entrañas de la Tierra. Ruslan vigilaría bien la cueva, como sólo un maestro vampiro podría hacer, de modo que o bien Zacarías llegaba antes que él —y antes del amanecer— para ocultarse o podría tardar horas en desentrañar las protecciones, con el consabido riesgo de que le sorprendiera el sol.

Ruslan había empezado con ventaja, pero era astuto y sabría que su sangre estaba en el viento y que un cazador como Zacarías la olería como un lobo. Emplearía rastros falsos, marchas atrás, cada truco aprendido para ocultar su verdadero destino al carpatiano, y eso llevaría tiempo. Ruslan intentaría emplear el sol en contra del cazador, bajando a la tierra en el último momento para evitar el riesgo de que lo atrapara en su guarida. Zacarías tenía que tomar una decisión: seguir su instinto —depender de lo que más detestaba en sí mismo— o seguir el rastro. Cualquier método podría costarle perder la presa.

Margarita había dicho que la oscuridad en él era un don. Ella lo creía porque era parte de él. Zacarías lo consideraba algo funesto. Recordaba a su padre como alguien maligno, no en su faceta anterior. Era como si en ese momento hubiera negado la vida completa de su padre, siglos de honor y deber. Alguien que le había enseñado todas las habilidades que poseía. Se había llevado a su pareja eterna por los cielos, dispuesto a disfrutar y reírse con ella. Le había llenado de alegría el nacimiento de cada hijo y había llorado sin pudor lágrimas ensangrentadas cuando su hija perdió la batalla por la supervivencia. Su padre no había sido maligno toda su vida.

Así pues, iba a dejarse guiar por la oscuridad. Abandonó el rastro y escogió la cueva más profunda de la zona, apresurándose a llegar ahí antes que su presa. Si se equivocaba, habría perdido su oportunidad, pero estaría a salvo del sol.

Zacarías pasó sobre la repisa rocosa donde la piedra resquebrajada era el único indicio de una entrada al túnel estrecho. Empleó su sigilo, permitiendo que una leve brisa le dejara flotar y examinar la zona desde todos los ángulos. Ruslan no parecía haber llegado al lugar de descanso antes que él. Se acercó más, con cuidado de no mover ni tan siquiera un guijarro, poniendo a prueba la entrada. No había nada donde ocultarse mientras entraba.

Se introdujo como un vapor humeante en el interior de la montaña, buscando el camino a través de la larga grieta que daba paso al pequeño y estrecho túnel. El sonido de las gotas de agua aumentó de volumen mientras se acercaba a la pequeña cámara. El túnel se había estrechado tanto que sólo un animal pequeño podría internarse en la caverna abierta en el interior.

Ruslan no había llegado antes que él. Los vampiros desprendían cierto olor que ni siquiera un maestro podría disimular con tan poco tiempo ¿Significaba eso que no había estado nunca en esta cueva en concreto? No contaba con más tiempo para ir a mirar a otro lugar. Tenía que confiar en su experiencia. Se tomó su tiempo, examinó la pequeña cámara y encontró varias grietas que corrían por el techo y las paredes. El agua caía de forma constante por la pared norte, pero la pared sur era sobre todo roca. Eligió unas pequeñas hendiduras para ocultarse dentro.

Necesitaba con desesperación descansar en la tierra. Cambiar de forma precisaba energía y, pese a la sangre de Margarita, sabía que sería fundamental dentro de poco rato curarse en la tierra, o sería demasiado tarde. Pocos carpatianos sobrevivirían a las heridas mortales que había sufrido y continuarían cazando a continuación. Sabía que la oscuridad en él le permitía no reconocer nunca lo que le sucedía a su cuerpo. Peleaba, se curaba y continuaba sin dolor o agotamiento. Pero al final su cuerpo iba a desplomarse. Si Ruslan había escogido esta cueva, Zacarías no podría pensar en qué momento vendría el colapso.

Pasaban los minutos. Conocía la posición exacta del sol, le faltaba poco para salir. Percibía la presencia del astro como una lámpara ardiendo que alguien acerca mucho. Sabía que la luz siempre podría con él, aunque la sangre regia de Solange le concediera unas pocas horas de día para moverse. Nunca se encontraría cómodo, pero si aquello hacía que Margarita estuviera más feliz con él, lo soportaría, igual que soportaría la compañía humana.

Una piedra rodó por el suelo. Algo raspaba las paredes del túnel justo en el exterior de la cámara. Zacarías permaneció relajado, sin malgastar ni un gramo de su preciada energía. Se encontraba en mal estado y si se delataba demasiado pronto y Ruslan estaba en condiciones de luchar, los dos morirían esta noche. La peste hedionda de la carne putrefacta penetró en la cámara.

De inmediato, aquella conocida calma inundó a Zacarías. Nada más importaba ahora, ni él ni nada, aparte de la destrucción de ese vampiro que tanto dolor y daño había ocasionado al pueblo carpatiano. Era la razón de que Zacarías hubiera nacido y se hubiera criado para matar. Era el motivo por el cual la oscuridad calaba tan a fondo en él: defender a su pueblo de la criatura más abominable y maligna que pudiera imaginarse.

Permaneció quieto, paciente, observando a Ruslan mientras preparaba las protecciones de su guarida y se iba tambaleante a su lugar de descanso. Aún tenía la cabeza ladeada, lo cual reveló al carpatiano que el vampiro estaba tan herido como él. Ruslan era demasiado presumido como para permitir algo así, a menos que necesitara preservar las pocas energías que le quedaban. Zacarías no se movió mientras Ruslan se tumbaba y cruzaba los brazos sobre su pecho, entregándose al sueño de los muertos. Incluso entonces, esperó hasta que el sol empezara a elevarse. Quería asegurarse de que Ruslan se encontraba en un estado de pesadez paralizante.

Con sigilo infinito salió del techo y se acercó hasta el lugar de descanso del maestro vampiro. Al instante, Ruslan abrió los ojos de golpe. Siseó, con un sonido grave de odio. No hizo ningún movimiento, pero eso no quería decir que no fuera capaz. El carpatiano permaneció fuera del alcance de sus golpes sólo para asegurarse.

—¿A qué debo este gran honor? ¿Acudir a mí en mi hora más débil? —quiso saber Ruslan.

Zacarías arqueó una ceja.

—Exterminar alimañas no tiene que ver con el honor. Vivir con un código de conducta sí es algo honorable, Ruslan. Eso es lo que nunca has sido capaz de entender. Matar no es honorable. Es mi trabajo. El honor me exige que emplee cualquier medio disponible, cualquier arma, con tal de destruir el mal; y tú eres el mal. No hay honor en el método de matar, sólo en cumplir una tarea que es necesaria.

La risa socarrona de Ruslan llenó su mente.

—Puedes arrancarme el corazón aquí en esta caverna, pero no conseguirás que un rayo penetre tanto en la tierra para incinerarlo. Ya veremos quién sobrevive cuando caiga la noche.

—No tengo intención de arrancarte el corazón. —Zacarías se acercó a la figura pesada con precaución extrema. Ruslan era un vampiro poderoso y, como cazador, Zacarías respetaba ese poder, pues sabía que no sería fácil liquidar al maestro.

Ruslan parecía perplejo, con sus ojos huecos llenos de odio y astucia. Sin previo aviso, los murciélagos se dejaron caer y cubrieron el cuerpo del carpatiano, mordiendo con sus dientes afilados en un intento de desangrarlo para su señor. De las paredes de tierra irrumpieron gusanos y salieron arañas de cada fisura, todos a la llamada del amo. Unas cuantas ratas asomaron la cabeza desde el túnel, con ojos como cuentas, fijos en Zacarías.

El cazador se disolvió bajo el peso de los murciélagos, transformándose deprisa para poder cruzar la estancia. Arrojó un fogonazo por la habitación, una luz centelleante y terrible, muy caliente, como un sol concentrado que chamuscó los murciélagos y apartó los insectos y las ratas. Necesitaba sólo una cantidad mínima de tiempo.

—No puedes mantener esto eternamente —fanfarroneó Ruslan—, y están a mis órdenes.

—No importa. —Zacarías cayó sobre él al instante y cogió su peso muerto en brazos. La ráfaga de olor apestoso le desorientó tan sólo un instante. Había veneno en ese aliento concentrado, pero se movió, llevándose la forma putrefacta del vampiro con él.

¿Qué estás haciendo?, quiso saber Ruslan, empleando la vía común de comunicación carpatiana, pero alarmado de verdad por primera vez. *¿A dónde me llevas?*

A la superficie. Tus salvaguardas mantienen fuera a los demás, pero no nos retienen a nosotros dentro.

Zacarías supo el momento exacto en que Ruslan entendió lo que estaba haciendo. Una vez que atravesó el túnel y la rendija, volvió a cambiar de forma y ambos salieron al sol del amanecer. Ruslan abrió la boca mucho con un grito inaudible de tormento. Con un esfuerzo repentino, resultado de su pura voluntad y desesperación, clavó las garras a fondo en la piel de Zacarías.

Si me quemo, tú también.

Zacarías cayó con su carga al suelo; casi no le quedaban fuerzas. No sería capaz de entrar en la cueva y por la sensación del sol en la piel sabía que no tenía tiempo suficiente para dilucidar las salvaguardas.

Te quiero, Margarita. Lamento de verdad todos los errores que he cometido contigo. Busca a mis hermanos, ellos te ayudarán cuando yo no esté.

Zacarías no podía permitirse pensar en lo que podía pasarle a ella ni en todas las cosas que había hecho mal con ella. Quería que sus últimos recuerdos fueran entrañables, esa sensación de amor completo y desinteresado que ella le había proporcionado.

Explícame donde estás. No voy a acudir a ti, no te preocupes, pero enséñamelo.

Estaba tranquila. Tranquila por completo. Así era Margarita, y por primera vez él tuvo fe. Ella había aparecido en su vida para salvarle de sí mismo: su propio milagro personal. Si alguien podía salvarle, era ella, aunque no veía cómo. Incluso en coche, no había manera de llegar hasta él a tiempo. No se lo dijo, ¿qué sentido tenía?

Estaba agotado, tan exhausto que apenas era capaz de moverse.

No te atrevas a rendirte.

Le encantó ese leve tono mordaz en su voz.

¿A qué viene esa sonrisa? Ruslan estaba intrigado. *Vas a morir conmigo. Deprisa. Te enseñaré cómo deshacer las salvaguardas, si aún te quedan fuerzas para sacarme del sol.*

Zacarías negó con la cabeza.

—Vas a morir en esta preciosa mañana, Ruslan. No importa el coste para mí: tu maldad no volverá a recorrer la Tierra.

El cuerpo del vampiro se retorció. Se puso colorado como una gamba y se calentó hasta el punto de abrasar la piel de Zacarías. Esas garras seguían enganchadas a sus costados, les retenían juntos mientras el vampiro empezaba a silbar y su piel podrida burbujeaba echando humo. La peste a carne quemada llenó el aire. Ruslan chilló y el sonido desgarró su pecho y garganta para sorpresa de las aves en los árboles próximos, que se echaron a volar.

Zacarías alzó la vista. Los buitres empezaban a describir círculos. Su propia piel ardía por el mero contacto con Ruslan. No intentó oponerse. Su cuerpo todavía no pesaba como el plomo, pero notaba pinchazos en los brazos y el rostro, y quiso retroceder de la masa de rojos hilos candentes arremolinándose.

El cuerpo de Ruslan reventó en algunos puntos. La peste aumentó hasta el punto de que el carpatiano quiso vomitar. Las garras aflojaron su asimiento al fin y, sin aquellas uñas afiladas clavadas, la sangre empezó a gotear al suelo formando un pequeño charco en torno a él.

Quédate conmigo, Zacarías, instó Margarita.

Su tranquilidad le asombró. Ella debería sentir pánico, pero tenía la mente mucho más clara que la suya. Él estaba demasiado cansado como para pensar.

Entrégate a mí, susurró. *Confía en mí para mantenerte a salvo.*

Nunca había confiado en nadie. Si hacía lo que ella le pedía y ponía su espíritu en sus manos, a Margarita no le quedaría nada por saber de él ahora. Su incapacidad de sentir sin ella le avergonzaba; nunca conocería el amor verdadero de sus hermanos, a menos que la tuviera acoplada en su mente. Siempre se encontraría incómodo en presencia de humanos, apenas podría tolerar ese mundo y ella lo sabía. Margarita vería que no sentía nada ni tan sólo por las personas que trabajaban para él. Vería demasiado. ¿Cuánto podía aguantar una mujer?

Entrégate a mí. De propia voluntad, igual que yo a ti.

Perderla por rendirse a la muerte tal vez fuera un acto de cobardía, en vez de permitir que ella viera el verdadero monstruo al que se había entregado. La había proclamado suya, les había unido. En todo momento, había sido ella quien se había entregado a él una y otra vez, y había cumplido todas sus exigencias.

Ruslan estalló en llamas, aullando su odio al mundo. Las garras soltaron la piel de Zacarías, lo liberaron, y el carpatiano se apartó del vampiro ardiente. El humo saltó al cielo como una señal.

Zacarías observó hasta que el calor candente consumió cada centímetro del maestro vampiro, hasta que estuvo seguro de que el corazón se había extinguido y ni una sola esquirla del no muerto quedaba por ningún lado. Sólo entonces recostó la cabeza y dejó que su cuerpo se convirtiera en una muñeca de trapo sin vida.

Respiró hondo y le inundó una confianza tranquila en que ella le querría de todas maneras, por muy oscuro y ensombrecido que fuera. Hizo salir su espíritu del cuerpo físico, para dejarlo al cuidado de Margarita. Justo antes de cerrar los ojos, oyó el sonido de las palas de un helicóptero y sonrió. Era un aparato del mundo moderno, del mundo de su compañera eterna. Tal vez hubiera algo de valor en ese mundo al fin y al cabo. Era obvio que su pareja llena de recursos había empleado el vínculo de sangre que unía a Zacarías con Julio y con Cesaro, y Lea Eldridge les traía volando a su rescate.

Capítulo 20

Cuánto tiempo le hacía falta a un carpatiano para curar unas heridas tan horribles? ¿Una semana? ¿Dos? ¿Un mes? Margarita anduvo despacio por la casa oscura, hacia su propio dormitorio y baño. Había aprendido a beber sangre de Julio y Cesaro, una tarea difícil. Había aprendido a apartar la tierra horrible y retirársela frenética del pelo y el cuerpo, aterrorizada de que las arañas se arrastraran sobre ella. Había tantas cosas que no sabía, tantas que necesitaba aprender.

Cada noche acudía a los establos, al lado de sus queridos caballos, pero ni siquiera montar a su Paso Peruano, una de sus mayores dichas, podía detener el pesar abrumador que la inundaba. No importaba con qué frecuencia se decía a sí misma que Zacarías estaba a salvo, que de hecho estaba tendido en su cámara dormitorio. No importaba cuántos días permanecía echada junto a él, abrazándole, apartando su largo pelo a un lado para estudiar cada línea marcada en su rostro; ella aún temía por él... lloraba su pérdida. A veces, temía que fuera a volverse loca.

En más de una ocasión, al despertarse con Zacarías a su lado y las arañas arrastrándose por encima, le había dado un bofetón en un ataque de mal genio, recordando la masa de arañas sobre la que había caído, sin recibir ningún alivio por su parte. Pero sobre todo intentaba no llorar por él, intentaba no rogarle que despertara y estuviera con ella. Le necesitaba con desesperación, pero se negaba a ser débil cuando él necesitaba curarse.

Había tantas cosas que mejorar, en las que ocupar su tiempo. Todavía le costaba vestirse a la manera carpatiana. Solía darse un baño y ponerse la ropa como siempre. Prefería darse un baño porque no podía librarse del terror de las arañas. Dormía en la tierra, ¡por favor!, sabía que se movían por encima de ella de noche, y pensaba que tal vez incluso hicieran nidos en su pelo.

Dio un brinco cuando unos brazos la rodearon y oyó la suave risa de Zacarías en su oído.

—Dudo mucho que las arañas hagan nidos en tu pelo, mi preciosa locuela.

El corazón casi le da un vuelco y por un momento se quedó paralizada, sin atreverse a pensar que era él. Le asustaba que sólo fueran imaginaciones suyas, por pura desesperación. Se volvió muy despacio y le miró. Sus ojos, siempre negros medianoche, tenían ese brillo azul zafiro fantástico, el que aparecía cuando la miraba y estaba especialmente excitado. Sólo aquella visión provocó debilidad en ella.

—He soñado que me dabas un sermón sobre arañas, tal vez incluso me golpeabas una o dos veces como represalia. ¿Habrá algo de verdad en eso?

Margarita sonrió.

Tal vez. Si así fuera, desde luego te lo merecías. Acercó la mano al estómago plano y duro de su pareja. Las cicatrices se entrecruzaban donde antes la piel era lisa. *Pensaba que esto desaparecería.*

Era lo único que se le ocurría decir, pues todo lo que deseaba hacer era besarle eternamente, abrazarle con tal fuerza que ninguno de los dos pudiera respirar, y metérselo tan adentro de su cuerpo que nunca encontrara la salida.

Zacarías le tocó el cuello.

—Había confiado en que pudieras recuperar el habla, como tanto deseabas. Nuestras heridas son demasiado profundas, supongo, como para que la poderosa sangre carpatiana nos cure por completo.

Él llenaba la habitación, llenaba cada sentido de Margarita y la volvía tan consciente de él, que todo su cuerpo buscó el de Zacarías. El carpatiano entró en su mente, como un flujo suave y delicado que la sorprendió. Casi no reconocía el ligero toque. La sensación gélida estaba ahí, pero en vez del glaciar familiar, el hielo parecía flotar a través de su mente, calentándose poco a poco.

Margarita observó cómo le cambiaban los ojos, y el deseo y el hambre se sumaban a la dicha de verla. Zacarías inclinó la cabeza hacia ella y le levantó la boca. Estaba excitado, se sentía dominante, mucho más de lo que recordaba. Su cuerpo fue suyo al instante, se fundió con él, flexible, suave y con sus propias exigencias. Él se tomó su tiempo para besarla, una y otra vez.

El carpatiano alzó la cabeza poco a poco, reacio, y enmarcó su rostro con las manos para mirarla a los ojos en busca de algo. La satisfacción apareció en su mirada: era evidente que había encontrado lo que buscaba.

Hizo un ademán en dirección al cuarto de baño. Al instante la fragancia de sus aceites favoritos entró en la habitación con una nube vaporosa flotante.

—Vamos a darte un baño.

Ya sabes que no tienes que hacerlo. Es un ritual tonto, podemos lavarnos sólo con el pensamiento. Eso no hacía que se sintiera limpia, ni superaba su miedo irracional a que las arañas se colaran en su pelo.

—Tu baño es un ritual hermoso y espero que lo mantengas durante siglos. —Luego corrigió con dulzura—. Es importante para ti y, al mismo tiempo, me produce un gran placer. —Le cogió la mano para besarle la palma—. No vi tu miedo a las arañas, estaba demasiado enterrado en tus recuerdos infantiles. Debería haber tenido más cuidado, como haré a partir de ahora. Mi intención es inspeccionar cada centímetro de ti cada noche para asegurarme de que esas criaturas molestas no vuelven a importunarte.

Margarita se estremeció, sintió el roce de miles de patas peludas y se frotó los brazos para librarse de aquella sensación. Zacarías alzó su barbilla para que no tuviera otra opción que ahogarse en sus ojos, en esos charcos oscuros y negros de profundo hielo líquido; tan fríos que a veces quemaban con su intenso azul medianoche. Podía dejarla sin aliento tan sólo con esa mirada abrasadora. La idea de que él inspeccionara su cuerpo tan de cerca cada noche, hizo volar millones de mariposas por su estómago.

Zacarías le cogió la mano y tiró para que ella le siguiera hasta su baño ahora humeante. La levantó con suma delicadeza, la dejó en el agua profunda de la bañera antigua con patas y reclinó su cabeza contra el costado levantado e inclinado.

—Cierra los ojos y déjame hacer esto. Quiero que sepas que no habrá ninguna araña en las cercanías cuando acabe. No pienses en nada, *sívamet*.

Se hundió en el agua profunda y observó que era de un verde laguna, y que estaba divina. Cerró los ojos y se sumergió del todo, empujada por las manos insistentes, empapando su larga mata de pelo. Dejó que el agua caliente y perfumada y el sonido hipnótico de su voz le permitieran flotar en una marea de felicidad. Zacarías estaba vivo y estaba con ella. Podía suceder cualquier otra cosa, pero ella sabía ahora que quería al hombre que él era: primitivo y siempre atento a cualquier problema. Capaz de estallar con violencia cuando era necesario. Un amante exigente. Una pareja exigente.

¿Sería indulgente? No intentó engañarse a sí misma pensando que sí. Zacarías le había confiado su espíritu, toda su esencia, y al hacerlo ella lo veía todo en él, compartía todo lo suyo. Margarita sabía que él nunca sentiría como un carpatiano normal que tiene su pareja eterna, a menos que estuviera firmemente acoplado a su mente. Pero lo que nunca entendería era que le aterrorizara pensar en él cazando sin la oscuridad para darle esa ventaja adicional. Quería eso para él. Nunca dejaría de cazar para erradicar el mal. Nunca. Ni ella querría que fuera de otra manera.

Con la cabeza apoyada en la curva de la bañera y las manos de su pareja masajeándole el cuero cabelludo con champú, Margarita flotó en un mundo de ensueño. Él le murmuraba bajito en su propia lengua, un sonsonete cantarín con su bronca voz de terciopelo, y se dejó llevar por esa marea, entregándose a su cuidado. Sólo existía este momento, Zacarías y el placer del agua caliente contra su cuerpo.

No tenía idea del tiempo transcurrido. El agua se mantenía caliente mientras él le aclaraba el pelo y luego empezaba a lavar con lentitud su cuerpo. Las lágrimas ardían en sus ojos. Nunca hubiera imaginado que fuera tan tierno. Dudaba que él supiera que era capaz de tal ternura. El cuerpo de Margarita empezó a calentarse a fuego lento, un calor que se elevaba desde unas brasas humeantes, cuando las manos de Zacarías dejaron de entretenerse y memorizar, y pasaron a reclamar. La secó con el mismo cuidado, tomándose su tiempo con el pelo, que secó mientras lo cepillaba. Sólo entonces la levantó en brazos y la llevó a la cama.

Zacarías dejó a Margarita sobre el colchón con una delicadeza exquisita. Ahí en la oscuridad, con su visión extraordinaria, el carpatiano inspeccionó su cuerpo, necesitando memorizar otra vez cada centímetro de ella, verificar por sí solo que no quedaba vestigio de la conversión ni del ataque de DS. Pasó la lengua sobre su boca y le acarició los pechos con las puntas de los dedos, deslizándolas hasta sus costillas y luego sobre la curva de la cadera. Quería saborear cada centímetro de ella: de pronto estaba ansioso. Era suya, la única mujer que llenaría alguna vez su vida, que llenaría su corazón y repararía su alma para devolverle la vida.

Zacarías volvió a lamer uno de sus pechos y siguió masajeando mientras estiraba el pezón con los dientes y movía la lengua como un molino. La excitación era ostensible en el cuerpo de Margarita y él le separó las piernas con la rodilla. Quería tomarse su tiempo, elevarla a las alturas para que nunca volviera a bajar, pero necesitaba con desesperación entrar en ella, unirles en cuerpo y alma, piel con piel. Tenía que sentirse completo de nuevo. La oscuridad tenía que remitir lo suficiente para que tardara semanas en regresar.

Entra en mí, invitó con suavidad. *Dame tu amor, Margarita, todo entero. Fluye por mi interior y lléname de ti. Te necesito.*

Nunca antes había admitido sentir necesidad de alguien. Notó el movimiento de su pareja dentro de su mente, ligera hasta lo inconcebible, tan cálida y tan llena de una emoción que nunca podría esperar entender. La sensación lo abrumó y, como siempre, se sintió tentado de rechazarla, pero esta vez no. Esta noche no. Deslizó la mano entre los cuerpos de ambos para sentir el fluido de bienvenida de Margarita. Tenía una erección enorme y, como siempre, penetrarla suponía un estiramiento y cierta irritación en ella. No quería correr el riesgo de hacerle daño por muy ansioso que estuviera de entrar en su cuerpo.

Se quedó observando su rostro, quería ver cada una de sus expresiones mientras se introducía poco a poco. Notaba su vagina apretada, suave como el terciopelo, cediendo a su invasión.

Ella vertía su calor en todo momento. Amor. Se sintió envuelto por ella. Su hogar. Se encontraba de verdad en su hogar. Se enterró por completo, hasta tocar el cuello de su útero, balanceándolos a ambos, y entonces se detuvo y estiró las manos para entrelazar sus dedos.

—En algunos momentos te haré perder la paciencia, Margarita, pero juro que voy a intentar complacerte. Te lo prometo con todo mi corazón, te doy mi palabra de honor de que siempre haré todo lo posible para que seamos felices. Hay cosas que no estoy seguro de poder cambiar.

Ella alzó la vista con una sonrisa en los labios.

No te he pedido que cambies. Sólo que fundas tu vida con la mía. Hay cosas buenas en mi mundo si te abres a ellas.

Zacarías se retiró para luego hundirse a fondo, observando vidriarse sus ojos. Le encantaba esa mirada en su rostro, la conmoción descontrolada del placer. Le encantaba saber que él había puesto esa mirada ahí. Una vez más se quedó quieto.

—Tengo hermanos, ya lo sabes. Cuando estemos con ellos, no podré estar lejos de ti. Te necesito para conectar con esa emoción de la que carezco desde hace tanto tiempo.

Una sonrisa lenta jugueteó en la comisura de los labios de Margarita, martirizando la mente de Zacarías.

No creo que vaya a ser difícil.

El carpatiano estaba totalmente perdido, y se sentía agradecido de ese sentimiento. Inició un ataque lento y sensual contra todos los sentidos de su pareja, compartiendo la mente, compartiendo la presión creciente, el placer exquisito. Ella sería siempre su mundo. Tendría que compartirla con este otro mundo en el que ella vivía —y que tanto amaba—, aunque por ella lo lograría.

Inclinó la cabeza y se metió un pecho en la boca, aguantándose ahora sobre los codos.

Nuestro campamento base estará aquí, pero tendremos que viajar, Margarita. Juntos.

Cuento con ello. Diría que me gusta lo que hacen tus manos conmigo, tu boca y tu cuerpo. Estoy enganchada a ti. Pero más que eso, Zacarías, estoy muy enamorada de ti. Quiero que me lleves contigo.

El carpatiano percibió el amor de su pareja dentro de sí, uniendo todas las conexiones rotas, rodeándolo. Consiguiendo que mereciera la pena ser quien era, por muy dañado que estuviera, tal vez destrozado.

La besó mientras tomaba posesión de sus caderas con fuertes manos y la aproximaba más a él, preparándola para una cabalgada salvaje.

Eres la única persona que amaré en la vida.

Y ésa era su verdad. Al final formaba parte de un lugar, estaba hecho para ella. Margarita era su hogar.

Apéndice 1

Cánticos carpatianos de sanación

Para comprender correctamente los cánticos carpatianos de sanación, se requiere conocer varias áreas.

- Las ideas carpatianas sobre sanación
- El «Cántico curativo menor» de los carpatianos
- El «Gran cántico de sanación» de los carpatianos
- Estética musical carpatiana
- Canción de cuna
- Canción para sanar la Tierra
- Técnica carpatiana de canto
- Técnicas de los cantos carpatianos

Ideas carpatianas sobre sanación

Los carpatianos son un pueblo nómada cuyos orígenes geográficos se encuentran al menos en lugares tan distantes como los Urales meridionales (cerca de las estepas de la moderna Kazajstán), en la frontera entre Europa y Asia. (Por este motivo, los lingüistas de hoy en día llaman a su lengua «protourálica», sin saber que ésta es la lengua de los carpatianos.) A diferencia de la mayoría de pueblos nómadas, las andanzas de los carpatianos no respondían a la necesidad de encontrar nuevas tierras de pastoreo para adaptarse a los cambios de las estaciones y del clima o para mejorar el comercio. En vez de ello, tras los movimientos de los carpatianos había un gran objetivo: encontrar un lugar con tierra adecuada, un terreno cuya riqueza sirviera para potenciar los poderes rejuvenecedores de la especie.

A lo largo de los siglos, emigraron hacia el oeste (hace unos seis mil años) hasta que por fin encontraron la patria perfecta —su «susu»— en los Cárpatos, cuyo largo arco protegía las exuberantes praderas del reino de Hungría. (El reino de Hungría prosperó durante un milenio —convirtiendo el húngaro en lengua dominante en la cuenca cárpata—, hasta que las tierras del reino se escindieron en varios países tras la Primera Guerra Mundial: Austria, Checoslovaquia, Rumania, Yugoslavia y la moderna Hungría.)

Otros pueblos de los Urales meridionales (que compartían la lengua carpatiana, pero no eran carpatianos) emigraron en distintas direcciones. Algunos acabaron en Finlandia, hecho que explica que las lenguas húngara y finesa modernas sean descendientes contemporáneas del antiguo idioma carpatiano. Pese a que los carpatianos están vinculados a la patria carpatiana elegida, sus desplazamientos continúan, ya que recorren el mundo en busca de respuestas que les permitan alumbrar y criar a sus vástagos sin dificultades.

Dados sus orígenes geográficos, las ideas sobre sanación del pueblo carpatiano tienen mucho que ver con la tradición chamánica eruoasiática más amplia. Probablemente la representación moderna más próxima a esa tradición tenga su base en Tuva: lo que se conoce como «chamanismo tuvano».

La tradición chamánica euroasiática —de los Cárpatos a los chamanes siberianos— consideraba que el origen de la enfermedad se encuentra en el alma humana, y sólo más tarde comienza a manifestar diversas patologías físicas. Por consiguiente, la sanación chamánica, sin descuidar el cuerpo, se centraba en el alma y en su curación. Se entendía que las enfermedades más profundas estaban ocasionadas por «la marcha del alma», cuando alguna o todas las partes del alma de la persona enferma se ha alejado del cuerpo (a los infiernos) o ha sido capturada o poseída por un espíritu maligno, o ambas cosas.

Los carpatianos pertenecían a esta tradición chamánica euroasiática más amplia y compartían sus puntos de vista. Como los propios carpatianos no sucumbían a la enfermedad, los sanadores carpatianos comprendían que las lesiones más profundas iban acompañadas, además, de una «partida del alma» similar.

Una vez diagnosticada la «partida del alma», el sanador chamánico ha de realizar un viaje espiritual que se adentra en los infiernos, para recuperar el alma. Es posible que el chamán tenga que superar retos tremendos a lo largo del camino, como enfrentarse al demonio o al vampiro que ha poseído el alma de su amigo.

La «partida del alma» no significaba que una persona estuviera necesariamente inconsciente (aunque sin duda también podía darse el caso). Se entendía que, aunque una persona pareciera consciente, incluso hablara e interactuara con los demás, una parte de su alma podía encontrarse ausente. De cualquier modo, el sanador o chamán experimentado veía el problema al instante, con símbolos sutiles que a los demás podrían pasárseles por alto: pérdidas de atención esporádicas de la persona, un descenso de entusiasmo por la vida, depresión crónica, una disminución de luminosidad del «aura», y ese tipo de cosas.

El cántico curativo menor de los carpatianos

El *Kepä Sarna Pus* (El «Cántico curativo menor») se emplea para las heridas de naturaleza meramente física. El sanador carpatiano sale de su cuerpo y entra en el cuerpo del carpatiano herido para curar grandes heridas mortales desde el interior hacia

fuera, empleando energía pura. El curandero proclama: «Ofrezco voluntariamente mi vida a cambio de tu vida», mientras dona
sangre al carpatiano herido. Dado que los carpatianos provienen
de la tierra y están vinculados a ella, la tierra de su patria es la
más curativa. También emplean a menudo su saliva por sus vir-
tudes rejuvenecedoras.

Asimismo, es común que los cánticos carpatianos (tanto el
menor como el gran cántico) vayan acompañados del empleo de
hierbas curativas, aromas de velas carpatianas, y cristales. Los
cristales (en combinación con la conexión empática y vidente de
los carpatianos con el universo) se utilizan para captar energía
positiva del entorno, que luego se aprovecha para acelerar la sanación. A veces se hace uso como de escenario para la curación.

El cántico curativo menor fue empleado por Vikirnoff von
Shrieder y Colby Jansen para curar a Rafael De La Cruz, a quien
un vampiro había arrancado el corazón en el libro titulado *Secreto Oscuro*.

Kepä Sarna Pus (El cántico curativo menor)

*El mismo cántico se emplea para todas las heridas físicas. Ha-
bría que cambiar «sívadaba» [«dentro de tu corazón»] para referirse a la parte del cuerpo herida, fuera la que fuese.*

Kuñasz, nélkül sivdobbanás, nélkül fesztelen löyly.
Yaces como si durmieras, sin latidos de tu corazón, sin aliento
  etéreo.
[Yacer-como-si-dormido-tú, sin corazón-latido, sin aliento
  etéreo.]

Ot élidamet andam szabadon élidadért.
Ofrezo voluntariamente mi vida a cambio de tu vida.
[Vida-mía dar-yo libremente vida-tuya-a cambio.]

O jelä sielam jŏrem ot ainamet és soɳe ot élidadet.
Mi espíritu de luz olvida mi cuerpo y entra en tu cuerpo.
[El sol-alma-mía olvidar el cuerpo-mío y entrar el cuerpo-tu-
    yo.]

O jelä sielam pukta kinn minden szelemeket belső.
Mi espíritu de luz hace huir todos los espíritus oscuros de
    dentro hacia fuera.
[El sol-alma-mía hacer-huir afuera todos los fantasma-s dentro.]

Pajńak o susu hanyet és o nyelv nyálamet sívadaba.
Comprimo la tierra de nuestra patria y la saliva de mi lengua
    en tu corazón.
[Comprimir-yo la patria tierra y la lengua saliva-mía corazón-
    tuyo-dentro.]

Vii, o verim soɳe o verid andam.
Finalmente, te dono mi sangre como sangre tuya.
[Finalmente, la sangre-mía reemplazar la sangre-tuya dar-yo.]

Para oír este cántico, visitar el sitio:
http://www.christinefeehan.com/members/.

El gran cántico de sanación de los carpatianos

El más conocido —y más dramático— de los cánticos carpatianos de sanación era el *En Sarna Pus* (El «Gran cántico de sanación»). Esta salmodia se reservaba para la recuperación del alma
del carpatiano herido o inconsciente.

La costumbre era que un grupo de hombres formara un círculo alrededor del carpatiano enfermo (para «rodearle de nuestras atenciones y compasión») e iniciara el cántico. El chamán,
curandero o líder es el principal protagonista de esta ceremonia

de sanación. Es él quien realiza el viaje espiritual al interior del averno, con la ayuda de su clan. El propósito es bailar, cantar, tocar percusión y salmodiar extasiados, visualizando en todo momento (mediante las palabras del cántico) el viaje en sí —cada paso, una y otra vez—, hasta el punto en que el chamán, en trance, deja su cuerpo y realiza el viaje. (De hecho, la palabra «éxtasis» procede del latín *ex statis*, que significa literalmente «fuera del cuerpo».)

Una ventaja del sanador carpatiano sobre otros chamanes es su vínculo telepático con el hermano perdido. La mayoría de chamanes deben vagar en la oscuridad de los infiernos, a la búsqueda del hermano perdido, pero el curandero carpatiano «oye» directamente en su mente la voz de su hermano perdido llamándole, y de este modo puede concentrarse de pleno en su alma como si fuera la señal de un faro. Por este motivo, la sanación carpatiana tiende a dar un porcentaje de resultados más positivo que la mayoría de tradiciones de este tipo.

Resulta útil analizar un poco la geografía del «averno» para poder comprender mejor las palabras del Gran cántico. Hay una referencia al «Gran Árbol» (en carpatiano: *En Puwe*). Muchas tradiciones antiguas, incluida la tradición carpatiana, entienden que los mundos —los mundos del Cielo, nuestro mundo y los avernos— cuelgan de un gran mástil o eje, un árbol. Aquí en la Tierra, nos situamos a media altura de este árbol, sobre una de sus ramas, de ahí que muchos textos antiguos se refieran a menudo al mundo material como la «tierra media»: a medio camino entre el cielo y el infierno. Trepar por el árbol llevaría a los cielos. Descender por el árbol, a sus raíces, llevaría a los infiernos. Era necesario que el chamán fuera un maestro en el movimiento ascendente y descendente por el Gran Árbol; debía moverse a veces sin ayuda, y en ocasiones asistido por la guía del espíritu de un animal (incluso montado a lomos de él). En varias tradiciones, este Gran Árbol se conocía como el *axis mundi* (el «eje de los mundos»), Ygddrasil (en la mitología escandinava), monte Meru (la montaña sagrada de la tradición tibetana), etc. También merece la pena compararlo con el cosmos cristiano: su cielo, purgatorio/tierra e infierno. Incluso se le da una topografía similar en la *La divina comedia* de Dante: a Dante le llevan de viaje primero al infierno, situado en el centro de la Tierra; luego, más arriba, al monte del Purgatorio, que se halla en la superficie de la Tierra justo al otro lado de Jerusalén; luego continúa subiendo, primero al Edén, el paraíso terrenal, en la cima del monte del Purgatorio, y luego, por fin, al cielo.

La tradición chamanística entendía que lo pequeño refleja siempre lo grande; lo personal siempre refleja lo cósmico. Un movimiento en las dimensiones superiores del cosmos coincide con un movimiento interno. Por ejemplo, el *axis mundi* del cosmos se corresponde con la columna vertebral del individuo. Los viajes arriba y abajo del *axis mundi* coinciden a menudo con el movimiento de energías naturales y espirituales (a menudo denominadas *kundalini* o *shakti*) en la columna vertebral del chamán o místico.

En Sarna Pus (El gran cántico de sanación)

En este cántico, ekä («hermano») se reemplazará por «hermana», «padre», «madre», dependiendo de la persona que se vaya a curar.

Ot ekäm ainajanak hany, jama.

El cuerpo de mi hermano es un pedazo de tierra próximo a la muerte.

[El hermano-mío cuerpo-suyo-de pedazo-de-tierra, estar-cerca-muerte.]

Me, ot ekäm kuntajanak, pirädak ekäm, gond és irgalom türe.

Nosotros, el clan de mi hermano, le rodeamos de nuestras atenciones y compasión.

[Nosotros, el hermano-mío clan-suyo-de, rodear hermano-mío, atención y compasión llenos.]

O pus wäkenkek, ot oma śarnank, és ot pus fünk, álnak ekäm ainajanak, pitänak ekäm ainajanak elävä.

Nuestras energías sanadoras, palabras mágicas ancestrales y hierbas curativas bendicen el cuerpo de mi hermano, lo mantienen con vida.

[Los curativos poder-nuestro-s, las ancestrales palabras-de-magia-nuestra, y las curativas hierbas-nuestras, bendecir hermano-mío cuerpo-suyo-de, mantener hermano-mío cuerpo-suyo-de vivo.]

Ot ekäm sielanak pälä. Ot omboće päläja juta alatt o jüti, kinta, és szelemek lamtijaknak.

Pero el cuerpo de mi hermano es sólo una mitad. Su otra mitad vaga por el averno.

[El hermano-mío alma-suya-de (es) media. La otra mitad-suya vagar por la noche, bruma, y fantasmas infiernos-suyos-de.]

Ot en mekem ɲamaɲ: kulkedak otti ot ekäm omboće päläjanak.

Éste es mi gran acto. Viajo para encontrar la otra mitad de mi hermano.

[El gran acto-mío (es) esto: viajar-yo para-encontrar el hermano-mío otra mitad-suya-de.]

*Rekatüre, saradak, tappadak, odam, kaŋa o numa waram, és
avaa owe o lewl mahoz.*

Danzamos, entonamos cánticos, soñamos extasiados, para llamar a mi pájaro del espíritu y para abrir la puerta al otro
mundo.

[Éxtasis-lleno, bailar-nosotros, soñar-nosotros, para llamar al
dios pájaro-mío, y abrir la puerta espíritu tierra-a.]

Ntak o numa waram, és mozdulak, jomadak.

Me subo a mi pájaro del espíritu, empezamos a movernos,
estamos en camino.

[Subir-yo el dios pájaro-mío, y empezar-a-mover nosotros,
estar-en camino-nosotros.]

*Piwtädak ot En Puwe tyvinak, ećidak alatt o jüti, kinta, és
szelemek lamtijaknak.*

Siguiendo el tronco del Gran Árbol, caemos en el averno.

[Seguir-nosotros el Gran Árbol tronco-de, caer-nosotros a
través la noche, bruma y fantasmas infiernos-suyos-de.]

Fázak, fázak nó o śaro.

Hace frío, mucho frío.

[Sentir-frío-yo, sentir-frío-yo como la nieva helada.]

Juttadak ot ekäm o akarataban, o sívaban, és o sielaban.

Mi hermana y yo estamos unidos en mente, corazón y alma.

[Ser-unido-a-Yo el hermano-mío la mente-en, el corazón-en,
y el alma-en.]

Ot ekäm sielanak kaŋa engem.

El alma de mi hermano me llama.

[El hermano-mío alma-suya-de llamar-a mí.]

Kuledak és piwtädak ot ekäm.

Oigo y sigo su estela.

[Oír-yo y seguir-el-rastro-de-yo el hermano-mío.]

Sayedak és tuledak ot ekäm kulyanak.

Encuentro el demonio que está devorando el alma de mi hermano.

[Llegar-yo y encontrar-yo el hermano-mío demonio-quien-
devora-alma-suya-de.]

Nenäm ćoro; o kuly torodak.

Con ira, lucho con el demonio.

[Ira-mí fluir; el demonio-quien-devorar-almas combatir-yo.]

O kuly pél engem.

Le inspiro temor.

[El demonio-quien-devorar-almas temor-de mí.]

Lejkkadak o kaŋka salamaval.

Golpeo su garganta con un rayo.

[Golpear-yo la garganta-suya rayo-de-luz-con.]

Molodak ot ainaja komakamal.

Destrozo su cuerpo con mis manos desnudas.

[Destrozar-yo el cuerpo-suyo vacías-mano-s-mía-con.]

Toja és molanâ.

Se retuerce y se viene abajo.

[(Él) torcer y (él) desmoronar.]

Hän ćaδa.

Sale corriendo.

[Él huir.]

Manedak ot ekäm sielanak.
Rescato el alma de mi hermano.
[Rescatar-yo el hermano-mío alma-suya-de.]

Alədak ot ekäm sielanak o komamban.
Levanto el alma de mi hermana en el hueco de mis manos.
[Levantar-yo el hermano-mío alma-suya-de el hueco-de-ma-
no-mía-en.]

Alədam ot ekäm numa waramra.
Le pongo sobre mi pájaro del espíritu.
[Levantar-yo el Hermano-mío dios pájaro-mío-encima.]

Piwtädak ot En Puwe tyvijanak és sayedak jälleen ot elävä
ainak majaknak.
Subiendo por el Gran Árbol, regresamos a la tierra de los vivos.
[Seguir-nosotros el Gran Árbol tronco-suyo-de, y llegar-noso-
tros otra vez el vivo cuerpo-s tierra-suya-de.]

Ot ekäm elä jälleen.
Mi hermano vuelve a vivir.
[El hermano-mío vive otra vez.]

Ot ekäm weńća jälleen.
Vuelve a estar completo otra vez.
[El hermano-mío (es) completo otra vez.]

Para escuchar este cántico visitar el sitio
http://www.christinefeehan.com/members/.

Estética musical carpatiana

En los cantos carpatianos (como en «Canción de cuna» y «Canción para sanar la tierra»), encontraremos elementos compartidos por numerosas tradiciones musicales de la región de los Urales, algunas todavía existentes, desde el este de Europa (Bulgaria, Rumania, Hungría, Croacia, etc.) hasta los gitanos rumanos. Algunos de estos elementos son:

- La rápida alternancia entre las modalidades mayor y menor, lo cual incluye un repentino cambio (denominado «tercera de Picardía») de menor a mayor para acabar una pieza o sección (como al final de «Canción de cuna»)
- El uso de armonías cerradas
- El uso del *ritardo* (ralentización de una pieza) y *crescendo* (aumento del volumen) durante breves periodos
- El uso de *glissando* (deslizamiento) en la tradición de la canción
- El uso del gorjeo en la tradición de la canción
- El uso de quintas paralelas (como en la invocación final de la «Canción para sanar la tierra»)
- El uso controlado de la disonancia
- Canto de «Llamada y respuesta» (típico de numerosas tradiciones de la canción en todo el mundo)
- Prolongación de la duración de un verso (agregando un par de compases) para realzar el efecto dramático
- Y muchos otros.

«Canción de cuna» y «Canción para sanar la tierra» ilustran dos formas bastante diferentes de la música carpatiana (una pieza tranquila e íntima y una animada pieza para un conjunto de voces). Sin embargo, cualquiera que sea la forma, la música carpatiana está cargada de sentimientos.

Canción de cuna

Es una canción entonada por las mujeres cuando el bebé todavía está en la matriz o cuando se advierte el peligro de un aborto natural. El bebé escucha la canción en el interior de la madre y ésta se puede comunicar telepáticamente con él. La canción de cuna pretende darle seguridad al bebé y ánimos para permanecer donde está, y darle a entender que será protegido con amor hasta el momento del nacimiento. Este último verso significa literalmente que el amor de la madre protegerá a su bebé hasta que nazca (o «surja»).

En términos musicales, la «Canción de cuna» carpatiana es un compás de 3/4 («compás del vals»), al igual que una proporción importante de las canciones de cuna tradicionales en todo el mundo (de las cuales quizá la «Canción de cuna», de Brahms, es la más conocida). Los arreglos para una sola voz recuerdan el contexto original, a saber, la madre que canta a su bebé cuando está a solas con él. Los arreglos para coro y conjunto de violín ilustran la musicalidad de hasta las piezas carpatianas más sencillas, y la facilidad con que se prestan a arreglos instrumentales u orquestales. (Numerosos compositores contemporáneos, entre ellos, Dvorak y Smetana, han explotado un hallazgo similar y han trabajado con otras músicas tradicionales del este de Europa en sus poemas sinfónicos.)

Odam-Sarna Kondak (Canción de cuna)

Tumtesz o wäke ku pitasz belső.
Siente tu fuerza interior

Hiszasz sívadet. Én olenam gæidnod
Confía en tu corazón. Yo seré tu guía

Sas csecsemõm, kuńasz
Calla, mi niño, cierra los ojos.

Rauho joŋe ted.
La paz será contigo

Tumtesz o sívdobbanás ku olen lamt3ad belső
Siente el ritmo en lo profundo de tu ser

Gond-kumpadek ku kim te.
Olas de amor te bañan.

Pesänak te, asti o jüti, kidüsz
Protegido, hasta la noche de tu alumbramiento

Para escuchar esta canción, ir a:
http://www.christinefeehan.com/members/.

Canción para sanar la tierra

Se trata de la canción curativa de la tierra cantada por las mujeres carpatianas para sanar la tierra contaminada por diversas toxinas. Las mujeres se sitúan en los cuatro puntos cardinales e invocan el universo para utilizar su energía con amor y respeto. La tierra es su lugar de descanso, donde rejuvenecen, y deben hacer de ella un lugar seguro no sólo para sí mismas, sino también para sus hijos aún no nacidos, para sus compañeros y para sus hijos vivos. Es un bello ritual que llevan a cabo las mujeres, que juntas elevan sus voces en un canto armónico. Piden a las sustancias minerales y a las propiedades curativas de la Tierra que se manifiesten para ayudarlas a salvar a sus hijos, y bailan y cantan para sanar la tierra en una ceremonia tan antigua como su propia especie. La danza y las notas de la canción varían dependiendo de las toxinas que captan las mujeres a través de los pies descalzos. Se colocan los pies siguiendo un determinado patrón y a lo largo del baile las manos urden un hechizo con elegantes movimientos. Deben tener especial cuidado cuando preparan la tierra para un bebé. Es una ceremonia de amor y sanación.

Musicalmente, se divide en diversas secciones:

- **Primer verso:** Una sección de «llamada y respuesta», donde la cantante principal canta el solo de la «llamada» y algunas o todas las mujeres cantan la «respuesta» con el estilo de armonía cerrada típico de la tradición musical carpatiana. La respuesta, que se repite —*Ai Emä Maye*— es una invocación de la fuente de energía para el ritual de sanación: «Oh, Madre Naturaleza».
- **Primer coro:** Es una sección donde intervienen las palmas, el baile y antiguos cuernos y otros instrumentos para invocar y potenciar las energías que invoca el ritual.
- **Segundo verso**
- **Segundo coro**
- **Invocación final:** En esta última parte, dos cantantes principales, en estrecha armonía, recogen toda la energía reunida durante las anteriores partes de la canción/ritual y la concentran exclusivamente en el objetivo de la sanación.

Lo que escucharéis son breves momentos de lo que normalmente sería un ritual bastante más largo, en el que los versos y los coros intervienen una y otra vez, y luego acaban con el ritual de la invocación final.

Sarna Pusm O Mayet (Canción de sanación de la tierra)

Primer verso
Ai Emä Maye,
Oh, Madre Naturaleza,

Me sívadbin lañaak.
Somos tus hijas bienamadas.

Me tappadak, me pusmak o mayet.
Bailamos para sanar la tierra.

Me sarnadak, me pusmak o hanyet.
Cantamos para sanar la tierra.

Sielanket jutta tedet it,
Ahora nos unimos a ti,

Sívank és akaratank és sielank juttanak.
Nuestros corazones, mentes y espíritus son uno.

Segundo verso
Ai Emä Maye,
«Oh, Madre Naturaleza»,

Me sívadbin lañaak.
somos tus hijas bienamadas.

Me andak arwadet emänked és me kaŋank o
Rendimos homenaje a nuestra madre, invocamos

Põhi és Lõuna, Ida és Lääs.
el norte y el sur, al este y el oeste.

Pide és aldyn és myös belső.
Y también arriba, abajo y desde dentro.

Gondank o mayenak pusm hän ku olen jama.
Nuestro amor de la tierra curará lo malsano.

Juttanak teval it,
Ahora nos unimos a ti,

Maye mayeval
de la tierra a la tierra

O pirä elidak weńća
El ciclo de la vida se ha cerrado.

Para escuchar esta canción, ir a
    http://www.christinefeehan.com/members/.

Técnica carpatiana de canto

Al igual que sucede con las técnicas de sanación, la «técnica de
canto» de los carpatianos comparte muchos aspectos con las
otras tradiciones chamánicas de las estepas de Asia Central. El
modo primario de canto era un cántico gutural con empleo de
armónicos. Aún pueden encontrarse ejemplos modernos de esta
forma de cantar en las tradiciones mongola, tuvana y tibetana.
Encontraréis un ejemplo grabado de los monjes budistas tibeta-
nos de Gyuto realizando sus cánticos guturales en el sitio:
http://www.christinefeehan.com/carpathian_chanting/.

En cuanto a Tuva, hay que observar sobre el mapa la proximidad geográfica del Tíbet con Kazajstán y el sur de los Urales.

La parte inicial del cántico tibetano pone el énfasis en la sincronía de todas las voces alrededor a un tono único, dirigido a un «chakra» concreto del cuerpo. Esto es típico de la tradición de cánticos guturales de Gyuto, pero no es una parte significativa de la tradición carpatiana. No obstante, el contraste es interesante.

La parte del ejemplo de cántico Gyuto más similar al estilo carpatiano es la sección media donde los hombres están cantando juntos pronunciando con gran fuerza las palabras del ritual. El propósito en este caso no es generar un «tono curativo» que afecte a un «chakra» en concreto, sino generar el máximo de poder posible para iniciar el viaje «fuera del cuerpo» y para combatir las fuerzas demoníacas que el sanador/viajero debe superar y combatir.

Técnicas de los cantos carpatianos

Las canciones de las mujeres carpatianas (ilustradas por su «Canción de cuna» y su «Canción de sanación de la tierra») pertenecen a la misma tradición musical y de sanación que los Cánticos Mayor y Menor de los guerreros. Oiremos los mismos instrumentos en los cantos de sanación de los guerreros y en la «Canción de sanación de la tierra» de las mujeres. Por otro lado, ambos cantos comparten el objetivo común de generar y dirigir la energía. Sin embargo, las canciones de las mujeres tienen un carácter claramente femenino. Una de las diferencias que se advierte enseguida es que mientras los hombres pronuncian las palabras a la manera de un cántico, las mujeres entonan sus canciones con melodías y armonías, y el resultado es una composición más delicada. En la «Canción de cuna» destaca especialmente su carácter femenino y de amor maternal.

Apéndice 2

La lengua carpatiana

Como todas las lenguas humanas, la de los carpatianos posee la riqueza y los matices que sólo pueden ser dados por una larga historia de uso. En este apéndice podemos abordar a lo sumo algunos de los principales aspectos de este idioma:

- Historia de la lengua carpatiana
- Gramática carpatiana y otras características de esa lengua
- Ejemplos de la lengua carpatiana
- Un diccionario carpatiano muy abreviado

Historia de la lengua carpatiana

La lengua carpatiana actual es en esencia idéntica a la de hace miles de años. Una lengua «muerta» como el latín, con dos mil años de antigüedad, ha evolucionado hacia una lengua moderna significantemente diferente (italiano) a causa de incontables generaciones de hablantes y grandes fluctuaciones históricas. Por el contrario, algunos hablantes del carpatiano de hace miles de años todavía siguen vivos. Su presencia —unida al deliberado aislamiento de los carpatianos con respecto a las otras fuerzas del cambio en el mundo— ha actuado y lo continúa haciendo como una fuerza estabilizadora que ha preservado la integridad de la lengua durante siglos. La cultura carpatiana también ha actuado como fuerza estabilizadora. Por ejemplo, las Palabras Rituales, los variados cánticos curativos (véase Apéndice 1) y otros artefactos culturales han sido transmitidos durantes siglos con gran fidelidad.

Cabe señalar una pequeña excepción: la división de los carpatianos en zonas geográficas separadas ha conllevado una discreta dialectalización. No obstante, los vínculos telepáticos entre todos ellos (así como el regreso frecuente de cada carpatiano a su tierra natal) ha propiciado que las diferencias dialectales sean relativamente superficiales (una discreta cantidad de palabras nuevas, leves diferencias en la pronunciación, etc.), ya que el lenguaje más profundo e interno, de transmisión mental, se ha mantenido igual a causa del uso continuado a través del espacio y el tiempo.

La lengua carpatiana fue (y todavía lo es) el protolenguaje de la familia de lenguas urálicas (o fino-ugrianas). Hoy en día las lenguas urálicas se hablan en la Europa meridional, central y oriental, así como en Siberia. Más de veintitrés millones de seres en el mundo hablan lenguas cuyos orígenes se remontan al idioma carpatiano. Magiar o húngaro (con unos catorce millones de hablantes), finés (con unos cinco millones) y estonio (un millón aproximado de hablantes) son las tres lenguas contemporáneas descendientes de ese protolenguaje. El único factor que unifica las más de veinte lenguas de la familia urálica es que se sabe que provienen de un protolenguaje común, el carpatiano, el cual se escindió (hace unos seis mil años) en varias lenguas de la familia urálica. Del mismo modo, lenguas europeas como el inglés o el francés pertenecen a la familia indoeuropea, más conocida, y también provienen de un protolenguaje que es su antecesor común (diferente del carpatiano).

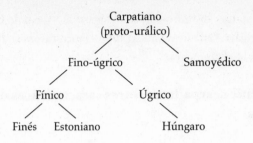

La siguiente tabla ayuda a entender ciertas de las similitudes en la familia de lenguas.

Carpatiano (proto-urálico)	Finés (suomi)	Húngaro (magiar)
elä -vivir	*elä* -vivir	*él* -vivir
elid -vida	*elinikä* -vida	*élet* -vida
pesä -nido	*pesä* -nido	*fészek* -nido
kola -morir	*kuole* -morir	*hal* -morir
pälä -mitad, lado	*pieltä* -inclinar, ladear	*fél, fele* -ser humano semejante, amigo (mitad; uno de dos lados) *feleség* -esposa
and -dar	*anta, antaa* -dar	*ad* -dar
koje -marido, hombre	*koira* -perro, macho *(de un animal)*	*here* -zángano, testículo
wäke -poder	*väki* -pueblo, personas, hombres; fuerza *väkevä* - poderoso, fuerte	*vall-vel-*con *(sufijo instrumental)* *vele* -con él/ella
wete -agua	*vesi* -agua	*víz* -agua

Nota: La «k» fínico-carpatiana aparece a menudo como la «h» húngara. Del mismo modo, la «p» fínico-carpatiana corresponde a la «f» húngara.

Gramática carpatiana y otras características de la lengua

Modismos. Siendo a la vez una lengua antigua y el idioma de un pueblo terrestre, el carpatiano se inclina a utilizar modismos construidos con términos concretos y directos, más que abstracciones. Por ejemplo, nuestra abstracción moderna «apreciar, mimar» se expresa de forma más concreta en carpatiano como «conservar en el corazón de uno»; el averno es, en carpatiano, «la tierra de la noche, la bruma y los fantasmas», etc.

Orden de las palabras. El orden de las palabras en una frase no viene dado por aspectos sintácticos (como sujeto, verbo y predicado), sino más bien por factores pragmáticos, motivados por el discurso. Ejemplos: *«Tied vagyok.»* («Tuyo soy.»); *«Sívamet andam.»* («Mi corazón te doy.»)

Aglutinación. La lengua carpatiana es aglutinadora, es decir, las palabras largas se construyen con pequeños componentes. Un lenguaje aglutinador usa sufijos o prefijjos, el sentido de los cuales es por lo general único, y se concatenan unos tras otros sin solaparse. En carpatiano las palabras consisten por lo general en una raíz seguida por uno o más sufijos. Por ejemplo, *«sívambam»* procede de la raíz *«sív»* («corazón»), seguida de *«am»* («mi»), seguido de *«bam»* («en»), resultando «en mi corazón». Como es de imaginar, a veces tal aglutinación en el carpatiano puede producir palabras extensas o de pronunciación dificultosa. Las vocales en algunos casos se insertan entre sufijos, para evitar que aparezcan demasiadas consonantes seguidas (que pueden hacer una palabra impronunciable).

Declinaciones. Como todas las lenguas, el carpatiano tiene muchos casos: el mismo sustantivo se formará de modo diverso dependiendo de su papel en la frase. Algunos de los casos incluyen: nominativo (cuando el sustantivo es el sujeto de la frase), acusativo (cuando es complemento directo del verbo), dativo (complemento indirecto), genitivo (o posesivo), instrumental, final, supresivo, inesivo, elativo, terminativo y delativo.

Tomemos el caso posesivo (o genitivo) como ejemplo para ilustrar cómo, en carpatiano, todos los casos implican la adición de sufijos habituales a la raíz del sustantivo. Así, para expresar posesión en carpatiano —«mi pareja eterna», «tu pareja eterna», «su pareja eterna», etc.— se necesita añadir un sufijo particular («=am») a la raíz del sustantivo («päläfertiil»), produciendo el posesivo («päläfertiilam»: mi pareja eterna). El sufijo que emplear depende de la persona («mi», «tú», «su», etc.) y también de si el sustantivo termina en consonante o en vocal. La siguiente tabla enumera los sufijos para el caso singular (no para el plural), mostrando también las similitudes con los sufijos empleados por el húngaro contemporáneo. (El húngaro es en realidad un poco más complejo, ya que requiere también «rima vocálica»: el sufijo que usar depende de la última vocal en el sustantivo, de ahí las múltiples opciones en el cuadro siguiente, mientras el carpatiano dispone de una única opción.)

	Carpatiano (proto-urálico)		Húngaro Contemporáneo	
Persona	Nombre acabado en vocal	Nombre acabado en consonante	Nombre acabado en vocal	Nombre acabado en consonante
1ª singular (mi)	-m	-am	-m	-om, -em, -öm
2ª singular (tú)	-d	-ad	-d	-od, -ed, -öd
3ª singular (suya, de ella/ de él/de ello)	-ja	-a	-ja/-je	-a, -e
1ª plural (nuestro)	-nk	-ank	-nk	-unk, -ünk
2ª plural (vuestro)	-tak	-atak	-tok, -tek, -tök	-otok, -etek, -ötök
3ª plural (su)	-jak	-ak	-juk, -jük	-uk, -ük

Nota: Como hemos mencionado, las vocales a menudo se insertan entre la palabra y su sufijo para así evitar que demasiadas consonantes aparezcan seguidas (lo cual crearía palabras impronunciables). Por ejemplo, en la tabla anterior, todos los sustantivos que acaban en una consonante van seguidos de sufijos empezados por «a».

Conjugación verbal. Tal como sus descendientes modernos (finés y húngaro), el carpatiano tiene muchos tiempos verbales, demasiados para describirlos aquí. Nos fijaremos en la conjugación del tiempo presente. De nuevo habrá que comparar el húngaro contemporáneo con el carpatiano, dadas las marcadas similitudes entre ambos.

Igual que sucede con el caso posesivo, la conjugación de verbos se construye añadiendo un sufijo a la raíz del verbo:

Persona	Carpatiano (proto-urálico)	Húngaro contemporáneo
1ª sing. (Yo doy)	-am (andam), -ak	-ok, -ek, -ök
2ª sing. (Tú das)	-sz (andsz)	-sz
3ª sing. (Él/ella dan)	-(and)	—
1ª plural (Nosotros damos)	-ak (andak)	-unk, -ünk
2ª plural (Vosotros dais)	-tak (andtak)	-tok, -tek, -tök
3ª plural (Ellos dan)	-nak (andnak)	-nak, -nek

Como en todas las lenguas, encontramos en el carpatiano muchos «verbos irregulares» que no se ajustan exactamente a esta pauta. Pero aun así la tabla anterior es una guía útil para muchos verbos.

Ejemplos de la lengua carpatiana

Aquí tenemos algunos ejemplos breves del carpatiano coloquial, empleado en la serie de libros Oscuros. Incluimos la traducción literal entre corchetes. Curiosamente, las diferencias con la traducción correcta son sustanciales.

Susu.

Estoy en casa.

[«hogar/lugar de nacimiento». «Estoy» se sobreentiende, como sucede a menudo en carpatiano.]

Möért?
¿Para qué?

Csitri.
Pequeño/a.
[«cosita»; «chiquita»]

Ainaak enyém.
Por siempre mío/mía

Ainaak sívamet jutta.
por siempre mío/mía (otra forma).
[«por siempre a mi corazón conectado/pegado»]

Sívamet.
Amor mío.
[«de-mi-corazón», «para-mi-corazón»]

Tet vigyázam.
Te quiero.
[Tú amar-yo]

Sarna Rituaali (**Las palabras rituales**) es un ejemplo más largo,
y un ejemplo de carpatiano coloquial. Hay que destacar el uso
recurrente de **«andam»** («yo doy») para otorgar al canto musicalidad y fuerza a través de la repetición.

Sarna Rituaali (Las palabras rituales)

Te avio päläfertiilam.
Eres mi pareja eterna.
[Tú desposada-mía. «Eres» se sobreentiende, como sucede
generalmente en carpatiano cuando una cosa se corresponde a otra. «Tú, mi pareja eterna»]

Éntölam kuulua, avio päläfertiilam.
Te declaro pareja eterna.
[A-mí perteneces-tú, desposada mía]

Ted kuuluak, kacad, kojed.
Te pertenezco.
[A-ti pertenezco-yo, amante-tuyo, hombre/marido/esclavo-
tuyo]

Élidamet andam.
Te ofrezco mi vida.
[Vida-mía doy-yo. «Te» se sobreentiende.]

Pesämet andam.
Te doy mi protección.
[Nido-mío doy-yo.]

Uskolfertiilamet andam.
Te doy mi fidelidad.
[Fidelidad-mía doy-yo.]

Sívamet andam.
Te doy mi corazón.
[Corazón-mía doy-yo.]

Sielamet andam.
Te doy mi alma.
[Alma-mía doy-yo.]

Ainamet andam.
Te doy mi cuerpo.
[Cuerpo-mío doy-yo.]

Sívamet kuuluak kaik että a ted.
Velaré de lo tuyo como de lo mío.
[En-mi-corazón guardo-yo todo lo-tuyo.]

Ainaak olenszal sívambin.
Tu vida apreciaré toda mi vida.
[Por siempre estarás-tú en-mi-corazón.]

Te élidet ainaak pide minan.
Tu vida antepondré a la mía siempre.
[Tu vida por siempre sobre la mía.]

Te avio päläfertiilam.
Eres mi pareja eterna.
[Tú desposada-mía.]

Ainaak sívamet jutta oleny.
Quedas unida a mí para toda la eternidad.
[Por siempre a-mi-corazón conectada estás-tú.]

Ainaak terád vigyázak.
Siempre estarás a mi cuidado.
[Por siempre tú yo-cuidaré.]

Véase Apéndice 1 para los cánticos carpatianos de sanación, incluidos *Kepä Sarna Pus* («El canto curativo menor») y el *En Sarna Pus* («El gran canto de sanación»).

Para oír estas palabras pronunciadas (y para más información sobre la pronunciación carpatiana, visitad, por favor: http://www.christinefeeham.com/members/.

Sarna Kontakawk (Cántico de los guerreros) es otro ejemplo más largo de la lengua carpatiana. El consejo de guerreros se celebra en las profundidades de la tierra en una cámara de cristal, por encima del magma, de manera que el vapor es natural y la sabiduría de sus ancestros es nítida y está bien concentrada. Se lleva a cabo en un lugar sagrado donde los guerreros pronuncian un juramento de sangre a su príncipe y a su pueblo y reafirman su código de honor como guerreros y hermanos. También es el momento en que se diseñan las estrategias de la batalla y se discuten las posiciones disidentes. También se abordan las inquietudes de los guerreros y que éstos plantean ante el Consejo para que sean discutidas entre todos.

Sarna Kontakawk (Cántico de los guerreros)

Veri isäakank — veri ekäakank.
Sangre de nuestros padres, sangre de nuestros hermanos.

Veri olen elid.
La sangre es vida.

Andak veri-elidet Karpatiiakank, és wäke-sarna ku meke arwa-arvo, irgalom, hän ku agba, és wäke kutni, ku manaak verival.

Ofrecemos la vida a nuestro pueblo con un juramento de sangre en aras del honor, la clemencia, la integridad y la fortaleza.

Verink sokta; verink kaŋa terád.
Nuestra sangre es una sola y te invoca.

Akasz énak ku kaŋa és juttasz kuntatak it.
Escucha nuestras plegarias y únete a nosotros.

Ver Apéndice 1 para escuchar la pronunciación de estas palabras (y para más información sobre la pronunciación del carpatiano en general), ir a http://www.christinefeehan.com/members/.

Ver Apéndice 1 para los cánticos de sanación carpatianos, entre los cuales el *Kepä Sarna Pus* (Cántico curativo menor), el *En Sarna Pus* (Cántico curativo mayor), el *Odam-Sarna Kondak* (Canción de cuna) y el *Sarna Pusm O Mayet* (Canción de sanación de la tierra).

Un diccionario carpatiano muy abreviado

Este diccionario carpatiano en versión abreviada incluye la mayor parte de las palabras carpatianas empleadas en la serie de libros Oscuros. Por descontado, un diccionario carpatiano completo sería tan extenso como cualquier diccionario habitual de toda una lengua.

Nota: los siguientes sustantivos y verbos son palabras raíz. Por lo general no aparecen aislados, en forma de raíz, como a continuación. En lugar de eso, habitualmente van acompañados de sufijos (por ejemplo, «*andam*» - «Yo doy», en vez de sólo la raíz «*and*»).

a: negación para verbos (prefijo)
agba: conveniente, correcto
ai: oh
aina: cuerpo
ainaak: para siempre
O ainaak jelä peje emnimet ŋamaŋ: que el sol abrase a esta mujer para siempre (juramento carpatiano)
ainaakfél: viejo amigo
ak: sufijo pluralizador añadido a un sustantivo terminado en consonante
aka: escuchar
akarat: mente, voluntad
ál: bendición, vincular
alatt: a través
aldyn: debajo de
alə: elevar, levantar
alte: bendecir, maldecir
and: dar

and sielet, arwa-arvomet, és jelämet, kuulua huvémet ku feaj és ködet ainaak: vender el alma, el honor y la salvación, por un placer momentáneo y una perdición infinita

andasz éntölem irgalomet!: ¡Tened piedad!

arvo: valor (sustantivo)

arwa: alabanza (sustantivo)

arwa-arvo: honor (sustantivo)

arwa-arvo mäne me ködak: que el honor contenga a la oscuridad (saludo)

arwa-arvo olen gæidnod, ekäm: que el honor te guíe, mi hermano (saludo)

arwa-arvo olen isäntä, ekäm: que el honor te ampare, mi hermano (saludo)

arwa-arvo pile sívadet: que el honor ilumine tu corazón (saludo)

aśśa: no (antes de sustantivo); no (con verbo que no esté en imperativo); no (con adjetivo)

aśśatotello: desobediente

asti: hasta

avaa: abrir

avio: desposada

avio päläfertiil: pareja eterna

avoi: descubrir, mostrar, revelar

belső: dentro, en el interior

bur: bueno, bien

bur tule ekämet kuntamak: bien hallado hermano-familiar (saludo)

ćaδa: huir, correr, escapar

ćoro: fluir, correr como la lluvia

csecsemõ: bebé (sustantivo)

csitri: pequeña (femenino)

diutal: triunfo, victoria

EĆI: caer

ek: sufijo pluralizador añadido a un sustantivo terminado en consonante

ekä: hermano

ekäm: hermano mío

elä: vivir

eläsz arwa-arvoval: que puedas vivir con honor (saludo)

eläsz jeläbam ainaak: que vivas largo tiempo en la luz (saludo)

elävä: vivo

elävä ainak majaknak: tierra de los vivos

elid: vida

emä: madre (sustantivo)

Emä Maye: Madre Naturaleza

emäen: abuela

embɛ: si, cuando

embɛ karmasz: por favor

emni: esposa, mujer

emnim: mi esposa; mi mujer

emni kuŋenak ku ašštotello: chiflada desobediente

én: yo

en: grande, muchos, gran cantidad

én jutta félet és ekämet: saludo a un amigo y hermano

En Puwe: El Gran Árbol. Relacionado con las leyendas de Ygddrasil, el eje del mundo, Monte Meru, el cielo y el infierno, etc.

engem: mí

és: y

ete: antes; delante

että: que

fáz: sentir frío o fresco

fél: amigo

fél ku kuuluaak sívam belső: amado

fél ku vigyázak: querido

feldolgaz: preparar

fertiil: fértil

fesztelen: etéreo

fü: hierbas, césped

gæidno: camino

gond: custodia, preocupación

hän: él, ella, ello

hän agba: así es

hän ku: prefijo: uno que, eso que

hän ku agba: verdad

hän ku kasšwa o numamet: dueño del cielo

hän ku kuulua sívamet: guardián de mi corazón

hän ku lejkka wäke-sarnat: traidor

hän ku meke pirämet: defensor

hän ku pesä: protector

hän ku piwtä: depredador; cazador; rastreador

hän ku saa kuć3aket: el que llega a las estrellas

hän ku tappa: mortal

hän ku tuulmahl elidet: vampiro (literalmente: robavidas)

hän ku vie elidet: vampiro (literalmente: ladrón de vidas)

hän ku vigyáz sielamet: guardián de mi alma

hän ku vigyáz sívamet és sielamet: guardián de mi corazón y
alma

Hän sívamak: querido

hany: trozo de tierra

hisz: creer, confiar

ida: este

igazág: justicia

irgalom: compasión, piedad, misericordia

isä: padre (sustantivo)

isäntä: señor de la casa

it: ahora

jälleen: otra vez

jama: estar enfermo, herido o moribundo, estar próximo a la muerte (verbo)

jelä: luz del sol, día, sol, luz

jelä keje terád: que la luz te chamusque (maldición carpatiana)

o jelä peje terád: que el sol te chamusque (maldición carpatiana)

o jelä peje emnimet: que el sol abrase a la mujer (juramento carpatiano)

o jelä peje kaik hänkanak: que el sol los abrase a todos (juramento carpatiano)

o jelä peje terád, emni: que el sol te abrase, mujer (juramento carpatiano)

o jelä sielamak: luz de mi alma

joma: ponerse en camino, marcharse

joŋ: volver

joŋesz arwa-arvoval: regresa con honor (saludo)

jörem: olvidar, perderse, cometer un error

juo: beber

juosz és eläsz: beber y vivir (saludo)

juosz és olen ainaak sielamet jutta: beber y volverse uno conmigo (saludo)

juta: irse, vagar

jüti: noche, atardecer

jutta: conectado, sujeto (adjetivo). Conectar, sujetar, atar (verbo)

k: sufijo añadido tras un nombre acabado en vocal para hacer su plural

kaca: amante masculino

kadi: juez

kaik: todo (sustantivo)

kaŋa: llamar, invitar, solicitar, suplicar

kaŋk: tráquea, nuez de Adán, garganta

kać3: regalo

kaδa: abandonar, dejar

kaδa wäkeva óv o köd: oponerse a la oscuridad

kalma: cadáver, tumba

karma: deseo

Karpatii: carpatiano

Karpatii ku köd: mentiroso

käsi: mano

kaśwa: poseer

keje: cocinar

kepä: menor, pequeño, sencillo, poco

kessa: gato

kessa ku toro: gato montés

kessake: gatito

kidü: despertar (verbo intransitivo)

kim: cubrir un objeto

kinn: fuera, al aire libre, exterior, sin

kinta: niebla, bruma, humo

kislány: niña

kislány kuŋenak: pequeña locuela

kislány kuŋenak minan: mi pequeña locuela

köd: niebla, oscuridad

köd elävä és köd nime kutni nimet: el mal vive y tiene nombre

köd alte hän: que la oscuridad lo maldiga (maldición carpatiana)

o köd belső: que la oscuridad se lo trague (maldición carpatiana)

köd jutasz belső: que la sombra te lleve (maldición carpatiana)

koje: hombre, esposo, esclavo

kola: morir

kolasz arwa-arvoval: que mueras con honor (saludo)

koma: mano vacía, mano desnuda, palma de la mano, hueco de la mano

kond: hijos de una familia o de un clán

kont: guerrero

kont o sívanak: corazón fuerte (literalmente: corazón de guerrero)

ku: quién, cuál

kuć3: estrella

kuć3ak!: ¡Estrellas! (exclamación)

kuja: día, sol

kuŋe: luna

kule: oír

kulke: ir o viajar (por tierra o agua)

kulkesz arwa-arvoval, ekäm: camina con honor, mi hermano (saludo)

kulkesz arwaval, joŋesz arwa arvoval: ve con gloria, regresa con honor (saludo)

kuly: lombriz intestinal, tenia, demonio que posee y devora almas

kumpa: ola (sustantivo)

kuńa: tumbarse como si durmiera, cerrar o cubrirse los ojos en el juego del escondite, morir

kunta: banda, clan, tribu, familia

kuras: espada, cuchillo largo

kure: lazo

kutni: capacidad de aguante

kutnisz ainaak: que te dure tu capacidad de aguante (saludo)

kuulua: pertenecer, asir

lääs: oeste

lamti (o lamt3): tierra baja, prado

lamti ból jüti, kinta, ja szelem: el mundo inferior (literalmente: «el prado de la noche, las brumas y los fantasmas»)

laña: hija

lejkka: grieta, fisura, rotura (sustantivo). Cortar, pegar, golpear enérgicamente (verbo)

lewl: espíritu

lewl ma: el otro mundo (literalmente: «tierra del espíritu»). *Lewl ma* incluye *lamti ból jüti, kinta, ja szelem:* el mundo inferior, pero también incluye los mundos superiores En Puwe, el Gran Árbol

liha: carne

lõuna: sur

löyly: aliento, vapor (relacionado con *lewl:* «espíritu»)

ma: tierra, bosque

magköszun: gracias

mana: abusar

mäne: rescatar, salvar

maүe: tierra, naturaleza

me: nosotros

meke: hecho, trabajo (sustantivo). Hacer, elaborar, trabajar

mića: preciosa

mića emni kuŋenak minan: mi preciosa locuela

minan: mío

minden: todos (adjetivo)

möért: ¿para qué? (exclamación)

molanâ: desmoronarse, caerse

molo: machacar, romper en pedazos

mozdul: empezar a moverse, entrar en movimiento

muonì: encargo, orden

muonìak te avoisz te: te conmino a mostrarte

musta: memoria

myös: también

nä: para

nautish: gozar

ŋamaŋ: esto, esto de aquí

nélkül: sin

nenä: ira

nó: igual que, del mismo modo que, como

numa: dios, cielo, cumbre, parte superior, lo más alto (relacionado con el término «sobrenatural»)

numatorkuld: trueno (literalmente: lucha en el cielo)

nyál: saliva, esputo (relacionado con nyelv: «lengua»)

nyelv: lengua

ńiŋ3: gusano; lombriz

o: el (empleado antes de un sustantivo que empiece en consonante)

odam: soñar, dormir (verbo)

odam-sarna kondak: canción de cuna

olen: ser

oma: antiguo, viejo

omas: posición

omboće: otro, segundo (adjetivo)

ot: el (empleado antes de un sustantivo que empiece por vocal)

otti: mirar, ver, descubrir

óv: proteger contra

owe: puerta

päämoro: blanco

pajna: presionar

pälä: mitad, lado

päläfertiil: pareja o esposa

palj3: más

peje: arder

peje terád: quemarse

pél: tener miedo, estar asustado de

pesä: nido (literal), protección (figurado)

pesä (v.): anidar (literal); proteger (figurado)

pesäd te engemal: estás a salvo conmigo

pesäsz jeläbam ainaak: que pases largo tiempo en la luz (saludo)

pide: encima

pile: encender

pirä: círculo, anillo (sustantivo); rodear, cercar

piros: rojo

pitä: mantener, asir

pitäam mustaakad sielpesäambam: guardo tu recuerdo en un lugar seguro de mi alma

pitäsz baszú, piwtäsz igazáget: no venganza, sólo justicia

piwtä: seguir, seguir la pista de la caza

poår: pieza

põhi: norte

pukta: ahuyentar, perseguir, hacer huir

pus: sano, curación

pusm: devolver la salud

puwe: árbol, madera

rauho: paz

reka: éxtasis, trance

rituaali: ritual

sa: tendón

sa4: nombrar

saa: llegar, obtener, recibir

saasz hän ku andam szabadon: toma lo que libremente te ofrezco

salama: relámpago, rayo

sarna: palabras, habla, conjuro mágico (sustantivo). Cantar, salmodiar, celebrar

sarna kontakawk: canto guerrero

śaro: nieve helada

sas: silencio (a un niño o bebé)

saye: llegar, venir, alcanzar

siel: alma

sieljelä isäntä: la pureza del alma triunfa

sisar: hermana

sív: corazón

sív pide köd: el amor trasciende el mal

sívad olen wäkeva, hän ku piwtä: que tu corazón permanezca fuerte

sivam és sielam: mi corazón y alma

sívamet: mi amor de mi corazón para mi corazón

sívdobbanás: latido

sokta: merzclar

soŋe: entrar, penetrar, compensar, reemplazar

susu: hogar, lugar de nacimiento; en casa (adverbio)

szabadon: libremente

szelem: fantasma

taka: detrás; más allá

tappa: bailar, dar una patada en el suelo (verbo)

te: tú

te kalma, te jama ńiŋ3kval, te apitäsz arwa-arvo: no eres más que un cadáver andante lleno de gusanos, sin honor

te magköszunam nä ŋamaŋ kać3 taka arvo: gracias por este regalo sin precio

ted: tuyo

terád keje: que te achicharres (insulto carpatiano)

tõd: saber

Tõdak pitäsz wäke bekimet mekesz kaiket: sé que tienes el coraje de afrontar cualquier asunto

tõdhän: conocimiento

tõdhän lõ kuraset agbapäämoroam: el conocimiento impulsa la espada de la verdad hacia su objetivo

toja: doblar, inclinar, quebrar

toro: luchar, reñir

torosz wäkeval: combate con fiereza (saludo)

totello: obedecer

tsak: solamente

tuhanos: millar

tuhanos löylyak türelamak saye diutalet: mil respiraciones pacientes traen la victoria

tule: reunirse, venir

tumte: sentir

türe: lleno, saciado, consumado

türelam: paciencia

türelam agba kontsalamaval: la paciencia es la auténtica arma del guerrero

tyvi: tallo, base, tronco

uskol: fiel

uskolfertiil: fidelidad

varolind: peligroso

veri: sangre

veri ekäakank: sangre de nuestros hermanos

veri-elidet: sangre vital

veri isäakank: sangre de nuestros padres

veri olen piros, ekäm: que la sangre sea roja, mi hermano (literal)

veriak ot en Karpatiiak: por la sangre del príncipe

veridet peje: que tu sangre arda

vigyáz: cuidar de, ocuparse de

vii: último, al fin, finalmente

wäke: poder

wäke beki: valor; coraje

wäke kaδa: constancia

wäke kutni: resistencia

wäke-sarna: msldición; bendición

wäkeva: poderoso

wara: ave, cuervo

weńća: completo, entero

wete: agua

books4pocket

www.books4pocket.com